Ina Sacher |
Wenn der Himmel in Splittern auf uns niederregnet

Ina Sacher

Wenn der Himmel in Splittern auf uns niederregnet

Roman

Taschenbucherstausgabe 12/2018

Copyright © 2018 Ina Sacher
Alle Rechte vorbehalten.
9781790769797
Umschlagbild © Ina Sacher
Umschlaggestaltung © Ina Sacher

Für meinen Mann und meine Töchter. Die mich immer unterstützen und inspirieren. Mir Freiräume geben, um die Dinge zu tun, die ich liebe.

Luisa 2004

Seine Haut schimmert seidig im Mondlicht, das durch die hohen Fenster meiner Wohnung dringt. Die Schatten der Kastanienbäume, die vor meinem Fenster wachen, zeichnen eine geheimnisvolle Landkarte auf seinen Bauch. Mit jedem seiner gleichmäßigen Atemzüge werden darauf neue Wege eröffnet und alte verschlossen – hoffnungsvoll, bizarr, endlich. Ich betrachte die sanften Bögen seiner Lippen, die gerade Linie seiner Nase und die Form seiner Augen, die hinter den geschlossenen Augenlidern hin und her huschen - von einem Traum gejagt und niemals gefangen. Sein Gesicht erschien mir mal so vertraut, dabei habe ich so viel nicht erkannt. Erkenne es erst jetzt. Meine helle, fast weiße Haut erscheint im Kontrast zu seiner sanften Bräune kalt und leblos. Ich richte mich vorsichtig auf und streiche mir die blonden Locken aus dem Gesicht. Mein 25. Geburtstag steht kurz bevor, aber ich fühle mich so viel älter. Das Alter kennt keine Zahl, nur Erlebtes.

Ich sehe mich in meiner kleinen Wohnung um und schaue in die leeren, dunklen Ecken. Jahrelang versteckten sich dort all diese Geheimnisse. Verfolgten mich. Zerrissen mich. Und nun sind sie fort. Haben sich mir endlich gezeigt. Aber als ich nach ihnen greifen wollte, zerfielen sie in meiner Hand zu Staub. Sie rieselten mir durch die Finger und ihr Staub legte sich für immer auf meine Seele.

Ich schließe die Augen und fühle mich plötzlich unendlich allein. All die Jahre haben mich diese Geheimnisse begleitet, mir ihre Fragen und Vermutungen zu gezischt und nun droht mich die plötzliche Stille zu erschlagen.

Alle Fragen sind endlich beantwortet.

Vermutungen sind Wissen gewichen.

Von meinem Bett aus kann ich durch den Durchgang, in dem früher wohl ein paar große Flügeltüren einem die Sicht versperrten, direkt in meine Küche sehen. Auf dem alten, weißen Tisch liegt die Waffe noch genau so, wie ich sie dort zurückgelassen habe – schwarz, kalt, tödlich. Und trotz all der Antworten hat sie nichts von ihrer furchteinflößenden Aura verloren. Denn auch wenn all die Fragen nun beantwortet sind, so kann die Wahrheit doch nicht rückgängig machen, was geschehen ist. Und an dieser Waffe klebt Blut. Sie hat Leben verändert und Leben genommen. Schicksalhaft. Und so bin ich für immer mit ihr verbunden. Denn auch an mir klebt der Tod.

An uns beiden. Für immer.

Ich schließe die Augen und versuche mich zu erinnern. Dorthin zu gehen, wo alles begann. Dort wo das unschuldige Kind wartet, das noch keine Ahnung hat, was die Geschehnisse bedeuten. Das noch nicht durch Wissen, Tod und Angst belastet ist.

Das Kind, das noch frei ist. Das noch nicht weiß, dass seine Reinheit schon bald die ersten Risse bekommen wird.

Dunkle Risse, die es nicht versteht.

Dunkle Risse, die alles verändern.

Denn die Vergangenheit hat nun ein anderes Gesicht. Alles Erlebte muss neu geschrieben werden.

Luisa 1985

Sturmgeflüster

Unsere Kindheit ist im Rückblick wie ein zerbrochener Spiegel. Vor einem liegen tausende von Scherben, die alle ihre eigene Geschichte enthalten. Manche davon sind so klein, dass du kaum in der Lage bist, sie wieder ins Ganze einzufügen. Andere sind aber groß und spiegeln deine Erinnerung klar und deutlich wieder. Und setzt du alle diese Splitter wieder zu einem großen Spiegel zusammen, siehst du das, was du geworden bist.

Ich rannte. Ich rannte so schnell wie meine dünnen Kinderbeine mich trugen. Immer wieder rutschte ich auf den Klippen aus, die das wütende Meer in seine Schranken wiesen - schroff, kalt, glitschig. Ich rannte, ohne zu wissen, dass mein Ziel alles ändern würde. Ich rannte, ohne zu wissen, dass alles schon längst begonnen hatte und ich nichts würde aufhalten können. Der eisige Wind peitsche die salzige Gischt durch die Luft und der Himmel wirkte wie eine graue undurchdringliche Mauer auf mich, aus der jeden Moment die Steine heraus zu brechen drohten, um die Welt unter sich zu begraben. Die Feuchtigkeit legte sich auf meine blonden Haare, drang in meine Kleidung und zog mir eine wässrige, im Wind wie Säure brennende Maske übers Gesicht. Ich blinzelte, aber ich konnte ihn trotzdem nicht sehen. Er war so schnell verschwunden, dass ich Angst hatte ihn nie wieder zu sehen.

Das Meer zu meiner linken Seite sang ein berauschendes Lied der Macht und kämpfte sich mit aller Kraft immer weiter die Klippen hoch. Mein vor Anstrengung rasselndes Keuchen dröhnte dazu disharmonisch laut in meinen Ohren.

Mein zwei Jahre älterer Bruder war einfach zu schnell für mich. Ich hielt mir die Seite, weil das Stechen der Erschöpfung mich aufhalten wollte. Der Wunsch mich zu setzen, zerrte an meinen Zehen, kroch spitz und steinig meine Beine hoch, um sich schlussendlich in meine Lunge zu bohren und mir den Atem zu nehmen – bedrohlich, erschöpfend, schnappend. Aber ich kämpfte dagegen an, weil der Wunsch in Lukas' Nähe zu bleiben tiefer ging als alles andere, was ich kannte. Dieser Wunsch war meine Mitte. Mein Sinn. Er brannte dort wohlig warm in meinem Inneren, wärmte mein Herz und mein Leben. In seiner Nähe fühlte ich mich sicher. Zuhause.

Deshalb musste ich Lukas einholen. Musste wissen, was los war.

Wir waren damals in Schottland. Unsere Eltern hatten für uns ein kleines Ferienhaus gemietet, das sich direkt an die Klippen drückte, um nicht mit einem dicken Plumps ins Meer zu fallen. Ich hatte gerade in dem verwunschenen Garten hinter dem Haus gespielt, als mein Bruder einfach an mir vorbei gerannt war, ohne mich mitzunehmen. Ohne mich überhaupt anzusehen! Und das war mehr als ungewöhnlich, denn mein Bruder und ich waren damals eine unzerstörbare Einheit. Eine Festung. Die Burg und der Wall. Gebaut aus Liebe, Vertrauen und Blut. Lukas war der Wall unserer Festung, den er selbst aus akkurat gefalteten T-Shirts und perfekt positionierten Heften auf seinem Schreibtisch errichtet hatte – Kante auf Kante, Papier auf Papier. Seine penetrante Ordnung schaffte eine ruhevolle Sicherheit, auf die ich mich immer und überall verlassen konnte. Zumindest damals noch. Bevor alles anders wurde. Denn ich wusste nicht, dass er diesen Wall nicht für mich gebaut hatte, sondern für sich. Ich wusste nicht, dass er sich dahinter versteckte, aus Angst gesehen zu werden. Ich dachte einfach nur, dass er ein Held war. Ein Held, der niemals Angst hatte. Und niemals weglief! Niemals! Bis auf dieses eine Mal in Schottland.

„Lukas!", brüllte ich gegen den Wind und das rauschende Meer an. Aber Lukas reagierte nicht, sondern rannte einfach weiter. Tränen vermischten sich mit der Gischt auf meinem Gesicht und ich dachte schon ich müsste aufgeben, als Lukas endlich geschickt auf ein kleines Plateau kletterte und stehen blieb. Erschöpft drosselte ich mein Tempo und krabbelte die letzten Klippen schleppend auf allen Vieren empor. Mein Blick gebannt auf die Gestalt auf dem Plateau gerichtet, die so starr stand, als wäre sie mit den Felsen zu Stein verschmolzen. Als er dann plötzlich sein Gesicht dem Meer zuwandte, sah ich es zum ersten Mal: Sein Blick war so tief nach innen gerichtet, dass es wirkte, als wären seine schönen bernsteinfarbenen Augen von dickem Nebel umwölkt. Und obwohl ich schon ganz nah an ihm dran war, sah er mich nicht. Und plötzlich erkannte ich, dass mein Bruder, mein großer, starker, unerschrockener Bruder, Angst hatte! Sofort verwandelte sich meine Verwirrung in meinem Bauch ebenfalls in greifbare Angst. Was mochte geschehen sein, dass mein Bruder Angst hatte?

Ich streckte meine Hand nach seinem Hosenbein aus und zog vorsichtig daran. Er zuckte unter der Berührung zusammen, aber als er mich ansah, war sein Blick wieder klar.

„Luisa!" Seine Augen hielten mich entgeistert fest, als sehe er mich zum ersten Mal. „Was machst du denn hier?" Er reichte mir seine Hand, um mir sicher über den Klippenrand auf das Plateau zu helfen. Sie fühlte sich kalt und fremd in meiner an.

„Ich bin dir gefolgt. Du bist einfach weggerannt! Ohne mich!"

Lukas versuchte ein seltsames Lächeln und nickte nur.

„Was ist denn los?" Meine Stimme was so leise gegen den wütenden Wind, dass ich sie selbst kaum hörte.

„Das verstehst du nicht, Luisa!", sagte er genauso leise. Und seine Worte waren so schwer von Trauer, dass mir erneut die Tränen in die Augen stiegen.

„Dann erklär es mir!"

„Ich kann nicht!"

Er setzte sich auf einen Felsen und starrte auf das von Wind gepeitschte Meer, während sein Blick wieder von Nebel durchzogen wurde. Ich setzte mich neben ihn und versuchte verzweifelt zu verstehen, was meinem Bruder solche Angst machte. Hatte es vielleicht mit dem ungewöhnlichen Streit meiner Eltern zu tun, den ich vom Garten aus belauscht hatte? Er war deshalb ungewöhnlich, weil meine Eltern eigentlich niemals stritten. Nicht mal ein bisschen. Wenn, dann gab es zwischen ihnen nur höflich geführte Diskussionen, die eher einer lauteren Unterhaltung glichen. Auch mich hatte dieser

Streit verwirrt. Mich irgendwie getroffen, aber ich konnte mir jetzt, nur eine halbe Stunde später, schon nicht mehr erklären, warum das so gewesen war. Ich sah angestrengt in den Himmel, in dem sich die Wolken zu immer dunkleren Gebilden auftürmten und versuchte mir die Worte meiner Eltern ins Gedächtnis zu rufen.

Zu Beginn war es gar kein Streit gewesen. Ganz im Gegenteil wurde ich auf die Unterhaltung meiner Eltern nur dadurch aufmerksam, weil der Wind die Stimme meiner Mutter zu mir in den Garten geweht hatte und sie gänzlich anders klang als sonst -entrückt, unwirklich, glücklich. Ich war diesem Klang gefolgt und hatte auf Zehenspitzen durch das Schlafzimmerfenster geschaut.

„Es ist eben einfach ein Wunder!", hatte sie gesagt und ihr Gesicht war verzaubert von einem Lächeln, das ich so bei ihr noch nie gesehen hatte. Dabei war es keineswegs so, dass meine Mutter nicht häufig lächelte. Aber dieses Lächeln hier war anders! Es betonte ihre hohen Wangenknochen und ihre immer noch faltenlose Stirn, während ihre braunen Augen leuchteten.

Meine Mutter stand vor dem alten, dunklen Doppelbett und beobachtete meinen Vater dabei, wie er vor ihr unruhig hin und her ging. Der Raum war dunkel. Die winzigen Fenster des Bungalows ließen so gut wie nichts von dem trüben Licht von draußen hinein. Das Einzige, was das Zimmer erleuchtete, war das Lächeln meiner Mutter.

„Das ist kein Wunder, sondern eine Katastrophe!", sagte mein Vater und blieb stehen, um meine Mutter wütend anzusehen. Und plötzlich war das Strahlen im Gesicht meiner Mutter verschwunden. Sofort wurde das Schlafzimmer zu einer dunklen, grauen Masse, die von der schneidenden Stimme meiner Mutter in dicke, zähe Stücke zerschnitten wurde.

„Es ist passiert und es ist ein Wunder! Es sollte so sein. Verstehst du das nicht? Alles was wir durchgemacht haben, ergibt jetzt einen Sinn!"

Seufzend ließ mein Vater die Schultern hängen.

„Wir beide… Wir sind nicht… Ich verstehe dich, aber… Es ist gefährlich! Das weißt du doch!" Sein hilfloses Stammeln passte eher zu einem kleinen Jungen als zu dem starken, alles wissenden Mann, als den ich meinen Vater kannte.

„Du bist doch immer derjenige, der immer alles richtig machen will. Du bist doch derjenige, wegen dem wir heute hier stehen! Weswegen wir ‚DAS Hier' sind!" Die Hand meiner Mutter rührte bei diesen Worten zwischen sich und meinem Vater wie ein Mixer in der Luft.

Mein Vater starrte sie mit so zusammen gepressten Zähnen an, dass ich befürchtete, sie gleich wie bei einem Röntgenbild durch die Wangen schimmern zu sehen.

„Nein, nein und noch mal nein!", zerschmetterte mein Vater den Mixer und war wieder der Mann, den ich kannte. „DU wolltest das alles genauso! Und ich habe keine Lust mehr, mir DAS immer wieder vorwerfen zu lassen! Schließlich hattest du eine Wahl!"

Meine Mutter atmete tief durch und schloss für einen Moment die Augen. Es entstand eine kleine zarte Pause, bis meine Mutter sich langsam in Zeitlupe auf unseren Vater zu bewegte. Und obwohl meine Mutter klein, zierlich und weich war, machte sie auf mich in diesem Moment den Eindruck, als wäre sie eine riesige Skulptur, die am Eingang eines Geschichtsmuseums stand und kritisch und bedrohlich über die Exponate und dessen Besucher wachte.

Als sie den Mund öffnete, kam nicht mehr als ein zischendes Flüstern heraus, das die Luft zwischen meinem Vater und ihr in tausend Stücken auf den Boden rieseln ließ.

„Ja, aber ich hatte ganz andere Gründe als du. Und das weißt du! Und deshalb bist du mir diese Chance schuldig! Du bist es uns schuldig!" Das Gesicht meines Vaters erschlaffte bei diesen Worten. Alle Muskeln zu Staub zerfallen – haltlos, körnig, formlos. Er sah auf den Boden, als versuche er den Staub mit den Wimpern zusammenzufegen, um seine Gesichtsmuskeln dann wieder in ihre eigentliche Form zu bringen.

Meine Mutter blieb unmittelbar vor meinem Vater stehen und schloss die Augen. Sie atmete tief ein und wieder aus – ein Orkan der, nachdem er Kühe, Häuser und Eisenbahnen durch die Welt geschleudert hatte, wieder zur Ruhe kam. Als sie danach wieder die Augen öffnete, war sie wieder zu unserer Mutter geworden – sanft, vorsichtig, beherrscht. Sie hob die Hand, als wolle sie sein Gesicht streicheln, hielt dann aber mitten in der Bewegung inne, so dass ihre Hand einen Moment wie ein Fragezeichen in der Luft hing. Sie schloss abermals die Augen und als sich ihre Hand dann wieder in Bewegung setzte, schien es ihr alle Kraft abzuverlangen, um dann ruhig und glatt auf der Schulter meines Vaters liegen zu bleiben.

„Das könnte unsere Chance sein, Volker!", flüsterte sie. Ihre Stimme ein singender, geschmeidiger Schmetterling. „Wir könnten neu anfangen. Es IST ein Wunder! Ein Wunder für uns zwei!"

„Hast du keine Angst?" Die Stimme meines Vaters war plötzlich so dumpf wir trockenes Brot. Und meiner Mutter entfuhr ein Lachen, das so bitter klang wie die dunkle Schokolade auf der Donauwelle, die sie manchmal buk. „Angst? Natürlich habe ich Angst! Ich weiß gar nicht, wie es sich anfühlt, keine Angst zu haben! Aber dennoch müssen wir doch weiter machen, oder?"

Mein Vater presste die Lippen aufeinander und plötzlich hatte ich das Gefühl als drücke mir etwas auf den Kehlkopf, so dass mir die Tränen in die Augen traten. Mit meinen fünf Jahren verstand ich zwar den Sinn ihrer Worte nicht, aber die Stimmung, die sie mit sich trugen, drückte sich durch die dünnen Scheiben der Bungalowfenster auf meine zarte Kinderseele. Es kam mir eine Sekunde lang so vor, als würde ich diese beiden Menschen in dem Schlafzimmer nicht kennen. Als wären sie Fremde, die sich die Hüllen meiner Eltern einfach übergestülpt hatten, ohne zu verstehen, wer sie waren. Und das machte mir auf eine Art und Weise Angst, die ich noch nicht kannte. Die in meinem Inneren vibrierte, wie ein Falter, den man in einem Glas gefangen hält. Also verließ ich meinen Platz am Fenster und setzte mich auf die Schaukel und schwang mich in die höchsten Höhen, um diese Gefühle abzuschütteln, als wären sie nie da gewesen. Und als Lukas dann an mir vorbei gerannt war, hatten sie sich schon in Luft aufgelöst.

„Ich verstehe einfach nicht, wie das passieren konnte", sagte Lukas geistesabwesend, während seine Fußspitze ein unsichtbares Bild auf das feuchte Felsenplateau malte. „Sie können sich doch gar nicht leiden!"

„Wen meinst du?"

„Na, unsere Eltern!"

Ich sah auf das schaumig geschlagene Meer hinaus, während die Kälte sich wie Nadelstiche in mein Gesicht bohrte. Ich zog mir meine Kapuze über das blonde, lockige Haar, als könne ich dadurch besser in mein Inneres lauschen, um endlich zu verstehen, was meinem Bruder solche Angst machte.

Natürlich wusste ich, dass meine Eltern irgendwie anders waren als die Eltern von meiner Freundin und Nachbarin Fanni zum Beispiel. Die sich bei jeder Gelegenheit anfassten, sich küssten, Kosenamen und Kniffe gaben. Meine Eltern taten so etwas nie. Wenn ich recht darüber nachdachte, fassten sie einander eigentlich überhaupt nie wirklich an. Selbst Weihnachten unterm Tannenbaum, wenn alle ihre Geschenke auspackten und sich gegenseitig herzten und dankten, lächelten sie einander lediglich freundlich und distanziert an. Aber ich hatte ihr Verhalten nie in Frage gestellt.

„Aber Mami und Papi sind verheiratet, Lukas. Und wenn man verheiratet ist, liebt man sich, oder nicht?", versuchte ich Lukas zu überzeugen und spürte die ersten dicken Tropfen auf meine Kapuze fallen.

„Mensch, Luisa, wir sind hier nicht in einem von deinen Märchenbüchern. Das ist die Wirklichkeit! Man muss sich nicht lieben, um verheiratet zu sein. Das war noch nie so. Es gibt tausend andere Gründe fürs Heiraten!"

Obwohl Lukas nur zwei Jahre älter war als ich, schien er mir manchmal unerreichbar älter. Er war ein Baum, dessen Krone bis zu den Sternen reichte und seine Weisheit in Blättern vom Wind auf mich niederregnen ließ. Aber manchmal sahen die Blätter für mich eben einfach aus wie Blätter.

„Ich weiß nicht, was du meinst", murmelte ich verzweifelt und ließ den Kopf hängen, damit er das erneute Aufsteigen meiner Tränen nicht sehen konnte.

Lukas lächelte mich mitleidig an und zog mich an sich. „Das ist schon okay, Luisa. Glaub mir, es ist auch besser so. Und mit dem Baby werden wir schon irgendwie klar kommen."

„Dem Baby?!" Jetzt endlich verstand ich. Die Worte meiner

Eltern ordneten sich zu einem Körper mit großen Kulleraugen, Stupsnase und einer Windel – ein Baby! Meine Mutter war schwanger!

„Was hast du denn geglaubt, wovon ich spreche? Von einem Pony? Hast du denn gar nichts mitbekommen? Deshalb haben sich Mama und Papa doch gestritten", sagte er jetzt kopfschüttelnd. „Neben dir könnte ein Planet mit tausend grünen Männchen mit Ohren wie Satellitenschüsseln auf die Erde krachen und du würdest weiter in den Himmel schauen und dich fragen, warum da ein Stern weniger leuchtet!"

„Gar nicht!", sagte ich trotzig. Aber Lukas lächelte mich mit so viel Schalk in den Augen an, dass meine Mundwinkel nach oben zuckten.

„Und was machen wir jetzt?", fragte ich, während der Regen seine prasselnde Melodie auf unsere Körper trommelte.

„Ja, nichts natürlich!", erklärte Lukas, während seine Gedanken in der Luft hingen, wie die Würste beim Wurstschnappen auf meinen letzten Kindergeburtstag. Die leckeren Teile baumelten so verführerisch im Wind, aber so sehr ich mich auch bemühte, so hoch wie ich auch sprang, sie blieben einfach unerreichbar.

„Wir können da gar nichts machen, Luisa", antwortete er und seine Trauer überschwemmte mich. Ich wollte unbedingt etwas sagen, um ihn wieder zum Auftauchen zu zwingen: „Aber wenn der Himmel in Splittern auf uns niederregnet, dann können wir es, oder?"

Ich spielte damit auf unsere Fantasiewelt an, in die Lukas und ich gerne eintauchten. Eine Welt in der alles möglich war, was im hier und jetzt unmöglich, falsch oder verboten war. Und in dieser Welt regnete es nicht Wasser, sondern Himmelssplitter, die Wünsche enthielten und mit Auftreffen auf die Erde in Erfüllung gingen.

Lukas lächelte gequält und nickte. „Ja, dann können wir es."
Die dicken Nebelschwaden griffen wieder nach seinem Blick und zogen ihn fort. Ich blieb einsam und durchnässt auf den Klippen zurück und fragte mich, warum Lukas vor einem Baby solche Angst hatte?

Rebecca 1977

„Leck mich doch am Arsch!", brüllte ich ihm hinterher und schlug die Tür so heftig zu, dass ich hoffte, er würde es auch noch im Fahrstuhl hören. Sicher wäre es sinnvoller gewesen, diesen Auftritt hinzulegen, direkt nachdem er mir gesagt hatte, dass er Schluss mit mir machte. Natürlich erst NACHDEM er mit mir geschlafen hatte. Aber die Zeit zwischen seinem Hemdzuknöpfen (er hatte mir die frohe Botschaft mitgeteilt, nachdem er seine Männlichkeit in die viel zu enge Jeans gestopft hatte) und dem leisen Surren der Fahrstuhltüren hatte ich lieber damit verbracht, vor ihm zu kriechen wie ein räudiger, ausgehungerter Hund und ihn anzuflehen, mich nicht zu verlassen, weil ich ohne ihn nichts wert war und mich eventuell auch umbringen müsste.

Ja, ich war hoffnungslos! Ein hoffnungsloser und dazu noch dämlich selbsterniedrigender, lächerlich trauriger Fall. Ich lehnte mich mit der Stirn gegen die Tür, die meiner armseligen Wut getrotzt hatte, obwohl man sie sonst nur mit höchster Vorsicht schließen durfte, damit die obere Angel nicht das Zeitliche segnete. Ich konnte mich nicht umdrehen und mich meinem kleinen, vollgestopften Ein-Raum-Apartment stellen. Denn genau gegenüber der Tür befand sich mein schöner, vorm Sperrmüll geretteter Standspiegel. Er hatte einen Weichholzrahmen, auf dem ich mir einbildete, Überreste von Gold zu erkennen, und einen mehrfach gesprungenen Spiegel, der von einigen Metern doppelseitigem Klebeband zusammengehalten wurde. Ich war der Meinung, dass wenn man etwas zusammenfügte was gemeinhin als unglückbringend galt, nur zu Glück führen konnte. Ich biss mir auf die Lippen bis ich Blut schmeckte, weil mir das gerade als die bescheuertste Idee im ganzen Universum vorkam. Und das Allerbescheuerteste war noch, dass diese tausend Splitter einem auch tausendmal sein eigenes Antlitz widerspiegelten. Und diesen Anblick konnte ich jetzt wirklich nicht ertragen. Also ließ ich mich, so wie ich war, auf meinen dürren Popo fallen und starrte die schäbige Tür an.

„Es ist spirituell, dass hier die Farbe abblättert", hatte ich meiner Mutter erklärt, als sie das erste und letzte Mal in diese Wohnung kam. „Das verdeutlicht nur, wie vergänglich all diese Chemie ist. Das, was wirklich bleibt, ist die Liebe." Bei dem Gedanken an diese gequirlte Scheiße kam mir jetzt die Galle hoch, so wie meiner Mutter in diesem Moment wahrscheinlich auch. Das waren nicht meine Worte, sondern die von Bernd. Dem Typen dem ich jetzt hinterher weinte. Er war ein hängengebliebener Hippie, der auf einer Party von meiner Freundin Janina wie der heilige Messias auf mich gewirkt hatte. Während er bekifft seine Lebensweisheiten in die Luft blies, hatte ich die ganze Zeit gedacht: Ja, das ist er! Mein Zukünftiger! Also hatte ich angefangen, lange geblümte Röcke zu tragen, meine Haare nicht zu waschen und barfuß zu gehen. Als ich mich dann auf einem Konzert an seinen Hals geworfen hatte, hatte er komischerweise gar nichts dagegen und ich fühlte mich endlich am Ziel meiner Suche. Genau wie bei Ralf, für den ich zur Motorradbraut geworden war und bei Bert, dem ich nach Schweden gefolgt war, obwohl ich Kälte über alles hasste. Und genau wie bei den ganzen anderen armseligen Typen, denen ich sonst noch in meinen 24 Jahren begegnet war.

Immer machte ich das, was andere von mir erwarteten. Ich hatte eine Ausbildung gemacht, die meine Eltern für richtig hielten, obwohl ich lieber studiert hätte. Und als ich endlich in der Lage war, meinen Eltern vor den Kopf zu stoßen, hatte ich es nur geschafft, weil Bernd es von mir verlangt hatte. Und warum? Weil ich panische Angst vor dem Alleinsein hatte. Ich hasste es. Ich wollte es nicht. Es durfte nicht passieren.

Und jetzt, wieder allein, schaute ich auf meine nackten Füße herab und fragte mich, wem diese kleinen krummen Zehen eigentlich gehörten? Ich fragte mich, wer ich eigentlich wirklich war? Wann ich diese Person das letzte Mal gesehen hatte und wer sie irgendwann sein würde? Und so sehr ich mich auch anstrengte, ich konnte nur gähnende Leere erkennen.

Luisa 1986

Baby, Baby, uhhhh…

Die Kindheit ist ein mystischer und wundervoller Ort, der jedem von uns einmal im Leben geschenkt wird. Dieser Ort ist voller Fantasie, Traurigkeit und Lachen. Er gibt Hoffnung und Liebe und Glück. Er lässt die Welt in einem Licht erstrahlen, das in allen Regenbogenfarben schimmert. Jede Farbe ein unschätzbarer Juwel. Unser Geist ist in dieser Zeit so frei und leicht, dass er wild, unstet und neugierig durch die Welt flattert, ohne irgendwo lange zu verweilen. Er will entdecken, lernen, erfahren bis er bereit ist, sich zu setzen, auszuruhen und zu genießen. Aber was ist mit den Kindern, denen dies alles genommen wird? Denen dieser Ort der Kindheit gestohlen wurde? Wo kommen sie hin? Und wo können sie bleiben? Denn ist der Ort einmal fort, kann ihn niemand mehr zurückbringen. Die Tür bleibt verschlossen. Der Schlüssel weit in der Vergangenheit. Unauffindbar. Für immer verloren.

Es dauerte noch einige Wochen bis meine Eltern uns die frohe Botschaft über den Familienzuwachs mitteilten. Aber während meine Mutter in ihrer Schwangerschaft wie ein verirrter, gefräßiger Kolibri durch unser Haus flatterte, schienen mein Bruder und mein Vater in dieser Zeit irgendwie kleiner geworden zu sein. So als wollten sie sich vor etwas Dunklem ducken, das hinter jeder Ecke auf sie lauerte. Sie waren leiser und stiller als normalerweise und auf eine seltsame Art beängstigend. Ich fand Lukas häufig alleine in seinem Schrank. Der Schrank war ein Erbstück meiner Mutter und hatte nirgendwo anders in unserem Haus einen Platz gefunden. Er war aus weichem dickem Holz und einfach riesig. Während sich hinter der rechten gigantischen Kastentür Regalböden versteckten, die Lukas'

Kleidung ein zu Hause gaben, so verbargen die beiden anderen Türen nicht nur eine Kleiderstange mit abgelegten Kleidungsstücken der gesamten Familie, sondern auch Lukas' und meinen Zufluchtsort - tief, seufzend, tröstend. Dort fühlten wir uns geschützt und geheimnisvoll. Verborgen hinter den Jacken, Pullovern und Westen unserer Eltern, die in Reih und Glied auf ihre Abholung warteten, oder darauf von den Motten zerfressen zu werden, konnte uns niemand etwas anhaben. Denn wir waren dort zusammen. Gemeinsam.

Und auch jetzt, wenn ich zwischen einem alten hässlichen Pullunder meines Vater und einer dicken, grauen Strickjacke meiner Mutter zu ihm in den Schrank kletterte, grinste er mich an als wäre alles wie immer. Aber auch sein breitestes Grinsen konnte nicht verhindern, dass ich die Reste des dunklen Nebels in seinen Augen sah und dieser gefangene Falter in meinem Magen anfing zu flattern. Aber ich ignorierte es, denn alles was zählte, war, dass ich mit meinem Bruder zusammen sein konnte. Die Burg und der Wall. Für immer!

Es war für mich unvorstellbar, dass sich dies jemals ändern könnte. Aber die Veränderung hatte sich schon längst in unser Haus geschlichen. Sie lauerte in den Ecken und wuchs mit jedem Tag, jeder Sekunde. Genau wie der Bauch meiner Mutter und das ungeborene Kind darin, nahm sie heimlich Gestalt an und schlich sich zwischen uns. Ich konnte sie nicht sehen, aber ich spürte sie als dieses Flattern tief in mir drin. Aber ich wusste sie nicht zu deuten. Wollte es nicht. Konnte es nicht. Denn die Bürde des Wissens konnte ich damals noch nicht tragen. Kann es heute noch nicht.

Ich liebte meine Mutter. Sie war so herzlich und liebevoll zu uns Kindern, dass ihre reine Anwesenheit einen umschlang wie eine dicke flauschige Decke. Aber manchmal, wenn ich sie aus der Entfernung beobachtete, kam mir das Bild aus Schottland wieder in den Sinn. Als sie mir so fremd und unwirklich vorgekommen war. Als hätte sie sich selbst in eine Decke gehüllt, die kalt und distanziert war, die sie aber sofort fallen ließ, wenn Lukas oder ich das Zimmer betraten. Und so sehr sie auch für uns da war und uns bei jedem Problem zuhörte, so wenig gab sie über sich selbst preis. Sie opferte sich für uns und unseren Vater auf, als existiere sie selbst gar nicht. Dies unterstrich sie zusätzlich durch ihre Kleidung. Denn obwohl meine Mutter immer eine schöne und schlanke Frau gewesen war, verbarg sie ihren Körper unter unförmigen Zelten. Nie trug sie etwas Enganliegendes oder Körperbetontes und wenn sie duschen ging, schloss sie sich im Badezimmer ein, als hätte sie Angst etwas Verbotenes zu tun. Ich konnte mich nicht erinnern, sie jemals auch nur annähernd nackt gesehen zu haben. Aber während der Schwangerschaft veränderte sich das plötzlich. Sie begann ihrer Figur schmeichelnde Kleidung anzuziehen und ihren immer größer werdenden Bauch wie eine Trophäe vor sich herzutragen. Es war als gäbe ihr dieses heranwachsende Kind in ihr endlich eine Berechtigung da zu sein. Und als ich eines Morgens an ihrer Schlafzimmertür vorbei ging, sah ich meine Mutter, wie sie sich, einer Tänzerin einer altmodischen Spieluhr gleich, vor dem Spiegel hin und her drehte. Und sie war dabei völlig nackt! Mit einem entrückten Lächeln streichelte sie dabei ihre gigantische Kugel und summte so ein süßes Lied, als wäre sie eine Prinzessin aus einem Disney Film. Die Sonne schien ihr von hinten gegen den Rücken und bettete die Umrisse meiner Mutter in eine gleißende Corona. Und obwohl sie zugenommen hatte und ihr Bauch so schwanger war, wirkte sie dadurch so zierlich und klein wie eine Elfe, die gleich ihre Flügel spreizt, um kichernd davon zu schweben. Von diesem Bild gefangen, blieb ich stehen und sah ihr einen Moment zu. Angestrengt sah ich auf ihren Bauch, in der Hoffnung das kleine zarte Etwas durch ihre Bauchdecke schimmern zu sehen. Aber während ich so auf ihren Bauch starrte, fiel mir plötzlich diese etwa drei Zentimeter lange Narbe auf, die an der linken Seite kurz über ihrem Bauchnabel prangte – weiß, hässlich, unnatürlich.

„Was ist das?", fragte ich und betrat mit einem Fuß den flauschigen Teppich im Schlafzimmer.

Meine Mutter zuckte bei meinen Worten zusammen, als hätte ich sie aus einem tiefen Traum geweckt, und legte sofort beschützend ihre Hände über die kleine weiße Stelle auf ihrem Bauch. Obwohl ich überhaupt keine Andeutungen gemacht hatte, was ich mit meiner Frage eigentlich meinte.

„Nichts", zischte meine Mutter und zog hektisch ihr T-Shirt über den großen Bauch.

„Doch, da ist was auf deinem Bauch. Eine Narbe, oder? Woher stammt die?", ließ ich mich nicht abschütteln. Da war es wieder: Diese leise Flattern in meinem Inneren. Es verwirrte mich. Ließ sich nicht greifen. Machte mich krank. Woher kam es? Warum spürte ich es gerade jetzt?

„Das ist nichts! Nur eine Narbe von einer Windpocke!" Sie streifte schnell ihre Unterhose über und ging dann auf mich zu. „Und jetzt geh spielen. Mami muss hier noch aufräumen."

Damit schob sie mich schon fast unsanft aus dem Schlafzimmer und schloss die Tür. Mit schwappender Übelkeit in meinem Bauch ging ich in mein Zimmer. Dass eine Windpockennarbe gar nicht so aussah als hätte jemandem ein Messer im Bauch gesteckt, wurde mir erst Jahre später klar.

Rebecca 1978

Ich hasste meinen Job. Ich hasste die Arbeit, die ich tun musste, ich hasste, die Arbeitszeiten, ich hasste meine Kollegen. Aber am meisten hasste ich meine Patienten. Ich hasste es aus tiefster Seele Krankenschwester zu sein. Wenn ich aufstand um zur Arbeit zu gehen und mir für irgendeine langweilige Pause ein Brot schmierte, fragte ich mich manchmal, ob das billige Schmiermesser aus einer Discounterkette nicht viel schöner mit meinem Blut darauf aussähe als mit der billigen Erdbeermarmelade, die eigentlich nicht mal nach Erdbeeren schmeckte. Ich zwang mich trotzdem jeden verdammten Tag aus meiner Haustür und schleppte mich ins Krankenhaus, um es dort mit dem aufzunehmen, was meine Eltern für mich vorgesehen hatten.

„Ich will dieses Teil nicht unter meinem Po haben! Ich mag das nicht. Das ist so kalt!" Frau Moska, ungefähr 100 Jahre alt, weigerte sich mal wieder in die Bettpfanne zu machen.

„Sie müssen aber, Frau Moska. Sie können nicht aufstehen. Oder wollen Sie etwa wieder ins Bett machen?" Hilflos stand ich mit dem Metallding vor ihr.

„Ja", sagte sie und drehte mir ihren Allerwertesten zu.

„ICH will aber nicht, zum fünften Mal heute, Ihre Bettwäsche wechseln müssen! Also bitte machen Sie jetzt in die Bettpfanne!"

„Nein!", murmelte mir ihr Hinterteil entgegen. „Ich will nicht!"

„Aber sie mussen doch!"

„Ist mir egal!"

Ich schloss die Augen und drehte mich geschlagen um. Ich schmetterte die Bettpfanne auf den Wagen und versuchte meine innere Mitte zu finden. Allerdings war da keine.

„Na, will die alte Frau Moska wieder keine Bettpfanne?" Lili Winter, groß, blond, riesige Brüste, volle Lippen, dazu aber Augen, denen man so viel Tiefgründigkeit ansehen konnte, wie einer Pfütze auf dem Bürgersteig.

„Nein, will sie nicht!" Ich hasste sie. Ich hasste sie fast am meisten von all meinen Kollegen.

„Also bei mir stellt sie sich nie so an!" Ihre Schlauchbootlippen verzogen sich zu einem Lächeln.

„Tja", machte ich nur.

„Was machst du nur anders als ich?"

Das Licht über Frau Moskas Zimmertür ging an und ich wusste, ich würde die dicke Frau jetzt auf das Nachbarbett hieven müssen, um ihre nach alte Frau stickende, Urin getränkte Bettwäsche zu wechseln.

„Anscheinend alles!", sagte ich und verschwand in Frau Moskas Zimmer. Und während ich in das abartig grinsende Gesicht dieser alten, gehässigen Frau sah, dachte ich an das Schmiermesser zu Hause, das immer noch mit verklebter Marmelade auf meiner Spüle auf mich wartete.

Luisa 1986

Schräges Wiegenlied

Es gibt Dinge, die einem in der Kindheit geschehen, die man für bedeutungslos hält. Sie ergeben einfach keinen Sinn und spielen in dem Wirrwarr der Dinge, die man sonst noch lernen muss, schlichtweg keine Rolle. Es ist dann als spreche die Welt eine Sprache, die man nicht versteht und deren Buchstaben Zeichen sind, die einem fremd und unwirklich vorkommen. Man verliert dann das Interesse und vergisst wieder, was einem widerfahren ist. Erst viel später, wenn man die Zeichen lesen lernt, und die Worte versteht, erinnert man sich. Und die zusammengefügten Zeichen ergeben Bilder, die eine Geschichte erzählen. Eine Geschichte, von der man nie geahnt hätte, dass die Welt sie für einen bereithält.

Maria-Sofia Köhler wurde am 04.04.1986 um 07:35 Uhr geboren. Mein Vater war völlig durch den Wind, als er in der Nacht davor so gegen drei im Flur zwischen unseren Zimmern hin und her hüpfte und rief: „Steht auf, steht auf! Maria-Sofia kommt! Maria-Sofia kommt!"

Ich hatte meinen Vater bis dahin noch nie so gesehen. Mein Vater war immer äußerst peinlich auf sein Erscheinungsbild bedacht. Die dunklen Haare streng zurückgekämmt, aalglatt rasiert und tadellos gekleidet. Aber jetzt standen ihm die Haare wie wild durcheinander gefallene Mikadostäbchen vom Kopf ab. Er war unrasiert, hatte das blaue Hemd falsch geknöpft und den Hosenstall offen. Ich stand da und starrte ihn an und etwas Schwarzes begann tief in mir seine Wurzeln zu schlagen – gemein, hinterhältig, durchdringend. Denn ich erkannte, dass es Freude und Glück waren, die ihn zu diesem untypischen Verhalten trieben. Trotz all der Angst und Dunkelheit, die ihn während der Schwangerschaft meiner Mutter umgeben hatte, empfand er jetzt, wo es soweit war, Freude und Glück. Gefühle, die ihn so sehr mitrissen, dass ihm alles andere egal war. Alles, worauf er sonst so großen Wert legte. Alles was ihn meiner Meinung nach ausmachte. Weil ich ihn nicht anders kannte.

Weil ich ihn bisher nie so gesehen hatte.

Weil er in meiner Gegenwart nie so empfunden hatte.

Während der Fahrt ins Krankenhaus saß ich mit meiner Mutter auf der Rückbank und meine Mutter drückte meine Hand bei jeder Wehe so heftig, dass ich dachte meine Fingerspitzen müssten oben aufplatzen. Dennoch konnte ich nur meinen Vater anstarren, der während der Fahrt überschäumend über das Wunder der Geburt vor sich hinplapperte, obwohl er doch selbst Gynäkologe war und mehr als besser wusste, dass das alles nichts mit einem Wunder zu tun hat. Dabei sah er immer wieder zu meiner Mutter nach hinten, so dass Lukas ihn mehrmals auf eine rote Ampel, Fußgänger oder die richtige Straßenseite aufmerksam machen musste. Und seine Augen hatten diesen Schimmer, den nur echtes, wahres Glück hervorrufen konnte – schön, strahlend, wunderbar. Und es widerte mich an. Es war ein Ekel, der mir die Zunge belegte und einen pelzigen Film auf meine Zähne legte. Ich presste die Lippen aufeinander und schluckte und schluckte und schluckte. Ich wusste, es war falsch so zu empfinden. Schließlich ging es hier um die Geburt meiner Schwester! Ich hätte ebensolches Glück empfinden müssen, anstatt nach einer Möglichkeit mich zu übergeben zu suchen. Aber der Ekel war da und ich wurde ihn nicht los. Und immer mehr zarte, dünne, pechschwarze Wurzeln bahnten sich ihren Weg durch meine Eingeweide. Zart genug, um noch spurlos herausgerissen zu werden. Nur tat es keiner.

Endlich in der Klinik angekommen, ließ Papa Mutter-Wal bei uns und flatterte zur Rezeption, um mit fuchtelnden Armen die Frau, die dahinter saß und gerade an ihrem Kaffee nippte, mit Fachbegriffen über Mamas Zustand zu bombardieren. Weil wir den offenen Mund der Frau sahen, die vermutlich nur als Aushilfe in der Nachtschicht arbeitete und keinen blassen

Schimmer von dem hatte, was mein Vater eigentlich sagen wollte - Nämlich: „Hallo, meine Frau kriegt ihr Kind! Jetzt!" -, schoben wir den Mamaberg dezent hinter unseren Vater und zeigten demonstrativ auf die preisverdächtige Riesenmelone, die meine Mutter unter ihrem Kleid verbarg. Endlich begriff sie und erklärte uns den Weg zur gynäkologischen Notaufnahme. Mein Vater rannte gleich voraus, beschwerte sich im Vorbeigehen bei einem ahnungslosen Pfleger, der zufällig den Gang runter kam, dass meine Mutter keinen Rollstuhl hatte, klingelte bei der Nachtglocke Sturm und wurde dann endlich von einer freundlichen kleinen Hebamme in Empfang genommen, die sich um ihn und meine Mutter kümmerte.

Nachdem meine Eltern mit der Hebamme im Kreißsaal verschwunden waren, richteten Lukas und ich uns auf den gelb-orangen Plastikstühlen ein, die vor dem Kreißsaal aufgereiht standen wie hässliche Perlen einer Kette aus dem Kaugummiautomat. Das Licht stach mir kalt in die Augen und der grüne PVC erinnerte mich an meinen eigenen Mageninhalt. Lukas holte ein Buch aus seinem Rucksack und begann daraus eine Geschichte über einen Jungen vorzulesen, der auf einer Mülldeponie einen Roboter fand, der sein bester Freund wurde.

Ich legte meinen Kopf in seinen Schoß und versuchte nicht an das strahlende Glück meines Vater zu denken. Ich wollte schlafen, um meine eigenen Gefühle zu vergessen. Wollte die Augen mit der Hoffnung schließen, beim Aufwachen festzustellen, dass meine Mutter niemals schwanger gewesen war. Ich konzentrierte mich auf Lukas' Stimme, die ich so gut kannte wie meine eigene. Ich schloss meine Augen und das diffuse Licht eines Traums zerrte schon an meinem Geist, als die Frage doch noch über meine Lippen krabbelte: „Meinst du Papa war auch so komisch als wir geboren wurden?"

Ich schaute von unten auf Lukas' Kinn, das sich beim Lesen so lustig auf und ab bewegte, bei meiner Frage aber abrupt in seinem Kiefergelenk hängen blieb. Als er dann antwortete, schaute er mich nicht an, sondern starrte an mir vorbei. Seine Augen umwölkt von Nebelschwaden.

„Nein... Ich kann's mir zumindest nicht vorstellen", hörte ich ihn durch den Nebel flüstern.

„Ich auch nicht", murmelte ich und wünschte das erste Mal in meinem Leben, dass er mir die Wahrheit verschwiegen und mich angelogen hätte.

Meine Eltern waren wie zwei Kreisel auf Speed – völlig aufgedreht und vor Glück übersprudelnd. Maria-Sofia vermochte die Kluft, die seitdem ich denken konnte zwischen meinen Eltern geherrscht hatte, mühelos zu überbrücken. Mit ihren kleinen knautschigen Augen schien sie unsichtbare Netze zwischen ihnen zu spannen, sie mit ihren kleinen Händen näher an einander heranzuschieben, und mit dem Inhalt ihrer vollen Windel aneinander zu kleben.

Wenn ich sah, wie meine Eltern Maria-Sofia durch die Gegend schleppten, auch nach stundenlangem Gebrüll immer noch Schwärmereien über ihre „ach, so kleinen Ohren" flöteten, jede von Blähungen verzerrte Gesichtsakrobatik nach einem Lächeln untersuchten und über ihren Windelinhalt philosophierten wie über das Leben nach dem Tod, spürte ich dieses dunkle Etwas in mir wachsen. Ich spürte wie seine kleinen Wurzeln sich in meine Leber trieben und sich an meiner Milz zu schaffen machten – böse, schwarz, blutig. Ich wurde die Übelkeit kaum noch los. Denn nichts, was Lukas oder ich taten oder sagten, konnte meine Eltern wieder auf den Boden der Tatsachen zurückbringen. Wir waren in unserer Familie nur Zuschauer, die zwar die besten Plätze hatten, aber trotzdem nicht in die Handlung eingreifen konnten. Wir waren wie Statisten in einem Film, die ihn zwar lebendiger gestalten, aber nichts mit der eigentlichen Handlung zu tun haben.

Meine Schwester hatte meinen Eltern Flügel verliehen und ich wollte nichts anderes als sie ihnen zu stutzen.

Dabei machte es mir weniger zu schaffen, dass Maria-Sofia so viel Aufmerksamkeit bekam. Schließlich war sie ein hilfloses und zugegebenermaßen süßes Baby. Es war eher das Gefühl versagt zu haben, das dort in mir wurzelte. Denn offensichtlich hatte ich es als Baby nicht geschafft, die Distanz zwischen ihnen wie Eis schmelzen zu lassen. Ich hatte es nicht geschafft, dass mein Vater an meinem Bett meine Mutter in den Arm nahm und ihr dabei mit dem Zeigefinger zärtlich über die Schultern strich.

Ich hatte nicht bewirkt, dass meine Mutter so gerührt von mir auf Papas Arm war, dass sie ihm einen scheuen Kuss auf die Wange gab. Ich hatte nicht bewerkstelligt, dass meine Eltern sich kindisch darum stritten, wer den Kinderwagen schieben durfte, um ihn dann Hand in Hand durch die Straßen zu manövrieren. Nein, ich hatte nichts von alledem hinbekommen.

Ich war nicht gut genug gewesen.

Ich hatte versagt.

Die Erkenntnis legte sich wie eine Eisfaust um mein kleines Herz und ließ es erstarren. Bei jedem Schlag sprangen Eissplitter ab und bohrten sich erbarmungslos und hinterhältig in meine Eingeweide.

Mit fünf gehört man meistens noch zu den Frühaufstehern. Diese kahlen Stunden bevor alle im Haus aufgestanden sind, hatten für mich etwas besonders Einzigartiges – milchglastrüb, rau, zeitlupenähnlich. Mein Organismus trat mich meist schon zwischen fünf, halb sechs aus dem Bett und ich schwebte dann die Treppen hinunter, setzte mich auf die Küchenanrichte (strengstens verboten!), balancierte über den Badewannenrand (lebensgefährlich!), oder rollte mich auf Papas Lieblingsledersessel zusammen (immer reserviert!).

Aber nach Maria-Sofias Geburt war mein knisterndes, frühes Märchenwunderland oft unerreichbar. Meine Eltern bevölkerten es, weil meine Schwester offensichtlich lieber schrie als schlief. Und um uns nicht zu stören, wechselten sie meistens an irgendeinem Zeitpunkt der Tollwut die Etage. Und so befanden sie sich auch an diesem einem Morgen dort. Ich hatte ihr leises Murmeln schon auf der Treppe gehört und mich auf Zehenspitzen bis zur Wohnzimmertür vorgeschlichen, so dass ich sie durch den Türspalt sehen konnte. Auf dem Sofa drapiert wie „die Madonna mit der Nelke" von Leonardo da Vinci (mit folgenden Rollen: Die Madonna: meine Mutter; das Baby, das nach der Nelke in der Hand meiner Mutter greift: mein Vater; die Nelke: Maria-Sofia). Beide mit ausgehöhlten Gesichtern von der durchwachten Nacht. Trotzdem lag über der Szene ein Weichzeichner, als hätten sie die alte blinde Glasscheibe von unserem Couchtisch vor sich geschoben. Ihre Zufriedenheit und

Glückseligkeit summte bis zu mir rüber und ließ meine Wimpern so vibrieren, dass es mir die Tränen in die Augen trieb.

„Wenn sie so daliegt, sieht sie genauso aus wie du, Vicky", sagte mein Vater verträumt, während er versonnen das spärliche Haar meiner Schwester streichelte.

„Findest du?", hauchte meine Mutter, die Hand meiner Schwester haltend. „Siehst du diese Fingernägel? Das sind deine! Sie haben genau dieselbe Form."

„Ja, du hast Recht. Schon komisch, nicht?"

„Nein. Denn das hier ist unser Werk, Volker. Unser ich und du. Unser wir."

Mein Vater antwortete nicht, sondern strich weiter über Maria-Sofias Haar. Zupfte daran wie an einer Harfe, die die himmlischsten Töne hervorbrachte. Aber nach ein paar Minuten entfaltete sich seine Stimme schwingend schön wie ein Schmetterling. Er sah dabei meine Mutter nicht an, sondern studierte seine Finger in Maria-Sofias Haaren. „Ich liebe euch."

Ich erstarrte. Mein Schlafanzug ein Tuch aus glühenden Kohlen, die sich in meine Haut brannten.

Meine Mutter legte meinem Vater eine Hand auf die Wange und drehte sein Gesicht zu ihrem. Sie schauten sich an, wissend was folgen würde.

Der Kuss war lang, unwirklich, schmerzlich. Als hätten sie ewig darauf gewartet. Es war ein intimer Moment, den ich nicht hätte sehen dürfen und der mich wie eine Axt in den Nacken traf. Diese zwei Menschen, die seit ich denken konnte, so viel Nähe miteinander hatten teilen wollen, wie zwei sich gegenüberstehende Straßenlaternen (dazwischen die Straße so breit wie der Rhein bei Hochwasser), saßen da jetzt auf dem Sofa und küssten sich. Mit Tränen in den Augen drehte ich mich um, flüchtete vor dem, was da noch kommen würde und was ich nicht auch noch sehen wollte.

Ich versteckte mich in Lukas' Schrank hinter dem selbst gestrickten, ausgeleierten Wollmantel meiner Mutter. Ich wollte allein sein, mich in meinem Mitleidssee suhlen, bis meine Kleidung durchtränkt, nass und triefend wäre und ich Schwimmflügel brauchen würde, um wieder an die Oberfläche treiben zu können. Ich hatte die grellpinke Daunenjacke, die meine Mutter im Winterurlaub gekauft hatte, von seinem Bügel geholt und mein Gesicht reingedrückt, um meine welterschütternden Schluchzer unter die Daunenjacke des Schweigens zu hüllen. Lukas, von der zufallenden Schranktür aus seinen süßen Träumen gerissen, folgte mir kurz darauf schlaftrunken in den Schrank. Er hob meinen Kopf mitsamt der pinken Daunenjacke hoch und legte alles zusammen auf seinen Schoss. Er sagte kein Wort, hörte nur meinem rhythmischen Schluchzen zu.

„Ich versteh das einfach nicht. Wie können sie nur so sein? Was ist nur besser an ihr als an mir?", nuschelte ich in die Daunen. „Dabei hast du gesagt, dass sie sich eigentlich gar nicht leiden können!"

„Ich weiß, Püppi", sagte Lukas seufzend.

Püppi war sein Spitzname für mich, weil er der Meinung war, dass ich mit meinen blonden Locken, meinen grünen Augen und den dünnen Beine aussah wie eine Puppe, die jeder lieb haben musste. Und obwohl ich vor Lukas vorgab den Spitznamen zu hassen, trug ich ihn heimlich stolz vor mir her wie eine glänzend polierte Medaille.

„Aber was stimmt denn nur nicht mit mir?" Meine Stimme brach sich jedes Mal an den Schluchzern, wie die Wellen an den Klippen, die wir damals hochgeklettert waren.

„Mit dir stimmt alles, Luisa", murmelte Lukas. „Und es ist sicher nur vorübergehend. Muss es sein...!"

Obwohl ich sein Gesicht nur schemenhaft erkennen konnte, und nur winzige Lichtkörner ihren Weg durch die Ritzen und Astlöcher des Schrankes fanden, hatte ich das Gefühl, als kämpfe sich seine Stimme durch dicke Nebelschwaden zu mir herüber. Dennoch wollte ich ihm glauben. Denn Lukas wusste einfach alles und hatte auch gewöhnlich immer Recht.

Aber dieses schwarze Etwas in mir, war so intensiv und beherrschend, dass ich meinen Glauben zu verlieren drohte. Und plötzlich schmeckte ich eine Frage auf meiner Zunge. Die wahre Frage. Die von der man erst weiß, dass sie der Kern von allem ist, wenn sie sich in deinem Mund ausbreitet, wie ein Ölteppich auf dem Meer. Die Frage, die dir Angst macht, alles ändert, alles verwischt – bitter, fremd, schmerzlich:

„Und was ist, wenn sie mich einfach nicht genug lieben, um einander lieben zu können?"

Jetzt wurde das Gesicht meines Bruders plötzlich ganz ernst. Er schob mich hoch und zwang mich in seine Augen zu sehen. „Glaub das niemals, okay? Unsere Eltern lieben dich! Uns beide! Wenn es etwas gibt, dass die Wahrheit ist, dann das! Sie würden alles für uns tun! Hast du das verstanden?"

Ich nickte. Angst schwamm plötzlich wie ein haariger Knoten in meinem Magen und kam mir seltsam bekannt vor.

„Es ist mit ihr einfach was anderes", murmelte er dem Nebel zu.

„Aber warum denn?" Meine Stimme ein Flehen, das nicht an die Wahrheit heranreichen konnte.

Lukas schüttelte sich und grinste mich an. „Vergiss es! Ist doch auch egal, was die drei da machen! Wir haben doch uns, oder?" Er rappelte sich hoch, stieß die Schranktür mit den Füßen auf und war schon fast hinter dem falschen Pelzmantel verschwunden, als er noch zu mir zurück rief: „Und wenn mit jemandem etwas nicht stimmt, dann ja wohl mit unseren Eltern!"

Ich kletterte hinterher, weil ich wissen wollte, was er damit meinte, aber er war schon verschwunden. Ich wusste, er musste sich versteckt haben. Aber als ich ihn dann zehn Minuten später hinter dem Wäschehaufen im Bügelzimmer fand, hatte ich meine Frage schon wieder vergessen.

Ein paar Tage später kam ich vom Spielen bei meiner Nachbarin Fanni nach Hause. Die Haustür stand offen, was im Sommer bei uns keine Seltenheit war. Die Hitze stand dann in unserem sechziger Jahre Bau so dick und zäh wie kochendes Karamell. Als ich den Flur betrat, den Mund vor Durst so trocken wie die Wüste Gobi, hörte ich die Stimmen von Lukas und meinem Vater in der Küche leise miteinander reden. Ich ging in Gedanken an einen kalten Schluck Wasser darauf zu, hielt aber plötzlich auf halbem Weg inne. Irgendwas an der Tonalität ihrer Worte war anders als sonst. Es klang wie die zweite Stimme eines Musikstücks, die eine Winzigkeit hinterherhinkt und dem Stück daher etwas Schiefes und Bedrohliches gibt. Ich formte meine

Füße zu lautlosen Pfoten und postierte mich hinter der Küchentür. Sie war nur angelehnt, so dass ich durch den Spalt zwischen den Scharnieren meinen Vater und Lukas an der Spüle ausmachen konnte. Mein Vater reichte meinem Bruder gerade eine frisch gespülte Tasse, die Lukas zärtlich in das karierte Küchenhandtuch wickelte und sanft abrieb.

„Aber können wir es ihr nicht trotzdem sagen?", fragte Lukas, während seine Hände die Tasse massierten.

„Auf keinen Fall!" Da war die zweite schiefe Stimme des Musikstücks – hart, gemein, unbeugsam. „Es ist schlimm genug, dass du es weißt! Außerdem spielt es doch auch keine Rolle mehr! Wir sollten daher einfach versuchen, es zu vergessen."

„Aber ich glaube nicht, dass ich das kann, Papa. Und deshalb würde ich es ihr lieber sagen, als sie für immer anlügen zu müssen", versuchte es Lukas ein weiteres Mal. Die Tasse stand jetzt glänzend neben ihm. Da packte mein Vater Lukas plötzlich an den Schultern und schob sein Gesicht ganz nah an das meines Bruders heran. Seine Stimme war jetzt leise und eindringlich, wie ein kleines scharfes Messer, mit dem man eine Tomate schneidet. Und es schnitt mir ins Herz – tief und blutig.

„Wir können es ihr aber nicht sagen, klar?! Das geht nicht! Und das weißt du auch ganz genau! Es ist unser Geheimnis und du darfst ihr niemals davon erzählen! Niemals!" Bei dem letzten Wort schüttelte er Lukas kurz, als wolle er seine Worte damit tiefer in Lukas hineinrütteln.

„Was für ein Geheimnis?", fragte ich und meine helle Kinderstimme wollte so gar nicht zu dem rauen Ton meines Vaters passen.

Lukas und mein Vater drehten sich erschrocken um und starrten mich entsetzt an, während mein unschuldiges Lächeln in meinem Gesicht gefror und ihr lautes Schweigen in meinen Ohren dröhnte – gefährlich, erdrückend, trügerisch.

Diese Schnitte in meinem Herzen hatten mich hineingetrieben, weil ich die Blutung unbedingt stoppen wollte. Es tat zu weh und es machte mir Angst, weil ich nicht wusste, wo all dieses Blut herkam.

„Luisa!" Die Hände meines Vaters fielen von Lukas' Schulter wie zwei zu reife Äpfel und verschwanden schuldbewusst hinter seinem Rücken. Die plötzliche Stille brachte die Sommerhitze in der Küche zum Kochen. Während Lukas' Blick zwischen meinem Vater und mir hin und her sprang, setzte mein Vater ein mildes Lächeln auf wie eine billige Karnevalsmaske.

„Ach, Lukas und ich haben bloß über die Vase gesprochen, die er eben in unserem Schlafzimmer zerbrochen hat. Ich habe Mama noch nichts davon erzählt und ich denke, es ist auch nicht nötig. Das sollte lieber unser Geheimnis bleiben, oder meinst du nicht?! Diese Sachen gehen eben kaputt und ich fand sie eh hässlich." Die Stimme meines Vaters klang merkwürdig belegt. Als wäre seine Zunge mit meinem Blut an seinem Gaumen festgeklebt.

„Aber ich würde es ihr eben gerne beichten, wenn sie nach Hause kommt, verstehst du? Schließlich mag sie die Vase doch so", unterstrich mein Bruder die Worte meines Vaters mit einem roten Marker.

„Ah, okay!", sagte ich nur und verließ die Küche, weil ihre Worte in meiner Wunde bohrten, anstatt sie zu schließen.

Ich kannte die Vase, von der die beiden gesprochen hatten, denn ich fand sie genauso schön wie meine Mutter. Und als ich jetzt an dem Schlafzimmer meiner Eltern vorbei ging und nebenbei einen Blick hinein warf, konnte ich das rosa Blumenmuster der Vase immer noch völlig intakt unter der Porzellanlasur schimmern sehen.

Als ich mein Zimmer dann Stunden später wieder verließ, um zum Abendbrot runterzugehen und erneut an dem Schlafzimmer meiner Eltern vorbei ging, war der Platz auf der Kommode plötzlich gähnend leer. Die Vase war verschwunden. Und sie tauchte auch nie wieder auf.

Rebecca 1978

Es war Ostern und alle Ausreden der Welt halfen nicht. Ich musste zu meinen Eltern fahren und sie besuchen. Ich hatte höchstens die Wahl zwischen Ostersonntag und Ostermontag, aber auch nur, wenn ich mich für einen dieser Tage krank, arbeitend oder am besten tot meldete. Ich entschied mich in diesem Jahr für den Sonntag. Denn obwohl das Aufschieben dieser grauenhaften Pflichtveranstaltung unheimlich verlockend klang, war ich davon überzeugt, dass ich danach mindestens einen Tag Erholung würde brauchen können. Und das war mehr als weit untertrieben, denn normalerweise verspürte man nach einem Besuch bei meinen Eltern eine tiefe Sehnsucht nach Urlaub auf einem anderen Planeten, von dem man auf keinen Fall mehr würde zurückkehren können. Zum wiederholten Male empfand ich einen tiefen Hass auf meinen Bruder Thomas, der fünf Jahre älter war und sich vor vier Jahren einfach mit seiner Familie nach Australien abgesetzt hatte, um so bei sämtlichen Events im Jahr mit Abwesenheit zu glänzen und höchstens ein Telefonat mit meinen Eltern erleiden musste. Von mir wurde daher selbstverständlich erwartet, Thomas rechtschaffend zu vertreten, was im Grunde unmöglich war, weil er einfach viel toller, intelligenter und netter war als ich. Und dazu auch noch ein Mann.

Meine Mutter öffnete mir mit einem Lächeln die Tür, das aus einer kitschigen amerikanischen Familienserie hätte stammen können. Und als sie den Hals verrenkte, um betont hinter mich zu schauen und „Ach, du bist alleine", sagte, konnte ich nicht umhin mir auszumalen, wie ein Strick um eben diesen Hals wohl aussehen würde und mich zu fragen, ob es möglich wäre, dass ihr Hals danach tatsächlich noch länger werden würde. Aber da ich mindestens so eine geübte Schauspielerin war wie meine Mutter, lächelte ich betont freundlich zurück und sagte: „Ja, ich bin alleine, Mama". Ein Satz, der mir sicher eintätowiert auf meiner Stirn gut gestanden hätte.

„Hast du was mitgebracht, Rebecca?", auch dies gehörte zu unserem routinierten Spiel der Qualen, das mit dem Drücken ihres Klingelknopfes eröffnet worden war.

„Nein, leider nicht. Tut mir Leid, aber du weißt ja: die Arbeit...", erfüllte ich meine Rolle perfekt, wie ich ihrem entrüsteten Stöhnen entnehmen konnte.

Ich trottete meiner Mutter bis ins Wohnzimmer hinterher, in dem mein Vater auf dem hässlichen Ledersessel saß, der schon hässlich gewesen war, als ich noch in diesem Haus gewohnt hatte. Er hatte wie immer eine Zeitung in der Hand, die er wie einen Schirm vor sich aufgespannt hatte. Vermutlich um nicht durch die missbilligenden Blicke meiner Mutter sofort tot von seinem geliebten Sessel fallen zu müssen.

„Hallo, Papa!", sagte ich und setzte mich in die Kuhle des Sofas, die für mich vorgesehen war.

„Auch schon da?" Er ließ die Zeitung keinen Millimeter sinken. Und ich antwortete mit einem Nicken, obwohl er das nicht sehen konnte.

Kurz darauf zitierte uns meine Mutter zu Tisch und ich bekam tatsächlich das Gesicht meines Vaters zu sehen. Er kam mir irgendwie deutlich älter vor, als bei meinem letzten Besuch. Seine grauen Haare schienen einige Millimeter weiter vor seinen immer länger werdenden Augenbrauen zurückgewichen zu sein. Vielleicht aus Angst in den vielen tiefen Gräben, die sich über seine Stirn zogen, zu versinken und nie wieder hervorkommen zu können.

Es gab das traditionelle Osterlamm. Was ich schon nicht mochte, als ich noch kein Vegetarier war. Also aß ich ein paar Kartoffeln und zerpflückte das Fleisch so gut ich konnte, um den Anschein zu erwecken, einfach nur nicht besonders hungrig zu sein.

„Wo hast du gesagt, ist dein Freund heute, Rebecca?" Meine Mutter steckte sich genüsslich ein Stück Fleisch in den Mund und ich hatte das Gefühl, als kaue sie auf meinem Herz herum und nicht auf dem armen, immer noch sehr toten Lämmchen.

„Ich hatte bisher nicht erzählt, wo er ist. Aber um deine versteckte Frage dennoch zu beantworten, Mama: Er ist nicht mehr mein Freund, okay?"

„Ach, wirklich nicht?"

Dieser unbekümmerte Blick machte mich rasend.

„Nein, wirklich nicht!"

„Wie schade!" Die Gabel in meiner Hand würde sicher in ihrem Auge sehr viel besser aussehen.

„Du musst dir endlich mal einen richtigen Mann suchen, Rebecca. So geht das doch nicht weiter. Du bist schließlich schon 24. Das ist schon fast zu alt, um noch Kinder zu bekommen." Mein Vater sah mich streng vom Kopf des Tisches an und ich fühlte mich wie die kleine sechsjährige Rebecca, die schon wieder einen Keks vom Teller geklaut hatte.

„Ich bin noch nicht zu alt, Papa!", sagte ich, aber alles in meinem Inneren schrie „JA, ICH WEIß! ABER ICH BIN EINFACH NICHT IN DER LAGE, AUCH NUR DEN BESCHEUERTSTEN KERL FESTZUHALTEN!"

„Doch bist du! Aber du wolltest Roland ja nicht haben. Und jetzt bist du kurz davor, eine vertrocknete Rosine zu werden", sagte meine Mutter und kaute schon wieder endlos auf einem Stück Fleisch herum.

Roland war der Sohn einer Freundin von ihr, den meine Eltern passend zu meinem Job für mich ausgesucht hatten. Er war nett, freundlich, zuvorkommend und unendlich langweilig. Dazu hatte er so dicke Brillengläser, dass ich damit vermutlich den Staub auf der Mondoberfläche hätte sehen können. Außerdem war er offensichtlich unfähig dazu, sich die Haare zu waschen, die ständig aussahen, als könne man damit ein Backblech einfetten. Ich hatte ihn nie gewollt und bereute es auch absolut nicht, dass ich ihn nicht hatte haben wollen. Aber dennoch überlegte ich, als ich nach dem schier endlosen Essen endlich wieder in meinem Auto saß, ob ich Roland vielleicht einen Besuch abstatten sollte.

Luisa 1986

Familieneinsamkeit

Im Leben kann man gewinnen und verlieren. Gewinnen will jeder, verlieren keiner. Bei einem Gewinn bekommst du etwas dazu. Er bereichert dein Leben und eröffnet dir neue Möglichkeiten. Er macht dein Leben lebenswerter und vielseitiger. Und er gibt dir Chancen auf noch mehr Gewinne. Aber jeder Gewinn hat auch eine Schattenseite. Sie ist dunkel und schwarz und trüb. Denn jeder Gewinn braucht Platz, Aufmerksamkeit und Fürsorge. Er drängt vorhandene Dinge beiseite und nimmt ihnen die Luft zum Atmen. Das bedeutet, du hast zwar etwas gewonnen, aber trotzdem verlierst du etwas. Und wenn es nur der Respekt oder die Liebe und Zuneigung des Verlierers ist.

Die anfängliche Verliebtheit meiner Eltern nach Maria-Sofias Geburt ließ etwas nach. Aber dennoch wirkten sie, als hätte eine kleine, fleißige Spinne ein unsichtbares Netz zwischen ihnen gesponnen, das vorher nicht dagewesen war. Unser Haus war irgendwie lebendiger und fröhlicher. Als wären die Ecken und Kanten von einem Schleifgerät abgerundet worden, so dass sich niemand mehr daran stoßen konnte. Es fühlte sich mehr nach Familie an - weich, geborgen, sicher. Und auch wenn Lukas und ich ebenfalls davon profitierten, war es trotzdem so, als lebten meine Eltern und Maria-Sofia in einem unsichtbaren Glashaus. Wir konnten zusehen und teilhaben, aber wir gehörten nie dazu. Und ich wollte dazugehören. Sehnte mich mehr danach als nach irgendetwas sonst. Aber da war einfach kein Eingang. Keine Tür, die mich einlassen wollte, kein Fenster, das mich willkommen hieß. Das Glashaus war luftdicht verschlossen. Es sperrte mich aus. Traurig kratzte ich an dem Glas, wie eine verhungernde

Katze, aber sie hörten mich nicht. Ignorierten mein flehendes Miauen, bis ich es selbst nicht mehr hören wollte. Es zu wehtat. Ich ließ das schwarze Etwas verhungern, indem ich es mit Ignoranz strafte. Schob es in die hinterste Ecke meines Seins und vergaß es. Damit es nicht mehr wachsen konnte. Ich klammerte mich an Lukas' und meine Festung und verschanzte mich mit ihm hinter vielen Wällen, die wir Tag für Tag errichteten. Wir waren füreinander die Konstante, die Liebe, die wir brauchten. Wir waren immer für einander da, niemals allein. Maria-Sofia dagegen war ein Gast. Ein Besucher, der einfach nicht mehr gehen wollte. Wir akzeptierten sie, aber lieben konnten wir sie nicht. Denn sie hatte das Glashaus errichtet, ohne zu wissen, was sie tat. Und sie konnte es verlassen und hineingehen, wie es ihr beliebte. Sie gehörte dorthin, nicht zu uns. Wir spielten mit ihr, wie mit einer Puppe, die eben da ist und deshalb auch genutzt wird. Würde sie aber fehlen, würde kein Teddybär nach ihr fragen.

Aber auch eine Festung ist nicht unzerstörbar. Der Wind zerrt an ihren Steinen, der Regen frisst sich in den Mörtel und die Sonne verbleicht das Wappen auf der Burgfahne. Denn die Zeiten ändern sich. Das Leben ändert sich. Und auch Lukas und ich veränderten uns. Und die ersten feinen Risse warteten schon darauf, sich durch die Mauern zu ziehen und alles zu zerstören, was mir wichtig war.

Als Maria-Sofia gerade drei Monate alt war, feierte ich meinen ersten Schultag. Ich konnte es kaum erwarten, denn seitdem Lukas mich zwei Jahre zuvor im Kindergarten zurückgelassen hatte, hatte ich mich dort oft einsam gefühlt. Lukas gehörte an meine Seite, in meine Nähe. Er war ein Teil von mir und ich hatte die Trennung als sehr qualvoll und bösartig empfunden. Jetzt, wo ich ihm aber endlich auf die Grundschule folgen durfte, würden wir wieder zusammen sein und alles wäre wieder so wie es sein musste. Lukas und ich. Seite an Seite. Den ganzen Tag.

Trotzdem war ich furchtbar aufgeregt.

Ich war schon tausendmal in der Schule gewesen, um Lukas abzuholen und war der Meinung, dass ich mich dort wohl fühlte.

Ich kannte jede Türe, jeden Stuhl und jedes Gemälde an der Wand. Aber an diesem Tag sah für mich plötzlich alles völlig anders aus. So als hätte ich die Schrumpfpille von Alice aus dem Wunderland in meinen Frühstücksflocken gehabt. Als habe sie gerade auf dem einen Löffel gehockt, den ich morgens in der Lage gewesen war, hinunter zu würgen. Alles kam mir riesig, bedrohlich und fremd vor. Ich fühlte mich klein, unwissend und unbedeutend. Und Lukas blieb zu meinem Entsetzen auch nicht an meiner Seite, sondern verschwand in seiner eigenen Klasse. Zusätzlich fand ich meine Klassenkameraden blöd und schon nach der ersten Unterrichtsstunde, war ich der Meinung, dass ich doch lieber wieder zurück in den Kindergarten wollte.

Von der Realität erschlagen und niedergedrückt verrenkte ich mir in der Pause meines ersten Schultags meinen Hals, in der Hoffnung doch noch einen Blick auf meinen geliebten Bruder werfen zu können. Aber anstatt Lukas tauchte plötzlich dieser dunkelblonde Junge vor mir auf. Er hatte Sommersprossen und einen Mund wie einer meiner alten Schwimmflügel – rot, weich, mit Auftrieb – und hielt mir seinen angebissenen Raider unter die Nase.

„Willst du `nen Stück?"

Ich schaute von seinem Schwimmflügel, an dem noch ein Fetzen Schokolade hängen geblieben war, zu seinem Raider und schüttelte einigermaßen angewidert den Kopf.

„Magst du das etwa nicht? Ich kann mir gar nicht vorstellen, dass man Raider nicht mögen kann! Da ist Schokolade dran, ein Keks und dann noch Karamell. Ist doch alles, was mal will, oder nicht?"

Er biss ein weiteres Mal beherzt in sein Raider und kürzte es um ein beträchtliches Stück.

„Also was ist nun? Willst du auch mal beißen?"

„Nein, danke!", sagte ich und drehte mich zu den kreischenden Kindern hinter mir um, von denen eins fast so aussah wie Lukas. Aber er war es nicht. Ich schloss die Augen und wischte mir verstohlen eine verräterische Träne aus dem Augenwinkel. Da tippte mir der Schwimmflügellippen Junge wieder von hinten auf die Schulter und ich drehte mich leicht gereizt, ruckartig zu ihm um.

„Lass mich in Ruh…!" Weiter kam ich nicht, denn plötzlich hatte ich den Rest seines Raiders im Mund und sah in sein triumphierend lächelndes Gesicht. Und ja, es schmeckte super! Ab diesem Moment waren wir die dicksten Freunde.

Wie sich nämlich herausstellte saß Björn genau hinter mir in meiner Klasse. Ich hatte ihn gar nicht bemerkt, während er mir schon brennende Löcher in meine blonden Locken gestarrt hatte. Und endlich hatte ich wieder einen Freund an meiner Seite, die Lukas so leer zurückgelassen hatte.

Als ich nach Hause kam und meiner Mutter aufgeregt von meinem ersten guten Schultag erzählte, kam Lukas erst später dazu.

„Du kannst mir deine neue Freundin ja morgen auf dem Schulhof mal vorstellen!", sagte er kauend beim Mittagessen.

„Meine neue Freundin heißt Björn und du weißt doch noch nicht mal, dass ich da bin!", zischte ich ihm entgegen, nahm meinen Ranzen und flitzte nach oben.

Am nächsten Tag wartete Lukas schon vor meiner Klasse als ich mit Björn aus der Tür kam.

„Hi", sagte er nur.

„Hi", sagte ich, nahm Björn an der Hand und zog ihn mit der Nase im Himmel hinter mir her. Da packte Lukas Björn an seinem anderen Arm und mein Freund schnellte zurück wie ein Gummiband mit dunkelblonden Haaren.

„Ich bin Lukas. Luisas Bruder. Luisas großer Bruder!", sagte er mit merkwürdig tiefer, verzerrter Stimme.

„Toll!", meinte Björn mit ebenso tiefer Stimme.

„Ich wollte nur, dass du das weißt!" Lukas Stimme hörte sich plötzlich wieder normal an.

„Okay, danke!"

„Gut!"

Ich ließ das dunkelblonde Gummiband wieder zu mir zurückflitschen und rannte damit auf den Schulhof.

Ab da sah ich Lukas oft in den Pausen. Es stellte sich heraus, dass er so was wie eine kleine Gang um sich geschart hatte. Alles Jungs, die ihn anhimmelten und scheinbar so sein wollten, wie er. Vielleicht wegen seiner bernsteinfarbenen Augen, seiner guten Noten, oder einfach, weil er so ungemein cool zu sein schien. Sie alle akzeptierten ohne zu murren, dass ich nun auch von der Partie war. Genauso wie mein belebtes Anhängsel Björn, der zu allem einen total schlauen Kommentar auf Lager hatte.

Lukas und ich waren wieder eine unzertrennliche und vertraute Einheit, die niemand zu zerstören vermochte. Und auch wenn wir nachmittags nach Hause kamen, hatten wir immer noch nicht genug voneinander. Wir saßen dann meist gemeinsam in Lukas' Schrank und machten unsere Hausaufgaben, während wir uns Süßigkeiten aus den Jacken- und Manteltaschen angelten, die Lukas für uns von seinem Taschengeld kaufte und dort deponierte. Und den Mund so voll von Glück und Schokolade merkte ich nicht, dass der erste Riss sich schon durch den ersten Wall gefressen hatte.

Und auch wenn meine Eltern sich in dem neu errichteten Glashaus mit Maria-Sofia und ihrem Glück eingerichtet hatten, so bildeten sich auch dort kleine feine Risse, die nur darauf warteten, sich zu einem großen zu vereinen und das Glashaus zum Einstürzen zu bringen. Und der erste Riss entstand an diesem Abend, wo alles irgendwie anders und doch wie früher war.

Wir hatten an diesem Abend ohne meinen Vater gegessen, weil dieser etwas länger in seiner Praxis zu tun hatte. Danach hatten wir uns gemeinsam im Wohnzimmer versammelt. Während Lukas und ich es uns vor dem Fernseher auf dem Sofa gemütlich gemacht hatten, hatte sich meine Mutter an ihren kleinen, dunkelbraunen Sekretär gesetzt, um irgendwas vor sich hin zu schreiben. Ich liebte dieses alte verschnörkelte Möbelstück. Es war von hellem braun, die Schnörkel und Ecken abgewetzt und die kleinen Schubläden quietschten wie eine verlassene Katze auf einem Feldweg. Hätte man den Sekretär inmitten einer sommerlichen Blumenwiese platziert, so dass die Blütenblätter sich sanft an seine Beine schmiegen und die hohen Grashalme seinen Bauch kitzeln würden, dann wäre es einem unweigerlich so vorgekommen, als müsste das so sein. Als hätte ein Sekretärssamen vor vielen Jahren dort Wurzeln geschlagen, um dann zu dieser Schönheit heranzureifen.

Es war uns verboten, an dem Sekretär zu spielen, aber manchmal, wenn meine Mutter nicht da war, schwebte ich auf ihren Stuhl, fühlte die Blütenblätter meine Beine streicheln und hörte das Gras im Wind rauschen. Ich stellte mir vor, ich sei eine Elfe, die auf wundersame Weise mit dem Holz verschmelzen, ihm seine innersten Geheimnisse entlocken und seinen schönsten Liedern lauschen durfte.

Aber meine Mutter saß jetzt kerzengerade auf dem Stuhl, als drücke ihr jemand eine Pistole zwischen die Rippen. Sie war sehr konzentriert und hielt immer wieder zwischen den einzelnen Worten inne, um dann ihren Blick über die Fotos von uns schweifen zu lassen, die über dem Sekretär in weißen, braunen und schwarzen Rahmen hingen (ich mit ungefähr drei, auf einer Schaukel, lachend, mit wehenden Haaren, die beim zurückschaukeln in meinen Augen hingen; Lukas wohl ungefähr in gleichem Alter nackt in einer Badewanne, zwischen bunten Farbklecksen von Fingerfarbe überall auf Körper und Wanne verteilt). Dann und wann blieb sie an einem kleben, als müsste sie nur die Hand nach dem Kind auf dem Foto ausstrecken und es würde auf ihre Handfläche hüpfen und darauf eine lustige Polka tanzen. Dann seufzte sie meist und widmete sich wieder dem nächsten Wort auf ihrem Papier.

Lukas und ich verhielten uns ganz ruhig. Wir waren müde von Licht, Luft und Leben und saßen, halb liegend aneinander gelehnt auf dem Sofa. Ich merkte, dass meine Augen immer schwerer wurden und ich nur die Augen schließen musste, um mich dem stillen Summen eines Traumes hinzugeben.

Als mein Vater aber zur Tür reinkam, begrüßte ihn meine Mutter mit einem unnatürlich fröhlichen Lächeln und einem „Hallo Schatz", das zu hoch, zu schrill, zu irre war, aber wohl belanglos und locker hätte klingen sollen. Es passte überhaupt nicht zu der bedrückenden Blase, in die sie sich mit ihrem Sekretär zuvor verkrochen hatte.

Ich riss mich also in die Realität zurück, um meinen Vater zu begrüßen und einen Kuss auf die Stirn entgegen zu nehmen und zusammen mit Lukas ein paar Fragen zu beantworten. (Wie war euer Tag? Was habt ihr Neues gelernt? Hat das Abendbrot geschmeckt?)

Während mein Vater sich mit uns unterhielt, versuchte meine Mutter ihre Arbeit ganz beiläufig wegzuräumen. Dabei raschelte sie aber zu vorsichtig mit Papier, ließ den Kuli in ihrer Anspannung aus Versehen fallen und schnitt sich an den ungeordneten Blättern auf ihrem Sekretär. Daher war mein Vater bei der letzten Frage, die er an uns richtete, eigentlich schon nicht mehr bei uns, sondern schnupperte bereits Richtung Sekretär, wie ein Jagdhund, der Witterung aufgenommen hat – zielgerichtet, wissend, schlau.

Während er sich ihr zuwandte und ich langsam wieder in mich zusammenfiel wie zu lange stehengelassener Eischnee, fragte er zuckersüß: „Na, Schatz, was machst du da?"

Lukas quirlte meinen Eischnee wieder auf, indem er mich fies in die Seite kniff. Ich schnellte hoch, wollte ihn zurückknuffen, aber er hatte sich schon den Zeigefinger auf den Mund gelegt und wippte mit seinem Kopf in Richtung unserer Eltern.

„Ach, ich sortiere nur so ein wenig vor mich hin."

Wieder dieser absolut nicht belanglose Quietschton in der Stimme meiner Mutter.

Lukas und ich pressten uns angespannt in die Sofafalten und hofften, sie würden bald vergessen, dass wir überhaupt da waren. Meine Mutter raschelte wieder betont mit Papier und ich konnte nicht anders, als meine Augen knapp über die Sofalehne zu recken.

„Sieht nicht sehr erfolgreich aus", meinte mein Vater.

„Ja, deshalb lass' ich es jetzt auch. Irgendwie kann ich mich heute nicht so richtig konzentrieren. Ich hatte es mir zwar vorgenommen. Aber manchmal... Na ja, du kennst das ja."

Sie stand ein wenig zu schnell auf, und die losen Blätter, die sie zuvor so geschäftig versucht hatte, in einen Stapel zu schieben, wurden von einem lauen Lüftchen erfasst, das sie durch die Luft wirbeln und sie zu Boden regnen ließ. Aber anstatt sich rasch zu bücken, um dem Chaos Herr zu werden bevor es mein Vater tat, schien sie sich der Situation zu ergeben und stand nur da, und starrte auf die Blätter. Mein Vater bückte sich, sammelte sie wortlos ein und legte sie wieder auf den Sekretär ohne meine Mutter anzusehen.

„Warum?", fragte er dann. Zu meiner Überraschung kullerten sofort Tränen aus den Augen meiner Mutter.

Ich glaube, dass es für fast alle Kinder ein merkwürdiger, wenn nicht sogar denkwürdiger Moment ist, wenn sie ihre Eltern das erste Mal weinen sehen. Viele werden das vielleicht nie zu Gesicht bekommen, aber die, die es sehen, vergessen es niemals. Wie ein altes Foto wird es in die Innenseite deines Gehirns festgepint -vergilbt, wellig, rissig, aber immer noch da.

Du warst davor der Meinung, dass deine Eltern, zwar keine Götter, aber doch irgendwie unbesiegbar sind. Sie haben dich dein Leben lang beschützt, getröstet, aufgefangen, so dass sie scheinbar übermenschliche Kräfte besitzen. Immerhin waren sie in der Lage, deine kleine Welt immer wieder zu flicken und neu zu erschaffen. Aber jede gottesgleiche Gestalt hat seine Achillesferse und die meiner Mutter schien mein Vater gerade in diesem Moment, mit dem kleinen Wort „Warum?" durchtrennt zu haben.

„Weil ich muss", schluchzte meine Mutter leise, in der Hoffnung, der Fernseher würde ihre Worte verschlucken wie ein gieriges Opossum.

Mein Vater fasste sie kurz am Arm und ich wusste, er würde gleich nach uns sehen wollen. Sofort fielen Lukas und ich in einen tiefen traumlosen Schlaf, in dem mein Vater zu uns rüberkam, auf uns hinuntersah wie ein Schäfer auf seine Lämmer, lächelte und meiner Mutter bedeutete leise das Wohnzimmer zu verlassen und sich in der Küche zu verschanzen.

Wie durch ein Wunder waren Lukas und ich urplötzlich wieder aus unserem Tiefschlaf erwacht und gaben uns blitzschnelle stille Kommandos mit Händen und Füßen, die für jeden Anderen wie eine hilflose Nummer eines Fluglotsen ausgesehen hätten. Ich postierte mich hinter der Schiebetür, die das Wohnzimmer von der Küche trennte, und die sich zu unserem Glück noch nie vollständig hatte schließen lassen. Der Spalt, der sich uns dadurch offenbarte, war zwar winzig, aber für mich reichte es völlig.

Mein Bruder nahm hinter der Tür Aufstellung, die von der Küche zum Flur führte. Er hatte es einfacher, weil unsere Eltern, in der Annahme wir würden tief und fest auf dem Sofa schnarchen, gar nicht daran gedacht hatten, die Tür zum Flur zu schließen. Die Türe ließ sich nach innen zur Wand hin öffnen, so dass man, wenn sie weit genug offen stand, wunderbar zwischen den Scharnieren in den Küchenraum spähen konnte.

Mein Vater hatte sich mit vor dem Körper verschränkten Armen vor die Spüle am Fenster gelehnt und starrte meine Mutter an, die nervös und immer noch heulend durch die Küche tigerte. Das gelbe Licht unserer Küchenlampe malte die Gesichter meiner Eltern älter, mit zu tiefen Furchen, die unbekannte Abgründe waren. Die Ecken der Zimmerdecke verschwanden in völliger Dunkelheit und spiegelten sich in von Mascara gefüllten Tränen meiner Mutter, die fahrig eine Vorratsdose auf der Anrichte öffnete, dann aus einer Schublade ein Messer herausholte, es wieder kopfschüttelnd zurücklegte und sich der nächsten Schublade zuwandte. Endlich ging sie zur Küchenrolle rüber, riss sich ein Stück davon ab, putzte sich die Nase und sah meinen Vater wütend an.

„Jetzt sag doch endlich was!"

„Ich dachte, nicht ich, sondern du hättest mir etwas zu erklären."

Seine Stimme war ganz ruhig, aber in den tieferen Tönen grummelte es wie ein Vulkan– bedrohlich, warnend, kurz vor der Explosion.

„Und was erwartest du jetzt von mir?"

Die Tränen waren versiegt, stattdessen schossen die Augen meiner Mutter jetzt fiese spitze Pfeile auf meinen Vater.

„Eine Erklärung. Sonst nichts", grollte mein Vater verhalten.

„Wir haben eine Tochter! Ist das Erklärung genug?"

„Wir haben sogar zwei Töchter und einen Sohn! Und nein, es ist nicht genug. Nicht nach all dem."

Er machte eine Handbewegung, die das ganze Universum hätte umfassen können. Meine Mutter schloss die Augen und schwankte wie eine Pappel im Wind leicht hin und her. „Ich weiß. Es tut mir Leid" Sie schlug die Augen auf und schaute meinem Vater sanft in die Augen. „Ich wollte doch nur… Ach, ich weiß auch nicht… Sie haben keine Großeltern!", sagte sie, als würde das irgendwas erklären.

Ich glaubte durch die Küche Lukas' Schulterzucken und

verständnisloses Kopfschütteln zu spüren. Ja, wir hatten keine Oma und keinen Opa. Aber was machte das schon? Mein Freund Björn hatte eine Oma. Er lebte sogar bei ihr, weil seine Mutter irgendwelche Probleme hatte, über die er nicht gerne sprach. Björns Oma war so, wie man sich eine Oma vorstellt: klein, hutzelig, mit lila Haaren und immer was Süßem in ihrem Hauskittel versteckt. Ich mochte sie. Aber eine eigene Oma oder einen eigenen Opa hatte ich trotzdem nie vermisst.

„Es ist, wie es ist, Vicky. Du kannst daran nichts ändern", sagte mein Vater jetzt etwas sanfter.

Unsere Großeltern waren gestorben, bevor ich und Lukas geboren wurden. Überhaupt waren sie der Grund, warum sich unsere Eltern damals kennengelernt hatten und wir die Chance hatten, entstehen zu können. Die Eltern meiner Mutter waren bei einem Autounfall ums Leben gekommen, als meiner Mutter 24 war. Um den Verlust zu verarbeiten, hatte sie sich einer Selbsthilfegruppe angeschlossen, die mein Vater leitete. Er war damals schon 37 und hatte seine Eltern ebenfalls früh an Krebs verloren. Nach dessen Tod hatte er die Selbsthilfegruppe gegründet, die er auch 13 Jahre später noch leitete. Meine Eltern erzählten oft, dass sie dieses gemeinsame Erlebnis auf einer Ebene zusammengeschweißt hätte, die besonders und intensiv gewesen war. Dennoch redeten meine Eltern selten über ihre Vergangenheit. Sie gaben nicht mal Geschichten aus ihrer eigenen Kindheit zum Besten. Sie klammerten sie aus, als hätte es diesen Teil ihres Lebens nie gegeben. Ich vermutete, dass es wehtat, sich an das zu erinnern, was man verloren hatte. Also fragte ich auch nie, obwohl ich gerne mehr von meinen Eltern erfahren hätte. Nur eines Abends als ich krank in meinem Bett gelegen hatte und vor pochenden Ohrenschmerzen nicht einschlafen konnte, hatte ich es einmal gewagt nachzufragen. Es war Winter und ab und an winkte eine Schneeflocke an dem dunklen Loch meines Fensters vorbei. Meine Mutter hatte sich ans Kopfende gesetzt und ich benutzte ihre Beine als Kissen, während sie behutsam meine widerspenstigen Locken in einer stetigen Wiederholung aus meiner Stirn strich. Ich war so müde, dass jede Bewegung ein Zittern meiner Muskeln heraufbeschwor. Aber Hammer und Meißel in meinen Ohren wollten einfach keine Ruhe geben.

„Erzähl mir was, Mama", bat ich sie.

„Was denn, meine Kleine? Du weißt, im Geschichtenausdenken ist Papa tausendmal besser als ich."

„Erzähl mir was über Papa und dich, was sonst keiner weiß."

„Ein Geheimnis?"

„Ja, ein Geheimnis", sagte ich atemlos. Sie schien lange darüber nachzudenken. Obwohl ich die Augen geschlossen hatte, konnte ich spüren wie sie konzentriert die Stirn kraus zog.

„Aber wir haben gar keine Geheimnisse, Luisa."

Sogar damals wusste ich schon, dass sie für diese Antwort eindeutig zu lange nachgedacht hatte. Aber ich war müde und wollte einfach nur in den Schlaf gemurmelt werden. Im Grunde war es mir also egal, was sie erzählte, Hauptsache sie fing endlich damit an.

„Dann irgendwas von eurem Kennenlernen, was du noch nie erzählt hast."

Und nach einer weiteren Pause, erzählte sie mir, warum sie sich in Papa verliebt hatte: „Er wusste einfach sofort, was ich mir schon immer sehnlichst gewünscht hab", sagte sie mit einer seltsamen Farbe in ihrer Stimme. „Es war, als könnte er ganz tief in mich hineinsehen. Ich fühlte mich so allein, verloren und einsam. Ich weiß, für dich klingt das wahrscheinlich merkwürdig. Ich meine, wenn man sechs ist, dann kommt einem 24 tierisch erwachsen vor. Aber so ist das nicht. Bei mir war es jedenfalls nicht so. Und meine Eltern…"

Sie machte eine Pause, in der ich sie hart Schlucken hörte. Danach war ihre Stimme irgendwie belegt.

„Ach, du weißt schon… Und dein Vater ist ein sehr sensibler Mann. Man merkt es ihm vielleicht nicht an, aber jede seiner Patientinnen berührt ihn irgendwo da drin."

Auch wenn ich es nicht sehen konnte, merkte ich, wie sie sich sanft an ihrer Brust berührte. Dort, wo ihr Herz schlug - rhythmisch und stark.

Ich lächelte und die Müdigkeit breitete sich in meinem Körper aus. Strömte von meinem Bauch aus in meine Beine, meine Arme und meinen Kopf.

„Und dein Vater hat mir genau das gegeben, was ich

brauchte."

Ich spürte noch, wie ihre Hand inne hielt und sie sich etwas vorbeugte, um sich zu vergewissern, dass ich schon schlief. Was ich irgendwie auch tat, aber ich bekam noch mit, wie sie meinen Kopf angehoben hatte, aufgestanden war und ihn auf mein Kissen gebettet hatte.

Dann hatte sie sich zu mir runtergebeugt, mich auf die heiße Stirn geküsst und geflüstert: „Er hat mir dich gegeben!"

Und als sich dieser letzte Satz jetzt in meine Erinnerung stahl wie ein gemeiner Dieb, hatte ich plötzlich wirklich das Gefühl, dass er mir etwas gestohlen hatte. Nur wusste ich nicht, was das sein sollte. Ich schob das seltsame Gefühl beiseite und konzentrierte mich wieder auf das Gespräch in der Küche.

„Ich wünschte eben nur, sie würde es wissen", sagte meine Mutter. „Verstehst du das nicht?"

„Nein", sagte mein Vater mit eiskalter Stimme. „Es war deine Entscheidung. Alles! Niemand hat dich gezwungen." Damit drehte er sich um und ging auf die Flurtür zu.

Besorgt, dass Lukas nun erwischt werden würde, sprang ich mit einem Satz wieder auf das Sofa und stellte mich schlafend. Als die Schritte meines Vaters auf der Treppe verhallt waren, huschte auch Lukas wieder ins Wohnzimmer und rutschte neben mich aufs Sofa.

„Garderobe", sagte er nur und fiel wieder in sofortigen Tiefschlaf.

In der Mitte unseres Flurs herrschte eine alte, riesige Garderobe, die wohl eine entfernte Verwandte von Mamas Sekretär sein musste und hinter der man sich als dünnes Kind noch gut verstecken konnte.

Kurz darauf hörten wir, wie die Schiebetür, immer noch bedruckt mit den fettigen Abdrücken meines Gesichtes, aufgeschoben wurde und meine Mutter in den Raum wehte. Aber den feinen, saftigen Geruch, der sie sonst umhüllte und der mich immer an einen frisch angeschnittenen Pfirsich erinnerte, hatte sie abgestreift. Und als sie an unserem Sofa Halt machte und auf uns herunterschaute, schmeckte die Luft irgendwie körnig, sandig, zu trocken und zu feucht.

Zerronnen.

Unwillkürlich wollte ich aufstehen, sie umarmen und ihr sagen, dass ich sie lieb hatte. Denn auch wenn das alles keinen Sinn für mich ergab, ertrank mein Körper in dem Leid, dass meine Mutter umspülte, wie die Milch meine Frühstücksflocken. Der Drang sich hoch zu kämpfen und nach Luft zu ringen, war so stark, dass ich das Gefühl hatte, zerspringen zu müssen. Und hätte Lukas, mir nicht seine Finger in meinen Oberschenkel gebohrt, hätte ich es nicht ausgehalten.

Es erschien mir wie eine Ewigkeit, die meine Mutter dort regungslos an unserem Sofa stand und ihren Blick auf uns ruhen lies. Ich rechnete jeden Augenblick damit, dass sie sich vorsichtig zu uns runter beugen würde, um uns sanft mit ihrer Stimme zu wecken und uns nach oben ins Bett zu schicken. Denn auf dem Sofa zu übernachten, gab es bei uns nicht. Aber als sie sich tatsächlich bewegte, passierte nichts von alledem. Ihre Bewegung war so plötzlich und ruckartig, als wären ihre Gelenke schon eingerostet und könnten sich nur mit Gewalt wieder davon befreien. Sie nahm von Papas Sessel eine Decke und breitete sie über uns aus. Und dann legte sie sich einfach vor unser Sofa auf den Teppich, rollte sich wie eine verängstigte Kellerassel zusammen und schob ihre Hand in meine.

Mein Körper erstarrte.

Ihre Hand war eiskalt, weich und wunderbar. Ich öffnete vorsichtig die Augen und spähte auf meine Mutter herunter. Sie wirkte winzig auf mich. Winzig und offen. Wie eine Wunde, die sich nicht schließen will. Mit rohen, glatten, feuchten Rändern. Eine Höhle aus Fleisch und Blut, aber wunderschön, zart und zerbrechlich. Ich wandte vorsichtig den Kopf und wurde sofort von Lukas Blick empfangen. Seine Augen widernatürlich groß in seinem Kopf. Und sie offenbarten etwas, das ich bei ihm noch nie gesehen hatte.

Angst.

Ohne Nebel.

Ohne Dunst.

Nackte, zackige, scharfe Angst.

Irgendwann bin ich dann tatsächlich eingeschlafen. Lange nachdem das Wohnzimmer schon von den langsamen, regelmäßigen Atemzügen meiner Mutter erfüllt wurde. Verkantet in die Augen meines Bruders, obwohl er sie schon längst durch seine Lider vor mir verschlossen hatte, und gehalten von der leichten Hand meiner Mutter, schien der Schlaf für mich ein Leben weit weg zu sein. Aber es gibt Träume, die in der Realität verkeilt sind, so dass man nicht merkt, ob man schläft, oder wacht. Erst wenn man die Augen aufmacht und die Wirklichkeit sich einbrennt, wie ein glühendes Streichholz, wünscht man sich den Traum wieder zurück.

Denn als ich wieder aufwachte, waren sowohl meine Mutter, als auch mein Bruder verschwunden. So als hätte ich das alles nur geträumt. Als wäre nie jemand anderes dagewesen.

Nur ich.

Allein, müde, traurig.

Wenn nicht die Stimme meiner Mutter aus der Küche zu mir herüber geschwebt wäre, wie ein Schmetterling in einem langen weißen Nachthemd, auf dem steht: Ich bin wirklich fröhlich, merkst du das nicht?, hätte ich es vielleicht auch geglaubt und den Abend einfach in die hinterste Ecke meines Gehirns geschoben.

Aber ich tat es nicht.

Stattdessen trottete ich Richtung Küche und blieb in der Tür stehen, um mir das Schauspiel mit wachen Augen anzusehen.

Meine Mutter glitt gerade widerstandslos von der Anrichte zum Herd, vom Herd zum Kühlschrank und wieder zurück. Dabei wiegte sie ihren Körper zu den Klängen ihrer eigenen Stimme, die in sanften Wellen zur Dunstabzugshaube schwangen und sich dort zu einem Beatles Song empor kringelten. Sie war wieder meine Mutter – felsenartig, stark, sicher.

Als sie mich endlich bemerkte, erschien ein leichtes Lächeln auf ihrem Gesicht, von dem eine Zahncremewerbung hätte träumen können.

„Setzt dich ruhig", sang sie fröhlich. „Es gibt gleich Pfannkuchen zum Frühstück!"

Ich blieb wie ein Fragezeichen in der Tür stehen – Es gab nie, niemals Pfannkuchen zum Frühstück! Die werden schließlich mit Zucker gemacht! Aber als Lukas runter kam und sich auch ganz entspannt an die Anrichte lehnte und meinem fragend verzehrten Gesicht, nicht wie üblich mit einem keine Ahnung Gesicht – die Augen weit aufgerissen, die Augenbrauen zu Ausrufezeichen Richtung Stirn gezogen – antwortete, sondern ebenfalls in der Zahncremewerbung mitwirkte, setzte ich mich im Esszimmer an den Tisch und versuchte mich hinter meiner Gabel mit den Pfannkuchenstücken zu verstecken.

Natürlich erwartete ich, dass sobald Lukas und ich alleine wären, die Sprache auf den vorherigen Abend kommen würde. Dass wir das Gespräch zwischen meinen Eltern noch bis ins kleinste Detail analysieren würden. Aber nichts geschah. Lukas umrundete das Thema geschickt wie ein alter Seefahrer Eisberge unter Wasser und schien auch sonst bester Laune. Wenn ich die Augen schloss, sah ich aber immer noch sein angsterfülltes Gesicht vor mir. Und vielleicht befürchtete ich, es noch einmal ansehen zu müssen, wenn ich die Sprache auf das Geschehene gebracht hätte. Denn ich tat es nicht. Und das war das erste Mal, dass etwas zwischen Lukas und mir unausgesprochen blieb.

Rebecca 1979

Ich öffnete nach dem ach so erfreulichen Osterbesuch bei meinem Eltern die Wohnungstür meines Appartements in Zeitlupe und schob mich durch den Türspalt, als hätte ich Angst, meine Eltern könnten mir gefolgt sein und noch hinter mir in die Wohnung schlüpfen. Der moderige Geruch meiner Wohnung, der vermutlich auf das alte Holz, die feuchten Wände und eventuelle Essensreste, die hinter die Arbeitsplatte meiner improvisierten Küche gefallen waren, zurück zu führen war, hüllte mich warm ein. Ich ließ mich mit allem drum und dran auf mein Bett fallen und heulte. Ich heulte um Bernd und um all die anderen Kerle, für die ich mich verbogen und verrenkt hatte, nur um am Ende Muskelkater davon zu tragen. Ich heulte um Roland, den ich doch nicht besucht hatte, obwohl ich wusste, ich hätte es tun sollen. Und ich heulte um meine Eltern, die irgendwie immer Recht hatten, und um meine Eierstöcke, die bald wie zwei vertrocknete Rosinen an den Eileitern hängen würden, wie bestellt, aber leider niemals abgeholt.

In diesem Moment, wie auch sonst in jeder Sekunde meines Lebens, fiel mir einfach nichts ein, was mich in meinem Leben glücklich machte.

Ich hasste meinen Job, meine Wohnung, meine Eltern, mich selbst und die Schuhe, die ich gerade anhatte. Und in einem kleinen Moment der Wahrheit, wusste ich, ich würde etwas ändern müssen.

Für Schuhe hatte ich allerdings kein Geld, meine Eltern umzubringen, hatte ich nicht den Mut, eine neue Wohnung konnte ich mir nicht leisten, und mich selbst loszuwerden, erschien mir auch zu kompliziert. Also blieb nur noch der Job. Ich musste irgendwas an meinem Job ändern. Die Frage war nur was und wie?

Luisa 1988

Sommerflocken

Die Ewigkeit ist ein brüchiges Wort. Schon wenn du es aussprichst, bröckelt es dir schwarz und bitter aus dem Mund und hat sich in Sekunden vor deinen Augen vollkommen in Staub aufgelöst. Böse und hinterhältig macht es uns glauben, dass es diese unzerstörbare Beständigkeit gäbe, die uns die Sicherheit gibt, die wir uns so sehr wünschen. Die wir brauchen. Zum Leben. Zum Atmen. Aber allein dieser Wunsch hat dieses Wort buchstabiert. Aus Luft und Licht, so unfassbar wie das Leben selbst. Denn die Ewigkeit ist eine Lüge, die der Wahrheit nicht standhält.

Die Jahre rannten voran wie ein Stier durch die Straßen von Pamplona – gehetzt, irre, rasend. Wir waren zwei glückliche Kinder, die sich niemals vorstellen konnten, dass irgendwann mal etwas anders sein würde. Die Risse der Vergangenheit hatten wir mit Mörtel aus Liebe und Vertrauen geflickt. Wir fühlten uns sicher und geborgen in unserer Festung. Dem Wind und der Zukunft trotzend. Aber der nächste Sturm wartete auf uns, denn in diesem Jahr würde Lukas die Grundschule verlassen und auf das Gymnasium um die Ecke gehen. Er würde mich erneut zurücklassen. Er würde jeden Morgen um halb acht das Haus verlassen, um zur Schule zu gehen und erst um kurz nach zwei wieder nach Hause kommen. Diese Vorstellung erschien mir unfassbar. So viel Zeit ohne meinen Bruder verbringen zu müssen, riss für mich ein schwarzes Loch in die Atmosphäre, das mein ganzes Glück zu verschlingen drohte.

Lukas freute sich riesig auf die neue Schule. Jeden Abend erzählte er mir mit einem Strahlen in dem Augen, das das Dämmerlicht in unserem Schrank verdrängte, was er alles Tolles machen, lernen und erfahren würde. Lukas brannte, aus irgendeinem mir unerfindlichen Grund darauf, erwachsen zu sein. Natürlich hegt jedes Kind diesen Wunsch. Weil Erwachsene im Universum eines Kindes scheinbar alles dürfen und können. Aber bei Lukas war da noch etwas Anderes. Irgendetwas trieb ihn an, forderte ihn auf, erwachsen zu sein. So als wäre es schlecht, ein Kind zu sein. Schlecht und gefährlich. Und jedes Mal wenn er von der neuen Schule anfing, schienen alle meine Organe für einen Moment auszusetzen. Als wollten sie sich überlegen, ob es sich unter diesen Umständen für sie überhaupt noch lohnte, weiter zu arbeiten. Aber ich hatte Glück und meine Lunge sammelte wieder Luft, Leber und Nieren siebten weiter und mein Herz tat den nächsten Schlag.

Wenn Lukas merkte, wie ich unter seinen Erzählsalven erstarrte, hielt er meist sofort inne und seine Augen hefteten sich wie Magnete an seiner Fußspitzen. „Aber ich bin ja immer noch total viel zu Hause", sagte er dann.

Danach entstand meist eine Pause, die wie eine schwere Gewitterwolke zwischen uns baumelte – dunkel, bedrohlich, abwartend. Keiner dazu in der Lage, sie einfach wegzupusten. Irgendwann verkündete einer von uns, dass er jetzt ins Bett gehen müsste und verließ den Schrank, ohne die geduckte Haltung zu verlieren, die man automatisch beim Unter-den-Mänteln-durchkriechen einnahm. Wir ließen die Wolke zurück und hofften, dass sie bis zum nächsten Tag einfach verschwunden sein würde und wir unseren Schrank wieder als das vorfinden würden, was er seit wir denken konnten, für uns gewesen war – trocken, freundlich, sicher.

Und die Risse krochen langsam die Mauer hoch und es war die Frage, ob man sie auch diesmal würde kitten können oder ob irgendwann der Einsturz drohte.

Ich redete mir ein, dass alles gut werden würde. Schließlich hatten wir noch die Sommerferien. Sechs Wochen, die Lukas und ich jeden Tag 24 Stunden miteinander verbringen würden. Wir waren also weiterhin als Team unbesiegbar. Am ersten Ferientag flatterte ich vor Freude mit Lukas den ganzen Tag zu verbringen wie ein verirrter Marienkäfer an den Frühstückstisch. Ich wollte mit Lukas in den nahegelegenen Wald fahren und dort eine Höhle durchforsten, die ich ein paar Wochen vorher entdeckt hatte. Ich hatte meinen Fund die letzten Tage unter enormer körperlicher Anstrengung geheim gehalten und war wie eine zu oft geschüttelte Colaflasche durch die Gegend gelaufen. Nur ein kurzer Dreh und es wäre aus mir herausgesprudelt. Aber als ich die Haustür öffnete, um mit Lukas das Haus zu verlassen, stand da meine Nachbarin Fanni und grinste mich an. Noch zwei Jahre zuvor wäre das völlig normal gewesen. Manchmal hatten wir schon vor dem Frühstück eine Runde Playmobil zusammen gespielt oder ein paar Kuchen im Sandkasten hinter ihrem Haus gebacken. Aber seit ich auf der Schule war, hatten wir uns selten gesehen. Der Altersunterschied hatte sich endlich bemerkbar gemacht. Wo wir früher mühelos drüber hinweggespielt hatten, waren Gräben entstanden, die gefüllt waren mit anderen Freunden, unterschiedlichen Interessen und ihren rosa Rüschensöckchen. Deshalb war ich etwas verwundert sie einfach vor unserer Tür stehen zu sehen.

„Oh, hallo Fanni. Toll, dass du vorbeigekommen bist, aber ich hab leider heute keine Zeit", trällerte ich ihr entgegen. „Weißt du, Lukas und ich haben echt viel vor diesen Sommer."

Ich schaute über meine Schulter zu Lukas, der mit den Händen in den Hosentaschen verloren im Flur stehen geblieben war, den Boden nach Regenwürmern im Teppich absuchte und dabei wie der letzte Weihnachtsbaum in der Bauschule aussah, der von keinem geschlagen werden will, weil er zwei Spitzen hat.

„Ich wollte eigentlich auch gar nicht zu dir, Luisa", sagte Fanni mit einem merkwürdig hohen Flötenton in der Stimme.

„Ach so. Okay. Meine Mama ist in der Küche."

Ich dachte, sie wollte vielleicht Mehl oder Eier oder vielleicht auch Butter leihen. Manchmal kam es bei uns nämlich tatsächlich vor, dass ein Nachbar nach so etwas fragte.

„Ich will auch nicht zu deiner Mutter, Luisa." Ihr Ton flötete plötzlich nicht mehr, sondern hatte etwas Abfälliges angenommen. Hätte sie „du Dummerchen" hinten dran gehangen, hätte es kein deutlicheres Kratzen in meinem Bauch gegeben. Misstrauisch kniff ich die Augen zusammen, als ich bemerkte, dass sie gar nicht mehr mich anschaute, sondern Lukas. Dabei nahmen ihre Gesichtszüge die Haltung eines dämlichen Lächelns an.

Lukas dagegen schien nun wirklich einen Regenwurm in dem Teppich gesehen zu haben, da sich sein starrer Blick auf den Teppich ansonsten wohl kaum erklären ließ. „Hallo Fanni", murmelte er leise in Richtung Regenwurm und plötzlich fühlte ich mich wie der verschmähte Weihnachtsbaum, den keiner haben will.

„Hi", hauchte Fanni.

Ich trat einen Schritt zur Seite, um mir die Szene aus einem anderen Blickwinkel genauer anschauen zu können. Meine Augen weit aufgerissen. Mein Mund zu einem angewiderten Knautschkissen verzogen.

Als Lukas sich endlich von seinem Regenwurm losriss, hatte er mich offensichtlich total vergessen und lächelte Fanni bescheuert an. „Wollen wir was zusammen machen?", fragte er Fanni.

„Ja, gerne", flötete sie wieder und streckte die Hand nach ihm aus.

Lukas trottete darauf zu und ergriff sie.

Er erinnerte mich an einen alten, schon leicht blinden Hund, der nur kurz an deiner Hand schnüffelt, bevor er sie mit seinem feuchten, triefenden Lappen abschleckt. Ich schaute ihnen verblüfft und entsetzt hinterher, wie sie dann gemeinsam Hand in Hand die Straße runter gingen.

Lukas kehrte erst am späten Nachmittag wieder heim. Aber anstatt direkt bei mir vorbeizuschauen, verkrümelte er sich stumm in sein Zimmer und schloss sogar die Tür. Ich wusste, dass ihm die ganze Sache peinlich war. Nicht nur, dass er sich offensichtlich in Fannis Gegenwart zu einer schnurrenden weißen Perserkatze mit der Intelligenz eines Schirmständers verwandelt hatte, sondern ihm musste auch klar sein, dass ich durchaus kapiert hatte, dass er mich angelogen hatte. Ich war mir nicht sicher, ob ich ihn auf die ganze Sache ansprechen, oder eher die großherzige Schwester mimen und einfach so tun sollte, als wäre nichts gewesen. Mehr als so tun, konnte ich nämlich nicht.

Denn ich fühlte mich alles andere als großherzig. Ich war stinksauer, verletzt und dazu noch irgendwie angeekelt. Fanni war jahrelang meine beste Freundin gewesen. Er kannte sie fast genauso gut wie mich. Außerdem hatte er sie auch immer ein bisschen doof gefunden.

Keine Frage, Fanni war niedlich. Sie hatte lange, braune, glatte Haare und hatte strahlende blaue Augen. Wenn sie lächelte, erschienen auf beiden Seiten ihrer Wangen entzückende Grübchen, auf die ich schon immer neidisch gewesen war. Und trotzdem war die ganze Sache für mich ungefähr so einleuchtend wie die Hieroglyphen der Maya – fremd, irritierend und nicht mal hübsch anzusehen. Und ich sah den Mörtel zwischen uns bröckeln, weil die Risse sich immer tiefer durch unsere Festung zogen.

Sie gingen den ganzen Sommer miteinander und auch noch ein Stückchen ins neue Schuljahr rein (genau zwei Monate, und fünfzehn Tage). Es waren die schlimmsten Sommerferien meines bisherigen Lebens. Denn Lukas hatte überhaupt keine Zeit für mich, sondern hing ständig mit Fanni rum. Wäre Björn nicht gewesen, ich wäre kläglich verkümmert. Denn anstatt mit Lukas unternahm ich so mit ihm all das, was ich eigentlich für Lukas und mich geplant hatte. Wir erkundeten die versteckte Hölle, bauten ein Baumhaus im Wald und fuhren mörderische Rennen auf unseren nagelneuen Skateboards.

Wenn ich abends Lukas von unseren Abenteuern erzählte, meinte ich ein neidisches Zucken in seinem linken Mundwinkel zu erkennen, während er an seinem Snickers lutschte und die Knötchen von Papas rot kariertem Wintermantel pullte.

In der dritten Woche der Sommerferien ging ich an Fannis Haus vorbei, weil meine Mutter mich in den Edeka um die Ecke geschickt hatte, um Eier, Mehl und gemahlene Nüsse für einen Kuchen zu kaufen. Als ich an Fannis Haus vorbei ging, sah ich die beiden, wie sie sich händchenhaltend unter den Nusssträuchern in ihrem Vorgarten gegenüber standen. Ich hätte einfach weitergehen können. Aber ich tat es nicht. Ganz im Gegenteil blieb ich stehen, um näher hinzuschauen. Um genau sehen zu können, was da zwischen den Hasselnussblättern vor sich ging. Ich starrte die beiden an, wie der Autofahrer auf der Autobahn, der beim Vorbeifahren sieht, wie die Sanitäter das Hirn eines Motorradfahrers vom Asphalt kratzen. Und obwohl er weiß, dass er davon Albträume bekommen wird, nimmt er den Fuß vom Gas und rollt an der grauenhaften Szene vorbei, als wären die Reifen seines Autos mit Schneckenschleim überzogen. Und so stand ich da. Die Füße tief in die Bürgersteigplatten verwurzelt und wartete.

Und als sich dann endlich diese kleinen Kindermünder auf einander klebten, merkte ich unwillkürlich wie sich mein Magen in einen dicken Medizinball verwandelte –hart, schwer, riesig.

Wie erwartet ekelte es mich an. Dabei war es nur ein simpler Kinderkuss. Trotzdem haute mich der Ekel völlig aus den Socken. Ich versuchte den Medizinball durch wiederholtes Schlucken im Magen zu behalten, aus Angst sein Aufprallen auf den Asphalt würde zu viel Aufmerksamkeit erregen, und rannte los. Ich wollte nur noch nach Hause, rannte aber in die falsche Richtung. Da ich aber wusste, dass meine Mutter Fragen stellen würde, wenn ich ohne ihre Bestellung zu Hause aufschlagen würde, versteckte ich mich einen Moment im Edeka hinter den Dosensuppen und Einmachgläsern um wieder zu Atem zu kommen. Während ich eine Senfgurke anstarrte, überkam mich das starke Gefühl von Eifersucht. Und irgendwie erschien es mir in diesem Moment unglaublich befreiend, in einem Einmachglas eingesperrt zu sein. Schwerelos schwimmend in Essigzeug. Nichts anderes tuend als darauf zu warten, irgendwann gegessen zu werden. Da mir aber klar war, dass ich wohl kaum mit ihr (der Senfgurke) würde tauschen können, und es wahrscheinlich auch etwas Aufsehen erregen würden, würde ich versuchen, mich an Ort und Stelle in ein Einmachglas zu quetschen, packte ich Mamas Naturalien ein (ebenfalls meine neue Freundin die Senfgurke im Einmachglas. Ich erzählte später meiner Mutter, ich bräuchte sie für ein Schulprojekt, verfrachtete sie allerdings unter mein Bett und holte sie immer wieder hervor, um sicher zu gehen, dass sich bei ihr auch wirklich nichts verändert hatte), und entschied mich auf dem Heimweg, die ganze Sache mit dem Kuss einfach zu vergessen. Ich war davon überzeugt, dass das die Lösung war und trat die Tür meines Zimmer mit nur noch einem kleinen Medizinball im Magen auf und erstarrte mit meiner Senfgurke in der Hand entsetzt zu Stein, als ich Fanni darin aufgeregt hin und her katzen sah.

Als sie mich bemerkte, blieb sie abrupt stehen und strahlte mich an, als hätte sie einen Bauscheinwerfer verschluckt.

„Er hat mich geküsst!", sagte sie.

Meine Füße waren auf den Fliesen im Flur kleben geblieben und wollten den Teppich in meinem Zimmer einfach nicht betreten. Ich starrte sie an, als könnte ich verstehen, warum sie lieber draußen bleiben wollten.

„Komm schon rein!"

Fanni streckte die Hand nach mir aus und ich wäre ihr wohl ausgewichen, wenn der Klebstoff unter meinen Füßen nicht dagewesen wäre. Aber Fanni zog mich mit so einem Ruck zu sich hinein, dass ich mich verdutzt nach dem Türrahmen umschaute, weil ich sicher war, dort die Sohlen meiner Schuhe kleben zu sehen.

„Ich hab dir so viel zu erzählen! Das ist ja alles sooo aufregend!"

Ich glaube, ihr war gar nicht aufgefallen, dass ich immer noch keinen Ton gesagt hatte. Sie schien irgendwie vergessen zu haben, dass wir eigentlich keine Freundinnen mehr waren. Vermutlich waren ihre Schulkameradinnen alle in Urlaub, aber das Erlebte brannte ihr so auf der Seele, dass sie sich das Nächstbeste krallte, um ihr Herz auszumüllen: Mich! Außerdem kam sie auch keine Sekunde auf die Idee, dass ich diese ganzen Geschichten über meinen Bruder einfach nicht hören wollte.

„Seine Lippen sind ja so weich!", schwärmte sie, während ich stockfischähnlich neben ihr auf meinem Bett saß, an das sie mich kurz vorher festgedübelt hatte. „Ich bin ja so verliebt! Und ist das nicht toll, dass wir so gut befreundet sind? Wenn wir uns mal streiten, dann kannst du uns helfen, wieder zusammen zu kommen! Ist das nicht Wahnsinn?!" Sie knuffte mich in die Seite.

„Ja, klar!", brachte ich gerade so hervor und überlegte fieberhaft, wie ich da wohl wieder würde rauskommen könnte.

Ein paar Tage später präsentierte Björn mir die Lösung. Seine

Oma Vera und er wollten ein Wochenende in einem Center Park verbringen. Und weil ich sowie so mehr Zeit bei ihnen verbrachte als zu Hause, lud mich Oma Vera dazu ein, sie zu begleiten. Von Glücksgefühlen umspült, rannten Björn und ich zu meiner Mutter, um sie um Erlaubnis zu bitten. Meine Mutter lächelte ihr perfektes Lächeln, während ich sie mit strahlenden Augen ansah und sagte: „Nein!"

Ich konnte es erst nicht glauben. Da die Aufregung und die tausend Pläne, die Björn und ich auf dem Weg zu mir nach Hause gemacht hatten, mir noch so laut in den Ohren rauschten, war ich sicher, mich verhört zu haben. Aber egal welche Argumente ich auch hervorbrachte, meine Mutter blieb bei dem Nein. Völlig fertig verließen Björn und ich unser Haus. Die Wut pulsierte mir auf der Zunge wie heiße Lava – pochend, brennend, brodelnd.

„Warum macht sie das?", spuckte ich die Lava auf den Bürgersteig. „Es ist doch nur ein Wochenende! Wetten Lukas hätte sie es sofort erlaubt? Sie hat noch nicht mal meinen Vater fragen wollen. Nein, sie sagt einfach ganz alleine NEIN! Darf die das überhaupt? Müssen Eltern sich bei so was nicht absprechen?"

„Tut mir Leid. Es wäre mit dir zusammen bestimmt viel lustiger geworden, als nur allein mit meiner alten Oma." Björn war genauso geknickt wie ich und kickte einen Stein in den Gully, der an einer halb platt gefahrenen Ratte zum Stillstand kam.

„Na, klar! Das wäre super geworden! Meine Mutter ist echt so scheiße! Es ist ihr total egal, was sie dir oder mir damit antut. Am Liebsten, am Liebsten..." Die Lava in meinem Mund verwandelte sich gerade zu Stein und bohrte mir Löcher ins Zahnfleisch.

„Was ‚am Liebsten'?", fragte mich Björn.

„Ach, keine Ahnung. Ich würde es ihr am Liebsten irgendwie heimzahlen!"

Plötzlich blieb Björn stehen und sah mich gespielt ernst an, während der Schalk in seinen Augen Funken sprühte, die auf dem Bürgersteig vor meinen Füßen verglommen.

„Was ist los?", fragte ich misstrauisch. Wenn Björn diesen Blick drauf hatte, versprach das meist entweder etwas komplett

Verrücktes, oder etwas noch Verrückteres.

„Ich hatte gerade nur eine Idee, wie wir deiner Mutter einen ordentlichen Schreck einjagen könnten." Er rieb sich gierig die Hände, was eindeutig für die noch verrücktere Variante sprach.

„Ach ja? Und wie?"

Björn drehte sich um und ging ein paar Schritte zurück, um an der halb platt gefahrenen Ratte im Rinnstein stehen zu bleiben. „Damit", sagte er und streckte seinen Finger nach dem matschigen Fellgebilde mit Schwanz aus.

„Was? Damit?", fragte ich angewidert. „Du spinnst wohl!"

„Aber warum denn?", verteidigte er sich. „Wir tun ihr doch nichts. Und das Vieh kann ja wohl auch keinem mehr was tun, so matsche wie das ist."

„Und wie willst du das machen?"

„Na, ganz einfach: Wir legen die Ratte mit einem Zettel vor ihre Haustür, klingeln und verstecken uns im Gebüsch. Deine Mutter macht auf, erschreckt sich und wir lachen uns kaputt."

Kaputt lachen klang für mich gar nicht mal so übel. Und wären da nicht die Lavawürfel in meinem Mund gewesen, hätte ich sicher auch nicht zugesagt, aber so…

„Okay."

„Super! Dann lass uns loslegen! Nicht, dass uns das Vieh noch jemand wegschnappt"

Und schon rannte er zurück zu unserem Haus, um eine Kehrschaufel zu holen. Ich rannte hinterher, auch wenn ich sicher war, dass niemand, absolut NIEMAND sonst Interesse an der platt gefahren Ratte haben würde.

Minuten später kratzte Björn die Ratte mit der Kehrschaufel vom Rinnstein. Und das schlechte Gewissen nagte an meinen Lavasteinen, wie zuvor vermutlich die Ratte an einer anderen platt gefahrenen Ratte. Aber ich sagte nichts, schließlich hatte es meine Mutter verdient, wie ich fand. Und so ein kleiner Streich tat ja niemandem weh, konnte aber mein Leid wenigstens kurzfristig mildern.

Kurz darauf drapierten wir die Ratte vor unserer Haustür, Björn kritzelte noch schnell eine Botschaft auf einen Zettel und legte ihn als Krönung oben drauf. Dann drückte er den Klingelknopf und wir machten einen Hechtsprung hinter die

Hecke. Es dauerte nicht lange, da öffnete meine Mutter die Tür. Als sie einen Schritt nach draußen machte, um nach der Ursache des Klingelns zu suchen, schien ihr die Sonne ins Gesicht, verfing sich in ihren braunen Locken und spann es wie durch Zauberhand zu rotem Gold. Ihr Gesicht wirkte sanft und schön, obwohl sie die Stirn kritisch runzelte. Plötzlich war die Wutlava in meinem Mund verschwunden. Ich wollte aufspringen und meine Mutter durch eine Ablenkung wieder ins Haus locken, damit sie die dämliche Ratte nicht sah, aber als ich gerade meine Muskel anspannte, fiel ihr Blick auf das platt gefahrene Felltier. Ihr Gesicht lag plötzlich im Schatten, obwohl es weiterhin von der Sonne beschienen wurde – dunkel, matt, fremd.

Sie schrie weder erschrocken auf, noch rannte sie davon an. Stattdessen beugte sie sich misstrauisch und katzenartig vor, um sich nach dem Zettel zu bücken, der immer noch auf der Ratte thronte. Sie faltete ihn so langsam auseinander, als wäre er eine kostbare Einzigartigkeit, aber als sie dann die Worte darauf in sich aufnahm, zerfiel ihr Gesicht plötzlich in Tausend undefinierbare Einzelteile. Jedes Teil irgendwie noch meine Mutter, aber so unfassbar wie Wasser, das dir durch die Finger rinnt. Ihre Finger öffneten sich und der Zettel entglitt ihrer Hand, während sie einen Schritt rückwärts ins Haus machte. Ich sah den Zettel langsam zu Boden gleiten. Er schwang sich sanft hin und her, um dann wieder in den Eingeweiden der Ratte zu landen.

Und plötzlich drehte sich meine Mutter um und rannte zurück ins Haus. Die Tür immer noch offen, schwarzen Dunst zurücklassend, wo eigentlich die Sonne scheinen sollte. Schwarzer Dunst der nach unaussprechlicher Angst roch.

Ich konnte mich nicht bewegen. Etwas in meinem Inneren lähmte mich. Es war etwas pelziges, bitteres, das sich in meinem Bauch gesammelte hatte und von dort Wurzeln in jeden Muskel schlug. Sie betäubte und abschnitt. Es erinnerte mich an etwas Dunkles, das schon einmal in mir Wurzeln geschlagen hatte. Etwas was ich versucht hatte zu vergessen. Und jetzt stellte ich fest, dass es noch da war. Immer dagewesen war. Es war nicht verhungert, oder gar gestorben. Im Gegenteil war es heimlich gewachsen, weil ich nicht hingesehen hatte. Nicht hatte hinsehen wollen.

Nach etwa fünf Minuten, in denen meine Mutter immer noch verschwunden blieb, kam Björn aus seinem Versteck gekrochen.

„Was war denn das?", fragte er und seine Worte erschreckten das pelzige Etwas in meinen Muskeln und ich konnte mich wieder bewegen. Aber das dumpfe Gefühl blieb.

„Ich hab keine Ahnung!", antwortete ich.

Gemeinsam gingen wir andächtig, als würde jetzt endgültig die respektvolle Beerdigung folgen, auf die Ratte zu. Sie lag immer noch da.

Platt.

Tot.

Ich bückte mich nach dem Zettel und versuchte vergeblich darauf zu finden, was meine Mutter darauf gesehen hatte.

„Komm, lass uns den Dreck wegmachen", sagte Björn und war gar nicht mehr aufgekratzt. Seine Stimme glich eher dem Redner auf der Rattenbeerdigung. Er zückte die Kehrschaufel und verfrachtet die Ratte damit ins Gebüsch. Dann setzten wir uns auf die Treppe vor unserem Haus und warteten.

Und warteten.

Auf gar nichts.

Als eine Stunde später mein Bruder auftauchte, saßen wir immer noch so da. Er grüßte uns knapp und verschwand im Haus, um kurz darauf wieder heraus zu kommen.

„Hey, wo ist denn Mama? Ich will sie was fragen."

„Keine Ahnung. Sie ist ungefähr vor einer Stunde im Haus verschwunden und einfach nicht mehr wieder aufgetaucht", sagte ich und meine Stimme zitterte eine Melodie der Schuld, dessen zweite Stimme meine großen, ängstlich aufgerissenen Augen waren. Und natürlich kannte mein Bruder diese Melodie besser als jeder andere.

„Was ist passiert?"

Er fixierte mich mit solch einer Kraft und kniff dabei seine Augen so eng zusammen, dass sie eine Walnuss hätten knacken können.

„Ich weiß doch auch nicht. Eigentlich gar nichts!" Ich sprang zappelnd auf, um mich aus seinem Griff zu befreien. „Wir wollten sie doch nur erschrecken! Aber natürlich war die tote

Ratte eine verdammt blöde Idee. Und der Zettel auch, aber…"

„Eine tote Ratte? Seid ihr bescheuert?"

„Aber es war doch nur ein Scherz. Ich war so sauer, dass sie mir den Center Park verboten hat und Björn…"

Aber Lukas hörte mir nicht weiter zu, sondern verschwand genauso schnell im Haus, wie zuvor meine Mutter. Und er kam auch genauso wenig wieder. Ich wollte hinterher gehen und nachschauen, was los war, aber da war dieser schwarze Dunst, der jetzt aus dem ganzen Haus herauszuwabern schien und mich zurückhielt.

Kurz darauf kam mein Vater an uns vorbei ins Haus gestürmt. Er lächelte und keuchte uns ein „es ist alles in Ordnung" entgegen. Dann verschwand auch er in dem Dunst des Hauses.

Verschluckt.

Fort.

Björn und ich blieben weiter stumm auf der Treppe sitzen. Die Worte von dem Dunst verschluckt wie der Rest meiner Familie.

Als mein Vater dann endlich wieder auftauchte, wirkte er entspannt und gelassen. Er lächelte, obwohl ihm Schweiß auf der Stirn stand – fein, glänzend, verräterisch.

Er setzte sich zwischen uns auf die Treppe und legte jeweils einen Arm um jeden von uns.

„Meine Güte, da habt ihr aber ganz schön was angestellt!", sagte er immer noch lächelnd.

„Es tut mir eid!"

Ich hatte das Gefühl, dieses pelzige Etwas in mir, wollte aus mir herausspringen. Mich sprengen.

„Das muss es nicht", sagte mein Vater. „Doch, das muss es natürlich schon", korrigierte er sich lächelnd. „Aber nicht so. Es war ein dummer Kinderstreich, aber ihr wusstet ja auch nicht, was ihr damit auslösen würdet. Es ist nämlich so, dass deine Mutter eine Rattenphobie hat. Sie wurde als Kleinkind mal von einer gebissen und irgendwie hat sich das in ihr festgesetzt. Und als sie dann die Ratte gesehen hat, ist sie einfach durchgedreht. Ja, sie war tot, aber das macht bei Phobien meist keinen Unterschied. Sie sind eben völlig irrational. Aber ich hab deiner

Mutter erklärt, dass ihr es nicht böse gemeint habt. Also alles okay. Geht einfach hoch zu ihr und entschuldigt euch und alles ist wieder gut."

Er stand auf. Ich bekämpft die dicken Wurzeln in meinen Muskeln und folgte ihm zusammen mit Björn in unser Haus.

Meine Mutter lag in dem Bett meiner Eltern. Obwohl ihr Gesicht wieder in einem Stück und das meiner Mutter war, wirkte sie trotzdem furchtbar blas. Ihre Augen schienen dunkler als sonst. Und ihr schmaler Körper zeichnete sich dünn unter der Decke ab. Sie lächelte als wir rein kamen – müde, traurig, klein.

„Es tut mir leid, Mama!", sprudelte es sofort aus mir raus. Schüchtern von Björns leiser Entschuldigung untermalt.

„Mir tut es auch leid, ihr zwei. Ich hab euch vermutlich ziemlich erschreckt. Dabei wolltet ihr doch mich erschrecken." Ein klirrendes Lachen, dass einen Sarg hätte zerspringen lassen können. „Aber ich hab dir eben noch nie von dieser Rattenphobie erzählt. Das Wort an sich fühlt sich in meinem Mund schon widerlich an. Aber jetzt geht es mir wieder gut. Nur macht das bitte nie wieder, okay?"

„Nein, bestimmt nicht, Mama!", beteuerte ich.

„Gut, dann geht jetzt wieder spielen. Ich bin echt müde."

Wir lächelten zaghaft zurück und ließen sie allein.

Björn verabschiedete sich wie ein getretener Hund und während ich ihm nachsah, wie er die Treppe herunterhinkte, kam Lukas aus seinem Zimmer auf mich zu.

„Sag mal, wusstest du echt nichts von Mamas Rattenphobie? Haben wir da nicht schon mal drüber gesprochen?", fragte er und wirkte dabei so erwachsen, dass mir übel wurde.

„Nein, haben wir nicht…", sagte ich und versucht ihm in die Augen zu sehen. Aber sein Gesicht lag im Dunkeln hinter dickem Nebel und diese Wand konnte ich nicht durchbrechen.

„Komisch", sagte er nur, drehte sich um und verschwand wieder in seinem Zimmer.

Ich sah ihm hinterher und dieses pelzige Etwas, entpuppte sich plötzlich als der Geist einer dicken, hässlichen, platten Ratte, die ihre Krallen in meine Eingeweide grub.

Rattenphobie, hallte es in meinem Herzen wider.

Rattenphobie.

Das Wort fühlte sich falsch und schief an. Wie ein schlecht genähter Pullover, der nur einen Arm hat und kein Loch für deinen Kopf.

Denn meine Mutter war nicht vor der Ratte davon gelaufen, sondern vor dem Zettel.

Genau vor dem Zettel, der jetzt ein Loch in meine Hosentasche brannte – heiß, schwellend, böse.

Ich holte ihn hervor und faltete ihn auseinander.

„Ich räche mich für das, was du getan hast.", stand da in krakeligen Großbuchstaben.

„Rattenphobie", flüsterte ich und das Wort verfing sich in den Resten des schwarzen Dunstes, der noch in den Ecken unter der Decke hing und sich nicht verflüchtigen wollte. Ich reckte mich, um es herunterzuholen und es mir genauer anzusehen, aber ich war zu klein, um daran heranzureichen.

Ich erfuhr von Fanni, dass Lukas mit ihr Schluss gemacht hatte, indem sie mir seinen Brief schluchzend entgegenhielt:

„Hallo Fanni,
ich will nicht mehr mit dir gehen.
Tut mir leid.
Lukas"

Danach wollte sie drei Wochen nicht aufhören zu weinen.

Lukas erzählte mir nichts davon. Es waren seine ersten Wochen auf der neuen Schule und er war aufgeregt, neugierig, fasziniert. Er wollte nirgendwo anders sein. Und Fanni war einfach nicht mehr da. Genau wie er nicht mehr für mich da war. Denn auch wenn wir uns immer noch in seinem Schrank trafen und miteinander lachten und sprachen, so konnte nichts darüber hinwegtäuschen, dass unsere Festung den ersten Wall verloren hatte. Da halfen auch Steine, spitze Eisenstücke, Gedärme und brennende Reisigbündel zur Verteidigung nichts mehr. Wir begannen uns im Inneren der Festung zu verschanzen und an der Erinnerung an das, was mal war, festzuklammern – eisern, trauend, wimmernd. Wie ein Schiffbrüchiger auf offenem Meer an sein einziges Paddel. Es führt nirgendwohin, kostet nur Kraft und nimmt Platz im Boot weg. Irgendwann lässt man es doch los und schaut ihm sehnsüchtig hinterher, wie es da auf den Wellen auf- und abschaukelt. Und man hofft, dass man trotzdem irgendwo ankommen wird und neu anfangen kann.

Rebecca 1979

Er lief mir das erste Mal am 23.Juli 1979 über den Weg. Was an sich jetzt keine große Überraschung war, da das mein erster Tag in der Gynäkologischen Abteilung war. Ich hatte mich dahin versetzen lassen. Vielleicht in der Hoffnung, all die schwangeren, gebärenden Frauen würden in irgendeiner mysteriösen Form auf mich abfärben und ich wäre die Zweite seit Maria, die das Wunder der unbefleckten Empfängnis würde erleben dürfen. Leider hatte ich aber bei meiner Entscheidung vollkommen verdrängt, dass zur Gynäkologie auch noch Brustkrebs, Gebärmutterkrebs, Fehlgeburten, Totgeburten, Ausschabungen und eine Vielzahl anderer furchtbarer Sachen zählte, deren Symptome ich in den ersten Wochen förmlich alle auf einmal hatte. Die aber dann, Gott sei Dank, auch auf wundersame Weise von ganz alleine wieder verschwanden.

Sein Name war Prof. Dr. Samuel Heinrichs. Er war grummelig, abweisend und furchtbar gutaussehend. Meistens sah er sein niederes Gefolge, also mich, noch nicht mal an, sondern bellte einfach nur irgendwelche Befehle, die alle wie emsige Ameisen ausführten. Aber wenn er mit den Patientinnen sprach, verwandelte er sich in einen einfühlsamen, verständnisvollen und immer noch furchtbar gutaussehenden Arzt, der die Frauen verzauberte und sie mit Sicherheit alle darüber nachdenken ließ, ob sie den Mann, der bei der Geburt ihres gemeinsamen Kindes gerade völlig gestresst ihre Hand hielt, vielleicht durch irgendeine glückliche Fügung, durch Dr. Heinrichs austauschen könnten. Er funkelte seine Patientinnen mit seinen grünen Augen an und fing sie mit seinem Lächeln, wie eine Spinne die Fliege im Spinnennetz. Die werdenden Mütter waren dann so fasziniert, dass sie die Schmerzen und die Angst einfach zu vergessen schienen. War das Kind dann geboren, verschwand Dr. Heinrichs sofort spurlos, um den Frauen die

Möglichkeit zu geben, neben ihm auch noch die Schönheit ihres frisch geborenen Babys und ihres überglücklichen Mannes zu sehen und mir den nächsten Befehl zu zubellen.

Dieser Mann war einfach wundervoll!

Ich stand vor jeder Schicht eine Stunde früher auf. Ich braucht einfach so lange, um meine Haare und mein Gesicht dementsprechend herzustellen, dass ich dachte, es könnte Samuel eventuell gefallen. Dabei probierte ich alle Farbnuancen aus, die die Kosmetikindustrie hergab. Und vor jeder Schicht hatte ich die Hoffnung, dass dieses schreckliche Pink, dass ich mir um die Augen geschmiert hatte, endlich Samuels Interesse wecken würde. Dabei war mir tatsächlich egal, ob er es abstoßend oder schön gefunden hätte. Wichtig war mir nur, dass er mich endlich wahrnehmen würde. Dass er mich mit seinen grünen Augen so treffen würde, wie seine Patientinnen. Auch wenn er sich danach wieder angewidert abwenden würde, hätte sich dieser Augenblick schon für mich gelohnt. Aber weder Pink, noch Lila, noch Braun locken Samuel aus seiner grummeligen Art hervor. Das Einzige was er mir jeden Tag gönnte, waren seine gebellten Befehle.

Dann starb mein Vater. Es geschah plötzlich und scheinbar ohne jede Ankündigung. Eines Morgens wachte meine Mutter einfach neben einem toten Mann auf. Ich stellte mir vor, dass der Wecker wie immer um sechs Uhr geklingelt hatte, obwohl niemand wirklich so früh aufstehen musste und der Tag auch nur das selbe Einerlei für sie bereit hielt, wie jeden Tag. Ich stellte mir vor, wie meine Mutter mechanisch schon beim ersten Schrillen die Augen geöffnet und noch vor dem Zweiten die Beine aus dem Bett geschwungen hatte. Als es ihr mein Vater aber nicht wie jeden Morgen voller Enthusiasmus gleichgetan hatte, hatte sie ihn gleich mit einer Flut von Beschwerden und Beleidigungen überschüttet, was für ein fauler und nichtsnutziger Ehemann er war. Als ihm das aber immer noch keine Beine gemacht hatte, hatte sie sich ein abgelegtes Kleidungsstück gegriffen, natürlich sehr darauf bedacht, dass es wirklich schon dreckig war, und es meinem immer noch toten Vater ins Gesicht gefeuert. Entrüstet über die Ignoranz meines toten Vater war sie dann aus dem Zimmer gestapft, um sich wütend im Badezimmer zu verschanzen. Erst nachdem sie stundenlang ihre Haare gelegt und ihr perfektes Make-up aufgelegt hatte, war sie wieder zu meinem toten Vater ins Zimmer gekommen. Verwirrt, warum der alte Socken immer noch auf seinem Gesicht gelegen hatte, hatte sie ihn runter genommen und gesehen, dass das Gesicht ihres Ehemann irgendwie gar nicht mehr nach dem Mann aussah, den sie jahrelang gequält hatte.

Als sie mich angerufen hatte, um mir die frohe Botschaft zu berichten, nicht ohne mir für den Tod meines Vater die Schuld zu geben („Du bist ja nie da", „Hast ja immer noch keinen Mann", „Und seine Enkelkinder wird er nun auch nie kennen lernen – falls es jemals welche geben sollte"), weinte ich nicht. Ich hatte nicht mal das Bedürfnis dazu. Ich erklärte ihr kurz und knapp, dass ich leider nicht kommen konnte, weil ich unbedingt arbeiten musste und legte auf. Erst drei Tage später, nachdem ich eine Einladung zur Beerdigung erhalten hatte, wie jeder andere auch, überkam mich während einer Nachtschicht ein Heulkrampf. Ich verkroch mich schnell in der Kammer mit den Spritzen und Schläuchen und ließ meinen Tränen freien Lauf. Und da Dr. Heinrichs diesen merkwürdigen Sensor für das Leid der Frauen hatte, fand er mich und sah mich das erste Mal an.

Luisa 1990–1993

Kristallene Rauchzeichen

Alle fürchten sich vor der Dunkelheit. Sie ist bedrängend, ungewiss und schwarz. Sie hat eine undurchdringliche Tiefe, in die niemand freiwillig abtauchen will. Sie macht uns hilflos und schwach. Ergeben und machtlos. Dabei ist die Dunkelheit unser Freund. Denn nur sie ist in der Lage, Dinge zu verbergen, die wir nicht sehen wollen. Die Dunkelheit lässt Falten in einem Gesicht verschwinden, das nicht altern will. Sie löst Staub in Luft auf, den wir nicht putzen wollten. Und sie verbirgt das Gesicht des Ehemannes, den wir schon lange nicht mehr lieben. Nein, die Dunkelheit müssen wir nicht fürchten, sondern das Licht. Das Licht ist unser wahrer Feind. Denn das Licht zeigt all das, was wir verbergen wollen. Es zeichnet die Welt, so wie sie ist. Kantig, grell und grauenhaft. Und das Licht ist ein starker Gegner. Denn es durchdringt alles und selbst die schwärzeste Dunkelheit wird irgendwann davon erhellt. Und dann kommt zum Vorschein, was niemand sehen will: Die Wahrheit.

1990 folgte ich meinem Bruder auf das Gymnasium. Unsere Festung war schon vor einer geraumen Zeit gefallen und übrig geblieben war nur ihr Graben – schlammig, stinkend, zäh. Einst hatte er uns vor der Außenwelt geschützt, uns vereint. Seit geraumer Zeit lag er aber zwischen uns und dehnte sich mit jedem Jahr weiter aus, so dass wir nun kaum noch aneinander heranreichen konnten. Und obwohl ich es vorher gewusst hatte, so war ich doch enttäuscht, dass Lukas mir dennoch auf der neuen Schule seine Hand nicht reichte. Es nicht mal versuchte.

Wenn ich Lukas in der Schule begegnete und er mir stumm und fast schon ablehnend zunickte, zog sich jedes Mal etwas in meinem Herzen zusammen. Machte es hart und klumpig, so dass ich kurz nach Luft ringen musste.

Dieser Junge hatte kaum Ähnlichkeit mit dem Jungen, mit dem ich Stunden im Dunkeln seines Schrankes verbracht hatte. Den ich Zeit meines Lebens kannte.

Den ich liebte.

Dieser Junge war ein anderer.

Und trotzdem wünschte ich mir nichts mehr, als seine Hand zu halten

Nur sehr selten, meist an Sonntagen, die oft langweilig und träge waren, fanden Lukas und ich uns dann doch in seinem Schrank wieder. Er schien in den letzten Jahren geschrumpft zu sein. Er wirkte beengend und gedrungen auf mich. Voll von schönen sehnsüchtigen Erinnerungen, die niemand von seinen glänzenden Brettern zu schrubben vermochte. In diesen seltenen Momenten entglitt mir zeitweise das Bewusstsein, dass wir nicht mehr fünf und sechs waren und nichts anderes brauchten als einander. Denn wenn wir Zeit miteinander verbrachten, war er irgendwie wieder mein Bruder. Als wäre nur die Schale der Banane braun gewesen. Fiel sie ab, zeigte sich das süße Fleisch.

Und auch wenn es nur ein Trugbild war, wollte ich daran glauben, mich festhalten und mich selbst belügen, anstatt seine Lüge zu sehen.

Denn unser Lachen klang wie ein schiefes Echo aus unserer frühen Kindheit. Zu hohl und stumpf, um wirklich echt zu sein.

Aber ich hatte ja noch Björn. Und er hielt meine Hand in den nächsten Jahren, wann immer ich sie brauchte. Björn war meine Rettung, mein Freund, mein Schatten. Aber auch wenn Björns Hand zwar liebevoll und herzlich war, so passte sie irgendwie nicht perfekt in meine. Sie kam mir zu klein vor, zu dünn. Sie hielt dem Vergleich mit der einen Hand einfach nicht stand. So sehr ich mich auch bemühte, mich ihr anzupassen, sie wollte mir einfach nicht diese Sicherheit geben. Diese Vertrautheit. Sie war nicht genug. Sie war nicht die Hand meines Bruders.

Ich fand das Päckchen unter Maria-Sofias Bett. Es war bunt beklebt mit Kindergeschenkpapier – grinsende Clowns mit

Luftballons, witzige Bärchen, die sich mit viel zu kleinen Fallschirmen in den Tod stürzten und bunte pfeifende Katzen, die Hüte trugen und Rollschuh liefen.

Ich hatte meine Aquarellfarben gesucht, die normalerweise immer auf meinem Schreibtisch rumlungerten. Aber nachdem ich alle meine Schubladen durchwühlt, meinen Schreibtischschrank auf links gestülpt hatte und in meiner Verzweiflung sogar unter meinem Bett aufgeräumt hatte, hatte ich aufgegeben und mich in Maria-Sofias Zimmer getrollt. Maria-Sofia entfernte gerne aus Langeweile Dinge aus meinem Zimmer, gab aber natürlich nie zu, sie genommen zu haben. Sie hatte meiner Meinung nach, meine Haarbürste, meinen Lieblingspullover, sowie mein Memory auf dem Gewissen. Meine Eltern hatten einen Teil des Dachbodens ausgebaut und dort ihr Schlafzimmer eingerichtet. Maria-Sofia hatten sie dann ihr altes Zimmer gegenüber dem Treppenaufgang überlassen, so dass wir Kinder unsere Zimmer alle auf einer Etage hatten. Dennoch betrat ich ihr Zimmer selten. Ich hatte meine kleine Schwester zwar wirklich lieb, konnte aber dennoch keinen richtigen Draht zu ihr finden. Vielleicht wegen des Altersunterschieds, vielleicht aber auch wegen etwas, dass tief in mir schlummerte und was ich nicht verstand.

Auf der Suche nach meinen Aquarellfarben hatte ich unter ihr Bett geschaut und das Päckchen zunächst achtlos bei Seite geschoben. Aber dann sah mir die Rollschuhfahrende Hutkatze so auffordernd und feixend in die Augen, dass ich nicht anders konnte, als das Päckchen hervorzuholen. Das Erste, was ich sah, war ein Haufen von Süßigkeiten. Aber unter dem ganzen Zuckerkram blitzte die Kante einer Grußkarte hervor. Sie war mit Blumen bemalt, über die jemand Glitzerpuder gestreut hatte, wie Salz über knusprige Pommes. „Ich denke an Dich!" prangte in Schnörkelschrift dort, wo eigentlich die Blumenvase hätte sein sollen. Ich wollte die Karte gerade öffnen, als Maria-Sofia plötzlich im Türrahmen erschien. Instinktiv ließ ich die Karte unter meinem Pullover verschwinden.

„Was machst du da?", fragte sie argwöhnisch. Ihr Kopf ruckte dabei misstrauisch zur Seite, wie bei einem Vögelchen, bevor es zuschlägt und den Wurm aufpickt.

Ich fühlte mich zu ertappt, um zu antworten oder mich zu bewegen. Also blieb ich einfach da, wo ich war. Wie ein Hirschkäfer, der sich tot stellt, sobald das Vögelchen ihm zu nahe kommt - obwohl sein Geweih viel zu mächtig ist, um übersehen zu werden.

Als Maria-Sofia erkannte, was da vor mir auf dem Boden lag, begannen ihre Arme aufgeregt zu flattern und sie bewegte sich im Sturzflug auf mich zu.

„Du darfst da nicht dran! Das ist geheim!" Sie zog das Päckchen an sich und drückte es wie ihren Kuschelbär Heino an ihr Herz.

„Okay, okay", stammelte ich. „Ich wollte ja nur…"

„Das darfst du nicht!" Jetzt kamen ihr zu meinem Erschrecken schon fast die Tränen. Ich war eine Niete im Trösten meiner Schwester. Immer wenn sie weinte, bewegte sich ihr Körper in unnatürlichen Wellen auf und ab. Gekrönt von beängstigenden Schluchzern. Wenn ich sie dann in den Arm nahm, wurde mein Körper plötzlich hart wie Stein. Ich fühlte mich, als müsste ich einen lebendigen Fisch solange halten, bis ihm endlich die Luft ausging – kalt, glitschig, fremd.

„Bitte, bitte, nicht weinen, Maria. Ich hab gar nicht richtig gesehen, was es ist. Okay? Ich hab nur was gesucht und bin zufällig draufgestoßen. Die Box war so schön bunt, da bin ich neugierig geworden."

Ich zwang mein Gesicht zu einem Lächeln.

„Ja, das Papier ist hübsch, nicht wahr."

Sie wagte das Päckchen etwas von ihrem kleinen Herzen wegzuhalten, um einen verträumten Blick darauf zu werfen.

„Ja. Ich mag besonders die lustigen Katzen."

„Ja, die mag ich auch."

Ich erhob mich ganz beiläufig, während sie das Papier anlächelte. Plötzlich hob sie aber den Kopf und schaute mich ernst und durchdringend an, als wisse sie alles über mich. Als wäre nicht ich sechs Jahre älter, sondern sie hundert. Ein Schauer lief mir den Rücken hinunter – feucht, kribbelnd, eisig

„Du darfst Mama auf keinen Fall davon erzählen, dass du das gesehen hast, okay?"

„Nein, natürlich nicht. Hab ja auch gar nichts gesehen." Die

Karte unter meinem Pullover brannte ihre Ecken in meinen Bauch. „Alles ist in Ordnung, Maria. Mach dir keine Sorgen."

Und weg war ich. Als ich mich in meinem Zimmer an der Tür hinuntergleiten ließ, zog ich die Karte unter meinem Pullover hervor. Und als ich sie öffnete, griff sofort etwas Kaltes nach meinem Herzen. Denn da war in einer klaren Handschrift zu lesen:

Liebe Maria-Sofia,
hier ein paar Leckerbissen für die nächsten Wochen. Auf dem Foto siehst du nämlich viel zu dünn aus. Hoffentlich sehen wir uns bald.

Tausend Küsse und noch mehr Umarmungen,
Deine Omi

„Aber wir haben doch gar keine Oma!"

Ich saß zwischen Mamas grauem Poncho und Papas altem Tweedsakko neben Lukas im Schrank. Ich hatte ihn nach dem Abendbrot wortlos in seinem Zimmer überfallen und ihn in seinen Schrank geschleift. Jetzt starrte er auf die Karte, als erwarte er, dass Omi höchstpersönlich gleich aus der Karte klettern und es zu eng im Schrank werden würde.

„Ich weiß", sagte Lukas nur.

„Also was soll das dann? ‚Hoffentlich sehen wir uns bald'? Was soll das denn bedeuten? Sie existiert doch gar nicht."

Ich war so aufgeregt, dass ich mir ein kleines Plastikventil wünschte, um Dampf abzulassen – heiß, pfeifend, erlösend.

„Und wenn es doch eine gibt?" Seine Stimme war ein leises Kratzen – unheimliche Mäusekrallen auf Parkett.

„Was willst du damit sagen? Unsere Großeltern sind tot. Unsere Eltern haben sich schließlich nur deshalb kennengelernt."

Plötzlich erinnerte ich mich an den Streit meiner Eltern. Damals in der Küche. Als meine Mutter einen Brief an ihrem Sekretär geschrieben hatte.

„Du meinst, eine könnte noch leben? Mamas Mutter? Aber warum haben sie uns nie was davon gesagt? Warum ist es ein

Geheimnis? Und warum bekommen wir keine kitschig beklebten Päckchen?"

Lukas atmete den kompletten Sauerstoff im Schrank mit einem Atemzug ein: „Ach vergiss es einfach, ja? Ich hab nur gesponnen! Keine Ahnung, was da los ist. Ich hab gelesen, dass es so Mietomas gibt. Vielleicht macht Mama so was mit Maria. Und erzählt ihr, dass das ihre echte Oma ist. Und sie macht ein Geheimnis drum, weil sie Angst hat, dass wir Maria die Wahrheit erzählen. Was weiß ich!"

Als er wie ein Panzer aus dem Schrank rollte, sah ich kurz sein Gesicht. Es trug eine Maske aus Kälte, Stein und Wut. Aber darunter schimmerte etwas viel Gefährlicheres. Ich hatte es schon einmal bei ihm gesehen. Damals bei genau diesem Streit in der Küche: Es war Angst! Und die Karte hatte er mitgenommen.

Rebecca 1979

Wir wurden Freunde. Richtig gute Freunde. Die Art von Freunde, die sich alles erzählen. Natürlich war ich in ihn verliebt, aber das machte nichts. Zumindest redete ich mir das ein. Er war einige Jahre älter als ich, aber auch das machte unserer Freundschaft nichts aus. Er war in einem Waisenhaus aufgewachsen und wurde zwischenzeitlich von einer Pflegefamilie zur anderen geschoben. Er hielt es nie irgendwo lange aus. Meist lief er irgendwann einfach davon und stand wieder beim Waisenhaus vor der Tür. Irgendwann gaben sie es auf und sie ließen ihn einfach da. Er jobbte schon neben der Schule und sparte jede Mark für sein Studium. Er wollte Arzt werden, das war sein Traum. Er machte ein großartiges Abitur und bekam ein Stipendium. Dazu arbeitete er noch als Taxifahrer. Er tat alles für seinen Beruf. Er heiratete mit 26 eine junge Frau, die er in seinem Taxi nachts sturzbetrunken von einer Party nach Hause gefahren hatte. Aber die Ehe hielt nur ein halbes Jahr bis er feststellte, dass sich der Arztberuf nicht mit einer Frau vereinbaren ließ, die auf Drogen und Discos mehr Wert legte als auf Treue. Danach hatte er sich durch einige halbherzige Beziehungen gemogelt, die immer daran scheiterten, dass er eben mit all den Frauen, die er jeden Tag behandelte, verheiratet war und nur dort wirklich in der Lage war, Opfer zu bringen.

Das und noch mehr erfuhr ich über ihn, nachdem er mich heulend in dem Spritzenlager aufgelesen hatte. Es war, als hätten wir beide die ganze Zeit jemanden zum Reden gesucht und uns endlich gefunden. Zwar bröckelt jedes Mal, wenn er mir von einer anderen Frau erzählte, die in sein Leben getreten war, ein wenig mein Herz, aber die Stunden, die wir nach der Arbeit gemeinsam auf seinem Sofa verbrachten, Eis aßen und einen alten Film sahen, klebten mein Herz wieder mit Tesafilm zusammen. Manchmal dichtete ich mir auch eine kleine Affäre oder einen One-Night-Stand an, ließ die Beziehung aber immer schnell wieder scheitern. Ich wollte nicht, dass er wusste, wie sehr ich ihn liebte. Und ich hatte schon so viele verkorkste Beziehungen hinter mir, dass mir der Stoff für meine Lügengeschichten kaum ausgehen konnte. Und da Samuel von meinem tiefen Wunsch wusste, eine Familie zu gründen, schien ihn das auch nicht weiter zu wundern. Dabei wusste er natürlich nicht, dass er in meinem Traum die Hauptrolle spielte.

Ich schlief oft bei ihm. Auf seiner gigantischen violetten Couchlandschaft, die so was von grauenhaft hässlich war, dass ich in der ersten Nacht davon träumte, dass sie sich in ein riesiges violettes Rebecca-fressendes-Monster verwandelte. Aber die Bekanntschaft mit seinem Bett machte ich nie. Egal wie betrunken wir auch waren, er fasste mich nie an oder versuchte mich zu küssen. Es war zum Verzweifeln. Manchmal starrte ich mich morgens lange im Spiegel an und fragte mich, was er eigentlich so abstoßend an mir fand, konnte aber nichts finden. Ich war eine gutaussehende junge Frau. Aber ich strahlte eben nicht. Ich war dumpf. Und wenn wir zusammen waren, war ich höchstens der Schatten unter seinem Schuh.

Luisa 1992

Wahre Flüchtigkeitsfehler

Fast jeder von uns hat in seiner Kindheit ein Kaleidoskop. Die vielen wunderschönen Farben und unendlichen Formen, die diese unscheinbare Pappröhre hervorbringt, faszinieren und fesseln uns auch als Erwachsene immer wieder. Kein Muster gleicht dem anderen, keine Form wiederholt sich. Es erfindet sich immer wieder neu und einzigartig. Und manchmal erscheint uns das Muster so wundervoll, dass wir es nicht mehr loslassen wollen. Wir wollen es fixieren und festhalten, um es uns immer wieder anzuschauen. Aber nur die kleinste Bewegung zerstört es auf immer. Denn diese Schönheit ist nur ein Trugbild, das dem Leben nicht Stand hält.

Monatelang lauerte ich jedem auf, der auch nur im Entferntesten etwas mit Briefen, Paketen und Einschreiben zu tun hatte. Ich war wie ein kläffender, verhaltensgestörter Jack Russel Terrier, der lieber ein Hosenbein essen will als die guten alten Frolics – geifernd, nervös, knurrend. Immer darauf vorbereitet, zuzuschlagen, wenn ein grinsender Clown oder eine rollschuhfahrende Katze aufblitzen würde. Aber da blitze nichts. Es gab weder einsame Rollschuhe, noch traurige Clowns zu finden.

Da war einfach gar nichts.

Ein frustrierendes, leeres Garnichts.

Lukas war mir dabei absolut keine Hilfe, denn nach seinem letzten Abgang hatte ich nicht mehr den Mut aufgebracht, ihn auf die ganze Sache anzusprechen. Also blieb ich allein mit meiner übersteigerten Clown-Katzen-Rollschuh-Fixierung ohne je befriedigt zu werden. Das Problem an einer Fixierung ist allerdings, dass man dabei einen Tunnelblick entwickelt, der vieles andere im Dunkeln lässt. Und so tastete ich mich weiter erfolglos vorwärts bis zu dem Tag als meine Mutter mich ungeplant aus der Schule abholen musste. Ich hatte mir den Magen an einem Brötchen mit sehr viel zu saurer Remoulade verdorben und meiner Lehrerin auf ihre netten, zart grün glänzenden Pumps gekotzt.

Als meine Mutter auftauchte, hockte ich wie ein zusammengesunkener Sitzsack vor dem Schulsekretariat.

Meine Mutter wirkte gestresst und nervös, als sie mich sanft zu unserem Mercedes Kombi bugsierte.

„Wie geht es dir? Musst du nochmal brechen? Ich hab nämlich noch ein paar Besorgungen zu machen. Schaffst du das, oder soll ich dich nach Hause fahren", fragte sie während sie das Auto öffnete.

„Ich glaub, in mir ist nichts mehr drin, Mama. Ich will einfach nur schlafen."

„Okay, gut. Dann ruh dich aus." Sie half mir auf die Rückbank und ich bemühte mich mitsamt Gurt eine relativ gemütliche Position zu suchen und schloss die Augen.

Meine Mutter ließ den Motor an und das Auto murmelte mich leise und stetig in einen erschöpften Schlaf. Wie es oft beim Schlafen im Auto ist, hat man das Gefühl eigentlich doch nicht zu schlafen. Die Musik singt im Traum weiter, nur die Zeit vergeht schneller. Es ist als wäre der Körper am Schlafen, der Geist kratzt aber immer noch an der Realität und klammert sich an jeden Ton der laufenden Musik. So bekam ich durch einen dumpfen Schleier mit, wie wir immer wieder hielten, meine Mutter das Auto verließ und beim Wiederkommen irgendetwas in den Kofferraum legte. Als ich dann endlich wieder zu mir kam, war der Motor verstummt und meine Mutter nicht da. Ich fühlte mich wie ein geklopfter Hefeteig – zäh, platt, aufgebläht.

Benommen schaute ich aus dem Fenster. Unser Auto stand auf einer ruhigen Seitenstraße im Nirgendwo. Die Straße war gesäumt von schnuckeligen Einfamilienhäusern, die sich vertrauensvoll an einander schmiegten, als könnten sie sich gegenseitig vor dem grausamen Wetter schützen. Vor einem dieser Häuser stand meine Mutter. Sie hatte mir ihren Rücken zugewandt und sprach mit einer alten Dame, in deren Haustür. Unter dem rechten Arm meiner Mutter klemmte ein in Geschenkpapier gewickeltes Paket. Beim Anblick der alten Frau wurden meine Sinne sofort wieder so klar wie Kristallwasser und das Remouladengift schien sich in Luft aufgelöst zu haben. Ich sank wieder zurück auf die Rückbank, um so unauffällig wie möglich aus dem Fenster zu schauen.

Ich war mir sicher, dass ich hier „Omi" sah, die sich gerade ihren grün-weiß gestreiften Hauskittel glattstrich, in dem ihre dünne Gestalt völlig verloren wirkte. Sie hatte weiße Haare, ein nettes Gesicht und als sie lächelte, war ich sofort neidisch auf Maria-Sofia, weil sie Kontakt mit dieser netten Frau haben durfte. Auch wenn ich nicht wirklich wusste, wie dieser Kontakt eigentlich aussah. Ich starrte auf das Paket unter dem Arm meiner Mutter. Auch auf die Entfernung glaubte ich eine rollschuhfahrende Katze auf dem Papier zu sehen, die mir verschwörerisch zuzwinkerte.

Ich kurbelte das Fenster einige Millimeter herunter, um besser verstehen zu können, was die beiden Frauen zu besprechen hatten.

„Ich danke Ihnen noch einmal. Sie wissen gar nicht, was mir das bedeutet", sagte meine Mutter gerade.

Ich stutzte. Warum siezte meine Mutter diese Frau? Diese Frau sollte doch unsere Oma, also ihre Mutter sein. Die siezt man nicht!

„Das mach ich doch gerne", sagte die alte Dame und tätschelte meiner Mutter etwas unbeholfen die Wange.

„Ach ja, bevor ich es vergesse. Ich bin im August für ein paar Wochen bei meiner Tochter zu Besuch, da kann ich Ihr Paket also nicht annehmen."

Sie nahm ein Paket an? Sie sollte doch eins verschicken. War das hier also gar nicht die Omi, die die Karte geschrieben hatte?

„Oh!", machte meine Mutter und ihre ganze Gestalt schien plötzlich in sich zusammenzusinken. Wie unser aufblasbarer Weihnachtsmann, aus dem man nach den Feiertagen die Luft raus ließ – formlos, seufzend, mitleidig.

„Es tut mir leid, aber ich freu' mich wirklich sehr auf den Besuch. Ich könnte einer Nachbarin…"

„Nein, nein. Das ist schon in Ordnung. Ich bin so froh, dass sie es überhaupt machen. Dann geht es eben einmal an den Absender zurück. So ist das dann eben." Die Stimme meiner Mutter glich dem Kratzen von Kreide auf einer Tafel.

„Können Sie nicht Bescheid geben?", fragte die Dame versöhnlich.

„Nein, leider nicht…" Meine Mutter strich sich mit der freien Hand eine Haarsträhne aus der Stirn und wirkte plötzlich verloren und verlassen, wie ein bettelnder streunender Hund. „Wir sehen uns dann einfach im nächsten Monat."

„Ich könnte vielleicht…"

„Nein, ist in Ordnung. Ich muss jetzt weiter. Meine Tochter wartet im Auto."

Sie hatte sich wieder gefangen. Der Streuner war verschwunden und die Kreide glitt geräuschlos über die Tafel und hinterließ nur dort Spuren, wo sie gewollt waren.

„Die andere Tochter?"

„Ja, die andere Tochter."

Sie verabschiedeten sich und meine Mutter wandte sich zum Gehen. Ich sackte in mich zusammen. Mir war schlagartig wieder kotzübel und ich befürchtete, meinen letzten Krümel Existenz auf den Lederpolstern des Mercedes verteilen zu müssen. Ich schloss die Augen und dachte an irgendwas, was nicht essbar war und auch nicht roch – Fahrräder, Sterne, Fernseher, Stühle…

Und während meine Mutter das Paket mit der gemeinen Rollschuhkatze in den Kofferraum legte, konnte ich nur noch an diesen letzten Satz meiner Mutter denken:

Ja, die andere Tochter.

Und die Übelkeit blieb.

Als wir nach Hause kamen und meine Mutter mir aus dem Auto half, kreisten die Worte von der Unterhaltung meiner Mutter um meinen Kopf wie Geier um ein totes Zebra. Trotzdem schleppte ich mich, nachdem meine Mutter mich ins Bett bugsiert hatte, wieder aus meinem Zimmer, um kurz darauf bei Lukas im Türrahmen zu stehen.

„Oh Mann, du siehst aber beschissen aus", begrüßte mich mein Bruder herzlich.

„Recht herzlichen Dank! Wir müssen reden!"

Ich zerrte seinen Arm Richtung Schrank, aber Lukas schüttelte mich einfach ab.

„Ich kann jetzt nicht", ranzte er mich an.

Ich blieb wo und wie ich war, vertrocknet in meiner Bewegung. Wie Brot vom Vortag, das man über Nacht auf dem Tisch liegen gelassen hat.

„Was meinst du denn damit?"

„Ich meine, dass ich jetzt keine Zeit für dich habe!"

Mein Verstand war nicht in der Lage, diese Worte zu begreifen. So als wären sie aus glitschiger, feuchter Seife gemeißelt.

„Aber es ist wichtig!"

Meine Tonlage glich der eines Schweins, das mit seinen noch fetteren und größeren Kollegen um sein Futter kämpfen muss.

„Das hier auch!"

Er drehte sich demonstrativ wieder zu seinen Büchern um und nahm seinen Stift in die Hand. Mein ganzer Körper war mit schmerzhafter Verständnislosigkeit gefüllt: „Dann interessiert dich also überhaupt nicht, was ich rausgefunden hab?"

Lukas schloss die Augen und legte den Stift wieder betont neben sein Buch. Dann drehte er sich in Zeitlupe zu mir um. „Was gibt es denn so Wichtiges?"

Meine Augen tasteten einen Moment über Lukas' Gesicht, als könnten sie nicht glauben, dass diese Worte tatsächlich zu diesem jungenhaften Gesicht gehörten, unter dem sich normalerweise mein Bruder versteckte. Aber dann blieb ich an seinen kalten, überheblichen Augen haften, drehte mich mechanisch um und ging davon.

Ich versuchte in dieser Nacht verzweifelt ein Tränenbad zu erzeugen, das mich endlich in einen bewusstlosen Schlaf abtauchen lassen würde. Aber ich versagte jämmerlich. Meine Gedanken hielten mich ständig an der Oberfläche, ohne dass ihnen die Luft ausging. Lukas hatte mich im Stich gelassen. Das erste Mal. Der erste Turm unserer Festung war gefallen. Oder war es vielleicht schon der Letzte und ich hatte die vorangegangenen Erschütterungen einfach ignoriert?

Als um zwei Uhr keine Tränen mehr da waren, legte ich mir eine Hörspielkassette in meinen Walkman und versuchte mich auf die Worte des Erzählers zu konzentrieren, die ich schon seit meiner frühsten Kindheit kannte. Aber die einzigen Worte, die mir die ganze Zeit in meinem Kopf herumschwirrten, waren: Ja, die andere Tochter.

Als ich ein paar Monaten später mit meiner Mutter in ihrem Schlafzimmer Wäsche zusammen legte, blieb mein Blick an den vielen Fotos auf ihrer Kommode hängen und es kam mir vor, als sähe ich sie zum ersten Mal.
Das große Fragezeichen „OMI" blinkte in meinem Kopf immer noch wie eine defekte Leuchtreklame eines alten Eisenwarengeschäftes, das niemanden mehr interessiert. Ich legte die rosa gestreifte Socke, die ich gerade zusammengerollt hatte, auf Maria-Sofias Haufen und ging auf die vielen unterschiedlichen Bilderrahmen zu, die dort aufgereiht standen. Ich nahm ein Bild in die Hand, auf dem meine Mutter so ungefähr neun Jahre sein musste. Die Haare zu langen Zöpfen gebunden, saß sie auf einem Zaun und grinste in die Kamera. Im Arm hielt sie eine kleine schwarz-weiße Katze. Es gab noch weitere Fotos von ihr: Mama mit einem Wildblumenstrauß in der Hand auf einer großen Wiese; Mama unterm Weihnachtsbaum, vergraben in Türmen aus Geschenkpapier; Mama mit einem angstverzerrten Gesicht auf einem Pony sitzend. Es waren schöne Fotos, die von einer glücklichen Kindheit erzählten, obwohl sie auf den Bilder immer nur allein zu sehen war.
Zwischen Pferd und Zaun schmiegte sich ein Foto von Maria-Sofia. Vor kurzem aufgenommen, als sie im Garten einen Schneemann gebaut hatte, der viel größer zu sein schien als sie selbst. Und obwohl Maria-Sofias Gesicht nur zum kleinsten Teil zwischen Mütze, Kapuze und Schal hervorlugte, traf mich die Ähnlichkeit zu meiner Mutter wie eine Abrissbirne – brutal, eisern, nochmals ausholend.
Beide hatten diesen klaren, weichen Blick, die gleichen geschwungenen Lippen und die kleine Stupsnase.
Auch Lukas, Papa und ich waren auf den Fotos vertreten.

Aber im Gegensatz zu meiner Mutter und Maria-Sofia, gab es uns immer nur mindestens im Doppelpack: Lukas und ich. Lukas und Papa. Ich und Mama und Papa. Wir alle zusammen unter einem strahlenden, völlig überladenen Weihnachtsbaum.

„Gefallen dir die Fotos?", fragte meine Mutter. Sie stand nun hinter mir und nahm das Familienfoto in die Hand.

„Ja", presste ich hervor, immer noch benebelt von der Attacke der Abrissbirne.

„Ich hab sie erst vor kurzem hier aufgestellt. Irgendwie gefällt es mir, euch alle noch mal zu sehen, bevor ich die Augen schließe und mich am Morgen von eurem Lachen begrüßen zu lassen."

Sie lächelte mich an. Und ich brachte ein halbwegs anständiges Zurücklächeln zustande.

„Da sind auch viele Fotos von dir, als du klein warst."

Ich bemühte mich, meine Stimme so beiläufig und banal klingen zu lassen.

„Ja, ich hab sie vor einiger Zeit gefunden, als ich meinen Schrank aufgeräumt hab."

„Du bist auf allen Fotos alleine zu sehen."

Ich hoffte, meine Zunge machte keine Purzelbäume so aufgeregt war ich.

„Wo sind denn deine Eltern?" Ihre Augen huschten etwas zu schnell von meinem Gesicht zu dem Foto und entfernten sich dann ganz von mir. Ihr Blick erinnerte mich an Lukas. An diese Welt, in die er sich zurückziehen konnte. In diese Einsamkeit. Das hat er von ihr, dachte ich neidisch.

„Sie haben mich oft alleine fotografiert. Das war damals ja noch etwas Besonderes."

Ich wusste, ich begab mich auf ganz unsicheres Terrain. Übersät mit zu vielen unterschiedlichen Minen, gut versteckt unter Laub und Gras und Leichen.

„Vermisst du sie manchmal?"

„Ja, sehr. Eigentlich immer."

Sie war immer noch nicht wieder zu mir zurückgekehrt, sondern wanderte noch zwischen Erinnerung und ja, was eigentlich? Angst?

„Warum hast du dann nicht auch ein Foto von ihnen

aufgestellt. Ich meine, dann könntest du sie auch jeden Abend und Morgen begrüßen. Wäre das nicht schön?"

„Vielleicht." Sie riss sich wieder in die Gegenwart und stellte das Foto so schnell auf die Kommode, dass ich befürchtete, das dünne Glas würde zerbrechen. „Aber es gibt keine Fotos mehr von meinen Eltern."

Sie setzte sich wieder aufs Bett und nahm einen von Lukas' schwarzen Tennissocken in die Hand und begann abwesend in dem Haufen auf dem Bett den Zweiten davon zu suchen.

„Warum nicht?"

Ich setzte mich wieder neben sie aufs Bett und nahm ein Handtuch in die Hand, obwohl mir gerade nicht einfallen wollte, wie man es richtig faltete.

„Weil ich sie damals alle verbrannt habe."

Sie nahm den Blick nicht von dem Socken, der immer noch einsam und verwaschen in ihrer Hand lag.

„Aber warum denn?"

Mein Entsetzen war nicht gespielt. Wie konnte man so etwas tun? Die einzige Erinnerung, die man hatte - verkohlt, verraucht, verschwunden.

„Du weißt doch, dass dein Vater und ich uns damals in der Selbsthilfegruppe kennen gelernt haben."

Ich nickte.

„Dort haben wir uns eines Abends dazu entschieden. Alle aus der Gruppe haben ihre Fotos mitgebracht und auf einen Haufen geworfen. Wir glaubten damals, dass wir nur so endlich wieder von vorne anfangen könnten."

Sie schaute mir ins Gesicht und ehrliche Traurigkeit wehte mir entgegen – kalt, feucht, schmerzlich.

„Und stimmte das?"

„Weißt du, Luisa." Sie nahm meine Hand. „Mit der Vergangenheit ist das so: du kannst sie vergessen, davor fliehen und sie verfluchen, aber sie bleibt immer ein Teil von dir. Also achte gut auf das, was du tust. Du wirst die Konsequenzen nie wieder los."

Sie sah jetzt so traurig aus, dass meine Kehle ganz trocken wurde von den Tränen, die sie nicht weinte. Es tat mir leid, dass ich dieses ganze Thema zur Sprache gebracht hatte. Ich wollte sie wieder glücklich machen. Sie lachen sehen. Ich wollte den Schmerz aus ihrem Gesicht wischen, wie die Fingerabdrücke von unserem Edelstahl-Kühlschrank.

„Maria-Sofia sieht genau aus wie du, wusstest du das?"

Es war das Einzige, was mir einfiel, von dem ich sicher war, das es sie freuen würde.

„Ja, findest du?" Tatsächlich leuchtete dort ein Lächeln in ihren Mundwinkeln.

„Ich sehe dir dagegen gar nicht ähnlich", murmelte ich. „Und Papa auch nicht."

Ich senkte den Blick, weil mir so plötzlich das Wasser in die Augen schoss, dass ich Angst hatte, es würde augenblicklich aus meinen Augen spritzen. Sie strich mir übers Haar und ich presste die Tränen zurück in ihre Kanäle, bevor ich sie ansah.

„Dafür bist du deiner Oma wie aus dem Gesicht geschnitten. Immer wenn ich dich ansehe, sehe ich sie."

„Ist das wahr?"

„Natürlich ist das wahr, Liebes." Und sie nahm mich in ihre Arme und drückte mich an ihr Herz. Und während ich ihr vertrautes Herz an meiner Wange schlagen spürte, wollte ich glauben, dass sie die Wahrheit sagte.

Aber ein Foto als Beweis gab es nicht.

Rebecca 1978

Dr. Samuel Heinrichs Patienten starben nie. Selbst bei den schwierigsten Indikationen überlebten seine Patienten immer. Das war Gesetz. Bis es eben doch geschah.

Die Patientin hieß Natalie Wremer. Sie war 19 als sie das erste Mal zu uns kam. Ihr Vater brachte sie abends in die Notaufnahme, weil sie über Bauchschmerzen im Unterbauch klagte. Nachdem eine Blinddarmentzündung ausgeschlossen werden konnte, kam sie zu uns in die gynäkologische Abteilung. Sie war ein fröhliches, sympathisches Mädchen. Wir alle, besonders Samuel, mochten sie sofort. Aber ihre Fröhlichkeit verschwand sofort, als sie die Diagnose hörte: Sie war schwanger. Und zwar bereits im fünften Monat. Das Entsetzen ließ sie urplötzlich um zwanzig Jahre altern. Ihre Augen traten dabei merkwürdig hervor und ihre Stimme wurde zu einem übersteuerten Radio. Trotzdem war es so. Es war ein gesunder kleiner Junge, der dort in ihrem Bauch heranwuchs und für eine legale Abtreibung war es mehr als zu spät.

„Aber man sieht doch noch gar nichts! Und meine Periode hab ich auch immer bekommen. Ich verstehe das nicht!", sagte sie, während ihr die Tränen in Bächen übers Gesicht liefen.

„Nun, ich hatte schon einige solcher Fälle. Wenn eine Frau, nicht auf eine Schwangerschaft vorbereitet ist und sie auch nicht wahr haben will, verdrängt der Körper manchmal die Symptome", erklärte ihr Samuel mit seiner sanftesten Stimme. „Das bedeutet, Sie hatten eine Blutung, die keine war. Und man sieht noch nichts, weil ihr Kind sind eher nach hinten in ihre Eingeweide drückt, anstatt sich nach vorne Platz zu verschaffen. Daher haben Sie vermutlich auch die Bauchschmerzen."

Samuel sah sie mit seinen blitzenden Augen an, aber irgendwas schien bei Natalie anders zu sein. Sein Blick hatte keine Wirkung auf sie. Tatsächlich schien sie ihn sogar überhaupt nicht mehr wahr zu nehmen. Stattdessen sah sie ständig hektisch zur Tür, als erwarte sie, dass dort jeden Moment jemand durchstürmen würde.

„Sie dürfen es auf keinen Fall meinem Vater erzählen!", flehte sie Samuel an.

„Wenn Sie nicht wollen, dass er es erfährt, dann wird er es auch nicht erfahren. Sie sind volljährig. Wir haben keine Mitteilungspflicht an Ihre Eltern. Allerdings werden Sie es irgendwann nicht mehr verbergen können.

„Das muss ich aber. Das muss ich unbedingt!"

Die Tränen rollten ihr weiter übers Gesicht und ich reichte ihr ein Taschentuch. Sie tat mir so leid, obwohl ich, wie auf jede schwangere Frau, neidisch war. Ich wünschte, ich könnte ihr Baby aus ihrem Bauch in meinen zaubern und so uns beide von unserem Leid erlösen. Aber meinen Zauberstab hatte ich leider gerade verlegt.

„Kann ich es nicht doch noch irgendwie wegmachen lassen? Dieses Kind darf nicht geboren werden! Es muss weg! Verstehen Sie?"

Die Panik in Ihrer Stimme ließ mich unwillkürlich frösteln.

„Das geht aber nun leider nicht mehr. Und das ist auch richtig so. Denn Ihr Sohn ist schon ein richtiger Mensch und freut sich darauf, bald von Ihnen im Arm gehalten zu werden!"

Samuel lächelte sie an und ich hätte mich am liebsten sofort auf seinen Schoss gesetzt. Aber Natalie blieb weiter völlig unbeeindruckt.

„Ich will ihn aber nicht im Arm halten!", schrie sie ihn an. Damit stand sie auf und verließ das Besprechungszimmer. Samuel warf mir einen besorgten Blick zu und ich wollte immer noch nichts anderes, als auf seinen Schoß springen.

Als Natalie das nächste Mal zu uns kam, brachte sie der Krankenwagen. Sie war blutüberströmt und bewusstlos. Ihre Mutter hatte sie morgens in der Badewanne gefunden. Bei der Untersuchung fanden wir eine Stricknadel, die sie sich durch die Vagina in den Uterus eingeführt hatte. Die Fruchtblase war dabei zersprungen und der kleine Junge in ihrem Bauch war gestorben. Hektisch versuchten wir ihre Blutung zu stoppen.

Aber es war so viel Blut! Zu viel. Es war überall und wurde nicht weniger.

Kurz bevor wir sie in den OP fuhren, um ihr das Leben zu retten, kam sie noch einmal zu Bewusstsein.

Samuel beugte sich über sie und fragte sie sanft: „Warum haben Sie das getan?"

Und sie sah ihm endlich in die Augen und antwortete so klar, dass man nicht vermutet hätte, dass sie im Begriff war zu verbluten: „Es war von meinem Vater!"

Ihre Augen hielten die von Samuel fest, bevor sie wieder bewusstlos wurde.

Während der OP versuchte Samuel alles, um ihr das Leben zu retten. Obwohl wir anderen schon längst wussten, dass wir sie nicht mehr würden ins Leben zurückholen können, versuchte er es unerschöpflich weiter. Erst nach drei Stunden Kampf erklärte er Natalie für tot.

Wir schlichen uns alle aus dem Operationssaal wie geprügelte Hunde und ließen ihn mit ihr und all dem Blut allein. Ich weiß nicht, ob er weinte, oder einfach nur dasaß, aber es dauerte über eine Stunde, bis er endlich herauskam.

Natalies Mutter, sowie mittlerweile auch ihr Vater fragten unentwegt nach ihrer Tochter, aber wir wussten, dass wir Samuel diese Aufgabe nicht nehmen durften. Als er endlich kam, hatte er seinen blutbesudelten OP-Kittel immer noch an. Er sah aus wie ein Massenmörder, der gerade eines seiner Opfer mit der Kettensäge in schöne, kompakte, kleine Stücke zerschnitten hatte, damit er sie ordentlich und portioniert in seinem Kühlschrank aufbewahren konnte.

Ich wusste, er hatte ihn absichtlich nicht ausgezogen. Er wollte Natalies Eltern leiden sehen. Er wollte ihnen zeigen, dass das Blut nicht an seinem Kittel klebte, sondern an ihren Händen. Als Natalies Eltern ihn auf sich zukommen sahen, weiteten sich entsetzt ihre Augen und man konnte ihre Hoffnung auf dem Boden in tausend Stücke zersplittern sehen.

Samuels Gesicht war eiskalt und steinhart, als er vor sie trat:„ Es tut mir leid, Ihnen mitteilen zu müssen, dass es Ihre Tochter nicht geschafft hat."

Bei seinem Tonfall krampfte sich meine Kehle vor Angst zu.

Aus den Augen von Natalies Mutter rollten Tränen. „Aber warum denn? Ich verstehe das Ganze nicht! Was ist denn passiert? Was hat sie sich denn überhaupt angetan?"

„Sie hat das Kind Ihres Mannes, übrigens ein Junge, versucht durch Einführen einer Stricknadel abzutreiben. Dabei ist der Junge gestorben und Ihre Tochter verblutet."

Damit drehte sich Samuel um und ging davon. Ich beobachtet Natalies Mutter, bei der Samuels Worte erst langsam ankamen. Wie in Zeitlupe sah sie ihren Mann an und Entsetzen, Trauer und Wut verzerrten ihr Gesicht zu einer ungeheuerlichen Maske. Ich wollte nicht sehen, was darauf folgte. Das spielte keine Rolle mehr. Das Einzige, was ich wollte, war Samuel in den Arm nehmen, um ihm einen Teil der Last abzunehmen, die er ab jetzt für immer mit sich würde herumtragen müssen.

Luisa 1994 –1995

Verbrannter Schnee

Der auf den englischen Philosophen *Francis Bacon* zurückzuführende Ausdruck „Wissen ist Macht", erscheint im ersten Augenblick als wahr. Denn wer Wissen besitzt, kann dieses einsetzen, um noch mehr Wissen zu erlangen. Es kann helfen Situationen einzuschätzen und für sich auszunutzen. Aber das Wissen ist ein hinterhältiger Geselle. Es raubt dir die Unschuld, die Dinge unvoreingenommen zu betrachten. Es stiehlt dir die Fähigkeit, die Schönheit in seiner reinsten Form zu genießen. Es zertritt die Möglichkeit, mit deiner Fantasie Schlösser zu bauen, die weit über dieses Leben hinausgehen. Und wenn ich das reine unschuldige Lachen eines Kindes höre, frage ich mich, ob die Unwissenheit nicht viel machtvoller und erstrebenswerter ist?

Ich war vierzehn und Björn hatte seine erste Freundin. Sie hieß Patrizia. Sie hatte blondes, glattes Haar, dünne Beine, die bei jeder Bewegung auseinander zu brechen drohten und große, graue, durchdringende Augen, wie die Teller eines billigen Steinguts Services. Ich konnte sie auf Anhieb nicht leiden. Zwar freute ich mich ehrlich, dass Björn eine Freundin gefunden hatte, aber musste sie deshalb jetzt ständig bei allem dabei sein?

Das Problem war, dass ich auch nicht wirklich eine Ausweichmöglichkeit hatte, weil ich eher wenige bis gar keine anderen Freunde hatte. Irgendwie hatte ich in meiner Klasse nie richtig Anschluss gefunden. Die Mädchen waren mir zu tussig und den meisten Jungs schien ich mit meiner eher ungehobelten Art komischerweise Angst zu machen. Und da ich in den Pausen immer nur mit Björn abhing, hatte ich auch wenig Gelegenheit, mich um andere Freunde zu kümmern. Dazu kam noch, dass im letzten Jahr auch mein Verhältnis zu Lukas immer weiter eingeschrumpft war. Wie eine Traube, die man auf der Heizung liegen lässt, bis sie nur noch ein kümmerlicher Schatten ihrer Selbst ist – runzlig, hart, trocken. Lukas war ein Geist aus meiner Vergangenheit, der zwar noch mit mir in einem Haus wohnte, mir aber so weit wie möglich aus dem Weg ging. Manchmal war mir sogar so, als habe er vergessen, dass es mich gab. Nie sah er mich an, wenn er mir am Mittagstisch gegenüber saß. Nie richtete er das Wort an mich, wenn er die Butter brauchte. Nie traf ich ihn auf dem Schulweg, obwohl wir doch denselben hatten. Ich war zu einem Einzelkind geworden. Mit einer Schwester, die zu anders war und einem Bruder, den ich verloren hatte.

Und dann war da noch Fanni. Nach der Lukasepisode hing sie an mir wie ein blondes Haar im Gesicht, das sich in deinen Wimpern verheddert. Es nervt dich total, aber du kriegst es einfach nicht so richtig gegriffen. Und wenn du es dann endlich hast, stellst du fest, dass es noch an deinem Kopf festgewachsen ist und du noch eine Weile damit leben musst.

Es war ja nicht so, dass ich Fanni nicht mehr mochte. Es war eben nur klar, dass sie nur mit mir befreundet sein wollte, weil ich Lukas' Schwester war und sie mich über ihn und seine ständig wechselnden Freundinnen ausfragen wollte. Aber ich wusste nichts von ihnen. Ich sah ihn nur ab und an mit dem ein- oder anderen Mädchen in der Schule. Aber auch wenn ich ein paar Mal nicht umhin kam, sie sich küssen zu sehen, war die Ablehnung, die mir dann unwillkürlich die Kehle hochstieg, nie wieder so stark wie damals, als ich Lukas Fanni küssen gesehen hatte. Nach Hause brachte er nie eines der Mädchen. So wie es mir schien, hatten sie einfach eine viel zu kurze Halbwertzeit, als dass es sich gelohnt hätte. Eine Tatsache, die Fanni in ihrer Überzeugung bestärkte, dass er eigentlich nur auf sie wartete, es aber einfach noch nicht wusste. Während sie nachmittags häufig bei mir im Zimmer auftauchte, um mir von ihren Zukunftsvisionen von Lukas und ihr vorzuschwärmen, ignorierte sie mich in der Schule weitestgehend. Schließlich war ich ja zwei Klassen unter ihr und noch „ein Baby".

Unterm Strich blieb für mich also entweder niemand, oder Björn mit Anhang. Und obwohl ich versuchte, mich mit Patrizia anzufreunden, zog ich die Einsamkeit der Turteltauben-Gesellschaft oft vor.

Eines Nachmittags, als ich in Zeitlupe einen Fuß vor den anderen setzte - Ferse an Zehen, Ferse an Zehen – stoppte ich, weiterhin auf meine Füße starrend, an einer Ampel nicht weit von unserem Haus entfernt. Lukas und ich hatten sie schon vor Jahren die „Hundertjährige" getauft, da die Rotphase für die Fußgänger sich bis ins Unendliche in die Länge zog.
„Hier wartet man sich ja echt immer `nen Wolf, was?", sagte irgendwer, dessen Gestalt ich verschwommen neben mir wahrnahm, während ich tief versunken auf den Matschfleck auf meiner linken Schuhspitze starrte.
Ich schaute hoch und sah in die moosgrünen Augen von Marius. Marius war in der neunten Klasse unserer Schule und einer der Typen, auf die im Grunde alle Mädchen in einer Schule stehen. Auch ich hatte mir schon einmal vorgestellt, wie es wohl wäre, meine Hand auf seinen dunklen Lockenschopf zu legen. Hatte mich gefragt, ob mein Kopf wohl zwischen die Mulde zwischen Brust und Schultergelenk passen würde, die er im Sommer immer in Muskelshirts raushängen ließ. Aber im Grunde hatte mich seine Missachtung meiner Person gegenüber nicht sonderlich gestört. Schließlich war klar, dass dieser Typ definitiv den IQ eines Brotkrümels haben musste und dementsprechend für mich völlig uninteressant war. Offensichtlich hatte er mich aber gerade wahrgenommen, obwohl ich eine ausgeleierte Jeans mit Grasflecken und meine unförmige Lieblingsstrickjacke trug. Er dagegen hatte eine Kapuzenjacke an, unter der ich trotzdem das Muskelshirt vermutete - oder erwünschte - und dazu eine enge Jeans. Und er sah gefährlich gut aus.
Ich starrte in seine grünen Augen, die interessante fast gelbe Flecken aufwiesen und war überrascht, als ich meine Stimme hörte, die unfassbar unbeeindruckt und cool klang: „Ja, ist wohl so."
Und hüpf waren meine Schuhe mit ihrem Matschfleck, der

für mich jetzt die Form des Eifelturms angenommen hatte, wieder in meinem Fokus.

„Krass! Hab ich noch nie erlebt. Geh normalerweise nicht hier lang."

„Hmmm", machte ich. Nicht weil ich das besonders geistreich fand, sondern weil mir einfach nichts anderes einfallen wollte.

„Ich war mir nur gerade `nen paar Nudeln hinter die Binde schieben und wollte mir jetzt noch `ne Packung Zigaretten ziehen."

Ich spürte eher, dass er von dem Chinaimbiss links hinter uns auf den Zigarettenautomaten auf der anderen Straßenseite deutete, als dass ich es sah. Denn der Matschfleck auf meinem Schuh mutierte gerade in eine Giraffe und die Faszination dafür forderte meine ganze körperliche Aufmerksamkeit.

„Aber hätte ich gewusst, dass ich hier für die Kippe hundert Jahre anstehen muss, hätte ich mir wahrscheinlich einen anderen Plan überlegt", sagte er jetzt und trat lässig gegen die „Hundertjährige".

„Kannst ja immer noch umdrehen. Vor der Schule gibt es doch auch noch einen Zigarettenautomaten." Jetzt war er ein Flugzeug – unfassbar dieser Matschfleck.

„Ja, aber jetzt steh' ich doch schon so lange. Kennst du das nicht? Wenn man erstmal was angefangen hat, kann man einfach nicht aufhören es durchzuziehen."

„Doch kenn ich."

Meine Mundwinkel wanderten ohne mein Zutun in die Richtung meiner Ohren und krallten sich an meinen Ohrläppchen fest. Ich kannte das nur zu gut. Wahrscheinlich gab es niemanden auf der Welt, der engstirniger, ehrgeiziger und trotziger jedem noch so dämlichen Plan folgte, nur weil ich ihn mir eben ausgedacht hatte.

„Sag mal spinne ich, oder sieht der Matschfleck auf deinen echt hässlichen Schuhen wie ein Flugzeug aus?"

Jetzt kringelten sich meine Mundwinkel in Loopings um meine Ohren – meine Schuhe waren wirklich unendlich hässlich. Aber so bequem! Völlig verblüffte starrte ich ihn an.

„Ja, ist doch Wahnsinn, oder?" Meine Stimme eine strahlende

Symphonie an Begeisterung.

„Und wie!" Seine Stimme spielte die Geige meiner Symphonie in der gleichen Tonlage „ich dachte echt erst, dass das ‚'ne Giraffe ist, aber dann wurde daraus ganz klar ein Flugzeug!"

„Ganz genau!"

„Wahnsinn!"

„Ja!"

„Ich fass' es nicht!"

„Ich auch nicht! Und das alles auf so unsäglich hässlichen Schuhen!", lachte ich.

„Allerdings!"

Sein Lachen ließ das Wort wie einen Tischtennisball auf den Boden neben meinen hässlichen Schuhen hüpfen. Ich strahlte ihn an. Er strahlte zurück und als unsere Strahlen sich trafen, gab es eine funkelnde Explosion von Licht und Wahnsinn. Und dann war die Ampel plötzlich grün und die Dunkelheit senkte sich über mich wie ein dicker, hässlicher Vorhang. Ich mit meinem Matschfleck in Zwiesprache und er auf seine natürlich echt coolen Schuhen starrend, gingen über die Straße. Der Zigarettenautomat, der uns auf der anderen Straßenseite empfing, erschien mit wie eine blutige Axt, die nach verrichteter Arbeit in ihrem Holzklotz steckt.

„Also dann…" Seine Hand lag schon lässig auf der blutigen Axt, als wäre sie sein bester Freund.

„Also dann…", murmelte ich und zwang meinen rechten Fuß, sich vor den anderen zu setzten. Dann den linken…

„Wohnst du hier in der Nähe?"

Mein Herz machte vor Freunde so einen Sprung, dass ich kurz Augen, Ohren und Mund schließen musste, aus Angst es könnte irgendwo herausfallen und verräterisch vor seine Füße plumpsen. Mein ganzer Körper wollte eine Pirouette in seine Richtung drehen und mit einem Flickflack Sprung neben dem Zigarettenautomaten für immer Wurzel schlagen. Aber ich drehte mich betont langsam um, als wäre ich nicht sicher, ob ich wirklich mit ihm reden wollte.

„Ja, ich wohne ein paar Straßen weiter."

Und das war der Beginn eines zwei Stunden Gesprächs, in

dem der IQ-Brotkrümel von Marius von Sekunde zu Sekunde zu einem riesigen Laib Brot anwuchs, der bald den ursprünglichen Eifelturm auf meinem Schuh überragte. Marius war lustig, geistreich und... schön. Ich nahm kaum etwas anderes wahr, als sein Gesicht und seine Stimme, die alles in einem wohligen Dunst einrahmte. Wir erzählten uns alles, was uns in dieser Zeit Wichtig erschien (Schule, Familie, Umwelt) und was in die zwei Stunden hineinpasste. Irgendwann wurde meine Armbanduhr an meinem Handgelenk so brühend heiß, dass ich darauf schauen musste, obwohl ich es nicht wollte. Und natürlich kam daraufhin genau die Frage, die ich befürchtet hatte und die ich weder hören, noch beantworten wollte: „Musst nach Hause, was?"

„Ja, muss ich wohl."

„Okay. Ich muss auch echt langsam mal eine rauchen."

Er klopfte auf unseren neuen besten Freund, den wir in den letzten Stunden umtanzt hatten wie Hexen das Walpurgisfeuer – heiß, verbrennend, flackernd.

„Ist gut. Bis dann also."

Ich nahm meinen Rucksack vom Boden und wandte mich zum Gehen.

„Ja, bis dann." Es klimperte als Marius in seinen Hosentaschen nach Kleingeld kramte. „Vielleicht treffen wir uns morgen ja wieder."

Es war so beiläufig hingeworfen wie ein Taschentuch, das einem zufällig an einem Handschuh hängen bleibt, wenn man die Hand aus der Jackentasche zieht. Aber ich nahm es sauber und ehrfürchtig auf, strich es glatt und reichte es ihm zurück.

„Ja, vielleicht."

Keiner von uns brauchte sagen, wann und wo. Die Ampel wäre so oder so rot. Meine Schritte waren leicht, luftig und süß, wie dick aufgeschlagene Sahne. Das Klingeln seines Kleingeldes im Zigarettenautomaten war die Melodie, die mich am Abend in meinem Bett in meine Träume sang.

Wir trafen uns fast täglich am Zigarettenautomaten. Immer um drei. Ich erzählte meiner Mutter, ich hätte eine neue Freundin, mit der ich mich jetzt nachmittags immer zum Lernen treffen würde, weil sie so Probleme mit Mathe hätte. Meine

Mutter sagte nichts, aber ich wusste, dass sie sich darüber freute, weil sie sich insgeheim schon Sorgen gemacht hatte, ob mit mir eigentlich alles in Ordnung war. Schließlich war ihr auch nicht entgangen, dass ich außer Björn und Fanni keine Freunde hatte. Natürlich hätte sie einen doppelten Lutz vollführt, wenn ich ihr die Wahrheit gesagt hätte. Aber die Sache mit Marius, was auch immer „die Sache" war, wollte ich nur für mich alleine haben. Ich wollte sie heimlich kosten, genießen und verzehren. Für mich ganz allein.

Beim dritten Treffen trennten wir uns schweren Herzens von dem Zigarettenautomaten und schlenderten ziellos durch die Straßen.

Er küsste mich das erste Mal in einem Schrebergarten, in den wir uns reingeschlichen hatten, weil mir das Gartenhaus so sehr gefiel. Ich drückte mir gerade die Nase an dem Fenster platt, um zu erkennen, was sich innen befand, als ich ihn hinter mir spürte. Mein Körper erstarrte zu Glas, das durch die Schläge meines Herzens zu zerspringen drohte – schnell, vibrierend, fliegend.

„Du hast da was", sagte er und zupfte mir ein vielleicht imaginäres Blatt aus meinen Locken. Vorsichtig drehte ich meinen Kopf nach hinten, um ihm ein beschämtes „Danke" entgegen zu hauchen, als seine Lippen schon auf meinen lagen.

Seine Zunge schmeckte nach Pfefferminz, von dem Kaugummi, den er sich in die Backentasche geschoben hatte und ein ganz wenig nach abgestandenem Rauch.

Ab da küssten wir uns mehr und redeten weniger. Ich träumte, den unschuldigen Traum der ersten echten Gefühle, die in einem brodeln wie ein heißer Vulkan – einschneidend, feurig, verheerend. In dem heiß zu kalt wird, kalt zu heiß und Gefahr zu Abenteuer. Es war perfekt. Genauso wie man sich seine erste Liebe vorstellt – magisch, glitzernd, wahnsinnig.

Und geheim.

Denn wenn wir uns in der Schule begegneten, grüßten wir einander nicht einmal. Nur manchmal schickte er mir ein zartes, wissendes Lächeln über den Schulhof, das nur ich verstand. Unsere Zeit war nachmittags, zwischen Rosensträuchern, Bäumen und Gras. Es war eine stille Übereinkunft, die wir getroffen hatten und unsere Beziehung noch wertvoller werden ließ. Denn niemand wusste davon, außer unseren Herzen. Ich hatte nie nach einem Grund gefragt, weil ich selbst genügend hatte. Sechs Wochen wandelte ich in meinen Gefühlen, wie in einem Schlaraffenland. Sechs Wochen sah ich nicht kommen, was dann geschah.

Als Björn und ich früher immer gemeinsam nach Hause gegangen waren, hatten wir ab und an Bekanntschaft mit einer Gruppe Jungs gemacht. Sie lungerten meist rauchend vor der alten, einsturzgefährdeten Turnhalle rum. Immer wenn wir auf sie trafen, machten sie sich über uns lustig. Wir ignorierten sie dann tapfer und gingen stumpf weiter.

Wenn ich allein ging, wählte ich einen etwas längeren Weg, um ihren Pöbeleien aus dem Weg zu gehen. Aber an jenem Nachmittag begleiteten mich Björn und Patrizia nach Hause. Björn hatte mich gebeten, seiner Freundin Nachhilfe in Chemie zu geben. Sie hatte schon die zweite Fünf in Folge kassiert und bangte um ihre Versetzung. Die Vorstellung den Nachmittag mit den beiden Turteltauben zu verbringen, brachte meine Stimmung schon nicht wirklich in Wallung. Dass ich dadurch allerdings auch ein Treffen mit meiner eigenen geheimen Turteltaube verpasste, stürzte mich in die Abgründe des Grand Canyons. Aber Björn war mein bester Freund und ich wollte ihn nicht im Stich lassen. Er hätte es für mich auch getan – trotz Patrizia.

Weil wir ins Gespräch vertieft waren, hatten wir aus alter Gewohnheit die ehemalige, übliche Route gewählt und natürlich dauerte es nicht lange und wir wurden von hinten dämlich angeblökt. Die Zielscheibe war diesmal die harmlose Patrizia, die ihr langes Haar gerne zu Zöpfen trug und sich gewagt oder altmodisch um den Kopf schlang. Mit gesenkten Köpfen trotteten wir an der Truppe vorbei und hofften stillschweigend, sie würden bald ein anderes Opfer finden. Und wir waren eigentlich auch schon vorbei, waren schon im Inbegriff uns wieder zu voller Körpergröße aufzurichten, als der Stein flog. Er traf Patrizia zielgenau am Hinterkopf, wo sich ihre beiden Zöpfe neckisch anlächelten, wie zwei betrunkene Schlangen bei einer Schlangenbeschwörung. Patrizia jaulte erschrocken und schmerzhaft auf, während Björn herumwirbelte, wie ein Superheld auf Ecstasy.

„Wer war das?", brüllte er den Jungs entgegen.

„Wer will das wissen?", lachte man zu ihm zurück.

„Komm, ist schon gut, Björn. Tut auch gar nicht mehr weh. Ich hab mich einfach nur erschrocken. Also alles okay. Bitte lass uns gehen."

Patrizia versuchte seine Hand zu nehmen, aber er schüttelte sie ab und zischte nur: „Wir sind keine Fünfklässler mehr, verdammt. Ich hab keinen Bock mehr, mir so eine Scheiße gefallen zu lassen." Und dann ertönte die Kampfansage mit Trompeten und Fanfaren: „Habt ihr eigentlich nichts Besseres zu tun, als hier rumzustehen und irgendwelche Leute mit eurem armseligen Gelaber und minderbemittelten Getue zu nerven?!"

Er stand dort breitbeinig wie ein Westernheld, der gleich seinen Revolver zieht. Nur hatte er keinen Revolver, sondern nur einen kleinen, albernen Turnbeutel, wo nicht mal Schuhe dranhingen.

„Hört, hört", kam es aus der Ecke geschmunzelt. Und nach und nach lösten sich sieben Gestalten aus dunklen Ecken. Acht, wenn man den einen noch dazu zählte, der sich bisher nicht bewegt hatte und auf sein Stichwort wartend ganz hinten unter den Bäumen stand.

„Komm Björn, lass es gut sein." Ich stellte mich vor ihn und drehte den Typen meinen Rücken zu, damit er gezwungen war, mir ins Gesicht zu sehen. „Das bringt doch nichts. Die sind alle zusammen nicht mal so klug wie du. Das ist es echt nicht Wert."

Seine Augen hüpften über mein Gesicht und wieder zurück zu der sich nähernden Truppe. Dann blieb er an dem kleinen Leberfleck unter meinem linken Auge hängen.

„Okay, du hast Recht." Ein Lächeln zuckte in seinem Gesicht und die Anspannung fiel aus seinem Körper, als hätte er hundert Äpfel unter seinem Anorak getragen und sich jetzt entschieden, sie alle über den Boden kullern zu lassen. „Gehen wir heim."

Ich legte ihm meinen Arm um seine Schultern und wir setzten in jahrelang geübtem Gleichschritt einen Fuß vor den anderen. Aber wir kamen nicht weit.

„Was denn, was denn? Lässt du dir etwa von einer kleinen

mageren Blondine vorschreiben, was du zu tun hast?", belästigte uns die nervige Stimme von hinten. Und mit nur einem Atemzug hatte Björn alle Äpfel wieder unter seinem Anorak verstaut – schwer, knubbelig, unpassend.

Sein Gesicht zu einer viel zu männlichen Grimasse verzerrt, drehte er sich wieder in ihre Richtung. Sofort wurden wir von den Jungs eingekreist.

„Na, Kleiner? Jetzt hast du wohl keine so große Klappe mehr, was?"

Der Hässlichste der Truppe - kurz geschorenes Haar, breites flaches Gesicht mit unnatürlich wulstigen roten Lippen - hatte sich jetzt direkt vor Björn aufgebaut.

„Hey, Leute, was soll das denn?", setzte ich mit meinem unschuldigsten und bezauberndsten Lächeln an. „Ihr habt einen Stein geworfen, wir haben gesagt, dass uns das nicht gefällt und das war's. Können wir jetzt nicht einfach darüber lachen und gut is'?"

„Du bist wohl eine ganz Schlaue, was?"

Er war mir jetzt so nah, dass sein betäubender Atem sich wie ein klebriger Film auf mein Gesicht und meine Haare legte. Ich würde duschen müssen, dachte ich angeekelt.

„Lass sie in Ruhe!"

Björn schob sich zwischen uns und nahm den Film nun auf sich.

„Ach, bist du etwa doch noch ein Kerl? Mit welcher der Beiden treibst du es denn? Oder kriegst du deinen Winzling noch gar nicht hoch?"

„Kommt Jungs, das reicht. Lasst die Kleinen doch gehen. Ich hab `nen Mörderhunger", kam es plötzlich von hinten aus dem Dunkeln von der bisher unbeweglichen Statue.

„Willst dich nur wieder drücken, Alter. Komm endlich rüber und unterstütz deine Kumpels, sonst kommst du gleich nach diesem Zwerg hier dran."

„Halt die Fresse!", war die Antwort.

Und da dämmerte es mir endlich. Ich war nicht darauf gekommen, weil es für mich einfach so unglaublich und abwegig erschienen war, aber jetzt war ich mir sicher. Die Stimme aus dem Dunkeln, war die von Marius. Und bevor ich darüber nachdenken konnte, war schon „Bist du das, Marius?" über meine Lippen gepurzelt.

„Ach, wie niedlich. Die kleine Vorlaute kennt dich also."

Der Hässliche ließ von Björn ab und drehte sich in Marius' Richtung, der sich immer noch kein Stück bewegt hatte. Die anderen Typen änderten automatisch ihre Formation, wie Entenküken, die einfach machen, was Mama vorgibt.

„Ich hab gesagt, du sollst die Fresse halten, Mann!" Jetzt schnippte Marius seine Zigarette weg und kam auf die Entenfamilie zu. „Ich kenn die Blonde nicht, klar? Meine Güte fast jeder kennt meinen Namen auf dieser scheiß Schule. Sogar du weißt schließlich wie ich heiße, oder?"

Der Hässliche machte einen Schritt auf Marius zu und ich sah, wie sich der klebrige Atemfilm auf Marius' weichen Locken festsetze.

„Na, dann kannst du uns doch auch helfen, dem Vorlauten Heinz zu zeige, wo der Hammer hängt!"

Ich starrte Marius an und wartete darauf, dass er zu mir rüber schauen und versuchen würde, mir das Ganze mit seinen Augen zu erklären. Er wusste, dass Björn mein bester Freund war. Er wusste, wie viel er mir bedeutete. Er wusste einfach alles über mich! Aber er hielt bloß dem Blick des Hässlichen stand und spuckte vor ihm auf den Boden. Eine Geste, die ich nie zuvor bei ihm gesehen hatte und so abstoßend fand, dass ich bei dem Gedanken an diesen Speichel in meinem Mund am liebsten selbst ausgespuckt hätte. Wer war dieser Kerl? Er sah so aus wie mein Marius, aber sonst hatte er nichts mit dem Jungen gemein, den ich so unfassbar liebte.

„Dann lass es uns schnell hinter uns bringen. Hab nämlich echt 'nen Riesenhunger!"

„Dürfte bei dem Hänfling wohl nicht lange dauern."

Der Hässliche boxte Marius kumpelhaft gegen die Schulter und die Entenfamilie nahm wieder ihre Aufstellung um uns herum auf. Die ganze Situation kam mir vor wie aus einem billigen Rapvideo auf Viva.

Ich fixierte Marius, aber er schaute penetrant, starr an mir vorbei. Als wäre ich gar nicht da. Ein Fabelwesen, das er nur im Dunkeln sehen konnte.

„Marius, was soll das?"

Seine Augen zuckten. Nur für einen Bruchteil einer Sekunde. Aber ich hatte es gesehen.

„Die Kleine scheint sich wirklich einzubilden, dich zu kennen, Dicker."

„Weißt doch wie die kleinen Mädchen sind. Haben eine lebhafte Fantasie. Ich hab die hier zumindest noch nie gesehen."

Spätestens jetzt gefror mein Herz zu etwas Hartem. Es fühlte sich an wie abgekühlte Lava – löchrig, schroff, Fische schwimmen in einem Aquarium hindurch. Aber mein Kopf wollte nicht wahrhaben, was mein Körper schon verstanden hatte.

Ich machte einen Schritt auf ihn zu. „Wie kannst du so etwas nur sagen? Wenn ich dir schon Scheißegal bin, lass wenigstens Björn in Ruhe."

Meine Stimme war ein trockenes Donnergrollen.

„Boahr, jetzt halt endlich deine Fresse!", spuckte mir der Hässliche entgegen. „Marius?"

„Ignorier sie doch einfach!"

„Kann ich nicht. Sie steht mir verdammt noch mal im Weg."

„Dann geh Drumherum."

„Verdammt, rede nicht über mich, als wäre ich nicht da! Schau mich gefälligst an!", brüllte ich, während meine Augen brannten und es daraus zu nieseln begann. Ich wollte es nicht, aber der Druck in meinem Inneren war so immens. Die Wut so groß und die Verletzung so tief.

„Verpiss dich, Kleine!"

Jetzt schaute er mich an. Aber er sah mir nicht in die Augen, sondern verharrte an meinem Haaransatz, als hätte ich dort eine kleine Fliege sitzen, die ihn ablenkte.

Die Erinnerung an unseren ersten Kuss überwältigte mich. Ich merkte, dass ich zitterte und meine Kniescheiben anfingen zu zucken, als könnten sie mich damit endlich davon überzeugen wegzulaufen.

„Wenn ihr an Björn ran wollt, dann müsst ihr erst an mir vorbei."

Das Donnergrollen war ein Blizzard geworden – eiskalt, spitz, verheerend.

„Luisa!", hörte ich Björn hinter mir.

Marius' Augen zuckten und er schloss sie einen Moment, um sie unter Kontrolle zu bekommen. Allerdings brauchte der Hässliche keinen Moment...

Ich hörte ihn zwar ein „Na dann", leichthin vor meine Füße werfen, aber ich registrierte mit keiner Faser meines Körpers, was er damit meinte. Ich hing immer noch an Marius' Gesicht, wie ein Junkie an der Nadel. Immer in der Hoffnung, noch ein kleines Bisschen mehr aus der Spritze zu drücken, damit wieder Hoffnung, Zufriedenheit und Liebe in mich strömen und mich besinnungslos machen würden.

Der Schlag traf mich an der linken Schulter und fegte mich zwei Meter weit. Ich schlug mit dem Kopf gegen die steinerne Einfriedung eines Kastanienbaumes.

Sofort waren Björn und Patrizia bei mir. Und Marius.

„Sag mal spinnst du, Alter? Das ist ein Mädchen, Mann!", hörte ich ihn ganz nah bei mir sagen.

Ich klammerte mich halb besinnungslos an Björn. „Er darf mich nicht anfassen! Bitte er darf mich nicht anfassen!"

„Bestimmt nicht, Luisa! Ganz bestimmt nicht." Er drehte sich zu den Anderen um und schrie verzerrt: „Ich bring euch um!"

Wage nahm ich wahr, dass Björn sich seine Äpfel unterm Anorak wieder zurecht schob und sich vor dem Hässlichen aufbaute.

„Dafür ist keine Zeit!", meldete sich Patrizia aufgebracht zu Wort. Ich hatte schon fast vergessen, dass sie da war, weil sie die ganze Zeit so unbeteiligt neben uns gestanden hatte, als wäre sie ein Grashalm am Wegesrand. Jetzt fiel mir aber wieder ein, dass sie und ihre Zöpfe im Grunde der Auslöser für das ganze Drama gewesen waren. Etwas irritiert merkte ich, wie sie flink meinen schmerzenden Kopf abtastete.

„Sie hat ein Schädelhirntrauma zweiten Grades mit Pupillendifferenz", referierte sie nun. „Wenn sie nicht so schnell wie möglich ins Krankenhaus kommt, fällt sie wahrscheinlich ins Koma."

Patrizia wollte Ärztin werden. Genau wie ihre Eltern. Daher konnte sie sämtliche Symptome aller erdenklichen Krankheiten auswendig. Nur das Periodensystem konnte sie sich nicht merken.

Björn ließ jetzt die Äpfel Äpfel sein und kniete sich wieder zu mir, um meine Hand zu nehmen: „Okay, wir bringen dich ins Sekretariat. Das ist jetzt am Nächsten. Ich trage dich.".

„Die ist doch nur gestolpert. Hat sich `nen bisschen das Köpfchen gestoßen. Das ist doch schon alles. Die soll sich mal nicht so anstellen", meinte der Hässliche. Und obwohl ich es nicht wollte, war ich geneigt, ihm Recht zu geben. Ich fühlte mich nun wirklich nicht so, als würde ich gleich ins Koma fallen.

„Ach, und was ist das dann?"

Patrizia hielt dem Hässlichen ihre Hand entgegen, an der dramatisch Blut heruntertropfte.

Es dauerte eine Weile bis ich verstand, dass das, was da so tropfte – rot, süß, zäh – mein Blut war. Ich fasste mir an meinen Kopf und tatsächlich war da noch mehr davon. Komischerweise machte mir das aber keine Angst. Ich konnte einfach nur an meine Lieblingsstrickjacke denken, aus der die Blutflecken wohl nie wieder rausgehen würden. Meine Mutter hatte uns zu oft gepredigt, dass Blut noch schlimmer als Rotwein wäre, wenn es ums Waschen ging. Meine Strickjacke ist ruiniert, konnte ich nur denken. Ruiniert. Und diese Erkenntnis machte mich unendlich traurig.

„Scheiße", murmelte jetzt der Hässliche, der immer noch auf das Blut an Patrizias Hand starrte. „Ich hab ihr doch nichts getan! Sie nur auf Seite geschoben."

Plötzlich hörte sich die Stimme des Hässlichen an wie die eines Fünfjährigen, der von seiner Mutter erwischt wird, wie er einen Keks vom Teller stibitzt – piepsig, schief, lächerlich.

„Halt einfach deine Fresse, klar?"

Marius stand unentschlossen vor mir. Ging mal in die Hocke, stellte sich dann wieder hin. Ich hielt den Kopf zur Seite gedreht. Ich wollte ihn nicht ansehen. Ich wollte, dass er verschwand. Vom Schulgelände, aus meinem Leben – für immer!

„Okay, lasst uns abhauen", brüllte der Hässliche und sofort scharrte sich die Entenfamilie um ihre Mama. „Marius?"

Marius rührte sich nicht, sondern starrte mich an.

„Verpiss dich, du Arschloch", presste ich hervor und schaute ihm das letzte Mal in die Augen – eisenhart, bitter, abgrundtief.

Ich sah, wie er die Zähne aufeinander biss und schluckte. Dann drehte er sich um, nahm seinen Platz in der Entenhierarchie ein und sie verschwanden schnell hinter einer Ecke.

Als sie weg waren, merkte ich, wie ich mich etwas entspannte. Und mit der Entspannung kam der Schmerz. Als wäre ich die ganze Zeit von dicker Paketkordel umwickelt gewesen und jetzt wo sie an einer Stelle durchschnitten wurde, floss das Blut schmerzhaft überallhin.

„Ich falle doch nicht wirklich ins Koma, oder?" Ich versuchte mich aufzurichten.

„Nee, ich glaube nicht." Patrizia grinste. „Ich dachte einfach nur, ein paar Fachausdrücke würden ihnen Angst machen."

„Hat geklappt. Wahrscheinlich hättest du denen auch erklären können, dass ihr beim Aufstehen die Augen aus den Höhlen fallen werden und die hätten es geglaubt. Du bist die Größte!" Björn küsste sie und drückte meine Hand.

Ich lächelte und bereute insgeheim, dass ich mich so dagegen gewehrt hatte, mit Patrizia befreundet zu sein. So unterschiedlich wir waren, sie war in diesem Moment genauso, wie ich eigentlich immer sein wollte – stark, überlegen, untrüglich.

Auf die Beiden gestützt, schleppten wir mich zum Sekretariat. Wir schwiegen die meiste Zeit. Keiner von beiden fragte mich in diesen zehn Minuten oder irgendwann später, was das für eine Szene mit Marius gewesen war. Und ich war Ihnen unendlich dankbar dafür. Ich musste erst selbst langsam herausfinden, was dort vor der alten Turnhalle eigentlich geschehen war und was es für mich bedeutete. Ich würde ihnen später davon erzählen. Irgendwann.

Sie hatten meinen Bruder informiert. Als er in der Tür des Krankenzimmers stand, in dem ich auf den Krankenwagen wartete, kam es mir vor, als hätte ich ihn ewig nicht gesehen. Er trug einen Pullover, der mir völlig unbekannt war – grüner Kapuzenpulli mit einem kleinen Totenkopf in der rechten Ecke – und er hatte seine Haare etwas länger wachsen lassen, was ihm gut stand. Sieben Stunden zuvor am Frühstückstisch war mir das nicht aufgefallen. Lukas' Gesichtsausdruck wirkte wie ein Spiegel – ebenso überrascht, traurig, einsam.

„Was ist passiert?", fragte er leise. Er bewegte sich nicht, sondern blieb einfach in der Tür stehen.

„Nichts."

Ich versuchte ein Lächeln, aber irgendwie wollte meine Kopfwunde mitlächeln und ich ließ es bleiben.

„Sie haben mir gesagt, dass du ins Krankenhaus musst, dein Haar ist rot vom Blut und du sagst mir, es ist NICHTS passiert?"

Seine plötzliche Wut traf mich wie eine Wand. Sei Gesicht war rot mit weißen Flecken und es schimmerten Tränen in seinen Augen.

„Es tut mir leid", stammelte ich. Erst jetzt schien meinem Körper bewusst zu werden, dass die Platzwunde auf meinem Kopf größer als vermutet war. „Ich…", alles begann weh zu tun. Wasser sammelte sich in meinen Augen und überflutete mich. „Ich bin mit dem Kopf gegen einen Stein geschlagen. Aber es ist wohl nur eine große Platzwunde."

Mit zitternden Händen zeigte ich auf meinen Hinterkopf. Und plötzlich stand er neben mir und hielt meine Hand fest. Ich schaute zu ihm hoch und ich sah meinen Bruder. Meinen Bruder Lukas mit sieben Jahre. Mein Held, mein Freund. Ich ließ mich gegen ihn fallen, als hätte ich nie etwas anderes getan und er hielt mich fest bis der Krankenwagen kam. Er hielt mich immer noch als wir im Krankenhaus ankamen und sie meine Wunde betäubten und nähten. Und er hielt mich auch noch als meine Eltern besorgt mein Zimmer betraten.

Und dann war er plötzlich weg.

„Er ist zurück in die Schule. Er hat gesagt, er will seine Sachen holen. Er ist ja direkt aus dem Unterricht zu dir", erklärte mir meine Mutter, die Lukas' Platz an meiner Seite eingenommen hatte.

Ich starrte auf die Tür, als sei ich sicher, er käme gleich zurück, nähme mich wieder in den Arm und hielte meine Hand gedrückt. Aber er kam nicht.

Er hatte seinen Rucksack mit den Schulsachen die ganze Zeit dabei gehabt.

Ich hatte Glück, die Wunde musste zwar mit zehn Stichen genäht werden, aber meine üppigen Haare würden die kahl rasierte Stelle erfolgreich verdecken, wenn denn dann endlich der Verband wieder ab durfte. Und das dauerte. Ich sah aus wie ein verhinderter Indianer. Da ich neben der Platzwunde nur eine leichte Gehirnerschütterung hatte, musste ich nicht im Krankenhaus bleiben, sondern durfte nach Hause, wo ich mich zwei Wochen ausruhen sollte. Ich sollte mich schonen, was äußerst schwierig ist, wenn man seinen Kopf nicht ablegen kann.

Als meine Eltern und ich nach Hause kamen, ging ich gleich zu Lukas ins Zimmer, weil ich ihm erzählen wollte, wie Mama und Papa, seit sie im Krankenhaus aufgetaucht waren, zusammengeschmolzen waren, wie zwei verschiedene Sorten Eis, nachdem man sie zwei Stunden in der Sonne hat stehen lassen hat – klebrig, undefinierbar, aber immer noch irgendwie schmackhaft. Sie erinnerten mich an damals als Maria-Sofia geboren worden war. Und dass obwohl der Maria-Sofia Zauber schon längst verflogen war. Ich wollte ihn in seinen Schrank zerren, mich mit ihm hinter dem alten Pelz meiner Mutter und dem Karohemd meines Vaters verstecken und nach Süßigkeiten in ihren Taschen angeln, als wäre es nie anders gewesen. Aber Lukas war nicht da. Und er kam auch nicht. Meine Mutter bestand darauf, dass ich mich irgendwie, halb auf der Seite, halb stehend, ins Bett legte und mich ausruhte. Also blieb mir den Rest des Tages nichts anderes übrig, als auf das verräterische Quietschen der Haustür zu lauschen, während die anderen Geräusche des Hauses mich in den Schlaf flüsterten.

„Ah, sie schläft. Ich glaube, das machen wir lieber später", piekste die Stimme meiner Mutter in meinen Traum und ließ ihn zerspringen wie eine Seifenblase.

Sofort war ich wieder hellwach. „Nein, ist schon gut. Ich bin wach!", sagte ich schnell und konnte gerade verhindern, dass meine Mutter meine Zimmertür wieder schloss. Mein Schädel brummte, aber ich wollte Lukas unbedingt sehen. Mit ihm reden, lachen.

„Na, Gott sei Dank! Ich glaub', ich hätte es echt nicht gepackt, bis morgen zu warten."

Fanni quetschte sich an meiner Mutter vorbei, die mich fragend ansah. Die Enttäuschung drückte mich wieder in die Kissen zurück, aber ich nickte meiner Mutter lächelnd zu und sie schloss die Tür hinter sich, während Fanni sich auf mein Bett plumpsen ließ, als läge niemand darin, der eine Platzwunde am Hinterkopf hatte: „Dein Bruder ist echt der Hammer. Unfassbar. Ich meine, echt krass, was mit dir heute passiert ist, aber dein Bruder…"

Ich schloss die Augen und schaltete auf Durchzug. Fannis Gebete und Lobpreisungen auf meinen Bruder kannte ich schon mehr als Genüge. Sie erwartete auch gar nicht, dass man darauf antwortete. Sie hörte sich einfach am liebsten selbst reden. Ich merkte, dass mein Körper sich zum Schlaf hingezogen fühlte und meine Glieder so schwer waren, als gehörten sie schon nicht mehr zu mir, als irgendetwas mich wieder an die Oberfläche holte.

„… Ich dachte ja, dass er schon wieder zu Hause wäre, aber nach dieser Nummer, ist er wahrscheinlich erst mal Saufen gegangen, oder so. So was machen Männer doch nach einer Prügelei, oder?"

Ich sah sie verständnislos an, aber sie reagierte überhaupt nicht, weil sie meine Zimmerdecke anhimmelte und sich dabei flirtend eine Haarsträhne um den Finger wickelte.

„Wie er die zur Rede gestellt hat, ohne darauf zu achten, dass sie ihm zahlenmäßig weit überlegen waren. Wahnsinn. Ich hab seine Muskeln unter seiner Jacke sehen können, so angespannt war er. Aber sonst war er ganz ruhig. Und dann hat er einen nach dem anderen einfach umgehauen." Sie seufzte.

Ich richtete mich wieder auf. „Sag mal, wovon sprichst du da eigentlich?"

Jetzt war es Fanni, die mich verständnislos ansah: „Na, von der Prügelei in der Schule! Du hast Lukas doch dahin geschickt, um dich zu rächen."

Jetzt war ich wacher als ich jemals sein wollte. „Ich hab ihm nicht mal erzählt, wie es passiert ist, Fanni!"

Björn. Er musste es ihm erzählt haben. Freiwillig oder nicht. Sonst hatte schließlich niemand davon gewusst. Ganz im Gegenteil zu jetzt. Denn wenn Fanni es wusste, würde es nicht lange dauern und die ganze Schule wusste Bescheid. Trotzdem war ich froh, dass sie hier war und mir erzählen konnte, was passiert war:

Fanni hatte gerade Schulschluss gehabt, als sie auf Lukas getroffen war, der vor dem Haupteingang wütend auf und ab gegangen war. Immer besorgt um seinen Zustand hatte sie gefragt, was mit ihm los sei? Daraufhin hatte er sie nur angeschnauzt, dass sie das gar nichts anginge, es sei denn sie wüsste wo Marius und Daniel (alias Danny, alias der Hässliche) abhingen. (Fanni: „Und als er das sagte, sah er so was von sexy aus.") Und gerade als sie hatte zugeben müssen, dass sie keine Ahnung hatte, kamen der Hässliche und Marius aus dem Schulgebäude. Lukas hatte einen Moment gewartet, bis sie an ihm vorbei waren und sich dann an ihre Fersen geheftet. (Fanni: „Ich sag dir, wenn Blicke einen aufspießen könnten, dann wären die zwei sofort tot umgefallen, so hat Lukas geguckt. Aber gemerkt haben die nix.") Lukas war den Beiden gefolgt, bis sie sich am äußersten Rand des Sportplatzes mit den anderen getroffen hatten. Fanni war die ganze Zeit hinter Lukas her gehüpft und hatte versucht herauszufinden, was denn nun los war. (Fanni: „Er hat echt versucht, mich abzuwimmeln. Aber hallo? Ich kenn deinen Bruder so gut wie keine, außer dir natürlich, und ich hab gleich gespürt, dass da was im Busch ist. Er wollte mich eben einfach nicht mit reinziehen, weißte?! So ist dein Bruder eben.")

Also hatte sie so getan, als wäre sie gegangen, um sich dann unbemerkt hinter Lukas her zu schleichen. Als die Truppe Lukas bemerkte wie er auf sie zukam, hatte der Hässliche ihn erstmal nach bekannter Manier angepöbelt: „Was willste, Schönling? Ne Haarklammer? Oder lieber ein Handtäschchen?" Offensichtlich hatte er absolut keine Ahnung gehabt, dass es sich bei Lukas um meinen Bruder handelte. Bei Marius war ich mir nicht so sicher. Ich hatte ihm zwar erzählt, dass ich einen Bruder hatte, das Thema aber weitestgehend ausgeklammert.

Lukas hatte seinen Rucksack dann ohne ein weiteres Wort auf den Boden geschleudert und sich vor dem Hässlichen aufgebaut. „Hast du heute meine Schwester ins Krankenhaus geschickt? Meine kleine vierzehnjährige Schwester?"

„Ach, sie schickt den großen Bruder. Wie niedlich." Seine Entenfamilie hatte in sein Geschnatter eingestimmt.

„Hast du oder hast du nicht?", hatte da mein Bruder unbeeindruckt gefragt.

„Hey, es war echt ein Unfall...", hatte sich Marius eingeschaltet, aber Lukas hatte nicht reagierte, sondern dem Hässlichen weiter ins Gesicht gestarrt. (Fanni: „Ich sag dir, ich hatte Gänsehaut. Aber nicht weil ich Angst hatte, dass Lukas was passiert, sondern weil seine Stimme so eisig war, dass Afrika hätte zufrieren können.") „Hast du oder hast du nicht?", hatte mein Bruder wiederholt.

„Was denn, was denn? Bist du etwa eifersüchtig? Deine Kleine geile Schwester hat sich nämlich ganz offensichtlich total krank in unseren Marius verknallt. Ich hab ihr einen Gefallen getan, wirklich. Konnte ja niemand mit ansehen, wie sie sich wie eine billige Hure an seinen Hals geschmissen..."

Weiter war er nicht gekommen, weil Lukas ihm in diesem Moment mit der Faust mitten ins Gesicht geschlagen hatte. (Fanni: „Der Schlag kam so schnell, dass ich das gar nicht richtig mitbekommen hab. Danny offensichtlich auch nicht. Ich dachte schon, der fällt sofort um, aber dann hat Lukas doch noch zweimal draufgehauen bis er auf den Boden gesegelt ist.") Die Entenfamilie war darauf anscheinend nicht vorbereitet gewesen, hatte ihre Formation verloren und wuselte nun wild durcheinander.

„Okay, ganz ruhig, Leute", hatte Marius versucht die Situation zu retten. „Er darf doch ein wenig sauer sein, oder? Es war seine Schwester, Mann."

(Fanni: „Eine Sekunde verharrten seine Freunde. Es sah echt so aus, als würden sie das akzeptieren, was Marius da gesagt hat, aber dann... ich sag dir, das war der Hammer... hat Lukas ihm auch einfach eine in die Fresse gehauen. Einfach so. Dabei war der doch auf seiner Seite.") Und dann hatte Lukas einen nach dem anderen vermöbelt. (Fanni: „Ich hab immer gedacht, die Typen wären echt gefährlich und so, aber ich glaub, die haben sich noch nie wirklich geprügelt. Die tun immer nur so, weißte? Weil Lukas hat fast keinen Kratzer abgekriegt, weil die viel zu langsam waren..." Sie überlegte kurz „Oder sie waren einfach nur total bekifft. Das kann natürlich auch sein.")

Als er mit allen irgendwie fertig gewesen war, hatte Lukas seinen Rucksack genommen und war davon gegangen. (Fanni: „Das war wie eine Szene aus so einem Actionfilm. Echt, dein Bruder hätte es in dem Moment mit Bruce Willis aufnehmen können. Es fehlte nur noch der coole Spruch.")

Fanni hatte gewartet bis Lukas außer Sichtweite war und war dann nach Hause gegangen.

„Ich dachte, er wäre direkt nach Hause, weißt du? Ich wollte eigentlich nach ihm sehen, als ich eben geklingelt hab. Wollte fragen, ob er sich nicht doch irgendwie wehgetan hat. Ich meine, ein paar Schläge musste er ja schon einstecken. Nicht, dass er sich eine Rippe gebrochen hat, die sich jetzt durch seine Lunge bohrt oder so. Du sagst ja gar nichts?"

Ich konnte nicht. Das, was das ganze Blut, der Schmerz und der Schock nicht geschafft hatten, hatte Fanni mit ihrer Geschichte vervollständigt. Mir war kotzübel und ich suchte gerade in meinem Zimmer nach einem geeigneten Behältnis, um die Spaghetti vom Mittagessen darin für die Nachwelt aufzubewahren.

„Geht's dir nicht gut? Ach ja, stimmt ja, du hast da ja was am Kopf. Vielleicht geh' ich dann besser, was?" Sie stand auch schon. „Wenn du Lukas siehst, sag ihm doch, dass ich für ihn da bin, wenn er jemanden zum Reden braucht, okay?"

Ich nickte nur und hoffte, dass das, was ich da im Rachen spürte, nicht eine Kirschtomate aus der Spaghettisoße war. Fanni verschwand und ich blieb da wo ich war und starrte an meine Zimmerdecke, um meine Übelkeit zu bekämpfen. Fannis Geschichte spielte sich in meinem Kopf wie ein Film ab, wobei ich immer mehr kleine Details dazu zauberte, bis er einen Oscar hätte gewinnen können. Ich versuchte zu fühlen, was ich fühlte, aber ich fühlte Nichts. Es war hart, körnig und dunkel dieses Nichts. Undefinierbar und blind. Es war unwirklich.

Als ich Lukas' Schritte endlich auf der Treppe hörte, war auch die Übelkeit vom Nichts verschluckt worden. Ich erwartete, dass seine Schritte vor meinem Zimmer verharren und er herein kommen würde. Er mir alles erzählen und ich endlich wieder fühlen würde. Aber ich hörte nur, wie seine Zimmertür ins

Schloss fiel.

Ich blieb eine Weile liegen. Ich war nicht Imstande auch nur den kleinen Finger zu bewegen. Meine Decke fühlte sich auf mir an wie der steinerne Deckel eines Sarkophags – schwer, dick, ewig. Aber ich musste ihn sehen. Musste mit ihm sprechen. Also schob ich den Deckel beiseite und kletterte aus dem Sarkophag.

Ich klopfte nicht an seine Tür, sondern machte sie einfach auf. Ich hätte nicht ertragen, dass er mich ignorierte. Er hatte mir den Rücken zugedreht und schaute sich auch nicht um, als ich die Tür hinter mir schloss. Er hatte ein Foto von uns in der Hand, das mich unwillkürlich lächeln ließ. Wir waren darauf vier und sechs und hatten uns die Bäuche mit Kirschen vollgeschlagen. Wir sahen aus, als hätten wir ein Reh gerissen. Ich küsste Lukas auf dem Bild grinsend auf die Wange. Das Bild hatte bisher immer an seiner Pinnwand über seinem Schreibtisch gehangen. Eine Pinnwand, die von unserer Kindheit erzählte. Von dem Ausflug ins Phantasialand (eine leere Tüte gebrannter Mandeln, die wir gemeinsam gegessen hatten und nach einer Tour auf der Achterbahn auch gemeinsam wieder erbrochen hatten), von dem Puppentheater, das wir für unsere Eltern einstudiert hatten (ein Foto von der Prinzessin und dem Krokodil, die sich ganz dolle lieb hatten), von unserem ersten Baumhaus (ein Stück Rinde, das er nach dessen Einsturz abgerissen hatte) und vieles mehr. Jedes Teil eine eigene Geschichte.

„Was machst du da?" Ich machte einen Schritt auf ihn zu.

„Aufräumen", sagte er ohne sich umzudrehen und ließ das Foto in seinen Mülleimer segeln.

Meine Füße klebten plötzlich am Boden fest. Sie waren so schwer, dass ich dachte, ich könnte den Kellerboden unter meinen nackten Sohlen spüren – rau, staubig und kalt. „Aber... warum?" Meine Stimme klang wie die kleine Nachtmusik.

„Weil wir keine Kinder mehr sind, Luisa. Wir sind das hier...", er deutete auf das verlorene Foto im Mülleimer, „nicht mehr."

Ich zog mit aller Kraft meine Füße aus dem Keller hoch und schob jeden Fuß einzeln näher zu Lukas heran.

„Doch natürlich sind wir das." Ich nahm das Foto aus dem

Mülleimer, als wäre es aus jahrhundertealtem Pergament und könnte nur durch einen Atemzug zu Asche zerbröseln. „Das hier bist du, und das hier bin ich. Wir sind immer noch dieselben."

Die Wucht, mit der er sich umdrehte, ließ mich schwanken, aber da meine Füße sich wieder im Keller befanden, hielt ich stand.

Er riss mir das Foto aus der Hand und feuerte es wieder in dem Mülleimer. „Das sind wir nicht, verdammt! Das sind bloß Erinnerungen. Und Erinnerungen machen einen kaputt. Okay? Glaub mir, ich weiß wovon ich spreche!"

Seine Augen leuchteten vor Wut. Einer tiefen, rauen Wut, die unbekannt und befremdlich war. Sie loderte dunkelrot und böse. Und hinter dem Feuer, ganz klein und versteckt, sah ich noch etwas anderes: Angst. Offene, wunde Angst.

Ich riss mich von diesem Anblick los und versuchte hinter der Wut und der Angst meinen Bruder zu erkennen.

„Nein, nicht okay. Was soll das heißen? Ich bin keine Erinnerung! Ich bin hier! Ich bin jetzt!" Ich schrie jetzt als müsse ich ihn über hundert Kilometer erreichen. „Und das da bist du." Die Worte hallten wie ein leises Echo zwischen uns wider.

Er sah mich an. Seine Augen zitterten. Ich wollte ihn in den Arm nehmen, ihm helfen, aber ich traute mich nicht. Er wollte es nicht. Er wollte uns nicht mehr. „Nein, das bin ich nicht, Luisa. Und du bist das auch nicht mehr."

Die Wut war einem Rauschen gewichen – leise, summend, verstummt. Er nahm die Pinnwand von der Wand, zerbrach sie mühelos in zwei Teile und presste sie mit Gewalt in den kleinen Plastikmülleimer.

„Nein!" Entsetzen huschte aus mir und hüllte ihn ein. Erstickte alles zu einem traurigen Rauchen.

„Wir müssen erwachsen werden, Luisa."

Die Trauer flatterte zwischen uns wie eine Motte zwischen zwei Laternen in der Nacht – jede Entscheidung tödlich.

„Du mit deinem ewigen Wunsch erwachsen zu sein. Das ist das Einzige, was du immer wolltest, oder?"

Die Motte zischte, als sie in meiner Flamme verbrannte. Er löschte seine Laterne und Dunkelheit umhüllte ihn, als er sich von mir wegdrehte: „Ja, vielleicht ist das so."

Und ich verstand endlich. Er musste erwachsen werden, denn zu seiner Kindheit gehörte ich. Und mich wollte er nicht mehr.

Rebecca 1979

Ich fand ihn natürlich in der Spritzenkammer. Er weinte. Ich setzte mich zu ihm und nahm ihn in den Arm. Ich wollte sagen, dass es nicht seine Schuld war, und dass er alles getan hatte, was er konnte. Aber die Worte hörten sich schon in meinem Kopf zu profan und unbedeutend an. Sie würden einfach nichts ändern. Natalie war tot. Nichts würde sie wieder ins Leben zurückholen können.

Als er mich küsste, konnte ich seinen Schmerz auf meiner Zunge schmecken. Und obwohl ich wirklich Mitleid hatte, tanzte mein Herz einen wilden Freudentanz. Das war, was ich nun schon seit über einem Jahr wollte. Das war es, worauf ich so lange gewartet hatte. Das war das Ziel meiner Träume.

Er nahm mich heftig und wild. Im Stehen an ein Regal mit allen erdenklichen Spritzengrößen gepresst. Ich spürte, dass er seinen Schmerz betäuben wollte, während mein Schmerz sich gerade mit jedem Stoß in Luft auflöste. Ich stellte mir vor, die Spritzen, die auf uns niederregneten, seien Reiskörner auf unserer Hochzeit. Und ich war glücklich.

Wir sackten erschöpft auf dem Boden zusammen und ich hielt ihn im Arm, während er die Augen geschlossen hielt. Ich wünschte mir, dass er sie endlich öffnen und die wundersamen drei Worte aussprechen würde, die ich bisher noch nie aus dem Mund eines Mannes gehört hatte. Aber sie kamen nicht. Stattdessen stand er auf, zog seine weiße Hose hoch und sagte: „Wir hätten ihr helfen müssen!"

Vielleicht hätte ich darauf antworten müssen, aber es gab diese Antwort nicht. Dann drehte er sich zu mir um und sah mich mit wütendem und schmerzverzerrtem Gesicht an: „Warum haben wir es nicht getan? Warum haben wir ihr nicht geholfen?", schrie er mich an.

Panik stieg in mir auf und verknotete meine Zunge. Dennoch

brachte ich ein leises: „Ich weiß es nicht!" hervor, worauf sich Samuel wütend umdrehte und zur Tür ging. Er hatte die Türklinke schon in der Hand, als er plötzlich inne hielt. Er drehte sich nicht um, so dass ich sein Gesicht nicht sehen konnte, aber seine Stimme war so weich wie ein Babypopo. „Danke!", sagte er und verließ den Spritzenraum.

Luisa 1995 - 1996

Verwirrter Eisregen

In dem bekannten Buch von Eric Carle wird die Entwicklung der „Kleinen Raupe Nimmersatt" beschrieben. Wie im Leben eines Menschen muss sie so manche Hürde nehmen, um zu ihrem Ziel zu gelangen. So frisst sie sich zum Beispiel durch einen harten Lolli und viele andere für Raupen völlig ungeeignete Dinge und muss dafür mit Bauchschmerzen bezahlen. Aber dann baut sie sich ein „enges Haus, das man Kokon nennt [...] knabberte sich ein Loch in den Kokon und war ein wunderschöner Schmetterling". Aber was passiert mit den Raupen die es nicht schaffen, sich ein Loch in den Kokon zu knabbern? Die bleiben für immer in dem Kokon gefangen. In einem Kokon, den sie sich selbst gebaut haben.

Wenn meine Eltern Aus gingen, war klar, dass ich den Babysitter für Maria-Sofia spielen musste. Denn meist entschieden sie sich für ihren Ausflug so kurzfristig, dass auch niemand anderes in Frage gekommen wäre. Schließlich verbrachte Lukas mit seinen mittlerweile fast siebzehn Jahren die Abende selten zu Hause. Ich wehrte mich nicht dagegen. Ich hatte kaum das Bedürfnis, mich abends in der Welt herum zutreiben. Ganz abgesehen davon, dass ich mit vierzehn (und natürlich als Mädchen) nur bis neun draußen bleiben durfte und es sich noch nicht wirklich lohnte, dafür meine Lieblingsserie oder einen Spielfilm im Fernsehen sausen zu lassen. Also hockte ich mit Maria-Sofia auf dem Sofa bis sie müde wurde, las ihr dann in ihrem Bett eine Geschichte vor und löschte das Licht in ihrem Zimmer, wenn sie sich zufrieden auf die Seite gerollt hatte. Ich wusste, dass Maria-Sofia diese Abende liebte. Sie himmelte mich unverhohlen an. Und auch wenn ich mich in ihrer Gegenwart immer irgendwie fremd fühlte, wie das letzte Puzzleteil, das einfach nicht passen will, war sie doch meine kleine Schwester. Ich liebte sie und wollte sie beschützen. Für sie da sein und ihr helfen, das Leben zu verstehen, auch wenn ich selbst keine Ahnung hatte, wie das ging.

Wenn ich neben ihr auf ihrem Bett saß mit ihrem Kopf in meinem Schoß und sie die Geschichte direkt an meinen Lippen einsammelte, dann fragte ich mich, ob Lukas sich mit mir genauso gefühlt hatte? Denn auch wenn unser Altersunterschied so gering war, war er doch irgendwie immer viele Jahre älter gewesen als ich. Ich fragte mich, ob es dieses Gefühl war, das ihn so lange an meiner Seite stehen gelassen hatte, und ob das gleiche Gefühl ihn nun so weit von mir weggetrieben hatte?

Weil wir älter wurden.

Weil ich älter wurde.

Weil einfach die Zeit vorbei war.

Eines Abends verabschiedeten sich meine Eltern ziemlich früh für einen Kinobesuch. Sie waren kaum aus der Tür, da fiel mir das Portemonnaie meines Vaters auf, das einsam auf der Kommode neben unserer Haustür rumlungerte. Ich öffnete rasch die Haustür, weil ich hoffte, sie wären noch nicht losgefahren – das große Auto aus der vollgestopften Garage zu bugsieren, kostete immer etwas Zeit – aber ich konnte nur noch den Rücklichtern dabei zusehen, wie sie immer kleiner wurden. Ich zuckte mit den Schultern. Sie würden dann wohl spätestens an der Kinokasse von ihrer Armut erfahren. Ich wollte mich gerade wieder umdrehen, um zurück ins Haus zu gehen, als mich das penetrante Leuchten der Rücklichter unseres Autos irritiert weiter starren ließ. Denn die Rücklichter wurden nicht kleiner, sondern verharrten hinten an der Ecke bei dem Briefkasten von Nachbar Donert. Offensichtlich hatten sie ihre Armut doch noch bemerkt und würden jeden Moment umkehren, um das Portemonnaie zu holen.

Also huschte ich schnell wieder rein und kuschelte mich schon mal zu Maria-Sofia aufs Sofa, die schon ungeduldig nach mir gerufen hatte. Aber auch eine halbe Stunde später hatte immer noch niemand versucht, sich durch das Portemonnaie auf der Kommode zu bereichern. Natürlich hätte man das Ganze leicht damit erklären können, dass meine Mutter sicher auch Geld dabei hatte und somit ebenfalls den Abend spendieren konnte. Aber irgendetwas tief in mir drin flüsterte mir zu, dass es nicht so war. Es war ein Gefühl, klein, eckig und bitter, das sich direkt unter meinen Rippen in meinen Magen bohrte – penetrant, stechend, wissend.

Unter dem Vorwand den Müll rausbringen zu müssen, verließ ich den warmen Platz neben meiner Schwester und wanderte mit der fast leeren Mülltüte aus der Küche bis zu unseren Mülltonnen vor unserem Haus. Und da stand es immer noch! Das Auto hatte sich kein Stück bewegt. Als hätte mich jemand von hinten in den Po getreten, machte ich einen absolut ungazellenartigen Satz nach rechts und duckte mich hinter dem wuchernden Buchsbaum, der nie gestutzt einem Seeungeheuer mit mehreren Armen, Beinen und Köpfen ähnelte. Vorsichtig wagte ich mich ein wenig vor, um mich zu vergewissern, dass es sich bei dem Auto wirklich um das meiner Eltern handelte. Aber die Laterne auf der anderen Straßenseite zeigten mir deutlich den hässlichen Aufkleber, der darauf aufmerksam machte, dass meine kleine Schwester mit ihm Auto saß. Ein kleines Dreieck in der linken Ecke der Heckscheibe.

Ich verspürte den unbändigen Drang mich nach vorne zu pirschen, um zu sehen, was sich in unserem Auto abspielte. Aber Maria-Sofia war noch wach und ich konnte sie unmöglich alleine lassen, ohne dass sie es später meinen Eltern erzählen würde. Also musste ich mit Fragezeichen in meinem Bauch, summend wie Wespen um ein Stück Kuchen, zurück ins Haus.

Wieder neben meine Schwester auf dem Sofa konnte ich kaum erwarten, dass Arielle endlich glücklich wurde und ich Maria-Sofia ins Bett stecken konnte. Aber Maria-Sofia war auch nach der dritten Geschichte immer noch nicht eingeschlafen.

Die Wespen in meinem Bauch waren mittlerweile zu Vampirwespen mutiert, die sich aggressiv und zerstörerisch an meiner Mageninnenwand zu schaffen machten. Als Maria-Sofia dann endlich die Augen schloss, war ich Sekunden später auch schon in unserem Garten. Von dort drückte ich mich durch die Zypressenhecken von einem Garten in den nächsten, um am

Ende hinter der Hecke von Familie Donert zu hocken, vor der ihr Briefkasten stand. Vorsichtig arbeitete ich mich bis zu dem großen schmiedeeisernen Gartentor vor und warf meinen Blick auf die Beifahrerseite unseres Autos. Ich konnte den Scherenschnitt meiner Mutter erkennen, der sich ruckartig bewegte und immer wieder etwas Weißes aufblitzen ließ. Ein Taschentuch, wie ich vermutete. Ihre Stimme wehte dumpf und abgehackt zu mir herüber. Ich wollte gerade weiter vorrücken, um aus dem Murmeln Worte herauszuhören, als plötzlich die Beifahrertür aufgerissen wurde und das Innenlicht des Autos das Gesicht meiner Mutter erhellte. Die sorgfältig aufgetragene Mascara war verlaufen, die Frisur in der Stirn zerzaust, als hätte sie sich immer wieder darüber gestrichen. Ich ließ mich auf den Bauch plumpsen und hoffte meine blonden Haare würden in der Dunkelheit einer zerknitterten Plastiktüte ähneln.

„Ich kann einfach nicht mehr, verstehst du das nicht?", sagte gerade meine Mutter und hörte sich dabei so bröckelig an wie ein alter Sandkuchen.

„Nein, das verstehe ich nicht! Du hast es dir selbst ausgesucht, meine Liebe! Niemand hat dich dazu gezwungen!"

Mein Vater war das frisch geschliffene Messer, das den Sandkuchen in hübsche Stück schnitt.

Und obwohl das Gesicht meiner Mutter meinem Vater zugewandt war und ich es nicht sehen konnte, spürte ich, dass der Satz meines Vaters zwischen ihnen hing, wie ein Felsbrocken – scharfkantig, schwer, wahr.

„Da wusste ich aber noch nicht...", setzte meine Mutter gepresst an, schüttelte aber dann den Kopf. „Ach, es hat ja eh keinen Zweck. Du willst es einfach nicht verstehen. Du verstehst immer nur dich selbst, Volker!" Damit schwang sie die Beine aus dem Auto und knallte die Tür hinter sich zu. Ihre Schritte auf dem Asphalt erinnerten an das Ticken einer Zeitbombe kurz vor der Explosion.

Jetzt da meine Mutter außer Sichtweise war, wagte ich mich über das Gras zu robben und sah dabei ähnlich ungeschickt aus wie ein einbeiniger Grashüpfer. Trotzdem schaffte ich es, mich auf diese Weise hinter die Hecke auf der anderen Seite des Tors zu flüchten. Dort fand ich ein Loch im Geäst und konnte das dunkle Profil meines Vaters sehen, der sich mit der Hand übers Gesicht strich. Die Schritte meiner Mutter hörten abrupt auf und die Explosion folgte.

Ihr Würgen und Husten kam mir unnatürlich und fremd vor. Ich änderte meine Position und konnte sie nun tausendfach von Zweigen durchbrochen am Straßenrand stehen sehen. Sie stützte sich mit einer Hand an einer Straßenlaterne ab und hielt sich mit der anderen die losen Strähnen aus dem Gesicht. Ihr kleiner Körper von Wogen der Übelkeit erschüttert. Ich hörte meinen Vater das Auto verlassen und kurz darauf zwischen den Zweigen bei meiner Mutter auftauchen. Er stand hinter ihr, hob die Hand und ließ sie so fremd über ihrem gebeugten Rücken schweben, wie ein Ufo über einem Kornfeld.

„Vicky..."

Die Stimme meines Vaters war ein leises Flüstern, so unpassend, dass mir Eisbrocken den Rücken runterkullerten.

Meine Mutter richtete sich auf und das Ufo landete im Kornfeld, ohne etwas dafür getan zu haben. Aber der Kontakt war hergestellt.

„Ich bin so müde."

Sie legte ihre Hand auf ihre Stirn und ich sah wie durch den Körper meines Vaters ein Ruck zuckte, der einer Maschine ähnelte, die angestellt wird. Er öffnete die Arme und zog sie zu sich. Das Schluchzen in seine Jacke war warm und vertraut.

„Ich weiß, dass es manchmal schwer ist, Vicky. Auch für mich ist es das. Es ist nur..." Er hob flehend den Kopf Richtung Himmel, als würden dort nicht die Sterne, sondern die Buchstaben für das Ende dieses schweren Satzes leuchten.

„Weißt du, was mich am meisten fertig macht?" Meine Mutter putzte sich mit einem zerknüllten Taschentuch die Nase. „Dass ich mit niemandem darüber reden kann. Dass ich ganz alleine damit bin. Damals dachte ich, es wäre aufregend ein Geheimnis zu haben. Etwas zu wissen, was sonst keiner weiß, aber es ist scheiße! Und verdammt einsam!"

Sie schlug meinem Vater mit beiden Händen auf die Schultern, so dass mein Vater einen Schritt zurück machte. Weg von ihr. Trotzdem war seine Stimme weich wie ein Schaffell vor einem brennenden Kamin. „Aber das bist du doch nicht. Wir sind zu zweit. Waren es immer."

„Aber du willst nicht darüber reden."

„Ja, weil es immer das Gleiche ist. Es ist so wie es ist und es ändert sich nichts mehr. Und wenn es sich ändert, dann sicherlich nicht zum Guten."

„Ganz genau! Und das macht alles noch viel schlimmer. Wir sind für ewig gefangen." Sie fuchtelte wütend mit den Händen vor ihrem Gesicht, als würde ein Schwarm Mücken auf sie losgehen. „Gefangen in unserem eigenen Käfig."

„Ich weiß. Aber schau doch mal, wer alles mit uns darin sitzt. Lukas, Luisa und vor allem Maria-Sofia. Schau, was wir geworden sind! Ist das nicht unfassbar?"

‚Vor allem Maria-Sofia!' hallte es in meinem Kopf wider, wie das dreckige stinkende Echo in einer leeren Tiefgarage.

„Ja, vielleicht…" Ihre Arme hingen von ihrem Körper wie zwei zu lange gekochte Spagetti. „Ich bin undankbar, nicht?"

„Nein, bist du nicht. Nur ein Mensch."

Mein Vater öffnete wieder die Arme. Aber diesmal öffnete er sie so, wie er sie früher für mich geöffnet hatte, wenn ich mir das Knie aufgeschlagen hatte. Und genau wie ich damals ließ sich jetzt meine Mutter hineinfallen, als könne das alles auf der Welt wieder ins Lot bringen.

„Komm, lass uns zurück in den Käfig gehen, okay?"

„Aber ist der Film denn schon vorbei?"

„Ich denke, es ist spät genug." Sie drehten sich in meine Richtung und ich ließ mich auf den Popo fallen.

‚Vor allem Maria-Sofia!'

Das Echo machte einen Looping nach dem anderen – lang, stetig, für immer.

Aber ich hatte jetzt keine Zeit die Tiefgarage mit Watte auszustopfen. Ich musste zusehen, dass ich nach Hause kam. Und zwar auf dem schnellsten Wege. Ich musste irgendwie schaffen vor ihnen zu Hause zu sein, um dann so auszusehen, als hätte ich die letzte halbe Stunde nichts anderes getan als Fernsehen geschaut. Ich kroch so schnell ich konnte wieder tiefer in den Vorgarten hinein, um dann gebeugt bis zum nächsten Heckenloch zu rennen. Ich ignorierte die peitschenden und knackenden Zweigen, sowie die Spinnennetze, die sich klebrig über mein Gesicht legten und rannte einfach weiter. Als ich die Gartentür in der Küche hinter mir schloss, war ich völlig außer Atem und das Echo der Worte meines Vaters klopfte mir in meiner Brust – spitz, unerträglich, zwingend.

,Vor allem!'

Ich flog die Treppe hoch und riss mir die Klamotten vom Körper, rubbelte mir mit einem sauberen T-Shirt aus dem Schrank Spinnennetze samt Garnitur, sowie Dreck und Blätter aus Haar und Gesicht und sprang in meinen Schlafanzug, als hätte ich nie etwas anderes getan, als zu tun als ob.

,Vor allem, Maria-Sofia!', echote mein Herz weiter in der Tiefgarage.

Ich hörte gerade unten die Haustür ins Schloss fallen, als ich mir meinen Morgenmantel zuband. Mit einem Grinsen auf dem Gesicht, das selbst eine Nacht am Nordpol hätte erhellen können, erschien ich oben am Treppenabsatz: „Schon wieder da?"

„Ja. Und du schon im Schlafanzug?"

Mein Vater lächelte zurück und hätte ich es nicht besser gewusst, ich hätte es für die Wahrheit gehalten.

„Ja, ich bin irgendwie so müde. Maria-Sofia wollte nicht so richtig einschlafen und da hab ich mit ihr im Dunkeln gesessen und bin auch total müde geworden."

„Ich bin auch völlig erledigt. Der Film war so traurig. Ich musste immer wieder losheulen. Du weißt ja wie ich bin. Typisch Frau eben." Meine Mutter sah wieder perfekt aus. Die Haare ordentlich in der Frisur, der Mascara nur an den richtigen Stellen. Nur wenn man ganz genau hinschaute, sah man die leicht rot geschwollenen Augenlider. „Ich frag mich immer wie du das machst, bei so was immer trocken zu bleiben."

Wir standen uns jetzt in der Mitte der Treppe gegenüber und sie strich mir übers Haar. Panik, ihre Hände könnten an einem Rest Spinnennetz hängen bleiben, ließ mich kurz zu einem Fels erstarren.

„Ich häng mich einfach nicht so sehr in den Film rein, weißt du?" Ich war so locker wie ein Schwarzbrot, aber sie merkte es nicht.

„Ja, ich weiß." Sie stieg den Rest der Treppe nach oben.

„Bleibst du noch wach, Papa? Sonst mach ich unten alles aus und geh auch ins Bett."
„Nein, ich geh auch ins Bett. Danke, Schatz."
„Klar."
‚VOR ALLEM', echote mein Herz.
Wieder.
Und wieder.
Und wieder.

Nachdem ich die Lichterrunde gemacht hatte, lag ich in meinem Bett und war nicht in der Lage, meine Augen zu schließen. Die Worte ‚Vor allem' klemmten zwischen meinen Augenlidern wie Teller von einem alten, hässlichen Service. Die ganze restliche Unterhaltung meiner Eltern war in den Hintergrund getreten. ‚Vor allem' hatte sich in mein Herz eingebrannt, wie eine Zigarette in den Unterarm – böse, glühend, stinkend.

Nach einer Stunde gab ich auf und setzte mich auf. Eine Sekunde später stand ich vor Lukas' Zimmertür. Ich fühlte mich so allein, dass ich mich nach einem Verbündeten sehnte. Nach dem Einzigen, den ich jemals hatte.

Den es aber nicht mehr gab.

Die Tränen rollten mir dick wie Medizinbälle übers Gesicht. Er war nicht da, das wusste ich. Es war selten, dass er an Samstagen vor ein Uhr nach Hause kam. Meine Eltern vertrauten ihm. Waren sicher, dass er keinen Unsinn anstellte. Aber sie kannten ihn nicht mehr. Genau wie für mich, war er auch für sie ein Fremder geworden, den niemand wirklich einschätzen konnte.

Ich öffnete geräuschlos seine Tür und starrte in die Dunkelheit, die sich wie schwarze Watte über seine Möbel gelegt hatte. Sein Schrank ragte darin auf wie ein Stonehenge Stein – kantig, verwunschen, aus einer anderen Zeit. Sein Radiowecker zeigte gerade 00:07 Uhr, Lukas würde also noch etwas weg bleiben. Ich schloss die Tür hinter mir und schlich hinüber. Meine Füße fanden von alleine den Weg – erinnerten sich an jeden Teppichflusen unter den Zehen. Ich kroch zwischen Lukas' Parker, den er immer noch trug, aber offensichtlich heute nicht brauchte – schwarz, dreckig, nach ihm riechend -, und Maria-Sofias Schneeanzug aus Kleinkindtagen – rosa, mit Herzen, Michelinmännchenähnlich – in den Schrank und kuschelte mich in meine Ecke. Obwohl ich lange nicht dort gesessen hatte und mit Sicherheit einige Zentimeter gewachsen war, schien sich das Holz an meinen Körper zu erinnern und schmiegte sich willkommen an meinen Rücken. Hier hatte die Dunkelheit etwas Warmes und Weiches, wie eine alte Wolldecke, die auch nach dem hundertsten Waschen noch nach Schaf und nach dir riecht.

Ich lauschte in die Schwärze und glaubte, uns Lachen zu hören – leicht, ungezwungen, fremd. Ich streckte meine Füße zu Lukas' Ecke hin aus und fühlte etwas Hartes, Längliches unter meinem Fuß. In meinen Händen identifizierte ich es als einen Kuli und ein Lächeln weckte meine traurigen Gesichtsmuskeln. Vor etwa einer Woche waren wir von unseren Eltern über ein Stadtfest geschleift worden. Und meine Eltern hatten an einem Stand Halt gemacht, die Gelder für missbrauchte Kinder sammelten. Wie immer ließen sie sich zu einer Spende überreden und wir bekamen als Dank jeder einen Kuli geschenkt. Ein Kuli mit einem kleinen Herz auf dem Clip. Und genau diesen Kuli hielt ich jetzt in meinen Händen. Er saß also noch hier. In unserem Schrank. Er saß hier und schrieb irgendetwas. Er saß hier und dachte an uns. Etwas explodierte in meinem Inneren wie die Knospe einer Mohnblume. Die zarten blutroten Blätter entfalten, der Kern noch verborgen und beschützt. Die Teller fielen aus meinen Augen und zerbrachen auf dem Schrankboden zu Staub. Meine Augenlider klappten zu wie die Falle über der hungrigen Maus. Ich wollte nicht einschlafen. Lukas durfte nicht erfahren, dass ich hier gewesen war. Aber meine Glieder hatten sich mit dem Holz zu einer Einheit verbunden - bewegungsunfähig, hilflos, erleichtert.

Ich träumte von einem Schiff. Ich war unter Deck und suchte den Weg nach oben. Aber egal welchen Weg ich nahm, er endete mit einer verschlossenen Tür. Ich rannte Treppen hoch, hetzte über Korridore und rüttelte an Türen. Dahinter hörte ich Stimmen, Geflüster, Scheppern, aber meine Rufe hörten sie nicht. Das

Scheppern wurde ohrenbetäubend, traf mich wie eine Welle ins Gesicht, überschwemmte mich, nahm mir den Atem…

Ich war hellwach. Ich wusste nicht, wo ich war. Warum ich war. Wer ich war. Ich hatte mich mit aller Macht gegen die Schrankwand gepresst. Die Handflächen nach außen gedreht, als könnte ich den Schrank mit eigener Kraft auseinanderbrechen. Das Scheppern war noch da. In meinem Kopf. In meinem Herzen.

Es war hell. Es war fremd. Es war schrill.

Es war ein Lachen.

Jemand kicherte auf der anderen Seite der Schranktür. Und zwar ein Mädchen

„Och, hör doch auf", sagte es jetzt und kicherte wieder.

Und dann war da noch die Stimme meines Bruders: „Jetzt sei endlich still, verdammt noch mal. Ich hab dir doch gesagt, dass meine Eltern pennen. Willst du die hier gleich im Zimmer stehen haben?"

Er klang wie ein Staubsauger, der einen großen Stein eingesaugt hatte – dumpf, gepresst, schroff.

„Warum denn nicht? Wär' doch lustig, oder?"

Wieder ein Kichern. Sie lallte wie die sprichwörtlich angeschlagene Schallplatte. Mein Bruder dagegen schien aber mehr als nüchtern zu sein: „Halt die Klappe!"

Sie kicherte wieder als Antwort. Dann: „Hmm, sieht gut aus…"

„Lass das, verdammt. Legt dich einfach hin!"

Für das, was ich glaubte, was sich dort anbahnte, klang Lukas' Stimme äußerst unromantisch.

„Da hab ich nichts gegen, Süßer", säuselte die Kicherstimme.

„Nenn mich nicht so, klar? Überhaupt hör endlich auf zu quatschen. Du nervst."

„Ich mag Typen, die wissen, was sie wollen…"

Lukas hatte offensichtlich die Nadel von der Schallplatte genommen. Was dann folgte, drängte mich in die hinterste Ecke des Schrankes.

Ich presste mein Gesicht und meine Ohren in Maria-Sofias Schneeanzug, um die Geräusche nicht hören zu müssen. Aber sie bahnten sich trotzdem irgendwie einen Weg durch das dicke Holz und durch die Daunenfüllung in meinen Kopf. Ich hielt mir meine Hand über meinen Bauch, um die zarte Knospe meiner Mohnblume vor dem Entsetzen, der Enttäuschung und der Wut zu schützen, die mich überspülten. Ihre zarten noch nicht ganz geschlüpften Blütenblätter vor dem Zerreißen zu bewahren.

„Soll ich abhauen?", begann die Platte nach einer Unendlichkeit wieder zu spielen.

„Nein, bleib ruhig hier."

„Toll! Kuscheln und dann Frühstück…", murmelte die Platte und nahm sich selbst endlich vom Plattenspieler.

Ich hörte Deckenrascheln und dann war es still. Ich wartete noch eine Weile bis ich mich bis zur linken Tür vorgearbeitet hatte. Dort war ein feiner Riss im Holz. Lukas und ich hatte früher öfter meine Mutter dadurch beobachtete, wenn sie in dem Glauben wir wäre Draußen spielen in sein Zimmer kam. Es gab uns ein unsägliches Gefühl von Macht, ihr dabei zuzusehen, wie sie seine Wäsche aufs Bett legte, sein Bett glattstrich oder das Fenster putzte. Etwas von ihr zu wissen, von dem sie nicht wusste, dass wir es wussten.

Und jetzt quetschte ich wieder mein Auge durch den Spalt und zog mir Splitter in den Augapfel. Lukas lag nicht im Bett und war in Löffelchenstellung mit seiner neuen Freundin eingeschlafen, sondern saß an das Fußende angelehnt auf dem Boden und stützte seinen Kopf in seine Hände. Die Finger tief in seinen Haaren vergraben, als könne er sich daran festhalten. Die Dunkelheit auf seinem fast nackten Körper ließ ihn verloren, verletzlich und einsam wirken. Nichts an ihm passte zu dem jungen Mann, den ich nur kurze Zeit vorher sprechen und agieren gehört hatte. Ich sehnte mich danach, mich zu ihm zu setzen. Um einfach da zu sein. Aber ich hatte zu viel Angst. Angst vor dem Mann, den ich nicht kannte und vor etwas anderem nicht fassbaren, fremden, das in mir wucherte wie eine Wicke – schlängelnd, frisch, erdrückend. Ich lehnte mich vorsichtig mit der Wange an die Tür, um ihm so nah wie möglich zu sein und wartete.

Diesmal erdrückten mich im Traum tausend und

abertausende Bilder. Kurze Momente aus unserer Kindheit. Flüchtige Gefühle streiften mich. Fesselten mich. Sie zerrten an meinen Sachen und meiner Seele. Um mich dann einsam zurück zu lassen.

Eine Bewegung am Schrank riss mich hoch. Jemand nahm aus dem Regalteil des Schrankes Sachen heraus. Sofort war ich so wach, als hätte ich dreißig Kannen Kaffee getrunken und schnellte lautlos in die hinterste Ecke des Schrankes. Aber niemand öffnete die Türen. Ich blieb unentdeckt.

„Hey, raus aus meinem Bett!", hörte ich Lukas seine Freundin begrüßen.

„Wo ist mein Kuss?", kam es murmelnd zurück.

„Gibt's jetzt keinen. Steh auf!"

„Okay, okay! Ich pack's dann auch gleich, was?" Jetzt, ohne Alkohol und mit der Realität im Blut, war ihre Stimme hart, fest, klug.

„Nein. Du bleibst zum Frühstück!" Es war ein Befehl, der keine Widerrede erlaubte.

„Okay, geht klar. Bin auch echt hungrig. Habt ihr Aspirin?"

„Was weiß ich. Beweg deinen Arsch!"

Das Wort ‚Respekt' wurde unter Lukas' Worten zu Staub zermahlen.

„Bist ein Morgenmuffel, was? Wo ist das Bad? Pissen darf ich ja wohl noch!" Sie wirkte überhaupt nicht genervt. Ich versuchte mir vorzustellen, wie ich in ihrer Situation reagieren würde: gekränkt, schüchtern, ängstlich, voller Scham.

„Wenn's sein muss! Auf dem Flur rechts."

Ich hatte mich wieder zu dem Riss in der Schranktür vorgewagt und konnte sehen, wie Lukas während ihrer Abwesenheit angestrengt und nervös durch das Zimmer raste.

Warum wollte er sie hier behalten, wenn er sie offensichtlich nicht mal leiden konnte? Wenn es ihm nur um Sex gegangen wäre, hätte er sie doch noch in der Nacht rausschmeißen können. Seiner Stimmung nach zu urteilen, wäre er dazu durchaus in der Lage gewesen. Aber er hatte es nicht getan. Und ich verstand einfach nicht warum? Sein Verhalten passte so überhaupt nicht zu seiner Stimmung. Ich konnte mir keinen

Reim darauf machen.

Als sie zurückkam, sah ich sie das erste Mal. Sie hatte langes, glattes, schwarzes Haar, als hätte sie auf einem Bügeleisen geschlafen. Ihr Gesicht war schön, aber markant. Ich hätte nie gedacht, dass diese Frau Lukas' Typ war, aber ich hatte mich in ihm ja auch schon mehr als einmal geirrt.

Lukas empfing seine Freundin schon mit ihrer Tasche in der Hand. Sie nahm sie mit einem charmanten Lächeln, dass Trockeneis zum Dampfen gebracht hätte. Aber Lukas schien es nicht mal zu bemerken, sondern bugsierte sie aus seinem Zimmer. Ich zählte bis dreißig, kroch aus dem Schrank und huschte lautlos in mein Zimmer. Dort warf ich mir meinen Morgenmantel über und versuchte nicht ganz so übernächtig auszusehen.

Ich traf sie alle in der Küche und bemühte mich sehr, überrascht und dazu völlig gleichgültig zu wirken.

„Ach, Besuch? Wie nett."

Ich nahm mir ein Brötchen von der Anrichte und riss mir ein Stück ab, obwohl ich noch nie in meinem Leben weniger Hunger verspürt hatte. Aber ich brauchte unbedingt etwas in meiner Hand. Mein Herz hüpfte mit jedem Schlag ein wenig mehr in Richtung Speiseröhre, um vielleicht beim nächsten Schlag einfach durch meinen Mund in meine Handfläche zu springen, wo jeder es betrachten, untersuchen und erkennen konnte – roh, verletzlich, geheimnisvoll.

Mein Bruder sah mir direkt in die Augen – tief, drängend, brodelnd - und ich fragte mich, ob er wusste, dass ich ihn und sie in der Nacht unfreiwillig beobachtete hatte?

Ob er wusste, dass ich wusste?

Ich merkte, dass mein Gesicht heiß wurde unter seinem Blick, drehte mich zum Waschbecken um und tat so, als müsse ich dicke Drecksklumpen von meinen Händen waschen.

„Das ist Sandra. Lukas' neue Freundin", klärte mich meine Mutter überflüssiger Weise auf.

Ich drehte mich wieder um und zwang meine Mundwinkel in die höchste Position, so dass sich meine Lippen zu einem Lächeln öffneten, wie ein Vorhang für ein Theaterstück: seht her, wie ich tanzen kann, obwohl mein Fuß gebrochen ist; seht her, wie ich singen kann, obwohl mein Kehlkopf entzündet ist; seht her, wie ich existieren kann, obwohl ich aus Luft sein will.

„Hey, freut mich." Ich ging auf sie zu und reichte ihr meine Hand.

„Danke, mich auch."

Ihr Händedruck war fest und freundlich. Ich mochte sie irgendwie.

„Frühstückst du mit uns?", fragte ich, obwohl ich die Antwort ja kannte. Lukas' Augen brannten Löcher in mein Gesicht – heiß, gefährlich, zischend.

„Ja,..."

„Nein, sie muss leider gehen. Und zwar sofort." Lukas sprach zischend durch zusammengepresste Zähne. Er packte sie fast grob an den Schultern und bugsierte sie Richtung Haustür.

Meine Mutter interpretierte meinen verwirrten Blick völlig falsch. „Ich denke, sie sind erst frisch zusammen und er schämt sich etwas. Ist ja seine erste richtige Freundin. Du weißt schon, mit übernachten und so." Sie zwinkerte mir verschwörerisch zu.

„Ja, klar." Ich versuchte, zustimmend und so locker wie frisch aufgeschlagener Eischnee zu klingen.

Lukas nahm an diesem Tag nicht am gemeinschaftlichen Frühstück teil, sondern stampfte gleich nach der Verabschiedung von Sandra (die sicher sehr romantisch und innig gewesen war) die Treppe hoch. Auf Nachfrage meiner Mutter, ob er denn keinen Hunger hatte, kam ein schroffes ‚Nein!' als Antwort, was meine Mutter dahingehend interpretierte, dass er zu verliebt zum Essen war. Kurz darauf floh er mit seinen Sportklamotten aus dem Haus. Dabei war sonntags gar kein Training.

Wir sahen Sandra nie wieder. Sie war eine von vielen, die Lukas regelmäßig nach Hause brachte, meist tagsüber. Namenlose Mädchen, alle hübsch und clever, aber naiv bis in die Zehenspitzen. Alle mit der Haltbarkeit eines Mettbrötchens. Den Versuch sie mit uns frühstücken zu lassen, unternahm er nie wieder. Ich traf sie eigentlich immer nur auf dem Flur oder vor dem Haus, ohne vorgestellt zu werden, und ohne dass ich nachfragte. Ich bemühte mich, was mein Hirn und Körper hergab, Lukas' Eskapaden zu ignorieren. Dabei empfand ich jedes Mal, wenn Lukas so ein armes Geschöpf an sich riss und hemmungslos und geradezu demonstrativ küsste, Mitleid, Unverständnis und Enttäuschung.

Meine Mutter erklärte sein Verhalten damit, dass Sandra ihn so furchtbar verletzt haben musste, dass er sich nicht mehr in eine feste Beziehung traute. Ein verzweifelter Versuch, sich selbst zu belügen und den wahren Charakter ihres Sohnes zu erkennen und zu akzeptieren. Vermutlich der natürliche Verdrängungsmechanismus einer Mutter.

Ich ging nicht weiter darauf ein, weil ich nicht darüber reden wollte und sie die Wahrheit nicht ertragen hätte.

Lukas tangierten seine Eskapaden offensichtlich nicht weiter. Sie befriedigten seine Bedürfnisse und dann warf er sie weg und vergaß sie wie eine ausgesaugte Zitrone – schlaff, traurig, zerquetscht.

„Ich will die 12 Klasse überspringen", teilte er uns teilnahmslos beim Abendessen im Frühjahr 1996 mit und stopfte sich ein Stück Pfannkuchen in den Mund. Meine Mutter drehte gerade umständlich einen in der Pfanne, als sie Lukas' Worte hörte. „Wow, das ist ja Wahnsinn, du..." Das nächste Wort blieb ihr in dem schon vorgeformten Mund hängen, wie ein riesiges Lutschbonbon, als sie sich von der Pfanne weg zu uns an den Tisch umdrehte und in das Gesicht meines Vaters sah.

Sofort flippte mein Kopf in seine Richtung und ich sah noch das Ende eines wortlosen Befehls in seinen Augen aufblitzen bevor er unter meinem Blick den Kopf auf seinen Pfannkuchen senkte.

„Nein", sagte er nur.

Meine Mutter drehte sich wieder zur Pfanne um und beugte sich so konzentriert über den Pfannkuchen darin, als erwarte sie, er würde gleich wie in dem Märchen vom dicken fetten Pfannkuchen aus der Pfanne springen, die Welt erkunden und Schweine bezirzen.

„Und warum nicht, wenn ich fragen darf?"

Lukas hob den Kopf nicht von seinem Teller und stopfte sich ein weiteres Stück Pfannkuchen in den Mund.

„Weil ich es sage. Ganz einfach."

Auch mein Vater starrte weiter auf seinen Teller und ich fragte mich, ob ich irgendetwas Faszinierendes in den Pfannkuchen übersehen hatte, dass alle so gefesselt davon waren.

Nur Maria-Sofia, die gekonnt alles ignorierte, was nicht sie persönlich anging, ließ gerade eine Barbie von ihrem Pfannkuchen kosten und nahm die Spannung am Tisch überhaupt nicht wahr.

„Na dann", antwortete mein Bruder und aß genüsslich weiter.

Das Schweigen danach hätte man in Stücke schneiden können, so dick und zäh war es. Ich konnte kaum atmen und hatte das Gefühl gleich mit einem großen Knall meine Innereien über den Tisch verteilen zu müssen. Ich fühlte mich wie bei Madame Tussauds. Die Figuren, die mit mir am Tisch saßen, waren offensichtlich ohne mein Wissen durch Wachsfiguren ausgetauscht worden –realistisch, aber falsch und leer. In ihnen liefen Tonbänder ab, die Geräusche ohne Gefühl und Würde abspielten. Ohne ein Wort ließ ich mein Besteck fallen und verließ das Haus.

Wie ich erwartet hatte, entschieden sich meine Eltern spontan dazu, einen abendlichen Ausflug zu machen. Seit dem ich sie damals im Auto belauscht hatte, war es noch ein paar Mal vorgekommen, dass sie ‚Aus' gegangen waren. Meist waren die Spannungen zwischen ihnen schon über den Tag spürbar und ich lauerte darauf, nach ihnen das Haus zu verlassen, um nach unseren Bremslichtern am Ende der Straße Ausschau zu halten. Ihnen aber nochmal durch die Gärten zu folgen, hatte ich mich kein zweites Mal getraut. Aber an diesem Abend musste ich es ein zweites Mal wagen. Ich musste einfach wissen, warum Lukas die Klasse nicht überspringen durfte. Und vor allem interessierte mich und warum dieser seine Niederlage scheinbar mit stoischer Gelassenheit ertrug. Als wäre er eine Schildkröte, der man einen Stein auf den Panzer gelegt hat, die aber weiter ihren Weg geht, ohne dem gewichtigen Mitreiter weitere Beachtung zu schenken.

Das Problem daran war nur: Lukas war keine Schildkröte!

Nachdem meine Eltern das Haus übertrieben gut gelaunt verlassen hatten, zogen sich Lukas und Maria-Sofia vor den Fernseher zurück. Ich setzte mich zunächst dazu, machte aber dann meinen Missmut über das Programm deutlich, um mich nach oben zu flüchten. Aber anstatt mich auf die Treppe zu schwingen, drückte ich mich durch die Haustür nach draußen. Um diesmal nicht vom Flutlicht angeleuchtet zu werden, schob ich mich vorsichtig an der Hauswand entlang, um mich dann etwas sanfter als das letzte Mal hinter einen Forsythienstrauch fallen zu lassen.

Es war der 13. März 1996. In vier Tage würde ich 16 Jahre alt werden, obwohl ich mich jetzt schon fühlte als wäre ich hundert. Es war mittlerweile schon nach acht Uhr und der Wind pfiff unangenehm durch meinen Wollpulli. Die Forsythien standen in voller Blüte und boten mir etwas mehr Schutz, als das Holzgerippe, das ich als Nächstes zur Tarnung würde nutzen müssen. Ich musste mich bis dorthin vorkraulen, um überhaupt erkennen zu können, ob mein Vorhaben Sinn machte und meine Eltern am Ende der Straße Aufstellung genommen hatten. Aber da waren sie. Alle Lichter waren aus, aber von hier aus konnte ich unser Auto scherenschnittklar erkennen.

Ich entschloss mich, für dieselbe Route wie damals und kroch durch das Heckenloch, das mir früher viel größer und weniger ungemütlich vorgekommen war. Ich peilte einen kleinen Tannenbaum in der Mitte des Nachbargartens an, der von hässlichen Pflastersteinen eingefriedet wurde und zu Weihnachten als Ablage für unfassbar kitschigen Weihnachtsschmuck diente.

„Was machst du hier?"

Mein Herz hüpfte aus der Brust und floh nach Hause, ohne sich auch nur einmal nach mir umzudrehen und mir zu winken. Ohne Herz lässt sich auch unmöglich atmen oder bewegen, also hoffte ich einfach, dass die männliche Stimme hinter mir von alleine wieder verschwinden würde.

„Hey!"

Mich berührte eine Hand an der Schulter. Sofort war mein

Herz wieder da, blieb aber in der Eile leider in meinem Hals stecken – rasend, riesig, beengt.

Ich machte eine Stuntrolle in die entgegengesetzte Richtung der Hand, um dem Besitzer in die Augen schauen zu können. Es war unser Nachbar Wilkes. Ein alternder Herr, schätzungsweise über 60, mit schütterem, graubraunem Haar, das er dezent und lang über seine Glatze gekämmt hatte. Trotz der Dunkelheit konnte ich seine wässrigen, blauen Augen stechend auf meinem Gesicht spüren.

Obwohl er immer freundlich zu Lukas und mir gewesen war, hatten wir ihn schon als Kinder eklig und gruselig gefunden. Damals hatte er mich auf eine Art und Weise gemustert, die mir Eisschauern den Rücken hinunterlaufen ließen. Manchmal schenkte er uns Bonbons, die wir als Zuckerhungernde natürlich gerne nahmen. Im Gegenzug ertrug ich angewidert, wie er mir langsam und sanft über die Locken strich. Ich musste dann oft an einen Pudel denken, den man gedankenverloren streichelt, während man an seinem Kaffee nippt und von etwas Schönem träumt.

Ihm jetzt hier im Dunkeln zu begegnen, ließ mein Herz die anderen Organe zur Flucht überreden. Trotzdem versuchte ich mich entspannt zu geben und richtete mich mit einem verstohlenen Blick zu dem Auto meiner Eltern auf.

„Ach, Herr Wilkes, Sie haben mich aber erschreckt", sagte ich mit einem Lächeln, bei dem mir die Wangen schmerzten, als hätte ich sie mit Heftzwecken festgepint.

„Und warum schleichst du dich hier im Dunkeln rum?"
Er kniff misstrauisch die Augen zusammen.
Mir musste schnell eine Ausrede einfallen. Dass mein Herz in mein Hirn hoch gerutscht war und dort ohrenbetäubend pochte, machte das Nachdenken allerdings nicht leichter:

„Ähm... ich hab", ich hustete, als hätte ich mich gerade ganz dolle verschluckt und fühlte die Rettung in meiner linken Hosentasche. „Tschuldigung", ich rammte mir die Heftzwecken wieder in die Wangen. „Meine Schwester hat heute beim Spielen ihre Lieblingshaarklammer verloren. Ich hab gesagt, dass ich sie für sie wiederfinde. Deshalb rutsche ich hier über den Boden wie ein Trüffelschwein." Ich hängte ein Lachen dran, das mich selbst erschreckte – schrill, rau, fürchterlich.

„Ich hab deine Schwester heute nicht in meinem Garten gesehen. Sie ist selten hier. Eigentlich nie. Du und dein Bruder wart früher oft hier spielen, aber deine Schwester kommt nie."

Ein verträumter Ausdruck huschte über sein Gesicht, der mich an was Ekelhaftes, Kleines, Krabbelndes erinnerte.

„Oh, wirklich nicht? Das wusste ich gar nicht. Ich bin einfach davon ausgegangen, dass sie es genauso macht, wie wir früher. Na, dann brauche ich ja hier auch nicht weiter zu suchen." Ich klopfte mir demonstrativ die Hände an meiner Jeans ab. „Na, dann gute Nacht, Herr Wilkes. Hat mich gefreut, Sie zu sehen."

Ich beugte mich schon hinunter, um mich wieder durch den Dschungel zu kämpfen, als seine Stimme sich von hinten um meinen Nacken legte wie ein glitschiger Aal – kalt, widerlich, gefährlich.

„Komm doch mal auf `nen Kaffee vorbei oder so? Na, was meinst du? Ich hab auch immer noch Bonbons zu Hause!"

Die Galle drohte mir durch die immer noch vom Lächeln freigelegten Zähne zu sprudeln.

„Ja, klar. Warum nicht. Bis dann."

Und weg war ich.

Auf der anderen Seite der Büsche ließ ich mich auf meinen Hosenboden fallen und versuchte mein Herz, sowie den Rest meiner Organe wieder an die richtige Stelle zu schieben. Ich spürte Herrn Wilkes immer noch auf der anderen Seite der Büsche. Aber ich hatte eh schon zu viel Zeit verloren. Ich musste irgendwie weiter kommen. Ich kroch an der Baumhecke entlang, die Herr Willkes' Grundstück umgab und umrundete es auf diese Weise. Am Ende kauerte ich hinter dem Jägerzaun von Familie Klein, die mit ihren sechs Kindern sicher um acht Uhr keine Lust mehr hatten, ihren Garten zu inspizieren.

Unser Auto war nun links von mir, so dass ich meine Mutter und meinen Vater hinter der Windschutzscheibe diskutieren sehen konnte. Ich hörte zwar ein Gemurmel, konnte aber keine Worte ausmachen. Von meiner Position aus war es natürlich fast unmöglich, sich näher an das Auto heranzuschleichen ohne aufzufallen. Ich brütete einige Minuten vor mich hin, bis ich im Gesicht meiner Mutter plötzlich einen roten leuchtenden Punkt auftauchen und verschwinden sah. Zeitgleich wurde das Fenster auf ihrer Seite heruntergekurbelt. Die Zigarette flutschte mir durch meinen Glauben, so sehr konnte ich es nicht fassen, dass meine Zuckernazimutter rauchte.

„Mach die sofort wieder aus, Vicky!", hörte ich meinen Vater durch das offene Fenster auf Rauch reitend schimpfen.

„Manchmal brauch ich eben eine! Verdammt, ist doch nicht so schlimm! Sieht doch gerade keiner! Ich hab mir so viel abgewöhnt, aber manchmal…" Die Stimme meiner Mutter vibrierte und zuckte wie unter Strom.

„Mach sie aus, oder steig aus!"

Ich kannte diesen Ton meines Vaters. Er war mit keinem Widerwort mehr zu übertönen, so tief brummte er.

„Ach, Scheiße!"

Meine Mutter öffnete die Autotür, schwang die Beine aus dem Auto und stieg aus. Während ich mich noch von dem Schock erholte, dass meine Mutter Fluchen konnte, robbte ich einige Meter vom Jägerzaun weg, um mich hinter einem kahlen Zierstrauch zu verstecken. Wieder flammte die Hoffnung auf, mein Haar würde für die Unsauberkeit der Gartenbesitzer sprechen. Ich hörte mehr, als ich sah, dass mein Vater ebenfalls ausstieg, die Wagentür aber offen ließ.

„Also sind wir uns jetzt einig?"

Ich ruckte ein wenig nach rechts, und sah ihn immer noch an der offenen Fahrertür stehen. Eine Hand auf das Autodach gelegt, die andere oben auf der Tür. Eine ungeduldige Geste, die deutlich machte, dass er das Gespräch im Grunde längst für beendet hielt.

„Nein, eigentlich nicht."

Eine Wolke aus Rauch stieg von meiner Mutter in den Himmel, schwer belastet mit Kubikmetern Trotz.

„Was denn noch?"

Mein Vater schlug die Tür zu, ging um das Auto herum und lehnte sich mit verschränkten Armen an den Kotflügel.

„Ja, wie: Was denn noch? Hallo, es geht hier um die Zukunft unseres Sohnes."

„Ja, das weiß ich. Und weil ich will, dass sie gut wird, lass ich ihn das Abi machen, wie jeden anderen auch."

„Aber wenn er ein Jahr früher fertig wäre, wäre er auch mit dem Zivildienst ein Jahr früher fertig und er könnte anfangen zu studieren. Ein Jahr ist verdammt viel."

„Ist es nicht. Es geht", mein Vater schnippte mit dem Finger „so schnell vorbei."

„Aber doch nicht für einen Teenager, der sich in der Schule nur noch langweilt. Das kann sich dann auf seine Noten auswirken und ihm den Abschluss versauen."

„Lukas ist klug genug, das nicht zu tun. Er weiß, wann er lernen muss und wann nicht."

„Und was ist, wenn ich doch Recht habe und er uns das irgendwann vorwirft, weil er nicht das studieren kann, was er sich wünscht? Du machst ihm durch deine sture Art alles kaputt!"

„Nein! Ich beschütze ihn! Genauso wie ich euch alle seit Jahren beschütze!" Seine Worte platzen aus seinem Mund, wirbelten herum und tanzten einen wilden, frustrierten Tanz mit dem Zigarettenrauch meiner Mutter, der sie umhüllte wie eine unbekannte und gefährliche Aura.

„Ich weiß noch nicht mal, ob es überhaupt so ohne Weiteres möglich ist, die 12. Klasse zu überspringen. Ist nicht die 12 die Vorbereitung auf das Abitur? Wenn das nämlich so ist, würde das alles ziemlich viel Wind aufwirbeln. Wind den wir nicht brauchen können."

Mein Vater hatte die entspannte angelehnte Position aufgegeben und ging nun aufgebracht vor meiner Mutter hin und her.

„Ja, aber wenn das nicht so ist, dann…", setzte meine Mutter an, aber mein Vater schnitt ihren Satz mit einem scharfen Flüstern ab.

„Willst du dein Foto in der Zeitung sehen? Oder das von Lukas? Oder vielleicht lieber bei „Punkt 12" auf RTL? Dann bitte schön, kämpf das mit Lukas durch!"

Mein Vater fuhr sich angestrengt durch die Haare. Und ich glaubte mir einzubilden, seine Hände sogar aus dieser Entfernung zittern zu sehen. Meine Mutter warf die Zigarette auf den Boden, trat sie geübt aus, ging auf meinen Vater zu und fasste ihn an den Schultern. Der starrte auf den Boden und wühlte mit einem Fuß in unsichtbarem Laub. Er sah dabei so traurig und verletzlich aus, dass ich ihn fast nicht wiedererkannte.

„Jetzt beruhig dich doch mal."

Ihre Stimme schwebte seidenweich zu mir herüber. Mit dieser Tonlage konnte sie für jede Wunde ein Pflaster sein. „Es ist doch noch gar nichts passiert. Verdammt, ich will doch nur…" Sie ließ die Hände leblos von seinen Schultern rutschen. „Ich will doch nur, dass uns das nicht immer so beherrscht, verstehst du. Ich möchte auch mal normal über Möglichkeiten nachdenken und vernünftige, unabhängige Entscheidungen treffen. Mich nicht immer nur von der Angst steuern lassen. Ich hab das so satt."

„Ich auch", sagte mein Vater und wagte einen Blick zu meiner Mutter, die jetzt um 25 Jahre gealtert wirkte.

Sie standen sich eine Weile gegenüber und tauchten in die Trauer des anderen ein, die so sehr wie die eigene schmeckte, bis mein Vater die Arme ausstreckte und meine Mutter sich darin flüchtete. So standen sie da, wie aus Meißener Porzellan gearbeitet – zerbrechlich, unwirklich, einzigartig.

Und plötzlich überschwappte mich das Gefühl zu Unrecht dort zu sein, wie heiße Suppe aus einem zu vollen Teller, den du zum Esstisch balancierst. Es war nicht richtig sie zu belauschen und zu sehen, was ich nicht sehen sollte. Dies war ein ganz intimer Moment zwischen meinen Eltern und ich hing dazwischen wie Seidenpapier zwischen einem Kaschmirpullover – dünn, zart, abtrennend.

Ich fühlte mich schmutzig und gemein. Ich wandte mich ab und robbte wieder zurück zu der Hecke, aus der ich gekrochen war. Leise kitzelte mich die Stimme meiner Mutter dann noch am Ohr: „Komm, lass uns noch einen richtig guten Burger bei McDonalds essen gehen. Es ist noch zu früh, um nach Hause zu fahren. Wie in guten alten Zeiten."

Die Antwort meines Vaters hörte ich nicht mehr, aber kurz darauf hallte das Knallen von zwei Autotüren zu mir herüber und ich hörte einen Motor anspringen und sich entfernen. Mein Magen krampfte sich zusammen, als hätte ich einen zu alten Burger darin liegen. Vielleicht lag es daran, dass ich neidisch war, weil meine Eltern sich immer geweigert hatten, mit uns in irgendein Fast-Food-Restaurant zu gehen, oder es lag an etwas anderem. Etwas Düsterem, etwas Unausgesprochenem, das wie eine Rauchschwade in der Luft hing. Ich versuchte danach zu greifen, um zu erkennen, was dahinter war. Aber immer wenn ich dachte, ich hätte es, war da nichts weiter als feuchte, träge Luft. Das war das letzte Mal, dass ich ihnen hinterher schlich.

Ein paar Tage später fragte mich meine Mutter, ob ich eigentlich Streit mit Lukas hätte.

„Ich weiß natürlich, dass ihr beide mittlerweile in der Pubertät seid und so. Und dass sich da auch gleichgeschlechtliche Geschwister gerne mal streiten, aber bei euch Beiden dachte ich immer, ihr würdet das alles einfach so überstehen. Ihr wart immer so… ach, ich weiß auch nicht. Ich hatte manchmal sogar das Gefühl, ihr wärt eine Person. Weißt du, was ich meine? Das war manchmal ganz schön gruselig, sag ich dir." Sie zog die Nase kraus und lächelte.

Sie stand gerade am Herd und ließ die Reibekuchen im heißen Fett viel zu tiefbraun werden. Sie hatte ganz beiläufig gefragt. So dass ich überhaupt nicht darauf vorbereitet war und mein „Nee, ist alles in Ordnung." ungefähr so überzeugend rüber kam, wie jemand der Kirschflecken auf seinem T-Shirt hat, aber die Kirschdiebe in die andere Richtung davonlaufen gesehen haben will.

Jetzt seufzte sie und drehte sich endlich wieder zu den Reibekuchen um, bevor sie sich in Diskusscheiben verwandelten. „Natürlich ist mir klar, dass ich das als Mutter alles total verklärt gesehen habe, aber trotzdem stimmt da doch irgendwas nicht. Was ist also passiert?"

Ich überlegte kurz, ob ich vielleicht lügen und mir irgendeine merkwürdige Geschichte aus den Fingern saugen sollte, entschied mich dann aber doch für die Wahrheit. Zumindest für die Art von Wahrheit, die für mich in diesem Moment existierte.

„Ich weiß es nicht, Mama. Irgendwie verstehe ich ihn einfach nicht mehr. Es ist, als wäre er jemand anderes."

„Habt ihr euch denn gestritten?", fragte sie, während sie die fettigen Teile auf ein Küchenpapier bettete.

„Ja, schon, aber er war schon vorher so komisch."

„Das sind die Hormone, Liebes. Das mit Sandra hat ihn ja auch total durcheinander gebracht. Und Jungs sind eben immer etwas hinterher. Aber ich kann dich trösten, ich hab mich auch öfter mit meinem Bruder gestritten…"

„Du hast einen Bruder? Ich dachte, du bist Einzelkind."

Alle Haare, auch die feinsten Kleinen auf der Innenseite meiner Unterarme, standen plötzlich aufrecht wie aufgeschreckte Erdmännchen.

Sie tat so, als habe sie sich verschluckt und hustete kurz. Schaute mich dann mit einem Lächeln an: „Hab ich gesagt, mein Bruder? Na ja, er war nicht wirklich mein Bruder. Er war mein bester Freund. Wir waren Nachbarn und kannten uns von Geburt an. Wir haben sogar Blutsbrüderschaft geschlossen als wir Acht waren. Mit Aids hatte man es damals ja noch nicht so. Und mit Acht… na ja, du weißt schon." Sie wedelte wild mit dem fettigen Pfannenwender in der Luft rum, als ärgere sie eine unsichtbare Fliege. „Aber was ich sagen wollte: Wir haben uns in eurem Alter auch echt viel gestritten, aber etwas später war alles wieder vergeben und vergessen. Ich meine, wir waren wieder die besten Freunde, was zwischen Mann und Frau ja im Allgemeinen schwierig ist, aber es hat funktioniert."

„Und wieso habt ihr dann jetzt keine Kontakt mehr?"

Meine Erdmännchen sahen sich immer noch voller Wachsamkeit um.

„Hm, wenn du mich so fragst, weiß ich das eigentlich gar nicht mehr so genau. Irgendwann haben wir uns wahrscheinlich dann doch auseinander gelebt. Ich hab deinen Vater kennengelernt – er hat Holger übrigens auch noch kennengelernt und Volker war ziemlich eifersüchtig auf ihn – und dann hab ich Lukas und dich bekommen… Er hat so eine Rucksacktour um die Welt gemacht. Am Anfang hab ich noch Karten bekommen. Aus Singapur, aus Sydney. Aber dann hat er damit aufgehört und der Kontakt ist eingeschlafen. Aber das kann euch natürlich nicht passieren. Ihr seid Geschwister. Ihr könnt einander immer sicher sein."

Ihr Blick wurde für einen Bruchteil von einer Sekunde gläsern. Und wieder wurde mir schmerzlich bewusst, wie sehr sie dabei Lukas ähnelte. Aber meine Mutter ließ sich darin nicht wie Lukas fallen, sondern wedelte das Glas schnell zusammen mit der imaginären Fliege weg.

„Willst du sie mit Apfelkompott, oder lieber pur?"

Was so viel hieß wie: Ich bin durch mit dem Thema, lass uns jetzt über was Bangloses sprechen. Aber ich wollte keinen Apfelkompott. Ich wollte nicht mal Reibekuchen. Mochte sie eigentlich überhaupt nicht. Ich wollte mehr!

„Wäre es nicht toll, ihn wieder zu treffen?", ließ ich deshalb das Thema nicht los.

„Ja, vielleicht. Aber eigentlich hab ich bis gerade überhaupt nicht mehr an ihn gedacht. Ach, siehst du? Ich hab den Apfelkompott auch gar nicht aus dem Keller hoch geholt. Kannst du das mal gerade halten?"

Sie drückte mir den Pfannenwender in die Hand und hüpfte wie ein fröhlicher Hase mit Bleifüßen Richtung Kellertreppe – schwer, unbeweglich, falsch.

Ich stand in der Küche und starrte ihr hinterher. Ich wusste nicht warum, aber aus einer Eingebung heraus öffnete ich die Kühlschranktür und fand ganz vorne den Apfelkompott, der mir hämisch grinsend ins Gesicht sprang.

Rebecca 1978

Ich schwebte im siebten Himmel. Und nach dem Ereignis im Spritzenlager war ich fest entschlossen, dort ab jetzt dauerhaft einzuziehen. Ich saß schon auf gepackten Koffern, um mich dort einzunisten und nie wieder zu gehen. Dabei machte es mir wenig aus, dass ich Samuel den ganzen Tag kaum noch zu Gesicht bekam. Schließlich kam das vor. Er musste arbeiten und ich musste arbeiten. Alles ganz normal. Samuel hatte endlich seiner inneren Sehnsucht nachgegeben und mit der einzigen Frau geschlafen, die er wirklich liebte und die ihn für immer glücklich machen würde. Mit mir! Denn ich wusste von seinen Erzählungen, dass Sex für ihn nicht einfach eine Sache war, die er auf die leichte Schulter nahm. Er schlief nur mit einer Frau, wenn sie ihm etwas bedeutete. Und genau das tat ich. Wir waren schon über ein Jahr wirklich gute Freunde, wer sollte ihm also mehr bedeuten?

Ich beendete meine Schicht, ohne ihm Tschüss zu sagen. Trotzdem balancierte ich auf meinem Glück nach Hause. Denn es war doch klar, dass er nach seinem Schichtende bei mir mit einem Arm voller roter Rosen und etlichen Liebeserklärungen auf den Lippen auftauchen würde.

Zusätzlich war auch noch Mittwoch. Der Tag in der Woche, an dem wir uns immer auf einen Wein und einen Film trafen. Ja, wir hatten uns in diesem Fall nicht noch einmal explizit abgesprochen, aber es war Tradition und unter den gegebenen Umständen ja wohl klar, dass das Treffen stattfinden würde. Und da wir uns das letzte Mal bei ihm getroffen hatte, war es ja nur logisch, dass ich in dieser Woche dran war.

Also räumte und putzte ich mit ungeahntem Elan meine Wohnung, ohne es wie sonst als lästig oder sinnlos zu empfinden. Stattdessen trällerte ich, während ich die Fugen im Badezimmer mit einer Zahnbürste reinigte, ein fröhliches

Liedchen und hatte am Ende tatsächlich das Gefühl, dass der beißende Essiggeruch den allgemeinen Muff meiner Wohnung zumindest kurzfristig übertünchte.

Danach überzog ich das Bett neu und malte mir dabei in den buntesten Farben aus, wie es wohl sein würde mit Samuel in diesen Laken zu liegen. Dann duschte ich ausgiebig und aktivierte meine kreativsten Kochkünste, um uns etwas Kleines zu Essen zu machen. Am Ende standen Nudeln und so etwas Ähnliches wie Tomatensauce fertig und einigermaßen genießbar auf dem Herd. Stolz und zufrieden setzte ich mich aufs Sofa und wartete.

Und wartete.
Und wartete.
Aber er kam nicht.

Luisa 1996

Fliegender Plastiktüten Traum

Mit Wünschen ist das so eine Sache. Jeder Flaschengeist, jede Hexe und jede Fee, kennt sich mit dem Thema mehr als genug aus. Aber sei achtsam, was du dir wünschst und vor allem wie, denn es könnte in Erfüllung gehen. Denn selbst wenn man sich das alles ganz genau überlegt und in dem Moment, wenn man die magischen Worte ausspricht, hundertprozentig davon überzeugt ist, dass es das ist, was man will - nur das und nichts Anderes -ist es doch häufig so, dass sich am Ende herausstellt, dass es immer noch nicht genug ist.

Im Sommer 1996 kam ich samstags gerade zur Haustür rein, als ich eine Stimme auf unseren Anrufbeantworter sprechen hörte. Es war später Nachmittag und Lukas und ich waren allein zu Hause, da meine Mutter schon früh mit meiner Schwester zu einem Ausflug in einen Moviepark aufgebrochen war. Sie hatte die Gelegenheit genutzt mit Maria-Sofia etwas alleine zu unternehmen, weil mein Vater übers Wochenende irgendeiner Konferenz beiwohnte.

Ich war gerade einkaufen gewesen, um meine Mutter mit einem Abendessen, hergestellt aus meinem zierlichen Kochtalent, Kartoffeln, Pute und Tiefkühlgemüse zu überraschen und schlitterte nun schnell auf das blinkende rote Licht zu: „…daher ist es wohl besser…", sagte meine Mutter gerade, als ich den Telefonhörer an mein Ohr riss.

„Hey, ich bin dran, Mama!"

„Oh, gut. Ich dachte schon, ich erwisch gar keinen von euch."

Meine Mutter weigerte sich mit dem knochenastartigen Handy zu telefonieren, dass mein Vater neuerdings mit sich rumschleppte und ihr für diesen Ausflug aufgedrängt hatte, da er während seiner Konferenz in einem Hotel prinzipiell ununterbrochen erreichbar wäre. Aber meine Mutter traute dem Teil irgendwie nicht und fürchtete die Kosten. Zudem fand sie diese ständige Erreichbarkeit mehr als erschreckend. „Das wird niemals erfolgreich werden, Volker! Das ist nur eine technische Spielerei, in die du dich wieder verliebt hast, die aber zu Nichts nutze ist", pflegte sie zu sagen.

„Ist Lukas nicht da?", fragte sie jetzt und ihre Stimme, die müde und erschöpft klang, versetzte mich in Alarmbereitschaft.

Ihr strahlendes Gesicht vor der Abreise tauchte vor meinem Inneren auf. „Ich bin so froh, mal was alleine mit deiner kleinen Schwester zu unternehmen. Sie kommt doch auch bald in die Pubertät und dann ist sie genauso weit weg von mir wie du und Lukas", hatte sie augenzwinkernd zu mir gesagt, als sie ein riesiges Sandwich mit gebratenem Speck, Salat und verschiedenen Wurstsorten belegte.

„Doch, ich glaube, er ist da. Eben war er es auf jeden Fall noch. Ich war nur schnell beim Edeka. Ist alles in Ordnung, Mama?"

„Nicht ganz, aber mach dir keine Sorgen. Es ist nur so, dass Maria-Sofia einen Fischburger gegessen hat, der wohl nicht mehr ganz so gut war."

„Oh, nein!"

Mein eigener Magen krampfte sich bei dem Gedanken an verdorbenen Fisch zusammen.

„Ja. Sie hat sich auf den letzten fünfzig Kilometern schon dreimal übergeben. Ihr geht es wirklich nicht gut. Ich denke ich geh mit ihr zum Arzt. Man weiß ja nie. Und weil es schon so spät ist, dachte ich, ich nehme uns ein Hotel, damit sie sich richtig ausschlafen kann und fahre dann Morgen früh mit ihr weiter nach Hause." Sie machte ein Geräusch. Es war dumpf und unterdrückt, als hätte sie die Handfläche vor die Sprechmuschel gehalten. Aber ich hätte schwören können, dass es eine Art Schluchzen gewesen war – traurig, atemlos, unbändig.

„Okay..." Ich wollte noch etwas sagen, aber wusste nicht, wie oder was.

„Gut, dann sehen wir uns morgen. Sag' Lukas bitte Bescheid. Bis morgen."

Sie hatte mein Zögern nicht bemerkt. „Ja, ist gut. Sag Maria-Sofia gute Besserung von mir."

„Mach ich. Tschüss."

Bevor mein Tschüss über meine Lippen war, hatte sie schon aufgelegt. Das Gefühl, dass mit meiner Mutter etwas nicht stimmte, raubte mir kurz den Atem. Das Gefühl, dass sie mich angelogen hatte! In solchen Momenten fühlte ich mich wie in einem dunklen Raum – einsam, allein, blind. Alle diese unausgesprochenen Fragen warteten mit ihren geheimnisvollen Antworten in den dunklen Ecken. Sie waren überall, aber ich konnte sie weder erkennen, noch fassen. Sie zischten von einer Ecke zur anderen, wirbelten auf mich zu, erdrückten mich von allen Seiten, tanzten miteinander und ließen mich einsam zurück. Wenn ich doch nur sehen könnte! Wenn ich doch irgendwo die Glühbirne ertasten könnte, die mit einer dünnen Schnur zum Erstrahlen gebracht werden konnte. Aber es war kein Pack-an zu finden. Das Licht war unerreichbar.

Aber ich hatte gelernt diesen dunklen Raum in meinem Herzen wegzuschließen. Hinter tausenden von Türen. In der Hoffnung, sie nie wieder öffnen zu müssen.

Also stieg ich zu Lukas die Treppe hoch und drehte bei jeder Stufe erneut einen Schlüssel um, bis ich mich wieder befreit fühlte. Befreit, aber mit dem Gewicht eines tonnenschweren Schlüsselbundes beladen.

Als ich über den Flur auf Lukas' Zimmer zuging, wurde mir klar, dass es das erste Mal war, dass Lukas und ich tatsächlich mehr als ein paar Stunden allein zu Hause sein würden. Und ich konnte nicht verhindern, dass ein Lächeln meine Lippen verzog und Hoffnung die Blütenblätter meiner Mohnblume streichelte. Vielleicht würden wir ganz allein, endlich wieder reden können.

Lachen können.

Einfach nur zusammen sein können.

Das ganze Haus ein Schrank unserer Vergangenheit.

Plötzlich war ich sicher, dass diese Chance wieder alles zum Guten wenden würde. Wir würden wieder als Geschwister zusammenwachsen wie Rinde an einem beschädigten Baum. Die Narbe würde sichtbar sein, aber uns nicht weiter stören. Als ich vor Lukas' Tür stand, glänzte meine Laune wie poliertes Gold –

strahlend, spiegelnd, weich. Mit einem Schwung, der meine gute Laune in sein Zimmer zog, riss ich die Tür auf. Meine Worte flatterten vergnügt los, ohne sein Ziel zu erahnen, aber mit der Sicherheit, landen zu können.

„Stell dir mal vor…" Meine Worte schlugen plötzlich wie Ambosse in den Boden ein und hinterließen einen Krater, dessen feine Risse meine Füße kitzelten.

Lukas' nackter Po hämmerte auf ein dunkelhaariges Mädchen ein, das er an die gegenüberliegende Wand gedrückt hielt. Ihre dünnen Beine um seine Hüften geknotet, wie eine schlecht sitzende Krawatte. Er hielt nicht mal inne als die Ambosse einschlugen und drehte sich auch nicht zu mir um. Ich stand da, als hätte man über mich eine Glasvase gestülpt – eng, dumpf, gezwungen zuzusehen.

Das Mädchen hatte einen entsetzten Gesichtsausdruck und klopfte Lukas immer wieder drängend auf die Schulter. Er schien sie und auch mich komplett zu ignorieren. Allein auf seine rhythmischen Bewegungen konzentriert. Nicht von dieser Welt.

„Jetzt warte doch mal, Lukas", sagte sie dann und bohrte ihre Fingernägel in seinen Rücken, um ihn wachzurütteln. „Da ist Jemand in der Tür."

„Ja, ich weiß", sagte er ohne innezuhalten. „Lass sie da einfach stehen."

„Ich will das so aber nicht." Ihre Stimme war ein Jammern geworden.

„Meine Güte, sie wird schon gleich wieder abhauen. Vertrau mir, okay?"

Lukas' Ton war gereizt wie nackte Haut unter einem schweren Rucksack – roh, pelzig, blutig.

„Schick sie weg!" Sie ließ jetzt die Beine hängen und versuchte sich von ihm loszumachen. Lukas hielt sie allerdings eisern umfangen. Eine Bärenfalle, die zugeschnappt hatte, durchfuhr es mich – bohrend, schmerzhaft, tödlich.

Unwillkürlich griff ich nach der Türklinke und schlug mir die Tür selbst vor der Nase zu. Ließ die Glasvase in Millionen von Splittern zerbersten.

Von der Wucht gepackt, fiel ich nach hinten und robbte zur gegenüberliegenden Wand. Ich drehte mein Gesicht in die

Fußleisten, als könnte ich mich wie ein Silberfischchen darunter verbergen bis die Dunkelheit sich über alles senken und verdecken würde, dass ich da war.

Tränen rollten über mein Gesicht, obwohl ich mich taub, leblos und isoliert fühlte. Doch dann plötzlich, ohne zu wissen woher, fühlte ich etwas Heißes in meinen Zehenspitzen kribbeln. Und kurz darauf erfasste es auch meine Fingerspitzen. Es kroch in meine Arme und Beine und überzog meinen ganzen Körper wie eine Ölpest den Ozean – schwarz, zäh, stinkend – bis es von allen Seiten in mein Herz strömte.

Sich festsetzte.

Anfing zu brodeln und zu zischen.

Dicke schwarze Blasen türmten sich auf, um dampfend zu zerplatzen. Die Masse stieg mir zu Kopf und erfüllte mein ganzes Innerstes. Mein Sein, mein Leben, meinen Sinn.

Es war Wut.

Wut auf Lukas. Auf das, was er war. Auf das, was er nicht mehr sein wollte. Auf das, was ich nicht sein konnte. Auf seine Mädchen, die zu dumm waren, zu sehen. Auf unsere Eltern, die nichts verstanden.

Diese Wut machte mich zu einer Marionette, zog an meinen Beinen, meinen Armen und richtete mich zu einer Größe auf, derer ich mir niemals zuvor bewusst gewesen war. Sie trieb mich ein weiteres Mal zu Lukas' Tür, ließ mich die Tür öffnen. Ließ mich schreien – laut, dunkel, animalisch. Ich fühlte mich dabei fremd und unecht. Aber auf eine seltsame Weise auch ganz leicht. Ich sah mir von oben dabei zu, wie ich da stand und einfach schrie. Es kam mir vor, als wäre ich selbst diejenige, die die schwarzen öligen Strippen meines Körpers in den Händen hielt. Die meine Bewegungen steuerte, ohne wirklich daran beteiligt zu sein.

Und Lukas drehte sich endlich zu mir um: „Sag mal, spinnst du?", schrie er gegen mich an. Aber dann fanden seine Augen meine und sein Gesicht verzerrte sich zu seiner erschrockenen Fratze, als sehe auch er das schwarze zähe Öl aus meinen Augen, Ohren und der Nase spritzen. Und plötzlich erschlaffte sein ganzer Körper und er ließ das Mädchen fallen wie eine Puppe, mit der man nie wieder spielen möchte. Mit verdrehten Beinen und panischem Blick kroch sie unter seine Bettdecke, während Lukas sich seine Boxershorts überstreifte.

Mein Schrei war verstummt und hatte eine hallende Leere hinterlassen.

Er kam auf mich zu. Seine Kiefer so fest aufeinander gepresst, als müsse er damit einen mit Steinen beladenen Karren hinter sich herziehen. Er ergriff meine Hand und versuchte mich auf den Flur zu zerren. Aber ich wand mich, zappelte, dass sich die öligen Fäden verhedderten.

„Pack' mich nicht an!", kreischte ich. Meine Stimme, eine Waffe mit Widerhaken und kleinen scharfen Messern, war zum Kampf erhoben.

„Und du, schrei mich nicht an!" Seine Waffe war dumpf, drohend und groß, aber ich wusste, im richtigen Augenblick würden sich kleine Nägel aufstellen, die alles durchbohren konnten. Aber dies sollte ein Kampf auf Augenhöhe werden und ich fühlte keine Angst. Alle Schläge würden von meiner glitschig öligen Oberfläche abrutschen.

„Oh doch, ich schreie! Ich schreie, weil es sonst ja niemand tut."

„Ach, und was willst du schreien? Dann lass doch mal hören, kleine Schwester!" Die letzten beiden Worte spuckte er mir entgegen wie bitteren Schleim.

„Dass du ein Arschloch bist! Ein riesiges Arschloch! Was treibst du hier bitte, mit all diesen Mädchen. Vögelst die wie sonst was und schmeißt sie danach in den Müll wie alte Putzlappen."

„Ach, um die Mädchen geht es hier also?" Sein Lächeln krachte in mein Gesicht, ließ mich taumeln. Aber ich ging nicht K.O. Hatte es überhaupt nicht vor.

„Die Scheißweiber sind mir doch egal!", holte ich aus. „Es geht mir um dich. Kapierst du das nicht? Wer zum Teufel bist du? Du bist so ekelhaft, dass ich mir verkneifen muss, dir nicht ins Gesicht zu kotzen, wenn ich dich sehe."

„Na, vielen Dank!" Er klang bitter, aber nicht getroffen.

„Wo ist der Junge, der klug und weise war? Der sich durch nichts aus der Ruhe bringen ließ? Der allem überlegen war. Mit dem ich so viel gelacht habe? Mit dem ich alles teilen konnte?

Der mich verstanden hat und der für mich da war? Der mich geliebt hat? Den ich geliebt hab? Wo ist mein Bruder?" Ein dicker Pfropfen in meinem Hals ließ meine Stimme schrill klingen, wie eine grässliche Fahrradklingel.

„Aha! Da haben wir es also. Es geht hier um niemand Anderen, als um dich selbst." Er piekte mich mit dem angespitzten Zeigefinger brutal gegen meine linke Schulter. Durchbohrte sie und hinterließ ein blutendes Loch.

Aber das stachelte meine schwarze Wut nur noch weiter an. Ich brüllte so laut ich nur konnte: „Hörst du mir eigentlich gar nicht zu, verdammt? Ich spreche hier von dir! Wie du geworden bist! WAS du geworden bist. Ein Ekel! Ein Widerling. Etwas Abartiges!" Schwarzes giftiges Öl spritzte aus meinem Mund.

„Weißt du was? Es ist mir egal, was du denkst! Es ist mir egal, was alle denken! Ich bin so wie ich bin und fühl mich so wohl! Ist das klar? Du interessierst mich nicht die Bohne. Du warst mir früher schon immer lästig, aber ich hatte da so ein bescheuertes Verantwortungsgefühl, mich um dich kümmern zu müssen, weil dich sonst keiner mochte. Ja, genau, ich hatte einfach nur Mitleid. Kapierst du? Mitleid. Das ist alles!"

Blutig von seinen Schlägen, schüttelte ich mich. „Du lügst! Du sagst das jetzt nur, weil du nicht willst, dass ich sehe, was ich schon längst weiß! Dass mit dir etwas nicht stimmt. Dass du irgendwie krank bist hier drin!" Ich klopfte mir an den Kopf. „Ich war die Einzige, die das je sehen konnte. Die Einzige, die du so nah an dich ran gelassen hast. Und genau davor hast du Angst!"

Sein Gesicht, das eben noch triumphierend und hochnäsig ausgesehen hatte, fiel in sich zusammen, formierte sich neu. Und ich sah wie auch ihn der Ölteppich durchdrang. Ihm in die Augen schoss und von innen ausfüllte. „Halt deine kleine unbedeutende Klappe!", zischte er aus den tiefen Höhlen seines Seins. „Du hast überhaupt keine Ahnung, was du da laberst. Du kennst mich nicht. Niemand tut das. Und du schon mal gar nicht."

Ich konnte förmlich sehen, wie das kochende schwarze Öl ihm in der Kehle brodelte. Aber es erfüllte mich nicht mit Lust und Sieg, sondern nur mit Trauer. Schwärzer und tiefer als alles

Öl. Alle Wut. Und die Trauer verdrängte den Ölteppich in meinem Inneren und ließ ihn schrumpfen, bis ich ohne ihn schutzlos und nackt dastand.

„Weißt du was? Du wandelst durch die Welt, als warte sie nur auf dich. Aber ich sage dir mal was: Niemand wartet auf dich! Keine Sau interessiert sich für dich!"

Seine Waffe hatte sich, so schutzlos wie ich war, tief in mein Innerste gegraben. Hatte viele Türen niedergerissen. Rahmen gesprengt. Und dann holte er zu seinem letzten tödlichen Schlag aus. Ich sah ihn kommen, hatte aber keine Deckung, um mich davor zu schützen, also stand ich nur da und warte auf das Unvermeidliche:

„Niemand, verstehst du? Noch nicht mal unsere Eltern. Das haben sie noch nie getan!"

Die letzte Tür war durch die Wucht seiner Worte zu Staub zerbröckelt und ich wurde in das Vakuum eines dunklen einsamen Raumes gerissen – allein, verloren, krank.

Ich ließ die Tränen laufen. Ich hatte nichts mehr zu verlieren. Und zu gewinnen hatte es nie was gegeben. Ich sah ihm in die Augen, diese wunderschönen Augen, die ich einst so angehimmelt hatte. Ich drang mit letzter Kraft in sie ein, durchbohrte sie und griff nach ihrem Kern und schloss meine Hand um dieses zarte Korn.

„Ich hasse dich!", sagte ich nur und zermalmte den Kern zu unkenntlichem Staub – trocken, brutal, uneinnehmbar. Dann drehte ich mich um und kehrte ihm den Rücken zu. Ich warte nicht auf seine Erwiderung. Es war mir egal, was er zu sagen hatte. Und schloss die Tür hinter mir. Aber ein „Ich hasse dich auch" kam nicht über seine Lippen.

Ich packte meine Sachen. Ich wollte nur noch weg. Weg von Lukas, weg von meinen Eltern und weg von allem, was mich an sie erinnerte. Ich fühlte mich als wäre ein Bulldozer über meinen Körper und meine Emotionen gefahren. Obwohl mein Fluchtinstinkt mich lockte wie der Käse die Maus, bewegte ich mich wie in Zeitlupe.

In Zeitlupe holte ich meinen Wanderrucksack unter meinem Bett hervor. In Zeitlupe packte ich alle Unterhosen ein, die ich besaß, ebenso wie alle Socken und T-Shirts. In Zeitlupe stopfte ich noch eine weitere Jeans, eine Shorts und einen dicken Pullover ein. In Zeitlupe ging ich die Treppe runter in die Küche, um mir dort zwei Dosen Ravioli und drei Dosensuppen einzupacken, während mir ein Glas Apfelmus bösartig entgegen grinste. In Zeitlupe ging ich zu Mamas Sekretär und ließ den Umschlag mit dem Haushaltsgeld, den sie in der obersten Schublade aufbewahrte, ungeöffnet in meiner Hosentasche verschwinden. In Zeitlupe ging ich in die Garage, kletterte das hintere Regal hoch und zerrte einen Schlafsack hervor, der von Staub und Dreck ganz grau war. In Zeitlupe stieg ich dann auf mein Fahrrad und fuhr los. Erst hatte ich gedacht, einfach zu Fuß zu gehen. Das erschien mir irgendwie dramatischer und hätte in Zeitlupe auch sicher besser ausgesehen, als das omamäßige Strampeln auf einem Drahtesel, aber es war mir daran gelegen, so schnell wie möglich Distanz zwischen mich und mein Elternhaus zu bekommen, weshalb die Dramatik den Kürzeren ziehen musste.

Also ließ ich mein Elternhaus hinter mir und strampelte mit aller Kraft gegen die Zeitlupe an. Mit jedem Tritt zog ich ein weiteres Haar aus dem Kaugummi bis ich endlich das Gefühl hatte, mich frei gestrampelt zu haben. Und plötzlich flog die Zeit glühend dahin und nahm Häuser, Sträucher, Vorgärten und Autos mit, ohne dass es mich kümmerte. Ich ließ Wut und Trauer auf der Strecke und sah genüsslich dabei zu, wie Autos ignorant und desinteressiert darüber rollten, bis sie so durchscheinend und porös waren wie altes Pergamentpapier. Ich hielt an, um es von der Straße aufzulesen und das Licht hindurchtanzen zu lassen. Und langsam kam ich wieder zu mir. Ich hatte mich so im Fahrtwind verworren, dass ich nicht mehr nachvollziehen konnte, welchen Weg ich genommen hatte, auch wenn das im Grunde für mich keine Rolle spielte: Ich war nicht mehr zu Hause, das war das Wichtigste. Aber als ich mich jetzt umsah, kam mit der Ort trotzdem irgendwie vertraut vor. Zu vertraut vielleicht.

Ich war umzingelt von den ersten düsteren Bäumen eines kleinen Waldstücks. Das Lachen von zwei Kindern drang fern zu mir herüber. Ein Mädchen und ein Junge. Geschwister. In einer

Zeit, die nicht mehr zurückzuholen war.

Der Wald war Privatgrund, auch wenn er durch ein relativ verstecktes Tor öffentlich zugänglich war. Er war ungepflegt und dunkel. Tote Bäume ragten knöchern zwischen lebendigen hervor und dort, wo man vor Jahren sicher angenehm über Wege hatte flanieren können, hatten sich Brennnesseln in den Weg gestellt und Brombeerzweige griffen um sich, wie die Tentakel von einem riesigen krakenähnlichen Waldgeist. Es verirrte sich fast nie jemand zum Spazierengehen in diesen Wald. Für Lukas und mich war er jedoch das Paradies auf Erden gewesen. Hier lebten Hexen in verborgenen Häusern, vor denen man sich in Acht nehmen musste. Hier versteckten sich Trolle vor den Sonnenstrahlen in Erdhöhlen und wenn man ganz still war und den Atem anhielt, konnte man die Zwerge unter der Erde edle Metalle aus dem Stein schlagen hören. Und wenn man ganz viel Glück hatte, setzte sich vielleicht sogar eine Elfe auf deine Schulter und sang dir das Lied deines Lebens vor.

Der Wald war nicht allzu weit von unserem Haus entfernt und hatte uns Tag für Tag zu sich gerufen, um uns an seinem Zauber Teil haben zu lassen. Aber irgendwann waren unsere Ohren taub für seine Rufe geworden waren und wir hatten ihn einfach vergessen.

Jetzt aber fühlte ich wieder, wie der Wald seine grünen Arme nach mir ausstreckte. Er zog mich hinein in seine bekannte, vertraute Wärme. In seine nahe Vergangenheit. Ich musste nicht Kilometer weit weg strampeln, wenn mich auch hier niemand suchen würde. Dieser Ort würde mich mit seinem Zauber aus meinen Kindertagen heilen und mir Stärke für meinen weiteren Weg verleihen.

Ich wusste, dass sich in der Mitte des Wäldchens ein alter zerfallener Schuppen befand. Und ich wäre sicher nicht die Erste, die dort ihr Lager aufschlagen würde. Ich würde Morgen weiter fahren. Also stieg ich von meinem Fahrrad, das mich so wissend hierher getragen hatte und bettete es in ein Brombeer-Brennnesselnest. Dann machte ich mich auf bekannten, versteckten, kaum mehr sichtbaren Trampelpfaden auf den Weg. Jeder Baum mir eine Erinnerung zuflüsternd. Jedes Blatt ein Lied von vergangen Tagen summend.

Als ich den Schuppen erreichte, fühlte ich mich kurz wieder wie zehn – die Sinne bis zum Vibrieren aufgerieben in freudiger Erwartung des großen Abenteuers, das vor mir lag. Der Schuppen war zu meiner Überraschung tatsächlich unbewohnt, obwohl mir die Bodendielen noch stabil erschienen und das Dach größtenteils dicht.

Ich richtete mich so weit ein, wie es ging, setzte mich auf den Boden und wartete. Aber da war Nichts.

Ich war allein.

Das war alles.

Ich war allein.

Der Wald sang sein Lied und wiegte mich in Tatenlosigkeit. Es war erst acht Uhr und ich hatte noch den ganzen Abend und die Nacht vor mir. Ganz allein und ohne eine Menschenseele. Ich hatte an Essen, Trinken, Kleidung und Schlafen gedacht, aber die Einsamkeit hatte sich ebenfalls in meinen Rucksack geschlichen wie ein unangenehmer Geruch, der auch beim Waschen einfach nicht mehr rausgehen will – haftend, beißend, penetrant. Und so merkte ich bald, dass ich nicht mehr zehn war, sondern 16. Mit den Ängsten und Gefühlen einer 16–jährigen, die allein in einem Schuppen eines kleinen Waldes hockt und auf die Zeit wartet. Tränen kullerten mir wie scharfe chinesische Suppe über die Wange.

Ich sehnte mich nach jemandem, mit dem ich sprechen könnte. Nach jemanden, der mich verstehen würde. Nach jemandem, der mich einfach nur in den Arm nehmen würde. Ich sehnte mich nach Lukas, wie er vor zehn Jahren gewesen war. Nach meinem Bruder. Meinem Vertrauten. Aber diesen Lukas gab es nicht mehr. Er hatte sich in Luft aufgelöst wie ein bezaubernder Jeannie aus der Flasche –als wäre er nie dagewesen.

Als es endlich dunkel wurde, rollte ich mich in meinem Schlafsack zusammen und der Schlaf senkte sich auf mich nieder, wie eine alte, dünne von Motten zerfressende Decke.

Ein unsanfter Tritt in die Seite weckte mich.

„Was ist, gibst du mir `nen Stück von deinen Himmelbett ab, oder was?"

Eine Gestalt zeichnete sich schwach vor dem Mondlicht ab,

das sich durch das Schuppenfenster mogelte. Mein Herz wälzte sich sofort in meiner Unterhose rum und suchte verzweifelt einen Weg zu seinem angestammten Platz. Ich rappelte mich panisch hoch und zog in Sekundenschnelle eine Mauer aus meinen Habseligkeiten hoch, als könnte diese mich vor einer Vergewaltigung schützen.

„Oh, alles klar. Du beanspruchst dein Bett für dich alleine. Geht schon klar, Kleine. Kein Problem für mich. Hab mein Eigenes dabei."

Er zwinkerte mir zu und ich konnte schwach erkennen, dass er einen Rucksack, der meinen leicht mit einem Happs hätte verschlingen können, neben sich wuchtete. Ich stellte mich derweil tot wie ein Käfer, der hofft, dass die hungrige Maus ihn übersieht und stattdessen die Grille frisst, die fröhlich im Gras ihr Liedchen trällert.

„So, ich mach mal ein wenig Licht, dann können wir uns vielleicht ein bisschen besser beschnuppern. Was meinst du?" Er klapperte im Dunkeln und plötzlich erleuchtete eine kleine Gaslampe unser wohliges Domizil. Stolz drehte er sich zu mir um und grinste mich mit einem breiten Lächeln an und streckte mir seine Hand entgegen: „Hi, ich bin Ben."

Ben hatte ein schmales, aber kantiges männliches Gesicht, das von schon fast zart geschwungenen Augenbrauen und einer Kinnlangen hellbraunen leicht gewellten Haarpracht eingerahmt wurde. Seine Haut war milchkaffeefarben und seine tiefseedunklen Augen hüpften belustigt über mein Gesicht. Dabei glänzten sie einladend wie zwei glasierte Rosinen im Gaslicht.

Automatisch krabbelten meine Mundwinkel schüchtern und zaghaft meine Wangen hoch und ich nahm seine Hand. Seine Haut fühlte sich warm und weich an. Aber meine Stimme tanzte offensichtlich noch mit meinem Herz in meiner Hose einen Tango und war nicht in der Lage einen Ton rauszubringen.

„Okay, geht klar, wenn du erst mal keinen Bock auf quatschen hast. Kannst auch weiter pennen, wenn du willst. Ich muss allerdings erstmal runter kommen. War irgendwie ein aufregender Trip heute." Wieder zwinkerte er mir zu und kramte weiter in seiner Tasche.

„Was war denn so aufregend?"

Erschrocken schaute ich mich um, weil ich befürchtete, noch jemanden in einer der Ecken übersehen zu haben, bis mir klar wurde, dass ich es gewesen war, die gesprochen hatte. Offensichtlich hatte meine Stimme mein Herz in meiner Hose links liegen lassen und sich heimlich wieder an Ort und Stelle gesetzt.

„Ach, kannst also doch reden, was? Freut mich", sagte er und wandte sich wieder seinen Sachen zu. Er beförderte aus seinem Rucksack ein komplettes Campinggeschirr ins Gaslicht – Kanne, die auch gleichzeitig ein Topf zu sein schien, Tassen, Teller, Besteck. „Weißt du, eigentlich ist gar nichts Besonderes passiert. Aber manchmal kommt mir so ein Tag irgendwie anders vor, als die anderen. Als hätte ich eine blaue Kapsel verschluckt, die alles um einen rum, in einem blauen Schimmer erscheinen lässt. Weißt du, was ich meine?"

Ich nickte mechanisch und starrte Ben an, als würden ihm aus dem Kopf kleine grüne Fühler wachsen, die ihn eindeutig als Außerirdischen identifiziert hätten.

„Irgendwie seltsam. Dann weiß ich immer, dass irgendwas passieren wird. Und siehe da, da treffe ich dich!" Er sprach mit einer Selbstverständlichkeit, die mich verblüffte. Als würden wir uns schon ewig kennen und hätten uns hier verabredet, um uns endlich mal wieder in Ruhe zu unterhalten. Ich merkte, wie sich ein Muskel nach dem anderen in meinem Körper entspannte. Dieser Junge war nicht gefährlich, summte es in meinem Kopf. Dieser Junge war einfach nur nett!

Ein paar Minuten später saßen wir gemeinsam auf meinem Schlafsack und Ben erzählte mir, dass er nach seinem Abitur keinen Bock mehr auf seine Eltern gehabt hatte und noch keinen Idee davon hatte, was er eigentlich studieren wollte. Daher hatte er eines Nachts seine Klamotten gepackt und war einfach losgezogen. Jetzt war er schon seit drei Monaten unterwegs durch Deutschland. Er hielt sich mit Gelegenheitsjobs über Wasser, wollte aber eigentlich nach Australien. Er hätte den Flug zwar einfach mit der Kreditkarte seiner Eltern bezahlen können, aber er wollte unbedingt vermeiden, dass sie ihn entdecken. Daher blieb ihm nichts anderes übrig, als auf einen spontanen

Geldsegen zu hoffen.

„Ich hab so zwei Drittel für den Flug auf meinem Konto, aber dreihundert fehlen mir noch", erzählte er mir. „Ist echt ätzend. Ich hab gehört, dass man hier in der Nähe in einer Fabrik jobben kann und ganz gut verdient. Wenn das klappt, bin ich hier schneller weg, als irgendwer gucken kann." Er hängte gerade drei Teebeutel in das noch blubbernde Wasser seiner Teekanne.

„Suchen dich deine Eltern denn nicht?"

Mittlerweile hatte ich mich leicht an seinen Oberarm gelehnt. Es fühlte sich so an, als wäre es schon immer so gewesen. Wie ein altes großes Stofftier, dass sich durch das viele Im-Arm-Halten deinem Körper perfekt angepasst hat – weich, vertraut, beruhigend. Er wehrte sich nicht, sondern glich mein Gewicht mit Selbstverständlichkeit aus.

„Nee, meine Eltern sind doch froh, dass ich nicht mehr da bin. Ich war denen eh nur ein Klotz am Bein."

Seine Stimme war locker wie Eischnee. Deshalb hatte ich auch keine Hemmungen einfach zu fragen: „Warum?"

„Also meine Eltern sind die Art von Leuten, denen am Wichtigsten ist, wie sie so nach außen wirken. Die haben Kohle ohne Ende, prestigelastige Jobs. Sie sind beide Anwälte und verkehren in den ‚besseren Kreisen'. Na, und da sie nie Bock auf ein eigenes Kind hatten, ihnen mit 40 aber eingefallen ist, dass das doch total gut in der Vita aussehen würde, wenn man ein armes Arschloch – sprich mich – adoptieren würde, haben sie genau das gemacht. Nur dass sie Kinder eigentlich hassen und das alles viel zu lästig finden, hat leider niemandem interessiert."

Ben kam ursprünglich aus Kolumbien. Er war vier, als sie ihn holen kamen, wie er sagte.

„Es war wie ein Wettbewerb unter uns Kinder. Wenn ein Paar dieser weißen großen Menschen kamen, um uns anzuschauen, musste man sie kriegen oder hatte verloren. Bei meinen Eltern habe ich mich offensichtlich ganz besonders in Zeug gelegt, weil sie mich irgendwann tatsächlich mitnahmen. Ich dachte, das wäre das große Los. Alle im Heim waren neidisch auf mich. Ich würde nach Deutschland gehen. Meine Eltern wären reich, schön und beliebt. Und dann musste ich in der Badewanne schlafen, weil meine Mutter es nicht ausstehen konnte, dass ich manchmal nachts ins Bett gemacht hab. Ist ja auch arg lästig so ein Laken zu wechseln. Und wie das riecht! Komisch, dass ich dann noch zwei Jahre länger ins Bett gemacht hab, obwohl man doch so liebevoll versucht hat, es mir abzugewöhnen." Sein Gesicht lachte, aber seine Augen erschienen mir noch tiefere Seen als zuvor.

„Tut mir Leid."

Mein Hirn schien sich in seiner Gegenwart evolutionär zurück zu entwickeln – instinkgetrieben, eindimensional, mit verkümmertem Sprachzentrum -, aber ich meinte es wirklich ernst.

„Ach, kein Thema." Er winkte ab und sein Lächeln wurde breiter. „Ich bin drüber hinweg. Auf jeden Fall hab ich mit meinem Abflug meinen Eltern und mir einen riesen Gefallen getan. Ich muss ihr geheucheltes Gehabe nicht mehr ertragen und sie können sich vor ihren Freunden damit brüsten, wie sehr sie darunter leiden, dass sie für mich alles gegeben haben und ich es ihnen jetzt soo danke. Also alles Prima."

Er lachte kurz auf, aber es klang irgendwie als würde ein Igel überfahren – stachelig, matschig, tot. Ich glaubte ihm nicht.

„Ich bin übrigens Luisa", sagte ich, weil ich dachte, dass ein Themenwechsel nicht verkehrt wäre.

„Ach cool, `nen Namen hast du also auch. Find ich super." Er zwinkerte mir wieder zu und in seinen Augen zeigten sich wieder flachere Gewässer. „Freut mich, dich kennen zu lernen, Luisa."

Er ging nicht in der Fabrik arbeiten. Er fragte nicht mal nach, ob sie einen Job hätten, sondern verbrachte seine Zeit damit, mich in die wichtigsten Dinge eines „Deutschlandwanderes", wie er unseren Zustand nannte, einzuweihen. Er zeigte mir, wie man ein Feuer machte, wobei er darauf achtete, mich unter Waldbrandschutz zu unterweisen. Er erklärte mir ohne viele Umschweife wie man die Toilettengeschichte für alle am angenehmsten erledigte: an einem Baumstumpf Loch graben, draufsetzen, zuschaufeln fertig - wobei ein vorzeitiges Lochschaufeln für eventuelle dringliche Situation extrem hilfreich wäre. Ebenso zeigte er mir, wie man in einem Hallenbad duschen ging – zum Abendtarif für zwei Mark. Dafür verkleidete ich mich als Junge, weil ich befürchtete, von irgendjemandem gesehen und erkannt zu werden, obwohl ich mir gar nicht sicher war, dass man überhaupt nach mir suchte. Schließlich war ich nicht mehr zehn und ich vermutete, dass die Polizei genau von dem ausgehen würde, was auch tatsächlich der Fall war: ich war einfach ausgerissen. Schließlich hatte ich ordentlich meine Sachen gepackt.

Die meiste Zeit verbrachten wir jedoch in unserer Hütte oder sonst irgendwo im Wald. Ben hatte unheimliche Kenntnisse über Ameisen und Co. Und erzählte mir über jeden Käfer eine Geschichte, die aus seinem Munde für mich wie ein Abenteuerroman klang – spannend, fesselnd, himmlisch.

„Du solltest Biologie studieren oder so was", sagte ich, nachdem er mir eine halbe Stunde einen Vortrag über den Rüsselkäfer gehalten hatte, der tatsächlich so aussieht wie er heißt und mit 60000 Arten wahrscheinlich die artenreichste Familie der Welt darstellt.

„Ja, ich glaub, das Studium wäre toll. Aber der Job danach? Nein, ich glaube nicht."

Es war eine tolle Zeit. Wir lebten in unserer eigenen Welt, zu der niemand Zutritt hatte. Die nur uns beiden bekannt war und nur aus uns bestand. Wir drehten uns umeinander wie zwei Planeten eines Sonnensystems. Zogen uns an, um uns dann wieder zu entfernen und von Neuem zu beginnen – Tag und Nacht, Tag und Nacht. Das Glück erfüllte mich wie Olivenöl einen Tonkrug – glänzend, in jede Ritze, durchdringend.

Ich fühlte mich frei.

Befreit.

Vereint.

Nach einer Woche war klar, dass ich mit ihm gehen würde. Wir wollten zusammen die Welt erobern. Wir überlegten, wie ich an meinen Anteil für die Reise kommen könnte und was wir zu zweit alles brauchen würden.

„Vielleicht lohnt es sich auch ein Zelt mitzunehmen", meinte Ben. „Bisher hab ich immer irgendwo Unterschlupf gefunden, aber zu zweit könnte das schwieriger sein."

Wir lagen im hohen Gras auf der kleinen Lichtung, die eigentlich nicht mehr war, als ein großen Loch im Blätterdach und schauten in den Himmel.

„Und in Australien könnten wir das bestimmt auch gut gebrauchen", sagte ich verträumt und sah schon die Kängurus um unser Zelt hüpfen.

Obwohl wir ganz regungslos nebeneinander lagen, hatte ich das Gefühl, dass wir uns aufeinander zubewegten. Mit jedem Atemzug einen Millimeter mehr. Als triebe allein das Leben uns zu dem anderen hin.

„Stimmt. Da gibt es echt gefährliches Getier. Und ich kenn mich damit nicht so gut aus. Am besten leih ich mir mal ein paar Bücher darüber in der Bibliothek aus."

Er griff entschlossen und zielsicher nach meiner Hand. Es war das erste Mal, dass er mich so bewusst berührte und das Schlagen meines Herzens hätte jeden Nagel mühelos in Stahl rammen können.

Trotzdem dauerte es noch zwei weitere Tage bis ich ihm erzählte, warum ich eigentlich mit ihm in diesem Wald hockte und nicht im Kreise meiner Liebsten zu Abend aß. Der Grund dafür war nicht, dass ich ihm nicht vertraute, aber ich hatte das Erlebte so tief in meiner Seele verschlossen, dass es an körperliche Anstrengung grenzte, alles wieder hervorzukramen. Ich hatte mir eine Mauer um unseren Wald gezogen und mich dahinter gekauert wie ein Hase – ängstlich, zitternd, die Realität ignorierend.

Ben hatte mein Schweigen einfach akzeptiert und auch nicht weiter nachgefragt. Als wir nun aber wieder auf der Wiese lagen und bewunderten, wie die Sonne durch die Blätter tanzte, über das Graß hüpfte und unsere Haut wärmte, fielen die Worte plötzlich einfach so aus meinem Mund neben uns ins Gras. Schlugen dort Wurzeln und türmten sich unbezwingbar vor mir auf.

„Ich fühl mich bei mir zu Hause so fremd."

Meine Stimme kam tief und entrückt aus meinem Bauch. Sie hatte die Worte geformt, die ich zu denken bisher nicht fähig gewesen war. Die aber so viel Wahrheit trugen, dass sie mit Wucht meine aufgebaute Mauer niederrissen und alle anderen

Worte heraussprudeln ließen.

Ben lag regungslos neben mir und hört mir zu. Ich erzählte ihm alles, was mich beschäftigte. Alles, was mich ängstigte. Alles, was ich mich fragte. Und als ich endlich wieder in unserem Wald angekommen war, fühlte ich mich als hätte mich ein Gepard durch die Steppe gejagt und ich wäre gerade noch einmal davon gekommen – erschöpft, erleichtert, die Wunden leckend.

Als ich meinen Kopf in Bens Richtung drehte, spürte ich, dass meine Haare feucht waren. Ich hatte geweint, ohne es zu merken. Hatte die Tränen meines Lebens einfach verpasst. Ben schaute immer noch in den Himmel und als mir klar wurde, dass er nichts sagen würde, versuchte ich ebenfalls das zu sehen, was ihn so fesselte. Versuchte die Sonne durch die Blätter zu lesen und zu verstehen, was sie mir zu sagen hatte.

Als Ben dann endlich sprach, fielen die Worte vom Himmel auf mich hinab, wie ein Komet – schwer, wuchtig, glühend, einen Krater hinterlassend. „Ist dir nie in den Sinn gekommen, dass du adoptiert sein könntest? Ich meine, ja ist schon klar, warum ich da direkt drauf komme und so. Aber trotzdem hört sich das für mich alles irgendwie danach an."

Natürlich hatte ich schon mal daran gedacht. Ich hatte es mir sogar gewünscht. Besonders als früher Teenager, wenn einem scheinbar ohne Grund alles verboten wird, was für einen die Welt bedeutet. Wenn man seine Eltern einfach nur deshalb hasst, weil sie einem Grenzen setzen und partout nicht verstehen wollen, was man selbst meint. Dann denkt man manchmal, dass man unmöglich mit diesen Leuten verwandt sein kann. Aber wenn es dann um die Wahrheit geht... Wenn die Realität so nah und greifbar ist, wie die Oma, die vor deinem Fenster überfallen wird, dann lässt man zu gerne die Rollladen runter und sieht sich eine Soap im Fernsehen an.

„Meinst du wirklich?", fragte ich jetzt. Den Krater, den der Komet hinterlassen hatte, vorsichtig ertastend.

„Ja. Schau mal. Vielleicht hatte deine Oma ja was gegen die Heirat deiner Eltern. Und vielleicht wollte dein Vater nie ein eigenes Kind, sondern wollte immer nur adoptieren. Wer weiß, warum? Vielleicht hat er irgendeinen Gendefekt oder so was. Eben irgendwas, was man seinen Kindern vererben kann und was echt scheiße ist – ist jetzt natürlich nur so eine Idee – und deine Oma hat das alles nicht verstanden. Also hat sie den Kontakt zu euch abgebrochen. Und um euch zu beruhigen, haben sie euch erzählt, sie sei tot. Als dann aber deine Schwester zur Welt gekommen ist, so als erstes leibliches Kind, hatte deine Mutter plötzlich das Gefühl, es deiner Oma sagen zu müssen. Oder sie ist vielleicht von einem anderen Mann. Also, ich will deiner Mutter nichts unterstellen, aber vielleicht ist sie deinem Vater ja mal fremdgegangen. Verstehst du?"

Ich verstand. Aber ich wollte es nicht. Es machte mir Angst und zerrte an meiner Existenz. Ich fühlte mich wie ein Zelt, das an allen Enden mit Heringen in den Boden fixiert wird, um Wind und Wetter zu trotzen – gespannt, bewegungslos, schief.

Wir sprachen nicht mehr viel an diesem Tag, was im Grunde nicht ungewöhnlich war. Wir verstanden uns auch ohne Worte und drehten uns weiter umeinander, wie der Mond um die Erde. Aber irgendetwas war anders geworden. Kaum merklich. Wie ein Sandkorn in deinem Schuh, den du nicht mal sehen kannst, der aber deinen Gang eckig wirken lässt.

Meine Wahrnehmung und meine Bewegungen schienen wie in Watte gepackt zu sein. Wie wenn man aus einem langen Traum aufwacht, aber die vielen Bilder des Traums noch nicht loslassen kann, so dass sich Traum und Wirklichkeit einen Moment überlappen, als wären sie zwei Folien auf einem altmodischen Projektor.

Als ich am nächsten Morgen aufwachte, war Ben nicht da. Es war nicht das erste Mal, dass er uns bei einem Bäcker in der Nähe frische Brötchen holte. Ein Luxus, auf den er nicht verzichten wollte, wie er sagte. Normalerweise riss sein leerer Schlafsack ein riesiges schwarzes Loch in meine Waldwelt. Dann saß ich nur untätig in der Ecke und musste mich davon abhalten, meine Sachen an mich zu reißen wie bei unserer ersten Begegnung.

Aber an diesem Morgen genoss ich die vollendete Einsamkeit auf eine fremde, angenehme Weise. Ich kletterte nach draußen, setzte schon mal Wasser für den Tee auf und deckte unseren Tisch (ein kleiner hässlicher Couchtisch, den Ben vom Sperrmüll von einem seiner Ausflüge zum Bäcker mitgebracht hatte). Als Ben wieder kam, strahlte ich ihm ins Gesicht und stürzte mich hungrig auf die Brötchen. Ich hatte das Gefühl, dass es so immer sein könnte. Er würde nach Hause kommen, ich würde auf ihn warten, und wir würden alles miteinander teilen. Und wenn sie nicht gestorben sind, leben sie noch heute... Es war eine naive, verliebte Fantasie, wie man sie nur als 16-Jährige haben kann. Aber sie machte mich glücklich und ließ mich bis unter die Blätter flattern, die durch die Sonne wie geschliffene Smaragde schimmerten. Nach dem Frühstück nahm Ben meine Hand und führte mich wortlos zu unserer Lichtung, in dessen Mitte sich das Gras mittlerweile der Form unserer Körper angepasst hatte. Wir legten uns nebeneinander, ohne einander loszulassen und lauschten den mittlerweile so vertrauten Geräuschen des Waldes.

„Du wirst gehen, oder?"

Seine Worte waren sanft und trotzdem rissen sie mein Innerstes auf und entblößten das, was noch nicht mal ich bisher hatte sehen können.

„Ja", flüsterte ich. Zu mehr war ich nicht fähig. Tränen kullerten dick und zäh über mein Gesicht und spülten das eben noch empfundene Glück aus mir heraus.

Ich musste nach Hause, um zu erfahren, ob er Recht hatte. Ob ich adoptiert war, und ob mich das endlich von den Geheimnissen befreien würde, die mich bedrängten. Ich sah ihn an, wie er immer noch in den Himmel schaute und der Schmerz jagte mir gnadenlos tief in mein Herz.

Ohne weiter darüber nachzudenken, drehte ich mich zu ihm um und küsste ihn. Seine Lippen waren warm und weich. Ich saugte mich an ihm fest, als könnte ich mich damit für immer an ihn ketten. Als könnte ich ändern, was nicht mehr zu ändern war. Ben presste mich an mich, als würde er meinen Körper zum Atmen brauchen. Als könne er durch mich hindurchatmen, wie durch ein Stück Stoff.

In meinem Bauch explodierten tausende Feuerwerkskörper zu einem Meer aus Sternen, Blitzen und Farben. Sie wogten bis in meine Hände, erfüllten meine Fingerspitzen und dehnten ihre Sinne bis ins Unendliche. Ich fühlte seine Muskeln, seine Sehnen. Ich fühlte sein Blut durch seine Venen rauschen. Seine Hände brannten auf meiner Haut wie Kaminfeuer – knisternd, heiß, wohlig.

Er rollte sich auf mich und nahm mein Gesicht in seine Hände, während seine Augen in meinen brannten wie Laserpointer.

„Du bist so schön. Mein Gott, warum hab ich nicht meine Fresse gehalten?!"

Sein gequälter Gesichtsausdruck war ein Spiegelbild meiner Seele und wieder rollten mir die Tränen einsam über die Wangen. Aber ich wollte nicht reden.

Konnte nicht reden.

Ich wollte fühlen.

Ihn fühlen!

Ich zog ihn zu mir runter und ich fühlte. Ich fühlte seine Zunge an meiner, fühlte seine Hände auf meinem Körper, fühlte seinen Atem an meinem Hals und seine Haut auf meiner – intensiv, vibrierend, tief. Wir rissen uns gegenseitig die Kleider vom Leib ohne uns loszulassen. Wälzten uns im Gras und wurden eins mit unserem Wald.

„Bist du dir sicher?", murmelte er atemlos unter meinen Küssen. Als Antwort schlang ich meine Beine um ihn und er glitt mühelos in mich. Und da war kein Schmerz und da war keine Angst. Nur Vollständigkeit. Ganzheit und Wahnsinn.

Wir liebten uns den ganzen Tag und die ganze Nacht, als könnte das für ein Leben reichen. Wir atmeten im Rhythmus des anderen und klammerten uns zitternd aneinander, während wir die Lust des anderen kosteten wie ein edles Lebenselixier. Wir redeten kaum, machten keine Pläne mehr, sprachen nicht über Morgen. Wir hielten uns nur aneinander fest, ohne zu essen oder zu trinken, bis wir erschöpft glücklich und verschlungen in einen tiefen Schlaf fielen.

Als ich am nächsten Morgen aufwachte, war Ben nicht da. Ich wusste, auch ohne nach seinem Rucksack zu suchen, dass er nicht einfach nur Brötchen holen gegangen war. Diesmal würde er nicht zurückkommen. Diesmal war es für immer. Ich konnte ihn noch in meinem Herzen spüren und auf meiner Haut riechen, aber das brachte ihn mir nicht zurück. Ich weinte den halben Tag, bis keine Tränen mehr kamen. Bis ich vollkommen leer und doch so erfüllt war. Dann packte ich meine Sachen und machte mich auf den bisher schwersten Weg meines Lebens. Auf den Weg nach Hause.

Rebecca 1979

Am nächsten Tag in der Klinik tat ich so, als sei nichts gewesen. Natürlich hatte ich die halbe Nacht nicht geschlafen und mir den Kopf darüber zermartert, warum er nicht gekommen war. Am Ende, als die Tomatensoße eine feste klebrige braune Maße in ihrem Topf geworden war, entschuldigte ich Samuel bei dem verklebten Nudelklotz damit, dass wir ja nicht wirklich verabredet gewesen waren, und dass sicher alles ein Missverständnis war. Samuel musste erwartet haben, dass ich zu ihm komme und war jetzt genauso enttäuscht und einsam wie ich. Schließlich war er es gewesen, den der Verlust seiner Patientin am Stärksten getroffen hatte. Und schon bastelte ich mir ein wunderschönes schlechtes Gewissen zusammen. Ich rügte mich böse, wie egoistisch ich war und geißelte mich, weil ich immer nur an mich dachte. Am Ende fühlte ich mich so schlecht, dass ich mich nicht mal traute ihn anzurufen, um mich bei ihm zu entschuldigen. Ich schlief mit einem Klotz im Magen ein, als hätte ich tatsächlich noch gewagt, die beleidigten Nudeln aus meinem Topf zu essen.

Als ich am nächsten Morgen aufwachte, war der Klotz immer noch nicht verschwunden. Ich warf mein übliches Marmeladenbrötchen obendrauf und machte mich auf den Weg zur Arbeit. Ich hatte mich dazu entschlossen, ihn nicht auf den verpatzten Abend anzusprechen. Er war hier schließlich der Verletzte und ich würde respektvoll warten, bis er sich an mich wenden würde. Also tat ich fröhlich und aufgeweckt, als ich in die Klink kam, legte aber im Umgang mit Samuel ein verständnisvolles Maß an bedecktem Nicken an den Tag. Aber so aufmunternd ich ihm auch zulächelte und so viel Verständnis ich auch aus mir hervorkramte, ich konnte nicht ignorieren, dass ich hechelnd darauf wartete, dass er endlich die Planung für diesen Abend in Angriff nahm. Aber da kam nichts.

Wir unterhielten uns reserviert über das weitere Vorgehen bei diversen Patienten, aber ansonsten redeten wir gar nicht. Als er dann in der Pause nicht mal im Spritzenraum auftauchte, wurde ich dann doch richtig sauer. Ich stapfte wütend auf ihn zu, während er gerade irgendein Krankenblatt unterzeichnete und wartet bis sich meine Kollegin - klein, dick, definitiv verliebt in Samuel - entfernt hatte.

„Wo warst du gestern?", flüsterte ich und versuchte dabei so wenig zickig wie möglich zu klingen. Ich wollte verständnisvoll und zurückhaltend sein, aber die Worte an sich schlugen schon vorwurfsvoll mit den Flügeln.

„Was meinst du?", fragte er, während er sich in irgendeine Akte vertiefte.

„Was ich meine? Gestern war Mittwoch."

„Ach, so. Ja, klar. Tut mir leid, aber ich hab mich echt nicht nach Gesellschaft gefühlt."

„Ah, okay. Das verstehe ich natürlich. Und wie sieht es dann heute aus?"

Ich versuchte seinen Blick einzufangen, aber Samuel sah geschickt an mir vorbei.

„Ich denke, heute passt es mir auch nicht so richtig."

So sehr ich mir auch einzureden versuchte, dass das alles nichts zu bedeutet hatte. Dass es ihm einfach nicht gut ging, umso weniger glaubte ich meinen eigenen Lügen. Also tat ich, was die meisten Frauen in meiner Situation wohl tun würden: Ich zickte los: „Was soll das bitte? Was war ich da drin für dich? Nur ein Fußabtreter? Meinst du, wenn du mir jetzt aus dem Weg gehst, vergesse ich einfach, was geschehen ist? So funktioniert das nicht, mein Lieber! Wir sind schließlich keine Dreizehn mehr!", zischte ich ihn an.

Sofort packte er mich am Arm und zog mich in den Spritzenraum. Er war nervös und tänzelte von einem Bein auf das andere.

„Pass auf, Rebecca. Das, was da zwischen uns passiert ist, hatte nichts zu bedeuten..."

Auf meinen entsetzten Blick hin, fuhr er fort „Ich meine, natürlich hatte es das. Aber eben nicht DAS. Verstehst du? Ach, komm schon. Du kennst mich doch! Ich bin nicht gut in so was.

Aber du bist meine beste Freundin und ich will dich echt nicht verletzten."

Und was tust du dann gerade, schrie es in meinem Inneren.

„Ich war gestern einfach total fertig. Und du warst da und hast mich getröstet. Aber ist dir unsere Freundschaft nicht auch viel wichtiger, als so eine doofe Beziehung, die am Ende eh wieder in die Brüche geht?"

Und da die ganze Situation ja schon erniedrigend genug war, blieb mir nichts anderes übrig, als zu lügen: „Natürlich. Meinst du nicht, ich sehe das genauso? Aber trotzdem muss man doch mal darüber gesprochen haben. Wir können schließlich nicht einfach so tun, als wäre nichts passiert. So was macht eine Freundschaft doch erst recht kaputt. Oder nicht?"

Die Lüge hörte sich so gut für mich an, dass ich einen Moment geneigt war, sie selbst zu glauben.

„Ja, da hast du natürlich Recht. Tut mir leid!"

„Ist schon gut. Du bist eben wegen der Sache gestern echt durch. Das verstehe ich. Aber mach nicht den Fehler und versteckt dich, okay? Rede mit mir!".

Er nickte dankbar und nahm mich kumpelhaft in den Arm. Und er redete mit mir, wie er auch vor unserem Sex mit mir geredet hatte. Für ihn war alles geklärt. Nur für mich hatte sich etwas Grundlegendes geändert: Ich wusste jetzt, dass ich immer nur die beste Freundin für ihn sein würde.

Luisa 1996

Die Wahrheit der Lüge

Die Lüge ist häufig wie ein Hochhaus. Zuerst legst du nur ein kleines Fundament. Irgendwie unbedeutend und noch schnell abzureißen. Aber es dauert nicht lange und du bist gezwungen, das Erdgeschoß zu errichten. Dann die erste Etage. Die zweite. Die Dritte. Und ehe du dich versiehst, stehst du auf dem Dach des 167. Stockwerks und weißt nicht mehr, wie du wieder runterkommen sollst.

Ich schloss einfach die Tür auf, als wäre ich nur kurz bei den Mülltonnen gewesen, um den Badezimmermüll zu entsorgen. Als wäre ich nicht zehn Tage weg gewesen. Als hätte ich nicht in einem Traum gelebt, weit weg von Realität und Irrsinn. Ich fühlte mich seltsam taub, obwohl meine Sinne zum vibrieren gespannt waren wie die Saiten einer Violine. Das Haus war leer und atmete immer noch seinen trägen wohlbekannten Rhythmus. Mein Körper drängte mich, in das Schlafzimmer meiner Eltern zu stürmen und den Inhalt ihrer Schränke und Kommoden auf dem Boden zu verteilen. Ich wollte darin finden, was ich suchte und Ben dahin folgen, wo immer er sich befinden sollte. Ein kleiner Teil von mir war überzeugt, dass ich ihn finden würde, so wie ich ihn schon einmal gefunden hatte. Es war der Teil, der am meisten von Liebe durchdrungen war, sie aufgesaugt hatte wie ein Schwamm – triefend, kochend, verborgen - , aber der Rest wusste, dass es vorbei war. Dass es kein Zurück gab. Dass es so hatte sein müssen. Der Schwamm würde trocknen und die Liebe würde nur noch einen Duft hinterlassen. Süß und schwer von Erinnerungen. Aber es würde dauern bis alle Feuchtigkeit verdunstet wäre.

Ich bewegte mich betont langsam. Als könnte ein falscher

Schritt oder eine falsche Bewegung das Haus aus seinem Rhythmus wecken. Dann würde es bemerken, dass ich ein Eindringling war. Dass ich hier nicht mehr hingehörte. Dass ich woanders ein zu Hause gefunden hatte. Bei jemand Anderem.

Als ich in mein Zimmer trat, kam es mir vor, als würde ich durch ein Fenster in eine andere Zeit sehen. Würde mich und Lukas auf dem Boden sitzen, meine Mutter die Fenster putzen und mein Vater eine Standpauke halten sehen. Ich war nur zehn Tage weg gewesen, aber irgendetwas hatte sich verändert. War rau und eckig geworden. Klarer und schärfer. Ich hatte meine Kindheit zurückgelassen. Hatte sie abgestreift, wie einen schweren alten Ledermantel, dessen Taschen voll von Erinnerungen und Rechnungen sind. Den man geliebt und gelebt hatte, den man aber plötzlich nicht mehr anziehen will. Ich konnte die Taschen leeren, mir die vielen kleinen Teile anschauen und befühlen, aber ich trug sie nicht mehr mit mir rum.

Und obwohl es sich alles komisch anfühlte, richtete ich mich wieder in meinem Zimmer ein. Ich wusste, ich würde hier noch einige Zeit verbringen müssen und der Raum würde bald wieder zu meinem werden. Würde sich mir anpassen, wie ein guter Schuh. So dass ich wieder in der Lage wäre, viele Kilometer darin zu laufen.

Ich häufte meine Schmutzwäsche auf die Berge, die sich vor der Waschmaschine im Keller auftürmten und setzte mich aufs Sofa, um darauf zu warten, dass die Realität wieder ihren Lauf nahm und mich an ihrer Hand hinter sich her schleifen würde.

Es dauerte nicht lange bis ich den Schlüssel in der Tür und die vertrauten Geräusche meiner Mutter hörte, die das Haus betrat: Füße scharrten über die raue Fußmatte, ein Schlüssel fiel klirrend in die Glasschale neben der Eingangstür.

„Luisa, bist du da?", rief sie noch bevor die Tür ins Schloss gefallen war.

Ich rupfte mein Gesicht in eine fröhliche, entspannte Freske und antwortete: „Ja, bin ich, Mama."

Sofort flog sie noch im Mantel ins Wohnzimmer. Als sie mich auf dem Sofa sitzen sah, blieb sie so abrupt stehen, als wäre ihre ganze Energie durch eine Glaswand gebremst worden.

„Da bist du wirklich", sagte sie und ihre Stimme klang hinter der Glaswand dumpf und fern.

„Ja, das bin ich."

Ich hatte mir nicht vorstellen können, wie meine Eltern reagieren würden, wenn ich plötzlich wieder da wäre. Ich wollte keine Fragen beantworten, wollte keine Fragen stellen. Wollte einfach dort wieder anknüpfen, wo ich aufgehört hatte. Obwohl ich wusste, dass das unmöglich sein würde. Die Sorgen, die sie sich gemacht haben mussten, waren mir fremd und banal vorgekommen. Als schaue man im Fernsehen einer reichen Frau dabei zu, wie sie sich darüber aufregt, kein geeignetes Kleidungsstück für ihren Chihuahua zu finden. Und jetzt war ich nicht in der Lage, irgendetwas anderes zu tun, als dort zu sitzen und mein aufgeklebtes Lächeln zu lächeln. Meine Mutter durchbrach die Glasscheibe mit einem Schritt und die Scherben verzogen ihr Gesicht in eine wütende und schmerzerfüllte Grimasse.

„Wo bist du nur gewesen? Wir haben überall nach dir gesucht. Wie konntest du uns das nur antun? Und jetzt sitzt du dort auf dem Sofa, als wärst du nie weg gewesen!"

„Es tut mir leid…", brachte ich nur hervor.

„Es tut dir leid?! Kannst du dir vorstellen, was ich, wir, uns für Sorgen gemacht haben? Ich dachte, du wärst tot, verdammt! Oder vergewaltigt, oder…" Ihre Stimme zerbrach in tausend winzige Splitter, wie eine Weihnachtskugel, die vom Baum fällt. Ihre Schultern hingen herab, als würden sie von einem dicken Tau gen Boden gezogen und die Tränen, die ihr übers Gesicht rannen, waren nass und überdimensional dick.

Ich wünschte, ich könnte auch weinen, aber mein Körper hatte keine Tränen mehr. Meine Augen waren trocken wie die Wüste Gobi.

„Mama…" Das Wort versuchte die Splitter zusammenzufegen. Den Schaden zu begrenzen.

„Luisa."

Sie sank vor mir auf die Knie, als wollte sie mich anbeten und bettete ihren Kopf in meinen Schoss. Ich legte meine Arme um sie, als könnte ich sie trösten. Was ich nicht konnte. Ich fühlte mich merkwürdig erhaben. Die Rollen vertauscht. Als wäre ich die Mutter und sie das Kind, das vom Baum gefallen ist. Ich hatte sie geschubst, das wusste ich. Aber ich hatte die Situation nicht heraufbeschworen. Das hatte sie getan.

Als hätten meine Gedanken sie getroffen, hob sie plötzlich den Kopf und stand auf. Sie strich sich das rotgeblümte Kleid glatt, obwohl es nicht mal durch die kleinste Falte verunstaltet wurde. Sie sah an mir vorbei, wie an einer gepunktete Linie, an der man eine Figur auf der Cornflakes-Packung ausschneiden soll.

„Ich muss deinen Vater anrufen", sagte sie und verließ das Wohnzimmer.

Ich blieb immer noch dort sitzen, wie ein Besucher, der sich nicht nach der Toilette zu fragen traut und wartete. Sie servierte mir was zu trinken und zu essen, erzählte, was alles passiert war, während ich weg war und tat so, als wäre ich aus einem Urlaub zurückgekommen.

Als mein Vater wenig später mit Lukas und Maria-Sofia nach Hause kam, saß ich immer noch da, während meiner Mutter in der Küche werkelte, als fabriziere sie dort ein sechs Monate zu frühes Weihnachtsmenü. Mein Vater wartete kurz bis Maria-Luisa von meinem Schoss herunter gestiegen war und zog mich dann endlich vom Sofa hoch, um mich ganz fest in die Arme zu nehmen.

Ich hielt mich an ihm fest, weil der Verlust des Sofas mich fühlen ließ, als habe man mich gerade aus einem Boot gehoben, das mir Sicherheit und Ruhe gegeben hatte. Und nun an Land schwindelte es mir.

In seinen Armen sah ich Lukas in der Tür stehen und mich anstarren. Sobald ich mich aber an seine Augen heftete, senkte er den Kopf und ging die Treppe hoch. Obwohl er seine Tür behutsam schloss, war das leise Klicken für mich wie das Springen aus dem Fenster eines Hochhauses – schwindelerregend, befreiend, endgültig.

Niemand fragte mich, wo ich gewesen war, noch nicht mal Maria-Sofia, die an mir hing wie ein Schatten. Mittag- und Abendessen verliefen so wie früher üblich, inklusive ein paar unangenehmer Pausen an Stellen, an denen ich früher wohl etwas gesagt hätte, jetzt aber beharrlich schwieg. Erst als ich schon im

Bett lag, hörte ich das leise Klopfen an meiner Zimmertür, vor dem ich mich schon die ganze Zeit gefürchtete hatte. Aber anstatt meiner Mutter steckte mein Vater seinen Kopf durch die Tür.

„Darf ich kurz reinkommen, oder schläfst du schon? Du bist sicher müde."

Er flüsterte, wobei ich nicht sicher war, wen er eigentlich wirklich nicht stören wollte – meine Mutter, meine Geschwister oder mich.

„Komm rein."

Ich hörte eine Stimme, die einem kleinen Mädchen von sechs Jahren gehörte. Eine Stimme, die jeden Abend mit Sehnsucht erwartete hatte, dass ihr Vater sich für ein paar Minuten an ihr Bett setzte, um ihr Dinge zu erzählen, die nur sie wissen durfte. Und auch jetzt setzte er sich wieder auf die Bettkante und nahm meine Hand. Er drehte und wendete sie, als wäre er im Handlesen geübt. Als er dann aufschaute und mir in die Augen sah, war ich bereit, ihm alles zu erzählen. Er hätte nur fragen müssen. Aber er tat es nicht.

„Ich muss nicht wissen, wo du warst, Luisa", begann er, während er mir eine Haarsträhne aus dem Gesicht strich. „Wir alle sind unseren Eltern wohl das ein oder andere Mal davon gelaufen. Ich sogar drei Mal. Und wir hatten dabei auch alle unsere Gründe. Deine Mutter will es unbedingt wissen, aber für mich ist das nicht so wichtig. Wichtig ist für mich nur zu wissen, dass es dir jetzt gut geht. Dass nichts vor oder während dieser zehn Tage passiert ist, was dich noch in irgendeiner Form weiter quält. Verstehst du?"

Ich nickte. „Okay, dann glaub mir bitte, dass es mir gut geht."

„Okay." Er nickte ebenfalls geistesabwesend und stemmte sich zum Gehen hoch, als er plötzlich wieder in sich zusammen sackte wie eine Sandburg, die von einer Welle erfasst wird.

„Eins muss ich noch loswerden: Lukas hat erzählt, dass ihr euch gestritten habt, bevor du gegangen bist. Er hat nicht gesagt wieso und ich will mich da auch nicht einmischen. Aber er hat sich große Vorwürfe gemacht. Weißt du, die Polizei hat uns nicht sonderlich geholfen. Aber Lukas hat den ganzen Tag nichts anderes getan, als nach dir zu suchen. Er war wirklich ganz krank vor Sorge. Ich will nur sagen: Ihr zwei seid Geschwister und ihr liebt einander. Das wirst du später noch erkennen. Blut ist immer dicker als Wasser. Und irgendwann wird die Zeit kommen, in der ihr verstehen werdet, was das bedeutet."

Seine Worte sammelten sich in meinem Magen und bildeten einen unförmigen, Klumpen – eckig, geschwulstartig, mit Augen.

Mein Vater stand nun endgültig auf und schaute auf mich herab, als wäre ich tatsächlich noch sechs Jahre alt und wartete noch auf seine Gute-Nacht-Geschichte. „Ich bin froh, dass du wieder da bist", sagte er leise und ein Schatten bildete sich unter seinen Augen. „Wir alle sind das. Und wir haben dich unendlich lieb. Vergiss das nie."

Er verließ mein Zimmer genauso schleichend, wie er gekommen war und ließ das 6-Jährige Mädchen allein im Dunkeln zurück. „Blut ist dicker als Wasser", rauschte es in meinen Ohren. „Blut"!

Kurz darauf kletterte ich aus meinem Bett und stand vor Lukas' Zimmer. Unter seiner Zimmertür kroch Licht hervor und kitzelte meine Zehen. Früher hätte ich nicht gezögert hineinzugehen, aber jetzt hielt meine Hand auf halbem Weg zur Türklinge inne. Meine Füße drehten sich um und legten mich zurück in mein Bett, wo ich in einen ruhelosen Schlaf fiel.

Ich klammerte mich mit aller Kraft an Lukas' Rücken, dessen kräftige Arme uns über Wasser hielten. Ständig rutschte ich fast ab, aber Lukas schob mich wieder mit einer gezielten Bewegung zurück auf seinen Rücken. Aber immer wieder schlugen Wellen über uns zusammen und ließen mich den Halt verlieren. Ich hustete und spuckte Wasser. Ich strich mir über den Mund und erkannte, dass es kein Wasser war, das ich geschluckt hatte. Es war Blut. Lukas Rücken war voll davon. Wir schwammen nicht in Wasser, wir schwammen in Blut! Es war so glitschig und dickflüssig, dass es Fäden zog. Die Erkenntnis ließ mich auffahren. Ich rutschte von Lukas' Rücken und tauchte unter. Ich verlor die Orientierung. Da war nur Blut. Rotes Blut. Ich schlug wild um mich und tauchte tatsächlich wieder auf. Verzweifelt versuchte ich meine Lungen von der zähen Flüssigkeit freizubekommen. Ben stand am Ufer und rief nach mir. Er streckte mir die Hand entgegen, aber ich rutschte ab. Ich weinte und schrie. Auch meine Tränen waren blutig. Sie füllten meine Augen, so dass ich nichts mehr sehen konnte. Durch den roten Film erkannte ich zwei riesige Gestalten am Ufer, die immer wieder gigantische Krüge von rotem Blut in den Fluss schütteten und dabei laut und dämonisch lachten. Eine der Gestalten war mein Vater. Die andere meine Mutter.

Ich wachte auf und fühlte das Blut immer noch auf meiner Haut. Ich schlug die Bettdecke zurück, aber da war nur Schweiß. Kein Tropfen Blut. Das Gelächter meiner Eltern hallte noch in meinem Kopf nach – wabernd, mahnend, wahnsinnig. Ich stand auf und versuchte unter der Dusche das Blut von meinem Körper, meinem Geist und meinen Gefühlen zu waschen, aber es klebte an mir wie zäher Kiefernharz. Als ich in meinen Bademantel gewickelt über den Flur an Lukas' Tür vorbei schlich, stand sie halb offen und die durch sein Zimmer scheinende Sonne winkte mir einladend entgegen. Trotzdem klopfte ich an, bevor ich die Tür etwas weiter aufschob und im Türrahmen stehen blieb. Lukas saß an seinem Schreibtisch und drehte sich nicht zu mir um.

„Kann ich dir helfen?"

Er klang nicht aggressiv oder gemein, wie die letzten Male, als er mit mir gesprochen hatte, sondern eher gleichgültig, was mich nicht weniger traf. Aber ich straffte die Schultern und blieb, wo ich war.

„Ich wollte nur sagen, dass du nicht Schuld warst. Ich meine, unser Streit war nicht der Grund, warum ich abgehauen bin."

„Ich weiß", kam es leichthin vom Schreibtisch. Er sah mich immer noch nicht an, sondern schrieb scheinbar weiter irgendetwas vor sich hin.

„Ich sag das nur, weil Papa gesagt hat, du hättest dir Vorwürfe gemacht und wärst mich überall suchen gegangen."

Er machte ein Geräusch, dass ein Lachen hätte sein können, dafür aber zu abgehackt und freudlos klang. „Klar, hab ich denen das erzählt. Aber in Wahrheit hatte ich einfach keinen Bock, mir deren Heulerei den ganzen Tag anzuhören. Also hab ich gesagt, ich würde dich suchen gehen. Es war also einfach nur eine

Ausrede, kapierst du?"

Mein Mund fühlte sich an, als hätte ich darin gerade etwas Pelziges getötet – schal, stinkend, abartig.

„Okay, dann ist ja gut", sagte ich durch das ranzige Fell hindurch und versuchte dabei genauso gleichgültig zu klingen wie er.

„Gut."

„Gut."

Ich blieb noch eine Weile stehen. Unfähig mich zu bewegen wie eine japanische Dornschrecke, die sich im Maul eines Frosches tot stellt, damit der Frosch dieses nun so sperrig gewordene Insekt nicht mehr schlucken kann. Als der Frosch mich wieder ausgespuckt hatte, drehte ich mich um und sah noch im Augenwinkel, wie Lukas vorsichtig über seine Schulter schaute, als befürchte er, mich immer noch dort stehen zu sehen.

Der Tag schien sich endlos dahinzuziehen. Es drängte mich, endlich mit der Suche nach meinen möglichen Adoptionspapieren zu beginnen und fühlte mich wie ein Eisvogel, der sich stundenlang auf die Lauer legt, um dann im Sturzflug einen fetten Fisch aus dem Wasser zu fischen. Aber ständig war jemand da, der meine Jagd störte und die Fische vertrieb. Ich vermutete die Unterlagen irgendwo versteckt im Schlafzimmer meiner Eltern. Schließlich würden sie niemals wollen, dass ich sie finde. Aber unbemerkt in ihr Schlafzimmer zu gelangen, um bei einer zufälligen Begegnung dann auch noch eine gute Erklärung parat zu haben, war fast unmöglich. Es lagen immer noch zwei Wochen Sommerferien vor mir und ich befürchtete, dem Wahnsinn nahe zu kommen, wenn ich nicht bald eine Stunde Ruhe in diesem Haus finden würde. Björn und Patrizia waren beide im Urlaub, so dass ich die Zeit irgendwie abzusitzen hatte.

Gegen Nachmittag hielt ich es nicht mehr aus und versuchte mein Glück bei meiner Nachbarin Fanni. Auch wenn sie ein untrügliches Talent hatte, mich zu nerven, würde ihr Gebrabbel mich sicher von meiner bisher erfolglosen Jagd ablenken.

Fanni saß gerade im Garten in der Sonne, und ihre Haut war kurz davor, sich dem Rot ihres Bikinis anzupassen. Sie lackierte sich ihre Zehennägel. Ebenfalls in einem knallrot. Als sie mich sah, sprang sie sofort auf und nahm mich überschwänglich in die Arme.

„Du bist also wieder da?! Gott sei Dank! Ich hab mir solche Sorgen gemacht! Wo warst du denn zum Teufel?", jammerte sie und einen kurzen Moment war ich geneigt, ihr alles zu erzählen. Von Ben. Von unserem Wald. Von unserer Liebe. Einfach nur, um mir selbst noch einmal bewusst zu machen, dass es kein Traum gewesen war. Das es wirklich passiert war. Aber dann schloss ich die Hand um diese Zeit. Hielt sie fest. Aus Angst sie könnte durch die Abnutzung zu Staub zerfallen, war ich sicher, dass ich sie nie mit jemandem teilen würde.

„Ich bin bei einer Freundin untergekommen, die Sturmfrei hatte und die meine Eltern nicht kennen. War ganz cool", antwortete ich also stattdessen und ließ mich lässig auf einen der anderen Plastikliegestühle fallen.

„Was war denn los bei euch zu Hause, dass du abgehauen bist? Lukas kam hier irgendwann vorbei und war total durch den Wind, weil er nicht wusste, wo du bist und was er machen sollte. Er hat gedacht, ich wüsste irgendwas, aber du erzählst mir ja nie was."

Ich überhörte den Vorwurf und blieb an dem Lukasteil hängen wie eine Zecke auf dem Fell eines Golden Red Reviers – hungrig, entschlossen, suchend. Warum hatte er mich angelogen? Er hatte sich offensichtlich doch Sorgen gemacht, war aber nicht bereit, es vor mir zuzugeben. Vielleicht lag es an dem Streit oder einfach an etwas, was ich wohl niemals verstehen würde. An Etwas, das er schon immer tief in seinem Inneren verborgen hatte. Etwas, das das Tor zu der fremden Welt war, die dort hinter seinen Augen lauerte, und in die er niemandem Einlass gewährte außer sich selbst.

„Hallo?" Fanni klopfte mir unsanft an den Kopf, um mich wieder in die Realität zurückzuholen. „Bist du noch da?"

„Ja, klar, sorry. Was hast du gesagt?"

„Ich hab noch mal gefragt, was eigentlich bei euch los war? Ich hab Lukas echt noch nie so gesehen. Aber er wollte mir auch nichts erklären. Ach, es ist ja immer das Gleiche. Er sieht mich einfach nicht. Verstehst du, was ich meine?"

Sie lehnte sich zurück und rollte sich auf die Seite, um mich besser ansehen zu können. Ich war dankbar für den Themenwechsel. Vor allen Dingen, weil ich sie diesbezüglich momentan tatsächlich gut verstehen konnte. Obwohl sie zwischenzeitlich immer wieder mal mit anderen Jungs zusammen war, kam sie aus irgendwelchen Gründen nicht von meinem Bruder los.

„Vergiss ihn doch einfach endlich! Du bist doch schon ewig in ihn verknallt. Und was hat es dir gebracht? Nichts. Meine Güte, als ihr zusammen ward, ward ihr noch Kinder!"

„Weiß ich doch!" Sie ließ sich erschöpft auf den Rücken fallen, so als verlangte ihr dieses Eingeständnis all ihre Kraft ab. „Aber immer wenn ich ihn sehe… Ach, ich weiß auch nicht. Irgendwie vermisse ich ihn so. Aber er scheint sich überhaupt nicht für mich zu interessieren."

Ich atmete tief durch. Und endlich verstand ich, dass sie Lukas wirklich liebte. Und vielleicht war das auch der Grund, warum ich ihr das erste Mal auf ihre Frage, wie sie wieder mit Lukas zusammen kommen könnte, eine Antwort gab.

„Also wenn du mich fragst, musst du einfach nur kein Interesse mehr an ihm haben und dann wird er dich gut finden."

Sie richtete sich erstaunt auf. Ihr Gesicht hechelte verhungert nach mehr Informationen. „Wie meinst du das?"

„Na ja, scheinbar braucht mein Bruder ja nur mit den Fingern zu schnippen und die Mädchen werden zu dümmlich sabbernden Robotern, die alles mit sich machen lassen – sorry Fanni."

„Schon gut. Du hast ja Recht. Aber wie genau meinst du das mit dem ‚kein Interesse mehr haben'?"

„Versuch einfach mal normal zu sein. Hör auf, ihn ständig so anzuhimmeln und all deine Aufmerksamkeit auf ihn zu richten. Am besten ignorierst du ihn sogar erstmal. Ich könnte mir schon vorstellen, dass dich allein das schon für ihn interessanter macht. Und wenn er dann ankommt, bleib cool und tu so, als wolltest du bloß nichts anderes mehr von ihm als sein Kumpel sein. Das wird bestimmt nicht einfach, aber ich glaube, wenn überhaupt, ist das die einzige Möglichkeit, Lukas rumzukriegen."

Wir redeten noch bis in den Nachmittag hinein. Ich bemühte mich, ihr von den Dingen zu erzählen, von denen ich noch ziemlich sicher sein konnte, dass sie Lukas interessierten. Und als ich nach Hause ging, hatte ich das Gefühl, etwas Gutes getan zu haben. Vielleicht würde es meinem Bruder auch gut tun, endlich mal eine Beziehung zu führen. Vielleicht würde er endlich wieder glücklich werden. Und wieder etwas von dem zum Vorschein bringen, was ich so vermisste. Ich wollte bei dieser Vorstellung lächeln. Aber meine Mundwinkel gehorchten mir einfach nicht. Sie waren verkrampft, als würden sie durch zwei schwere Magnete vom Erdkern angezogen – schwer, zielstrebig, heiß. Also ließ ich sie schwerfällig hinter mir über den Boden schleifen und starrte verwirrt auf die Tränen, die den Boden wässerten, weil ich nicht wusste, woher sie kamen.

Auch in den nächsten zwei Tagen fand ich mich nie allein in unserem Haus wieder. Es hatte den Anschein, als wollte mich meine Mutter einfach nicht unbeobachtet lassen. Als könnte sie mit ihrer reinen Anwesenheit verhindern, dass sich vor mir die Erde auftat und mich auf nimmer wiedersehen verschluckte. Und auch wenn ich ihre Angst verstand, nagte ihre ständige Anwesenheit an meiner Geduld, wie ein Marder an den Bremsschläuchen eines Autos – penetrant, gefährlich, zerstörerisch.

Aber manchmal reicht uns das Schicksal einen ganz unerwarteten Strohhalm. Aber weil wir so hungrig das Eis mit einem Löffel drum herum gegessen haben, kosten wir erst zum Schluss den leckeren Sirup, der sich am Boden zu einem zähen, süßen und unfassbar durchdringenden See gesammelt hat.

Und mein Strohhalm hieß Maria-Sofia. Wir räumten gerade nach dem Abendessen die Spülmaschine aus. Mit ihren nun mehr zehn Jahre, war sie als Schwester mittlerweile durchaus akzeptabel. Sie war eher still und schüchtern, obwohl sie gegenüber meinen Eltern immer die Prinzessin raushängen ließ. Aber sie fing langsam an, zu verstehen, was um sie herum passierte, und ab und an konnte man sich tatsächlich schon mit ihr über normale Dinge unterhalten. Sie liebte mich abgöttisch und ich mochte sie auch, obwohl sie mich meistens mit ihrer ungeteilten Aufmerksamkeit nervte und ich ihr oft lauthals zu verstehen geben musste, wenn ich mal meine Ruhe haben wollte.

Ich trocknete gerade eine Frischhaltedose ab, in dessen Rillen sich immer Wasser sammelte, als sie mir plötzlich ganz nahe kam und mich zu sich runter zog.

„Ich hab sie getroffen", flüsterte sie mir ins Ohr.

Zuerst wusste ich nicht, wovon sie eigentlich sprach, schüttelte sie etwas widerwillig ab und fragte roh und etwas zu laut: „Was?"

Erschrocken und beleidigt zog sie sich zurück und drehte mir den Rücken zu. „Wenn du es nicht wissen willst, dann eben nicht."

Irgendwas an ihrem Ton ließ mich aufhorchen und ein Ahnungsschauer durchfuhr mich, als hätte plötzlich jemand über mir einen unsichtbaren Duschkopf angedreht. Eiskaltes Wasser rauschte mir durch die Poren und umspülte mein Herz, um es mit eisernem Griff zu umklammern.

Ich ging auf sie zu und drehte sie zu mir um. „Hey, tut mir leid, okay? Ich hab blöde reagiert. Natürlich will ich wissen, wen du getroffen hast. Sagst du es mir noch?"

Sie nickte. „Na gut. Aber nur, wenn ich mit deinen Barbies spielen darf." Sie war eine harte Verhandlungspartnerin. Obwohl ich schon lange überhaupt nicht mehr damit spielte, wollte ich sie einfach nicht an sie abtreten. Aber scheinbar war jetzt der geeignete Zeitpunkt, Ananas-Barbie und Surfer-Ken loszulassen und einer ungewissen Zukunft zu überlassen. Ich hoffte, sie würden es mir verzeihen.

„Ist gut", sagte ich.

„Okay, dann komm gleich zu mir ins Zimmer. Aber vergiss das Auto nicht."

„Natürlich nicht."

Das Barbieauto wollte sie also auch noch. Kleines Biest, dachte ich und musste lächeln. Sie hüpfte Richtung Treppe davon, als habe sie die Fröhlichkeit als Abo und könnte sie abrufen, wann immer sie wollte.

Mit meinen Barbies beladen, schloss ich Maria-Sofias Zimmertür hinter mir. Mit strahlenden Augen nahm sie ihre Beute entgegen und begann sofort Ananas und Co. in das Auto zu setzen und ihnen eine Spritztour zu gönnen. Ich musste mich zusammenreißen, um sie nicht mit meinen Fragen zu erschlagen, von denen ich nicht mal wusste, ob sie die Richtigen waren. Ich wollte ihr ein wenig Zeit geben, bevor ich vorsichtig meine Seite des Deals einforderte.

„Also sag schon, wen hast du getroffen?", fragte ich nach einer Weile.

Ihr Kopf ruckte hoch und sie grinste mich wissend an. „Na, Omi!", sagte sie.

Das kalte Wasser um mein Herz riss es mit sich in meine Füße.

„Und?", wollte ich wissen.

„Nichts und."

„Nichts und? Hallo, ich hab dir alle meine Barbies gegeben. Ich denke, da ist etwas mehr drin, als das, oder?"

Das Wasser in meinen Füßen begann sich vor Wut zu erhitzen.

„Wie du meinst." Sie wandte sich wieder dem Pärchen in dem Auto zu und ließ es hin und her rollen. „Was willst du denn sonst noch wissen?"

„Ja, keine Ahnung! Ich hab sie ja schließlich nicht getroffen, oder? Erzähl mir einfach alles."

Maria-Sofia setzte sich aufrecht hin. Mein Drängen hatte die Prinzessin in ihr wach gerufen und ich wusste, sie testete schon mal, wie das Leben als Königin wohl sein würde. Die Macht breitete die süchtig machenden Krallen nach ihr aus und sie lehnte sich genüsslich darin zurück. Sie ließ mich zappeln, während das Wasser in mir zu brodeln begann. Aber ich schaffte es, mich zurück zu halten und ließ sie den Moment auskosten. Und es dauerte auch nicht lange und die Königin ließ sich zu mir herab, um mir zu erzählen, was ich wissen wollte:

Meine Mutter und sie waren nie in einem Freizeitpark gewesen. Sie waren nach New Hamstede in Holland gefahren und hatten sich dort ein Hotelzimmer genommen. Ein paar Stunden später waren sie gemeinsam in die Stadt gefahren. Und die ganze Zeit hatte sich meine Mutter merkwürdig verhalten.

„Sie hat sich so einen dämlichen Touristensonnenhut und eine riesige Sonnenbrille aufgesetzt und wollte unbedingt mit dem Taxi fahren", erzählte Maria-Sofia.

„Aber sie hasst Taxifahren." Das hörte sich alles an wie ein billiger Krimi.

„Ja, weiß ich doch. Keine Ahnung, was mit der los war."

Tatsächlich waren sie dann an einer Ecke gegenüber einem italienischen Restaurant ausgestiegen. Dort hatte meine Mutter Maria-Sofia erklärt, dass „Omi" in diesem Restaurant auf sie wartete, sie selbst aber nicht mitkommen würde. Sie bräuchte sich aber keine Sorgen machen, weil sie ganz in der Nähe bleiben und den Eingang nicht aus den Augen lassen würde. In dem Restaurant wurde Maria-Sofia dann von einer alte Dame mit ihrem Namen angesprochen, die sich als „Omi" ausgab.

„Sie hat total geweint und sich fast nicht mehr eingekriegt. Immer wieder hat sie nach Mama gefragt. Sie hat nicht verstanden, warum sie nicht mitgekommen ist. Tja, das konnte ich ihr auch nicht erklären. Sie wollte mich die ganze Zeit in den Arm nehmen und hat dann wieder angefangen zu heulen. Das war echt nervig. Ich mein, hallo, ich kenne diese Frau doch gar nicht."

Maria-Sofia entledigte die Ananas-Barbie gerade ziemlich unsanft ihres Kleides. Stumm flehte ich die dürre Plastikpuppe um Verzeihung an.

„Und ist sie denn nun unsere Großmutter?", fragte ich drängend.

„Ja, klar."

„Warum wollte sie dann nur dich und nicht auch Lukas und mich kennenlernen?"

„Das weiß ich doch nicht."

„Und warum wollte Mama sie dann nicht treffen? Es ist doch ihre Mutter, oder nicht?"

„Was weiß ich?" Barbies Haare wurden mit einer verfilzten Plastikbürste ausgerissen.

„Hat sie dir denn gar nichts erzählt?"

„Nö, die hat doch die ganze Zeit geheult."

„Siehst du sie wieder?"

„Keine Ahnung! Aber sie schickt mir ab jetzt Geld und keine Süßigkeiten mehr."

Natürlich.

„Und was ist dann passiert?"

„Ich bin mit Omi an die Ecke, wo ich mich mit Mama treffen wollte. Sie hat wohl gedacht, Mama so über den Weg zu laufen. Aber als sie nach einer viertel Stunde nicht aufgetaucht ist, hab ich gemeint, dass sie wohl besser geht. Als sie weg war, ist Mama dann auch gleich gekommen." Kens Haare wurden mit der Plastikbürste ausgerissen.

„Und?"

„Ja, nix. Mama hat mich auf der Rückfahrt total ausgefragt. Sie war irgendwie ganz komisch." Und danach hatte sie sich die Augen ausgeheult. Das war es gewesen, was ich am Telefon rausgehört hatte.

„Und dann hat sie nichts mehr gesagt?"

„Nein."

„Und du hast auch nicht gefragt?"

„Nö."

„Findest du das denn kein bisschen merkwürdig?"

„Was denn?"

Ich merkte, dass ich keine vernünftige Antwort mehr bekommen würde. Also bündelte ich alles, was ich hatte, noch in eine letzte alles bedeutende Frage: „Sah sie mir ähnlich?"

„Wer?"

Maria-Sofia sah mich nicht mal mehr an, so sehr war sie schon in ihr Spiel vertieft.

„Na, diese Omi?"

Am liebsten hätte ich sie geschüttelt. Offensichtlich hatte sie keine Ahnung, wie wichtig das für mich war. Wie wichtig es für uns alle sein konnte. Aber woher sollte sie auch? Ja, woher?

„Ach so. Klar!"

Ich war selbst so sehr damit beschäftigt mich zusammenzuhalten, wie einen Blumenstrauß mit unterschiedlich langen Stielen, dass ich nicht sicher war, ob ich sie auch wirklich richtig verstanden hatte. Meine Hand, die den Blumenstrauß hielt, begann kräftig zu zittern. Ich würde bald neu nachgreifen müssen.

„Okay. Wie denn so?" Ich sprach betont langsam. Wollte ihre Antwort diesmal nicht verpassen.

„Guck doch selbst. Da liegt ein Polaroid in der Schublade von meinem Schreibtisch. Omi hat für mich eins von einem Kellner machen lassen. Als Erinnerung."

Maria-Sofias kleiner Kinderschreibtisch kam mir plötzlich überdimensional groß vor, als wäre ich zu der Größe eines Hamsters zusammen geschrumpft. Ich konnte mir kaum vorstellen, dass ich diese riesige Schublade aus dem Tisch würde ziehen können. Ich versuchte einen Fuß vor den anderen zu setzen, aber im Gegensatz zu meinem restlichen Körper schienen meine Füße nicht mitgeschrumpft, sondern immer noch riesengroß zu sein. Riesengroß und riesenschwer. Aber irgendwie schaffte ich es doch. Als ich dann endlich das Polaroid in meiner Hand hielt, starrte ich darauf, als würde ich dort den Mund finden, der mir endlich all meine Fragen beantworten würde.

Ich sah meine Schwester im Arm einer alten, aber sehr gepflegten und gutaussehenden Dame. Maria-Sofia lächelte ihr liebliches, gestelltes Lächeln, während die ältere Frau ihr Herz offen und ehrlich auf ihrem Gesicht zur Schau stellte. Ihre Wimperntusche war etwas verlaufen und die Augen gerötet. Ihr Lächeln zeigte echte Freude. Nur auf der einen Seite schien ihr Mund ein wenig nach unten zu hängen. Als ob eine schwere Last und unendliche Trauer ihm die Leichtigkeit genommen hatte, es dem anderen Mundwinkel gleich zu tun und in schwindelerregenden Höhen zu wandeln. Ihre Haare hingen ihr lockig bis zum Kinn. Sie stellten einen Mix aus grauen und hellbraunen Strähnen dar. Und jetzt sah ich auch, was meine Schwester vermutlich gesehen hatte. Wie bei mir hatten ihre Augen einen leichten Schwung nach oben, der nicht wirklich katzenartig war, aber die Tendenz dazu aufwies. Die Augenfarbe konnte ich auf dem Foto nicht wirklich erkennen, aber es schien irgendetwas zwischen grün und blau zu sein. Aber dann sah ich ihre Nase. Ihre Nase, deren Zwilling ich jeden Tag im Spiegel sah. Es war meine! Die Nase dieser Frau sah genauso aus wie meine!

Ich fühlte wie alles in mir sich gegen Boden senkte und sich um meine Füße verteilte: Einsamkeit, Angst, Wut, Verzweiflung und Wahnsinn flossen aus mir heraus und sickerten in den dicken, flauschigen, rosa Teppichboden. Und plötzlich konnte ich leichter atmen, leichter lächeln, leichter sein. Es war als hätte jemand einen Dornenbusch aus meinem Inneren entfernt, der darin gewuchert hatte und seine spitzen Finger in meine Organe und mein Herz getrieben hatte, bis er sie vollständig in seinen Fängen hatte – brutal, blutig, durchdringend.

„Kann ich das Foto ein wenig behalten, Maria-Sofia?", fragte ich meine Schwester und hielt das Bild so fest, dass die spitzen Ecken sich in meine Handflächen bohrten.

„Ja, klar."

Barbie und Ken hatten in der Zwischenzeit ein Kind bekommen. Offensichtlich hatte sie die kleine Kinderbarbie aus ihrem eigenen Fundus unbemerkt hervorgezaubert.

„Ich bring es dir auch ganz bestimmt wieder, okay?"

„Mmmh", kam es von Barbie, die gerade ihre Tochter mit der Plastikbürste malträtierte.

Ich verschwand in meinem Zimmer und legte mich mit dem Foto an meinem Herzen auf mein Bett. Meine Mutter hatte mich nicht angelogen. Ich hatte mir alles nur eingebildet. Unsere Familie war völlig in Ordnung. Alles war in Ordnung. Das Mütter nicht mit ihren eigenen Müttern sprechen wollten, war wahrscheinlich gar nicht so ungewöhnlich. Vielleicht hatte Ben ja mit einer Sache Recht gehabt und meine Oma war gegen die Heirat mit meinem Vater gewesen. Daraufhin hatte meine Mutter zwar den Kontakt zu ihr komplett abgebrochen, konnte sie aber nicht vergessen und litt jeden Tag unter dieser Entscheidung. Aber ganz hinten im Schatten meiner Selbst, zischelte mir eine gemeine Stimme Fragen zu, die ich nicht beantworten wollte. Nicht konnte: Wer war damals die alte Dame gewesen, mit der ich meine Mutter nach meiner Remouladenvergiftung beobachtet hatte? Die „Omi" auf dem Foto war sie nicht. Wieso hatte sie die Pakete an meine Mutter übergeben, die eigentlich von dieser Frau auf dem Foto sein sollten? Gab es etwa doch zwei Omas? Ich schluckte hart an den Fragen und versenkte sie im Magen des Vergessens. Ich wollte glauben, was ich sah. Ich wollte dieses glückliche Kribbeln in meinem Bauch nicht aufgeben. Ich wollte es nicht verlieren. Nie wieder.

Also rollte ich mich zusammen und schlummerte glückselig ein. Den kleinen zurückgebliebenen Dorn, der mich warnend in mein Herz piekste, ignorierte ich einfach.

Einige Tage später fand ich meine Mutter in der Küche vertieft in einen Berg von Fotos. Lukas', Maria-Sofias und mein Leben festgehalten auf glänzendem Karton. „Unglaublich, was man so an Bildern ansammelt, findest du nicht?", sagte sie grinsend, als ich ein Bild von Lukas und mir in die Hand nahm, das ungefähr fünf Jahre alt sein musste. Er hatte mich für das Bild ruppig in den Arm genommen und mir eine Kopfnuss verpasst, bevor mein Vater den Auslöser gedrückt hatte. Meine Haare ähnelten demnach eher einem gerupften Vogelnest. Unser Lächeln wirkte aber noch echt. Vielleicht war da hinter Lukas' Augen schon dieser Hass zu sehen, aber ich spürte ihn noch nicht auf der Haut kribbeln, wie ich es jetzt jeden Morgen beim Frühstück tat, wenn er mich keines Blickes würdigte.

„Ich will für die Praxis deines Vaters eine Kollage von uns machen. Zu seinem Geburtstag. Aber meine Güte bei dieser Auswahl, kann man sich ja kaum entscheiden."

Sie legte sich kopfschüttelnd ihre Hände auf ihre geröteten Wagen. Ihre Augen leuchteten, während sie die Bilder ihrer Kinder durch ihre Finger gleiten ließ.

Ihrer Kinder!

Ich war auch eins davon.

Ihr Kind!

Ich lächelte ebenfalls. „Eine tolle Idee. Wie wäre es, wenn du mit den Ultraschallbildern von uns anfangen würdest?"

Die Worte waren mir einfach so in den Mund gefallen. Ich war mir nicht bewusst darüber gewesen, was ich da sagte, jetzt erwartete jedoch mein ganzer Körper ihre Antwort – summend, suchend, warnend.

„Das ist eine echt gute Idee, aber…"

Aber leider habe ich nur welche von Lukas und Maria-Sofia, beendete ich den Satz schon im Geiste, während der zurückgeblieben Dorn in meinem Herzen neue Wurzeln schlug.

„…aber ich glaube, auf denen von dir und Lukas ist echt so gut wie gar nichts drauf zu erkennen. Obwohl… dein Vater ist Gynäkologe, wenn einer was darauf erkennen kann, dann ja wohl er, oder?" Sie grinste verschmitzt und rupfte damit die zarten

Wurzeln wieder aus meinem Herzen. „Willst du sie holen? Sie sind in der oberen Schublade meines Sekretärs. Sie liegen in unserem Stammbuch bei euren Geburtsurkunden."

Mit klopfendem Herzen folgte ich den Anweisungen meiner Mutter und plötzlich sah ich sie vor mir. Meine Geburtsurkunde. Geboren am 12.04.1980, Tochter von Volker und Victoria Kugelmann. Und da war auch das Ultraschallbild von mir. Eine grau-schwarze Masse breitete sich vor mir aus wie das schönste Blütenmeer. Meine Mutter hatte Recht, darauf konnte man nun wirklich nichts erkennen. Aber trotzdem gefiel mir die Vorstellung, ein Foto von mir und meiner Mutter zu haben, auf dem ich mich ruhig, zufrieden und sicher in ihrem Bauch kugelte.

Meine Mutter nahm alle drei Ultraschallbilder und legte sie nebeneinander. „So das wäre dann also schon mal ein Anfang. Ich werde sie kopieren, denke ich. Die Originale gehören für mich irgendwie hier rein."

Sie legte die Hand schützend auf das Familienstammbuch. Und als ich ihre Hand dort auf dem ledereingebundenen Buch liegen sah, kam es mir vor, als läge ihre Hand auf meiner Haut – warm, beschützend, konstant – das Buch und mein Ultraschallbild legten sich anschmiegsam an den Dorn in meinem Herzen und polsterten ihn stumpf ein, so dass er kaum mehr wahrnehmbar war.

Wir saßen lange beisammen und durchwühlten die Fotos, sprachen über die jeweiligen Situationen, in der sie gemacht wurden und wählten die mit den schönsten und aufregendsten Erlebnissen für die Kollage aus.

Irgendwann fiel mir ein Bild von Lukas in die Hand, auf dem er wohl nur ein paar Monate alt sein konnte. Er lag auf dem Rücken und schielte nach einem Spielzeug, das unscharf ins Bild gehalten wurde. Ich hatte in dem Haufen bisher noch keins von ihm in diesem Alter gefunden und konnte mich auch nicht erinnern, irgendwo sonst im Haus eins gesehen zu haben.

„Ist das Lukas?"

Sie nahm mir das Bild aus der Hand. „Oh mein Gott, ja."

Ihr Gesicht zog sich zusammen, als hätte sie etwas gegessen, bei dem sie nicht sicher war, ob es zu süß, oder zu sauer war.

„Oh Mann, war er hässlich!" Ich konnte kaum glauben, dass dieser Junge mit dem schiefen Gesicht tatsächlich der Mädchenschwarm auf meiner Schule war.

„Ja, ich weiß." Sie kicherte wie ein Mädchen aus meiner Klasse, wenn ihr etwas peinlich ist und ich fiel in ihr Lachen ein.

„Deshalb gibt es so wenig Fotos von ihm. Ich hab ihn natürlich geliebt. Bitte, versteh mich nicht falsch, aber auf Fotos... Ich weiß auch nicht. Er war in der Realität wirklich nicht so hässlich. Aber auf Fotos."

„So was Unfotogenes gibt es doch gar nicht." Ich konnte kaum atmen vor Lachen.

„Doch gibt es. Der Beweis ist hier." Sie wedelte sich mit dem Foto die Tränen aus den Augen und ich hatte das Gefühl, als wolle das Lachen durch meine Poren herausplatzen – befreiend, drängend, schmerzhaft.

Ich hielt mir den Bauch und war glücklich. Ich liebte meine Mutter und wünschte mir, dass dieser Moment ewig anhalten möge. Dass ich diese Gefühle ewig festhalten und mit einer dicken eisernen Ketten an meinen Leib ketten könnte. Aber die Ewigkeit ist ein vergängliches Wort. Zerbröckelt in deinen Händen zu Staub und ist morgen schon Vergangenheit.

„Was ist denn so lustig?"

Maria-Sofia stand in der Küchentür und kam nun näher, um den Bilderhaufen in Augenschein zu nehmen. Ihr Auftauchen nahm unser Lachen auf wie der heiße Tee den Zuckerwürfel und hinterließ nichts weiter als süße Flüssigkeit. Meine Mutter schob mir unbemerkt mit einem Augenzwinkern Lukas' Babyfoto hin, während sie Maria-Sofia die vielen Fotos erklärte.

Ich nahm das Bild an mich, obwohl ich nicht genau wusste, warum. Ich schob es vorsichtig unter meinem T-Shirt in den Hosenbund meiner Shorts. Es fühlte sich heiß, scharfkantig und gigantisch auf meiner Haut an. Es war ein Geheimnis, was meine Mutter und ich nun miteinander teilten. Wir waren Verbündete.

„Weißt du, was ich auch noch gerne hätte?" Meine Mutter war gerade aufgestanden und werkelte an der Kaffeemaschine rum. „Das Foto von dir und Lukas, wo ihr im Urlaub den Kirschbaum der Nachbarn geplündert habt. Weißt du, welches ich meine?"

Und wie ich wusste, welches Foto sie meinte. Ich küsste Lukas darauf völlig verschmiert auf seine Wange. Und es hatte jahrelang an seiner Pinnwand über seinem Schreibtisch gehangen, bevor er es mit all den anderen Erinnerungen in den Müll geworfen hatte.

„Das liegt bei Lukas in der Schreibtischschublade in so einer Geldkassette... Hey, da bin ich ja süß drauf."

Maria-Sofia vertiefte sich verliebt in ein Bild von ihr als Säugling und merkte nicht, wie mein Körper sich in ein Fragezeichen verformte.

„Sag mal, woher weißt du das denn?" Meine Mutter machte ein ernstes Gesicht, aber ihre Augen blitzten amüsiert.

„Na, ich hab es da gesehen."

„Aber wenn es in so einer Geldkassette ist, dann war das Kästchen doch bestimmt abgeschlossen, oder nicht?"

„Ja, klar. Aber ich hab gesehen, wo er den Schlüssel versteckt." Jetzt sah sie triumphierend von meiner Mutter zu mir. „Ich hab irgendwann mal beobachtet, wie er es abgeschlossen und den Schlüssel in dem Umschlag eines Buches versteckt hat. Ich dachte, er würde da was Tolles verstecken, aber es waren nur Fotos und so `nen Kram drin. Voll langweilig."

„Na, was hattest du denn erwartet, Maria-Sofia?"

„Keine Ahnung. Vielleicht Geld?"

Während meine Mutter versuchte Maria-Sofia zu erklären, dass man die Privatsphäre anderer Menschen respektieren muss und nicht herumschnüffeln sollte, hörte ich schon nicht mehr richtig zu. Nicht nur, weil der Ton meiner Mutter natürlichen den typischen Maria-Sofia-Ton angeschlagen hatte, der so viel bedeutete wie: ja, ich muss dir sagen, was Richtig und was Falsch ist, aber im Grunde finde ich alles super süß und toll, was du machst. Sondern auch, weil sich meine Gedanken an Lukas' Geldkassette wie eine Heftklammer fest getackert hatten – durchbohrend, stark, schwer zu entfernen.

Ich nickte meiner Mutter zu und zog mich in mein Zimmer zurück. Aber um in mein Zimmer zu gelangen, musste ich an Lukas' Zimmer vorbei.

An seinem Schreibtisch.

An seiner Schublade.

Und an seiner Geldkassette.

Ich schüttelte meinen Kopf und stolzierte an den verlockenden, verbotenen Früchten vorbei, die so verführerisch rochen. Was interessierte mich, was er sonst noch alles in diesem Kästchen hatte? Er selbst interessierte mich schließlich nur noch so weit, dass er mich einfach nur in Ruhe lassen sollte. Ich ignorierte die lockenden Rufe seines Schreibtisches und ging weiter. Trotzdem fand ich mich wie durch ein Wunder plötzlich vor seinem Regal wieder. Es quoll über von Büchern. Bücher mit Umschlag und Bücher ohne. Taschenbücher und große Wälzer. Maria-Sofia hatte nicht gesagt, in welchem Buch Lukas den Schlüssel versteckte. Und trotzdem wusste ich sofort, wo ich ihn finden würde. Es war ein dickes Buch über Astrophysik. Das Erste, das er besessen hatte. Ich konnte mich noch genau erinnern, wie er es mit sieben aus der Stadtbücherei geklaut hatte. Er hatte es über eine Stunde in der hintersten Ecke eines Regals auf dem Boden sitzend studiert und als meine Mutter uns bat zu gehen, hatte er es sich rasch unter den Anorak geschoben und mir bedeutet, dicht vor ihm her zu gehen.

„Du kannst das Buch aber doch ausleihen", hatte ich ihm ins Ohr geflüstert und mich dabei unheimlich klug und aufgeweckt gefühlt.

„Aber dann muss ich es auch wieder zurückgeben", hatte er mir dann ins Ohr geraunt. „Und das kann ich auf keinen Fall zulassen, Püppi."

Und jetzt hielt ich das abgegriffene Buch in der Hand. Es fühlte sich so schwer an, als wären alle Worte der Welt darin versammelt. Ich öffnete es und fand den kleinen silbernen Schlüssel in dem Umschlag, genau wie Maria-Sofia es erklärt hatte. Er hatte den Umschlag unten mit einem Klebestreifen zugeklebt, damit er nicht rausfiel. Die Kassette, die dort in Lukas' Schreibtischschublade ruhte, war Lindgrün. Der Schlüssel passte perfekt. Das Kirschfoto lag direkt oben auf. Und obwohl ich gewusst hatte, was mich erwartete, schlich sich ein Lächeln auf mein Gesicht, wie eine Schabe in die Obstschale – unerwünscht, hungrig, unzerstörbar. Darunter befanden sich all die Sachen, von denen ich geglaubt hatte, dass Lukas sie für immer der Müllverwertung überlassen hatte. Die Fotos, die Erinnerungsstücke. Alles war hier versammelt, eng aneinander gekuschelt wie nackte, blinde, frisch geborene Mäuse in ihrem Strohnest. Ich merkte wie mir die Tränen kamen. Sie huschten so schnell über mein Gesicht, als hätten sie schon Tage oder Wochen vor der Tür gestanden – nervös, drängend, erlösend.

Aber da war noch mehr. Zwischen den ganzen Fotos und Erinnerungsstücken lagen immer wieder Papierschnipsel mit einzelnen Wörtern oder kurzen Sätzen drauf: „Falsche Frage", „Vergangenheit", „Wo sind die Antworten?", „Aufhören", „Schmerzen", „Berge". Die einzelnen Buchstaben waren oft sorgfältig gemalt, aber so oft übermalt worden, dass das Papier an manchen Stellen schon gerissen war. Viele der Worte waren mehrmals unterstrichen, oder auch hektisch überkritzelt worden. Ganz unten schimmerte ein roter Zettel durch, auf dem offenbar mehrere Worte standen. Ich angelte ihn hervor und las eine Art Gedicht:

Ich renne.
Ich laufe.
Ich laufe davon.
Sie kommen.
Sind schon da.
Waren es schon immer.
Verschwinden nicht.
Sie fressen mich.
Höhlen mich von innen aus.
Durchdringen mich.
Sprudeln über.
Ich sterbe.
Blut
Vergangenheit und Gegenwart und Zukunft
Gefühle
Leben
Tod?

Ich starte auf diese Worte, von denen Schmerz tropfte wie Blut aus einer offenen Wunde. Ich verstand sie nicht, aber mein

Herz fühlte sie. Tastete über ihre Bögen und Striche und empfand. Angst, Wut und Verzweiflung quollen aus ihnen empor und erfüllten mich. Ich weinte wieder. Ohne Verstand, ohne Wissen.

Bedächtig, so als hätte ich die Ruhe eines Toten gestört, legte ich alles wieder an Ort und Stelle. Doch als ich den Schlüssel gerade umdrehen wollte, hielt ich inne. Ich holte Lukas' Babyfoto hervor, schaute darauf und küsste es, als enthielte es eine süße Erinnerung, die ich kosten wollte, und legte es hinein. Er würde wissen, dass ich es dort hineingelegt hatte, aber irgendwie gab mir das ein gutes Gefühl. So als hätte ich stundenlang in der Kälte gestanden, würde aber plötzlich aber eine heiße Tasse dampfenden Kakao in meiner Kehle spüre – warm, wohltuend, vertraut. Als ich mich in meinem Zimmer auf mein Bett legte, um meine Gefühle in ein Gleichgewicht zu bringen, brannte meine Haut, an der sein Foto gesteckt hatte, immer noch wie geschürtes Feuer.

Rebecca 1979

Ich litt Höllenqualen. Und ich tat, was ich am besten konnte. Ich verstellte mich und versuchte für den Mann, den ich liebte, die Person zu sein, die er am meisten wollte. Und Samuel wollte eine beste Freundin, der er alles anvertrauen konnte, ohne ein Blatt vor den Mund zu nehmen. Also war ich diese Freundin. Mit selbst so vielen Blättern vor dem Mund, dass ich mich nicht mehr verstehen konnte. Und wenn ich da so neben ihm saß und wir uns gemeinsam einen dieser alten Filme anschauten, die mir jetzt häufig zum Hals raushingen, konnte ich die ganze Zeit an nichts anderes denken, als daran wie seine Lippen auf meinen geschmeckt und wie seine Hände meine Brüste berührt hatten. Aber Samuel merkte nichts. Um ihm zu beweisen, dass ich genau wie er an keiner Beziehung interessiert war, erfand ich wieder mal einen Typen, den ich angeblich im Supermarkt kennen gelernt hatte, der sich aber dann doch nicht als mein Traummann herausstellte. Er tröstet mich und sagte mir, dass ich viel zu gut für so ein Arschloch sei und sich der Richtige schon noch finden würde. Ich schmiegte mich für diese Sekunden in seine Arme, sog seinen Geruch ein und hoffte, dieser Moment würde niemals vorüber gehen. Aber er ging vorüber.

Und Samuel ging wie immer nach Hause.
Und ich blieb wie immer allein zurück.

Luisa 1997

Unbegehbare Wege

Wir alle hüten unsere Gefühle wie Schätze. Sie sind es, die uns leiten, uns behindern oder auch antreiben. Aber sie sind auch beängstigend und fremd. Wir wollen sie verstehen, sie behutsam pflücken wie eine Blume. Sie bestaunen und anfassen, um die Antworten ihres Ursprungs zu ertasten. Aber sie sind so tief in unserem Inneren vergraben, dass wir nicht daran kommen. Also suchen wir einen Menschen, der sie uns zu erklären vermag. Der so tief an sie heranreichen kann, damit sie endlich einen Sinn ergeben. Damit wir uns verstehen und uns endlich ganz und vollständig fühlen können. Und die Suche nach dem Sinn ein Ende hat. Und hat man diesen Menschen gefunden, eröffnen sich Wahrheiten und Welten wie Millionen von Knospen. Wir taumeln auf dem Glück der Vollkommenheit, so dass wir ganz vergessen, dass Gefühle noch eine andere beängstigende Eigenschaft haben. Nämlich die, sich zu verändern.

Schnee lag auf meinem Fensterbrett und der Garten strahlte in seinem weißen Gewand Ruhe, Stille und Faszination aus. Es war lange her, dass sich der Schnee so lange gehalten hatte. Wenn wir in Bonn überhaupt Schnee bekamen, verwandelte er sich meist augenblicklich in grauen hässlichen Matsch. Zum Jahresbeginn 1997 jedoch hatte sich der Winter an seine eigentliche Aufgabe erinnert und Temperaturen bis -20 Grad vollbracht. Einen Tag vor Silvester hatte das Chaos eingesetzt und hielt sich bis Mitte Januar immer noch.
Ich liebte es.
Es war, als hätte die Welt den Atem angehalten. Die Straßen waren leer und einsam. Alle Geräusche versanken spurlos tief im Schnee und die Dunkelheit hatte keine Chance sich gegen die

weiße Flut durchzusetzen. Ich verbrachte so viel Zeit draußen, wie meine schneeuntauglichen Klamotten es zuließen und jede Fußspur, die ich auf dem perfekten Weiß hinterließ, machte mich traurig und nachdenklich. Als würde mir dadurch nur allzu deutlich bewusst, dass alles Konsequenzen hat – selbst die schönsten Momente.

Nur wenn ich mich mit Björn traf und Schneemänner baute, fühlte ich mich ausgelassen und im hier und jetzt. Wir führten uns auf wie siebenjährige – wild, grenzenlos, frei. Er war immer noch mein bester Freund und ich war mir sicher, dass sich das niemals ändern würde. Er und Patrizia waren noch zusammen. Und obwohl ich glaubte, dass die Beziehung nicht mehr funktionierte, sprach er niemals mit mir darüber. Aber das machte mir nichts aus. Ich hatte auch Geheimnisse, von denen ich nicht mal wusste, warum ich sie ihm eigentlich verschwieg.

Aber immer wenn wir uns sahen, fühlte ich mich ausgelassen, echt und glücklich. Bei ihm konnte ich einfach so sein, wie ich war und das machte das Zusammensein unverwechselbar großartig.

Ich saß am Fenster und zählte die Tropfen, welche die Sonne von dem Eiszapfen rinnen ließ, der von der Regenrinne über meinem Fenster hing. Da riss Fanni meine Zimmertür mit solcher Wucht auf, dass ich befürchtete, die Erschütterung würde ihn auf meinem Fensterbrett zu Millionen Splittern zerspringen lassen.

„Ich hab es geschafft!", strahlte Fanni und hüpfte dabei immer wieder klatschend in die Höhe. „Es war wirklich einfacher, als ich gedacht habe. Hättest du mir doch früher mal gesagt, was ich machen soll!"

Jetzt verdrehte sie die Augen und ließ sich rückwärts auf mein Bett fallen, als hätte eine schlimme Ohnmacht sie heimgesucht. Aber es war die Ohnmacht des Glücks. Offensichtlich hatte sie meinen Rat befolgt und Lukas die kalte Schulter gezeigt. Sie hatte sich sogar noch weiter aus dem Fenster gelehnt und gegenüber Lukas bei der ein oder anderen Gelegenheit verächtliche und abwertende Kommentare fallen lassen. Sie wollte ihm das Gefühl geben, dass er nun wirklich der allerletzte Typ wäre, für den sie sich interessieren könnte. Und plötzlich hatte er immer öfter ihre Gegenwart gesucht. Hatte sich mit ihr unterhalten und sich mit ihr treffen wollen. Sie wurden Freunde und als sie dann zusammen Schlittschuhlaufen gegangen waren, hatte er sie schließlich geküsst. Das Ganze hatte nicht mal vier Monate gedauert.

„Ist das nicht ein Wunder?"

Sie zog mich zu sich auf Bett und umarmte mich stürmisch. Ich freute mich, dass ich ihr hatte helfen können, aber diese Freude legte sich irgendwie rau, bitter und schorfig auf meine Zunge und war auch durch mehrmaliges Schlucken nicht mehr wegzubekommen. Ich sah ihre leuchtenden Augen und hoffte, dass Lukas es ernst mit ihr meinte. Auch wenn wir so verschieden waren, mochte ich sie doch sehr und wollte nicht, dass sie verletzt wurde. Wir redeten noch ein Weile bis es an der Tür klopfte und Lukas reinkam, als hätte er einen mit einem Baseballschläger auf den Kopf bekommen – den Kopf gesenkt, demütig, schüchtern.

„Hi", ging es in Fannis Richtung.

„Hi", kam es von ihr und plötzlich fühlte ich mich in die Vergangenheit zurückversetzt, als die beiden schon einmal ähnlich voreinander gestanden hatten. Auch damals hatte ich wie Unkraut zwischen ihnen gewuchert. Man musste es ausrupfen, um den Weg freizumachen.

„Kommst du?", fragte er.

„Ja, klar."

Fanni lächelte mir zu und als Lukas die Tür hinter ihr schloss, schaute er mir seit Ewigkeiten wieder einmal direkt in die Augen – tiefe, unergründliche Seen.

„Luisa", sagte er nur.

„Lukas", antwortete ich.

Und die Tür fiel vor seinen Augen ins Schloss.

Meine Zunge schmeckte Süße und Frucht.

Aber wie das mit Geschmäckern so ist, verflüchtigte er sich schneller als mir lieb war und der unangenehme, raue und bittere Geschmack von zuvor kam zurück. Ich war eifersüchtig. Ich sah Fanni und Lukas zusammen, wie sie glücklich Händchen hielten und sich anschmachten und mir wurde plötzlich deutlich bewusst, wie einsam ich eigentlich war. Ich vermisste Ben mit jeder Faser meines Körpers und träumte davon, ihn wiederzusehen. Aber der Traum war so hohl und leer wie das Innere eines Schokoladenweihnachtsmannes. Außen schön und lecker, Innen nichts. Aber es gibt auch gefüllte Weihnachtsmänner. Nur muss man nach ihnen suchen.

Ich hatte meinen Schlüssel vergessen. Ich hatte an diesem Tag zwei Stunden früher frei als Lukas und wenig Lust die Zeit vor unserem Haus im immer noch kühlen Märzwind zu verbringen. Also wagte ich, Lukas in der Schule anzusprechen. Seitdem er mit Fanni zusammen war, hatte sich unser Verhältnis zwar ein wenig entspannt, aber wir vermieden trotzdem jegliche Unterhaltung, gingen unterschiedliche Wege nach Hause und leben auch sonst aneinander vorbei. Jetzt stand er umringt von seinen Schachfiguren in der Nähe des Spielplatzes und hörte lässig sitzend einem Typen zu, der mit Armen und Beinen eine offensichtlich furchtbar komische Situation schilderte. Als Lukas mich hinter dessen Rücken erblickte, füllten sich seine Augen mit Schwärze und sein Gesicht mit Deckweiß. Ich konnte sehen, wie sich jeder Muskel seine Körpers anspannte. Ich ignorierte das und tat betont locker und flockig, wie ein frisch aufgeschlagener Vanillepudding.

„Hi zusammen", grüßte ich seine Kumpels, als würde ich ständig vorbeikommen. „Hi, Bruderherz."

Lukas starrte mich an, als wäre ich gerade vom Himmel gefallen. Ich konnte Wut sehen.

Mordlust.

Angst.

Ich zwinkerte alles mit einem Lächeln weg, als könnte er mich in der Öffentlichkeit nicht treffen.

„Pass mal auf", meine Stimme war eine leichte Brise am Strand – unbeschwert, salzig, gesund. „Ich hab meinen Schlüssel vergessen. Kann ich deinen haben? Ich hab heute schon zur vierten aus."

„Ich auch. Du kannst gerne mit zu mir kommen." Der Arm- und-Bein-Erzähler hatte sich zwischen Lukas und mich geschoben und hielt mir jetzt seine Hand entgegen. „Ich bin Tommy. Mit wem hab ich das Vergnügen?"

Tommy hatte ein freundliches offenes Gesicht. Von Sanftheit und Weichheit gezeichnet. Blondes etwas längeres Haar und eine sportliche, aber sehr schlanke Figur. Er war schön. Fast zu schön, für einen Mann.

Ich wollte gerade meine Hand in seine legen, als Lukas ihn mit einem Schubs zwei Meter zur Seite fegte. „Hier!" Er presste mir heftig die Schlüssel in die Hand. „Und jetzt hau ab."

„Oh, super. Danke!"

Ein fröhliches Frühlingslied summte in meinem Ton mit. Ich lächelte und vollführte eine perfekte Pirouette zum Gehen.

„Hey", Tommy ergriff meine Hand und hielt mich zurück. „Du hast mir deinen Namen immer noch nicht gesagt."

Meine Augen hüpften zu Lukas' Gesicht, aus dessen Augen und Ohren in einem Comic wohl Dampf gewichen wäre. Diese Vorstellung ließ mich Lächeln und dieses Lächeln landete flatternd auf Tommys Gesicht, der es mit seinen klarblauen Augen einsaugte, wie ein hungriger Staubsauger.

„Ich bin Luisa. Lukas' Schwester", hörte ich mich sagen.

„Hab ich schon mitbekommen. Die Kleine?", fragte er.

„Stimmt wohl."

„Ich hab auch einen großen Bruder. Ganz schön nervig, oder?"

Neben seinem Grinsen versank das riesige Schulgebäude in einem dunklen Schatten der Bedeutungslosigkeit.

„Du sagst es."

Ich grinste zurück. Und obwohl ich Lukas nicht ansah, meinte ich das Pfeifen eines kochenden Wasserkessels aus seiner Richtung zu hören. Ohne ein weiteres Wort drehte ich mich um und lief leicht wie ein Tischtennisball davon.

„Hey, sehe ich dich wieder?", hörte ich Tommy fragen.

„Wird sich zeigen", brüllte ich zurück und fühlte das Glück in mich fahren, wie ein Dämon, der versucht Macht über dich zu erlangen – stark, schwappend, wahnsinnig.

Wir sahen uns wieder. Tommy sorgte dafür. Am nächsten Morgen, als ich das Haus verließ, stand er an der Straßenecke und lächelte mir zu. Lukas verschwand grimmig in Fannis Haus und ich lief Tommy entgegen, als würden wir seit Jahren nichts anders machen.

Tommy war lustig, leicht und fruchtig. Wie ein Lutschbonbon ohne Zucker. Er hatte nichts Schweres oder Tiefes. Er war wie er war und ich flog mit ihm lachend durch die Welt. Unsere Gespräche waren interessant, dabei aber nicht so eindringlich wie die mit Marius und auch nicht so geheimnisvoll wie mit Ben. Ich konnte mit Tommy an meiner Seite einfach alles vergessen. Ich sah in seine lachenden Augen und warf mich mit allem, was ich hatte, hinein, versank und wachte kurz darauf auf, als hätte ich einen unwirklichen Traum geträumt. Er war eine Droge, die ich genoss und die mich abhängig zu machen drohte. Er war wie ein riesiger Juwel, den man haben musste, weil er so unfassbar schön, leuchtend und prächtig war. Und ich hatte ihn.

Ich war glücklich. Und zufrieden. Und froh. Und begeistert. Und dennoch...

Ich war mittlerweile 17. Und wenn wir alleine waren, war nicht zu missverstehen, was Tommy sich von mir wünschte. Er drängte mich nicht, aber ich spürte es bei jedem Kuss. Bei jeder Berührung. Dieses unausgesprochene Verlangen, dass einem die Haut kribbeln ließ. Aber irgendwie war ich nicht dazu bereit, mit ihm zu schlafen. Ich küsste ihn gerne, kuschelte mich an ihn und wollte nirgendwo anders sein, aber ich verspürte nicht dieses magische Drängen in mir, das mir bei Ben von der ersten Sekunde an die Sinne Purzelbäume hatte schlagen lassen. Und ich wartete darauf. Wartete auf dieses Gefühl. Dieses tiefe, einzigartige Gefühl, dass dir die Sicherheit gibt, dass es das Richtige ist. Der richtige Moment. Die richtige Entscheidung. Der richtige Mann.

Etwa zwei Monate nach unserem ersten Treffen zog Tommy bei seinen Eltern aus. Sie hatten sich ein halbes Jahr zuvor getrennt und sein Vater war ausgezogen. Seit dem bekriegten sich das ehemalige Paar und benutzte Tommy dafür, Botschaften von hin und her zu schicken. Tommy hielt das einfach nicht mehr aus. Als sein Kumpel Jochen ihm dann ein Zimmer in seiner Wohnung anbot, hatte Tommy sofort zugesagt.

Der Umzug ging reibungslos vonstatten. Die paar Möbel, die

er mitnahm, hatten wir schnell in einem Auto verstaut und fast ebenso schnell wieder in seinem neuen Zimmer aufgebaut. Sein Mitbewohner war gerade bei seinen Eltern zu Besuch und wir hatten die ganze Wohnung für uns. Am Abend als Tommy anfing die ersten Kisten auszupacken, huschte ich noch mal schnell zum Rewe, um wenigstens ein Brot fürs Frühstück zu holen. Als ich dann die Tür zu seiner Wohnung öffnete, überschwemmte mich Kerzenschein von einhundert Kerzen, die mir den Weg in sein Zimmer wiesen. Ich schmolz dahin wie Blei an einem Silvesterabend. Er empfing mich mit einem Lächeln in seinem Türrahmen. Ich ging auf ihn zu und schon lagen wir auf dem Boden. Das Brot aus dem Rewe zwischen uns. Wir krochen lachend zum Bett und ich fühlte seine warme Haut auf meiner. Seine Küsse waren sanft, verständnisvoll und suchend. Seine Hände angenehm, wissend und ruhig.

Ich wollte es.

Ich wollte es wirklich.

Aber mir kamen die Tränen.

Er sah mich an und küsste sie weg, als könnte er daran erschmecken, was in mir vorging.

„Es tut mir Leid. Wenn ich dich gedrängt habe... Ich meine, wir müssen nicht..."

Sein Ton war sanft und strich mir wie die Berührung einer Feder über das feuchte Gesicht.

„Das hast du nicht", brachte ich stockend hervor. „Es ist nur... Ich will ja, weiß du? Wirklich."

„Okay. Dann verschieben wir es einfach. In Ordnung? Ist doch kein Problem...."

„Nein!" Das Wort war der Hammer eines Richters, der sich Gehör verschafft. Die Frage war nur, wen ich zum Zuhören zwingen wollte? Tommy oder gar mich selbst? Um es noch deutlicher zu machen, unterstrich ich mein Wort mit einem heftigen Kuss. Er reagierte sofort, als hätte es nie eine Unterbrechung gegeben. Ich fühlte ihn zwischen mir. Ich küsste ihn wild, mich selbst überzeugend, aber die Tränen liefen wie Wasserfälle auf das Kissen unter mir, ohne dass ich sie stoppen konnte – rauschend, reißend, sinnesbetäubend. Und plötzlich fühlte ich meine Lüge wie ein Messer in meinem Herzen, das vorsichtig kleine Sterne daraus heraus schnitt, um sie dann in einer Pfanne zu braten – heiß, fettig, spritzend. Und die Wahrheit hinter der Lüge, drang in die zurückgebliebenen Löcher und versengte mich von Innen.

„Ich kann einfach nicht!", schluchzte ich und stieß ihn von mir weg, um mich aus dem Bett zu rollen.

„Okay. Beruhig dich. Ich versteh das echt. Kein Thema."

Ich sah die Verwirrung in seinen Augen. Ein Spiegelbild meines Herzens: Wahrheit – Lüge, Wahrheit – Lüge.

Er machte Anstalten aufzustehen.

„Bleib da!", schrie ich ihn panisch an.

„Was ist denn nur los? Wir können doch darüber reden. Ich würde dir doch nie was tun. Ich verstehe dich."

„Nein, du verstehst das nicht! Ich versteh' es ja nicht mal selbst! Kapierst du? Da ist so viel in meinem Kopf. Ich will ja, aber... aber ich kann nicht"

Ich zog meine Klamotten so hastig über meinen Körper, als könnte allein die Luft ihn zu Asche verbrennen.

Sein Gesicht zeigt Angst, Sorge, Schmerz: „Bitte, geh nicht... Ich... Ich...", stammelte er und ich wollte mir nur noch die Ohren zu halten. „Ich hab dich doch lieb ..." Er schluckt so hart, dass ich dachte einen Felsen in seinen Magen plumpsen zu hören.

Seine Worte hallten in meinem Kopf wider. Ich wollte antworten. Wollte ihm sagen, dass ich auch so empfand. Dass ich bleiben und mich in seine Arme schmiegen wollte. Dass ich nie wieder gehen wollte. Aber es ging nicht. Weil es eine Lüge gewesen wäre. Er war nicht Ben. Er war nicht.... Er war eine Lüge. Ich riss meine restlichen Sachen an mich und rannte aus seiner Wohnung, als wäre er mit einem Messer hinter mir her.

Es war weit bis zu mir nach Hause. Mit dem Bus hatte ich zwanzig Minuten gebraucht. Jetzt rannte ich. Ich hatte mir in der Panik meine Turnschuhe falsch herum angezogen und jeder meiner Schritte schmerzte wie die Hölle. Aber es machte mir nichts aus. Ich war dankbar dafür. Der Schmerz übertünchte die anderen Gefühle, die in mir wüteten wie ein Taifun in Asien – verheerend, undurchsichtig, unfassbar.

Ich wusste nicht, wie ich es nach Hause geschafft hatte, oder wie lange ich gebraucht hatte. Ich war einfach nur erleichtert, den dunklen Schatten unseres Hauses vom Himmel abgezeichnet zu sehen. Es brannte kein Licht. Meine Eltern waren bei Bekannten aus unserer Straße eingeladen, Maria-Sofia übernachtete bei einer Freundin und Lukas hatte, soweit ich wusste, ein Date mit Fanni.

Hungrig sog ich die einsame, dunkle Luft des Hauses ein, als ich die Tür hinter mir schloss. Ich zog weder meine Jacke, noch meine Schuhe im Flur aus, sondern schleppte mich, so wie ich war, die Treppe hoch. Ich wollte nur noch schlafen. Die Augen schließen und vergessen.

Vergessen zu fühlen.

Vergessen zu sein.

„Na, hast du Tommys Wohnung so richtig ‚eingeweiht'?"

Lukas' Stimme traf mich aus der Dunkelheit wie ein Schlag – tief, böse, schneidend. Sofort überfluteten mich Tränen wie ein Tsunami.

„Lass mich in Ruhe, du Arschloch", schluchzte ich ihm entgegen und rannte in mein Zimmer. Ich warf die Tür so heftig hinter mir zu, dass der Schließmechanismus kapitulierte und sie gleich wieder aufsprang. Hysterisch versuchte ich mir die Schuhe von meinen brennenden Füßen zu zerren, die aber bereits mit der verkehrten Form verschmolzen zu sein schienen.

„Luisa?"

Er sprach meinen Namen ganz vorsichtig aus, als könnte der Klang ihn bei lebendigem Leib verschlingen.

„Verpiss dich, verdammt noch mal!"

Ich zerrte weiterhin erfolglos an meinen Schuhen, um sie nach ihm werfen zu können. Nach ihm und meinen Gefühlen. Aber meine Finger waren taub, zitternd, schweißnass. Ich bekam die Schnürsenkel einfach nicht zu fassen. Plötzlich fühlte ich Lukas' Hand auf meiner – kühl, ruhig, stark. Nur einen Moment, bis das Zittern zusammen mit dem Rest meines Körpers erstarrte.

Er sah mich nicht an, sondern zog mir langsam und bedächtig die Turnschuhe aus. Als ich meine Füße ansah, die nackt in den Schuhen gesteckt hatten und an diversen Stellen blutig, wund und rissig waren, und Lukas die Schuhe korrekt und ordentlich nebeneinander stellte, erwachte mein Innerstes plötzlich wieder zu wütendem Leben.

„Hau ab!", brüllte ich, so dass es sich anfühlte, als würde ich alle meine pulsierenden Organe vor seine Füße spucken. Ich war aufgestanden und begann auf Lukas, der noch auf dem Boden kniete, einzutreten. „Lass mich endlich in Ruhe, du Arsch! Von dir brauch ich keine Hilfe, kapierst du? Von dir brauche ich überhaupt nichts mehr."

Ich nahm nun meine Hände und Füße zur Hilfe. Ich schlug und trat wahnsinnig und unkontrolliert auf ihn ein. Und trotzdem war jeder Schlag nicht genug. Ich hatte nicht genug Kraft, um das nach außen zu kehren, was raus musste. Was so lange gewartet hatte. Es war wie einer dieser Träume, in denen man verfolgt wird, aber einfach nicht von der Stelle kommt. Lukas zuckte die ganze Zeit nicht mal mit der Wimper. Er sah mich einfach nur an und wartete bis ich erschöpft, schluchzend und immer noch zu voll neben ihn sank und mich zusammenrollte, wie eine Raupe. Die Arme um die Beine geschlungen und das Gesicht zwischen den Knien vergraben. Ich lag da und wünschte, es würde endlich aufhören. Wünschte, ich könnte fliehen. Aber die einzige Bewegung, zu der mein Körper noch fähig war, war das rhythmische Schütteln zu meinen Schluchzer.

Er tastete sich nicht heran, sondern griff einfach unter mich und hob mich mühelos hoch.

Ich hatte nicht mal gemerkt, dass er aufgestanden war. Ich starrte ungläubig in sein Gesicht, aber er sah mir immer noch nicht in die Augen, sondern trug mich einfach nur aus meinem Zimmer. Ich konnte mich nicht wehren. Ich wollte mich nicht wehren. Während ich sein kantiges Kinn anstarrte, verebbte mein Schluchzen. Ich fühlte mich auf seinem Arm wie ein gerade geschlüpftes Vögelchen – klein, leicht, verwundbar. Er trug mich in sein Zimmer und öffnete seinen Schrank. Er schob mich unter all den Mänteln und Jacken durch, die ich so gut kannte und die mir so viele Jahre Geborgenheit und Sicherheit gegeben hatten. Ich hockte mich mit angezogenen Beinen in eine Ecke, unsicher, was ich denken oder tun sollte. Er war verschwunden und ich vermutete, dass er mir in meinem Zustand einfach nur einen vertrauten Ort zugestehen wollte. Aber er kam wieder, kletterte zwischen einem alten Morgenmantel meiner Mutter und Maria-Sofias Winterjacke zu mir hinein, hockte sich in die gegenüberliegende Ecke und reichte mir eine Packung Taschentücher. Ich nahm sie wortlos entgegen, putzte mir die Nase und legte dann erschöpf meinen Kopf auf meine Arme. Ich hatte das Gefühl, als enthalte der Inhalt des Taschentuchs nun das letzte bisschen Kraft, das noch in mir gewesen war und der endlich erlösende Schlaf holte mich sofort.

Als ich aufwachte, lag ich auf der Seite, meinen Kopf auf seinen Schoß gebettet. Ich spürte seine Hand rhythmisch über mein Haar streichen. Ich war nicht überrascht, sondern erleichtert, dass ich nicht alleine war. Es fühlte sich gut und sicher und richtig an. Er war mein Bruder. Ich hatte meinen Bruder zurück.

Ich wusste nicht, wie lange ich geschlafen hatte, aber es war immer noch dunkel und nur das bleiche Mondlicht stahl sich durch die bekannten Ritzen und Öffnungen von Lukas' Schrank. Ich drehte mich auf den Rücken, um Lukas ins Gesicht sehen zu können und er hielt in seiner Bewegung inne. Trotz der Dunkelheit, glaubte ich, jedes Detail seines Gesichtes zu erkennen. Die Linie seiner Nase, der Schwung seiner Lippen, selbst die vertrauten gelben Punkte in seinen Augen. Und es war das erste Mal, dass er an diesem Abend meinen Blick erwiderte. So lange hatte ich ihm nicht in die Augen gesehen. Ihn gesehen. Es war ein Gefühl, als käme ich nach langer Zeit endlich wieder nach Hause – beruhigend, einzigartig, warm. Unwillkürlich musste ich lächeln. Aber er lächelte nicht zurück, sondern sah mich nur an. Sein Blick traf mich tief in meinem Herzen.

So tief.

Und dann beugte er sich zu mir herab und küsste mich. Es war kein vorsichtiger, langsam herantastender Kuss, sondern sein Mund berührte meine Lippen und es war, als gehörte er dorthin. Als hätten wir das schon tausende Male zuvor getan. Und ich war nicht mal überrascht. Es schien, als hätten unsere Körper und Seelen unser ganzen Leben nur darauf gewartet, endlich zusammengeführt zu werden – selbstverständlich, zielsicher, richtig. Es war als küsse er all meine verlorene Energie wieder in mich zurück. Die schon lange verkümmerte

Mohnblume in meinem Inneren öffnete mit einem Plopp die Blüte und sofort erglühte ein unendliches Blumenmeer. Ich spürte blaue, gelbe, rosa und violette Blüten aufspringen, wo ich nicht mal Empfindungen vermutete hatte. Mein ganzer Körper stand innerhalb Sekunden in feuerlicher Pracht – überwältigend, schön, überirdisch. Mein Verstand wurde von ihrem betörenden Geruch vollständig vernebelt, eingehüllt und gestreichelt. Und ich war nur noch Körper und Gefühl.

Ich schlang meine Arme um ihn und er hielt mich fest. Ich sog seinen Duft ein, fühlte seinen Körper und entfaltete den unbändigen Wunsch, in ihn rein zu kriechen. Ich wollte ihn schmecken, ihn riechen, ihn fühlen. Aber ich wollte ebenso fühlen, was er fühlte, riechen, was er roch, schmecken, was er schmeckte. Nur so würde ich mich jemals wirklich vollkommen, ganzheitlich fühlen. Unsere Küsse wurden inniger. Drängend, saugend, rasend. In der Enge des Schrankes versuchten wir hektisch unsere Körper zu einander zu führen, uns die Kleider vom Leib zu reißen und unsere Münder nicht zu verlieren. Ich hatte das Gefühl, würde ich seinen Mund nicht mehr auf meinem spüren, seine Wärme und seinen Geschmack verlieren, würde ich sofort aufhören zu atmen. Es war in diesem Moment lebensnotwendig für mich. Wir klammerten uns aneinander, als hätten wir das erste Mal im Leben Halt gefunden. Ohne ihn wartete ein unendlicher Abgrund.

Irgendwie schafften wir es, uns aus dem Schrank ins Freie zu kämpfen. Und plötzlich fühlte ich nur noch ihn. Seine heiße Haut auf meiner, seine Arme und Beine um mich geschlungen. Sein Gewicht auf mir. Ich wollte ihn mit so einer Intensität in mir haben, wie ich mir nichts auf der Welt jemals gewünscht hatte. Es gab keinen Moment des Zögerns, keine Unsicherheit. Nur Wahrheit. Ich umfasste ihn mit meinem Körper, wie ein Schloss, in das nur ein Schlüssel passt – Zahn in Zahn, Rille in Rille, Lust in Lust. Und die Tür sprang mit Wonne auf und entblößte hinter sich das Paradies – unfassbar, unbeschreiblich, unendlich schön.

Wir waren das Meer, das der Sturm gegen die Felsen peitscht. Wir waren die Erde, die im Rhythmus des Lebens atmet. Wir waren die Luft, die jede Zelle durchströmt.

Wir waren das Feuer, das alles verbrennt und Platz für Neues schafft.

Ich sah in seine Augen und sah mich, uns, wir. Konnte nicht aufhören – versinkend, jauchzend, erlösend.

Wir lagen noch lange so da. Im Dunkeln schwitzend. Ich genoss sein Gewicht auf mir und schwärmte mit meinen Augen über die Schatten, die seine Muskeln im Mondlicht warfen, wenn er atmete. Das Glück ließ mich unwirklich flimmern, wie Glitter im Wind. Aber ich merkte, dass sich da langsam etwas anderes seinen Weg bahnte – dunkel, tatsächlich, wichtig. Mein Verstand konnte wieder atmen. Begriff. Fragte. Wir hatten die ganze Zeit kein Wort miteinander gesprochen. Hatte nur unsere Körper und Seelen miteinander diskutierend tanzen lassen. Aber jetzt drängten sich die Worte nach vorne, zeichneten sich ab, wurden deutlich, mussten befreit werden: „Was war das?"

Die Worte klangen hart und bitter, in der stillen Dunkelheit. Wie Pfeile, die sich in deine Ohren bohren. Ich hatte nicht reden wollen. Hatte die Situation nicht zerstören wollen. Hatte darin für immer verharren wollen. Und jetzt spürte ich, wie sich Lukas' Muskeln unter dem schweren Seufzer, den er ausstieß, anspannten.

„Ich weiß nicht." Es klang nicht traurig, sondern erschlagen – dumpf, rau, wund. Als hätte er sich schon immer diese Frage gestellt. Aber nie eine Antwort bekommen.

„Du bist mein Bruder!" Die Worte zwängten sich zwischen uns, flossen dazwischen wie heißer Teer. Blieben dort haften – klebrig, zäh, unentfernbar.

„Ich weiß", sagte er tonlos und schloss die Augen.

„Wie konnte das dann passieren?"

„Ich weiß nicht." Wir schwiegen eine Weile und atmeten den Duft der Wörter, die wir gesprochen hatten. Ihre Bedeutung legte sich auf mein Bewusstsein und blieb trotzdem unbegreiflich.

„Und was machen wir jetzt?"

Angst kletterte mir die Kehle hoch.

„Ich weiß es nicht."

Er klang atemlos. Er hielt mich immer noch in seinen Armen,

aber alle Kraft schien aus ihnen gewichen. Plötzlich ging ein Ruck durch seinen Körper. Er sprang auf und rannte rastlos durch sein Zimmer. Sein heller Körper ein Geist in der Dunkelheit. Er ließ mich kalt, einsam und verletzlich zurück.

„Wir haben einen großen Fehler gemacht", drehte er plötzlich auf. „Was haben wir nur getan?" Er bewegte sich so panisch, dass ich ihm in der Dunkelheit kaum folgen konnte. „Wie konnten wir nur? Meine Güte wir sind Geschwister! Wir sind miteinander aufgewachsen. Wir kennen uns unser ganzes Leben! Verdammt, wie saßen früher zusammen in der Badewanne!"

Seine Worte schnitten sich beißend ins Fleisch, wie ein Lötkolben. Ich konnte nichts dazu sagen. Ich wusste, er sprach die Wahrheit, aber ich wollte sie nicht hören. Lukas stockte, hockte sich vor mich und nahm mein Gesicht in seine Hände. Sehnsüchtig griff ich danach.

„Es tut mir so leid, Püppi. Ich hätte das nicht tun sollen! Ich hab mich dagegen gewehrt. Das musst du mir glauben. Ich hab alles versucht. Aber… aber… du warst so… immer, wenn ich dich gesehen habe…" Der Rest des Satzes hing zwischen uns und formierte sich zu Bildern, die vor meinen Augen aufblitzten. Bilder von abgenommen Fotos, bösen, stechenden Blicken, wechselnden Mädchen und wild unterstrichenen Wörtern.

„Und dann gestern Abend… ich wusste nicht… ich meine, ich wollte nicht… aber… du bist einfach so wunderschön."

Erschöpft ließ er die Hände sinken und fiel in sich zusammen wie ein angestochenes Soufflee – schwer, luftleer, sinnlos. Er hielt sich die Hände vors Gesicht und weinte. Sein Körper zuckte wie meiner noch einige Stunden zuvor. Ich krabbelte zu ihm und nahm ihn in den Arm. Sofort klammerte er sich an mich und vergrub sein Gesicht in meinen Haaren.

„Verdammt, ich bin dein großer Bruder. Ich hätte dich beschützen sollen. Und dann… dann mach ich das hier. Es tut mir so leid … Ich weiß nicht, wie ich das je wieder gut machen soll."

Ich hatte ihn noch nie so gesehen. So verletzlich, so verzweifelt, so jung, so echt. Und ich war ihm noch nie so nahe gewesen.

„Ich liebe dich", flüsterte ich ihm ins Haar und er ließ die Worte ungläubig auf sich nieder regnen wie einen warmen Sommerregen.

Die Worte waren aus meinem Herzen geflossen. Dort, wo der Samen eben dieser Mohnblume gesät worden war, als ich noch nicht geboren war. Dort, wo die Bestimmung ihren Anfang genommen hatte. Ich sollte diesen Jungen lieben. Dass er mein Bruder war, spielte keine Rolle. Nichts spielte eine Rolle, außer dass ich es endlich erkannt hatte. Auch ich hatte mich dagegen gewehrt. Hatte den Gedanken und die Gefühle nicht zugelassen, weil ich gelernt hatte, dass sie nicht existieren können.

Nicht existieren dürfen.

Aber sie existierten.

Sie erfüllten mein Sein, machten es vollständig und rein. Nie wieder würde ich zulassen, dass sie mir jemand verbot. Nie wieder. Jetzt war ich es, die ihre Hände um sein Gesicht legte und ihn zwang mich anzusehen.

„Es muss doch niemand wissen. Ich… ich… meine Güte, ich hab mich noch nie so gefühlt, verstehst du? Du machst mich glücklich. Das hier macht mich glücklich! Warum sollte ich also wieder darauf verzichten? Wenn es niemand weiß, kann es uns auch keiner verbieten, oder?"

Seine Augen drangen ungläubig in meine.

„Aber es ist falsch!" Er war wieder sechs Jahre alt und unsicher, ob er mit dem Finger aus dem Nutellaglas essen durfte oder nicht.

„Ja, und?" Ich fühlte mich plötzlich so mutig, als wäre ich sicher, von einem Hochhaus springen zu können, ohne mich zu verletzen. „Ich weiß, du willst immer alles richtig machen. Alles kontrollieren. Alles perfekt machen. Aber das hier ist schon perfekt. Auf seine einmalige Art und Weise. Verstehst du? Es ist doch egal, was andere sagen."

Es sah so aus, als wollte er lächeln, aber dann küsste er mich so stürmisch, dass wir das Gleichgewicht verloren und umkippten.

Ich schlang meine Arme um ihn: „Lass mich einfach nie wieder los, okay? Lass mich nie wieder allein!" Meine Stimme war lauter als beabsichtigt. Vom Glück in zu hohe Töne getragen. Und Lukas hielt mir plötzlich den Mund zu.

„Was ist denn?", murmelte ich in seine Hand und versuchte dabei seine Handinnenfläche anzuknabbern.

„Psst", kam es von ihm und deutete mit dem Kopf Richtung Zimmertür. Gedämpfte Worte drangen nach oben. Meine Eltern waren nach Hause gekommen. Urplötzlich waren wir zu Opfern des Pompeji geworden – erstarrt, aschfahl, verborgen. Obwohl die Schritte meiner Eltern mir so vertraut waren wie meine eigenen, hörten sie sich in diesem Moment bedrohlich, laut und kratzig an. Erst als wir ihre Schlafzimmertür über uns in Schloss fallen hörten, erwachten wir wieder zum Leben. Und plötzlich musste ich so laut lachen, dass Lukas mir den Mund zuhielt, weil er Angst hatte, unsere Eltern könnten mich hören. Es war nicht die Situation, die mich lachen ließ. Es war einfach das unbändige Glück, das sich seinen Weg nach draußen bahnte – befreiend, wolkenlos, strahlend.

Lukas riss eine dicke Daunenjacke meiner Mutter aus dem immer noch offenen Kleiderschrank. Er hielt sie mir vor den Mund, damit mein Glück sich weich darin fangen konnte. Und während er nicht ganz so laut mitlachte, lachte ich mein Glück aus mir heraus, bis ich endlich darin sicher und wunderbar baden konnte.

„Ich liebe dich, Luisa", sagte er, während ich immer noch atemlos meinen Kopf auf seine Brust bettete. „Es ist unglaublich. Und vielleicht ist es falsch. Aber es gibt nichts was wahrer auf der Welt sein könnte, als das."

Ich rappelte mich hoch und schaute ihn an: „Noch nicht mal Mathematik?", neckte ich ihn grinsend.

„Nein, noch nicht mal Mathematik", lachte er und küsste mich. Wir schliefen in dieser Nacht noch sechs Mal miteinander.

Wir wachten von lautem Getrampel und Gekreische auf der Treppe auf. Maria-Sofia war nach Hause gekommen. Unsere nackten Körper waren von gleißendem Sonnenlicht bedeckt, aber sie hatte unsere erschöpften und glücklichen Körper nicht zu wecken vermocht. Die Geräusche unsere Familie ließen uns aber nun hochschrecken und sofort in der Gegenwart Platz nehmen. Wir sammelten hektisch unsere Klamotten zusammen und lächelten uns zwischen Unterhosen und T-Shirt verschwörerisch zu. Es war klar, dass ich mit ziemlicher Unmöglichkeit unbemerkt in mein Zimmer gelangen würde, zumal meine Zimmertür vom Abend offen stehen musste. Wir mussten also so tun, als wären wir früh aufgestanden und hätten uns in Lukas' Zimmer zusammengesetzt, um uns zu unterhalten. Dafür benötigte ich aber neue Klamotten. Lukas warf sich seinen Schlafanzug über und holte aus dem Bügelzimmer nebenan ein paar Sachen für mich. Ich schlüpfte rasch in die Jeans und das T-Shirt, das er mir ausgesucht hatte und wir beide verließen gemeinsam sein Zimmer. Ich ging in meins und er huschte ins Badezimmer.

„Ich such dir das Biobuch dann später raus, okay?", rief er mir dann noch laut über den Flur zu.

„Ja, super. Danke, für deine Hilfe!" Ich klang so locker wie ein Baiser - süß, pudrig, steif. Und ich grinste immer noch breit, als ich meine Zimmertür hinter mir schloss.

Von da an bewegten wir uns in einer Welt, die so unwirklich und schön war, dass ich mich ständig fragte, ob ich mir das alles einbildete. Am Tage waren wir weiterhin Bruder und Schwester, die sich nicht besonders gut leiden konnten und gingen uns wie gewohnt aus dem Weg. Nicht nur weil wir Angst hatten, entdeckt zu werden, sondern vor allem, weil uns unsere Sehnsucht nach einander wie Feuer verbrannte.

Es bereitete mir körperliche Schmerzen seinen Arm zu sehen, der den Löffel mit Linsensuppe hielt, ohne ihn anfassen zu können. Ich spürte mein Herz freiliegend auf meiner Hand schlagen, wenn ich ihm in die Augen sah, ohne zu sagen, wie sehr ich ihn liebte. Wir mussten möglichst viel Distanz zwischen uns schaffen, um nicht im Apfelhain zu verhungern.

In der Nacht entluden wir uns dann mit der Energie von unzähligen Urknallen, die die Erde immer wieder von vorne entstehen ließen – glühend, fruchtbar, einzigartig. Danach lagen wir im Dunkeln und schwebten auf dem Atem des anderen.

„Du hast dich heute mit Fanny getroffen."

Ich lag mit meinem Kopf in seiner Schultermulde, die mir wie ein maßgeschneiderter Hut passte und er spielte mit einer Haarlocke von mir.

Wir sprachen wenig, wenn wir nachts zusammen waren. Als könnten Worte die Realität hervorkitzeln, die uns beide so ängstigte. Demnach hatte ich in dieser Nacht schon lange auf den Worten rumgekaut, bevor ist sie so behutsam wie möglich über meine Lippen kriechen ließ. Wir hatten beschlossen, dass Lukas erstmal mit Fanni zusammen bleiben sollte, damit niemand Verdacht schöpfen konnte. Aber als ich sie heute Nachmittag zusammen in ihr Haus hatte gehen sehen, hatte sich mein Magen zu einem Henkersknoten mit dreizehn Umwicklungen zusammengezogen, dessen Schlinge sich um meine Zunge geworfen hatte. Am Ende hatte ich mich hechelnd und würgend über eine Hecke unserer Nachbarn erbrochen.

„Mmmh", machte er jetzt nur.

„Und?" Ich musste das Wort ausspucken, wie die Katze einen Haarballen – aus den tiefsten Tiefen, klebrig, wie einen Fremdkörper.

„Was und?"

Er spielte weiter mit meiner Locke, als verstünde er wirklich nicht, was ich eigentlich wissen wollte. Ich setzte mich auf und zog ihm die Decke vom Körper, um mich darin einzuwickeln. Er lag nun nackt und glänzend im Mondschein. Seine Muskeln wie aus Marmor gemeißelt.

„Was denn?" Er stützte sich auf die Ellenbogen während seine Augen über meinen nun wieder verhüllten Körper schlichen und dann an meinem Gesicht hängen blieben. „Wir haben doch darüber gesprochen. Du warst auch der Meinung, dass es besser wäre, wenn ich noch mit ihr zusammen bleibe."

„Ja, aber..." Ich wollte die nächsten Worte runterschlucken und sie vergessen, aber sie lagen rau und bitter auf meiner Zunge, wie die Reste meines Erbrochenen.

„Aber?"

Lukas hatte seine linke Augenbraue hochgezogen und setzte sich nun richtig auf, um mit mir auf Augenhöhe zu sein und seine brennend in meine zu versenken. Ich schaute weg, weil ich nicht wollte, dass er meine Schwäche aus den Tiefen meiner Augen pickte wie eine Amsel die Larve aus der Baumrinde.

„Aber… Na ja, hast du… hast du mit ihr geschlafen?"

„Natürlich nicht!" Lukas Stimme war ein Schneeball, der mich am Hinterkopf traf. „Ich hab ihr gesagt, dass ich mich beim Training verletzt hab und mir alles weh tut. Das hält vielleicht nicht lange, aber wenn's nicht mehr geht, mach ich halt Schluss. Warum fragst du mich das? Vertraust du mir nicht?"

„Doch. Aber die Frage ist ja wohl berechtigt. Immerhin hast du dich ja vorher, was Sex betrifft, auch nicht gerade zurückgehalten. Und ich gehe auch mal stark davon aus, dass du auch bei Fanni nichts hast anbrennen lassen."

Die Wut war plötzlich gekommen und setzte sich in meiner Luftröhre fest wie eine Zecke – beißend, saugend, widerlich. Die Erinnerung von Lukas mit irgendwelchen Mädchen im Bett, war so frisch, als hätte ich erst am Abend zuvor in seinem Schrank gehockt und seinem Atem gelauscht. Und die Erkenntnis traf mich wie eine Medizinball in den Magen: Dieser Streit damals, meine Flucht in den Wald, Ben. Das alles war geschehen, weil mich der Anblick von Lukas und diesem Mädchen tief erschüttert hatte. Weil ich ihn damals schon geliebt hatte, diese Liebe aber nicht hatte wahr haben wollen.

Lukas schrie mich nicht an, um meiner Wut Paroli zu bieten. Im Gegenteil nahm er meine Hand in seine und zwang mich, ihm in die Augen zu sehen, in denen sich meine Wut und mein Schmerz verliefen. Ich wollte meine Hand wegziehen, aber er hielt sie sanft und bestimmt fest.

„Jetzt hör mir mal zu, Luisa. Alles. Wirklich alles, was ich vor dem hier", seine Hand ließ zwischen uns eine einzigartige und glänzende Welt entstehen „getan habe, hab ich gemacht, weil ich dich vergessen wollte. Ich hab versucht, meine Gefühle zu verdrängen. Zu betäuben. Weil ich mich für krank hielt. Du weißt, dass das hier nicht normal ist. Sowas darf eigentlich überhaupt nicht sein…"

Ich legte ihm meinen Zeigefinger auf die schönen Lippen. Ich wollte das nicht hören. Wollte die Wahrheit nicht hören, die sich für mich wie eine Lüge anfühlte. Seine Lippen küssten mit einem Seufzer meinen Finger. „Denn ich wusste ja nicht, ich ahnte nicht im Entferntesten, dass du auch so empfinden könntest."

„Ich hab damals in deinem Schrank gesessen. Hab gehört,

was du mit Sandra gemacht hast", flüsterte ich. Jedes Wort schwer von Vergangenheit.

Aus seinem Gesicht wich jegliche Mimik, als ob die Erdanziehung darunter plötzlich um das Dreifache angestiegen wäre und er rückte ein Stück von mir weg, um sich mit dem Rücken an sein Bett anzulehnen. Bevor er anfing zu sprechen, fuhr er sich mehrmals durch die Haare und übers Gesicht, als wäre es durch meine Worte bekleckert worden. Sein Blick entfernte sich von mir und suchte in einer Welt Zuflucht, die nur er kannte. Als er dann sprach, war seine Stimme seltsam entrückt. Als wäre er wirklich tausende Meilen von mir entfernt.

„Ich hab gedacht, es würde irgendetwas verändern, wenn ich mit einem Mädchen schlafe. Ich hab gehofft, dass ich so für sie Gefühle entwickeln würde und dich vergessen könnte. Und erst schien das auch irgendwie zu funktionieren. Ich meine, auf einer Party, mit lauter Musik und Alkohol. Die fordernden Augen eines hübschen Mädchens... Aber wenn ich dann mit ihr alleine war, merkte ich, dass sie gar nichts verändern konnten. Dass sie mir nie was bedeuten könnten. Ich war so verzweifelt... und so wütend. Auf das Mädchen, dass nichts Liebenswertes für mich hatte, auf mich, sie nicht lieben zu können und auf dich, die ich nicht lieben durfte."

Er angelte seinen Blick aus der fremden Welt zurück und trieb mir den Anglerhaken in meine Augäpfel. Er schluckte schwer und in seinen Augen sammelten sich glitzernde Seen. „Ich wollte, dass du genauso leidest wie ich. Ich war manchmal so wütend, dass ich die Liebe, die ich für dich empfand, nicht mehr spürte. So dass das meine Zuflucht wurde. Also hab ich versucht, dich zu verletzten, so oft es ging."

Sein Schmerz lief aus ihm heraus, ohne auch nur die kleinste Regung seines Gesichtes. Als hätte der Schmerz jeden Muskel in seinem Gesicht lahm gelegt.

„Und du wusstest genau, wie du mich verletzen konntest."

Ich hörte mich an wie ein kaputtes Radio, an dessen Knopf man beliebig oft drehen kann, ohne dass ein klares Signal kommt – rauschend, tonlos, eindimensional.

„Ja, das wusste ich."

Wir saßen eine Weile gefangen da und starrten einander an.

Wir zählten die Tränen des anderen und tauchten ein in dessen Schmerz – kosteten, saugten, litten.

„Ich liebe dich", murmelte ich und die Worte waren ein weißes, sauberes Tuch, das allen Schmerz, alle Verletzungen mit einem Wisch auslöschte und nur Reinheit und Wahrheit hinterließ.

„Ich liebe dich auch", antwortete er und dann hielten wir einander fest, bis die Vergangenheit zwischen unseren Körper zu unkenntlichem Staub zerrieben worden war und Platz für die Zukunft machte.

„Und was ist mit Tommy?", fragte er nachdem wir uns langsam und intensiv geliebt hatten. Wir lagen auf dem Boden und starrten an die Decke, auf der die Äste des Baumes vor seinem Zimmerfenster mit dem Mondlicht Geschichten erzählten.

„Na gar nichts. Ich kann das nicht. Ich kann nicht so tun, als würde ich mit ihm zusammen sein, wenn mir schon schlecht wird, wenn ich nur daran denke, dass du Fanni küsst. Also hab ich seine Anrufe einfach ignoriert."

Ich hatte mich aufgesetzt, weil ich befürchtete, im Liegen würden mir die Augen automatisch zufallen wie bei einer Puppe. Ein klarer Nachteil, wenn man nur die Nächte füreinander hatte. Ich befürchtete, dass ich diesen Schlafmangel nicht mehr lange durchhalten würde. Lukas hingegen schien das alles so gut wie gar nichts auszumachen. Er wirkte auf mich wacher und stärker denn je.

„Er hat mich auch schon gefragt, was mit dir los ist. Vielleicht ist es doch besser, wir machen beide einen klaren Schnitt. Ich meine, warum sollte irgendwer Verdacht schöpfen? Die Einzigen, die irgendetwas davon mitbekommen können, wohnen hier in diesem Haus. Und die haben doch eigentlich schon immer genug mit sich selbst zu tun gehabt."

Es war nur so daher gesagt, aber irgendetwas an seinem Tonfall ließ meinen kleinen zarten, dick eingewickelten Dorn in meinem Herzen wieder spürbar werden – spitz, dumpf, schmerzhaft. „Wie meinst du das?", kitzelte der Dorn hervor.

„Hm", machte er nur und die Dunkelheit in seinem Zimmer

wurde plötzlich drängend und bedrohlich, so dass ich den Drang unterdrücken musste, das Licht anzuknipsen.

„Was soll das denn jetzt schon wieder bedeuten? Ich will wissen, was du damit meinst, dass unsere Eltern immer schon genug mit sich selbst zu tun hatten!"

Ich hatte meinen Dorn hervorgeholt und säbelte damit die Luft in kleine akkurate Quadrate.

„Was regst du dich denn so auf? Ich hab das einfach so daher gesagt."

Er versuchte leichthin zu klingen, wie der Wind, der sich in einem Windspiel verfängt. Aber ich sah wie die Schatten, die seine Gesichtsmuskeln umschmeichelten, bei seiner Antwort verräterisch zu scharfen zackigen Kanten wurden. Und sie schnitten mir in die Seele wie die kleinen Messer auf einem Gemüsehobel.

„Ich weiß, dass wir eine Oma haben. Eine richtige. Eine, die lebt, meine ich.", hörte ich mich plötzlich sagen. Ich hatte seitdem wir zusammen waren, noch gar nicht darüber nachgedacht, ob ich mit ihm über die Dinge reden wollte, die ich von Maria-Sofia erfahren hatte. Hatte es bei Seite geschoben, um Platz für diese wunderschöne Liebe zwischen uns zu machen. Aber jetzt waren die Worte einfach so auf seinen Bauch gefallen. Und ich konnte förmlich sehen, wie sie sich langsam durch die Bauchdecke fraßen und sich in seinem Magen verankerten.

„Ach, ja?", fragte er steif.

„Ja, ich hab sogar ein Foto von ihr gesehen. Maria-Sofia hat sich mit ihr getroffen. Ich seh' ihr sehr ähnlich."

„Gut."

Er lag immer noch regungslos da. Nur seine Brust senkte und hob sich bei jedem Atemzug wie ein Meer, das geduldig auf den nächsten Sturm wartet – ruhig, glänzend, bedrohlich.

„Mehr hast du dazu nicht zu sagen?"

Ich war der Sturm, der das Meer aufwühlen wollte, bis die Gischt wild um sich schlagen würde. Aber auf eine Tsunamiwelle war ich nicht gefasst.

„Was soll ich denn sonst dazu sagen, he?"

Seine plötzliche Wut war der Spiegel meiner eigenen.

„Keine Ahnung? Vielleicht woher ich das weiß und warum

unsere Eltern es uns immer verschwiegen haben?"

„Ach, darauf hast du also auch eine Antwort? Na, dann lass mal hören!"

Und die Welle brach über mir zusammen und begrub mich unter sich, so dass ich mich klein, hilflos und unbedeutend fühlte.

„Nein, natürlich hab ich die nicht!"

Ich zappelte mit Armen und Beinen, auf der verzweifelten Suche nach der Wasseroberfläche. „Aber trotzdem sind es jawohl natürliche Fragen, die man sich als Kind in so einer Situation stellt, oder nicht?"

„Ach, ist das so?"

Ein Strudel riss mich wieder nach unten. Aber ich kämpfte weiter.

„Ja, allerdings!"

Endlich durchbrach ich die Oberfläche, um noch einmal Luft zu schöpfen.

„Was bist du eigentlich so sauer! Wenn es dich nicht interessiert, bitte schön. Aber hör auf mich anzuschreien!", schnappte ich nach Luft. Und mein Atem hing eine Sekunde zwischen uns wie eine Nebelfront. Aber als der Nebel sich wieder lichtete, hatte sich der Sturm gelegt und die See lag wieder ruhig vor mir.

„Okay, du hast wahrscheinlich Recht. Ich will nur sagen: Ja, vielleicht haben uns Mama und Papa belogen. Kann schon sein. Aber das machen alle Eltern! Sie werden bestimmt ihre Gründe haben, okay? Und egal, was es ist, sie meinen es sicher nur gut. Und dazu kommt noch, dass es mir einfach egal ist." Er legte sich wieder hin, zog sich die Decke unters Kinn und rollte von mir weg auf die Seite. „Jawohl, es ist mir egal", murmelte er. Ich wusste nicht, ob er es zu mir sagte, oder eher zu sich selbst. Aber etwas wusste ich ganz sicher: Ich glaubte ihm nicht.

„Hey, aufwachen, Lukas! Es ist schon viertel vor acht. Mama sagt, du hast heute zur Ersten." Maria-Sofia hatte die Tür geöffnet, ohne anzuklopfen. Wir hatten durch unseren Streit vergessen, einen Wecker zu stellen und waren einfach eingeschlafen. Das Schlafdefizit hatte uns tief schlummern und nicht aufwachen lassen.

Als ich ihre Stimme hörte, konnte ich nur noch die Decke über meinen Kopf ziehen und hoffen, dass sie mich nicht schon gesehen hatte.

„Verschwinde, Kleine", rief Lukas und ich konnte seine Angst im Zimmer vibrieren hören.

„Wer ist das da neben dir im Bett?" Maria-Sofia entging so leicht nichts.

Ich biss mir auf die Lippen, bis ich Blut schmeckte. Ich hoffte, sie würde nicht auf die Idee kommen, mich auch zu wecken, obwohl ich erst zur Zweiten hatte. Denn selbst dafür war ich schon etwas spät dran.

„Niemand! Und jetzt verschwinde!", brüllte Lukas Maria-Sofia viel zu laut an und ich spürte, wie er die Beine aus dem Bett schwang, um sie eigenhändig aus dem Zimmer zu bugsieren. Aber sobald er stand, lief sie kreischend davon und ich hörte ihre schnellen kleinen Schritte auf der Treppe.

„Scheiße", sagte ich und raffte alle meine Klamotten zusammen, denen Maria-Sofia scheinbar keine Beachtung geschenkt hatte.

„Scheiße", sagte Lukas und schaute vorsichtig auf dem Flur nach, ob die Luft rein war. Bevor ich aber hinausschlüpfen konnte, hielt er mich noch einen Moment zurück und küsste mich – hart, intensiv, elektrisierend.

„Vergiss nicht, ich liebe dich, okay?", flüsterte er mir zu.

„Okay."

„Okay?"

„Ja, ich hab doch schon gesagt, dass es okay ist. Ich liebe dich auch." Aber ich konnte ihm dabei nicht in die Augen sehen.

Wir trafen uns am Frühstückstisch wieder. Ich saß mit Maria-Sofia und meiner Mutter am Esstisch und sah konzentriert auf meine Schüssel Cornflakes, als erwarte ich, dass die kleinen, gelben, mittlerweile matschig gewordenen Flakes ein Milchballett a la Olympiade für mich aufführen würden. Während Lukas sich zu uns an den Tisch setzte und sich ebenfalls welche in eine Schüssel schüttete, nahm sich meine Mutter bedächtig ein Brot aus dem Korb und bestrich es mit runden, malerischen Bewegungen erst mit Butter, dann mit Erdbeermarmelade.

„Maria-Sofia hat gesagt, du hattest Besuch?" Ihre Augen linsten dabei beiläufig an dem Marmeladenbutterherz auf ihrem Brot vorbei.

Mein Kopf schnellte unkontrolliert in die Höhe und schaute in Lukas' Gesicht. Aber Lukas war ein viel besserer Schauspieler als ich und überging meine hastige Reaktion gekonnt, ohne auch nur in meine Richtung zu zucken. Dadurch konnte ich hoffen, meine Mutter deute meine Reaktion als die extreme Neugier einer Schwester.

„Mmmh", machte Lukas nur und schickte Maria-Sofia durch seine dunklen Wimpern ein paar böse Pfeile zu.

Maria-Sofia antwortete mit einem hämischen Grinsen, das ihre perfekt geraden Zähne übertrieben entblößte. Lukas Pfeile prallten einfach daran ab und fielen auf sein Nutellabrot. Mit einem zufriedenen, selbstgerechten Blick schien sie die Pfeile auf ihrem Brot delikat zu arrangieren, um sie dann mit einem beherzten Biss zu verspeisen.

„Und wo ist sie jetzt?", fragte meine Mutter und nahm einen Schluck Kaffee.

„Weg", brummte Lukas.

„Aber warum denn?. Sie hätte doch mit uns frühstücken können."

Wieder gab er ein „Hmmm" als Antwort.

„Also, ich habe wirklich nichts dagegen, wenn du Fanni hier übernachten lässt." Meine Mutter nahm das Brot in die Hand, um zu betonen, dass es sie wirklich nicht weiter tangierte. „Aber wenn du deshalb die Schule verpasst, finde ich das überhaupt nicht lustig. Außerdem solltest du uns dann wenigstens einen Zettel an die Kühlschranktür hängen, damit wir wissen, dass noch jemand da ist. Es war Fanni sicherlich peinlich, als Maria-Sofia in dein Zimmer gestürmt ist. Es war doch Fanni, die da bei dir im Bett lag, oder?"

„Vielleicht könnte es Maria-Sofia auch einfach lassen, so in mein Zimmer reinzustürmen und stattdessen anklopfen wie jeder andere in diesem Haus auch."

Lukas sah jetzt das erste Mal mit einem dramatischen

Augenaufschlag von seinen Cornflakes zu meiner Mutter hoch und stieg damit galant über die letzte Frage hinweg, als hätte sie nie vor ihm auf dem Boden gelegen. Und um seinen Auftritt perfekt zu machen, ließ er den Löffel klirrend in die Schüssel fallen, griff seinen Rucksack und ging.

„Das er aber auch immer so schlecht gelaunt sein muss", kommentierte Maria-Sofia seinen Abgang und ich lächelte.

Er fing mich an der Schule ab und zog mich hinter einen Strauch. Er küsste mich wie Scarlett O'Hara in ‚Vom Winde verweht' die Möhre auf dem brachliegenden Feld aß – ausgehungert, gierig, unersättlich. Sobald unsere Körper sich zu nahe kamen, zischten die Blitze zwischen ihnen hin und her wie bei einem Elektroschocker. Jedes Härchen meines Körpers war aufgestellt, um auch die kleinste Vibration aufzufangen und in meinem Inneren zu verstärken. Ich summte wie eine Stimmgabel, die man nur anzupusten braucht. Es war unmöglich mich dagegen zu wehren, denn nur wenn seine Lippen auf meinen lagen und seine Hände meinen Körper streichelten, fühlte ich mich vollständig, ganz und unbesiegbar. Als Lukas aber anfing an meiner Kleidung zu nesseln, sammelte ich all meine Selbstbeherrschung in ein Körbchen und riss mich von ihm los.

„Ruhig Blut, Brauer", sagte ich lächelnd. „Wir könnten gesehen werden."

Atemlos versuchte ich Distanz zwischen uns zu schaffen und wich vor ihm zurück, bis ich mit dem Rücken an der Schulmauer klebte. Aber Lukas ließ sich nicht so leicht abschütteln und drückte mich begierig gegen die Wand.

„Sind doch alle schon im Unterricht", murmelte er in meinen Hals hinein. Seine Lippen lösten Kaskaden von Melodien in meinem Inneren aus.

„Vielleicht kommt aber auch einer so spät, wie wir", sagte ich, obwohl ich schon so von Sinnen war, dass mir eigentlich alles egal war.

Mit einem Ruck, wie man zwei Magnete voneinander löst, riss er sich aber dann doch von mir los und brachte sofort zwei Meter Abstand zwischen uns. Schwer atmend, lehnte er sich gegen einen Baumstamm.

„Wir brauchen unbedingt einen Ort, wo wir uns treffen können. Einen außerhalb von zu Hause."

„Ja, unbedingt."

„Er hat Schluss gemacht!"

Ich kam gerade aus der Schule und schwebte glückselig auf einer Wolke von Erinnerungen an Lukas, so dass ich heftig zusammen zuckte, als die blecherne Stimme mich von hinten ansprach. Ich drehte mich um und sah Fanni, die auf einem Mäuerchen an der Ecke zu unserer Straße saß. Ihr sonst so perfektes Make-Up war zu einer klaffenden Wunde des Schmerzes zusammengeschmolzen. Ihre Augen traten daraus regungslos und leer hervor. Jede Träne schon geweint, jede Träne schon vertrocknet. Sie sah mich nicht an, sondern bohrte sich mit ihrem Blick durch den Gehweg zum Erdkern vor.

Ich stand da, wie ein Kartoffelsack in der Mitte einer Eisfläche – verloren, rutschig, völlig fehl am Platz – und wusste nicht, was ich sagen sollte. Aber als sie tonlos weiter sprach, wurde mir klar, dass es keine Worte gab, was ihren Schmerz auch nur im Entferntesten hätte lindern können.

„Ich hab echt gedacht, dass ich es endlich geschafft hab. Ich dachte wirklich, dass er mich liebt. Wie er mich angesehen hat. Wie er mich berührt hat. Aber ich hab mich scheinbar geirrt. Hab mir alles nur eingebildet. Und warum? Weil ich es unbedingt wollte. Weil ich nie etwas anderes gewollt hab." Eine einsame übriggebliebene Träne grub sich ihren Weg durch die Wunde und blieb unschlüssig an ihrem Kinn hängen.

Bei jedem ihrer Worte war es mir enger in meinem Kartoffelsack geworden. Ich fragte mich, wie viel ich ihr eigentlich zu verdanken hatte? Ob es nur durch sie möglich gewesen war, dass Lukas sich seinen Gefühlen gestellt hatte? Seinen Gefühlen für mich? Ich stieg aus dem Kartoffelsack und schlitterte unsicher über das Eis zu ihr rüber. Ich setzte mich neben sie und legte meinen Arm um sie. Fanni legte ihren Kopf gegen meine Schultern und schluchzte trocken.

„Wie soll ich nur ohne ihn weiterleben? Ich hab in den letzten Jahren immer nur ein Ziel gehabt. Ich wollte mit ihm zusammen sein. Und die einzige Chance, die ich gehabt hab, hab ich vermasselt. Ich hab es einfach verbockt. Weißt du, was er zu mir gesagt hat?"

Sie hob den Kopf und sah mich das erste Mal an. Und ich konnte Trauer, Hilflosigkeit und Verbitterung in ihren Augen schimmern sehen.

Ich schüttelte stumm den Kopf, die Lippen fest aufeinander gepresst, aus Angst, ihr danken zu wollen.

„Er hat gesagt, es tue ihm leid. Er hat sonst gar nichts gesagt, aber das musste er auch nicht. Sein Gesicht hat mehr erzählt, als ich ertragen konnte. Es sagte: Ich liebe dich einfach nicht!"

Ich schloss die Augen, weil ich ihren Anblick nicht weiter ertragen konnte. Den Anblick dessen, was ich angerichtet hatte.

Rebecca 1979

Im Grunde war sie eine Patientin wie jede andere auch. Trotzdem war mit ihr alles anders. Vielleicht war es die Art wie sie aus ihren schüchternen Augen schaute, oder ihre freundliche, fast zarte Stimme, die, wenn man nicht richtig zuhörte, wie ein Singsang klang. Oder ihre schmale, fast elfenhafte Gestalt, die noch nicht mal der dicke Schwangerschaftsbauch verunstalten konnte. Aber Fakt war, dass sie irgendwie anders war. Ihr Name war Cordula Grundlar. Und sie war mehr als eine wahre Schönheit. Sie war eine Lichtgestalt. Ein Fabelwesen aus dem Feenwald.

Trotz ihres Zustandes versetzte mich ihre Ankunft in hektische Panik. Auch wenn Samuel mir einmal erzählt hatte, dass er sich nie mit einer Patientin einlassen würde, hatte er auch behauptet, dass er nie mit einer Frau schlafen würde, die er nicht liebte. Trotzdem hatte er aber mit mir geschlafen. Also war jede attraktive Frau, ob schwanger oder nicht, definitiv eine Konkurrenz für mich.

Cordula kam mit Wehen im siebten Monat zu uns, die wir leicht mit Wehenhemmern stoppen konnten. Bei der Untersuchung offenbarte uns jedoch auch schnell der Grund für die verfrühten Wehen. Cordula hatte überall dunkle Hämatome, die ihren Körper entstellten. Einige waren nur noch als gelbliche Schatten zu erkennen, andere waren frisch und fast blutig, so dass sie bei jeder Berührung zusammen zuckte.

Nur ihr Gesicht und ihre Hände waren verschont geblieben. Als wir sie fragten, was passiert war, versuchte sie uns weiß zu machen, sie wäre eine Treppe herunter gefallen. Offensichtlich eine sehr gnädige Treppe, die ausgerechnet die Bereiche ihres Körpers, die sie nicht so leicht mit Stoff verdecken konnte, ausgespart hatte. Aber Cordula lächelte unsere Fragen einfach weg und verließ auf eigenen Wunsch schon nach ein paar

Stunden wieder die Klinik. Während sie den Gang runter ging, zog sie kaum merklich den linken Fuß nach.

Luisa 1997

Bewölkte Sonnenstrahlen

Es gibt Worte, die beschreiben etwas, was wir eigentlich nicht beschreiben können. Sie beschreiben Dinge, die sich unserer Vorstellung entziehen, die wir aber, um sie fassen zu können, versuchen in Worte zu packen. Wir wickeln bezauberndes Papier um dieses Wortpaket und verschnüren es mit einer monumentalen Schleife. Aber wenn wir wagen, dies alles wieder zu entfernen, entdecken wir, dass es leer ist. Denn die Bedeutung entwischt uns wie der Duft einer Blume, oder der Atem eines geliebten Menschen. Unendlichkeit befindet sich in dem Paket. Genauso wie Wahnsinn und Liebe. Und eben auch Glück. Wir suchen es alle. Es ist unser Lebensziel. Doch eigentlich wissen wir überhaupt nicht, was es bedeutet. Geschweige denn wie es sich anfühlt. Wir rennen ihm ein Leben lang hinterher, wie die Lemminge, die in Massenwanderungen nach neuem Leben suchen. Wir versuchen das Glück zu erhaschen, einzuatmen, es zu verinnerlichen, es zu Leben zu machen, zu besiedeln und nie wieder gehen zu lassen. Aber manchmal wartet das Glück am Ende einer Klippe und wenn wir nicht früh genug bremsen, rennen wir daran vorbei, ohne zu wissen, dass es da gewesen ist.

Als Lukas und ich vor dem kleinen Wald standen, in dem Ben und ich diese wundervollen Tage verbracht hatten, war ich immer noch nicht sicher, ob ich das tun konnte. Ob ich das, was dort geschehen war, irgendwie zerstören würde. Von neuen Erinnerungen überlagert, wie ein Haus, das auf der Ruine eines anderen, alten, vergangenen Hauses gebaut wird und seine eigene Geschichte schreibt. Ich hatte Lukas noch nichts von Ben erzählt. Nicht weil ich es nicht wollte, sondern weil es für uns nicht wichtig erschien. Das, was mit Ben geschehen war, war etwas Einzigartiges gewesen, das ich nie vergessen würde, aber Lukas und ich waren weit entfernt davon. Wenn ich an Ben dachte, war es als würde ich vom Fuße eines Berges zur Spitze hinaufblicken und könnte nicht glauben, dass ich wirklich einmal da gewesen war – entfernt, unwirklich, himmlisch.

Als ich nun mit Lukas an meiner Seite gemeinsam durch das grüne Tor hindurch ging, flüsterten mir andere, neue Geister ins Ohr und ich wusste, dass dies hier nicht mehr derselbe Wald war. Es roch leichter, flüchtiger. Der Frühling hatte gerade erst die Arme ausgestreckt und die Beine aus seinem Bett geschwungen. Die ersten zarten grünen Knospen säumten die Arme der Bäume und Büsche, und die Feuchtigkeit des Winters stieg so süß und betörend vom dichten Waldboden auf wie Dampf aus kochender Marmelade. Auf dem Pfad sprossen frische hellgrüne Grasbüschel und es kam mir vor, als könne ich den Abdruck meines Fahrrads am Wegesrand immer noch ausmachen. Obwohl sich der Wald so anders anfühlte, war das Gefühl, das mich bei der Hand nahm und mich weiter in den Wald hinein zog, immer noch das Gleiche.

Lukas schien die gleichen Empfindungen zu haben und griff nach meiner Hand und drückte sie fest. Hier würden wir WIR sein können. Wir würden uns hier lieben und sehen können, so wie wir wirklich waren. So wie uns niemand anderes kannte.

Die Hütte war immer noch da, aber sie kam mir heruntergekommener vor als noch vor ein paar Monaten. Das Holz erschien mir grüner, der Boden feuchter, die Löcher größer. Dennoch war es der schönste Ort, den ich mir vorstellen konnte, weil ich hier mit Lukas allein sein würde. Zur Antwort auf meine Gedanken nahm Lukas mich in den Arm und küsste mich lang und zärtlich. Ich verflüssigte mich in seinen Armen zu Quecksilber, das in jede Ritze, jede Falte, jede Öffnung seines Körpers kroch, sie auskostete und liebte. Er hob mich hoch und trug mich über die Schwelle der Hütte, als hätten wir uns gerade das Ja-Wort gegeben. Wie setzten uns zusammen in eine Ecke und waren das erste Mal dazu in der Lage, die elektrischen Energien, die uns beherrschten, im Zaum zu halten. Wir kuschelten uns einfach aneinander und lauschten der Seele des Anderen. Vielleicht weil es einfach noch zu kalt war, vielleicht aber auch weil wir das erste Mal das Gefühl hatten, wirklich offen miteinander reden zu können und Worte immer etwas Verräterisches haben.

Wir sprachen über unsere Kindheit, unsere Liebe und die Zeit dazwischen. Und wir sprachen über die Zukunft. Lukas würde dieses Jahr sein Abitur machen und gleich danach mit seinem Zivildienst beginnen.

„Wenn alles gut geht, studiere ich danach an der Uni Bonn Astrophysik. Ich freu' mich da so drauf. Ich kann es kaum noch abwarten. All diese dämlichen Abiklausuren interessieren doch niemanden. Aber...", danach kam eine Litanei von astronomischen Phänomenen, die ich nicht verstand und noch nie gehört hatte. Aber das Leuchten in seinen Augen, während er davon erzählte, war intensiver und schöner als es jeder Stern hätte sein können. Nachdem er geendet hatte, ließ er sich erschöpft gegen eine der morschen Wände fallen. Es hatte mittlerweile angefangen zu regnen und es tropfte eine komplizierte Melodie von der Decke. Lukas zog mich näher an sich und betrachtet die immer größer werdende Pfütze auf dem Fußboden als würde sich darin unsere Zukunft spiegeln – unruhig, gläsern, schön.

„Ich werde es uns hier schön machen, das verspreche ich dir. Es wird unsere Insel werden. Für immer."

Ich lächelte unserer Zukunft entgegen, die auf dem Boden des Schuppens immer Größer und glänzender wurde, bis sie uns aus der Gegenwart vertrieb.

Er löste sein Versprechen ein. Wir trafen uns fast jeden Tag in dem Wald. Immer zu unterschiedlichen Zeiten, damit niemand groß Verdacht schöpfte und wir zu Hause jeden Tag eine andere Lüge erzählen konnten. Entweder hatten wir länger Schule, trafen uns zum Lernen oder gingen mit Freunden aus. Und jedes Mal wenn die Hütte sich in mein Sichtfeld schlich, hatte sie sich ein wenig verändert. Da waren plötzlich neue helle Latten, wo vorher moosüberzogene, morsche Bretter gewesen waren. Das Dach krönte an einem Tag eine Haube aus Plastik, um schon am nächsten Tag mit Dachpappe ausgetauscht zu werden. Und dort wo die Dielen knarrend und matschig gewesen waren, glänzten plötzlich neue glatte Bodenplatten. Immer wenn ich Lukas fragte, wie er das zustande gebracht hatte, zog er umständlich die Augenbraue hoch und breitete stumm die Hände auseinander, so als schwebe der kleine Schuppen dazwischen wie ein Zauberschloss.

„Und was ist mit deinem Abi? Wenn du die ganze Zeit hier rumhängst, kannst du doch nicht lernen. Und…"

Er legte mir seinen Zeigefinger auf die Lippen. Seine Haut an meinen Lippen löste in meinem Inneren immer einen Hunger aus, den ich nicht verstand. Lukas hatte eine Macht über mich und meinen Körper, die mich manchmal ängstigte. Ich war abhängig von seiner Nähe, seinen Berührungen, seiner Liebe. Mein Körper zerrte an meiner Seele, wenn wir im selben Raum waren, wir uns aber nicht berühren konnten. Und meine Seele zerrte an meinem Körper, wenn er mich berührte, weil sie Angst hatte, von ihm verschlungen zu werden. Ich konnte mir nicht vorstellen, wie ich je wieder ohne diesen inneren Kampf würde existieren können. Mit Lukas zusammen zu sein, war perfekt. So perfekt wie ein Tropfen Morgentau auf einem frischen grünen Grashalm im Frühling, wenn sich darin die ganze Welt zu spiegeln scheint. Oder wie das Licht, dass durch ein Prisma gebrochen wird und in allen erdenklichen Farben schimmert, dass die Schönheit einen überwältig. Oder so perfekt wie die Eisblume am Fenster, die mit ihren unendlich vielen Verästlungen, einen Glauben macht, durch die Adern müsste glitzerndes Leben pochen. Aber die Perfektion ist nicht die Ewigkeit.

Der Tropfen fällt durch eine kräftige Böe, die über den Grashalm hinwegfegt.

Die Farben des Lichts verblassen, wenn sich die Nacht über das Leben senkt.

Und die Eisblume schmilzt, wenn die Sonne aus ihrem Versteckt kommt.

Trotz diverser Baumaßnahmen am Waldschuppen, schloss Lukas sein Abitur mit 1,0 ab und war somit Stufenbester. Und natürlich sollte die ganze Familie mit auf den Abiball gehen, um seinen Erfolg zu feiern. Und selbstverständlich wollte ich dabei sein, wenn Lukas sein Zeugnis entgegen nahm. Aber wenn ich an diesen Tag dachte, legte sich jedes Mal ein Schatten über mein Glück – schwer, dunkel, belastend. Denn ich wollte als seine Freundin an seiner Seite sein. Ich wollte mich herausputzen und seine Hand halten. Ich wollte ihn zur Gratulation küssen und allen zeigen, dass dieser atemberaubend schöne und intelligente Mann mein war. Dass nur ich an seine Seite gehörte, weil er nur mich sah. Aber das war unmöglich. Ich musste als seine Schwester mitgehen. Als seine kleine Schwester, die einfach nur Stolz auf ihn sein konnte. Also entschied ich mich, an diesem Tag ganz plötzlich von einer schlimmen Krankheit befallen zu werden, so dass ich leider nicht an dem Event teilnehmen konnte. Aber als ich Lukas davon erzählte, zogen sich alle seine Gesichtsmuskeln augenblicklich zusammen und sammelten sich zwischen seinen Augenbrauen, als gäbe es dort gerade kostenloses Botox.

„Das kannst du mir nicht antun! Ich muss da eine Rede halten und so einen Schwachsinn. Ich brauche dich da!" Sein Ton bohrte sich scharf und schneidend durch meine Ohren in mein Herz.

„Aber wofür denn? Du kannst mir echt nicht erzählen, dass du vor deiner Rede Angst hast, oder so. Die schüttelst du doch aus dem Ärmel."

„Und wenn schon, darum geht es nicht. Ich will... ich will einfach nur, dass du dabei bist. Ist das denn so schwer zu verstehen?"

„Aber ich bin da als deine Schwester. Ich... ich... ich bin bedeutungslos."

„Bist du nicht. Für mich bedeutest du alles!"

„Aber..." Der Gedanke an diesen Abend ließ meinen Magen unangenehm kribbeln. „Mensch, verstehst du nicht, was ich meine? Ich will dich küssen können, wenn du dein Zeugnis in die Hand gedrückt bekommst. Ich will dich in den Arm nehmen und mit dir feiern. Ich will als deine Freundin da sein."

„Ja, das wäre toll. Aber das geht eben nicht. Aber das ist doch nun wirklich nichts Neues für uns. Wir schaffen es doch hier jeden Tag so zu tun, als wäre alles ganz normal. Und das ist doch da nichts Anderes."

Doch das war es. Aber ich sah ein, dass seine Rationalität ihn daran hinderte, mich zu verstehen. Also lächelte ich tapfer und hoffe darauf, wirklich krank zu werden.

Ich versuchte mir an Lukas ein Beispiel zu nehmen und den Abi-Ball nicht als emotionale Veranstaltung zu sehen. Es würden noch weitere Familienfeiern stattfinden, an denen ich nicht immer würde plötzlich krank werden können. Irgendwann würde ich mich der Situation stellen müssen. So oder so. Warum also nicht jetzt gleich. Ich schlug in meinem Inneren das Wort Rationalität nach, um die Bedeutung richtig zu erkennen und danach zu handeln. Aber so wild ich auch blätterte, es war nicht zu finden. Also blieb mir nichts anderes, als meine brennenden Bauch zu ignorieren und dem Messer der Guillotine über mir zu zulächeln, wie es da hell und scharf in der Sonne glänzte. Ich hatte mir vorgenommen etwas Unauffälliges zu tragen, um mir selbst das Gefühl zu geben, so wenig vorhanden zu sein, wie möglich.

Leider hatte ich die Rechnung ohne meine Mutter gemacht. Ohne dass ich wusste wie mir geschah, fand ich mich am Tag vor Lukas' Abi-Ball in einer Luxusboutique wieder und bestaunte mich selbst in einem Kleid aus reiner zart grüner Seide, die leicht um meinen Körper schwang und meine Zehen kitzelte. Der Ausschnitt verlief parallel zu meinem Schlüsselbein, das dadurch scharf hervorblitzte. An den Trägern aus moosgrüner Spitze flatterten sanft zwei Flügel und verbargen meine etwas zu spitzen Schultern. Meine Taille wurde von einer ebenfalls moosgrünen Schärpe betont, die hinten zu einer Schleife gebunden wurde. Ich sah aus wie eine Waldfee, die gerade aus dem feuchten, frischen Waldboden geboren worden war und sich in dieses Geschäft verirrt hatte, ohne zu wissen wie ihr geschah.

„Du bist so wahnsinnig schön, Luisa." Das stolze Leuchten meiner Mutter reflektierte in den vielen Spiegeln und erhellte den Raum. „Dieses Kleid musst du haben! Das ist es einfach." Sie klatschte aufgeregt in die Hände.

„Aber wenn ich das hier bei Lukas' Abi-Ball anziehe, was soll ich dann in zwei Jahren bei meinem tragen?" War mein unmotivierter Versuch, sie doch noch für das uninteressante, schwarze Cocktailkleid zu bekehren, das ich mir zuerst ausgesucht hatte. „In zwei Jahren gibt es wieder ganz andere Kleider. Das hier wirst du morgen tragen, basta", sagte meine Mutter und fingerte an meinen Haaren rum.

Die Hitze stieg mir ins Gesicht, denn ich wusste, dass sie Recht hatte. Ich sah wirklich umwerfend aus. Und ein Lächeln kitzelte meine Ohren, als ich daran dachte, dass auch Lukas das wohl nicht entgehen würde.

Lukas stand schon mit meinem Vater unten an der Haustür, als ich am nächsten Tag die Treppe hinunter schritt. Wir waren spät dran, weil meine Mutter Mühe gehabt hatte, meine widerspenstigen Locken in eine lockere Hochsteckfrisur zu verwandeln, die einen griechischen Touch hatte. Außerdem lieh sie mir eine Kette mit einem alten silbernen Anhänger, der in der Mitte von einem Smaragd beherrscht wurde.

„Der hat mal meiner Oma gehört und sie hatte die gleiche transparente Haut wie du", flüsterte sie mir ins Ohr und ich wusste nicht, ob ich ihr glaubte oder nicht. Dennoch betrachtete ich ehrfürchtig das Schmuckstück, das so dominant und doch so filigran zwischen meinem Schlüsselbein baumelte. Dazu trug ich hellgrüne Ballerinas, weil ich auf hohen Hacken sowieso nicht laufen konnte.

Während meine Mutter in ihrem Zimmer noch schnell Maria-Luisas Haar zu einer Frisur zwirbelte, die der meinen gleichen sollte, weil sie so furchtbar eifersüchtig auf meinen Aufzug gewesen war, setzte ich auf der Treppe konzentriert einen Fuß vor den anderen, aus Angst auf den Saum zu treten und meinen Auftritt komplett zu ruinieren. Als ich um die Ecke bog, suchte ich Lukas' Blick, der gerade angestrengt auf seine Uhr gerichtet war. Aber als mein Vater ein verwundertes „Wow" zum Ausdruck brachte, sah er auf und aus seinem Gesicht wich augenblicklich jede Regung. Seine Augen weit aufgerissen, zitterte sein Blick von meinem Gesicht zu meinem Dekolleté, streifte meine Taille, um dann meine Augen zu fesseln und mich mit Liebe und Stolz zu erfüllen. Ich riss mich von seinem Blick fort, weil mein Vater mit ausgebreiteten Armen auf mich zukam.

„Unfassbar, wie schön du bist, Luisa. Ich kann kaum glauben, dass du meine Tochter bist", sagte es lächelnd und schloss mich in seine Arme. Es war als Kompliment gemeint, aber es ließ einen verborgenen und gut verpackten Dorn in meinem Inneren vibrieren. Ich sah zu Lukas rüber, der den Boden angestrengt nach irgendetwas Imaginärem absuchte.

„Ist deine Schwester nicht die perfekte Begleitung für deinen Abi-Ball?", flötete meine Mutter, die gerade selbst mit Maria-Sofia zu uns herunterschwebte. „Da du ja sonst Niemanden mitnehmen wolltest, kannst du dich wenigstens mit deiner Schwester schmücken. Die offensichtlich ein wertvoller Juwel ist."

Obwohl meine Mutter unwissender Weise der Wahrheit so bedrohlich nahe gekommen war, dass der Nagel schon mit einem Schlag im Holz versunken war, war Lukas schon längst wieder in die Rolle des missmutigen Bruders geschlüpft, wie in ein paar alte, ausgetretene Pantoffeln und ließ sich nicht irritieren.

„Wie auch immer, Mama. Können wir jetzt endlich los, oder was? Oder wollen wir den Abend lieber auf dem Sofa bei Chips und Cola verbringen?"

Meine Mutter quittierte Lukas' Vorstellung mit einem ironischen Augenrollen und schob uns alle durch die Haustür.

Die Zeugnisvergabe war lang und noch langweiliger. Es gab Reden, die keinen interessierten und kurze musikalische Darbietungen von Schülern, auf die man besser verzichtet hätte. Die Feierlichkeit fand in der schuleigenen Aula statt. Ein ziemlich dunkler, riesiger Raum mit grauen glänzenden Fliesen und einer riesigen Bühne auf der sogar Lukas' komplette Stufe verloren aussah. Irgendwer hatte ein Bühnenbild gemalt auf dem unsere Schule von außen wage zu erkennen war – grauer Klotz mit grell grünen Fensterrahmen – über das ein kleines Auto fuhr. Das, wenn ich die dunklen, grauen, eindimensionalen Flecken um es herum richtig deutete, die Schule unter sich platt fahren sollte. Darüber war ein grellroter Schriftzug zu lesen: „TrAbi 1999". Die Inszenierung wurde von einem schweren, schwarzen Vorhang gerahmt, der dem Ganzen eine Traueratmosphäre aufdrückte, obwohl es etwas zu feiern gab. Die Wände waren hellgrau getüncht und im unteren Drittel mit einem grellgrünen Streifen abgesetzt – perfekt abgestimmt auf die grellgrünen Fensterrahmen. Vor der Bühne hatte man Platz zum Tanzen gelassen bevor dutzende Tische den Rest des Raumes füllten.

Lukas und ich saßen uns gegenüber am Tisch und versuchten dezent aneinander vorbei zuschauen und ich wünschte mir immer mehr, ich wäre meiner eigenen Eingebung gefolgt und hätte mich unscheinbar und dezent gegeben. Auf diese Weise wäre es Lukas einfacher gefallen, mir ins Gesicht zusehen, ohne gleich seine Gesichtsmuskeln zu verlieren. Zusätzlich hätte ich vermieden, die heißen Blicke der Mädchen aus Lukas' Stufe aus allen Richtungen auf mir brennen zu spüren. Sie zerrten an meiner Schleife, verfingen sich in meinen Haaren und verschmierten mir mein Gesicht. Und ich wollte einfach nur noch auf der Stelle verschwinden.

Nachdem Lukas sein Zeugnis bekommen und seine Rede gehalten hatte, standen wir alle auf, um ihm zu gratulieren. Ich hielt mich im Hintergrund, um so vielleicht einer Umarmung zu entgehen. Als wir uns dann aber gegenüberstanden und uns mit zusammengekniffenen Lippen anstarrten wie zwei Boxkämpfer vor ihrem Fight, fragte meine Mutter: „Willst du deinem Bruder denn gar nicht gratulieren?"

„Doch klar", antwortete ich und breitete meine Arme aus. Als er mich steif umarmte begann der Boxkampf. Mit all meiner Kraft versuchte ich meine Gefühle abzuwehren, die mich angriffen wie ein Schwarm Wespen – summend, flatternd, gefährlich. Ich spürte jeden von Lukas' Muskeln, obwohl er versuchte, mich so wenig wie möglich zu berühren. Sein Duft betörte mich wie eine tiefdunkle Rose und meine Beine drohten, zu Butter zu schmelzen. Ich hörte wie er neben meinem Ohr die Luft durch die Zähne einsog, als wäre er gerade nach einem Sprung vom Zehnmeterbrett aufgetaucht – tief, wund, lebensrettend. Und meine Finger wollten sich in seinen Rücken krallen und ihn festhalten. Mich festhalten. Aber ich schlug alles mit einem rechten und linken Hacken nieder und klopfte ihm starr und kalt auf den Rücken. Wir ließen einander los und schenkten uns gegenseitig ein gequältes Lächeln.

Danach gab ich vor, unvorstellbar dringend auf die Toilette zu müssen und verschwand. Als ich dort jedoch von einer unendlichen Schlange von dringenden Mädchen und Frauen empfangen wurde, bog ich kurz vorher in eine der Treppenaufgänge ab. Ich lief in den Keller und brach auf der Treppe zusammen. Ich unterdrückte das Schluchzen, das sich in meinem Bauch und in meinen Lungen sammelte und saugte die Tränen in meinen Magen. Ich wollte nicht, dass man sah, dass ich geweint hatte. Ich musste mich zusammenreißen. Aber mein Körper zuckte unter dem Druck, der sich in seinem Inneren ansammelte, wie ein verendender Fisch. Ich arbeitete daran, meine Gefühle in ein Packet zu packen, wickelte ein Papier darum und verschnürte es fest mit einer reißfesten Schnur. Der Abend hatte gerade erst angefangen und ich würde noch einige Stunden mit Lukas verbringen müssen. Als ich sicher war, dass der Knoten sich nicht aus Versehen lösen würde, raffte ich mein geliebtes Kleid und versuchte ihm würdig, die Treppe hoch zu steigen.

„Wo warst du?"

Mein Herz fiel mir platschend vor die Füße. Hinter mir stand Fanni in einem schönen, dunkelroten, langen Taftkleid. Ihr großer Busen drohte aus dem V-Ausschnitt zu fallen wie zwei überreife Orangen. Sie sah mehr als sexy aus, hatte es aber geschafft, dabei elegant und nicht billig zu wirken. Sie war eine junge Frau, die genau wusste, wie sie sich zu inszenieren hatte.

„Meine Güte, hast du mich erschreckt. Was lauerst du mir auch auf?"

Ich drückte meine Mundwinkel kraftlos in die Höhe. Und versuchte unauffällig mit dem Fuß nach meinem Herz zu angeln.

„Was machst DU im Keller?", schmiss sie mir mit skeptisch hochgezogenen Augenbrauen entgegen.

Ideen flogen wild um meinen Kopf herum, so sehr wühlten die Zahnräder in meinem Hirn nach einer plausiblen Erklärung. Dann fiel mein Blick auf die immer noch beträchtlich lange Schlange vor der Toilette und die Zahnräder rasteten so laut ein, dass ich befürchtete Fanni würde es hören. Ich setzte ein zerknirschtes Lächeln auf: „Ist mir etwas peinlich aber…"

Fannis Kopf schob sich neugierig vor.

„Na ja, ich hab irgendwie so eine blöde Unterhose an, die mir die ganze Zeit in den Arsch kriecht und irgendwie rutscht. Ist wohl beim letzten Waschen ausgeleiert, oder so. Ich wollte mir aber da drinnen nicht am Hintern rumfummeln, also wollte ich aufs Klo, aber…" Ich deutete auf die Schlange. „Also hab ich kurz einen Abstecher hier runter gemacht."

Fanni schien nicht so recht überzeugt. „Du warst aber ganz schön lange da unten, um nur die Unterhose zu richten. Ich stand nämlich in der Schlange und hab dich runter gehen sehen."

„Ja, weil ich die Unterhose kurz enger genäht hab." Ich hielt grinsend mein kleines Beuteltäschchen in die Höhe. „Meine Mutter denkt echt immer an alles!"

Jetzt hatte ich sie. Ihr Gesicht entspannte sich und sie kam lächelnd auf mich zu. „Cool. Da kannst du ja froh sein, dass dich niemand dabei gesehen hat, wie du gerade deine Unterhose flickst", lachte sie.

„Da sagst du was!"

Mit Erleichterung spürte ich, wie mein Herz wieder an seinen angestammten Platz kletterte und es sich gemütlich machte. Fanni hakte sich bei mir ein und wir schlenderten zum Aulaeingang.

„Wie geht es ihm?"

Ich hatte mich schon gefragt, wann sie Lukas ins Spiel bringen würde.

„Ich weiß nicht genau. Er ist wie immer. Du weißt ja, dass wir nicht so viel miteinander sprechen."

Ich beobachtete meine Schuhspitzen, die beim Gehen mal unter der Seide hervorlugten und mal darin versteckt blieben.

„Ja, ich weiß" Sie blieb plötzlich stehen und drehte sich zu mir um. „Weißt du, ich versteh das einfach nicht. Wir waren echt glücklich. Und ich weiß einfach nicht, wie ich je darüber hinwegkommen soll. Warum wollte er das nicht mehr? Warum wollte er mich nicht mehr?" Ihre Stimme war brüchig wie altes Brot. Und während ich die Krümel um ihre Füße anstarrte, schrie es in mir: Weil er mich wollte!

So wie sie dastand mit den Augen knapp vorm Überlaufen, fand ein zerreißendes Tauziehen zwischen Mitleid mit ihr und meinem eigenen Glück statt. Aber ich konnte weder der einen noch der anderen Seite nachgeben. Ich musste in der Mitte bleiben. Dort wo es nach Realität und Wahrheit roch. Ich konnte weder mich entlasten, noch ihr das Leid nehmen. Also nahm ich sie in die Arme und streichelte ihr über den Rücken.

„Es tut mir leid, dass ich mich nicht bei dir gemeldet hab, aber...", begann sie tränenerstickt.

„Schon gut", gurrte ich. „Schon gut. Ist doch nicht so schlimm."

In Wahrheit war ich froh gewesen, dass sie sich nicht gemeldet hatte. Denn ich fühlte mich schuldig, gemein und schlecht in ihrer Gegenwart. Außerdem gefiel mir die Vorstellung, sie immer anlügen zu müssen, überhaupt nicht.

„Doch, das ist schlimm! Denn du warst immer für mich da. Hast mir geholfen. Dabei hab ich dich nie gefragt, wie es dir eigentlich wirklich geht. Du bist ja auch nicht mehr mit Tommy zusammen. Immer ging es nur um mich. Aber du hast das einfach ausgehalten. Du bist echt meine beste Freundin und es tut mir leid, dass ich das bisher nicht für dich sein konnte."

Ich wollte gerade protestieren, als sie sich plötzlich von mir löste und ein aufgeräumtes, fast lächelndes Gesicht aufsetzte: „Ich glaub, da wartet jemand auf dich."

Ihr Kinn zuckte auf eine Person hinter mir. Und ich drehte mich irritiert um. Tommy stand neben dem Aulaeingang an die Wand gelehnt. Den einen Fuß lässig an die Wand gestützt, die Hände in den Hosentaschen seines grauen Nadelstreifenanzugs. Er lächelte mich schüchtern an, als unsere Blicke sich trafen.

Ich lächelte gequält zurück, wandte ihm aber schnell wieder den Rücken zu, um Fanni ins Gesicht zu sehen.

„Nein, ich glaube eigentlich nicht, dass er auf mich wartete. Möchtest du vielleicht einen Spaziergang machen? Wir könnten..."

„So ein Quatsch." Sie fasste mich an den Schultern und wirkte plötzlich komplett verwandelt. Sie hatte die Maske der perfekten und immer fröhlichen, aber ein wenig einfältigen Fanni wieder aufgesetzt und mir wurde klar, dass sie heute Abend nicht noch einmal daran dachte, sie abzunehmen. „Ich werde jetzt da reingehen und mein bestandenes Abitur feiern. Und feiern ist genau das, was du auch machen solltest."

Sie lächelte mich vielsagend an, vollführte eine halbe Pirouette – elegant, beschwingt, federleicht – und verschwand in der Aula.

Ich hätte weggehen können. In die Aula fliehen, oder noch mal versuchen können, mich auf der Toilette zu verschanzen. Ich hätte irgendetwas anderes tun können, als einfach nur dazustehen und zu versuchen, eine Botschaft aus den Falten meines Kleides herauszulesen. Aber ich tat es nicht.

„Du bist heute wirklich unglaublich schön, Luisa", raunte er mir von hinten ins Ohr. Sein Atem an meinem Hals, weckte jedes Härchen auf meiner Haut und ich schloss einen Moment die Augen und kniff die Lippen aufeinander, um dem Gefühl Raum zu geben, sich in meinem Körper auszubreiten. Ich atmete tief ein und drehte mich zu ihm um. „Danke, Tommy! Du siehst auch gut aus. Schicker Anzug", sagte ich lächelnd.

„Danke. Ist von meinem Dad. Aber die Schuhe, sind meine." Er ließ seinen rechten Fuß mit einem weißen Turnschuh in der Luft zirkeln.

Ich nickte dämlich und das Schweigen danach war so zäh wie Schlamm. „Ach, und herzlichen Glückwunsch zum Abi natürlich." Ich zog meinen Fuß schmatzend aus dem Schlamm.

Er nickte auch dämlich. „Danke. Bin einfach nur froh, dass es vorbei ist."

„Verstehe ich wohl." Wir nickten beide dämlich und ich merkte, wie ich immer tiefer in den Schlamm sank. Also nahm ich alle Kraft zusammen und zog auch meinen zweiten Fuß heraus: „Also ich geh dann mal wieder rein zu meinem Bruder."

Ich hob die Hand und es hätte nicht alberner gewirkt, wenn ich noch „Hau" dazu gesagt hätte.

„Alles klar."

Ich drehte mich steif um und wünschte mir, nur halb so viel Eleganz zu besitzen wie Fanni.

Ich war schon fast im Schatten der Aula verschwunden, als Tommy mir hinterher rief: „Schenkst du mir heute Abend einen Tanz?"

Ich blieb stehen und bevor ich wusste, was ich tat, waren die Worte „Ja, klar!" aus meinem Mund gepurzelt wie kleine Glaskugeln – klar, glänzend, klirrend. Und als ich wieder einen

Fuß vor den anderen setzte, hielt ich den Kopf ein kleines bisschen höher und spürte ein zartes Lächeln in meinen Mundwinkeln kribbeln.

Als ich auf unseren Tisch zuging, spürte ich Lukas' Blick auf mir wie einen Blasen werfenden Sonnenbrand im Nacken – heiß, brennend, gefährlich. Er stand rechts neben der Bühne bei seinen Jungs und unterhielt sich scheinbar. Alle hatten Gläser mit Bier oder ähnlich alkoholischen Getränken in der Hand. Ich nickte ihm unmerklich zu als er Tommy mit Handschlag begrüßte, ohne ihn dabei eines Blickes zu würdigen. Der Rest meiner Familie war unter den vielen Leuten nicht auszumachen, weshalb ich mich, meines Kleides nicht würdig, einfach auf einen Stuhl plumpsen ließ. Ich bestellte bei einem der Kellner aus der zehnten Klasse eine Cola und studierte die Leute. Die Musik war noch verhältnismäßig leise und niemand fühlte sich zum Tanzen animiert, was das Zuschauen durchaus spannender gestaltet hätte.

„Wo warst du denn?" Lukas hatte sich von hinten angeschlichen und sah nun über mich hinweg, während er einen großen Schluck von seinem Bier nahm.

„Ich war auf Toilette." Mein Blick blieb an dem Auto auf dem Bühnenbild hängen.

„Du warst mit Tommy zusammen." Er klang ganz beiläufig, so als würde er seinem Nachbarn erzählen, dass ihm wieder einmal ein Prospekt in den Briefkasten gesteckt worden war, obwohl darauf ein Aufkleber mit „Keine Werbung einwerfen" klebte.

„Ja, ich hab ihn vor der Aula getroffen." Irgendwie erschien es mir, als sei bei dem Auto auf dem Bühnenbild ein Reifen größer als der andere.

„Und?"

„Ich hab ihm zum Abi gratuliert."

„Und wie?" Ich hörte ihn das Bier herunterschlucken.

„In dem ich gesagt hab: herzlichen Glückwunsch zum Abi, Bruderherz." Das letzte Wort wurde zu einem Messer, das frisch geschärft auf ihn zu wirbelte. Ich hatte es nicht so klingen lassen wollen, überhaupt hatte ich das Wort eigentlich gar nicht sagen wollen, aber alles an dieser Situation in der Aula war unangenehm für mich. Und er war schuld daran. Schließlich hätte ich, wenn es nach mir gegangen wäre, furchtbar krank in meinem Bett gelegen und hätte einsam meine Tränen gezählt.

„Aha", mehr sagte er nicht.

Als ich mich nach ihm umdrehte, stand er nicht mehr hinter mir, sondern schlenderte gelassen, immer wieder betont cool aus seinem Bier trinkend, zu seinen Kumpels rüber. Er ließ mich zurück wie einen von diesen Pollern, die dazu dienen einen Parkplatz vom Bürgersteig abzugrenzen. Die man immer mal wieder beim Einparken anbumst, bei der Schadensbegutachtung aber nur sorgenvoll sein Auto beäugt, dann wieder in sein Auto steigt und davon fährt. Den Poller – schief, traurig, gefährdet – im Rückspiegel ignorierend.

Ich verschmolz mit fortschreitender Feierlichkeit immer mehr mit dem hässlich grellgrünen Stuhl, auf dem ich mich niedergelassen hatte und der mich fesselte wie eine mittelalterliche Streckbank. Maria-Sofia wurde so gegen neun von der Mutter ihrer Freundin Christine abgeholt, so dass meine Eltern den Rest des Abends entweder mit anderen Eltern an der Bar standen oder gemeinsam die Tanzfläche unsicher machten. Ab und an kamen sie vorbei und schoben mir eine Cola rüber und fragten, ob ich auch Spaß habe. Was ich selbstverständlich mit einem unglaublich meisterhaft überzeugenden Lächeln beantwortete, um dann sofort wieder in mein Selbstmitleid zusammen zu fallen, wie ein genagelter Fußball. Lukas sah ich fast überhaupt nicht mehr. Er und seine Jungs standen immer noch an der gleichen Stelle, wurden aber von den zuckenden und wirbelnden Leuten auf der Tanzfläche verdeckt.

Ich fragte mich gerade, aus was genau wohl die Siffe auf dem Boden bestand, - aus Schweiß oder Getränken oder aus beidem -, als plötzlich zwei weiße Turnschuhe auftauchten und Tommy mich auf seine typisch, leicht ironische Art angrinste.

„Hey, ich bin hier, um meinen letzten Tanz zu fordern."

Sein Erscheinen pumpte sofort wieder Luft in den Fußball und ich sprang von meinem Stuhl auf, als hätte ich die ganze Zeit auf einem Ameisenhaufen gesessen und die Ameisen alle gleichzeitig zugebissen. Als ich dann vor ihm stand, fühlte ich mich, als hätte ich zu viel Alkohol im Blut, obwohl ich den ganzen Abend nur Cola in mich reingeschüttet hatte. Die Leute um mich herum schienen mehr zu wackeln als vorher und der Boden schien noch glitschiger geworden zu sein. Ich war demnach dankbar, als Tommy nach meiner Hand griff und mich einfach in die Mitte der Tanzfläche zog.

Er wirbelte mich zu sich heran, so dass ich mädchenkitschig aufjuchzte. Er schloss die Arme um mich, als hätte er die letzten Monate nie etwas anderes getan. Erinnerungen an die Leichtigkeit unseres Zusammenseins flimmerten vor meinem Herzen. An den Spaß, den wir gehabt hatten und die Gefühle, die ich empfunden hatte. Das alles war so anders als mit Lukas. Die Liebe zu Lukas war schwer und tief und undurchdringlich.

Ich drehte mich, bog mich und lachte aus voller Freude. Tommy rollte mich an seinem Arm ab, wie ein Jo-Jo. Als er mich wieder zu sich zog, spürte ich seinen Atem an meinem Hals.

„Ich liebe dich", flüsterte er.

Aber bevor meine Muskeln sich vor Schreck anspannen konnten, hatte er mich auch schon auf die nächste Jo-Jo-Reise geschickt. Als ich eine Sekunde später wieder an seiner Hand baumelte, war ich schon nicht mehr sicher, ob ich mir seine Worte vielleicht nur eingebildet hatte. Immerhin war es laut und ich war ziemlich euphorisch durch die Gegend gewirbelt worden. Aber auf dem Rückweg rollte mich Tommy nicht ein, sondern zog mich von Angesicht zu Angesicht zu sich und ich konnte in seinen Augen sehen, was seine Worte vorher gesprochen hatten.

Das Lachen in meinem Gesicht fiel in sich zusammen wie ein Seidenschal, der in seiner Leichtigkeit vom Wind davon getragen wurde, dann aber in einer Astgabel hängen bleibt – verloren, traurig, tragisch.

Er hielt mich fest umschlungen und sah mir in die Augen.

Ich suchte nach Worten. Entschuldigungen. Erklärungen: „Tommy, ich..." Plötzlich wurde ich von ihm weggerissen und in die immer noch schaukelnde Menge geschleudert, die mich abfederten wie ein Weichboden in einer Turnhalle. Als ich meine

Orientierung wieder gefunden hatte, sah ich Lukas, der Tommy am Kragen hielt und ihm irgendetwas in sein Gesicht zischte. Sofort war ich zwischen ihnen: „Was soll das, Lukas?"

„Ja, was soll das, Lukas?", echote Tommy in Lukas funkensprühende Augen. Der zynische Unterton breitete sich aus und entfachte die Funken zu brennenden Fackeln. Lukas presste die Kiefer aufeinander und verwandelte seinen Lippen in einen bitteren Strich.

„Lukas!", zischte ich ihm ins Ohr. Und ich weiß nicht, ob meine Stimme das Feuer schürte, oder ob es die Berührung meiner Hand auf seinem Unterarm war, aber er sah mich an und ließ Tommys Kragen fahren.

Aber Tommy war sauer und verpasste ihm mit beiden Zeigefingern einen Stups in jede Schulter: „Mach dich weg!", knurrte er dazu.

Sofort sah ich Lukas Feuer wieder aufflammen. Jeder Muskel seines Körpers war angespannt. Wie ein Löwe, der auf den richtigen Moment seiner Jagd wartet – lauernd, regungslos, absprungbereit.

Intuitiv stellte ich mich vor Lukas: „Hey Tommy, lass es einfach gut sein, okay?"

Aber schon bevor seine Antwort kam, konnte ich sie in Tommys Augen lesen.

„Nein!" Er fuhr sich übers Gesicht, als hätte er in der Handinnenfläche eine Creme versteckt, die beim Auftragen Beherrschung verlieh. „Und weißt du, warum ich es nicht kann? Weil es nicht ‚gut' ist."

„Ach, komm schon. Mein Bruder ist betrunken und…"

„Das hat doch damit nichts zu tun. Verdammt, ich kenne deinen Bruder. Das ist nicht der Alkohol. Sondern das bist du." Augenblicklich wurde mein Herz von einer dicken Eisschicht überzogen– kalt, knisternd, tödlich. Ich merkte wie Lukas hinter mir vorsichtig die Hand auf meinen Rücken legte.

„Was willst du denn damit sagen?", spuckte ich Tommy vor die Füße. Eben hatte er mich noch in leichter Glückseligkeit schweben lassen und jetzt war er mein ärgster Feind.

„Na, dieses Großer-Bruder-Gehabe, das er plötzlich raushängen lässt. Interessiert sich sonst einen Scheißdreck für dich, aber hier vor aller Welt macht er auf großen Beschützer." Er taktierte Lukas über meinen Kopf hinweg. „Ich hab ja schon immer gewusst, dass du eine Profilneurose hast, aber dass es so schlimm ist, hätte ich nicht gedacht."

Das Eis zerschmolz unter seinen Worten und sammelte sich erleichternd unter meinen Füßen.

Lukas Hand schob mich auf die Seite und drückte sein Gesicht wieder ganz nah an das von Tommy ran. „Ach ja? Meinst du das also? Weißt du, was ich meine? Ich meine, dass ich meine Schwester vor einem wie dir beschützen muss, sonst muss ich später sie und eure 10 Kinder bei mir wohnen lassen, weil du es zu nix gebracht hast!"

Lukas hatte seine Rolle wiedergefunden und versuchte nun, seinem Fehler den Tarnanzug anzuziehen, den Tommy ihm gnädiger Weise unwissend hingehalten hatte.

„Ach, dann bin ich dir also nicht gut genug für deine Schwester?"

„Ganz genau!" Lukas trat einen Schritt zurück, damit er Tommy mit einem Sack Abfälligkeit überschütten konnte.

„So einfach ist das also?"

„So einfach ist das."

Tommy stocherte mit seinen Augen wieder in den meinen rum. „Und du. Findest du das etwa normal? Lässt du dir immer von ihm sagen, was du zu tun, oder zu lassen hast?"

Mein Herz fing sich wieder in einen normalen Rhythmus. „Nein,...", ich brauchte wie immer länger mir die Rolle überzustreifen wie ein zu dickes Karnevalskostüm – schwitzend, erdrückend, falsch. „Ich meine, natürlich nicht! Was weiß ich, was mit Lukas gerade los ist. Vielleicht hat er auch einfach nur ein Problem mit dir. Ist mir auch egal! Ich hab nur keinen Bock, dass ihr euch hier bei eurer eigenen Abi-Feier prügelt und rausgeschmissen werdet, klar?",

„Nix klar! Weißt du, was ich glaube? Ich glaube, dass das schon immer so war. Und ich glaube auch, dass du genau deshalb nicht mit mir zusammen sein kannst. Weil er aus irgendeinem kranken Grund, was dagegen hat. Was macht er mit dir? Droht er dir? Schlägt er dich?"

Seine Worte brannten zwischen uns wie Signalfeuer und

Lukas setzte wieder zum Sprung an, aber ich schob mich erneut vor ihn. „So ein Schwachsinn!. Er ist einfach nur mein Bruder. Und ich kann ihn nicht mal leiden! Meinst du, da lass ich mir von dem irgendwas sagen? Du spinnst doch!"

„Ach ja? Das sehe ich leider etwas anders, Luisa." Er trat ganz nah an mich heran, und ich schloss unwillkürlich die Augen. „Zu traurig, Luisa", flüsterte er mir entgegen und verschwand in den Wellen der betrunkenen Tänzer.

„Lass ihn gehen", sagte Lukas neben mir, während er gewohnt relaxt an seinem Bier nippte.

„Aber er ahnt doch was", flüsterte ich und merkte wie das Eis wieder meine Füße hoch kroch.

„Ach, Quatsch. Das war einfach nur hohles Gelaber, um mich zu reizen. Und außerdem sehen wir ihn nach diesem Abend wahrscheinlich nie wieder." Plötzlich schaute er mich von der Seite an und die Traurigkeit in seinen Augen ließ mich zittern. „Es sei denn, du willst etwas anderes".

Sofort stiegen mir Tränen in die Augen. „Komm", sagte ich und bahnte mir einen Weg durch die Leiber, ohne zu sehen, ob er mir folgte oder nicht. Ich huschte durch die Aula nach draußen. Verlangsamte meinen Schritt als ich vor der Tür ein paar Leute traf und ging Richtung Parkplatz, als hätte ich vor, etwas aus unserem Auto zu holen. Als mich niemand mehr sah, hüpfte ich in das nächstbeste Gebüsch und wartete. Ich hörte die bekannten Schritte, schob meine Hand aus dem Gebüsch und zog ihn zu mir heran. Als ich mich an ihn klammerte, umschloss mich die Sehnsucht wie eine eiserne Hand – heftig, erdrückend, atemberaubend.

„Ich liebe dich, Lukas. Kapierst du das? Ich will niemals jemand anderen", stöhnte ich unter seinen Küssen. Sein Mund, seine Hände waren überall.

„Du bist so schön! Ich wollte dich von dem Moment an, als du bei uns die Treppe runter gekommen bist."

Er fummelte so ungeduldig am Ausschnitt und am Rock meines Kleides, dass ich befürchtete, es würde reißen. Ich raffte den Rock und Lukas zerrte sofort an meiner Unterhose. Als er in mich eindrang, stöhnte er laut auf, so dass ich ihm kichernd eine Hand vor den Mund legte. Ihn endlich in mir zu spüren, erfüllte mich mit Wärme und Zuversicht. Es war als hätte er mir eine Beruhigungsspritze verpasst, dessen Serum sich jetzt langsam von meiner Körpermitte durch jede Zelle hervorarbeitete.

Er nahm mich grob und schnell und hemmungslos. Der Untergrund war weich und uneben und ich musste mich mit aller Kraft an ihn Klammern, um nicht umgeworfen zu werden. Er kam heftig und verbiss sich in meinen Haaren, um nicht laut aufzuschreien. Er umfing mich mit seinem ganzen Körper und wir wurden beide einige Sekunden zu einer Schneeskulptur mitten im Sommer – schmelzend, glitzernd, vergänglich.

„Als ich dich mit ihm zusammen hab tanzen sehen, da hat mich plötzlich so eine Wut gepackt. Ich hab echt versucht, sie zu unterdrücken, aber als er dann so nah an dir dran war... mein Gehirn hat sich einfach ausgeschaltete", erzählte er meinen Haaren.

„Er hat mir gesagt, dass er mich liebt."

Ich hörte ihn das Schweigen einatmen wie einen schweren Duft.

„Es wäre so viel einfacher für dich, mit ihm zusammen zu sein", flüsterte er und die Traurigkeit in seiner Stimme hüllte mich ein wie eine zu dicke Decke – schwer, dicht, erdrückend. „Wir werden niemals so in der Öffentlichkeit miteinander tanzen können. Wir werden nie händchenhaltend durch die Stadt gehen können. Wir können nicht mal nett zu einander sein, weil man sonst vielleicht Verdacht schöpfen würde. Wir werden uns immer verstecken müssen. Aber mit ihm... Mit ihm kannst du das alles haben..."

Ich schob ihn ein wenig von mir weg, damit ich ihm in die Augen sehen konnte. „Aber er ist eben nicht du. Und ich will nur dich."

Er schlug die Augen nieder, weil er dachte, so würde ich die Erleichterung darin nicht glitzern sehen.

„Außerdem können wir das alles sehr wohl. Wir müssen nur miteinander weggehen. Irgendwohin, wo uns keiner kennt. Wo wir einfach nur ein Paar sein können, das sich liebt."

Er lächelte über meine optimistische Naivität.

„Und wo soll das bitte sein, meine Verehrteste?"

„Was weiß ich! Wie wäre es mit Frankreich. Oder Sydney, oder dem Mond. Ist doch egal. Hauptsache wir sind zusammen."

Ich lachte, weil ich wirklich an diesen Traum glaubte. Weil er für mich eine Wirklichkeit war, die ich mir nicht nur ausmalte. Es war die Vorstellung von Glück.

Auch Lukas lachte, aber sein Blick lachte nicht, sondern zog sich von mir zurück. Wanderte an einen für mich unbekannten Ort, zu dem nur er den Schlüssel hatte.

Am nächsten Tag saß ich schüchtern auf Tommys Sofa. Ich hatte fast die ganze Nacht nicht geschlafen, weil ich mir in hunderten von faszinierenden und gruseligen Farben ausgemalt hatte, was passieren würde, wenn Tommy ahnte, was zwischen Lukas und mir vorging. Zwar hatte Lukas Recht, dass wir ihn nicht mehr in der Schule sehen würden, aber wir wohnten immerhin noch in derselben Stadt und Gerüchte haben ein unkontrollierbares Eigenleben. Also hatte ich mir in der Nacht eine Geschichte ausgedacht, die wahnsinnig genug war, um alles zu erklären, aber realistisch genug, um tatsächlich stattgefunden zu haben. Ich erzählte, dass Lukas so ausgerastet war, weil er als Kind angeblich von mir verlangt hatte, ständig bei unserem Nachbar Wilkes Karten spielen zu gehen, um für uns Süßigkeiten abzugreifen. Dass Herr Wilkes aber für die Süßigkeiten meine Haare kämen und Umarmungen wollte, wusste er damals noch nicht. Erst als ich mich weigerte weiter dorthin zu gehen, erfuhr er es. Ab da machte er sich unendliche Vorwürfe mich zu diesen Treffen gezwungen zu haben.

„Die Beziehung zu Lukas ist dadurch irgendwie kaputt gegangen. Er hatte wohl irgendwie das Gefühl, als ‚großer' Bruder versagt zu haben. Er hat es nicht gemerkt und mich nicht beschützt. Und ich fühlte mich schuldig, weil er sich Vorwürfe gemacht hat. Das hat ihn dann noch wütender gemacht. Und ich vermute, dass das gestern auch der Grund für seinen Ausraster war. Wenn er betrunken ist, passiert das manchmal. Er will dann plötzlich etwas wieder gut machen, was gar nicht seine Schuld ist. Also, das glaube ich zumindest. Weil er redet mit mir ja nicht darüber. Na ja, keine Ahnung."

„Okay. Das kapier ich. Aber was bedeutet das für uns?" Es sah mich an und seine Augen schimmerten sanft.

Das war die schwierigste Phase des Stücks. Jetzt durfte ich keinen Fehler machen: „Nichts. Ich wollte nur, dass du weißt, was gestern passiert ist."

Das Schimmern verschwand und hinterließ kalten Stein.

„Ich... Ach verdammt, Tommy. Ich weiß einfach nicht, was mit mir momentan los ist. Aber ich will dir auf keinen Fall was vormachen und dich ausnutzen, oder so. Dafür mag ich dich zu sehr."

Er nickte und stand auf: „Dann gehst du jetzt besser. Danke, dass du mir alles erklärt hast. Ich weiß dein Vertrauen zu schätzen."

„Okay."

Ich stand auch auf und ließ mich von ihm widerstandslos aus der Wohnung schieben. Als er die Tür hinter mir schloss, merkte ich wie mir der Kragen meines T-Shirts zu eng wurde und mir die Tränen in die Augen schossen – beißend, brennend, verräterisch. Ich hatte damit gerechnet, dass ich erleichtert sein würde, aber das, was ich fühlte, war Schmerz und Traurigkeit. Ich wusste, dass Lukas Recht hatte – dass es schwer werden würde. Aber ich hatte mich entschieden. Ich schleppte mich die Treppen runter und landete ziellos auf der Straße. Ich erinnerte mich an das letzte Mal als ich Tommys Wohnung verlassen hatte. Als ich den ganzen Weg nach Hause gerannt war und am Ende Lukas gefunden hatte. Und als spürte ich die damalige Luisa an mir vorbeizischen, fühlte ich mich angespornt. Ich rannte dieser alten Luisa hinterher. Traurig und sehnsüchtig, versuchte ich sie einzuholen, aber auch glücklich, dass ich nun eine andere war. Die Tränen rannen mir über mein lächelndes Gesicht und ich fühlte mich mit jedem Schritt leichter und lebendiger. Ich rannte und rannte, bis ich die alte Luisa weit hinter mir gelassen hatte. Als ich am Haus von Herrn Wilkes vorbeirannte, entschuldigte ich mich stumm dafür, dass er in meiner Phantasie eine so undankbare Rolle bekommen hatte. Denn ich wusste nicht, dass die Phantasie manchmal die Wahrheit schärfer zeichnet, als uns lieb ist.

Der Herbst begann seine Pinsel zu schwingen wie Van Gogh in seiner kreativsten Phase. Gekonnt färbte er die Blätter ein und ließ die Eicheln und Kastanien von den Bäumen fallen. Das Gras malte er dunkel und saftig, und den Menschen zog er Jacken und Strümpfe an. Ein Bild voll intensiver Farbe und Schönheit. Aber all diese Schönheit kann nicht verbergen, dass der Herbst den Tod ankündigt.

Kausalität erscheint uns im ersten Moment völlig logisch. Wenn ich den ersten Dominostein antippe, fällt erst dieser und dann fallen, nach und nach auch die anderen in der Reihe. Und genauso wie die roten, gelben, grünen und blauen Dominosteine miteinander verknüpft sind, so sind all unsere Handlungen mit einem feinen Gespinst aus Ursachen und Wirkungen verwoben. Und in dem verwirrenden Gespann ist es unmöglichen den Anfang zu finden oder gar das Ende. Daher weiß ich bis heute nicht, was genau dazu führte, dass ich an diesem Tag an Lukas Schrank ging. Und ich weiß noch weniger, was ich alles mit dieser Handlung ausgelöst habe und hätte verhindern können. Aber Fakt ist, ich habe es getan.
Und ich fand sie.
Und das Schicksal nahm seinen Lauf.

Ich saß an meinen Hausaufgaben, als mich diese zerrende Sehnsucht nach Lukas in den Zehen kitzelte. Ich versuchte sie tapfer zu ignorieren, bis sie sich weiter an meinen Waden hochranke, meinen Unterleib in Beschlag nahm, um zum Schluss mein Herz zu umschließen – fest, irrational, besinnungslos. Um mein flatterndes Herz zu beruhigen, ging ich in sein Zimmer und öffnete seinen Schrank. Ich war auf der Suche nach etwas, das meinem Herzen vorgaukeln würde, dass Lukas bei mir war. Ihm beständig zuflüstern würde, dass er wieder kommen würde und es besänftigend streicheln würde. Ich hatte da ein bestimmtes T-Shirt im Sinn, das er häufig zum Schlafen anzog und von dcm ich sicher war, dass auch das gute Persil nicht in der Lage gewesen war, seinen Geruch vollständig rauszuwaschen. Lukas' Schrank war ein Hafen der Ordnung. Alle T-Shirts ordentlich gefaltet und in einem feinsäuberlichen legoartig geschichteten Turm übereinander gestapelt. Ich nahm den Stapel behutsam raus, um ihm auf seinem Bett vorsichtig durchzusehen. Aber keines der akkuraten T-Shirtquadrate ließ sich als das gesuchte identifizieren. Also sah ich tiefer in das Fach hinein und zog an einem weiteren Stapel mit offensichtlich nicht mehr ganz so beliebten, aber ebenso säuberlich gefalteten T-Shirts. Als ich auch diesen vorsichtig aus dem Fach herauszog, sah ich ihn: Einen Schuhkarton. Weiß und unscheinbar. Völlig uninteressant und banal. Aber als ich den T-Shirtstapel ebenfalls aufs Bett legte, um ihn durchzusehen, konnte ich trotzdem nicht aufhören, das Fach mit dem verborgenen Schuhkarton anzusehen. Irgendetwas an der Art wie der Karton sich dort in die Ecke drückte, hatte meine Aufmerksamkeit erregt. Und jetzt wo ich mich erneut vorbeugte, um ihn anzusehen, sprintete mein Herz plötzlich los, als würde es den Zug verpassen. Ich betrachtete die Kiste eingehend, als könne sie mir erzählen, was für ein Geheimnis sie verborgen hielt. Als sie aber trotz meiner unausgesprochenen Fragen, keine Antwort gab, wanderte meine Hand wie von selbst in den Schrank hinein. Unwillkürlich sah ich mich um, als erwarte ich, beobachtet zu werden. Aber da war niemand. Ich war allein. Trotzdem wollte ich nicht hineinsehen. Schließlich war das hier nicht mein Schrank und auch nicht meine Kiste. Und Lukas würde sicher seinen Grund haben, warum er die Kiste so hinter seinen T-Shirts vergraben hatte. Und schließlich wollte ich ihm ja nicht nachspionieren. Ich war zufällig auf die Kiste gestoßen und interessierte mich auch eigentlich gar nicht dafür. Ich wollte das T-Shirt. Sonst nichts. Und das würde er sicher nicht in der Kiste aufbewahren. Oder doch? Nein. Natürlich nicht. Und wenn doch, würde ich ihn später danach fragen können. Lukas war bei seinem Zivildienst und würde erst in zwei, drei Stunden wieder nach Hause kommen. So lange würde ich warten können. Ich platzierte die beiden T-Shirt Türme wieder vor den Schuhkarton, der mir hämisch zuzwinkerte, machte entschlossen die Schranktür zu und ging zur Zimmertür. Ich hob die Hand, um die Klinke herunter zu drücken, aber es ging nicht. Aus irgendeinem mysteriösen Grund wollte meine Hand die Klinge einfach nicht berühren, sondern blieb in der Luft stehen, wie ein Kolibri.

Wenn Lukas wirklich hätte vermeiden wollte, dass die Kiste jemand findet, hätte er den Inhalt doch mit Sicherheit in seiner Geldkassette verschwinden lassen, flüsterte mir die Kiste aus dem Schrank zu. Zögerlich machte ich einen Schritt auf den Schrank zu und kaute an meiner Unterlippe, die nach Erdbeere schmeckte, weil ich einen Fettstift mit Geschmack von meiner Mutter mitgebracht bekommen hatte. Und was ist, wenn es zu groß ist, um in eine Geldkassette zu passen?, summte mir die Kiste entgegen.

Dann ist das eben so. Trotzdem werde ich die verdammte Kiste nicht öffnen, versuchte ich mich selbst zu überzeugen.

Aber meine Neugier trieb mich an wie die Möhre an der Angel das faule Maultier auf dem Acker – lockend, zerrend, hungernd.

Und plötzlich lagen alle T-Shirts durcheinander vor meinen Füßen in der geöffneten Schranktür. Die Kiste strahlte mich aus dem dunklen Schrankfach an und sang mir ein lockendes Lied. Also gab ich mich der Kiste und meiner Neugier geschlagen und schob meine Hand in das Fach, um die Kiste hervorzuholen. Die Kiste war am Regalboden wie festgepappt und ich musste ordentlich an ihr ruckeln, um sie frei zu bekommen. Als ich sie endlich in den Händen hielt, wäre sie mir beinahe herunter gefallen, da ihr unerwartetes Gewicht an meinen Fingern zerrte.

Jetzt im Licht erkannte ich, dass er ein gewöhnlicher weißer Schuhkarton war, dessen Zeichen, die Hinweise auf den früheren Inhalt gegeben hatten, vor langer Zeit abgerissen worden waren. Seine Ränder und Kanten waren gelblich verfärbt und eine Dicke grauen Staubschicht hatte sich auf dem Deckel niedergelassen. Es war klar, dass dieser Karton nicht erst vor kurzem in dem Fach verschwunden war, um sein Geheimnis zu verwahren, sondern schon lange auf seinen Finder wartete.

Mein Herz steppte vor Aufregung, das Verborgene lüften zu dürfen. Ich setzte mich auf den Boden, lehnte mich an den Schrank und stellte meinen Schatz vor mich, wie ein rohes Ei, aus dem jeden Moment ein Dinosaurier schlüpfen wird. Wie der Karton da so vor mir stand, kam er mir reichlich unspektakulär vor und einen winzigen Moment, war ich versucht, die Kiste doch einfach wieder zurück in den Schrank zu stellen. Aber ich tat es nicht. Stattdessen sog ich tief die Luft ein und hob den Deckel von der Schachtel. Es kam ein altes, schmutziges, gelbes Handtuch hervor. Und obwohl ich noch keinen Blick in das Innere des Handtuches geworfen hatte, wusste irgendetwas in mir schon sehr genau, was es so eng umschlungen verborgen hielt. Als ging ein stummer Summton von dem Inhalt aus, der einen warnend zurückschrecken lassen sollte – drohend, hoch, kritisch. Aber ich wollte ihn nicht hören. Wollte nicht wahrhaben, dass er wirklich existierte. Ich musste sie erst sehen, um es zu wissen.

Zu begreifen.

Zu verstehen.

Also ignorierte ich alle Warnungen und schlug das Tuch zurück.

Sie war schwarz, matt und knapp zwanzig Zentimeter lang und zwölf Zentimeter hoch. Ihr Magazin lag neben ihr. Ich sah die Kugeln darin golden schimmern, als wären sie wirklich ein Schatz und kein tödliches Gift, das sich in deinen Körper bohrt. Ich starrte die Waffe an, als würde sie mir gleich entgegen lächeln und von dem urkomischen Zufall erzählen, der sie in den Schrank meines Bruders verfrachtet hatte. Aber die Waffe blieb stumm.

Schwer lag der Karton auf meinen Beinen und drohte mir mit seiner Last die Blutzufuhr abzuschnüren. Und die Angst hielt die Panik fröhlich an der Hand, um gemeinsam über die Wiese meines Herzens zu hüpfen – schnell, trampelnd, surreal.

Aber da war noch etwas. Etwas Zartes, Sanftes schlängelte sich dort noch in mein Herz hinein. Es war nicht so groß und dominant wie die Angst, die weiterhin ihre Kreise zog. Aber es war nicht minder gefährlich. Die Neugier und die Faszination warteten dort lauernd im Gras und ließ meinen Finger vorsichtig über ihren Lauf streichen, als wäre sie ein kleines verängstigtes Hundebaby. Und einen kurzen Moment ergab ich mich diesem Gefühl. Ließ mich von der Macht einlullen und streicheln, bis ich plötzlich meine Hand wieder zurückzog und mich der Realität stellte. Das hier war eine Waffe! Damit konnte man Menschen töten. Das war kein Spielzeug! Kein Spaß! Und dennoch…, surrte es wieder verführerisch in meinem Kopf, das

Magazin liegt doch daneben. Und ohne Kugel, ist sie doch harmlos. Einfach nur ein Stück Metall! Und plötzlich griff meine Hand beherzt zu und hielt sie fest – schwer, verlocken, mörderisch.

Ich saß immer noch so da, als Lukas fast zwei Stunden später in sein Zimmer kam. Er schmiss seinen Rucksack auf sein Bett und ließ sich stöhnend selbst darauf fallen. „Puh, ich sag dir, heute hat diese Frau Meister wirklich den Vogel abgeschossen. Keine Ahnung, was ich da alles machen sollte. Am Ende musste ich sogar ihre Haare kämmen. Ich glaub, die alte Dame steht auf mich." Er verschränkte die Arme hinter seinem Kopf und starrte die Zimmerdecke an. Erst als ich nicht antwortete, drehte er seinen Kopf langsam und entspannt in meine Richtung und sah mich dort auch dem Boden sitzen – verloren, steif, mit einer Waffe in meiner Hand. „Oh", machte er nur.

„Oh?", echote ich ungläubig und sofort sammelten sich all die Angst, die Unsicherheit, die Panik und die Scham von Macht und Neugier in einem riesigen Feuerrad, dass sofort mit unverhohlener, rasender Geschwindigkeit durch die Schallmauer raste. „Oh? Mehr fällt dir dazu nicht ein?"

Ich stand so plötzlich auf meinen Füßen, dass sie gar nicht wussten, was in diesem Moment ihre Aufgabe war und mich schwanken ließen wie eine Pappel im Wind. „Das hier ist eine Waffe, falls du es noch nicht weißt", ich fuchtelte ihm damit vor der Nase herum. „Damit kann man jemanden umbringen, verdammt! Das ist nicht einfach nur ein kleines ‚OH!'. Das ist ein: verdammte Scheiße, was willst du damit?"

„Ja, da hast du Recht. Und wenn du damit auch niemanden umbringen willst, solltest du sie vielleicht lieber hinlegen" Er deutet auf den Karton, in dem sie so ruhig und unauffällig geschlafen hatte. Und seine Stimme war dabei so weich und bedächtig, als rede er mit einem zurückgebliebenen Kind. Und es war, als hätte er Öl in mein wütendes Feuerrad gegossen.

„Ich bin nicht blöd, Lukas!", explodierte ich. „Das Magazin liegt noch in der Kiste! Und lenk gefälligst nicht ab! Verdammt noch mal, was willst du damit?"

„Vielleicht ist das nur das Ersatzmagazin, Luisa. Schon

einmal darüber nachgedacht." Seine Worte hackten auf meine Finger ein und ich ließ die Waffe erschrocken auf den Boden fallen. Jetzt sprang Lukas auf die Beine, als hätten die Sprungfedern des Bettes ihn herauskatapultiert. Und plötzlich überholte er mein Feuerrad in Lichtgeschwindigkeit –rasend, impulsiv, zischend.

„Bist du des Wahnsinns?", schrie er gepresst und hob die Waffe auf. „Scheiße, Mann! Was wenn da wirklich ne' Kugel drin gewesen wäre?"

„Keine Ahnung! Selbst schuld, wenn du so eine Scheiße erzählst!" Der Schock ließ mir die Tränen in den Augen kitzeln, aber ich schluckte hart daran und sie landeten in meinem Magen, um dort von der Magensäure zersetzt zu werden. Ich drückte das Gaspedal meines Feuerrades wieder durch und zog neben Lukas gleich.

„Außerdem hat dich das ja wenigstens wieder auf den Boden der Tatsachen zurückgeholt. Denn, HALLO, ich habe eine Waffe in deinem Schrank gefunden!"

Ich stemmte die Hände in die Seiten, wie die entrüstete Bauersfrau beim Volkstheater und sah zu wie Lukas vor mir auf dem Boden kroch und die Waffe behutsam, als wäre der schwarze Metallklotz eine verwundetes Vögelchen, wieder in das Handtuch wickelte, sie wieder in den Karton bettete und den Deckel ein wenig zu oft fest zudrückte. „Ich rede mit dir!", gängelte ich nervig im Bauersfrauenton. Ich wünschte, ich hätte eine Fernbedienung, um diesem Theater ein Ende zu bereiten. Aber da war keine.

„Ja, ich weiß! Du bist leider nicht zu überhören, Luisa. Ich erkläre es dir gleich, okay?" Er schob den Karton wieder an seinen Platz und stopfte die T-Shirts wie eine Mauer davor. Ich sah sein Gesicht nicht, aber ich war sicher, dass er Zeit schindete, um sich eine plausible Geschichte auszudenken.

„Also?", fragte die Bauersfrau.

Er schloss die Schranktür und lehnte sich dagegen, als müsse er verhindern, das sie von alleine wieder aufsprang und die Waffe einfach wieder hervorhüpfen würde, um uns beide mit einem Happs zu verschlingen.

„Also pass auf", begann er immer noch gegen die Tür gelehnt.

„Ich weiß jetzt schon, dass dir das alles nicht gefallen wird, aber trotzdem ist es die Wahrheit, okay?"

„Okay." Lügen konnte ich schon immer genauso gut wie er.

„Also die Waffe ist von einem guten Kumpel, der mich gebeten hat, auf sie aufzupassen."

„Und wer soll das bitte sein?" Ich fühlte tief in meinem Inneren einen kleinen unscheinbaren Dorn, der unbekannte Worte in meine Herzwand ritzte, die ich nicht verstand – warnend, zackig, wund.

„Das kann ich dir nicht sagen. Spielt auch keine Rolle. Fakt ist jedoch, dass es nicht meine ist und sie hier bald wieder verschwinden wird."

„Wann?"

„Keine Ahnung. Eben bald!"

„Und wie lange hast du sie schon?" Mir tropfte Blut von meinem Herzen in den Magen und mir wurde übel.

„Weiß nicht genau."

„Du weißt nicht, wie lange du schon neben einer Waffe schläfst?"

„Vielleicht ein Jahr. Was weiß ich. Ich hatte schon ganz vergessen, dass sie da drin war. Vermutlich geht es dem Besitzer auch so und ich muss ihm sagen, dass er sie endlich wieder abholen soll. Mach ich morgen, okay?"

„Ein Jahr also? Willst du mich verarschen? Der Karton ist uralt. Schau dir den doch mal an! Der liegt tausendmal länger als ein Jahr bei dir im Schrank!"

„Aber der Karton ist doch nicht von mir. Kann doch sein, dass mein Kumpel die Waffe vor über zehn Jahren da rein gelegt hat und mir das ganze Packet eben vor einem Jahr rübergeschoben hat. Ist doch auch egal. Komm schon, Luisa. Es ist doch nichts passiert. Ich mach das auch nie wieder. Und ich seh' zu, dass sie verschwindet." Er kam auf mich zu und nahm mich in den Arm.

Mein Körper wollte sich in die vertrauten Mulden kuscheln und lebenswichtige Sicherheit aufsaugen, aber ich konnte nicht. Ich schob ihn sanft von mir und ging zur Tür.

„Jetzt komm schon, Luisa!", sagte er sanft und seine Worte griffen nach mir. Zerrten an meinem Herz und meinem T-Shirt, aber ich ignorierte sie.

„Maria-Sofia hätte sie finden können!", sagte ich zur Türklinke und Trotz und Traurigkeit verbanden sich zu einem Knäuel, der Lukas vor die Füße rollte.

„Hat sie aber nicht", sagte er dumpf und ließ den Knäuel liegen.

Ja, noch nicht, flüsterte es in meinem Herzen.

Maria-Sofia fand die Waffe zwei Tage später. Es war Samstag und Lukas war den Vormittag für seinen Zivildienst unterwegs. Ich lag schon seit fast einer Stunde unter Lukas' Bett und wartete auf sie. Ich hatte ihr am Abend zuvor eine Gute-Nacht-Geschichte über Lukas' Schrank erzählt und behauptet, dass er aus einem verwunschenen Land käme und Schätze verbarg, die nur Kinder zu finden vermochten. Maria-Sofia war mit ihren elf Jahren zwar schon zu alt, um der Geschichte wirklich glauben zu schenken, aber trotzdem war ich sicher, dass ihre Neugier davon angestachelt werden würde.

Also hatte ich nach dem Frühstück verkündet, mit Björn verabredet zu sein. Aber anstatt das Haus zu verlassen, war ich die Treppe hochgehuscht und hatte mich sofort unter Lukas' Bett gelegt. Auch wenn ich damit rechnete, mich dort eine gewisse Weile in einer unmöglichen Position aufhalten zu müssen, war es unbedingt notwendig, um Maria-Sofia die Waffe nicht alleine finden zu lassen. Schließlich wäre das völlig verantwortungslos gewesen. Ich hoffte einfach, dass meine Geschichte ihre Neugier ausreichend geweckt hatte, um sie so bald wie möglich an den Schrank zu locken. Ansonsten würde ich die nächsten Tagen unter Lukas' Bett verbringen und nach einer plausiblen Erklärung für die Schule suchen müssen.

Als Maria-Sofia sich dann endlich nach einer gefühlten Ewigkeit durch Lukas' Tür schlich, plumpste mir der Stein von meinem Herzen direkt neben meinen Arm auf den immer noch flauschigen Teppich und schlug dort Wurzeln, während Maria-Sofia begann, den Schrank auszuräumen. Zuerst wühlte sie in den untersten Fächern, da diese logischer Weise am einfachsten für sie zu erreichen waren und ich hoffte inständig, dass sie nicht schon nach den ersten erfolglosen Fächern beschließen würde, dass ich eben doch nur eine schlechte Geschichtenerzählerin war. Aber meine Schwester war ein ehrgeiziges Mädchen, das nicht so leicht aufgab. Wenn sie sich einmal etwas in den Kopf gesetzt hatte, dann zog sie es auch durch. Bis zum bitteren Ende. Also sah ich dabei zu, wie sie nacheinander jedes Fach ausräumte, um danach die Sachen wieder mehr oder weniger ordentlich zurückzustopfen. Lukas war penibel, was die Faltung seiner Sachen anging und würde vermutlich einen Schock bekommen, wenn er das erste Kleidungsstück aus dem Schrank nehmen würde, das mehr Falten als vorgesehen aufzuweisen hatte. Aber mein eh schon schlechtes Gewissen redete mir ein, dass er so wenigstens vorgewarnt sein würde und sich auf die Standpauke meiner Eltern vorbereiten konnte.

Als Maria Sofia auf Zehenspitzen in dem T-Shirtfach kramte, hielt ich den Atem an. Am liebsten hätte ich geschrien: „So wirst du nie dran kommen, Maria-Sofia. Jetzt hol dir endlich den Stuhl näher, verdammt!" Aber ich schlug meine Zähne in den Wurzel schlagenden Stein neben mir und wartete weiter. Und bevor ich neue Schneidezähne brauchte, holte sich Maria-Sofia endlich den Stuhl heran, der neben Lukas' Bett stand und mit einem Wecker und einer Packung Taschentücher als Nachttisch diente. Sie kletterte darauf und ließ Lukas' ganze T-Shirts wie verwirrte Tropfen auf den Boden regnen. Als der Regen anschwoll, vermutete ich, dass sie die Kiste endlich entdeckt hatte. Und tatsächlich. Nachdem sie fast vollständig in dem Fach verschwunden war, hielt sie die verbotene Kiste in der Hand. Ich konnte ihr Gesicht zwar nicht sehen, aber ich war sicher, dass sie lächelte. Ehrfürchtig, als glaube sie wirklich, einen besonderen Schatz geborgen zu haben, legte sie die Kiste behutsam auf den Boden und hockte sich erwartungsvoll davor, so dass ich ihr Gesicht sehen konnte. Wie ich strich sie über die Kiste, um sie dann gierig zu öffnen. Beim Anblick des alten Handtuchs, sah ich schon die Enttäuschung in ihr Gesicht kriechen wir eine hinterhältige Schlange. Aber als sie es zurück schlug und den Inhalt erblickte, wurde die Schlange sofort von der Macht der Fassungslosigkeit brutal erschlagen. Augenblicklich öffnete sie den Mund, um meine Mutter zu rufen – laut, aufgebracht, vibrierend. Als meine Mutter nicht sofort antwortete, rief sie wieder und wieder, bis ich meine Mutter gehetzt aus dem Flur rufen hörte: „Ich komme ja schon."

„Ich bin bei Lukas im Zimmer, Mama", lockte Maria-Sofia meine Mutter. Sie hockte immer noch vor ihrem Fund wie ein hungriges Eichhörnchen, das sich nicht sicher ist, ob es die Nuss schon gleich verspeisen soll, oder lieber bis zum Winter wartet.

„Was machst du denn hier?". Meine Mutter öffnete die Tür zu Lukas' Zimmer und ihre Füße, eingehüllt in ihre dicken mit Schaffell gefütterten Hausschuhe, tauchten in meinem Sichtfeld auf und versanken in dem weichen Teppichboden. „Ist alles in Ordnung? Du hast geschrien, als ob…". Plötzlich blieb ihr Fuß in der Luft hängen, als wären ihrem Hausschuh unerwartet kleine unsichtbare Flügel gewachsen. Und ich war sicher, dass sie die Waffe vor Maria-Sofia liegen gesehen hatte. „Wo hast du das her, Maria-Sofia?" Ihre Stimme erinnere an eine flauschige Feder, die im Wind zittert – weich, nervös, ziellos. Mit einem Ruck rupfte sie ihrem Hausschuh die Flügel aus und ließ sich auf die Knie fallen, um die Kiste mit der Waffe zu sich heranzuziehen. Ich konnte ihr Gesicht nun deutlich sehen, in dem die Angst drastische Straßen zog.

„Ich hab sie bei Lukas im Schrank gefunden", sagte Maria-Sofia so stolz, als sei sie der Spürhund der Familie. Und ich spürte den Ärger in mir hoch sprudeln. Obwohl ich sie für meine Zwecke benutzt hatte, empfand ich ihre Freude darüber, Lukas in die Pfanne hauen zu können, als Angriff.

„Wo genau?", fragte meine Mutter plötzlich mit einer Strenge in der Stimme, die Maria-Sofia zusammenzucken ließ. Der Teer der Straßen war getrocknet und hatte ihr Gesicht grotesk erstarren lassen.

„Da in dem Fach mit den T-Shirts", sagte Maria-Sofia unsicher. Sie war verwirrt, warum sie plötzlich zur Zielscheibe wurde.

Meine Mutter starrte weiter auf die Pistole, als erwarte sie, dass sie gleich zerplatzen würde wie eine Gedankenblase in einem Comic – luftig, vergänglich, ohne Bedeutung.

„Ich fass es einfach nicht" Sie schloss die Augen und atmete tief durch.

„Kriegt Lukas jetzt richtig Ärger?" Maria-Sofia hatte sich

nach dem Fehlstart erneut an der Triumphlinie der Gehässigkeit positioniert und erwartete gierig den Startschuss.

„Ähm, was?", fragte meine Mutter abwesend. Sie wirkte plötzlich furchtbar alt. Ihr Gesicht war grau und eingefallen und sie fuhr sich erschöpft durch die Haare. Als hätte eine böse Hexe plötzlich den Zauber der Jugend von ihrem Gesicht genommen und ihr Innerstes offenbart.

„Ich meine, Lukas bekommt doch jetzt bestimmt total Ärger, oder nicht?" Noch ein weiterer Fehlstart kam für Maria-Sofia auf keinen Fall in Frage.

„Ach so. Ja, klar, kriegt er Ärger. Aber so richtig!", antwortete meine Mutter, aber selbst Maria-Sofia merkte, dass die Startpistole ganz eindeutige eine Ladehemmung hatte und der Lauf nicht gezählt werden würde. Meine Mutter legte den Deckel auf die Schachtel und ließ die Hand darauf liegen, als könne sie so verhindern, dass noch irgendwer sonst sie jemals öffnete. Und irgendetwas daran erinnerte mich an Lukas' Reaktion auf die Waffe. Vielleicht war es ihr Blick, mit der sie die Kiste nun ansah, oder die Art wie sie die Waffe wieder mit dem Handtuch bedeckt hatte. Es war, als wäre da etwas, das meine Mutter und Lukas in dieser absurden Situation miteinander verband, obwohl sie gar nicht zur gleichen Zeit anwesend waren. Eine unsichtbares Seil, das beide festhielten, um nicht in den tödlichen Abgrund zu fallen. Ein Seil, das ich nicht greifen konnte, egal wie sehr ich mich auch strecken würde.

„Räumst du noch auf, bitte?" Meine Mutter deutete auf die zerstreuten T-Shirts auf dem Boden und stand langsam auf. Die Kiste an sich gedrückt, die Augen mit einem Schleier überzogen, der sie davor schützte, dass jemand ihr in die Seele blicken konnte. Ich sah ihre Füße schleppend das Zimmer verlassen, als griffen die flauschigen Fasern des Teppichs nach jedem ihrer Schritte. Maria-Sofia blieb enttäuscht sitzen und die Wut in ihren Augen wirbelte auf wie ein Hurrikan. Sie warf die T-Shirts unordentlich in den Schrank und schmetterte die Türe zu. Aber der alte Schrank gab nicht mal ein Stöhnen von sich und sah gelassen dabei zu, wie Maria-Sofia entrüstet aus Lukas' Zimmer stapfte.

Das Zuschlagen der Zimmertür hallte in meinem Herzen

wieder, so dass ich die Augen schließen musste. Obwohl mir jeder Muskel in meinem Körper wehtat, fühlte ich mich nicht im Stande unter dem Bett hervorzukriechen. Die Reaktion meiner Mutter hatte mich irgendwie am Boden festgenagelt. Beim Atmen spürte ich schmerzhaft den kleinen Dorn, der weiterhin seine Wörter in meine Herzwände ritzte. Immer tiefer und tiefer, um ihnen Nachdruck zu verleihen. Aber ich verstand sie nicht, konnte und wollte ihre Bedeutung nicht erfassen.

Ich musste mich zusammenreißen und hier weg. Schließlich wollte ich auf keinen Fall von jemandem erwischt werden. Schon gar nicht von Lukas. Denn eigentlich war ich ja bei Björn lernen und durfte überhaupt nicht zu Hause sein.

Also schloss ich wieder die Augen, um den Schmerz zu unterdrücken. Ihn einzupacken und wegzuschieben, so dass ich ihn vergessen konnte, wie ein schimmeliges Brötchen unter dem Sofa – einsam, verloren, penetrant stinkend – und riss mit aller Kraft die Nägel aus dem Boden. Blutend und hinkend schleppte ich mich zur Tür, um sie einen winzigen Spalt zu öffnen und nach draußen zu spähen. Der Flur war leer. Maria-Sofias Zimmertür war geschlossen und ich vermutete, dass meine Schwester schmollend darin auf ihrem Bett hockte und einfach nicht verstand, was sie eigentlich falsch gemacht hatte. Mutig öffnete ich die Tür ein wenig mehr und wollte gerade einen Fuß vor die Tür setzen, als ich die Stimme meiner Mutter leise in mein Ohr beißen hörte.

„Ich danke dir, Dagmar", sagte sie gerade ins Telefon. „Nein, wirklich. Ich hätte sonst nicht gewusst, wo hin mit ihr. Du hilfst mir echt aus der Patsche…. Ja, du hast was gut bei mir … Genau. … Gut, ich bring sie dir dann gleich. Bis später."

Kurz darauf hörte ich ihre Schritte auf der Holztreppe. Schnell zog ich mich wieder zurück und schloss nahezu lautlos Lukas' Tür. Trotzdem konnte ich durch sie hindurch hören, wie meine Mutter an Maria-Sofias Tür klopfte

„Maria-Sofia, Sabine hat gerade angerufen, sie hätte gerne, dass du zum Spielen vorbei kommst. Soll ich dich fahren?", fragte sie.

„Nein, Sabine ist doof! Wir haben uns gestritten!", hörte ich Maria-Sofia dumpf durch die Tür.

„Dann vertragt ihr euch eben wieder. Ach, komm schon. Ihr habt doch sonst so viel Spaß zusammen."

„Nein!"

Ich hörte, wie meine Mutter die Tür zu ihrem Zimmer öffnete und irgendetwas zu Maria-Sofia sagte, was ich nicht verstehen konnte. Kurz darauf hörte ich aber beide die Treppe runter gehen und ein paar Minuten später die Haustür ins Schloss fallen. Die ganze Situation kam mir mehr als merkwürdig vor. Ganz offensichtlich hatte meine Mutter Maria-Sofia loswerden wollen, wo sie doch sonst nicht genug von ihr kriegen konnte.

Endlich von meiner Familie befreit, konnte ich Lukas' Zimmer ungehindert und unbeobachtet verlassen. Ich ging in die Küche und holte mir ein Glas Wasser, um den Blutverlust auszugleichen. Theoretisch hätte ich mich jetzt auch einfach aufs Sofa setzen und auf meine Mutter warten können. Ich hätte ihr erzählen können, dass Björn noch was vorgehabt hatte und ich deshalb früher nach Hause gekommen wäre. Aber da war so ein Knistern in der Luft. So undefinierbar und zart, dass ich unbedingt wissen wollte, was es bedeutet.

Also spülte ich mein Glas ab und stellte es wieder in den Schrank. Unschlüssig stand ich kurz darauf im Wohnzimmer und überlegte mir, wo ich mich wohl am besten verstecken könnte.

Ich wählte einen dicken bordeauxroten Ohrensessel, der in der hintersten Ecke stand und in den sich meine Mutter gerne zum Lesen zurückzog. Ich wuchtete ihn von der Wand weg und setzte mich dahinter auf den Boden. Der Sessel hatte Füße, die in stummen Löwenköpfen endeten. Sie waren gerade hoch genug, dass ich meine Beine im Schneidersitz darunter schieben konnte. Ich versuchte meinen Körper der Ecke anzupassen wie eine Packung Knetgummi und zog den Sessel zu mir heran.

Und wartete.

Es dauerte nicht lange bis ich den Schlüssel meiner Mutter in der Tür hörte. Durch den Spalt zwischen Wand und Sessel konnte ich sie ins Zimmer hetzen sehen. Sie hatte ihre Jacke noch an und ihre Tasche baumelte hilflos über ihrer Schulter, als sie schon den Telefonhörer so heftig an ihr Ohr drückte, als könne sie auch ohne eine Nummer zu wählen, einen singendes Flüstern darin hören, das ihr die Welt erklärte. Während sie ihre zitternden Finger in die Löcher der Wählscheibe unseres unfassbar altmodischen Telefons steckte und sie bei jeder Ziffer drehen ließ wie das Glücksrad aus dem Fernsehen, rutsche ihr die Tasche immer wieder von der Schulter in die Armbeuge. Die dreimalige Slapstickeinlage endete damit, dass meine Mutter die Tasche mit einem Fluch auf den Boden warf und niemand lachte. Ich kämmte mir gerade noch die Reste des ersten Fluchs aus den Haaren, als auch schon der nächste folgte.

„Jetzt geh schon ran, verdammt!", spuckte sie in den Telefonhörer und die Worte hörten sich aus ihrem Mund irgendwie fremd an – kratzig, ungenießbar, wild. Als spräche da jemand anderes. Jemand, der auf Burger stand und rauchte.

Sie begann nervös hin und her zu gehen, soweit das Telefonkabel es zuließ und versuchte dabei, aggressiv ihre Jacke loszuwerden, ohne den Hörer vom Ohr und das klobige Telefonteil aus der Hand zu nehmen.

„Ach, Scheiße!", brüllte sie und der fremde Ton traf mich tief in die Magengegend. Durch den Schlag bohrte sich der wohlbekannte Dorn ein wenig tiefer in mein Herz und Riss dort ein großes Stück heraus.

Meine Mutter knallte die Jacke, die noch an einem Arm hing mit einem Schlag auf den Boden.

„Hallo? Hallo, Jessica? Meine Güte, was hat das denn so lange gedauert?" Und urplötzlich nahm diese unbekannte fluchende Frau wieder Züge meiner Mutter an. Ihr Ton liebevoll, zart, mit einem Lächeln in der Stimme, als lese sie gerade eine Gute-Nacht-Geschichte vor.

Ich bekam davon Gänsehaut und Eiswürfel veranstalteten ein Wettrennen auf meinem Rücken.

„Kannst du mir bitte Volker geben? Es ist wirklich sehr wichtig… Okay. Dann soll er mich sofort zurückrufen, wenn sie raus ist, okay? … Gut, ich warte."

Sie legte auf und stand einen Moment unschlüssig in der Mitte des Wohnzimmers, wie eine zum Leben erweckte Vogelscheuche, die einfach nicht versteht, wie sie eigentlich auf dieses einsame Feld gekommen ist. Doch dann ging ein entschlossenes Zucken durch ihren Körper und sie nahm sich den Stuhl, der unschuldig vor ihrem Sekretär stand, trug ihn in den Flur und verschwand damit aus meinem Blickfeld. Nach den Geräuschen zu urteilen, schob sie ihn vor unseren Garderobenschrank und kletterte darauf. Ich hörte etwas umfallen und kurz darauf kam meine Mutter mit einer Flasche Absinth in der Hand zurück ins Wohnzimmer. Ich hatte meine Mutter niemals trinken sehen. Überhaupt dachte ich, dass dieses Haus überhaupt keinen Alkohol beherbergte, sondern nur zaghaft an dem Fenster der Gästetoilette kratzen durfte. Jetzt schraubte sie die Flasche auf und trank daraus mehrere große Schlucke, um sich dann mit schmerzverzerrtem Gesicht auf die Couch fallen zu lassen.

Ich hatte mich noch nicht von dem Anblick meiner trinkenden Mutter erholt, da stand sie schon wieder. Schwankend wie die Pappel im Wind verschwand sie in der Küche und kam mit dem mir mittlerweile so vertrauten Schuhkarton in der Hand wieder. Ehrfürchtig postierte sie den Karton auf dem Couchtisch und hob den Deckel ab.

Ich konnte die Waffe aus meiner Position nicht sehen, aber ich hatte das Gefühl, ihren rotglühenden Schein warnend über dem Karton schweben zu sehen und mir wurde unwillkürlich übel.

Den Blick starr auf den Karton gerichtet, nahm meine Mutter wieder auf dem Sofa Platz. So aufrecht wie ein Erdmännchen, das ständig Gefahr wittert. Als dann das Telefon endlich klingelte, sprang meine Mutter auf wie eine gespannte Feder – abrupt, aufgeregt, schnell. Noch bevor das Telefon ein zweites Mal klingeln konnte, hatte sie den Hörer in der Hand:

„Warum hat das so lange gedauert?", zischte die fremde Frau im Wohnzimmer meiner Eltern in unser Telefon. „Egal, interessiert mich nicht! Komm einfach sofort hier her… Weil ich es dir sage! Es ist wirklich dringend… Verdammte Scheiße, kapierst du nicht, dass ich dir das unmöglich an Telefon sagen kann… Ja, genau!... Na, also… Beeil dich. Ich weiß nicht, wie lange Luisa und Lukas noch weg sind."

Sie legte auf und fiel in sich zusammen wie ein Kartenhaus – segelnd, flach, platt. Ihre Füße schienen plötzlich tonnenschwer zu sein, denn sie zog sie hinter sich her wie unbelebte Anhängsel, während sie sich an den Absinth klammerte, als könne ihr nichts anderes mehr Halt geben. Sie schob sich auf den Sessel zu, hinter dem ich kauerte und ließ sich hineinfallen. Ich erstarrte wie schockgefroren.

Und dann weinte sie. Jeder Schluchzer ließ den Sessel erzittern und mein Eis schmelzen. Jede Träne ein heißer Tropfen auf meiner gefrorenen Seele. Ihr Schluchzen riss mein Herz in mehrere Teile und das Eis sammelte sich als Schmelzwasser in meinen Augen. Meine Gedanken bekamen Arme und schoben sich rechts und links an der Wand vorbei, um den Sessel zu umarmen, in dem meine Mutter ihr Innerstes nach außen kehrte. Das war so fremd und eigenartig echt, dass niemand mich in diesem Moment dazu gebracht hätte, sie wirklich zu berühren, soviel Angst hatte ich vor ihr.

Mein Vater schien eine Ewigkeit bis zu uns ins Wohnzimmer zu brauchen, dabei war seine Praxis nur ein paar Straßen weiter. Als das vertraute Klicken des Haustürschlosses zu uns hinüber wehte, merkte ich wie meine Mutter sich aufrichtete, aufstand und den Absinth, mit dem sie offensichtlich eng umschlungen auf dem Sessel gekuschelt hatte, auf den Couchtisch stellte und mit ein paar schnellen Bewegungen Gesicht und Haare einigermaßen in Ordnung brachte.

„Was ist passiert?" Die Worte meines Vaters schienen irgendwie vor ihm in den Raum gerauscht zu sein, bevor er zerrupft wie ein Hühnchen mit mikadomäßig abstehenden Haaren, irrem Blick und schief hängender Jacke ins Wohnzimmer gestolpert kam. Seine Stimme war dabei eine Mischung aus Zitrone und Camembert – sauer, weich, mild. Meine Mutter starrte ihn einen Moment wortlos an, als wundere sie sich, warum dieses Hühnchen in ihrem Wohnzimmer stand und nicht in ihrem Kochtopf auf dem Herd sein letztes Bad nahm. Dann deutete sie wie in Zeitlupe mit ausgestrecktem Finger auf den Schuhkarton mit der Waffe. Aber mein Vater folgte nicht dem ausgestreckten Finger meiner Mutter, sondern blieb an ihren Augen hängen, als lese er darin schon die Antwort. Sie waren ein stummes Standbild, das mehr sagte, als sie hätten mit Worten ausdrücken können. Erst nach Sekunden löste sich die Augen meines Vaters aus denen meiner Mutter und erfassten das, was er schon wusste, aber nicht wahr haben wollte. Seine Augen zogen ungläubig an der Waffe und er presste die Lippen so fest aufeinander, dass nur noch ein weißer Strich übrig blieb. Als er dann wieder zu meiner Mutter zurück blickte, entstand eine Welt zwischen Ihnen, die nur ihnen etwas sagte und nur für sie bestimmt war. Sie tauchten darin ein und zurück blieben nur Leere und Einsamkeit, die mich eiskalt umklammert hielt, bis meine Mutter endlich wieder auftauchte und das Schweigen brach.

„Du hast gesagt, sie wäre weg!" Ihre Stimme war bedrohlich ruhig. Wie die Stille vor einem nahenden Sturm, wenn die Luft zu stehen scheint und kaum einer zu Atmen wagt.

Mein Vater schloss die Augen.

„Ich weiß!", sagte er nur.

„Aber sie ist noch da!" Sie war immer noch ruhig, aber ich hörte schon in der Ferne das Grollen, das den Sturm ankündigte.

Die Augen meines Vaters waren immer noch geschlossen, so als ob seine Augenlider Regenschirme wären, die er zum Schutz vor dem nahenden Sturm aufgespannt hatte.

„Ich weiß." Wieder diese Worte, die alles bedeuteten.

„Warum?"

Die Frage hing eine Weile an einem Seil zwischen ihnen und pendelte langsam hin und her, als wisse sie nicht genau, an wen sie eigentlich gerichtet war. Und als mein Vater die Augen öffnete und er die Frage mit seinen Augen empfing, sah ich nur Schmerz. Sein ganzer Körper schien die Antwort zu sein, die er nicht aussprechen konnte. Als die Worte dann seinen Mund verließen, entwisch mit ihnen alles, was er für mich bedeutet. Seine Stärke, seine Erhabenheit, seine Sicherheit verpuffte ins Nichts. Als wäre er nur aufgeblasen gewesen und nun hatte jemand zischend das Ventil geöffnet und die jahrelang gehaltene Spannung hatte nur eine schrumpelige, nutzlose Hülle hinterlassen.

„Weil ich Angst hatte."

Meine Mutter starrte ihn an. Und urplötzlich legte sich der Sturm, als hätte es ihn nie gegeben.

„Wusste Lukas davon?", fragte sie tonlos. Alle Kraft schien

von der Waffe auf dem Couchtisch absorbiert worden zu sein.

„Ich hab nie mit ihm drüber gesprochen, aber ich denke schon." Ein verwirrter Vogel flog plötzlich von außen gegen die große Fensterscheibe im Wohnzimmer und wir alle zuckten unter dem Geräusch zusammen, als wäre ein Schuss gefallen.

„Es war sein Schrank", sagte sie und starrte dabei immer noch die Scheibe an, obwohl der Vogel schon längst davon getaumelt war.

„Ja, es war sein Schrank."

Ich schmeckte die Bitterkeit der Wahrheit in meinem Mund – herb, schlecht, würgend. Lukas wusste irgendetwas über meine Eltern, das er mir nicht erzählen wollte. Schon immer. Ich hatte es gewusst, aber ich hatte Angst gehabt, es mir einzugestehen. Ich hatte geschickt um den Kern herumgebissen, hatte nur das süße Fleisch verspeist, um den Kern achtlos wegzuwerfen. Aber der Kern hatte Wurzeln geschlagen und ich sah gerade dabei zu, wie die Blätter sprossen und ich erkannte, dass der Kern einen riesigen Baum verborgen hatte.

„Du hast diese Waffe im Schrank unseres Kindes versteckt."

„Ja, ich weiß." Die Worte ein ewiges Echo. „Weil ich nicht wollte, dass du sie findest. Und Lukas faltet seine Wäsche ja nun mal akribisch selbst. Also dachte ich, es wäre eine gute Idee."

Er blickte auf den Boden, als wäre der Teppich ein Orakel, das ihm eine Erklärung für alles geben könnte.

Endlich riss sich meine Mutter von dem Vogelabdruck auf der Fensterscheibe los und sah meinen Vater direkt an und ihre Augen brannten.

„Du hast die Waffe im Schrank unseres Kindes versteckt", wiederholte sie scharf.

„Ja, ich weiß", Echo, Echo, Echo. Er ging auf sie zu und fasste sie an den Schultern. Und obwohl ich spüren konnte, wie ihr ganzer Körper die Berührung abzuschütteln versuchte, ließ sie ihn gewähren und schaute ihn unverwandt an.

„Pass auf, Vicky." Mein Vater versuchte ein zuversichtliches Gesicht zu machen. „Ich hab einen Fehler gemacht, okay? Aber ich hatte Angst und ich gehe mit der Angst eben anders um als du. Du willst alles, was uns daran erinnert, weg haben - aber ich will uns beschützen."

„Diese Waffe, Volker. Diese Waffe…", ich spürte förmlich, wie sie an den Worten würgte, sie nicht aussprechen konnte und drohte, daran zu ersticken. Und die Anspannung in meinem Körper begann zu schmerzen. Sie Unwissenheit mich einzuengen. Die Fragen mich zu zerreißen.

„Was ich mit dieser Waffe getan habe… ich will sie nicht im Haus. Schaff sie weg." Sie hatte die letzten Worte so plötzlich gebrüllt, dass mein Vater und ich zusammenzuckten.

„Okay, mach ich. Aber was ist, wenn hier irgendwann einer von denen vor der Tür steht?"

WER, schrie es in mir. WER?

„Dann haben wir nichts, womit wir uns wehren können."

„Dann musst du dir eben etwas anderes einfallen lassen, Volker."

Damit war das Gespräch beendet. Sie ging an ihm vorbei und seine Arme fielen von ihren Schultern als wären sie mit Reis gefüllt und nicht aus Fleisch und Blut.

„Maria-Sofia ist bei Sabine. Sie muss um 16:00 Uhr abgeholt werden", sagte sie ohne sich umzudrehen und verließ das Wohnzimmer.

Kurz darauf hörte ich wie die Haustür geöffnet wurde und wieder ins Schloss fiel. Während ihre Jacke und ihre Tasche immer noch auf dem Teppich im Wohnzimmer lagen wie verlorenes Strandgut.

Sie hinterließ eine brennende Leere, gegen die mein Vater abermals zum Schutz die Augen schloss. Als er sie öffnete, sah ich etwas Erschreckendes, Fremdes darin schimmern.

Tränen.

Aber als wäre er selbst noch erschrockener als ich, schüttelte er sie ab wie eine lästige Fliege, holte tief Luft und ging zum Couchtisch, auf dem immer noch die Kiste mit der Waffe stand. Er sah nicht hinein, sondern verschloss sie einfach wieder mit dem Deckel, so als schraube er ein Nutellaglas zu. Aber bevor er die Kiste hochhob und dorthin tragen wollte, wo immer das sein sollte, nahm er noch einen Schluck von dem Absinth. Verschloss ihn wieder und brachte ihn zurück in den Flur, wo meine Mutter ihn hergeholt hatte. Dann hob er den Karton vom Couchtisch und verließ damit das Haus.

Ich blieb allein zurück in dem Haus, dessen Atmen mir von Geheimnissen erzählte, die mir Angst machten.

Rebecca 1979

„Helfen Sie mir! Bitte!"

Ich schob gerade eine werdende Mutter in Richtung Kreißsaal, als der Fahrstuhl aufging und ich Cordula Grundlar darin sitzen sah. Sie sah furchtbar aus. Ihre ganze Schönheit war unter den Schwellungen diverser Blutergüsse versteckt und ihr strahlendes Lächeln war einem hilflosen Winseln gewichen. Es war sechs Wochen her seit sie das letzte Mal hier war. Sofort rief ich Hilfe und ließ die andere Mutter von einer Kollegin weiter schieben, während ich Cordula aus dem Aufzug half.

„Oh, mein Gott, Frau Grundlar! Was ist passiert?"

Sie sah mir einen Moment klar in die Augen.

„Sie wissen genau, was passiert ist!"

Ich schloss die Augen und schluckte.

„Wo hat er sie noch hingeschlagen? In den Bauch?", fragte ich immer noch schluckend.

Sie nickte.

„Okay, wir müssen sofort nach dem Baby sehen. Haben Sie Wehen? Ist die Fruchtblase geplatzt?"

Wieder brachte sie nur ein Nicken zu Stande. Plötzlich war Samuel an meiner Seite und gemeinsam brachten wir sie in ein Untersuchungszimmer. Da richtet sie sich plötzlich kerzengerade auf und sah mich wieder mit diesem klaren Blick an.

„Ich spüre das Kind nicht mehr! Ich glaube, es ist tot!"

Und als sie es sagte, hatte ich das Gefühl, ein kleines Lächeln um ihren Mund zucken zu sehen.

Luisa 1997

Wahre Sinnestäuschungen

Unser Hirn ist ein faszinierendes Organ. Es besteht aus Millionen von unterschiedlich großen Fächern und kann nicht mal von dem Rational Küchensystem von Ikea übertroffen werden. Manche von diesen Fächern haben Vorhänge, die leicht im Wind wehen und immer mal wieder einen Blick auf den Inhalt preisgeben, andere sind offen, so dass du darauf zugreifen kannst, wann immer es dir beliebt. Und dann gibt es noch die mit den Türen. Mit dünnen Türen aus Holz, die man im Notfall zerschlagen kann. Mit dicken Türen aus Stein, die schwer zu bewegen sind. Und mit gigantisch gepanzerten Türen, an denen man sich fast nicht zu versuchen braucht. Die meisten dieser Türen haben Schlüssel, damit man den Inhalt gut wegschließen kann und manche sind sogar mit Geheimkodes und Spracherkennung ausgerüstet, weil das, was sie verbergen, nicht ungewollt ans Licht kommen darf. Nur manchmal packt man die falschen Dinge in das falsche Fach. Manchmal ist es Absicht, manchmal ein Versehen. Und die Frage ist, ob man sich in beiden Fällen glücklich schätzen kann, wenn die Tür sich von alleine öffnet.

Die Waffe war aus meinem Leben verschwunden und somit auch das merkwürdige Gefühl. Mehrere Male hatte ich Lukas darauf ansprechen wollen, was er über die Waffe wirklich wusste, aber ich schaffte es nicht. Vielleicht aus Angst, vor dem, was er mir erzählen würde, oder auch einfach weil er selbst nicht zur Sprache brachte, dass die Waffe plötzlich aus seinem Schrank verschwunden war. Schließlich musste er wissen, dass ich daran schuld war. Aber er blieb stumm. Nichts deutete darauf hin, dass ihn das irgendwie irritierte oder ärgerte. Er schien es einfach zu ignorieren. Also versuchte ich, es ihm gleich zu tun und nach einer Weile fragte ich mich, ob es diese Waffe und diese fremde Frau in unserem Haus, die genauso ausgesehen hatte wie meine Mutter, überhaupt gegeben hatte. Denn es ist so leicht zu vergessen, wenn man glücklich ist und das Gefühl einen wie ein süßer Duft umgibt – rauchig, trüb, betörend.

Lukas' Zivildienst machte es uns möglich, uns häufiger zu sehen. Er betreute alte oder hilfsbedürftige Menschen zu Hause, die oft nicht merkten, wenn er einfach ein wenig früher ging. Zudem konnte er zu Hause immer erzählen, dass er länger machen musste, obwohl das nicht stimmte. Ich ging weiter zur Schule, war aber mittlerweile in der Oberstufe und hatte öfter mal eine Freistunde, in der wir uns dann treffen konnten. Trotz des Winters verbrachten wir viel Zeit in der Hütte im Wald. Lukas hatte eine kleine Campingheizung besorgt, die die Hütte einigermaßen warm und trocken hielt. Und obwohl wir uns immer verstecken mussten, war unsere Beziehung intensiv und niemals langweilig.

Einmal machten wir einen Trip nach Holland, um dort einfach nur händchenhaltend durch die Stadt gehen zu können, ohne dass wir Angst haben mussten, entdeckt zu werden. Es war merkwürdig und fremd, mich und ihn mit den Augen der anderen zu sehen und mir wurde bewusst, wie sehr ich es vermisste, mit anderen zu teilen.

Zu teilen, was man fühlt.
Zu teilen, wer man ist.
Zu teilen, dass man liebt.

Wir machten Pläne. Pläne die verliebte Jugendliche eben machen. Wir stellten uns vor, dass wir auswandern würden, wenn ich mit meinem Abitur fertig wäre. Wir lachten, als wir uns ausmalten, wie wir unabhängig voneinander unseren Eltern erzählen würden, dass jeder für sich im Ausland studieren würde. Ich in Griechenland und Lukas in Kanada. Und dann würden wir uns in Australien treffen und dort gemeinsam leben. Uns lieben und alt miteinander werden. Wie ein ganz normales Paar. Wir schwebten auf dieser Wolke sieben taumelnd dahin und glaubten daran. An unser Glück und unsere Gefühle. Dabei klammerten

wir die Vorstellung von Kindern komplett aus, als wäre es nicht möglich Nachkommen zu erschaffen. Der Grund dafür lag aber nicht an unserem Alter. Der Grund lag an dem, was wir waren. Was wir aber nie aussprachen, wenn wir alleine waren.
Geschwister.
Bruder und Schwester.
Durch Blut für immer verbunden.

Und genau deshalb waren wir vorsichtig. Wir schlichen durch unser Leben wie Indiana Jones durch ein Höhlenrätsel, voll bepackt mit der Last unserer Liebe. Wenn wir uns im Wald getroffen hatten und noch den Geruch des anderen auf unserer Haut spürten, stahlen wir uns davon wie Diebe im Licht einer Straßenlaterne. Der Saum des Waldes war die Grenze dieser zwei Welten, die sich nicht vereinbaren ließen und doch ineinander existierten. Sobald einer von uns diese Grenze überschritten hatte, wurden wir wieder zu dem, was wie sein sollten. Was wir sein durften. Bruder und Schwester. Wir spielten unsere Rollen perfekt. Wir sprachen zu Hause kaum ein Wort miteinander und zeigten beim Essen deutlich unser Desinteresse aneinander, um dann später, wenn wir alleine waren, aufeinander zu knallen wie zwei Autos beim Crashtest – ungehindert, gradlinig, zermalmend.

Aber so vorsichtig man auch ist, irgendwann ist man nur für einen kurzen Moment unkonzentriert, abgelenkt oder irritiert und ein Fehler schleicht sich an, wie ein Löwe auf der Pirsch, bevor er dir die Zähne ins Fleisch rammt – brutal, schnell, unvorhersehbar.

Dabei kann auch der kleinste, zarteste Fehler dein ganzes Leben verändern.

Der Frühling verwandelte die Welt explosionsartig in ein Schloss aus Blüten und grün und verbreitete seinen betörenden Duft überall. Er lullte mich ein und ließ mich schwindelnd durch die Welt ziehen. Unser Wald breitet seine frische hellgrüne Kuppel über uns aus und wir fühlten uns beschützt wie nie. Die verborgenen Waldfeen sangen uns Lieder und der von den Blättern tropfende Tau gab den Rhythmus vor. Aber trotz des märchenhaft schönen Wetters schafften es Lukas und ich nur selten, uns gemeinsam unter diese Kuppel zu legen und unsere Träume zu träumen.

Lukas hatte viel in seinem Zivildienst zu tun und bereitete sich zudem schon intensiv auf sein Studium der Astrophysik vor. Und auch bei mir klopften die Klausuren der Oberstufe ungeduldig an meine Tür. Daher war es oft schwierig einen gemeinsamen und unauffälligen Termin zu finden. Aber die Sehnsucht zerrte an uns und so krabbelten wir ab und an nachts heimlich zu dem anderen ins Bett, um uns aneinander zu wärmen und unsere Körper daran zu erinnern, dass der andere immer noch da war.

Als wir es dann endlich mal wieder schafften, uns beiden drei gemeinsame Stunden in unserem Wäldchen zu gönnen, hielt der Frühling auch Einzug in mein Innerstes und ließ meine Gefühle sprießen und die seltsamsten, aufregendsten Formen annehmen. Obwohl ich vorgehabt hatte, vorher für meine Matheklausur zu lernen, konnte ich mich nicht wirklich auf die Zahlen und Kurven konzentrieren und fuhr stattdessen zum Edeka um die Ecke, um Trauben, Brot und ein Schälchen der ersten Erdbeeren zu unserem Treffen mitzubringen. Ich arrangierte alles auf unserem winzigen Tischchen, das der Sperrmüll für uns ausgespuckt hatte. Weil ich noch etwas Zeit hatte, pflückte ich sogar ein Paar Blumen, um unser Nest noch nestiger zu gestalten und wartete.

Aber Lukas kam nicht.

Auch das Prepaidhandy, das Lukas und ich uns vor kurzem angeschafft hatten, um uns besser und heimlicher absprechen zu können, starrte mir nur stumm und stumpf entgegen. Ich wartete anderthalb Stunden, bevor ich wütend zurück zu meinem Fahrrad stampfte. Aber als ich gerade mit meinem Fahrrad die magische Waldgrenze überschritten hatte, schoss mir Lukas auf seinem Mountainbike entgegen

„Hey, Luisa, wo willst du hin?" Er schien ehrlich erstaunt zu sein, dass ich schon wegfahren wollte.

„Hallo? Ich hab über eine Stunde gewartet. Wir waren um zwei verabredet. Nicht um drei oder halb vier!"

Ich spürte wie sich die Frustration durch meine

Mageninnenwände fraß, wie eine kleine stachelige grüne Raupe – hungrig, gierig, beißend.

„Ja, tut mir Leid, aber die Studienberatung hat ewig gedauert. Ich dachte, ich hätte da einen Termin, aber offensichtlich kommt man da einfach so hin, oder so. Keine Ahnung. Jedenfalls war es total voll und ich musste warten", sagte er und schob sich mit seinem Fahrrad näher an mich ran.

„Tja, dann ist das wohl so. Und ich muss jetzt leider nach Hause und für meine Matheklausur morgen lernen. Ist dann wohl auch so!"

Und ich rollte demonstrativ mit meinem Fahrrad rückwärts von ihm weg und schlug den Lenker schon mal in die richtige Richtung ein. Ich verstand ihn zwar, aber die frustrierte, giftgrüne Raupe fand es unmöglich, dass er das Studium über mich stellte.

„Ach, komm schon. Wir haben doch noch etwas über eine Stunde. Können wir nicht wenigstens diese Zeit miteinander verbringen?" Er krabbelte wieder mit seinem Fahrrad näher an meines ran und flüsterte leise und in einem Kleinkindbettelton: „Ich hab dich so vermisst, Püppi! Bitte!"

„Du hättest anrufen können!", sagte ich schmollend und drehte den Kopf zur Seite.

„Ja, aber meine Karte ist leer! Wirklich! Verdammt, es tut mir doch auch leid! Komm schon, lass es mich wieder gut machen!", raunte er mir zu.

„Nein!"

Aber die Raupe in meinem Magen war eigentlich schon satt und hatte sich gemütlich zum Schlafen zusammen gerollt. Ich verfluchte sie für ihre Treulosigkeit und ergab mich seinen liebevoll bittenden Augen, so dass meine Mundwinkel der Schwerkraft trotzten und in den Himmel schießen wollten.

„Bitte, bitte, bitte!", jammerte er.

Ich schaukelte spielerisch mit dem Kopf hin und her, als müsste ich mir das noch überlegen, obwohl meine Entscheidung schon längst feststand

„Na, gut!", sagte ich und rollte die Augen. „Wenn es denn unbedingt sein muss."

„Ja. Unbedingt!", sagte er verschwenderisch und warf die

Arme um mich. Beinahe hätte dadurch unsere Drahtesel zu Fall gebracht, hätten die sich nicht Halt suchend an einander gekrallt.

„Du bist die Beste!", sagte er und drückte mir einen Kuss auf den Mund.

Ich lachte und schubste ihn keck von mir weg.

„Ja, ja", machte ich und fühlte, wie sich dieses warme Kribbeln in meinem Bauch ausbreitete wie eine umgekippte Dose Glitter aus dem Bastelladen. Und das hatte absolut nichts mehr mit der Raupe zu tun.

Wir entwirrten unsere Fahrräder und gingen in den Wald, zu unserer Wiese und unserem Häuschen. Mit Glück und Liebe umhüllt, so warm und lieblich, dass es sich anfühlte, wie ein dicker Schutzwall, den niemand durchbrechen konnte. Sicher und wohlig für immer.

Aber so war es nicht.

„Hallo Luisa", zischte es schlangenähnlich in meinen Nacken, als ich ein paar Tage später von der Schule in unsere Straße einbog. Ich blieb stehen, obwohl alles in meinem Körper laufen wollte, presste mein Gesicht in ein fröhliches Lächeln und drehte mich um.

„Hallo, Herr Wilkes! Wie geht es Ihnen?", grinste ich ihm falsch entgegen.

„Oh, danke, Luisa. Mir geht es ausgezeichnet", sagte er und sein Lächeln war dabei so schmierig, als hätte er sich flüssige Seife über den Kopf gegossen.

Ich merkte, wie mir übel wurde, als würde die Seife durch meine Ohren direkt in meinen Magen fließen.

„Freut mich!"

Das Lachen schmerzte.

„Und wie geht es dir, Luisa?" Die Seife tropfte von meinem Namen und sammelte sich in große Lachen auf dem Boden.

„Gut, danke!" Die Übelkeit kitzelte schon meinen Kehlkopf.

„Du wolltest doch noch mal bei mir vorbei kommen. Weißt du noch?"

Seine Zähne waren gelb und grau beschmiert. Die Farbe erinnerte an verwesendes Fleisch.

„Ja, klar! Ich hatte nur so viel zu tun mit der Schule und so", flötete ich, als würde ich nicht mit Mühe ein Würgen unterdrücken.

„Verstehe." Er schaute auf seine Schuhe wie ein Schuljunge, der sich nicht traut, nach der Toilette zu fragen, was merkwürdig grotesk wirkte. „Schade", murmelte er.

„Ja, ich weiß. Tut mir leid. Ich komm bestimmt noch mal vorbei, aber jetzt muss ich nach Hause."

Ich winkte abgehackt und drehte mich um. Mein Fuß schwebte schon erwartungsfroh in der Luft, um den ersten Schritt von ihm weg zu machen, als er mir die Frage einfach so in die Kniekehlen warf: „Zu deinem Bruder?"

Alles in meinem Körper wollte zu Eis erstarren, aber ein kleiner vibrierender Summton in meinem Inneren ließ mich stattdessen meinen Fuß aufsetzen und beschwingt herumwirbeln.

„Na ja, vielleicht ist Lukas auch zu Hause. So genau weiß ich das aber nicht. Wieso? Stimmt was nicht mit ihm? Haben Sie sich gestritten?" Meine Stimme war ein flatternder Schmetterling in einem Kescher, der keinen Ausweg findet – irritiert, nervös, zitternd.

„Nein, ich hab kein Problem mit deinem Bruder. Alles in Ordnung."

Er öffnete den Kescher, so dass ich wieder den Weg in die weite Welt antreten konnte.

„Okay, dann ist ja gut. Also dann: Wünsche Ihnen noch einen schönen Tag."

Ich flatterte hektisch von dem Kescher weg, bevor er wieder zuschlagen konnte. Aber es war zu spät, denn da war schon sein Speichelgetränkter Atem an meinem Ohr.

„Ich hab euch gesehen", zischte er. „Dich und deinen Bruder!"

Er hatte weit ausgeholt, um mir einen kräftigen Schlag in den Nacken zu verpassen, der mich straucheln lassen sollte. Aber der Schlag prallte überraschender Weise von mir ab, als wäre mein Nacken aus Gummi. Ich war drauf vorbereitet gewesen. Seit einem Jahr wartete ich auf genau diesen Moment. Ich blieb stehen, schloss die Augen und atmete diesen Moment so tief in meinen Körper ein, dass jede Zelle davon erfüllt war.

„Vor dem Wäldchen. Da hab ich euch gesehen."

Seine Worte umklammerten mich, während sein sabbernder Atem in meine Kleidung kroch wie abgestandener Zigarettenrauch. Und plötzlich fühlte ich mich seltsam leer und unendlich erschöpft, so als hätte ich die ganze Zeit einen riesigen Rucksack mit mir rumgetragen und erst gemerkt, wie schwer er war, als ich ihn endlich abgelegt hatte. Und ich wusste, würde ich ihn wieder aufsetzen, würde er mir schwerer vorkommen als vorher.

Daher sagte ich nichts und bewegte mich nicht. Stand nur da und stellte mir vor, wie Herr Wilkes Speichel sich in meiner Ohrmuschel sammelte und wartete.

„Ich denke, wir sollten mal darüber reden. Was meinst du, Luisa?"

Wieder antwortete ich nicht. Ich konnte es einfach nicht. Meine Zunge war urplötzlich in Beton gegossen worden – hart, schwer, bröckelig.

„Wie wäre es mit morgen Nachmittag. Ich weiß, da hast du ein bisschen früher Schule aus. Komm doch einfach mal vorbei und dann reden wir, okay?"

Vielleicht hab ich genickt, vielleicht war es nur das leichte Schwanken meines Körpers im Wind, aber Herr Wilkes deutete es als Zustimmung. Was hätte er auch anderes denken sollen. Schließlich hatte ich im Grunde keine andere Wahl.

„Gut, dann also bis morgen. Ich denke, vier Uhr wäre prima!" Das Wort prima rann feucht in mein Ohr und sammelte sich in meinen Hirnwindungen, so dass ich es nie wieder loswerden würde.

Als der Speichel getrocknet war, stand ich immer noch da. Stockend langsam schälte ich mich aus dem Glück, in dem ich ein Jahr gelebt hatte und trat wieder hinaus in die Realität – blendend, brennend, sengend.

Herr Wilkes war mit der Gewissheit verschwunden, dass ich am nächsten Tag zu ihm kommen würde. Und ich schleppte mich mit der Gewissheit nach Hause, dass er mit seiner Einschätzung Recht hatte.

Der Weg zu unserem Nachbarn Herr Wilkes war mir noch

nie so weit vorgekommen. Seid der Begegnung am Tag zuvor, musste ich auf andere gewirkt haben, als hätte ich eine Handvoll Ecstasy eingeworfen.

Sobald ich unser Haus betreten hatte, legte ich automatisch ein Kostüm solch übertriebener Heiterkeit an, dass ich selbst von meiner schrillen, aufgedrehten Stimme genervt war. Ich plapperte sinnloses Zeug und konnte so still sitzen, als wäre ich eine zweijährige, die sich gerade in die Hose gemacht hat.

Meine Mutter lächelte mich wissend an und ich war sicher, sie glaubte, Amors Pfeil stecke in meinem Allerwertesten und nicht eine Windel voller Scheiße. Ich weiß nicht für wen das Kostüm, das ich den Rest des Tages trug, gedacht war. Für meine Familie oder für mich. Ein Schutzanzug um die Angst, die in mir brannte wie eine Feuerwand, davon abzuhalten auf mein Herz überzugreifen.

Ich traf mich an diesem Tag nicht mehr mit Lukas. Beim Abendbrot musterte er mich eingehend, als wüsste er, dass meine Fröhlichkeit nur aufgesetzt war. Aber ich schüttelte seine Zweifel mit einer aggressiven Bemerkung gegen ihn ab, die er mit einem versteckten Lächeln einsteckte.

Den Abend verbrachte ich brütend in meinem Zimmer. Hin und her gerissen von Bedürfnis und Angst mit Lukas über Wilkes zu reden. Zum ersten Mal wünschte ich mir, ich hätte irgendjemandem, dem ich meine Beziehung zu Lukas hätte anvertrauen können. Irgendjemanden, der mich verstanden hätte und der jetzt mit mir eine Lösung hätte finden können. Aber Lukas war mein „irgendjemand" für alle Befindlichkeiten. Seine Lösung der Situation kannte ich aber schon und sie ließ mir mein Herz zu Beton erstarren und beim ersten Herzschlag in tausend Teile zerbröckeln – zermalmt, zerstört, für immer.

Also blieb ich allein in meinem Bett liegen und hoffte, der erlösende Schlaf würde mich wenigstens für ein paar Stunden meiner Angst berauben.

Er sitzt mir gegenüber. Die Kerzenflamme zwischen uns flackert neben seinem Gesicht, als wäre ihm ein Licht aufgegangen. Wir sitzen in einem Restaurant und er studiert gerade die Speisekarte. Überall sind Leute. Ihre Atmo hüllt mich merkwürdig ein. Ich muss lächeln, weil ich weiß, dass das hier nicht sein kann. Dass wir niemals zusammen in einem öffentlichen Restaurant sitzen können. Er schaut von der Karte auf und die Flamme tanzt doppelt und schelmisch in seinen Augen. Er hat es geplant. Er will es so, schießt es mir durch den Kopf. Eine wohlige Wärme blubbert in meinem Bauch und dämpft meinen ganzen Körper ein. Über den Tisch hinweg ergreift er meine Hand und drückt sie. Seine Hand fühlt sich so warm, vertraut und sicher an. Ich schaue ihm ins Gesicht und will ihm sagen, wie sehr ich ihn liebe. Wie sehr ich mich nach diesem banalen, einfältigen Moment mit ihm gesehnt habe. Aber als ich ihm ins Gesicht sehe, stimmt irgendetwas nicht. Seine Mimik scheint eingefroren und die Flammen in seinen Augen tanzen nicht mehr fröhlich, sondern lodern lichterloh! Die Kerze zwischen uns ist plötzlich ein riesiges Feuer, das sich zwischen uns ausbreitet wie wuchernder Schimmel auf einem Käse. Mit Schrecken wird mir klar, dass er meine Hand nicht mehr hält. Als ich wieder aufblicke, kann ich ihn durch die Flammen kaum noch erkennen. Ich bekomme Panik, kann mich aber nicht bewegen. Es ist als wäre ich an meinen Stuhl geklebt, und der wiederum an den Boden! Das Restaurant ist mittlerweile schon längst leer. Alle haben sich in Sicherheit gebracht. Ich rufe nach ihm, aber ich kann nicht mehr hören, ob er mir antwortet. Die Flammen beherrschen alles. Ich sehe ihn nicht mehr. Weiß nicht mehr, ob er noch da ist. Die Flammen zerren schon an meinen Haaren, Kleidern, Fingern – hungrig, gierig, unersättlich. Ich versuche sie abzuschütteln, aber sie sind überall. Sie ergreifen meinen Körper, beißen in meine Seele. Ich brülle seinen Namen, aber es kommt keine Antwort. Die Panik reißt mich mit, wie ein riesiger Strom, der aber nicht vermag, die Flammen zu löschen, die mich langsam verschlingen.

Und ich verbrenne mit der Unsicherheit, ob er mir nicht helfen kann, oder nicht helfen will.

Als ich aufwachte war mein Bett schweißnass. Die Hitze des Feuers hatte alle Flüssigkeit aus mir entweichen lassen. Ich war unfassbar erschöpft und fühlte mich so müde, wie noch nie in meinem Leben. Als ich mich in meinem klammen Bett aufsetzte, wurde mir sofort speiübel. Als hätte sich der Schweiß nicht in meinem Bett gesammelt, sondern in meinem Magen und wäre durch die Bewegung nahe am Überschwappen. Irgendwie schaffte ich es trotzdem die normalen Dinge des Tages zu verrichten und sogar mein übliches Müsli zu essen. Es merkte niemand, dass es mir im Grunde überhaupt nicht gut ging, obwohl ich in der Schule kaum ein Wort raus brachte.

Ich hatte Angst.

Es war eine gemeine, hinterhältige Angst, die einem die ganze Zeit den Rücken rauf und runter kriecht, wie eine Zecke, die unentschlossen einen leckeren Platz für ihr Mittagsmahl sucht – kribbelnd, hungrig, widerlich. Mein Verstand versuchte mich den ganzen Tag über zu beruhigen. Mir einzureden, dass er doch eigentlich nur ein netter Nachbar war, der mir vielleicht sogar helfen wollte. Was sollte mir auch, nur ein paar Meter von zu Hause entfernt, passieren?

Aber mein Körper erzählte mir eine andere Geschichte.

Eine Geschichte, dessen Ende ich mich weigerte, anzuhören.

Ich nahm nicht die Abkürzung durch die Gärten, wie ich es als Kind getan hatte, sondern ging die paar Meter auf der Straße zu seinem Haus. Die Gärten hätten irgendwie etwas Heimliches gehabt.

Ich wollte, dass mich jemand sah, wenn ich in seinem Haus verschwand. Und ich wollte, dass er sah, dass ich mich nicht versteckte.

Als er die Tür aufmachte und ich sein faltiges, schlaffes und zähes Gesicht sah, sammelte sich der Ekel unverzüglich in meinem Mund, wie Tauben um ein Stück Brötchen. Ich traute mich nicht, sie hinunterschlucken, aus Angst ihre Schnäbel könnten sich in meiner Speiseröhre verhaken und ich würde innerlich verbluten.

Wilkes' wässrige, blaue Augen bekamen einen seltsamen Glanz, als er mich vor seiner Tür erblickte. Ähnlich dem einer Schneckenspur - glitzernd, schleimig, sekretartig.

„Da bist du ja. Wie schön, dass du dich an unsere Verabredung heute erinnert hast. Komm doch bitte rein."

Er trat beiseite, um mich durchzulassen. Als ich vorbei ging, konnte ich seinen Körper riechen – alter Kaffee, abgestandener Rauch, verwesendes Leben. Der Geruch verstärkte sich, umso tiefer ich in das Haus eindrang. Alles in diesem Haus roch nach seinem Körper, oder sein Körper hatte den Geruch dieses sterbenden Hauses angekommen. Ich merkte, wie der Geruch in meine Kleider kroch, an meinen Haaren kleben blieb und sich haftend und ranzig auf meine Haut legte. Die Tauben in meinem Mund fingen wild an zu flattern, während sich ein weiteres Dutzend zu ihnen gesellte und begannen an meinem Gaumen zu picken.

Er geleitete mich in sein Wohnzimmer, an das ich mich noch wage aus meiner Kindheit erinnern konnte.

Der Raum war aufgeräumt, wirkte aber dennoch schmuddelig und chaotisch. Hinten rechts der alte, scheinbar immer noch funktionierende Fernseher, in seinem dunkelen, hölzernen Kleid. Davor, ziemlich mittig hineingeworfen, stand eine hässlich grau-braune Couch, von der man nicht mehr sagen konnte, ob die Farbe ursprünglich oder durch jahrelange Essensreste entstanden war. Rechts an der Wand zwei Regale, die mit Karten und Stapeln alter Fernsehzeitschriften gefüllt waren und keinem einzigen Buch ein zu Hause boten. Links stand der kleine weiße Esstisch, der wirkte, als hätte er sich auf einer Müllhalde deutlich wohler gefühlt. Ich erinnerte mich, dort früher ein paar Mal mit Herrn Wilkes Karten gespielt zu haben, während er mich mit einem Schälchen Gummibärchen zum Bleiben überredete. Und auch heute stand es dort auf dem Tisch: das Schälchen mit den kleinen, glänzenden, süßen Bären, die ich als Kind so gerne verspeist hatte, aber nun seit Jahren nicht mehr angerührt hatte. Auch das kleine, abgegriffene Kartenspiel lag schon bereit, als wäre es ein normaler Besuch zehn Jahre zurück in die Vergangenheit – melancholisch, wertend, schräg.

„Ich sehe schon, du hast sie schon gesehen." Er deutete auf die Gummibärchen. „Setzt dich ruhig hin und nimm dir welche. Ich hab sie nur für dich gekauft. Ich weiß ja, wie gerne du sie isst."

Seine Stimme war ein merkwürdiger Singsang, in dessen Unterton immer wieder auf eine Quietscheente draufgetreten wurde. Etwa so, wie man vielleicht mit einem jungen Hund spricht, wenn man keine Ahnung von den Tieren hat, oder mit einem Kind. Mechanisch ging ich auf den Tisch zu und setzte mich auf den alten, metallenen Küchenstuhl, streckte meine Hand nach einem roten Bärchen aus und warf es dem Schwarm Tauben in meinem Mund zum Fraß vor.

„Ja, so ist es gut", sagte er, während er sich mir gegenüber an den Tisch setzte und sein Blick unruhig über mein Gesicht hüpfte. Ich vermied es in seine Augen zu blicken, sondern heftete mich an den fettigen Haaren fest, die er über seine Halbglatze gekämmt hatte.

„Magst du ein Spiel Mau Mau spielen, Luisa?" Er nahm das Kartenspiel in die Hand und begann zu mischen.

Ich konnte nicht antworten, weil dann all die Tauben auf den Tisch geflattert wären und meinen Ekel verraten hätten. Also blieb ich einfach nur stumm sitzen und nahm die Karten entgegen.

Wilkes schien es auch überhaupt nicht zu stören, dass ich bisher noch keinen Ton gesagt hatte. Er verteilte die Karten, als hätten wir die letzten Jahre nichts anderes getan. Während wir die Karten aufeinander legten, erzählte er mir, dass er mittags beim Einkaufen einfach keine Leberwurst bekommen hatte. Dieser Umstand machte ihn sichtlich wütend, da er sie so liebte und jeden Abend zum Abendbrot aß. Und jetzt hätte er seit über zwanzig Jahren das erste Mal keine Leberwurst für aufs Brot.

Vom Erzählen tauchten rote, sternförmige Flecken in seinem Gesicht auf und seine eh schon an eine Süßkartoffel erinnernde Nase bekam Ähnlichkeit mit roter Bete. Seine Stimme hatte dabei einen zitternden, hellen Unterton wie bei einer Plastik Windmühle im Sturm. Ich starrte auf Bauer, Dame und AS und fragte mich, warum er mir das erzählte und mit keinem Wort Lukas erwähnte. Ich wollte so schnell wie möglich wieder verschwinden und die Tauben in meinem Mund in die Freiheit entlassen. Aber nach ein paar Runden Mau Mau stand er einfach vom Tisch auf, strich seine fleckige Hose glatt und lächelte wieder sein Seifenlächeln.

„So, es war wirklich sehr schön, dass du da warst, Luisa. Und es wäre sehr nett, wenn du mich bald wieder besuchen würdest. Vielleicht Donnerstag. Da hast du doch auch nachmittags frei, oder?"

Die Tatsache, dass er meinen Stundenplan auswendig konnte,

ließ die Tauben in meinem Mund aufgeregt aufflattern und ich schluckte hart an ihrem Gefieder, während ich ihm wie betäubt zur Haustür folgte.

„Gut, dann also bis Donnerstag." Mit einem onkelhaften Lächeln öffnete er mir die Tür.

Ich starrte ihn ungläubig an und bewegte mich nicht von Fleck, immer noch in Erwartung dessen, was da noch hätte kommen müssen.

„Ich sagte, bis Donnerstag, Luisa!"

Es klang wie ein Rausschmiss und ich folgte seinen Worten gehorsam. Aber als ich an ihm vorbei durch die Tür ging, fühlte ich wieder seinen Atmen in meinem Nacken und zu den Tauben gesellten sich noch ein Dutzend Spatzen, die aufgeregt um das Gummibärchen rumtanzten.

„Und am besten bleiben deine Besuche bei mir unser Geheimnis, okay?"

Seine Stimme klang plötzlich gar nicht mehr onkelhaft, sondern war mit einem bitteren Aufstrich beschmiert – abartig, fettig, ranzig.

Die Feuchtigkeit seines Atems rann mir vom Nacken zwischen die Schulterblätter.

„Deshalb solltest du durch die Gärten zu mir kommen. Genau wie früher als du klein warst. Das wäre doch besser, oder nicht, Luisa?" Er legte eine Hand auf meine Schulter. „Und besonders Lukas sollte von den Treffen nichts erfahren. Aber er arbeitet ja Dienstag und Donnerstag immer mindestens bis fünf, stimmt's? Dann sollte das ja wohl kein Problem sein." Er nahm die Hand von meiner Schulter und die Onkelstimme war zurückgekehrt: „So, jetzt kannst du gehen, Luisa. Wir sehen uns Donnerstag."

Mechanisch setzten sich meine Beine in Bewegung und gingen drei Schritte nach vorne, während die Tauben und Spatzen sich in meinem Mund überschlugen. Sogleich hörte ich die Tür hinter mir ins Schloss fallen.

Ich stand da, wie eine abstrakte Vorgarten-Skulptur – fremd, irrational, fehl am Platz. Mein Hirn war durch das laute Gurren der Tauben in meinem Mund ganz taub und kaum in der Lage, Signale bis in meine Füße zu senden. Irgendwie schaffte ich es dann aber doch, mich durch die Nachbargärten zu schieben. Endlich spürte ich die Rinde unserer alten Eiche unter den Handflächen, auf die wir als Kinder so häufig geklettert waren. Ich lehnte mich an ihren mütterlichen Stamm und ließ alle Tauben und Spatzen mitsamt dem Gummibärchen fliegen.

Obwohl mein Magen nun komplett leer war, war mir immer noch übel. Ich wischte mir den Schweiß wie ein Scheibenwischer von der Stirn, um wieder besser sehen zu können, setzte ein Lächeln auf und ging ins Haus. Ich hatte Glück: niemand war zu Hause und ich konnte wieder in mich zusammenfallen. Ich fühlte mich leer und schutzlos, wie ein hungerndes Vogelküken, das von seinen Geschwistern aus dem Nest gestoßen wurde und nun auf dem Waldboden hilflos und vergeblich nach seiner Mutter ruft – einsam, verlassen, ängstlich.

Wie immer in solchen Situationen, wollte ich nur an einen Ort. Ich stiefelte die Treppe hoch, öffnete seine Zimmertür und ging zielstrebig auf den alten Schrank zu. Als ich die Tür öffnete, zog mich der vertraute Geruch in sein Inneres. Ich schlüpfte zwischen der alten, riesigen, grau-melierten Strickjacke (meine Mutter hatte sie jahrelang abends auf dem Sofa getragen, sie aber vor ein paar Wochen durch ein neues dunkelrotes Ungetüm ersetzt) und einem furchtbar hässlichen grünen Blouson hinein und kuschelte mich in meine angestammte Schrankecke.

Ich ließ mich von dem glatten Holz umarmen und meine Seele streicheln. Die fehlende Anspannung ließ mich nackt und schutzlos zurück und meinen Körper in Heulkrämpfen erzittern. Als ich Lukas ins Zimmer reinkommen hörte, waren die Tränen zwar versiegt, hatten aber einer gigantischen Erschöpfung Platz gemacht. In panischer Angst Lukas könnte mich in dem Schrank entdecken und Aufgrund meiner verquollenen Augen eine Erklärung fordern, drückte ich mich weiter in meine Schrankecke und wünschte mir, einfach mit dem alten, glatten Holz auf immer zu verschmelzen. Aber es funktionierte nicht. Denn plötzlich ging die Schranktür auf und er kletterte zu mir hinein.

„Hey, was machst du hier?", fragte er, während ich überlegte, woher er hatte wissen können, mich hier zu finden.

Er setzt sich mir gegenüber und bohrte seinen Blick tief in

meine Seele – brutal, tastend, erforschend.

„Was ist los?"

Ich vermied geschlagen die Augen zu schließen und setzte stattdessen ein Lächeln auf.

„Keine Ahnung. Irgendwie ist heute ein Scheißtag. Ich fühl mich, als würde ich krank und die Schule war auch bescheuert. Ich bin einfach mit den Nerven runter. Frag mich nicht wieso." Die Worte klangen überzeugend in meinen Ohren und ich wünschte, ich könnte sie glauben.

„Wir wollten uns hier nicht mehr treffen, weißt du noch?" Immer noch tasteten sich seine Augen am Rand meiner Seele entlang. Wie die Zunge eines Ameisenbärs, der in einem holen Baumstamm nach Futter sucht und einfach nicht glauben kann, dass da wirklich nichts zu holen ist. Aber die Ameisen drücken sich einfach nur geschickt an die Wand, um der tastenden Zunge auszuweichen.

„Ich weiß, aber irgendwie an solchen Tagen… Ich wollte einfach nur hier sitzen, weißt du? Sonst nichts. Du kannst auch gerne wieder gehen. Es geht mir einfach nur darum, hier zu sein."

Ich merkte, wie sich wieder Tränen in meinen Mundwinkeln sammelten und sie nach unten zogen. Ich drehte den Kopf weg.

„Okay, verstehe. Aber da ich jetzt schon mal hier bin." Er setzte sich anders hin und zog mich so zu sich rüber, so dass mein Kopf auf seinem Schoß landete. „Manchmal hat man eben Tage, an denen einfach alles scheiße ist. So ganz ohne besonderen Grund." Er streichelte mir sanft übers Haar und ich nickte nur, weil ich nicht wollte, dass er merkte, wie sehr ich weinte.

Die nächsten Besuche bei Nachbar Wilkes waren dem ersten sehr ähnlich. Sobald ich in sein Gesicht sah, sammelten sich die Tauben und Spatzen schon in Erwartung eines Gummibärchens in meinem Mund. Wobei Wilkes penibel darauf achtete, dass es nicht jedes Mal dieselben Gummibärchen waren. Er präsentierte mir Kirschen, Schlümpfe, Schlangen und anderes Getier, von denen ich jeweils eins den Tauben zum Fraß vorwarf. Nach drei Wochen erschien es mir, als sei all meine Angst völlig unbegründet gewesen, denn Herr Wilkes war einfach nur ein einsamer, alter Mann, der eine Gelegenheit gesucht und wahrgenommen hatte, sein tristes Dasein wenigstens ein wenig zu ändern.

Stumm ließ ich die zwei Stunden über mich ergehen, hörte mir Geschichten über die Nachbarn, das neue Einkaufszentrum und ein ganz besonderes Schneidebrett aus dem Homeshoppingkanal an. Und ich glaubte, mich langsam an die Tauben und Spatzen in meinem Mund zu gewöhnen, die mit jedem Besuch etwas ruhiger wurden, bis ich schon fast nicht mehr sicher war, ob sie überhaupt noch da waren. Aber sie waren noch da. Schliefen nur. Lauerten.

Meiner Mutter und Lukas, denen die festen Termine mit Wilkes selbstverständlich nicht entgangen waren, erzählte ich, wir hätten ein neues Mädchen namens Valerie auf der Schule. Sie käme aus Frankreich und ich würde mich super mit ihr verstehen. Da sie aber große Probleme mit der deutschen Grammatik habe, würde ich ihr jetzt regelmäßig Nachhilfe geben. Im Gegenzug brachte sie mir etwas Französisch bei, das ich leider wegen Latein nie in meinen Stundenplan gequetscht bekommen hatte. Das Mädchen gab es wirklich. Nur war Valerie weder Französin, noch meine Freundin. Im Gegenteil hassten wir uns und ließen keine Gelegenheit aus, uns das auch gegenseitig spüren zu lassen.

Leider bemerkte ich bald, dass sowohl meine Mutter, als auch Lukas der Geschichte nicht hundertprozentig glauben schenkten. Meine Mutter vermutete, ich wollte vor ihr einen geheimnisvollen Freund verstecken und ich befürchtete, Lukas dachte etwas Ähnliches. Um den bohrenden Fragen möglichst keine Antwort schuldig zu bleiben, begann ich nachts vor dem Schlafengehen, Französisch zu lernen, in dem ich Vokabeln paukte und mir zum Einschlafen eine Sprachlern-CD ins Hirn brezelte. Trotzdem konnte ich natürlich nicht vermeiden, dass Valerie einfach nie zu uns zu Besuch kommen wollte. Dass niemand sie jemals sah und kennen lernte. Dass sie eben einfach nicht existierte.

Und als ich mich am darauffolgenden Dienstag auf den klebrigen Stuhl in Wilkes Wohnzimmer setzte, lagen auf dem

Tisch, eng an die Gummibärchen geschmiegt, zwei kleine rosa Kinderhaargummis. Sie waren sowohl mit einer kleinen zarten Schleife verziert, als auch mit jeweils einer Erdbeere und einem Kirschzwilling gekrönt. Sofort hatte sich das Taubenrudel wieder in meinem Mund und meinem Rachen versammelt und pickten panisch in meine Mundschleimhaut. Mein ganzer Körper fixierte diese kleinen, zarten Haargummis als der Inbegriff der Bedrohung. Jedes Härchen, jeder Muskel richtete sich danach aus, den Schlag, den die Haargummis unwillkürlich ausführen würden, abzuwehren.

Wilkes setzte sich mit seinem onkelhaften Grinsen zu mir an den Tisch und nahm wie immer die Karten in die Hand.

„Und? Hast du mein kleines Geschenk schon gefunden? Ist nichts Besonderes, aber als ich sie gesehen hab, hab ich gleich an dich gedacht. Gefallen Sie dir?"

Er begann beiläufig die Karten zu mischen und ich nickte steif.

„Sehr schön. Wie wäre es dann, wenn du sie dir ins Haar machen würdest? So zu zwei Zöpfen, wie du sie früher immer getragen hast." Er leckte sich über die gelb-braunen Zähne. „Na, was meinst du?"

Ich zögerte, als könnten diese Haargummis irgendwie eine Krankheit auf mich übertragen, sobald ich sie in die Hand nehmen würde. Wilkes mischte ungetrübt weiter.

„Du und dein Bruder also", sagte er den Blick weiter auf die Karten in seiner Hand gerichtet. „Ich hab euch letztens schon wieder gesehen."

Die Tauben bohrten sich in meine Eingeweide und begannen hungrig an meiner Milz zu reißen.

„Ihr trefft euch wohl heimlich da in dem Wäldchen, was? Ihr seid nicht blöde, sondern geht mit einer halben Stunde Abstand hinein. Aber es muss euch doch klar gewesen sein, dass das irgendwann Jemandem auffällt", erzählte er jeder einzelnen Karte, die er austeilte.

Ich schaute in sein Gesicht. Wollte in seinen Augen nach der Wahrheit suchen. Nach dem Grund, warum ich hier sitzen musste. Aber er hielt den Blick weiterhin auf die Karten gesenkt. Und obwohl meine Milz schon in Fetzen in meinem Bauchraum verteilt war, griff ich nach den Haargummis und friemelte sie mir in die Locken.

„Es wäre wirklich sehr schön, wenn du sie immer tragen würdest, wenn du zu mir kommst."

Mein Blick war eine Spitzhacke, die sich durch seine niedergeschlagenen Augenlider hakte. Aber das einzige, was ich sehen konnte, war das fiese, gemeine Lächeln, das immer breiter in seinen Mundwinkeln zuckte.

Sobald ich sein Haus verlassen hatte, riss ich mir die Haargummis aus meinen Haaren. Ich wollte sie wegwerfen, verbrennen, in einen Haargummischredder werfen. Aber stattdessen stopfte ich sie mir in meine Hosentasche und rannte nach Hause. In meinem Zimmer suchte ich verzweifelt einen Ort, an dem ich sie aufbewahren konnte. Einen Ort, der mich sie und die Gelbzahnfratze vergessen lassen würde. Aber egal, wo ich sie versteckte, kein Ort war weit genug entfernt, ausreichend abgeschirmt, und tief genug vergraben. Also ging ich wieder nach draußen und versteckte sie in der Astgabel eines Baumes, in der Hoffnung eine Elster würde sich ihrer annehmen und weit, weit forttragen.

Aber es reichte nicht. Denn sogar als ich schon wieder im Haus war, hatte ich trotzdem immer noch das Gefühl, sie würden mir vom Garten aus warnend etwas zu rufen. Aber ich verstand die Worte nicht.

Wollte sie nicht verstehen.

Konnte es nicht.

Durfte es nicht.

Also spannte ich ein Fliegengitter vor meine Seele, so dass sich dort die flatternden Worte verfingen und frustriert hängen blieben, bis sie ihre Wirkung verloren hatten. Denn hätte ich sie hereingelassen und in meinem Geiste nisten lassen, ich hätte nicht weiter machen können. Ich hätte nicht vor allen so tun können, als wäre alles so wie immer. Ich hätte Lukas nicht weiterhin treffen können, als hätte ich keine Angst. Ich hätte aufgeben müssen.

IHN aufgeben müssen.

Und das war einfach mehr, als ich zulassen konnte.

Also trug ich beim darauffolgenden Besuch bei Herrn Wilkes die Haargummis, setzte wieder mein maskenhaftes Lächeln auf und kämpfte mit der flatternden Taubenmeute in meinem Mund.

Aber als er an diesem Tag die Tür öffnete, kam mir sein Gesicht irgendwie praller vor. Seine eingefallenen Lippen roter und seinen Augen wässriger. Sein Gesichtsausdruck hatte etwas Flackerndes, Erwartungsvolles. Als ich in das Wohnzimmer kam, hingen dort, wo vorher nur ranzige, abgeblätterte Tapete die Fenster eingerahmt hatte, zwei nagelneue rot-glänzende Jalousien. Sie waren halb runtergelassen, so dass die Sonne verzweifelt versuchte, sich zwischen den einzelnen Lamellen durchzuquetschen.

Auf dem Tisch stand nicht das übliche Schälchen Gummibärchen, auf die meine Taubenmeute schon gierig wartete, und auch das obligatorische Kartenspiel war dort nicht zu finden. Stattdessen lag auf dem schäbigen Sofa, in all seiner Pracht ausgebreitet, ein Mädchenkleid. Sein grelles Rosa hob sich scharf von dem fleckigen braun der Couch ab. Der Petticoat, unter dem mit weißen Punkten gesprenkelten Stoff, bauschte sich grotesk über die Armlehnen. Ich merkte wie eine Taubheit meine Füße ergriff, sich kunstvoll um meine Beine rankte und sich zur Körpermitte hocharbeitete, um sich von dort in jede Zelle meines Körpers zu setzen und mich in eine Schaufensterpuppe zu verwandeln – leblos, steif, leer.

„Na, gefällt es dir?", säuselte Wilkes von hinten in meinen Nacken und die Worten trieften vor Süße, als hätte er die Gummibärchen, die sonst in der Schale auf mich warteten, geschmolzen und grob über seine Worte gepinselt. „Du willst es doch bestimmt gleich anziehen, oder?"

Er berührte mich mit der Hand an meiner Schulter. Durch den dünnen T-Shirt Stoff fühlte ich ihre Hitze, die sich wie ein Gift in meinem Muskel ausbreitete und in etwas Schwarzes, Abgestorbenes verwandelte. Ich starrte auf das Kleid, das ich unter anderen Umständen vermutlich als süß und niedlich beschrieben hätte. Stattdessen kam es mir vor, als verlange Wilkes von mir, die abgezogene Haut einer verwesenden Leiche anzuziehen.

Und ich wollte laufen. Weit, weit weg laufen und nie wieder kommen. Aber ich tat es nicht.

Ich konnte es nicht.

Durfte es nicht.

Also schob ich meine leblosen, steifen Schaufensterpuppenbeine mechanisch auf das Kleid zu.

Aus der Nähe betrachtet, schien es tatsächlich groß genug für mich. Die Tatsache, dass ich so gut wie keinen Busen hatte und die letzte Zeit kaum etwas zu mir genommen hatte, erhöhten die Chancen enorm, dass ich in dieses Mädchenkleid reinpassen würde. Aber die Vorstellung es zu tragen, den Stoff auf meiner Haut zu spüren, seinen Blick daran haften zu sehen, ließ meine Tauben und Spatzen vor Aufregung fast kollabieren. Unwillkürlich schüttelte ich den Kopf ohne den Blick von der kleinen Strass Applikation auf dem rechten Revers des Kleides zu wenden - ein kleiner in tausend Rosatönen glitzernder Stern. Ich wusste, ich durfte das nicht, aber die Tauben begannen Herr über meinen Verstand zu werden.

„Ich denke, du wirst es anziehen, Luisa. Ich hab es doch extra für dich gekauft. Aber wenn du natürlich möchtest, kann ich gerne auch mal bei deinen Eltern vorbei gehen, um ihnen von dir und Lukas zu erzählen."

Und als wäre ich ein Pawlowscher Hund und seine Worte das Klingeln des Glöckchens, streckten sich meine Arme nach dem Kleid aus.

Ich durfte mich nicht wehren!

Ich durfte es nicht!

„Du kannst dich im Badezimmer umziehen."

Er deutete auf eine Tür rechts neben dem Wohnzimmer und meine Schaufensterpuppenbeine trabten voran, als gäbe es keine tausend Tauben und Spatzen in meinem Inneren, die schon Eier für die nächste Generation legten.

Das Badezimmer war eher ein Gästeklo mit Dusche. Es hatte ein winziges, schmales Fenster, das die dunkelbraunen Fliesen mit den Blumenornamenten durchbrach wie ein Schießschacht die Mauern eines Burgturmes. Es war nicht dreckig, aber es roch fürchterlich intensiv nach Wilkes. Als würde der Geruch, den er wahrscheinlich jeden Morgen versuchte hier abzuspülen, nicht mit dem Wasser ablaufen, sondern direkt unter dem Siphon in einer Schale aufgefangen. Hätte man eine Kerze darunter gestellt, hätte man wahrscheinlich ganz Bonn damit ausräuchern können – ölig, schmalzig, purer Talg.

Trotz der Enge gelang es mir, mich meiner Jeans und des T-Shirts zu entledigen und das bauschige Kleid über meinen Kopf zu stülpen und anzuziehen. Und tatsächlich passte es! Es kratzte und stach, aber es passte.

Wilkes erwartete mich direkt vor der Tür mit dem von Schneckensekret triefendem Lächeln im Gesicht. Die Tauben in meinem Mund flatterten wild auf und wuchsen zu Pelikanen heran, die aus ihren Schnabeltaschen dicke, schleimige, von Warzen übersäte Kröten in meinen Mund hüpfen ließen. Aber mein Plastikgesicht war starr und reglos, wie es sich für eine Schaufensterpuppe gehörte. Und keines der feinen Tiere aus meinem Mund konnte entwischen.

Und meine Schaufensterpuppenbeine gerieten mechanisch in Bewegung und bugsierten mich wieder aus dem Badezimmerverlies.

„Du siehst wirklich sehr schön aus", sagte er und das Schneckensekret tropfte von seinem Kinn platschend auf den Boden.

Er ging wieder zurück ins Wohnzimmer und setzte sich auf die Couch. „Komm, setzt dich doch zu mir, ja?" Er klopfte neben sich auf den grauen Polsterbezug und ich bildete mir ein, seine alten Hautschuppen in dem schummrigen Licht tanzen zu sehen, wie ranzige Schneeflocken.

Folgsam trugen mich meine Schaufensterpuppenbeine zu ihm hin und ließen mich auf die Couch fallen.

„Na, komm schon. Nicht so schüchtern. Ich weiß doch, dass du das überhaupt nicht bist, nicht wahr? Also komm schon etwas näher!" Seine Stimme hatte einen verschwörerischen Unterton, der einem Kind ein Versprechen abnehmen wollte.

Ich bewegte mich nicht, sondern starrte fasziniert auf meine Füße, die immer noch in meinen ausgetretenen Turnschuhen steckten und mich und meinen Aufzug höhnisch auszulachen schienen.

„Jetzt komm schon her!" Der verschwörerische Unterton

war verschwunden und an seine Stelle hatte sich etwas Bedrohliches geschlichen. Sein Arm landete grob auf meiner Schulter und er zog mich so brutal zu sich heran, als wäre ich tatsächlich eine Schaufensterpuppe.

Steif saß ich neben ihm, während er anfing, in meinen Haaren zu fummeln, an ihnen zu riechen und sie aus meinem Gesicht zu streichen.

Die Pelikane und Kröten tanzten wild in meinem Mund und ich spürte, wie weiteres Getier meine Speiseröhre hoch krabbelte – Käfer, Wespen, Schmeißfliegen. Alle flatterten, hüpften und summten wie wahnsinnig in meinem Mund herum. Aber ich ließ sie nicht heraus. Meine Lippen waren versiegelt.

Ich versuchte mich auf mein Herz zu konzentrieren. Zu hören, wie es schnell und angeekelt schlug. Ich zählte meine Atemzüge wie früher Autos bei einer langen Fahrt. Wenn man einfach nur noch einschlafen wollte, um die Langeweile hinter sich zu lassen. Und genau das wollte ich. Ich wollte mich und diese ganze furchtbare Situation hinter mir lassen.

Wilkes stöhnte und vergrub sein Gesicht in meinen Haaren. Ich biss auf einen Käfer und grünes und gelbes Blut spritze in meinen Mund. Während sein stinkender Atem in meinen Haaren hängen blieb und sich auf meine Haut legte, nahm er meine Hand und presste sie auf die Beule in seinem Schoß. Sein Stöhnen neben meinem Ohr zertrümmerte mein Trommelfell.

Jeder Muskel in meinem Körper spannte sich an. Wollte die Hand zurückziehen. Aber ich tat es nicht.

Durfte es nicht.

Konzentriert lauschte ich dem Flüstern meines wunden Herzes: bumm, bummbumm, bumm, bummbumm. Atme aus, atme ein. Atme aus, atme ein. Werde taub, werde egal. Ich schloss die Augen, um meine Hand nicht auf dieser kleinen armseligen Beule liegen sehen zu müssen.

„Komm schon, komm schon", stöhnte er und drückte sich reibend gegen meine schlaffe Hand. „Jetzt drück schon etwas fester zu, Luisa!"

Aber ich konnte nicht. Meine Hand war die einer Schaufensterpuppe – unwirklich, starr, leblos.

Atme ein, atme aus...

„Jetzt stellt dich nicht so an, verdammt!"

Er grapschte nach meiner Brust und quetsche sie unter dem kratzenden rosa Stoff zusammen wie eine Zitrone. Und bei jeder Berührung krochen hunderte von kleinen, klebrigen Käfern unter meine Haut. Sie bohrten sich in mein Fleisch, um dort zu nisten und tausende von Eiern abzulegen und nie wieder fort zu gehen.

Aber ich durfte dem Ekel nicht nachgeben. Ich musste das hier durchstehen. Ich würde das schaffen!

Für uns!

Für Lukas!

FÜR MICH!

Ich biss die Zähne aufeinander und sah auf der Innenseite meiner Lider mein Herz pulsieren. Und meine Seele zog sich aus meinen Gliedmaßen zurück und sammelte sich in diesem Pumpen.

Atme ein, atme aus…

Ich merkte die Veränderung, die in Wilkes vorging, einen Moment zu spät. Ich hörte ihn Stöhnen und riss die Augen auf. Aber da hatte er schon die Hose herunter geschoben und einen winzigen Wurm von Penis zum Vorschein gebracht – rot, runzelig, schuppig.

Er griff mir brutal in die Haare und zerrte mich zu dem Wurm herunter. Das Getier in meinem Mund flatterte panikartig. Die Käfer unter meiner Haut krabbelten, stoben blitzartig auseinander und verteilten sich in jede Zelle meines Körpers. Sie waren in meinem Nacken, meinem Gesicht, hinter meinen Augen…

Und plötzlich war ich wieder ich. Keine Schaufensterpuppe, nicht mehr nur Herz und Lunge. Ich war ich. Und ich wollte auf keinen Fall, diesen Wurm in meinem Gesicht haben.

„Nein!"

Mein Aufschrei war ein Donnergrollen, das von einem Berg zum Nächsten hallt. Ich riss mich los und sprang auf meine immer noch grinsenden Turnschuhe. Das konnte ich nicht. Ich konnte es nicht. Tränen siedeten in meinem Inneren, aber ich durfte sie nicht rauslassen. Er durfte nicht sehen, wie sehr ich litt. Also presste ich sie mit aller Kraft zurück und sie sprudelten in meinen Mund und umspülten dort rauschend die Insekten, Kröten und Pelikane, die panisch strampelten und flatterten. Aber ich presste weiter die Lippen zusammen und schluckte, schluckte und schluckte.

Ich musste hier raus, bevor sie sich wieder einen Weg meine Speiseröhre hoch bahnen würden. Ich musste weg!

Raus!

Nie wieder kommen!

Während ich panisch an den rosa Schleifen und weißen Punkten des Kleides zog, hetzte ich zur Toilette, um meine Sachen zu holen. Als ich die Tür aufriss, säbelte sich von hinten Wilkes' Stimme in mein Herz: „Ich habe Fotos!"

Ich schloss die Augen und spürte wie das Blut aus meinem Körper verschwand, als hätte jemand einen Strohhalm in mich reingestoßen, um alles, was Sinn macht, aus meinen Adern zu saugen. Aus meinen Händen, Füßen, Armen und Beinen zu schlürfen wie Orangensaft. Diese Worte zogen jeden Tropfen Blut aus meinem Herzen, bis es so trocken und gefühllos wie eine Rosine war.

„Es wäre bestimmt nett, wenn ich die deinen Eltern mal zeigen würde, oder was meinst du, Luisa? Sind doch was fürs Familienalbum. Ihr beide so schön nah beieinander."

Meine Hand fiel blutleer von der Türklinke und ich sah zu ihm hinüber. Selbstgefällig hatte er sich zu mir umgedreht und den Arm lässig über die Rückenlehne gelegt. Er grinste sein onkelhaftes Lächeln.

„Na, was meinst du? Ist es nicht doch besser, du setzt dich noch mal zu mir? Oder muss ich dir die Bilder erst zeigen?"

Ich schloss wieder die Augen, unfähig mich zu bewegen oder zu denken. Ich wollte nur noch weinen. Allein, einsam, weinen. Aber meine Beine bewegten sich ergeben in Richtung Sofa.

„So ist es brav, meine Süße. Na, komm schon her und setzt dich."

Er klopfte wieder neben sich auf das dreckige Polster. Die Hose immer noch offen. Sein Wurm schrumpelig in sich zusammengefallen, wie eine verwelkte Tulpe – faulig, stinkend, matschig.

Leer und taub setzte ich mich wieder neben ihn aufs Sofa.

Wieder grinsten mir meine Turnschuhe höhnisch entgegen, aber ich war zu keiner Gefühlsregung mehr fähig. Mein Rosinenherz schlug flach und antriebslos.

„Tja, durch deinen Auftritt hast du dir jetzt nur noch mehr Arbeit gemacht. Wolfgang", Er nannte ihn tatsächlich „WOLFGANG", „ist jetzt ein wenig beleidigt und braucht ein bisschen extra Animation. Aber ich denke, du bist durch deinen Bruder gut im Training. Oder hab ich nicht recht?"

Lukas' Gesicht zischte an mir vorbei. Und die Erinnerung an gemeinsame, schöne, zärtliche Stunden schlich sich an und verbrannte mir die wunden Eingeweide. Aber ich drängte sie weg. Schloss sie ein. Versiegelte sie mehrmals. Ich wollte nicht an Lukas denken. An seine Küsse und seine Hände. An seine zärtlichen Worte und seine warme Haut. An unsere Liebe und unsere Leidenschaft. Denn das hier durfte nicht mit ihm verschmelzen und zu ein und demselben werden. Das hier musste etwas anderes sein! Denn sonst würde ich das alles niemals überstehen. Sonst würden WIR das niemals überstehen.

„Worauf wartest du noch?", fragte er und seine Stimme hatte nichts Onkelhaftes mehr.

Ich starrte den schrumpeligen Wurm an und schluckte abermals hart an dem krabbelnden und flatternden Getier, um in meinem Mund Platz zu schaffen für dieses andere Insekt, das dort schlapp und widerlich vor mir lag. Ich beugte mich vor, nahm den Wurm mit zwei Fingern hoch und führte ihn in meinen Mund. Und obwohl ich mich so taub und leer fühlte, war ich nicht in der Lage, die weiche, schlabberige Haut und den ranzigen Geschmack zu ignorieren. Genauso wenig wie den Geruch. Diese Mischung aus altem, pelzigem Sperma, getrocknetem Urin und dem intensiven Wilkes Geruch, verklebte mit die Nasenschleimhaut. Da der Wurm sich so in sich zusammengezogen hatte, piekten mich seine Schamhaare ins Gesicht.

Der Ekel überschwemmte mich – rauschend, bitter, widerlich, so dass ich einen Augenblick glaubte, ich würde einfach das Bewusstsein verlieren, aber ich war weit von einer Erlösung entfernt. Meine Sinne schienen nun alles hundert Mal intensiver wahrzunehmen. Vermutlich ein normaler Instinkt, der dich dazu bringen soll, diese Situation sofort zu ändern.

Zu flüchten.

Zu rennen.

Oder zu sterben.

Aber ich musste hier durch. Musste kämpfen. Also versuchte ich einen Punkt in meinem getrockneten Rosinenherz zu finden, der weiß, leer und taub war und mich darin zu vergraben. Ich baute eine Mauer aus Pappe um mich auf – strahlend weiß, rein, glatt. Versteckte mich dort, um nie wieder hervorzukommen. So dass ich nur am Rande wahrnahm, wie der Wurm unter den kreisenden Bewegungen meiner Zunge wieder heranwuchs. Pulsierte. Wie Wilkes stöhnte und mir durch die Haare fuhr und meinen Kopf vor und zurück drückte. Wie er: „Gutes Mädchen, braves Mädchen" und „Oh, ja, dein Bruder war ein guter Lehrer", sagte. Aber je mehr er stöhnte, und je heftiger er an meinem Haar riss, umso mehr schwankte mein Haus aus Pappe. Es war zu dünn, um dieser Belastung auf Dauer standzuhalten. Und als er begann zu zucken, riss der Strahl, der gegen mein Zäpfchen stieß, die Pappe endgültig ein und ließ meine Seele wieder frei, die sich vor Ekel wand und schrie. Tauben und Getier waren sofort zur Stelle und ich erbrach mich sofort auf seine Hose. Er fluchte und schubste mich vom Sofa. Aber es war mir egal. Ich robbte hinter das Sofa, rappelte mich auf und riss mir das Kleid vom Leib. Es war mir egal, ob er mich sehen würde. Ich hatte schon meine Seele von jedem Schutz befreit. Mich entblößt und zertrampelt, so dass mein Körper dagegen kaum eine Rolle spielte. Ich stopfte mir meine Klamotten unter die Arme und rannte zur Tür. Ich rannte nackt hinaus.

Weg.

Nur noch weg.

Aber seine Stimme holte mich noch einmal ein, als er mir von der Haustür mit seiner Onkelstimme hinterher rief: „Es war wirklich schön mit dir heute, Luisa. Also dann bis Dienstag!"

Ich rannte so schnell ich konnte. Die vertrauten Äste der Gärten zerkratzen mir die nackte Haut und peitschen mir Striemen in die Muskeln. Aber ich spürte davon nichts. Ich rannte in der Hoffnung, die nistenden Käfer unter meiner Haut hinter mir lassen zu können. Dem Ekel abzustreifen und mich wieder wie Luisa fühlen zu können. Aber unser Haus war nicht weit genug weg.

Die Entfernung zu gering.

Die Erinnerung zu nah.

Ich kauerte mich in unserem Garten in eine Ecke und zitterte in meiner Unterhose. Ich konnte nicht nach Hause. Wollte es nicht. Ich wusste sie waren alle da. Mama, Papa, Maria-Sofia, Lukas.

LUKAS!

Und ich wusste, ich hätte sie nicht anlügen können.

Nicht jetzt.

Nicht so.

Also ließ ich mich einfach auf den Boden fallen. Verkroch mich zwischen die Zweige einer Hecke, versteckt hinter einem Birnenbaum und erbrach mich abermals. Ich würgte und keuchte bis nichts mehr da war. Und trotzdem spürte ich den Film seines Spermas weiterhin auf meiner Zunge.

Meinem Gaumen.

Meinen Zähnen.

Ich vergrub meine Finger in der feuchten Erde und stopfte sie mir in den Mund. Zerrieb sie an meinem Zahnfleisch, wie Zahnpasta. Schob sie mir bis zu den Mandeln – malend, schmierend, pressend. Und der faserige, körnige, erdige Geschmack kam mir heilend, reinigend und schmackhaft vor. Ich begann hektisch mit meinen bloßen Händen Löcher zu graben und rieb mir die Erde in mein Gesicht. Auf meine Arme, meinen Bauch und meine nackten Brüste. Brutal schruppte ich jeden Zentimeter meiner Haut bis sie rot und roh unter der Erde durchschimmerte und fühlte mich langsam besser. Diese Erde, aus der ich als Kind Breie gekocht hatte, die die Wunden der Bäume heilen sollten, würde nun das Gleiche für mich tun. Für mich und meine geschundene Seele.

Ich legte mich in die gegrabene Kuhle und rollte mich darin zusammen. Fühlte die kühle Erde auf meiner Haut atmen und fand meinen eigenen Atem wieder. Ich sog die Feuchtigkeit in mich auf, ließ sie durch meine Arme, Beine und Adern fließen, um schlussendlich mein trockenes Herz zu nähren. Es zu entknittern und zu entfalten, bis ich es wieder schlagen hören konnte – ruhig, beständig, vertraut.

Als ich mich wieder annähernd wie Luisa fühlte, war ich schwarz vor Dreck. Und es war noch unmöglicher geworden, nach Hause zu gehen und mich zu meiner Familie an den Tisch zu setzen. Ich musste eine Erklärung finden, um mich später unbemerkt ins Haus schleichen zu können. Also suchte ich in meiner Tasche nach meinem Handy und wählte zuerst Lukas' Nummer. Aber als ich das Freizeichen hörte, merkte ich die Panik meinen Rücken hoch klettern und legte wieder auf. Was wenn er was merken würde? Wenn ich meine Stimmer nicht unter Kontrolle hätte? Ich zuckte zusammen, als das Handy plötzlich in meiner Hand klingelte. Natürlich hatte Lukas meinen fehlgeschlagenen Anruf mitbekommen. Wenn ich also irgendwie abwenden wollte, dass Lukas etwas erahnte, dann musste ich jetzt abnehmen.

„Hi, Lukas!", sagte ich in mein Handy und war dankbar dafür, dass er das Zittern meiner Hand nicht sehen konnte „Ich hab gerade versucht, dich anzurufen, aber irgendwie ist die Verbindung abgebrochen." Meine Stimme hörte sich seltsam gefasst an. Ich hatte immer gedacht, Lukas wäre der bessere Schauspieler von uns beiden.

„Ja, ist ja komisch! Jetzt hör ich dich ganz klar!"

Sein Misstrauen kitzelte mich im Ohr.

„Ja, keine Ahnung. Na, ist ja auch egal. Wo bist du?", fragte ich so leichthin als würde ich gerade beschwingt über eine Sommerwiese hüpfen und nicht nackt und zittern in einer Erdkuhle liegen.

„Na, zu Hause! Weißt du doch!" Und das Misstrauen ließ seine Stimme körnig klingen.

„Ja, klar…"

Und plötzlich wusste ich nicht mehr, was ich eigentlich sagen wollte. Warum ich nicht einfach ins Haus ging, mich in seine Arme fallen ließ und mich von ihm streicheln, trösten und lieben ließ, bis ich diesen Tag vergessen hätte. Ordentlich und feinsäuberlich bedeckt mit süßen und warmen Erinnerungen an unsere Liebe.

„Und wo bist du?"

Ich lächelte gequält, weil mir wieder bewusst wurde, warum ich all das nicht konnte: Lukas war mein Bruder!

Er war mein Bruder und würde es immer sein. Egal, was zwischen uns geschah.

Es gibt Striche, die kann man nicht mehr wegradieren.

Dicke blaue Kulistriche für die Ewigkeit.

„Ich bin noch bei Valerie. Und ich bleib hier auch noch ein bisschen. Ihre Eltern sind heute nicht da und sie hat gefragt, ob ich Lust hab mit ihr so einen komischen französischen Film zu schauen. Ich werde zwar vermutlich kein Wort verstehen, aber sie hat auch noch tolle Chips hier." Ich hörte meine fremde Stimme und wünschte, ich würde die Wahrheit sagen.

Aber ich log.

„Okay, gut. Wie du meinst. Die Zivi-Jungs wollen heute auch einen Saufen gehen. Da geh ich wohl mit!"

Ich schloss erleichtert die Augen, obwohl es mir das Herz zerriss, dass ich ihn so wahrscheinlich erst am nächsten Tag wieder sehen würde. „Ist gut. Ich ruf jetzt noch Mama an, damit sie auch Bescheid weiß."

„Alles klar!"

Nichts war klar. Alles war verschwommen und undurchsichtig.

„Gut, dann also bis morgen. Morgen sehen wir uns doch, oder?"

Ich wollte Hilfe schreien. Ihm sagen, dass er kommen sollte, um mich in seine schützenden, starken Arme zu nehmen. Damit seine Liebe meine Wunden heilen konnte. Aber ich tat es nicht.

„Natürlich. Es sei denn, du willst nicht!"

Das Misstrauen war nun kein Kitzeln mehr, sondern ein Schaschlikspieß, der sich in meinen Gehörgang bohrte.

„Doch natürlich! Ich freu' mich schon." Tränen kullerten mir übers Gesicht.

„Gut, dann bis morgen."

„Ach, Lukas?"

Ich hörte, wie er den Atem anhielt.

„Ich liebe dich!"

Meine Stimme war trockener Wüstensand – fein, staubig, heiß.

„Ich dich auch", flüsterte er, damit ihn niemand im Haus hören konnte, obwohl ich sicher war, dass er zum Telefonieren in sein Zimmer gegangen war.

„Gut, dann bis morgen!"

„Ja, bis morgen." Ich legte auf und gab der Erde an Feuchtigkeit zurück, was ich ihr genommen hatte. Der Schmerz und die Angst ihn zu verlieren, fühlte sich an, als pumpe mein Herz Splitter durch meine Adern – hartes, kristallisiertes, schnitzendes Blut.

Das Gespräch mit meiner Mutter fiel sehr viel simpler aus. Sie freute sich riesig, dass ich so eine gute „Freundin" gefunden hatte und war sicher, dass „Valerie" super nett sei und freue sich darauf „sie" endlich mal kennen zu lernen. Trotzdem hatten mich diese beiden Gespräche die letzte Kraft gekostet. Es wurde langsam kühler und das Zittern war bis zu meinen Zähnen gekrochen, die nun unkontrollierbar aneinander schlugen. Ich musste mir etwas anziehen. Das T-Shirt und die Jeans kratzten über der mittlerweile angetrockneten Erde auf meiner Haut, aber das machte keinen Unterschied mehr. Wirklich warm wurde mir nicht, aber ich legte mich trotzdem wieder zurück in meine Kuhle und beobachtete, wie mir die Sonne durch das Blätterdach der Hecke glitzernd und schön zuzwinkerte und fiel irgendwann in einen verlorenen, schweren Schlaf.

Als ich aufwachte, zeigte der Himmel schon dunkle Schatten der Nacht. Ich hatte keine Ahnung, wie lange ich dort gelegen hatte oder wie spät es war. Jeder Muskel und jeder Zentimeter meines Körpers taten mir in einer Disharmonie des Schmerzes weh. Und auf eine absurde Art und Weise tat dieser Schmerz gut. Er gehörte zu mir. Denn es bedeutete, dass ich wieder in der Lage war, mich zu spüren. Dass ich noch Gefühle hatte, obwohl ich versucht hatte sie abzuschalten. Dass ich sie nicht bei Wilkes auf dem Sofa verloren hatte. In seinen Ritzen versunken, für immer zerronnen zwischen Chipskrümeln und klebrigen Hautschuppen. Mein Ich war zurückgekehrt.

Unser Haus lag dunkel vor mir. Ein Blick auf mein Handy sagte mir, dass es schon zwanzig nach elf war. Ich war sicher, dass Lukas schon längst mit seinen Kollegen in irgendeiner Bar abhing und meine Eltern zogen sich meist auch um elf in ihr Schlafzimmer zurück. Ich rappelte mich schwerfällig auf wie das Monster aus dem Sumpf und schleppte mich auf das Haus zu. Die Erde unter meiner Jeans scheuerte mir bei jedem Schritt die Haut auf. Die Dunkelheit war zu einer undurchdringlichen, schwarzen Masse geworden und griff mit seiner kalten Hand nach mir. Aber ich kannte unseren Garten. Er war Teil meiner Kindheit und meine Füße fanden wie von alleine den Weg zum Haus. Sie führten mich um das Haus herum, so dass ich zu dem Schlafzimmer meiner Eltern hoch schauen konnte. Aber auch durch ihre heruntergelassenen Rollladen zwängte sich kein Lichtschein nach außen. Erleichterung durchflutete meinen Körper.

Ich betrat das Haus durch die Kellertreppe, die vom Garten ins Haus führte, schlich in mein Zimmer und ließ mich von der Sicherheit darin streicheln wie ein getretener Hund.

Mit sauberer Unterwäsche bewaffnet, trippelte ich ins Badezimmer, verriegelte die Tür, als könnte ich auf diese Weise das Geschehene aussperren und stellte mich in voller Montur unter die Dusche. Das Wasser brannte auf meiner geschundenen Haut, aber ich spürte es kaum.

Ich war zu Hause.

Langsam pellte ich mir die Klamotten vom Leib. Ich würde meiner Mutter am nächsten Morgen erzählen, dass ich Rotwein darauf verschüttet hatte und die Sachen pflichtschuldig bei meiner Ankunft sofort eingeweicht hatte.

Verwundert sah ich zu, wie die rettende Erde von meiner Haut gespült wurde und im Abfluss verschwand. Und ich stellte mir vor, dass die Erinnerung an diesen Nachmittag an der Erde haftete und mit fortgespült wurde. Denn ich wusste, ich musste sie loswerden.

Die Gefühle.

Die Angst.

Ballast, der mich stören, quälen und behindern würde. Er musste weg. Weg wie der Dreck von meiner Haut.

Alles Dreck.

Alles weg.

Ich fragte mich, wie eine Prostituierte das durchhielt. Wie sie all diese Dinge tun konnte, ohne ihre Seele zerknüllt und zerrissen der Müllverbrennungsanlage zu überlassen? Vielleicht genau so: Alles abstreifen, abseifen, abschrubben und im Abfluss verschwinden lassen – unwiderruflich, unwiederbringlich, endgültig.

Das Problem ist nur, dass alles ein Zyklus ist. Ein immer wiederkehrender Zyklus, in dem nichts verloren geht, nichts verschwindet, nichts endgültig ist, egal wie viel Wasser du auch nachspülen magst.

Ich erwachte am nächsten Tag mit über 39 Grad Fieber. Das letzte Mal hatte ich mich so gefühlt, als ich neun war. Ich wollte nur noch schlafen und war nicht in der Lage, mich zu bewegen. Meine Mutter wollte mich zum Arzt fahren, aber ich weigerte mich. Mein ganzer Körper sah aus, als wäre ein Bulldozer darüber gefahren und der Schweiß brannte auf meiner rohen Haut wie Feuer. Es wäre unmöglich gewesen, das vor einem Arzt zu verheimlichen. Da ich keine anderen Symptome hatte, konnte ich meine Mutter davon überzeugen, dass es mir sicher am nächsten Tag wieder besser gehen würde. Also fütterte sie mich mit Schmerz– und Fiebertabletten und ließ mich schlafen. Lukas schlich sich nachts in mein Zimmer und kroch zu mir unter die Decke. Seine Haut kühlte meinen heißen Körper und gab mir Trost, der nichts heilen konnte. Ich war dankbar, dass er nur im Dunkeln zu mir kommen konnte und nicht sah, wie sich mein Gesicht zu einer schmerzverzerrten Grimasse verzog, wenn er mich liebevoll in den Arm nahm.

Dass er nicht sah, wie mir die Tränen ins Kissen sanken, während er mich zärtlich streichelte.

Es dauerte drei Tage bis ich das Bett wieder verlassen konnte. Meine Haut hatte sich weitestgehend beruhigt und dicke Krusten gebildet, wo es nötig war. Ich entwickelte einen interessanten Zwiebellook, um die verräterischen Male zu verdecken. Montags ging ich wieder in die Schule und traf mich danach mit Lukas im Wald. Alles war wie vorher. Das Leben ging weiter, als wäre nichts geschehen. Aber es war etwas geschehen.

Und so sehr ich auch versuchte es zu ignorieren, klopfte bei jeder von Lukas' Berührungen die Angst an mein Herz. Und auch wenn ich die Tür krampfhaft geschlossen hielt, konnte ich Lukas nur bitten, mich einfach nur festzuhalten. Und als ich seine sanften Arme um meinen Körper spürte und seine Liebe mich einhüllte wie eine wundervoll weiche Decke, wusste ich, dass es sich lohnte. Dass sich alles für nur eine Sekunde mit ihm lohnte.

Also ging ich dienstags wieder zu Herrn Wilkes. Er öffnete die Tür mit seinem onkelhaften Lächeln und ich schritt streif an ihm vorbei, verkleidete mich in eine traurige, kindliche Prinzessin, nahm seinen Wurm in den Mund, ertrug die Tauben und Pelikane, die mit ihren Flügeln hektisch gegen meinen Gaumen schlugen, ignorierte die nistenden Käfer unter meiner Haut, die krabbelten und bissen, spuckte ihm vor die Füße und verließ als Luisa wieder das Haus.

Wieder aß ich Erde, um seinen Geschmack zu entfernen, als wäre sie eine heilsame Frucht, die nur ich zu finden vermochte. Danach atmete ich tief durch und ging einfach weiter durch mein Leben.

Jeden Dienstag.
Jeden Donnerstag.
Jeden Dienstag.
Jeden Donnerstag.
Drei Monate lang.

Lukas wurde immer misstrauischer. Auch wenn ich ihm erklärt hatte, dass „Valerie" leider nur an diesen bestimmten Nachmittagen konnte, weil sie sonst total viele Termine hatte (Valerie spielte Klavier, machte Ballett und hatte wirklich sehr strenge und konservative Eltern), sah ich in seinen Augen, dass er mir nicht glaubte. Ich versuchte ihm klar zu machen, wie wichtig das Französischlernen für mich war und raunte ihm französische Liebesbeschwörungen ins Ohr, die ihn nie richtig überzeugen konnten.

„Ich hab morgen Nachmittag frei." Lukas lag neben mir im Bett. Seit meiner Krankheit war es öfter vorgekommen, dass er sich nachts zu mir ins Bett geschlichen hatte. Zu einer Uhrzeit, zu der er sicher sein konnte, dass alle schliefen. Er blieb dann meist auch nicht länger als eine Stunde, um dann wieder in sein Bett zu kriechen und eine gähnende Leere an meiner Seite zu hinterlassen.

„Hm", machte ich nur. Ich hatte schon tief und fest geschlafen, als er sich von hinten angekuschelt hatte und wollte eigentlich auch gerne weiterschlafen.

„Wollen wir uns da treffen? Ich hab eine kleine Überraschung für dich."

Seine Finger spazierten über meinen rechten Oberarm und schoben mir die Haare aus dem Nacken, den er sanft küsste. Ein Kribbeln zog sich über meinen Körper, als ob ein Regen Glitzersterne auf mich niederging.

Ich drehte mich zu ihm um und schlang meine Arme um ihn. „Ach, wirklich? Was denn?", fragte ich seine Brustmuskulatur.

„Das werde ich dir wohl kaum verraten. Ist schließlich eine Überraschung."

„Na, toll! Du bist so gemein. Wie soll ich denn jetzt noch schlafen, wenn ich mich die ganze Zeit frage, was du dir schon wieder ausgedacht hast?"

„Tja, du hast es eben echt schwer mit mir."

Obwohl ich sein Gesicht nicht sah, wusste ich, dass er in der Dunkelheit grinste. Ich schob mich näher an ihn ran und küsste ihn. Es gab Momente, da hatte ich das Gefühl, ihm nicht nah genug sein zu können. Als ob unsere Haut zwischen uns eine unüberbrückbare Barriere wäre und all meine Küsse und Berührungen einfach nicht ausreichten, um wirklich zu ihm zu gelangen.

Eins zu sein.

Für immer.

Da fiel mir plötzlich ein, dass der nächste Tag ein Dienstag war und ein Tuch fiel über meine Gefühle – schwarz, fest gewebt, schwer -, und ich rückte unmerklich von ihm ab.

„Verdammt, aber morgen ist doch Dienstag. Da kann ich doch nicht."

Sofort schien er einen Kilometer weit entfernt zu sein, obwohl ich seine Haut immer noch auf meiner spürte.

„Dann sagst du dieser Valerie eben ab."

„Das kann ich nicht. Sie rechnet schließlich fest mit mir."
Panik schlich sich in mein Herz.

„Na, und? Sie wird es wohl überleben, wenn du einmal nicht kommst."

„Ja, aber…"

Plötzlich verwandelte sich das Mondlicht, das durch die Rollladen zarte Punkte auf die Bettdecke zeichnete, in große Fangzähne, die sich in mein Bein bohrten.

„Aber was? Meine Güte! Ich denk, sie ist deine Freundin! Da wird sie doch wohl Verständnis haben, dass du mal ein wenig Zeit für deinen Freund brauchst!", zischte er zu mir rüber.

„Ja, das würde sie bestimmt, wenn sie denn wüsste, dass ich einen Freund habe. Aber für sie bist du nur mein Bruder, falls ich dich erinnern darf!"

Meine Stimme war so gereizt, als hätte er gerade Säure darüber geschüttet. Aber ich konnte nicht ertragen, über diese Termine mit „Valerie" zu sprechen.

Ich konnte nicht ertragen, dass ich ihn anlügen musste.

Ich konnte nicht ertragen zu wissen, dass er wusste, dass ich log.

Ich konnte nicht ertragen, dass es diese Termine gab.

„Dann sag ihr eben, dass dein Bruder dich braucht!"

„Sie glaubt aber, dass ich meinen Bruder nicht leiden kann!"

„Ach, ja? Ist das so?"

„Ja! Falls du vergessen hast, glaubt das jeder! Dafür haben wir schließlich gesorgt!"

Plötzlich war er aus dem Bett raus und ich sah seinen Schatten wütend durch das Zimmer jagen.

„Weißt du was? Ich hab keine Lust mehr, dir beim Lügen zu zuhören!"

Ich schloss die Augen und versuchte die Panik in den Griff zu bekommen, die in meinem Herzen zappelte wie ein verendender Fisch an Land. Meine Stimme musste so angemessen wie möglich klingen.

„Was willst du denn damit sagen?"

„Na, genau das, was ich gesagt hab! Du lügst! Und das seit Monaten. Ich hab echt versucht mir einzureden, dass es nicht so ist. Dass ich ein paranoider, eifersüchtiger Irrer bin. Aber das ist nicht wahr! Ich spüre, dass du lügst."

„Das tue ich aber nicht! Kannst du nicht endlich mal damit aufhören?"

„Dann gib doch endlich zu, dass du einen anderen hast. Einen normalen Typ, der nicht dein Bruder ist!"

Er war jetzt fast laut, so dass ich Angst hatte, dass meine Eltern ihn gehört haben könnten.

„Spinnst du, so zu brüllen?"

Er tigerte weiterhin durch mein Zimmer, dann leiser, bedrohlich: „Mach doch einfach endlich Schluss, okay? Ich versteh dich sogar. Das mit uns ist doch totaler Wahnsinn und das wissen wir beide. Wenn du jemanden gefunden hast, der dir all das geben kann…"

„Hör sofort auf!" Fluten strömten aus meinen Augen und rissen meine Stimme mit sich fort. „Wie kannst du so etwas nur sagen? Ich liebe dich, mehr als mein Leben, verdammt! Ich tu wirklich alles…"

Meine Stimme stürzte einen Wasserfall hinab und verstummte. Er war stehengeblieben und starrte mich an.

„Es tut mir leid, ich…"

Er kam zu mir rüber, hockte sich vor mein Bett und nahm meine Hand. „Es ist nur. Keine Ahnung. Bilde ich mir das denn wirklich alles nur ein? Du bist irgendwie anders geworden, seit du diese Valerie kennst. Es ist ein wenig so, als wärst du weiter weg. Als wäre da etwas zwischen uns. Und ich will das da nicht, verstehst du?"

„Aber da ist nichts! Lukas, ich brauche eine Freundin. Selbst wenn ich ihr nicht alles erzählen kann. Aber seit wir zusammen sind, fällt es mir schwer, mich mit anderen zu treffen. Ich bin doch sogar mit Björn komplett auf Abstand gegangen, weil ich ihn einfach nicht die ganze Zeit anlügen kann. Ich ertrag das nicht. Valerie ist neu. Sie kennt mich nur so, wie ich jetzt bin. Verstehst du, was ich meine?"

Ich weinte immer noch. Konnte den Strom nicht stoppen.

„Ja, aber…"

„Nichts, aber! Wenn ich nur noch dich habe, dann tut das uns beiden nicht gut. Ich brauche noch jemand anderen im Leben! Jemand Anderen, der mir was bedeutet!"

Das Lügen brannte mir auf der Zunge wie roher Knoblauch – scharf, intensiv, stinkend.

Obwohl es dunkel war, konnte ich sehen, wie er ergeben die Augen schloss.

„Okay, ist gut."

Er gab mir einen zärtlichen Kuss und ich dachte schon, er würde jetzt wieder zu mir ins Bett klettern, als er sich zurückzog und aufstand. „Ich geh dann wohl besser wieder in mein Bett."

Seine Traurigkeit erfüllte mein Zimmer wie stehender Zigarettenrauch – blau, dunstig, haftend.

„Okay", mein eigener Rauch vereinigte sich mit seinem und bildete groteske Figuren in der Dunkelheit.

„Dann gute Nacht", die Tür war schon fast geschlossen.

„Gute Nacht."

Noch am Morgen war mein Kissen von Tränen durchtränkt.

Und obwohl mich das Gespräch mit Lukas in der Nacht zuvor mehr als geängstigt hatte, schloss ich meine Gefühle am Nachmittag wieder weg und klingelte an Wilkes' Tür. Denn die Angst vor dem, was passieren würde, wenn ich es nicht getan hätte, war größer als alles, was ich kannte.

Herr Wilkes öffnete mir wie immer mit seinem selbstgefälligen Onkellächeln die Tür. Doch als ich an ihm vorbei ging, sah ich aus dem Augenwinkel ein Zucken in seinem Gesicht und ein Glimmen in seinen Augen, wie bei einem Leuchtturm, der durch die Dunkelheit summt. Unwillkürlich blieb ich stehen, als wäre ich gegen eine durchsichtige Scheibe gelaufen, die plötzlich vor mir aufgetaucht war – hart, warnend, schützend.

„Na, was denn, Liebes? Du wirst doch heute nicht anfangen, schüchtern zu werden", säuselte er und die Taubenmeute flatterte los, um sich in meinem Speichel zu baden.

Ich biss die Zähne zusammen und durchschritt die Glasscheibe mit einem ohrenbetäubenden Klirren. Jede Scherbe einen Schnitt auf meiner Seele hinterlassend. Mechanisch griff ich nach dem Kleid, zog mich im Badezimmer um und machte mir die Zöpfe. Als ich ins Wohnzimmer kam, saß er wie immer erwartungsvoll auf der Couch.

Ich setzte mich, ohne ihn anzusehen, neben ihn und

fummelte an seiner Hose rum, um den alternden Wurm zu locken und es hinter mich zu bringen, als er plötzlich meine Hand von seiner Hose wegriss. Irritiert sah ich ihn an und mir wurde klar, dass ich seit Ewigkeiten seinen Augen ausgewichen war. Um sie herumgetänzelt war wie ein Cowboy, vor dessen Füße eine Salve Kugeln in die harten Planken des Salons einprasselt. Jetzt aber traf mich sein Blick ungehemmt und kalt wie ein Beil. Er zerstörte mit einem Schlag alles, was ich mir in den letzten Wochen aufgebaut hatte. Er zerstörte alle Türen und Mauer, die ich mühselig aufgeschichtet hatte. Sowohl die Dicken als auch die Dünnen zerfielen unter seinem Blick zu porösem Staub und entblößten all die Angst, den Ekel, die Abscheu, den Hass und die Panik. Nackt und blank stoben sie hervor, lechzten nach Freiheit und überrannten mich unkontrolliert. Ich wollte mich losreißen, aber Wilkes hielt mein Handgelenk fest wie ein Schraubstock und zwang mich, sitzen zu bleiben.

„Weißt du, Luisa?" Seine Stimme war wie künstlicher Süßstoff. „Ich hab heute Geburtstag."

Er strich mir mit der anderen Hand imaginäre Haare aus dem Gesicht. Der Ekel sprudelte auf wie eine geschüttelte Colaflasche beim Öffnen, aber ich drehte den Verschluss wieder zu.

„Und da dachte ich mir, ich hätte heute was ganz Besonderes verdient."

Ich schaute ihm immer noch in die Augen und konnte seine Gedanken für einen Sekundenbruchteil darin aufblitzen sehen. Ich versuchte aufzustehen, aber er zog mich mit überraschender Kraft wieder auf das Sofa zurück.

„Na, was denn? Du willst deinem lieben Onkel doch wohl nicht diesen klitzekleinen Geburtstagswunsch ausschlagen, oder?"

Blitzschnell packte er mich am Hinterkopf und presste seinen Mund auf meinen.

Ich wehrte mich.

Zappelte.

Aber er drückte mich mit seinem Gewicht nieder und quetschte seine Zunge in meinen Mund. Sie war labbrig und weich und schmeckte nach Verwesung und Fisch. Ich bäumte mich auf. Versuchte mich unter ihm wegzuschieben. Ihm und seiner Zunge zu entkommen, aber er hielt mich weiter fest und schob seine widerliche Zunge nur noch weiter in meinen Mund.

Ich biss zu.

Er schrie auf und ließ von mir ab. Ich spuckte das Blut aus und rappelte mich hoch, aber da waren seine Hände schon wieder und drückten zu. Warfen mich zu Boden.

„Du verdammte Schlampe!", lispelte er durch das Blut hindurch und schlug zu.

Der Schmerz in meinem Gesicht war berstend, raubend, wuchtig und ließ mich schlaff zusammen fallen. Ich sah in sein Gesicht und in seine Augen loderte der Zorn.

„Ich war immer nett zu dir, Kleine! Der perfekte nette Nachbar." Er lachte auf – abstrakt, unwirklich, atemlos. „Und womit dankst du mir das?"

Noch ein Schlag.

Ich schmeckte Blut, diesmal mein eigenes. Angst kroch aus jeder Pore meines Körpers und drückte mich tiefer in den alten, stinkenden Teppichboden als Wilkes es mit seiner Kraft vermocht hätte. Wieder presste er seinen Mund auf meinen und sein Zungenlappen saugte mir den Speichel und das Blut vom Zahnfleisch, während er an seiner Hose nestelte.

Ich drehte den Kopf zur Seite und erntete einen erneuten Schlag, der diesmal mein Ohr traf. Mein Hirn vibrierte und schwamm wie ein Zitteraal in einem Einmachglas. Ich schloss die Augen und spürte mein Gesicht pulsieren, als wäre mein Herz zersplittert und die Scherben in meine Wagen, Augen und meine Nase gewandert. Teilnahmslos spürte ich wie er mir den Rock hochschob und an meiner Unterhose zerrte bis ich den Stoff reißen hörte – laut, überdimensional, verzerrt. Unter dem Fernsehtisch sah ich eine Hälfte von diesen kleinen, gelben Eiern liegen, die sich in Überraschungseiern verbergen und die eigentliche Überraschung beinhalten. Geistesabwesend fragte ich mich, wann er das wohl gegessen haben könnte und was für eine Überraschung wohl darin gewesen war. Ein kleines Flugzeug zum zusammenbasteln? Ein kleines Puzzle? Oder vielleicht ein Schlumpf? Er drehte meinen Kopf zu sich und drückte mir wieder seine Zunge an mein Zäpfchen. Und plötzlich war mir, als würde jemand anderes dort liegen.

Jemand anderes hatte dieses geschwollene und blutende Gesicht.

Auf jemand anderem lag dieser Nachbar Wilkes, der früher Gummibärchen verteilt hatte.

Ich sah mich dort liegen – fremd, weit entfernt, unwichtig.

Die kindliche Prinzessin.

Er drückte mir die Beine auseinander und wuchtete seinen steifen Wurm gegen meine…

Und plötzlich war ich wieder da. Ich bäumte mich auf, schlug und SCHRIE. All die Töne, die ich in den Monaten der Qual nicht von mir gegeben hatte, waren vereint in diesem harmonischen Schrei.

Panisch versuchte Wilkes mir den Mund zu zuhalten, aber meine Kraft und mein Wille waren zurückgekehrt. Er würde das nicht schaffen. Ich würde ihn nicht reinlassen.

Niemals!

Plötzlich hatte er nicht genug Hände, um mich festzuhalten. Ich donnerte ihm meine Fäuste ins Gesicht, zerkratzte ihm die Arme und trat zu. Mein Knie fand sein Ziel und er fiel plötzlich wimmernd zur Seite.

Ich raffte mich hoch und lief.

Die kindliche Prinzessin rannte.

Sie jagte durch die Wälder an ihrem Erdschloss vorbei, das ihr vielleicht Schutz geboten hätte. Aber die Panik hatte von ihr Besitz ergriffen und erfüllte ihr ganzes Sein und ließ sie nichts anders mehr wahrnehmen, außer ihrem eigenen keuchenden Atem.

Und sie lief zu weit.

Rebecca 1978

Ich stand gerade am Empfang, und schüttete mir eine Tasse Kaffee ein, als ich einen Mann aus dem Aufzug stürmen sah. Er war Anfang bis Mitte zwanzig, gutaussehend und muskulös. Und außerdem war er mächtig sauer.

„Wo ist sie?", polterte er mich an.

„Wer?", fragte ich unberührt. Dabei wusste ich genau, von wem er sprach. Und gleichzeitig wusste ich auch, wer er war.

„Na, meine Frau! Ich will sie sofort sehen!!"

Ich versuchte ruhig zu bleiben und tat betont unwissend: „Tut mir Leid, aber unsere Station ist voller Ehefrauen. Ohne einen Namen kann ich Ihnen leider nicht weiterhelfen."

„Verdammt, sind hier in dem Laden alle solche Versager? Meine Frau heißt natürlich Grundlar! So wie ich!"

Meine Augenbrauen zuckten missbilligend in die Höhe, ohne dass ich sie davon abhalten konnte.

„Was ist? Haben Sie etwa immer noch nicht kapiert?"

„Doch natürlich, Herr Grundlar", sagte ich freundlich und schaute in die Patientenliste. „Nun, tut mir Leid, aber hier steht keine Frau Grundlar. Haben Sie sich vielleicht in der Station geirrt?"

„Meine Frau platzt aus allen Nähten, so fett ist sie von der Schwangerschaft! Wo soll sie also sonst sein?!" Er brüllte mich an und sein von Alkohol aromatisierter Atem haute mich fast aus den Schuhen.

„Dann ist sie vielleicht in einem anderen Krankenhaus?" Ich versuchte immer noch leicht dämlich und stinkfreundlich auszusehen, aber das half mir in diesem Fall nicht weiter.

„Ich glaub', Sie wollen mich verarschen! Unser Auto steht auf dem Parkplatz!" Sein Gesicht nahm eine unangenehme rote Farbe an. „Also, WO IST SIE?"

Ich versuchte es weiter: „Ich weiß wirklich nicht…"

Aber er ließ mir keine Zeit, sondern stieß sich vom Empfang ab und marschierte den Flur runter und brüllte: „Cordula! Wo bist du, Schlampe? Ich weiß genau, dass du hier bist!" Dabei riss er eine Zimmertür nach der anderen auf. Einige der Frauen begannen zu schreien, Babys fielen mit ein und die ganze Station geriet in Bewegung. Plötzlich war Samuel und ein Pfleger bei Herrn Grundlar und versuchten auf ihn einzureden. Aber er schubste Samuel beiseite und riss die nächste Tür auf. Aber Samuel ließ sich nicht so leicht abschütteln. Als Herr Grundlar die Zimmertür seiner Frau aufmachen wollte, warf sich Samuel davor und schlug sie wieder ins Schloss. Sofort rastete Herr Grundlar aus.

„Ist sie da drin? Ja, dass ist sie, oder? Verpissen Sie sich sofort von der Tür, oder Sie brauchen Morgen einen künstlichen Darmausgang, weil ich Sie an ihrem Darm an der Decke aufgeknüpft habe!"

Samuel sah ihn ganz ruhig an. „Sie möchte Sie nicht sehen!"

„Es ist mir scheißegal, was sie möchte. Sie ist meine Frau, verdammt. Und das, was sie da mit sich rumschleppt, ist mein Sohn! Also weg da!"

„Ich hab gesagt, dass sie Sie nicht sehen will!!", sagte Samuel eindringlich.

„Wer sind Sie eigentlich? Haben sie meine Alte etwa gevögelt oder was?"

„Nein, ich bin ihr Arzt und ich sage: nein!"

Einen Moment entstand zwischen den beiden so ungleichen Männern ein Standbild, in dem sie sich nur anstarrten. Dann riss sich Herr Grundlar aus seiner Starre und warf sich auf Samuel. Samuel hielt ihn weiter von der Tür weg und zwei Polizisten tauchten auf. Sie zerrten Herrn Grundlar, der sich zappelnd und wahnsinnig wehrte, von Samuel weg.

„Sie ist meine Frau, verdammt! Ich will sie sehen! Ich hab ein Recht dazu!", brüllte er.

„Sie will sie nicht sehen!", sagte Samuel wieder ganz ruhig, während die Polizisten mit Cordulas schreiendem Mann im Treppenhaus verschwanden.

Luisa 1997-1998

Schmeckende Gerüche

Ich weiß nicht, wo er plötzlich her kam, aber er hielt mich fest. Immer noch von Panik ergriffen, schrie ich verzweifelt. Erinnerten mich diese Hände doch an zwei andere, die mich auch festgehalten und geschlagen hatten. Ich schlug wie eine zappelnde Katze um mich. Ich wollte das nicht! Erst als er mein Gesicht in seine Hände nahm und mir in die Augen sah, drang seine Stimme in mein Herz und legte schützend eine Hand darauf.

„Luisa! Luisa! Was zum Teufel ist hier los! Luisa! Ich bin's!", brüllte er mich an.

Er war da. Endlich! Wo war er so lange gewesen? Ich hatte ihn nicht hereingelassen. Aber jetzt war die Tür offen und es gab keinen Weg mehr zurück. Ich fiel augenblicklich zusammen wie eine Marionette, deren Fäden von einer Machete durchtrennt werden.

Er legte mich auf den Boden und strich mir das Haar aus dem Gesicht, diese Geste so ähnlich zu der vorherigen, dass es mich zerriss.

„Nein", wimmerte ich, während die Tränen wie Steine mein Gesicht runterrollten. Und das Entsetzen in seinem Gesicht brachte mich fast um.

„Oh, mein Gott, was ist passiert?"

Ich schloss die Augen, als er mein Gesicht berührte.

„Wer hat dir das angetan? Luisa? Was ist los? Bitte, sprich mit mir!" Seine Hand wanderte weiter mein Kleid herab. Untersuchte meinen Körper nach Verletzungen. „Was ist das für ein Kleid? Verdammt, Luisa, was ist hier los?"

„Bitte..." Mehr konnte ich nicht sagen. Ich schämte mich so sehr! Ich wollte nicht, dass er mich so sah. Ich wollte nicht, dass er erfuhr...

„Was? Jetzt sag doch endlich! Bitte! Ich dreh noch durch! Was ist passiert?"

Lawinen rollten aus meinen Augen und ich hielt mich an ihm fest, aus Angst von ihnen mit in die Tiefe gerissen zu werden.

Lukas drückte mich an sich wie ein Kind, das nach langer Suche endlich seinen Teddy wieder gefunden hat – panisch, klammernd, schaukelnd.

„Am besten ist, ich hole einen Krankenwagen. Okay?"

Ich schüttelte meinen Kopf an seinem Brustkorb. Jede Bewegung tausend Nadelstiche. Bloß kein Krankenhaus. Noch mehr Menschen, die meinen Körper berührten.

„Aber wenn du mir nicht sagst, was mit dir los ist, muss ich das machen. Und die Polizei muss ich auch rufen!"

Ich spürte seine Angst wie einen weiteren Schlag. Noch nie hatte ich ihn so gesehen. Er war mein Fels, mein Monument. Aber die Hilflosigkeit und Verzweiflung hatte ihn in einen kleinen, runden Kiesel verwandelt.

Mein Kopfschütteln wurde panisch, obwohl sich sein T-Shirt auf meiner Gesichtshaut anfühlte, als wäre es aus Schmirgelpapier. „Nein, nein, nein!"

„Doch genau das mache ich jetzt!" Sanft drückte er mich von sich, um in seiner Hosentasche nach seinem Handy zu suchen, aber ich schnellte zurück an seinen sicheren Körper wie ein Gummiband.

„Bitte nicht! Du darfst das nicht tun!", flehte ich ihn an.

Er hielt mich von sich weg, so dass ich ihm in sein Gesicht sehen musste.

„Warum nicht?"

Seine Stimme war wie ein scharfes Reinigungsmittel, das auch die schmutzverkrustete Fensterscheibe wieder klar machen konnte.

Ich erkannte, dass uns, wenn überhaupt, nur noch die Wahrheit retten konnte. All die Lügen, all das Leid, waren wertlos geworden.

„Wilkes!", sagte ich nur.

Schlagartig war er wieder der Fels. Das Monument. Sein Gesicht eine Maske aus Fassungslosigkeit und Wut. In seinen

Augen sich aufbäumender Hass – schwarz, undurchdringlich, unkontrollierbar:

„Er hat dir das angetan?"

„Bitte! Er weiß von uns! Er hat…" Ich hatte solche Angst vor diesen Worten, die alles verändern würden. Die ich so viele Monate versteckt gehalten hatte, aber schon tausendmal in meinen Gedanken erzählt hatte. Aber ausgesprochen waren sie riesig, unzerstörbar und für immer.

„Er hat uns vor dem Wäldchen gesehen. Und er hat Fotos. Er wollte es allen sagen."

Ich konnte in Lukas' Augen sehen, wie er begann zu begreifen. Wie sich der Dunst verzog und die Sonne alles in Klarheit erscheinen ließ. „Was hat er getan? Was hast DU getan?"

„Ich wollte doch nicht, dass er alles kaputt macht, Lukas. Ich hab es für uns getan. Ich…"

„Was hast du getan?" Tränen rannen über sein Gesicht. Schimmernd vor Verzweiflung, Angst und Erkenntnis. Aber jetzt gab es kein Zurück mehr. Jetzt musste ich ihm alles sagen. Das war meine letzte Chance.

„Er hat mich gezwungen dieses Kleid zu tragen und dann musste ich… ich musste ihm… ich musste ihn in den Mund nehmen!"

Ich erbrach mich. Endlich schienen die Tauben und Pelikane herauszukommen. Ihre Nester verlassen zu wollen, um mich in Freiheit zurückzulassen.

„Nein, bitte nicht. Luisa!" Er nahm mein Gesicht in seine Hände, wie eine Schüssel voll flüssigem Gold – vorsichtig, ehrfürchtig, ängstlich – und unsere Tränen tränkten Hand in Hand den Boden.

„Wie lange?", fragte er mit einer Stimme, die so leise war, dass sie wie das Flüstern des Windes klang.

„Drei Monate, eine Woche und zwei Tage."

„Oh mein Gott, Luisa! Warum nur?"

„Weil ich Angst hatte, dass du mich verlassen würdest. Weil du glaubst, dass das, was wir tun, falsch ist." Ich sah zur Seite um seinen Schmerz nicht sehen zu müssen und erblickte direkt neben mir ihm Gras ein vierblättriges Kleeblatt, das höhnisch grinsend sein Köpfchen in meine Richtung reckte.

„Ach, Luisa... Es tut mir so leid. Ich hätte es wissen müssen!" Er schloss die Augen und die nächste Frage war nicht an mich gerichtet, sondern an sein Herz. „Warum hab ich es nicht gewusst?!"

„Du konntest es nicht wissen..." Ich sah ihn wieder an und plötzlich erkannte ich, dass seine Tränen nicht mehr liefen, sondern sich in seinen Augen zu Stahl formierten.

„Warum bist du heute weggelaufen? Warum hat er dich geschlagen?" Hass ließ den Stahl so blitzen, dass ich das Bedürfnis verspürte, die Hände schützend vor meine Augen zu halten.

„Lukas, bitte..."

„Dieses Schwein! Ich bringe ihn um!" Er ließ mich los und war schon aufgestanden. Und bevor ich überhaupt in der Lage war, meinen Körper in eine aufrechte Position zu wuchten, war er auch schon durch die Hecke im Nachbargarten verschwunden.

Ich rannte hinterher. Ich ignorierte den Schmerz, der mich davor warnte wieder zurückzukehren und rannte weiter. Ich fand Lukas hinter Wilkes' Haus in den Blumenkästen auf der Terrasse wühlen.

„Ich weiß, dass du ihn hier irgendwo versteckt hast, du Wichser. Ich weiß es ganz genau", sagte er gerade und seine Stimme war ein Meißel, der mit jedem Schlag die Luft in tausend Splitter sprengte.

Er suchte nach Wilkes' Kellerschlüssel. Wir hatten uns als Kinder einen Sport daraus gemacht, detektivmäßig herauszufinden, wo unsere Nachbarn ihre Ersatzschlüssel versteckten. Wir hatten uns immer vorgenommen, wenn sie nicht da wären, in ihre Häuser zu gehen und uns umzusehen. Nicht um etwas zu klauen, sondern nur um zu sehen, wie sie so lebten. Aber irgendwie hatten wir dann doch nicht den Mut gehabt, es durchzuziehen.

„Lukas, bitte!"

Ich berührte ihn leicht an der Schulter, während er irrsinnig in der Erde grub. Er hielt inne, drehte sich zu mir um und nahm meine Hände.

„Luisa, bitte, lass mich das hier für dich tun, okay? Wenigstens das!"

Ich sah in seine Augen und sah den Abschied. Dies war sein Abschiedsgeschenk. Das Letzte, was er tun konnte.

Für uns.

„Er ist in dem ganz Rechten. Da wo die Geranien drin sind", sagte ich tonlos.

Er schloss die Augen und wandte sich zu dem Geranientopf, um kurz darauf einen Schlüssel hervorzuzaubern.

Wir schlichen zur Kellertreppe und Lukas öffnete die Tür

„Du bleibst hier", sagte er und wollte die Tür schließen.

„Ganz bestimmt nicht." Ich stellte meine Fuß zwischen die Tür. „Wir holen uns die Fotos und dann gehen wir wieder."

Er atmete tief durch die Nase ein, und zog einen Zaun um seine Wut und ließ die Tür offen. Er orientierte sich kurz und fand dann die Kellertreppe, die ins Erdgeschoß führte. Wir hörten Musik zu uns runterwabern. Ich hielt einigen Abstand zu ihm, weil der Geruch des Hauses sich sofort auf mein Herz gelegt hatte, wie eine Plastiktüte – kalt, dicht, erstickend. Ich musste mich zwingen, gegen das drohende Ersticken anzukämpfen und einen Fuß vor den anderen zu setzen. Lukas war schon oben angekommen und ich hörte die Radiomusik nun deutlich ihre Noten durch das Haus schicken. Es war „Mmmbop" von den Hansons. Als ich am Treppenabsatz stand, vermied ich einen Blick nach links zu werfen, wo das kleine stinkende Bad und das Wohnzimmer lagen, sondern folgte Lukas nach rechts in die Küche.

Wilkes' Küche hatte eine graumelierte Küchenzeile, die sich in L-Form an die hintere und rechte Wand drückte. In der Mitte stand ein Tisch, dessen Zwilling ich scheinbar im Wohnzimmer kennen gelernt hatte, und dem ein einsamer Stuhl Gesellschaft leistete. Wilkes saß gerade daran und schnitt eine Zwiebel. Sein Kopf zuckte dabei absurd zu den Hanson Klängen. Er war so konzentriert auf sein Messer und das Mmmbop aus dem Radio, dass es einen Moment dauerte, bis unsere Anwesenheit in sein Bewusstsein drang und sein Kopf in die Höhe schnellte, als wäre er flummiartig von der Tischplatte abgeprallt.

„Was zum Teufel...?", setzte er an, aber als er meinen

Schatten hinter Lukas wahrnahm, verengten sich seine Augen sofort zu Briefkastenschlitzen. „Ach, hat die kleine Schlampenschwester ihren großen Bruder geholt."

Ich stand hinter Lukas, der mit seinem breiten Rücken fast den gesamten Türrahmen einnahm und konnte sein Gesicht nicht sehen, aber sein Ton reichte aus, um sogar bei mir das Bedürfnis zu wecken, mich hinter einer kugelsicheren Tür zu verstecken.

„Du perverses widerliches Arschloch!"

Lukas war in ein paar Schritten bei Wilkes, bremste aber mitten in der Bewegung ab, weil Wilkes plötzlich mit einem riesigen Fleischmesser in Lukas' Richtung zeigte, als hätte er es die ganze Zeit für diesen Auftritt am Körper getragen.

„Die Frage ist, wer von uns beiden wohl perverser ist, oder? Schließlich ficke ich nicht meine kleine Schwester!"

Er grinste sein fieses Onkellächeln und ich selbst verspürte den Drang ein Messer in der Hand zu haben, um ihm dieses Lächeln endgültig aus dem Gesicht zu schneiden.

„Du verdammter Wichser!"

Unwillkürlich machte Lukas einen Schritt auf Wilkes zu, aber der hielt ihm gleich wieder das Messer ins Gesicht.

„Na, na, na! Schön da bleiben. Und jetzt verpisst ihr euch besser, bevor ich die Polizei rufe! Die interessieren die Fotos von euch bestimmt brennend." Er sah an Lukas vorbei zu mir herüber: „Und dich sehe ich dann am Donnerstag wieder!"

Wieder dieses Grinsen.

Der Gedanke tatsächlich noch einmal zu ihm gehen zu müssen, zog die Plastiktüte immer enger um mein Herz und ich begann zu japsen. Wilkes sah die Angst in meinen Augen und lächelte triumphierend.

Aber Hochmut kommt vor dem Fall. Denn Lukas nutzte diese kurze Ablenkung und schnellte vorwärts und schlug ihm mit einem gekonnten Hieb das Messer aus der Hand.

Das Klirren der Klinge auf dem kalten, nackten Steinboden schien für einen Moment das Band der Zeit zu zerschneiden und alles stand für Sekunden absolut still. Die Machtverhältnisse waren ins Wanken geraten und hatten sich neu geordnet. Alles dehnte sich bis zur Unendlichkeit.

Und plötzlich tickten die Uhren wieder und versuchten hektisch die verlorenen Sekunden wieder einzuholen. Lukas, der zum Sprung ansetzte; Wilkes, der entsetzt auf das Messer auf dem Boden starrte, als würde es dadurch wieder in seine Hand zurück springen und ich, die zwischen der Angst um ihren Bruder und der Angst vor dem, wozu ihr Bruder fähig wäre, hin und her schwankte wie ein Segelboot im Wind.

Lukas stürzte sich auf Wilkes und riss ihn zu Boden. Sie rollten sich über den Boden, als plötzlich aus dem Nichts ein Messer blitzte und Wilkes es Lukas in den Oberarm rammte. Es war das kleine Messer, mit dem er zuvor die Zwiebeln geschnitten hatte. Ich erkannte es an dem orangen Griff.

Und ich schrie.

Lukas dagegen brachte keinen Ton hervor, sondern starrte einfach nur ungläubig auf das Messer in seinem Arm.

Ich schrie immer noch. So schrill wie einer dieser schrecklichen Wecker, die einfach nicht aufhören zu klingeln.

Wilkes nutzte die Gelegenheit, um sich hoch zu rappeln und an mir vorbei zu rauschen und den Wecker abzustellen. So dass mir endlich klar wurde, dass Lukas vielleicht meine Hilfe brauchte. Aber bevor ich einen Zeh auf Lukas zu bewegen konnte, war er schon bei mir und ging an mir vorbei, als wäre ich überhaupt nicht vorhanden. Ich streckte eine Hand nach ihm aus, wollte ihm helfen, aber als ich seinen Blick sah, blieb meine Hand in der Luft hängen wie ein verlorenes Mobile über Babys Bett, in dem längst kein Baby mehr liegt. Darin lag etwas, das mich noch mehr ängstigte, als das Messer, das immer noch in seinem Arm steckte. Da war dieser Nebel, der mir sagte, dass Lukas an diesem geheimnisvollen Ort war, zu dem ihm niemand folgen konnte. Und plötzlich wurde mir klar, dass dieser Ort etwas verborgen hielt, das keiner sehen durfte. Etwas Furchtbares. Grauenhaftes. Etwas, vor dem er mich all die Jahre geschützt hatte. Es waren die Abgründe seiner Seele, die sich dort hinter seinem Blick offenbarten.

Als Wilkes sich panisch umdrehte, sah er aber nur einen riesigen jungen Mann mit einem irren Blick auf sich zukommen. Panisch bog er nach links auf die Treppe ab und stolperte.

„Verschwindet aus meinem Haus, ihr perverses Pack, sonst

rufe ich die Polizei!", brüllte er, während er versuchte wieder Halt zu finden.

Die Worte holten Lukas wieder in die Wirklichkeit zurück. Mit einem Schritt war er bei Wilkes und zog ihn auf die Beine, als wiege dieser nicht mehr als ein Wattepad.

„Ich denke, dass sollten wir unter Männern klären, oder meinen Sie nicht?"

Jetzt war es Lukas, der sein dreckigstes Lächeln aufsetzte. Ich hatte keine Ahnung, was Lukas eigentlich tun wollte. Vielleicht wusste er es selbst nicht so genau. Aber ich hatte Angst davor. Angst, die meine Lungen umklammerte wie eine Kneifzange – fest, stählern, furchen hinterlassend. Ich wollte ihn zurückhalten. Wollte ihm sagen, dass das doch keinen Sinn hatte. Dass er es nicht wert war. Aber dann sah ich die Angst in Wilkes' Augen aufblitzen, als wären es die schönsten Brillanten. Und ein Bedürfnis, eine Lust keimte in mir auf wie eine zarte Blume. Ich wollte diese Brillanten unbedingt haben. Ich wollte sie haben und sie in einem Collier um meinen Hals tragen. Ich konnte sie nicht aufgeben und riskieren, dass sie für immer verloschen.

„Lass mich los!", krächzte Wilkes, während er in Lukas' Griff zappelte und versuchte nach Lukas zu schlagen.

Aber Lukas hielt ihn einfach nur fest. Er stand da wie ein Baum und hielt ihn fest – bis er ihn plötzlich nicht mehr festhielt.

Er ließ ihn einfach los und streckte die Hände mit den Handflächen nach vorne, als hätte Wilkes noch eine Waffe hervorgezaubert.

Und Wilkes zappelte immer noch. Hatte die fehlenden Schraubstockarme noch nicht registriert. Er stieß sich mit so einer Wucht von Lukas ab, dass er strauchelte.

Ruderte.

Fiel.

Als er die Kellertreppe runterpolterte, drang sein Stöhnen und seine Schmerzensschreie wie durch Watte in mein Ohr – seltsam leise, verzerrt, surreal – bis es still war.

Eine tragende Stille, die sich wie ein dickes Leinentuch über alles legte und jeden Ton, jedes Flüstern im Keim erstickte.

Lukas und mein Blick vereinten sich in dieser Sekunde völliger Stille. Wir verschränkten sie in einander wie Finger – eng umschlungen, schmerzhaft, fest. Wir hielten uns fest, tauchten in den anderen ein und verstanden. Ich trat zu ihm und er nahm mich in den Arm wie früher, als wir noch Kinder waren und ich mir mal wieder den Kopf an der Tischplatte gestoßen hatte.

Gemeinsam sahen wir Wilkes dort unten liegen – verdreht, leblos, harmlos. Lukas ließ mich los und ging langsam die Treppe runter und blieb vor Wilkes stehen.

Er sah auf ihn hinunter, wie man eine Ameise beobachtet, die gerade ein riesiges Blatt von A nach B schleppt. Und es schien eine Ewigkeit zu dauern bis er sich hinunterbeugte und nach dem Puls tastete. Als er mich ansah, sagte er nichts, sondern nickte nur.

Ich schloss die Augen, weil ich mich und meine Emotionen vor der Welt verschließen wollte. Emotionen, die in mir flatterten wie Motten in einer Straßenlaterne. Liebe, Angst, Scham, Erleichterung, Trauer.

Und Freunde.

Ich hatte das Brillanten-Collier bekommen. Trug es ab diesem Augenblick für den Rest meines Lebens. Aber ich hatte nicht geahnt, wie schwer es war, und dass mein Hals eigentlich viel zu dünn war, um es zu tragen.

Lukas kam wieder hoch und nahm mich bei der Hand. „Wir müssen die Fotos finden", sagte er nur und klang dabei so kühl und gefasst, dass eine Lawine über meinen Rücken rollte und meinen ganzen Körper erfasste – eisig, niederschmetternd, wuchtig.

Zielstrebig zog er mich die Treppe hoch: „Wir sollten so wenig wie möglich anfassen. Du weißt schon, wegen Fingerabdrücken. Ich glaub zwar nicht, dass sie ohne Grund danach suchen werden, aber wer weiß."

Ich war nicht mal im Stande zu nicken. Immer noch erfroren von der Wucht der Lawine. Aber als er an mir vorbei die Treppe hochstieg, folgte ich ihm gehorsam wie das Entlein seiner Mutter. Mir fiel wieder das Messer in seinem Arm auf und hielt ihn an seiner Hand zurück.

„Solltest du das nicht lieber rausziehen?" Ich deutete mit spitzem Finger darauf als wäre es eine ansteckende Krankheit, die ihm da aus dem Arm wucherte.

„Und hier alles voll bluten? Ganz bestimmt nicht. Das kann ich später immer noch machen." Er schüttelte mich ab wie eine lästige Fliege.

„Und was ist mit einem Arzt? Das muss doch bestimmt genäht werden!"

„Das geht schon. Ich kenn mich damit aus." Es war nur eine Randbemerkung, aber plötzlich kam mir mein eigener Bruder, mit dem ich aufgewachsen war, den ich liebte - zu viel liebte - beängstigend fremd vor. Aber ich schluckte diesen Gedanken einfach hinunter und vergrub ihn in meinen Eingeweiden.

Das Obergeschoß von Wilkes Haus wurde von einem engen Flur beherrscht, von dem drei Türen abgingen. Die erste stellte sich als das Badezimmer heraus. Die zweite was sein Schlafzimmer und hinter der dritten schien eine Art Abstellraum zu sein. Vollgestopft mit stinkenden, alten Dingen und Klamotten.

„Ich denke sein Schlafzimmer ist die richtige Adresse. Hier", er kramte ein Taschentuch aus seiner Hosentasche. „Wenn du was anfassen musst, dann nur damit."

Ich nahm es angeekelt entgegen, als hätte er mir eine lebende Vogelspinne gereicht. Ich wollte hier nichts anfassen, ich wollte gar nicht hier sein.

Das Schlafzimmer war klein und der bekannte Geruch überflutete mich, so dass ich panisch nach Luft schnappte.

Lukas öffnete, ebenfalls mit einem Taschentuch bewaffnet, ein paar Schubladen und schloss sie wieder. Dann starrte er auf das Bett mit dem alten, fleckigen Bettlaken, als sähe er Wilkes noch darauf liegen.

Die kitschig geblümte Bettdecke aus den Siebzigern ließ meinen Würgereiz enorm in die Höhe schnellen.

Ich sah zu, wie es in Lukas beim Anblick von Wilkes' Bett arbeitete. Und plötzlich ruckte sein Kopf zu dem weißen von Staub, Rauch und anderen undefinierbaren Dingen gescheckten Schrank am Fußende des Bettes.

Unsere Blicke trafen sich nur eine Sekunde und ich wusste, was er wusste. Er öffnete die Schranktüren:

Beide Innenseiten waren mit unzähligen Fotos vom mir geschmückt. Es war eine wild durcheinander gewürfelte

Dokumentation meines Lebens. Beginnend während meines fünften Lebensjahrs.

Ungläubig ging ich näher heran. Ein Foto von mir ihm Bikini, während ich im Planschbecken im Garten spielte. Ein Foto, auf dem ich auf Inlinern die Straße runter fuhr. Ein Foto, wo ich ganz oben im Baum in unserem Garten klettere. Die Füße mühelos rechts und links in eine Astgabel geklemmt, meine Unterhose unter meinem Rock hervorblitzend. Zuerst faszinierte mich der Ekel, der mich beim Anblick meiner eigenen Fotos im Hals kitzelte. An einem anderen Ort, in einer anderen Situation hätten sie nichts Böses, Anstößiges oder Abartiges gehabt. Es hätte mir Freude gebracht, mich an all diese Situationen zu erinnern, sie nachzuempfinden und nochmals zu durchleben. Aber hier in diesem Zimmer hatten sie eine ganz andere Bedeutung.

Eine Bedeutung von Krankheit, Gefahr und Widerwärtigkeit.

Und der Ekel durchbrach die abartige Faszination und erwischte mich hart an der Seite, warf mich zu Boden und ließ mich so heftig würgen, dass ich befürchtete, gleich meine Magen, meinen Darm und die Milz in der Hand halten zu müssen. Lukas war mit einem Satz bei mir. Hielt mich fest und spannte sein T-Shirt unter meinem Kinn auf.

Ich schüttelte den Kopf, aber er wich keinen Zentimeter.

„Wir können nicht riskieren, dass du hier auf den Teppich kotzt, okay? Wenn es raus muss, dann in mein T-Shirt"

Ich erbrach mich darauf mit dem letzten, was ich zu geben hatte – Galle, Schleim und Hass. Gequält sah ich ihm in die Augen und sah Entschlossenheit, Wut und Liebe darin Kämpfe austragen, die sinnlos und gefährlich waren. Er zog sich das bekotzte T-Shirt über den Kopf, knüllte es zusammen und stopfte es sich in den Hosenbund. Dann half er mir auf die Beine und gemeinsam gingen wir nochmals zu den Fotos rüber. Und da sah ich es. Lukas und ich. Nackt. Ich saß rittlings auf ihm und mein Gesicht sprühte vor Liebe, Lust und Ekstase ist allen Farben des Regenbogens. Ich stützte mich auf Lukas' Oberschenkeln ab, während er meine Brüste umfasst hielt.

„Wir müssen sie mitnehmen! Alle!", sagte er und sah sich erneut in dem Zimmer um. „Hast du irgendwo etwas gefunden, das wir als Tüte benutzen können, oder so?"

Ich schüttelte steif den Kopf. Ich wollte die Bilder nicht mitnehmen. Ich wollte hier weg und nie wieder zurückkehren.

Lukas ließ seinen Blick durch das Zimmer schweifen und fand auf dem Fensterbrett hinter dem moosgrünen Vorhang eine alte Tüte, die ein noch eingeschweißtes Hemd beherbergte. Lukas ließ das Hemd mit Hilfe seines Taschentuchs im Schrank verschwinden und begann die Fotos von mir von den Schranktüren zu lösen, als entferne er einen Gehirntumor – präzise, langsam, vorsichtig. Danach schlichen wir die Treppe herunter, als könne Wilkes uns noch hören.

Aber Wilkes hörte uns nicht.

Hörte nie wieder etwas.

Plötzlich blieb Lukas stehen und sah mich an. „Was ist eigentlich mit deinen richtigen Klamotten. Ich schätze mal, dass das nicht dein Kleid ist."

Ich sah an mir runter und war entsetzt zu sehen, dass ich immer noch das rosa Mädchenkleid trug. Die Ereignisse hatte meine Wahrnehmung tunnelartig fokussieren lassen. Sofort hätte ich mir das Kleid am liebsten vom Leib gerissen. Es erschien mir heiß und brennend auf der Haut, als bestünde es aus flüssiger Säure, die mir um den Körper ran. Ich riss die Badezimmertür auf und fand meine Sachen feinsäuberlich auf der Toilette gestapelt. Die Vorstellung, dass er meinen BH, sowie meine anderen Sachen angefasst hatte, ließ mich zwar frösteln, war aber immer noch erträglicher als zu zulassen, dass sich das Säurekleid durch meine Haut bis zu meinem Herz durchfressen würde. Ich riss unkontrolliert an dem Kleid, bis mir der Schweiß ausbrach. Lukas trat zu mir und half mir heraus. Ich spürte meine Haut atmen und versteckte meinen Körper unter den vertrauten Sachen.

„Und was machen wir jetzt?" Mein Blick hüpfte über den leblosen Körper am Fuße der Kellertreppe, wie ein Gummiball – schnell, unkontrolliert, zurückprallend.

„Wir gehen!"

„An ihm vorbei?" Der Gummiball traf Wilkes an der Stirn.

„Natürlich! Wir müssen die Gartentür wieder abschließen und den Schlüssel verstecken. Und natürlich die Fingerabdrücke beseitigen."

„Natürlich."

Ich schluckte. Versuchte verzweifelt den bitteren Geschmack aus meinem Mund loszuwerden. Dann nickte ich. Auch das würde ich noch schaffen. Hauptsache ich wäre hier endlich raus und müsste nie wieder zurückkehren. „Und was machen wir mit ihm?"

„Keine Ahnung! Ich denke, wir haben nur zwei Möglichkeiten: Entweder wir lassen ihn einfach hier liegen und hoffen, dass er irgendwie gefunden, oder vermisst wird, oder wir rufen die Polizei. Ich würde Letzteres vorschlagen."

„Und was sagen wir der Polizei?"

„Du schon mal gar nichts! So wie du aussiehst, werden die bestimmt Verdacht schöpfen. Ich rufe an und behaupte, dass ich bei seinem Haus vorbei gegangen bin und ihn schreien gehört hab. Als ich dann keine Reaktion auf Klingeln und Rufen bekommen habe, hab ich die Polizei gerufen!"

„Klingt gut!"

„Okay, dann machen wir es so. Am besten verschwindest du in unserer Hütte. Ich möchte lieber nicht, dass dich während des Trubels irgendwer hier so sieht! Irgendeiner der Nachbarn könnte dich ja schließlich mal gesehen haben, wie du zu ihm rein bist."

Er sprach ganz klar und deutlich. Als hätte er nie etwas anderes getan, als Morde zu vertuschen.

Wieder musste ich schlucken.

Dann nickte ich wieder. In unserer Hütte würde ich mich sicher fühlen. Nur wünschte ich, ich hätte irgendetwas, um mein Gesicht zu verdecken. Die Blicke der Leute auf der Straße waren mir so schließlich sicher.

„Ich nehme das Fahrrad."

„Ist gut. Ich komme nach, sobald ich alles geregelt hab. In Ordnung?"

Wieder nickte ich mechanisch.

„Gut, bist du bereit?"

Diesmal warf er den Gummiball auf Wilkes.

„Ja, er kann mir ja nichts mehr tun."

Das Lächeln, das ich versuchte meiner Gesichtsmuskulatur

abzuverlangen, schmerzte und fühlte sich fremd und zäh an. Trotzdem ging ich mutig voran und blieb auf der letzten Stufe stehen, als hätte sich unter mir ein kilometertiefer Abgrund aufgetan – tief, unheilvoll, unüberwindbar.

Lukas schob seine Arme um mich und hob mich mit Leichtigkeit hoch. Dann stieg er über Wilkes' Gliedmaßen wie über ein Minenfeld, während ich mich an ihn klammerte, als erwarte ich jeden Moment die Explosion. Und er trug mich wie ein rohes Ei nach draußen in den Garten und ich erinnerte mich, wie er mich das letzte Mal so getragen hatte. Damals als alles seinen Anfang genommen hatte.

„Geh einfach schon mal! Ich kümmere mich um alles Weitere", sagte er jetzt sanft und seine Stimme streichelte mein Herz. Und als ich ihm in die Augen sah. In diese goldenen Seen, die für mich mein ganzes Glück beherbergten – funkelnd, schön, einzigartig - hatte ich plötzlich das Gefühl, ihn nie wieder zu sehen. Als wäre das hier ein Abschied für immer.

Lukas bemerkte mein Zögern und nahm meine Hände in seine. Sie sahen darin seltsam klein und zerbrechlich aus, so als wären sie aus Meißner Porzellan.

„Es ist alles gut, Luisa. Mach dir keine Sorgen. Ich komme so schnell wie möglich nach. Versprochen."

Ich sah ihm weiter in die Augen und nickte wieder. Aber glauben konnte ich ihm nicht.

Trotzdem riss ich mich von ihm los und kroch durch die Gärten in den unseren. Die Tränen liefen mir dabei wie Glasmurmeln übers Gesicht – durchscheinend, dick, perfekt. Tief gebeugt und in der Hoffnung, von niemandem gesehen zu werden, schnappte ich mir mein Fahrrad und raste los.

Mit jedem Meter, den ich hinter mir ließ, fühlte ich mich wieder leichter. Der Fahrtwind zerrte den dunklen Schleier von mir und entblößte mein Selbst so nackt und verletzlich wie ich war. Ich wurde immer schneller und überlegte einen Moment nicht zu unserer Hütte zu fahren, sondern weiter zu trampeln. Immer weiter, bis ich nicht mehr konnte. Aber dann bog ich doch den gewohnten Weg in den Wald ab und ließ mich von seiner samtigen Atmosphäre liebkosen und heilen. Ich setzte mich in die Hütte, wickelte mich in eine Decke und wartete.

Auf ihn.
Auf mich.
Auf die Zukunft.
Es begann zu regnen und die Tropfen, die auf das Dach trommelten, sangen mir ein Schlaflied.

Ich glitt dahin! Der Wind verfing sich in meinen Armen, die ich ausgebreitet hatte, als wären sie Flügel. Und ich flog. Ließ mich von den Wellen des Windes treiben, als hätte ich nie etwas anders getan. Ich fühlte mich so leicht und sanft, ruhig und ruhend. Freiheit und Sicherheit streiften meine Haut und durchwühlten mein Haar. Ich war so glücklich und schwerelos, dass ein Lachen meinen Körper schüttelte, das schöner klang als der Ruf einer Nachtigall. Ausgelassen schüttelte ich mein Haar und mein Blick streifte meine Arme. Und mir wurde klar, dass es einfach nur Arme waren. Es waren keine Flügel! Ich flatterte zwar damit, als wären sie mit Federn geschmückt, die Bewegungen waren aber nicht gleitend und elegant, sondern hektisch und unkontrolliert! Es war alles nur ein Trugschluss gewesen! Ich flog nicht, nein, ich fiel. Ich stürzte! Ich sah unter mich und sah die Erde immer weiter auf mich zu rasen...

Wild fuchtelnd erwachte ich. Lukas hielt meine Arme und Beine fest und sprach beruhigend auf mich ein. Ich sah in seine Augen, tauchte in die unterirdischen Seen ein, die so viele labyrinthartige Verzweigungen hatte, dass ich nicht das erste Mal befürchtete, nie wieder herauszufinden. Eine Ruhe breitete sich in mir aus, als wären meine Glieder zu Stein geworden.

Er strich mir liebevoll über die Stirn. „Wir müssen uns eine Erklärung für unsere Eltern einfallen lassen."

Unwillkürlich fasste ich mir ins Gesicht. Ich hatte bisher noch nicht in den Spiegel gesehen. Aber das, was ich ertasten konnte, reichte mir völlig. Mein Gesicht glich einer Miniaturhügellandschaft, an der, so vermutete ich, ein Modelleisenbahnliebhaber seine wahre Freude gehabt hätte – geschwollen, grün, mit Büschen bepflanzt.

„Sieht es wirklich so schlimm aus?"

Er nickte nur und seine Augen schlossen sich dabei, als wäre er froh, mich nicht weiter ansehen zu müssen. „Du siehst aus, als wärst du fast vergewaltigt worden, Luisa."

Ich nickte und die Tränen bahnten sich schon wieder unkontrolliert ihren Weg nach draußen.

„Es war doch nur fast, oder Luisa? Ich meine, er hat dich nicht wirklich…"

Wieder nickte ich und plötzlich konnte ich nicht mehr aufhören zu weinen. Schluchzer ließen meinen Körper erbeben wie Lava den Vesuv.

„Es tut mir leid, aber ich… ich… ich…", weiter schaffte ich es nicht. Die Schluchzer durchzuckten mein Sprachzentrum wie Blitze nach heftigem Donnergrollen.

„Hör bloß auf dich zu entschuldigen!" Seine Worte waren weich, aber sein Gesicht zeichnete ein verzerrtes Bild der Wut. Wieder schloss er die Augen. „Ich liebe dich, Luisa. Und dieses Gefühl ist so groß und riesig und gigantisch, dass ich befürchte, es nie komplett erfassen zu können. Weißt du, was ich meine?"

Ich wusste es.

Fühlte es.

Ich berührte sein Gesicht, als hätte er meine Verletzungen im Gesicht und küsste ihn. Die Lava in meinem Inneren beruhigte sich langsam wieder und ich konnte wieder freier Atmen. Atmete durch ihn.

Und endlich lächelte er mich an. „Also, was erzählen wir ihnen?"

„Keine Ahnung! Am liebsten gar nichts. Wenn ich wirklich so schlimm aussehe, dann werden die doch bestimmt mit mir zur Polizei gehen wollen. Und das will ich nicht! Ich will das Ganze einfach nur vergessen und… und… duschen!"

„Ich weiß. Mach dir keine Gedanken. Sie gehen nicht mit dir zur Polizei!"

„Aber wenn die mich so sehen, dann…"

„Werden sie trotzdem nicht zur Polizei gehen. Glaub mir einfach, okay? Mach dir keine Gedanken! Sie sollten einfach nur nicht denken, dass du vergewaltigt wurdest. Oder irgendwie die Wilkes Geschichte von heute Nachmittag mit deinem Gesicht in Verbindung bringen. In Ordnung?"

Er füllte Wasser in den kleinen Campingkocher und entzündete die Gasflamme darunter mit einem Streichholz. Und wie ich in die kleine blaue Flamme starrte, spürte ich ein zartes, pulsierendes Brennen im Inneren meines Herzens. Ein Dorn, gesät von Misstrauen und Einsamkeit, reckte sich bei Lukas' zuversichtlichen Worten, die mehr Wissen in sich trugen, als sie sagten. Und alte Fragen wirbelten plötzlich um mich herum und zogen an meiner wunden, geschwollenen Haut. Fragen über ein Geheimnis. Ein Geheimnis meiner Eltern, von dem Lukas wusste. Aber anstatt ihn zu fragen, warum meine Eltern die Polizei niemals rufen würden und was sie zu verbergen hatten, fragte ich nur: „Sie wissen von der Wilkessache?"

„Natürlich. Ich musste es ihnen erzählen. Du weißt doch, wie das bei uns in der Nachbarschaft ist, wenn da Krankenwagen und Polizei und so auftauchen."

„Ja, stimmt natürlich. Da weiß es direkt jeder."

„Eben. Also auch unsere Eltern."

„Ich will es auch wissen."

„Bist du sicher? Hast du nicht eben gesagt, du willst einfach vergessen?"

„Ja, aber man kann nur vergessen, wenn man etwas zu Ende gedacht hat. Weißt du, was ich meine? Ich muss wissen, wie es zu Ende gegangen ist. Und was mit deinem Arm ist." Ich deutete auf die Stelle, in der vor ein paar Stunden noch ein Messer gesteckt hatte, die aber jetzt unter einem Kapuzenpullover versteckt war

Das Wasser im Campingkocher fing an zu rauschen.

„Okay. Also ich bin nach Hause, hab mir das Messer rausgezogen und ein Pflaster draufgeklebt, dann hab ich mir ein neues T-Shirt geholt und die Polizei angerufen. Nach einer halben Stunde ist dann ein Streifenwagen vorbei gekommen und ich hab noch mal alles erzählt. Dass ich ihn schreien gehört hab und dann nichts mehr. Dass ich mir Sorgen mache, weil wir ihn schon von früher kennen usw. Sie haben dann selbst noch nach ihm gerufen und dann einen Schlüsseldienst angerufen, der die Tür aufgemacht hat. Ja, und dann haben sie ihn gefunden. Wir haben auf den Krankenwagen gewartet. Der Tod wurde offiziell festgestellt und ich war furchtbar betroffen und traurig. Dann bin ich nach Hause und hab alles Mama und Papa erzählt. Ja, und jetzt bin ich hier."

„Geht es dir gut?" Plötzlich hatte ich vor seiner Antwort Angst. Als könnte sie alles verändern. Obwohl sich alles schon längst verändert hatte. Und als er mich ansah, hatte ich das Gefühl, als sehe er mich heute das erste Mal wirklich an – echt, greifbar, tief.

„Nein. Aber bitte frag mich jetzt nicht warum genau."

„Warum nicht?" Auf einmal fühlte ich mich hellwach. Viel wacher als ich mich je gefühlt hatte.

„Genau deshalb. Weil es jetzt keinem gut tut, darüber zu reden, okay? Es ist passiert. Alles ist irgendwie passiert. Und jetzt müssen wir eben auch irgendwie damit klar kommen."

Sein Blick zuckte einen Moment in die unbekannte Welt seiner Seele, kehrte aber sofort wieder zu mir zurück.

„Wenigstens musst du dir um Wilkes jetzt keine Sorgen mehr machen."

„Nein. Der ist tot!"

„Ja. Er ist tot."

Das Wasser im Campingkocher brodelte und drohte überzukochen.

„Er ist tot!"

Und plötzlich musste ich kichern. Und das Kichern schwoll an und wurde zu einer riesigen Welle, die sich in einem Lachen brach – reinigend, erschöpfend, wahnsinnig. Es höhlte mich von innen aus und ließ mich befreit nach Luft schnappen. Ich war wieder frei, leicht und lebendig. Aber die Freiheit ist eine trügerische Illusion. Wir alle streben nach ihr und richten all unser Handeln nach ihr aus, nur um immer wieder feststellen zu müssen, dass sie unerreichbar ist.

Ich erzählte unseren Eltern, mich hätte auf dem Nachhauseweg ein fremder Mann wegen Feuer für eine Zigarette angesprochen und dann plötzlich versucht, meinen Rucksack zu klauen. Ich berichtete, dass ich mich gewehrt hätte und er deshalb auf mich eingeschlagen hätte. Daraufhin wäre er dann mit meinem Rucksack abgehauen. Was aber nicht weiter schlimm sei, da dort eh nur ein paar Mark und ganz viel unwichtiger Kram drin gewesen wäre. Um die Geschichte etwas glaubhafter zu gestalten, hatte ich mich in einer Seitenstraße in den Dreck geworfen.

Meine Mutter schlug entsetzt die Hände vors Gesicht und umschlang mich mit ihren Armen als wären sie aus Wund und Heilsalbe, die sie auf meinem ganzen Körper verteilen wollte. Sie verstand nicht, warum ich dem Mann den Rucksack nicht einfach überlassen hatte und tastet mich nach Knochenbrüchen ab.

Im Gesicht meines Vaters sah ich Sorge, Wut und Angst im Wechsel aufblitzen wie buntes Discolicht. Obwohl das Entsetzen echt und einnehmend war, sagte niemand etwas von der Polizei. Wie um ihnen auf die Sprünge zu helfen, bettelte ich darum, nicht zur Polizei gehen zu müssen, weil ich den Mann doch eh nicht mehr wiedererkennen und diese ganzen Fragen jetzt nicht aushalten würde. Aber trotzdem funktionierte es nicht. Mein Vater nahm mich nur in den Arm und sagte beruhigend und sanft, dass ich das auch nicht müsste, wenn ich nicht wollte. Und ich spürte wie sein Blick den meiner Mutter festhielt wie eine eiserne Faust.

Ein vertrautes Pieken in meinem Herzen meldet sich und ich ließ meinen Vater los. Und obwohl ich aus Furcht vor der Polizei Angst gehabt hatte nach Hause zu kommen, fühlte ich mich, als ich die Treppe zu meinem Zimmer hochging, so leer und wertlos wie eine alte Brottüte. Meine Mutter rief mir noch hinterher, dass sie sich wenigstens um meine Wunden kümmern wollte, aber ich ignorierte sie und schloss die Badezimmertür hinter mir. Ich ließ eiskaltes Wasser über meinen Körper laufen bis ich nichts mehr spürte und suchte in meinem Inneren nach Jemandem, der mich an mich erinnerte. Aber da war nur ein Scherenschnitt derer übrig geblieben, die ich mal war – scharfkantig, flach, schwarz. Als ich aus dem Badezimmer kam, hörte ich das dumpfe Gemurmel meiner Eltern aus der Küche zu mir hochsteigen, wie Kaffeeduft aus der Werbung – verführerisch, eindeutig, lockend. Ich wickelte meinen Körper, der mir seltsam klein und zerbrechlich vorkam, in ein Handtuch und tappte mit meinen nackten und noch vor Feuchtigkeit glänzenden Füßen die Treppe runter. Der Kaffeeduft wurde deutlicher und noch verführerischer, bis ich von der Küchentür stand und ganz darin eingehüllt wurde.

„Du bist immer so was von stur, Volker! Verdammt, es geht hier um unsere Tochter!"

Die Stimme meiner Mutter klang abgehetzt und atemlos, als säße sie während der Unterhaltung auf einem Heimtrainer – anstrengend, schnell, niemals ankommend.

„Ja, genau! Unsere Tochter, die ich beschützen will!" Die Stimme meines Vaters war seltsam hoch und ich stellte mir vor, dass er, während er sprach hilflos in der Luft rumfuchtelte, als könne er dort irgendwo Halt finden. „Verdammt, wir können es uns eben nicht wie andere Leute leisten, einfach so zur Polizei zu wandern und deren Aufmerksamkeit auf uns zu ziehen. Aber das weißt du doch!"

Ich hörte wie mein Vater einen Schrank öffnete und ein wenig zu laut etwas, vermutlich eine Tasse, auf die Anrichte stellte.

„Ja, das weiß ich. Aber ich weiß auch, wenn meine Tochter lügt. Und ich glaube ihr kein Wort von der Geschichte, die sie uns erzählt hat. Ich bin sicher, dass da irgendwas anderes Schreckliches passiert ist. Und das kann ich als Mutter doch nicht einfach so ignorieren!"

Tränen rollten mir bei ihren Worten über mein Gesicht und tropften mir im Rhythmus ihrer Silben vom Kinn. Vorsichtig strich ich die zerknüllte Brottüte glatt.

„Solange sie nichts anderes von uns fordert, müssen wir das aber. Und vielleicht irrst du dich ja auch. Immerhin wird sie ihre Gründe haben, warum sie uns diese Geschichte erzählt hat und vielleicht nicht die Wahrheit."

„Angst?" Schoss es so aus dem Mund meiner Mutter, dass ich mich tatsächlich wie unter einem Knall duckte.

„Geh doch nicht immer vom Schlimmsten aus, Vicky."

„Ja, bei unserer Vergangenheit ist das wirklich komisch, dass ich so denke." Ihr Ton war so zerpflückt wie aufgeschlagene Butter.

„Jetzt werde nicht gleich wieder so sarkastisch. Es ist vielleicht was ganz Harmloses. Etwas, was du dir gar nicht vorstellen kannst." Seine Stimme, versuchte die Butter meiner Mutter mit einem Schmiermesser glattzustreichen, wieder in die alte Form zu bringen und sie im Kühlschrank zu verstauen.

„Hast du ihr Gesicht gesehen, Volker?" Zu der Butter waren Eier dazugegeben worden – schaumig, klebrig, überschlagend. „Mein Gott, wie soll ich denn in dieser Situation eine gute Mutter sein? Das ist doch gar nicht möglich! Dabei ist es doch das, was ich sein wollte." Sie begann zu schluchzen.

„Es tut mir Leid, Vicky." Streichelte die Stimme meines Vaters meine Mutter. „Aber du bist trotzdem eine gute Mutter. Komm her."

Ihr Schluchzen wurde dumpfer, als mein Vater sie in den Arm nahm. Das Signal für mich, meine kalten Füße zu zücken und mich wieder die Treppe hoch zu schleichen.

Ich machte mir nicht die Mühe, in mein Zimmer zu gehen und mich anzuziehen, sondern öffnete geräuschlos Lukas' Zimmertür, schlüpfte in das dunkle Zimmer und tastete mich zu seinem Schrank hervor. Als ich die Schranktür öffnete, schnelle augenblicklich seine Hand zwischen dem geblümten Regenmantel meiner Schwester (der einfach zu schön war, um wirklich im Regen und Matsch getragen zu werden) und dem Flanellhemd meines Vaters (das er bei Maria-Sofias Geburt getragen hatte) hervor und zog mich zu sich hinein. Er sagte kein Wort, sondern hielt mich fest und vergrub sein Gesicht in meinen immer noch feuchten Haaren, als wollte er sich deren Geruch einprägen. Er küsste mich sanft und vorsichtig und obwohl jede seiner Berührungen schmerzte, wollte ich ihn so sehr wie ein Pflaster für meine Seele. Ich brauchte ihn, um das zu verstecken, was kaputt gegangen war. Zu verbergen und zu vergraben, um es nie wieder finden zu müssen.

Wir liebten uns schmerzhaft intensiv und blieben nackt und offen auf dem Boden liegen. Engumschlungen und qualvoll zerrissen.

„Ich habe diesen Mann getötet…"

Sein Flüstern zerpflückte die Stille wie eine Axt – spaltend, schneidend, endgültig.

Ich setzte mich auf, um in sein Gesicht zu sehen, dass in der blauen Dunkelheit wie aus Stein gemeißelt schimmerte.

„Das hast du nicht. Es war ein Unfall!", sagte ich und meinte es auch so.

"Und dennoch hab ich ihn getötet. Er wäre noch am Leben, wenn ich nicht da gewesen wäre."

Er sah mich nicht an, sondern fixierte einen Punkt hinter mir, als stünde Wilkes dort und zeige mit dem Finger auf ihn.

"Dann bin ich genauso Schuld an seinem Tod. Wenn ich nicht zu ihm gegangen wäre, und… dann wärst du nie dorthin gegangen. Also…"

Der Wind verfing sich in der Birke vor Lukas' Zimmerfenster und kratzte mit ihren Ästen an die Scheibe, als wolle sie um Einlass bitten.

"Nein!" Jetzt sah er mir plötzlich direkt stechend in die Augen. "Er hätte nie herausfinden dürfen, dass wir zusammen sind. Damit fing alles an."

Ich wusste, was er damit sagen wollte, aber ich wollte das Spiel nicht weiterspielen. Wollte nicht die sein, die aussprach, was wir beide schon wussten.

"Wir müssen damit aufhören. Es bringt nur Unglück." Die Worte regneten in Splittern auf mich nieder und stachen mich in die Eingeweide.

Ich schloss die Augen, um sie vor der Attacke zu schützen. Ich fühlte seine Hand in meinem Gesicht, die die Splitter aber nicht mehr wegzuwischen vermochte. Zu sehr hatten sie sich schon ins Fleisch gebohrt.

"Ich weiß", antwortete ich mit geschlossenen Augen und kuschelte mich an seine Brust, obwohl die Splitter mir meine Organe zerstückelten und in Flammen setzten. "Meinst du, wir können irgendwann einmal zusammen sein? So wie andere Menschen auch?"

"Vielleicht." Er streichelte mir den nackten Rücken. So sanft, so schön, so wahr und so richtig. Und doch so falsch. "Vielleicht an einem anderen Ort zu einer anderen Zeit."

Ich musste über diese belanglose Redewendung, die so gar nicht zu ihm passte, lächeln. Meine Leber war schon zerhackt und zu Asche verkohlt, während mein Herz noch in Flammen stand. Trotzdem richtete ich mich auf, um ihm noch mal in die Augen zu sehen. "Wenn der Himmel in Splittern auf uns niederregnet. Dann, aber nur dann, können wir endlich zusammen sein."

Jetzt lächelte er auch.

„So soll es sein."

Und seine Tränen spiegelten sich in meinen. Und meine wiederum in seinen und so sollte es bis in die Unendlichkeit weitergehen.

Ich erwachte zitternd unter meiner dicken Daunenbettdecke wie unter einem Fiebertraum. Ich fühlte mich benommen und krank. Ich war erst in mein Bett geklettert, als die Sonne schon durch Lukas' Rollladen geglitzert war. Es war ein stummer Abschied gewesen, weil es nichts mehr zu sagen gab, was noch eine Bedeutung hatte. Weil unsere Gefühle keine Worte brauchten. Und weil wir beide keine Tränen mehr hatten.

Es war vorbei.

Und der zerriss mich bis zur Unkenntlichkeit.

Zerschunden blickte ich jetzt auf meinen Radiowecker, der mir unverschämt mit 16:43 Uhr entgegen grinste. Geschockt setzte ich mich auf und schwang die vor Kälte steif gefrorenen Beine aus dem Bett. Ich suchte mir meine dicksten Wollsocken aus meiner Kommode und vermied es dabei gekonnt, in den Spiegel zu schauen, der darauf stand. Mein Gesicht schmerzte schon beim Schlucken und ich konnte mir vage vorstellen, wie es aussah. Und die Vorstellung reichte mir vorerst vollkommen. Ich wickelte mich in meinen Morgenmantel und kletterte die Treppe runter bis ins Wohnzimmer, wo meine Mutter die Fenster putzte.

„Hey", brachte ich immer noch verschlafen hervor.

Sie drehte sich zu mir um: „Hallo, Schatz! Bist du endlich ausgeschlafen? Wir haben gedacht nach gestern…" Sie schlug die Augen nieder und tauchte den Lappen in den Putzeimer. „Also, wir dachten, dass du den Schlaf mehr als brauchen kannst."

„Ja, danke. Ich hatte heute sowieso nur zwei Stunden Bio. Da hab ich nichts verpasst." Ich warf einen Blick in die leere Küche. „Aber wo sind denn alle?"

„Dein Vater ist mit Maria-Sofia zum Reiten gefahren."

Sie wischte über die große Scheibe im Wohnzimmer, die überhaupt nicht aussah, als müsste sie geputzt werden.

„Und Lukas?" Ich versuchte die Frage eher gelangweilt und

desinteressiert zu stellen.

„Der ist schon weg! Aber das weißt du doch, oder? Lukas hat gesagt, dass er sich von dir verabschiedet hat." Wieder tauchte sie den Lappen ins Putzwasser.

„Ich versteh nicht."

Sie sah mich irritiert an. „Na, er ist nach Berlin."

„Was? Berlin? Aber warum denn?" Meine Stimme flatterte wie ein Irrlicht durch das Wohnzimmer, eckte am Couchtisch an und prallte vor meiner Mutter gegen die viel zu klare Fensterscheibe.

Meine Mutter drehte sich zu mir um und zog sich die Gummihandschuhe aus, während sie auf mich zukam. Es kam mir so vor, als wäre sie ein Chirurg, der sich auf eine Hirnoperation vorbereitet – scharfsinnig, Leben verändernd, mit einem Skalpell in der Hand.

„Na ja, wegen der Wohnungssuche. Er hat sich also NICHT von dir verabschiedet?"

Ich musste verhindern, dass sie das gezückte Skalpell in meinen Kopf stieß und änderte sofort meine Haltung. Rückte mich gerade, glättete mein Gesicht und schluckt das Irrlicht herunter.

„Nein. Ich meine, vielleicht war er ja bei mir im Zimmer, aber ich hab so tief geschlafen." Ich ließ mich unbeeindruckt auf das Sofa fallen, obwohl meine Gefühle einen tödlichen Hahnenkampf veranstalteten. „Zumindest kann ich mich nicht daran erinnern. Oder er hatte einfach keinen Bock drauf. Zwischen uns ist es ja nicht mehr so wie früher. Er erzählt mir ja eigentlich gar nichts mehr."

Der Chirurg ließ seinen Skalpell sinken und wandte sich wieder dem Fenster zu. „Ja, ich weiß. Aber uns hat er offensichtlich auch nicht mehr wirklich viel erzählt. War ja auch für uns ziemlich überraschend."

Ich nahm die Fernsehzeitschrift vom Couchtisch und tat so, als interessiere mich das Abendprogramm. Aber ich merkte, wie meine zitternden Hände durch das dünne Papier eine Stimme bekamen und legte sie mir nur noch als Attrappe auf den Schoß. „Und wann kommt er wieder?", ließ ich unbedeutend fallen wie einen Zigarettenstummel beim Überqueren einer Straße.

„Keine Ahnung." Meine Nackenhaare stellten sich hoch, wie Erdmännchen im Zoo. „Er hat gesagt, er schaut was er findet und wenn er bleiben kann, bleibt er vielleicht. Ich weiß auch nicht, was ich davon halten soll. Hätte er früher von seinem Studienplatz an der Uni Berlin erzählt, hätten wir uns ja vielleicht darauf einstellen können aber jetzt..."

Die Realität schlug über mir ein wie ein Sack voller Medizinbälle – schwer, wuchtig, unmedizinisch.

Meine Mutter nahm gedankenverloren den Eimer in die Hand und sah ihrem Spiegelbild im Wasser zu.

„Ich wusste noch nicht mal, dass er darüber nachgedacht hat, dort zu studieren. Ich dachte immer, Bonn wäre für ihn die erste Wahl. Aber was soll man machen?! Er ist erwachsen und wenn er sich jetzt um entschieden hat... Es wäre eben nur schön gewesen, davon zu wissen."

„Ja, das verstehe ich. Das würde mir an deiner Stelle wohl genauso gehen", sagte ich und meine Stimme war so dumpf, als antworte ich meiner Mutter durch einen Sarg hindurch.

Rebecca 1978

Cordula hielt diese wundervoll, elfenartige, zarte kleine Wesen in ihren Armen und weinte bitterlich. Sie streichelte den kleinen winzigen Kopf und sagte immer wieder verzweifelt: „Warum bist du nicht tot? Warum bist du nicht tot?"

Luisa 1998

Wabernde Fluten

Er kam nicht zurück. Er rief zwei Tage später bei meinen Eltern an, um ihnen mitzuteilen, dass er in Berlin eine tolle WG gefunden hätte, in der ab sofort ein Zimmer frei wäre. Und da er sich in Berlin so gar nicht auskennen würde, wollte er die fünf Monate bis zum Studienbeginn damit verbringen, sich einzuleben und Anschluss zu finden. Meine Mutter war beim Abendbrot davon überzeugt, er habe in dieser WG ein Mädchen kennengelernt und wolle deshalb da bleiben. Ich kämpfte mit meiner Übelkeit und würgte den Blattspinat auf meinem Teller in einem Klumpen herunter, um den Ekel im Zaum zu halten.

Mich rief er nicht an. Meine Anrufe liefen auf seine Mailbox. Er war weg. Er war einfach verschwunden. Und ich blieb amputiert zurück, wobei mir nicht ein Bein, oder ein Arm fehlte, sondern meine Lunge.

Mein Atemzentrum.

Meine Mitte.

Einfach herausgerissen, nur noch als riesige, offene, klaffende Wunde sichtbar. Ich schnappte nach Luft, aber da war keine. Nur Vakuum. Eine abgründige, atemlose, schwarze Leere. Mein Herz hatte er mir gelassen, damit es Bäche bluten konnte. Bäche mit Untiefen, die mich herab rissen und nie wieder auftauchen ließen.

Ich verbrachte die nächsten Monate wie unter Wasser – trüb, unklar, kalt. Ich kämpfte mich orientierungs- und heimatlos durch jeden Schwimmzug. Ohne Ziel, ohne Bewusstsein. Ich tat es einfach. Eine Dumpfheit hatte von mir Besitz ergriffen, die ich liebgewann und abends allein in meinem Bett, wenn sich Gefühle einen Weg nach oben bahnten, beharrlich streichelte wie einen Schoßhund. Ich sah ihn überall. In der Schule am Kiosk mit dem lispelnden Verkäufer lachen; in der Stadt an der Kasse, nur zwei Kunden von mir entfernt, Gurken und Ketchup kaufen. Auf der Straße in ein Auto steigen. Doch er war es nicht.

Er war es nie.

Er war weg.

Er kam nicht mal Weihnachten zu Besuch.

Aber manchmal wenn man im Trüben fischt, gehen einem die seltsamsten Dinge an den Hacken. Dinge, die verwunschen sind, surreal und trotzdem alles verändern können.

Es war ein Samstag im Februar 1998. Der Winter hatte uns immer noch fest im Griff, aber an manchen Tagen war es mir, als kitzele mich schon der Frühling in der Nase, wenn ich zur Schule ging. Ich hatte das Frühstück verschlafen und das Haus war leer. Ich verbrachte viel mehr Zeit im Bett als früher, weil so die Tage einfach kürzer und demnach etwas erträglicher wurden. Besonders samstags bemühte ich mich, so lange liegen zu bleiben, wie es ging, um dem erdrückenden Familienfrühstück zu entgehen. Ich wartete, bis alle das Haus verlassen hatten, um dann die Stille des Hauses in mich aufzusaugen und in Lukas' Schrank nach Spuren von einer Liebe zu suchen, die so surreal erschien, wie eine Tür zu einer anderen Welt. Meine Tränen nährten die alten Holzbretter, auf denen so vieles Geschehen war, aber zum Leben erwecken, konnten sie das alte Holz nicht. Kein Blatt spross mehr, keine Wurzeln konnten sich in die Welt schlagen, um einen Baum hervorzubringen, der ewig leben sollte. Einmal aus dem Leben gerissen, gibt es kein Zurück mehr.

Ich schleppte mich gerade in die Küche, in der mich das übliche verlassen Gedeckt mit einem liebevollen Zettel meiner Mutter empfing, auf dem stand, dass sie schon einkaufen wäre, aber bald zurück sei. Anders als mein Vater, verstand sie mein Verhalten. Oder glaubte zumindest, mich zu verstehen. Ich vermutete, meine Mutter schrieb es dem angeblichen Überfall zu, was im Grunde ja nicht völlig falsch war. Ich nahm den Zettel und legte ihn mit einem dankbaren Lächeln beiseite, als es an der Tür klingelte. Mein erster Gedanke war, einfach nicht aufzumachen. Ich vermutete den Postboten hinter der Haustür und fühlte mich in meinem Morgenmantel nicht wohl genug, um ihm gegenüber zu treten. Aber dann entschied ich mich anders und öffnete sie doch.

Vor mir stand eine alte Dame mit wachen Augen und weißen Haaren. Sie trug einen schicken Hosenanzug, der sie viel jünger wirken ließ, als sie vermutlich war. Ich kannte diese Frau nicht, war mir aber dennoch sicher, dass ich sie schon einmal irgendwo gesehen hatte. Ihr Gesichtsausdruck zeigte mir, dass es ihr aber nicht so ging.

„Tut mir leid, dass ich störe, aber ist deine Mutter zu Hause?"

Ihre Augen hüpften an mir vorbei und erkundeten den Treppenaufgang und den Hausflur. Als ich den Kopf schüttelte, sanken sie für einen Sekundenbruchteil wieder in meine, um dann sofort wieder die Flucht zu ergreifen.

„Leider nein, aber ich kann ihr gerne was ausrichten. Worum geht es denn?", fragte ich freundlich, obwohl mich schon längst ein verborgener Dorn aggressiv in mein Herz stach.

Sie war sichtlich nervös und sah sich ständig um, als hätte sie Angst, hier entdeckt zu werden. „Ich weiß nicht. Ich denke, das ist keine so gute Idee."

„Wollen Sie dann vielleicht hier auf sie warten? Meine Mutter wird bestimmt bald wieder zurück sein. Sie ist nur einkaufen."

„Nein…"

Sie trat von einem Fuß auf den anderen, als höre sie irgendwo in ihrem Inneren eine schreckliche Technomusik, die sie nicht loswerden konnte – zackig, schnell, heftig.

„Es ist wohl besser, wenn ich wieder gehe." Sie drehte mir den Rücken zu, ging aber dann doch nicht weg und starrte auf etwas in ihrer Hand. „Okay", sie drehte sich wieder zu mir um und sah mir fest ins Gesicht. „Hier!", sie streckte mir einen kleinen roten Notizzettel entgegen. „Geben Sie das Ihrer Mutter. Es ist wirklich wichtig, dass sie diese Nachricht bekommt. Aber…" Sie biss sich auf die Lippen. „Aber bitte lies die Nachricht nicht. Ich glaube, deine Mutter möchte das nicht. In Ordnung?"

Ich nickte, obwohl wir beide wussten, dass ich log. Trotzdem gab sie mir den Zettel, drehte sich um und trippelte hektisch die Straße runter. Ich sah ihr hinterher. Und während ihre Schritte immer leiser wurden, versuchte ich den Faden durch das Nadelöhr der Erinnerung zu schieben – zitternd, faserig, rot. Erst als ich ihn endlich auf der anderen Seite fest halten und zu einem Knoten sichern konnte, schloss ich die Tür, setzte mich auf die Treppe und öffnete den kleinen, roten, viereckigen Zettel in meiner Hand. Darauf standen nur drei Wörter: „Sie wird sterben".

Als meine Mutter sich mit einem riesigen Klappkorb bewaffnet durch die Haustür quetschte, saß ich immer noch auf der Treppe.
„Ach, Luisa. Hast du auf mich gewartet? Man war das wieder ein Ritt. Manchmal scheinen die Leute wirklich zu glauben, dass morgen die Welt untergeht und dann nichts mehr zu kriegen ist. Wirklich unfassbar."
Sie redete schnell und hektisch. Der Schweiß glänzte auf ihrer Stirn, obwohl es draußen kaum über Null sein musste.
„Mama", brachte ich hervor. Aber sie redete einfach munter weiter und schleppte sich mitsamt dem Klappkorb Richtung Küche.
„Ich hab wirklich, und das ist nicht gelogen, mit einer Frau um die letzte Dose Tomaten streiten müssen! Wohlgemerkt, sie hatte schon vier in ihrem Einkaufswagen und ich wollte nur diese eine, aber nein, sie brauchte scheinbar alle fünf."
Ich lief hinter ihr her wie eine streunende Katze, die nicht so genau weiß, ob sie hier wohl einen Tropfen Milch erbetteln kann und ließ ein etwas lauteres Miauen hören: „MAMA!"
„Keine Ahnung, wofür die das Zeug alles braucht! Was für eine Familie muss die bitte mit FÜNF Dosen Tomaten füttern? Eine Elefantenherde?"
„MAMA!" Das Wort durchbrach das Hamsterrad, in dem meine Mutter rannte. Mit einem Stöhnen setzte sie den Klappkorb auf die Anrichte und sah mich stirnrunzelnd an.
„Was ist denn, Luisa?"
Ich hielt ihr stumm den roten wieder zusammengefalteten Zettel entgegen.
„Was ist das?", fragte sie. Aber als ich ihr nicht antwortete, sondern ihr nur weiterhin den Zettel hinhielt, nahm sie ihn

zögernd entgegen und faltete ihn in Zeitlupe auseinander. Ihre Augen durchleuchteten mich dabei wie ein Röntgenapparat. Als sie dann endlich auf die drei Worte auf dem Zettel sah, gefror ihr Gesicht zu Gestein und ihre Röntgenstrahlen drangen bis zu meinen Organen vor.

„Was soll das, Luisa?", fragte sie und die Angst schwang mit wie eine angeschlagene Stimmgabel.

„Eine alte Dame war hier und hat mir den Zettel für dich gegeben."

„Eine alte Dame?"

Ihre Augen zuckten und sie drehte sich zu dem Klappkorb, als könnten Olivenöl, Zucker und Salat, sie von den Tränen ablenken, die ich schon in ihren Augen hatte schimmern sehen.

„Es ist deine Mutter, oder Mama? Meine Oma."

Ich hatte nicht geplant, diese Worte auszusprechen, aber sie waren einfach so herausgefallen wie Geld aus einer durchlöcherten Hosentasche – unbedacht, ärgerlich, verhängnisvoll. Als meine Mutter die Geldmünzen auf den Boden fallen hörte, schien sie einen Moment aufzuhören zu atmen. Ihr Rücken schrumpfte, als hätte jemand die Luft aus der Hüpfburg gelassen. Ich war sicher, dass sie die Augen geschlossen hatte, als sie anfing zu sprechen: „Woher weißt du das?"

Am liebsten hätte ich die Münzen hektisch wieder aufgesammelt, um sie schnell durch den Kauf von einem Eis verschwinden zu lassen, aber sie waren schon gefallen und ich konnte es nicht mehr zurücknehmen. Also ließ ich sie liegen und legte auch den Rest meines Geldes dazu. Ich erzählte ihr von dem Tag, als meine Mutter mich wegen meiner Bauchschmerzen von der Schule abholte hatte und ich sie bei dem Gespräch mit eben dieser Dame, die heute diesen Zettel gebracht hatte, gesehen hatte. Ich erzählte ihr von dem Paket, das ich bei Marie-Sofia gefunden hatte und dem Foto, was ich von ihr hatte.

Als ich geendet hatte, drehte sich meine Mutter zu mir um. Die Tränen hatten ihr Gesicht verändert. Es in die Länge gezogen, wie ein Aquarell, über das ein Glas Wasser geschüttet worden ist – verwischt, unscharf, fremd. Ich starrte sie an und erwartete endlich eine Erklärung. Aber ich bekam keine.

„Ich muss zu ihr", sagte sie nur und schob sich an mir vorbei aus der Küche. Und ich sagte das Einzige, was ich sagen konnte: „Ich komme mit!"

Sie blieb nicht mal stehen, während sie antwortete: „Auf keinen Fall, Luisa!"

Ihre Worte waren der kleine Funken, der einen kleinen halb vergessenen Dorn in meinem Herzen erglühen ließ und mitten in mein Herz eine Wut injizierte, die rasend, gefährlich und wund war.

„Und ob ich mitkomme, Mama! Ich hab nämlich, verdammt noch mal, eine Erklärung verdient und die wirst du mir jetzt geben!"

Jetzt blieb sie doch stehen und drehte sich zu mir um. Aber ihr Gesicht war ein Spiegel meiner Wut. „Na, schön! Aber dann sofort."

Sie sah an mir herunter und als ich ihren Augen mit meinen folgte, wurde mir bewusst, dass ich immer noch meinen Schlafanzug und meinen Bademantel trug.

Mein Blick ergriff ihre Augen.

„Okay", sagte ich mit fester Stimme. Ich würde mich nicht abwimmeln lassen. Diesmal würde ich erfahren, was ich erfahren wollte. Ich sah, wie ihre rechte Augenbraue fast unmerklich nach oben hüpfte und nahm zur Bestätigung meinen Mantel von der Garderobe. „Also los!"

Meine Mutter drehte sich um und ich folgte ihr ohne ein weiteres Wort nach draußen. Der Februar biss mich gemein in meine Fesseln und Füße, die immer noch ohne Socken in den galanten Birkenstocks steckten. Aber ich ignorierte den Schmerz und kletterte neben meine Mutter in unser Auto.

Wir fuhren eine Weile schweigend nebeneinander her. Jeder von uns auf die Straße starrend, als wären in dem dahin rasenden Teer all unsere Antworten verborgen.

„Ist es weit?", fragte ich, während ich an meinem Morgenmantel zupfte, der sich unbequem unter meinem Po gesammelt hatte.

„Willst du dich beschweren? Ich kann immer noch anhalten!"

Ihr Ton zuckte durch das Innere des Autos wie ein Blitz –

heiß, scharf, zerstörerisch.

„Nein."

Der Blitz hatte mich getroffen und vor Schmerzen stiegen mir Tränen in die Augen. Aber ich wollte nicht, dass sie es sah und starrte weiter auf die Straße.

„Am besten schläfst du ein wenig. Es wird etwas dauern. Falls du überhaupt noch schlafen kannst."

Diesmal traf mich der Blitz mitten ins Herz. Ich dachte, sie hätte Verständnis, aber nun fühlte ich mich unverstandener als jemals zuvor. Der Dorn in meinem Inneren war schon längst wieder abgekühlt und kuschelte sich feige in meine Herzkammer. Ließ mich einsam zurück – verängstigt, traurig, in einem Bademantel.

Ich rollte mich zusammen und ließ mich von der Reibung der Reifen auf dem Asphalt in einen summenden Schlaf singen.

Als ich aufwachte, tat mir so ziemlich alles weh. Ich warf verschwommen einen Blick auf die Uhr und stellte mit Erstaunen fest, dass ich tatsächlich noch mal über zwei Stunden geschlafen hatte. Ich schaute verstohlen zu meiner Mutter, die plötzlich wieder die zu sein schien, die ich kannte. Das Aquarell war wieder vollständig restauriert worden und lächelte mich traurig an.

„Hast du gut geschlafen, Schätzchen?", fragte sie und legte vorsichtig eine Hand auf mein Bein, die sich darauf heiß und brennend anfühlte wie ein überhitztes Bügeleisen.

Ich starrte erst ihre Hand und dann ihr Gesicht an, als hätte sie mir gerade erzählt, dass sie eine Außerirdische war und mich jetzt mit auf den Planeten Fusirinon nehmen würde, um dort aus meinem Gehirn eine wundersame Fischsuppe zu kochen, die sie dann genüsslich mit den Füßen aufzusaugen gedachte.

„Pass auf. Das Ganze hat mich eben ziemlich umgehauen, okay? Schließlich ist das alles nicht so einfach für mich… Du hast mich einfach auf dem falschen Fuß erwischt. Aber jetzt hab ich mich soweit wieder gefangen. Also was willst du wissen?"

Ich sah auf die Straße und merkte aus dem Augenwinkel, dass sie mich kurz ängstlich von der Seite ansah, bevor sie ihren Blick wieder neben meinen auf den hässlichen LKW vor uns heftete.

Ich setzte mich aufrecht hin und kaute eine Weile auf den schon so lange gesammelten und gehüteten Fragen rum, die mich so viele Jahre gequält und gegeißelt hatten. Als meine Worte dann endlich meinen Mund verließen, fühlten sie sich seltsam pelzig an: „Warum hast du erzählt, dass sie tot ist? Und was ist damit, dass du und Papa euch bei einer Selbsthilfegruppe für Leute kennengelernt habt, dessen Eltern früh gestorben sind? Wie passt das zusammen? Und warum durfte Maria-Sofia sie kennen lernen, ich aber nicht? Und…"

„Jetzt warte doch mal!", unterbrach mich meine Mutter lächelnd. „Lass mich doch erstmal die ersten drei Fragen beantworten. Vielleicht erübrigt sich der Rest dann von alleine. Okay?"

Ich schluckte unangenehm an den restlichen brennenden Fragen in meinem Hals und hörte sie zischend in meine Magensäure plumpsen.

„Na, gut".

„Erstmal muss ich das erste Missverständnis ausräumen. Die Frau, zu der wir heute fahren, ist nicht wirklich meine Mutter. Also nicht in dem Sinne, wie ich deine Mutter bin."

„Aber ich dachte… Maria-Sofia hat gesagt, sie wäre unsere Oma."

„Ja, das hab ich ihr auch erzählt. Aber es war eben nicht die ganze Wahrheit. Ach, weißt du, manchmal macht man eben Fehler. Gerade als Eltern. Und ganz besonders, wenn es kompliziert wird."

„Und wer ist diese Frau dann?" Meine heruntergeschluckten Fragen stießen mir sauer auf.

„Sie ist die Schwester meiner Mutter. Also meine Tante. Du musst wissen, dass ich mit meiner Mutter nie ein besonders gutes Verhältnis hatte. Wir haben uns oft gestritten. Wir waren eben sehr verschieden. Aber meine Tante habe ich über alles geliebt. Sie wohnte nur ein paar Straßen weiter und egal was für ein Problem ich hatte, ob ein Typ mit mir Schluss gemacht, ich Ärger mit einer Freundin hatte oder Geld brauchte, ich ging damit zu meiner Tante Emilia. Es gab oft Momente, in denen ich mir wünschte, dass ich die Tochter von der anderen Schwester wäre. Der Richtigen. Ich nannte sie heimlich Mami. Nicht

Mama, wie meine Mutter, sondern Mami. Du verstehst?"

Ich nickte, aber das Brennen in meiner Speiseröhre wollte nicht aufhören.

Sie gab Gas und überholte endlichen den kriechenden LKW.

„Und als meine Eltern dann bei dem Autounfall gestorben sind..." Ihre Stimme war plötzlich so schwer, dass ich mich tief in meinen Autositz gedrückt fühlte. „...Hatte ich plötzlich das Gefühl, sie betrogen zu haben, als wenn ich..., ach, ich weiß auch nicht... Deshalb bin ich doch überhaupt zu der Selbsthilfegruppe deines Vaters gegangen." Sie streichelte das Lenkrad als gäbe es ihr Trost.

Ich versuchte meinen Hintern aus dem Sitz zu kratzen.

„Aber dann macht es doch noch weniger Sinn, dass du Maria-Sofia erzählt hast, dass sie ihre Oma ist. Und überhaupt, warum hast du keinen Kontakt mehr mit ihr? Und warum hast du nur Maria-Sofia mit Emilia zusammen gebracht und nicht uns?"

„Immer mit der Ruhe, Luisa. Ich war ja noch nicht fertig. Tante Emilia war nach dem Tod meiner Eltern die einzige Verwandte, die ich noch hatte. Und auch wenn ich gegenüber meiner Mutter Schuldgefühle hatte, bedeutete das ja noch nicht, dass ich Tante Emilia nicht mehr lieb hatte. Sie hat mir durch die schwere Zeit geholfen – genau wie Volker. Das Problem war nur, dass sie ihn überhaupt nicht leiden konnte. Sie war immer der Meinung, er sei eine Vaterfigur für mich und unsere Liebe hätte etwas Perverses. Nicht unbedingt etwas, was man mit Anfang Zwanzig von seiner Ersatzmutter hören möchte. Was du vielleicht nachvollziehen kannst."

Das konnte ich leider besser, als sie es sich vorstellen konnte.

„Als Volker und ich dann heiraten wollten, ist die ganze Sache dann irgendwie eskaliert. Sie kam auf die Hochzeit und hat ihn vor all unseren Gästen beschuldigt, seine Machtposition ausgenutzt zu haben, um mich verletztes, hilfloses, junges Mädchen zu manipulieren und für sich gefügig zu machen. Ich bin vor der Trauung in Tränen ausgebrochen und Volker hat Emilia aus der Kirche geschmissen. Danach hab ich sie nicht mehr gesehen. Wir sind weggezogen und ich musste Volker versprechen, keinen Kontakt mehr mit ihr aufzunehmen. Woran ich mich auch gehalten hab."

„Bis zu Maria-Sofias Geburt."

Ich merkte, wie die irrenden Puzzleteile in meinem Kopf sich zusammenfügten und ein schräges und trauriges Bild ergaben.

„Ja, genau. Damals, bei deiner und Lukas' Geburt, da war das alles noch so frisch. Da fühlte ich immer noch die Wut und die Trauer über ihre Worte und ihr Verhalten in mir aufkeimen, wenn ich an sie dachte. Ich wollte sie bestrafen. Aber als Maria-Sofia geboren wurde, war die Wut verblasst und mir wurde klar, dass ich nicht nur sie bestraft hatte, sondern auch euch. Ich wollte es bei Maria-Sofia besser machen."

„Okay, das verstehe ich. Aber ich hätte das auch damals schon verstanden. Warum hast du uns nicht miteinbezogen? Als Maria-Sofia mir davon erzählt hat, hab ich mich total ausgeschlossen gefühlt. Ich dachte, ich wäre nicht gut genug für meine Oma, oder so."

„Ja, und das tut mir auch leid. Es war einfach kurzfristig gedacht. Aber ich hatte Angst, dass Volker die ganze Sache herausfinden würde, wenn ich euch alle miteinbeziehe. So war es Maria-Sofias und mein Geheimnis - was sie offensichtlich doch nicht so gut gehütet hat, wie ich gedacht hab." Sie lächelte bitter, aber nachsichtig. „So, jetzt weißt du alles. Hast du noch mehr Fragen?"

Ich schüttelte den Kopf. „Nein."

Das Wort hing hilflos und unbedeutend in der Luft und ich hängte noch eins daran, um es auf bedeutenden Boden zu holen, wo es Wurzeln schlagen konnte: „Danke!"

Sie nickte und lächelte, während sie von der linken Spur auf die Rechte wechselte. Und obwohl ich wirklich keine Fragen hatte und sich aus den einzelnen Puzzleteilen ein Bild skizziert hatte, blieb doch ein letztes Teil übrig. Es hätte unbedingt in die einsame Mitte des Puzzles passen sollen, aber egal wie ich es drehte und wendete, es wollte einfach kein vollständiges Bild ergeben.

Den Rest der Fahrt schwiegen wir überwiegend. Wir fuhren immer weiter nach Süden bis wir bei Ulm-West die A8 verließen und über eine Stunde über Landstraßen zockelten. Schlussendlich erreichten wir dann die Kreisklinik Biberach. Auf meine Frage, woher meine Mutter wusste, in welchem

Krankenhaus ihre Tante lag, antwortete sie mir, dass es nur ein Krankenhaus in ihrer Nähe geben würde, in das sich Emilia reintrauen würde und das sei eben dieses hier.

Die Klink war eine Ansammlung von Häusern, die an eine geschlossene Wohngegend erinnerte. Gemütlich schmiegten sich die Bungalowanmutenden Gebäude aneinander und die angrenzende Natur.

Wir parkten unser Auto auf dem dafür vorgesehenen Parkplatz und fragten am Empfang nach einer Emilia Pfortenzia. Und ich hoffte inständig, dass man mich in meinem Bademantelaufzug einfach für eine Patientin hielt. Mit dem Fahrstuhl fuhren wir in die dritte Etage der Kardiologie und das Gesicht meiner Mutter ähnelte immer mehr einer Marmorstatue – kalt, hart, weiß.

Als wir vor Zimmer 209 standen, streckte sie die Hand nach der Klinke aus, ließ sie dann aber in der Luft hängen wie die Hand einer Marionette.

„Willst du nicht reingehen?"

Meine Worte waren die Schere, die den Faden von ihrer Hand entfernte und sie leblos herunterfallen ließ. Sie sah mich an, als wäre ihr jetzt erst klar geworden, dass ich tatsächlich mitgekommen war. Dann schüttelte sie den Kopf, als müsste sie die Realität neu ordnen.

„Doch, klar. Ich sollte nur vielleicht erst mal fragen, was überhaupt mit ihr los ist. Wir sollten einen Arzt suchen." Sie ging davon. Ich sah ihr verwirrt hinterher.

Einen Arzt fanden wir nicht. Dafür aber eine Schwester. Sie sortierte gerade Tabletten auf einem dieser blechernen Wagen.

„Entschuldigen Sie?" Meine Mutter lächelte ihr entgegen, als wolle sie ihr ein paar Blumen abkaufen. „Können Sie uns vielleicht sagen, wie es der Patientin auf Zimmer 209 geht. Ihr Name ist Emilia Pfortenzia."

„Sind Sie mit ihr verwandt?", fragte die Schwester lächelnd und vermischte gelbe und rosa Tabletten in einem kleinen Töpfchen zu bunten Smarties. Die Frage zerriss das Blumenlächeln meiner Mutter in tausend Stücke.

Ich eilte meiner Mutter zur Hilfe und fing die Stücke noch in der Luft auf: „Sie ist ihre Nichte. Und ich, na ja, ich bin ihre

Tochter, also Großnichte oder so was."

„Okay, verstehe." Die Krankenschwester legte die Tabletten zur Seite und widmete uns ihre volle Aufmerksamkeit.

„Also? Wie sieht es aus?", brachte meine Mutter hervor.

„Leider sehr schlecht. Sie hat einen Herzinfarkt erlitten. Wie Sie wissen, war das nicht ihr Erster. Aber wie immer möchte sie sich nicht operieren lassen. Jetzt will sie nicht mal mehr Medikamente nehmen. Sie verweigert jegliche Behandlung. Sie hat aufgegeben."

Die Augen meiner Mutter füllten sich mit Tränen. Ohne ein weiteres Wort ging sie zu Zimmer 209, öffnete es und ging hinein. Ich dankte der Schwester und folgte ihr. Als ich das Zimmer betrat, stand meiner Mutter am Bett ihrer Tante und sah auf sie hinunter. Die Tränen waren verschwunden, stattdessen hatte sie einen erschreckend kalten Gesichtsausdruck. Ich sah auf die alte Frau im Bett, dessen Foto ich immer noch in einem Buch in meinem Zimmer versteckte. Sie hatte die Augen geschlossen und ihr Brustkorb hob und senkte sich unrhythmisch. Sie war deutlich gealtert, aber die Ähnlichkeit schien mich trotzdem anzuspringen wie ein aufgedrehter kleiner Hund und ein unpassend erleichtertes Lächeln kribbelte in meinen Mundwinkeln.

Die fremde Frau in dem Bett bewegte sich fast unmerklich. Sie schien unsere Anwesenheit zu spüren und öffnete die Augen.

„Du bist da!"

Ihre graue Hand rührte schwach in der Luft herum und meine Mutter ergriff sie. Sie lächelte, aber es vermochte den kalten Gesichtsausdruck nicht zu überstrahlen.

„Natürlich bin ich da".

Emilia machte ein Geräusch, dass irgendetwas zwischen einem Lachen und einem Husten zu sein schien und ihre wässrigen, grünen Augen schlichen sich an mich heran: „Und wer ist das?"

Ihre Frage trieb den Dorn in meinem Herzen etwas tiefer in die linke Herzkammer.

„Das ist Luisa. Willst du…", setzte meine Mutter an, als Emilias Körper sich plötzlich unter einem fremdartigem Husten krümmte.

Meine Mutter hielt immer noch ihre Hand und in ihr Eisgesicht schnitzte sich Panik. Verzweifelt versuchte sie Emilia zu stützen und ihr die Last des Hustens abzunehmen.

„Ich geh schnell und hol einen Arzt. Du brauchst Medikamente!"

„Nein", hustete Emilia in die Kissen und schluckte den Husten angestrengt herunter.

„Nein, bleib hier! Ich brauche keine Medikamente mehr. Ich will sie nicht."

„Aber…"

„Da ist noch etwas, was du wissen solltest, mein Kind."

Emilias Stimme knisterte wie zu oft gebackenes Backpapier – brüchig, fein, heiß.

„Nein, Mami. Bitte sei jetzt einfach nur still und ruh dich aus, okay? Ich will nicht, dass du dich anstrengst."

Meine Mutter führte Emilias Hand zu ihrem Mund und küsste sie. Ihre Augen glänzten dabei einen Moment verräterisch und sie schlug die Augen nieder. Als sie sie wieder aufschlug, war ihr Blick wieder kalt und gefasst.

„Es ist aber wichtig!"

Die alte Frau versuchte ihren Kopf zu heben, aber es gelang ihr nicht, so dass er zurück in die Kissen fiel wie ein Stein in einen Teich.

„Mami, bitte. Bleib einfach liegen. Nichts ist so wichtig, dass es nicht noch Zeit hätte, bis es dir wieder etwas besser geht."

Meine Mutter streichelte ihr über das Haar und beugte sich vor, um ihr einen Kuss auf die Stirn zu geben, als Emilias Hand plötzlich vorschnellte und meine Mutter mit so viel Energie an den Haaren zu sich heranzog, dass diese aufjaulte wie ein getretener Hund. Aber Emilia hielt sie weiter mit einer Kraft fest, die ihren Zustand Lügen strafte.

„Jetzt hör mir, verdammt noch mal zu, Kind!", zischte sie so böse, dass ich urplötzlich das Gefühl bekam, ein Eimer glibberiger Schleim würde mir über den Rücken geschüttet – kalt, zäh, langsam.

„Lass mich los!"

Ich hörte die unterdrückte Wut in den Worten meiner Mutter, die älter war, als ich an Jahren zählte.

„Lass mich sofort los!"

Aber sie tat es nicht.

„Da war eine Frau bei mir, Kind! Eine Frau, verstehst du? Sie sucht dich!"

Sie starrte meiner Mutter in die Augen, als wolle sie etwas Unausgesprochenes von den ihren in die meiner Mutter schieben. Und dann hetzte ihr Blick plötzlich zu mir, berührte mich kaum und schnellte sofort wieder zu meiner Mutter zurück, als hätte mein Anblick ihr Brandlöcher in die Augen geschmort. Und meine Mutter hörte urplötzlich auf, sich gegen Emilias Griff zu wehren. Jede Kraft schien aus ihrem Körper gewichen, als hätten Emilias Worte sie aus ihren Knochen gesaugt. Emilia ließ sie los, um mit geschlossenen Augen in den Kissen zu versinken.

Ich sah den Schock im Gesicht meiner Mutter, aber sie sah mich nicht an, sondern wich meinem Blick aus. Als könne sie sich bei meinem Anblick genauso verbrennen wie Emilia.

Die alte Frau öffnete langsam und flatternd die Augen.

„Es tut mir leid", wimmerte sie meiner Mutter entgegen, die sofort wieder bei ihr war und ihre Hand nahm.

„Nein, Mami. Nein. Ich danke dir!" Wieder dieser intensive Blickaustausch, durch den Welten weitergereicht werden konnten.

„Ich liebe dich, mein Kind. Das weißt du doch, oder? Ich habe dich immer geliebt!"

Meine Mutter nickte getroffen und wieder glitzerten die Tränen in ihren Augen: „Ich liebe dich auch, Mami."

Die alte Frau nickte und ihre Gesichtszüge nahmen noch einmal alle Kraft zusammen, um ein Lächeln zu kreieren, bevor sie für immer zusammenfielen und ihre Augen an Licht verloren.

Ich merkte wie von meinem Körper eine Anspannung fiel, die ich vorher gar nicht wahrgenommen hatte und schloss ebenfalls erleichtert die Augen. Meine Mutter war entsetzt einen Schritt zurückgewichen, als hätte der Tod sie beim Holen seiner Beute zur Seite gestoßen und starrte nun fassungslos auf diese leere Hülle, die einmal Emilia gewesen war.

„Nein", flüsterte sie atemlos und ging wieder auf die alte Frau zu. „Nein!" Der panische Ausruf schob sich wie eine Druckwelle durch den Raum und erweckte jedes noch so kleine Staubkorn zum Leben. Nur die alte Frau vermochte er nicht wieder ins Leben zurückzuholen.

Meine Mutter warf sich auf Emilia und schüttelte sie verzweifelt und verhungernd: „Nein! Mama, bitte nicht! Es tut mir alles so Leid! Bitte! Das kannst du mir nicht antun!"

Ich wollte zu ihr gehen, sie in den Arm nehmen und ihr etwas von dem Trost zurückgeben, den ich in all den Jahren von ihr geschenkt bekommen hatte. Aber ich konnte nicht. Ich sah meine Mutter dort mit dem Leid kämpfen und konnte doch nichts anderes als dieses eine Wort lachend über den Leichnam dieser fremden Frau flattern sehen. Sie hatte MAMA gesagt, nicht MAMI!

Die Ärzte kamen und stellten ihren Tod fest. Meine Mutter hatte wieder das kalte Gesicht übergestreift wie der Einbrecher eine Strumpfmaske. Teilnahmslos stand sie dabei als die Ärzte uns erklärten, dass Emilia keinerlei lebenserhaltende Maßnahmen wollte und sie demnach nichts mehr für sie tun konnten. Als sie uns wieder alleine ließen, warf meine Mutter noch einen Blick auf die leere Hülle der Frau, die sie scheinbar mal geliebt hatte und ging einfach hinaus.

Sie ging an den Schwestern vorbei, stieg in den Aufzug, verließ das Krankenhaus und setzte sich wieder ins Auto. Einfach so.

Ich folgte ihr wie eine Hinterherziehente – hölzern, willenlos, blind.

„Hätten wir nicht irgendwas wegen der Beerdigung unterschreiben oder mitnehmen müssen?" Wir waren schon über hundert Kilometer gefahren, aber dieser Worte waren die Ersten, die im Inneren des Autos an der Windschutzscheibe entlang kratzten.

„Darum kümmert sich jemand anderes." Sie starrte bewegungslos weiter nach vorne. Ihr Gesicht eine unendliche Eiszeit.

Ich sah wieder aus dem Fenster und die Windschutzscheibe blieb für den Rest der Fahrt unversehrt.

Als wir zu Hause ankamen, war es nach neun. Mein Vater öffnete schon die Tür, bevor wir ausgestiegen waren.

„Wo zum Teufel wart ihr? Ich bin halb verrückt geworden vor Sorge! Ich hab Maria-Sofia schon bei Sonja untergebracht, weil ich nicht wusste, was mit euch los ist! Warum habt ihr nicht angerufen? Wofür habt ihr denn verdammt noch mal Handys? Damit ihr sie zu Hause liegen lasst?"

Wir stiegen aus und die Eiskönigin schritt ohne ein Wort an meinem Vater vorbei.

„Vicky! Du schuldest mir..."

Seine Worte schlugen mit solcher Wucht in das Rückeneis meiner Mutter, dass sie abprallten wie Gummibälle und meinen Vater mitten in den Bauch trafen – schnell, bissig, zischend.

„Emilia ist tot! Und ich schulde dir gar nichts! Absolut gar nichts!"

Mit diesen Worten ging sie die Treppe hoch und ich schob mich ebenfalls an meinem Vater vorbei. Ich spürte, wie sich sein Blick in dem Frottee meines Morgenmantels verhedderte und verzweifelt versuchte, sich wieder frei zu zappeln. Aber ich ließ ihn darin hängen und hielt den Blick starr nach vorne gerichtet, während ich storchenmäßig die Treppe empor kletterte und mich in meinem Zimmer versteckte.

Ich wollte nur endlich aus meinem Schlafanzug und dem Morgenmantel raus. Ich wollte mich in die Enge einer Jeans flüchten und mich in einen flauschigen Pulli kuscheln.

Und ich wollte raus.

Frische Luft atmen. Den Gestank von Krankenhaus, Tod und den Dunst zwischen Wahrheit und Lüge vom Wind aus meinen Haaren wehen lassen.

Als ich jedoch meine Zimmertür öffnen wollte, um mich raus in die Freiheit zu entlassen, ließ mich ein dumpfes Gefühl inne halten. Ich beugte mich vor, wie ich es als Kind oft getan hatte, wenn ich als Detektiv unterwegs war, und schaute durch das Schlüsselloch. In den dunklen Schatten des Flurs bewegte sich ein anderer dunkler Schatten zuckend von der einen Seite zur anderen. Verharrte an der Treppe, die hinauf zum Schlafzimmer meiner Eltern führte, zuckte wieder in den Flur, um sich schlussendlich auf der ersten Stufe zusammenzurollen. Und ich sah, wie mein Vater sein Gesicht in seinen Händen vergrub und seine Schultern kurz darauf grotesk zu zucken begannen.

Ich prallte von dem Bild ab, als hätten der Schatten seine lange Hand ausstreckt und mich durch das Schlüsselloch von der Tür weg geschubst – hart, schnell, angeekelt. Ich sollte dieses Bild von meinem Vater nicht sehen. Wollte es nicht. Ich rannte einen Moment in meinem Zimmer auf und ab, als würde ich auf diesem Wege einen Ausgang finden, den ich in den letzten 17 Jahren übersehen hatte. Dann blieb ich endlich stehen, schüttelte den Schatten von meinen Schultern und ging zur Tür. Ich drückte die Türklinke, aber um meinem Vater etwas Zeit zu lassen, öffnete ich sie nicht gleich. So als wäre mir gerade noch eingefallen, dass ich etwas vergessen hatte.

Als ich dann durch die Tür trat, sah es so aus, als wäre mein Vater gerade erst die Treppe heraufgekommen. Sein Schauspiel war perfekt, als er mich fragte: „Ach, Luisa? Gehst du noch weg? Ich dachte, du schläfst schon."

Und ich war dankbar für seinen gespielt entspannten Gesichtsausdruck und das schiefe, trainierte Lächeln, das er mir bot.

Ich lächelte genauso trainiert zurück.

„Nee. Ich bin noch verabredet!"

„Okay, aber es ist schon spät. Wann bist du denn wieder zurück?"

„Ich denke, spätestens so um eins, wenn das okay ist?" Normalerweise war das überhaupt nicht okay. Gerade mein Vater war super streng. Unter 18-Jährige hatten um zwölf zu Hause zu sein. Natürlich nur die Mädchen, bei meinem Bruder hatten ja andere Regeln gegolten.

„Ja, natürlich. Viel Spaß und pass auf dich auf!"

„Ja, klar, mach ich!" Und schon flog ich leichtfüßig die Treppe herunter, obwohl meine Füße aus Beton waren. Ich öffnete die Haustür und... schloss sie wieder. Lautlos tappte ich wieder die Treppe hoch und hörte den Schatten die Treppe zum Elternschlafzimmer emporsteigen. Und obwohl der Wunsch nach der Freiheit so groß und zerreißend war, konnte ich nicht verhindern, dass meine Füße die Verfolgung aufnahmen und die

Treppe hinter dem Schatten emporstiegen. Und wieder stand ich hinter einer Tür und lauschte auf etwas, das meine Fragen endlich beantworten würde. Lauschte nach einer spitzen Pinzette, die endlich den Dorn aus meinem Herzen ziehen würde, damit das dadurch hinterlassene Loch sich heilend schließen konnte und ich vergessen würde.

Also drückte ich mein Ohr durch die Fasern des Holzes und saugte die Vibrationen in mich auf, die sanft an der Tür rüttelten.

„Aber es muss doch möglich sein, dass wir darüber reden!"

Die Stimme meines Vaters war ein schwingendes Rauschen – summend, dumpf, fliesend.

„Ist es aber nicht!"

Ein Beil durchschnitt das Rauschen – schnell, hell, schneidend – und das Rauschen wurde umgehend laut und bedrohlich.

„Und was bitte soll ich jetzt machen? Soll ich vielleicht Luisa fragen, was geschehen ist? Unsere Tochter, die eigentlich von der ganzen Sache überhaupt nichts wissen sollte? Die, die du aber trotzdem im Morgenmantel mitgenommen hast?"

„Ja, mach das doch! War ja auch alles genau so geplant! Aber bevor du mit ihr sprichst, solltest du dich vielleicht fragen, was für eine Geschichte ich ihr erzählt habe. Nicht dass du nachher bei all den Lügen durcheinander kommst."

Die Worte fielen abrupt in eine abgrundtiefe Stille, ohne je irgendwo aufzuprallen.

„Ich versteh dich einfach nicht…", sagte mein Vater in die Stille hinein. „Ich…", den Rest seiner Worte hörte ich nicht, da sie von anderen Worten überlagert wurden, die aus allen Ecken auf mich zustürzten. Längst vergessene, verschlossene, weggesperrte Worte, die mich neckten, reizten und bedrängten. Worte, die der Dorn in meinem Inneren auf die Innenseite meines Herzen ritzte. Ich wollte diese Worte nicht hören, wollte sie abschütteln wie einen widerlichen Käfer, der sich in deinem Haar verfangen hat. Ich wollte die blutige Schrift nicht lesen. Ich wollte die geflüsterten Worte nicht hören. Ihre Bedeutung nicht wissen.

Also rannte ich.

Ich rannte die Treppe herunter, rannte aus dem Haus, rannte

die Straße herunter und von da immer weiter. Ich rannte bis ich nicht mehr konnte, bis ich die Worte hinter mir gelassen hatte und ich die dadurch entstandene Lücke mit Tränen füllen konnte.

Und ich weinte.

Ich weinte, weil ich die Fragen nicht mehr ertragen konnte.

Ich weinte, weil ich die Antworten nicht glauben durfte.

Und ich weinte, weil ich mich an das letzte Mal erinnerte, als ich so gelaufen war. An das Glück, was ich danach gewonnen und wieder verloren hatte. Für immer.

Ich weinte und rannte, bis ich plötzlich stehen blieb und in mich zusammenfiel wie eine Schaumburg unter der Dusche – ohne Substanz, bedeutungslos, im Abfluss verschwindend. Ich kuschelte mich an eine kleine Vorgartenmauer und ließ mich von dem Moos zwischen den Gehwegplatten trösten. Ich sah mich in der fremden Straße um, die mit ihrem kalten Licht an meiner Seele kratze und verlorene Einsamkeit legte sich über meine blutende Seele wie eine sterile Mullbinde und hüllte mich schützend ein. Ich fühlte mich seltsam leicht und frei, als hätte die Einsamkeit Flügel, auf die man sich legen und bei jedem Flügelschlag den Wind auf der Haut spüren kann - erfrischend, schwerelos, weich. Aber die Flügel der Einsamkeit sind tückisch. Denn ihre Federn sich schlüpfrig und klein, und wenn man den Halt verliert, fällt man ungebremst in die Tiefen des Schicksals. Und dort ist dann niemand mehr, der einen auffängt.

Also stand ich auf und hielt meine Füße fest verankert auf dem Boden. Krallte meine Zehen in die Betonritzen und schob mich vorwärts. Und plötzlich stand ich vor diesem Haus. Die Lichter der elektrischen Laternen links und rechts an der Haustür gingen einladend an, als ich daran vorbeiging.

Ich kannte dieses Haus.

Ich war als Kind oft hier gewesen, auch noch als Teenager. Aber nun war mein letzter Besuch bestimmt mehr als zwei Jahre her. Hier in diesem kleinen Idyll der Bonner Vorstadt wohnte Björn. Mein ehemals bester Freund. Wir hatten uns nicht gestritten oder angeschrien, sondern die Hände, die einander früher so fest gehalten hatten, hatten sich an irgendeiner Stelle der Geschichte einfach losgelassen. Sie hatten sich noch gewunken und gegrüßt, aber irgendwann andere Hände gehalten und sich ganz verloren.

Ich weiß nicht, warum ich hier gelandet war. Vielleicht weil der Weg zu ihm nach Hause so in meinem Gehirn verankert war, dass ich ihn automatisch gelaufen war. Vielleicht weil dieses Haus mir manchmal mehr ein zu Hause gewesen war, als unser eigenes. Vielleicht auch einfach weil er mir fehlte. Weil ich nach Lukas' Weggang niemand mehr hatte, mit dem ich wirklich reden konnte. Keinen, dem ich uneingeschränkt vertraute. Und weil ich das mehr als alles andere brauchte.

Aber ich konnte nicht mitten in der Nacht dort klingeln. Ich konnte nicht einfach dort anfangen, wo alles aufgehört hatte. Ich konnte nicht einfach wieder nach seiner Hand greifen und sie festhalten. Ich konnte nicht….

„Luisa!"

Da stand er. In einem Anzug. Die blonden Haare wirr um seinen Kopf, obwohl er sie offensichtlich versucht hatte, mit Gel zu bändigen. Er schien Aus gewesen zu sein. War einem sozialen Leben nachgegangen, das ich so nie geführt hatte. Er war viel größer, als ich ihn in Erinnerung hatte, obwohl ich ihn immer noch fast jeden Tag in der Schule begegnete. Er sah mich an. Sah mir in die Augen und die Tränen liefen über mein Gesicht. Ich fühlte mich so klein, dass er mich mit einem Schritt hätte zertreten können – knirschend, mahlend, tausendfach. Und er nahm einfach meine Hand und ging mit mir ins Haus.

Sein Zimmer hatte sich verändert. Früher hatte Björn in seinem kleinen Zimmer total auf schwarz gesetzt. Er hatte wohl gehofft, dass die dunkle Farbe auf seinen sonnigen und offenen Charakter Einfluss nehmen würde. Aber nun hatte er scheinbar eingesehen, dass er so wie er war, besser als viele andere Menschen war. Die Möbel waren weiß, futuristisch und schön. Und obwohl alles so anders wirkte, war es doch immer noch dasselbe. Wir saßen uns gegenüber als wäre es nie anders gewesen. Als wären wir immer noch acht Jahre alt und unser einziges Problem wäre, dass wir es einfach nicht schafften, unser Baumhaus im Wald wasserdicht zu bekommen.

Er erzählte mir, dass er gerade ein ziemlich schräges Date mit einem Mädchen gehabt hatte, mit dem er nun schon eine Weile zusammen war. Sie hatte ihren besten Freund dabei gehabt, um die beiden endlich miteinander bekannt zu machen. Dabei hatte sich aber herausgestellt – wie er seiner Freundin wohl schon von Anfang an gepredigt hatte -, dass der junge Mann furchtbar in seine Freundin verliebt war. Wir lachten über die hilflosen Versuche des armen Jungen, die Aufmerksamkeit des Mädchens von Björn ab und auf sich selbst zu lenken. Und trotzdem rannen mir ununterbrochen die Tränen übers Gesicht. Er stand auf, setzte sich neben mich und legte mir den Arm um die Schultern. Ich lehnte mich an ihn, wie ich es vielleicht eigentlich bei meinem Bruder hätte können müssen und er gab mir einen Kuss auf den Scheitel. Und ein Schluchzer durchfuhr mich von den Füssen bis zu dem eben geküssten Scheitel.

„Willst du mir jetzt endlich erzählen, was eigentlich los ist?" Seine Worte zogen die Mullbinde von meiner offenen Seele und ich nickte. Und ich erzählte ihm alles. Und die Worte flogen aus meinem Mund, wie ein Schwarm Hornissen – hungrig, gierig, gefährlich. Sie erfüllten den Raum, setzten sich auf seine Schränke und legten sich neben uns aufs Bett. Sie krochen in die Ecken und brummten ohrenbetäubend. Worte gefüllt mit Lügen, Geheimnissen und Waffen. Worte wie Liebe, Hass und Lukas.

Als ich geendet hatte, verebbte das Summen der Hornissen und Stille legte sich über uns wie Ascheregen. Björn stand auf und strich sich nervös durchs Haar und ich wünschte mir, all diese Wörter wieder einzufangen, herunterzuschlucken und nie wieder herauszulassen.

„Was für eine krasse Scheiße, Luisa!", sagte er nur und seine Mundwinkel tanzten ein verhaltenes Lächeln, das nicht wusste, ob eine tollkühne Drehung nach oben angebracht war oder nicht. Als ich ihn da stehen sah mit den Händen in den Hüften, dem Schweiß auf der Stirn und dem irren Blick, platze ein Lachen vor meine Füße. So übermütig, dass es gemeinsam mit Björns Lachen in mehreren wilden Pirouetten endete, bis uns schwindelig und übel war. Und wieder hielt ich seine Hand in meiner und ich schwor, sie nie wieder loszulassen.

Wir redeten nie wieder darüber. Er hatte keine Ratschläge oder kluge Tipps, die mir nicht weiterhelfen konnten, aber er wusste es. Und das war das Einzige, was ich wirklich brauchen konnte.

Rebecca 1978

Ich hatte das kleine hübsche Mädchen von Cordula Gundlar gesäubert und hielt es nun schlafend im Arm, als ich das Zimmer ihrer Mutter betrat. Samuel war gerade mit der letzten Untersuchung fertig und redet auf die immer noch weinende Mutter ein. Ich strahlte sie an und hielt ihr ihre Tochter entgegen.

„Hier, der kleine Engel wird Sie sicher aufheitern. Wenn Sie sie erstmal im Arm halten, wird alles gut werden."

Aber Cordula schüttelte verquollen den Kopf. „Nein, ich möchte sie nicht halten. Nehmen Sie sie weg! Ich kann nicht!"

Entsetzt wechselten Samuel und ich einen Blick.

„Sind Sie sicher?"

Ich konnte nicht fassen, was ich da gerade gehört hatte. Wir hatten zwar schon einmal einen Fall von Postnataler Depression in der Klinik gehabt, aber dennoch erschien mir das jetzt absurd und völlig unpassend.

Aber Cordula nickte.

„Ich kann einfach nicht! Ich weiß, dass sie wunderschön ist und klein und hilflos. Aber ich kann es nicht!"

„Ist es wegen ihrem Mann?"

Samuel hatte sich einen Stuhl an ihr Bett gezogen und setzte sich darauf, während ich das winzige Fliegengewicht weiter in meinem Arm hielt und versuchte ihr Mutternähe vorzutäuschen.

„Er wird mich umbringen! Er wollte einen Jungen, aber jetzt ist es ein Mädchen! Er wird mich umbringen! Es wäre besser, sie wäre tot! Wir beide wären tot!"

„Das dürfen Sie nicht sagen! Dieses kleine Geschöpf hier ist wunderbar! Diese kleinen perfekten Finger, dieser Mund…"

„Hören Sie auf!", unterbrach sie mich schreiend. Und als sie weiter sprach, war ihre Stimme schneidend. „Meinen Sie, ich weiß das alles nicht? Und trotzdem macht sie mein Leben noch schlimmer. Noch grausamer! Ich wollte kein Kind! Ich bin 21! Ich wollte noch warten. Aber er. Er hat mich gezwungen! Hat mir meine Pille weggenommen und mich immer wieder vergewaltigt! Er wollte unbedingt einen männlichen Nachkommen! Und nun ist es ein Mädchen!" Sie lachte bitter.

Samuel nahm ihre Hand. „Wenn Sie wollen, dann helfen wir Ihnen. Es gibt Frauenhäuser..."

„Sie verstehen nicht! Er wird mich immer finden! Und so süß sie auch ist, sie erinnert mich an diese furchtbare Zeit. Wie soll ich sie da richtig lieben? Das geht einfach nicht! Sie hat mein ganzes Leben zerstört!" Sie starrte aus dem Fenster. „Als ich Guido vor drei Jahren kennen gelernt hab, war er ein lustiger, netter Kerl. Ich war 18 und hab mich sofort in ihn verknallt! Drei Monate später sind wir ausgerissen und haben geheiratet. Aber dann hat er keinen Job gefunden und hat sich diese fixe Idee von einem Erben in den Kopf gesetzt. Er hat nur noch getrunken und angefangen, mich zu kontrollieren. Irgendwann hat er mich dann das erste Mal geschlagen, als ich meine Periode bekam. Und dann hörte er nicht mehr damit auf."

„Aber es muss doch eine Möglichkeit für Sie geben. Irgendeine." Ich konnte nicht akzeptieren, dass sie dieses Glück, das ich hier in meinen Armen hielt, einfach nicht haben wollte.

„Nein!" Sie sah mich wieder mit diesem klaren Blick an. „Ich will dieses Kind nicht und ich will mein Leben nicht!"

„Und was ist mit Ihren Eltern?" Samuel hielt immer noch ihre Hand. Und ich merkte, wie mir dieser Anblick die Kehle zuschnürte.

„Ich wäre wohl kaum mit 18 abgehauen, wenn das Verhältnis rosig wäre, oder?"

Samuel nickte.

„Ich wünschte einfach, ich könnte neu anfangen. Ich will eine Ausbildung machen. Ich will einen Mann kennen lernen, den ich lieben kann. Und ich will frei sein! Aber ich habe kein Geld und jetzt auch noch ein Kind! Wie soll das denn nur weitergehen."

„Was ist mit Adoption?" Ich sah das kleine Wesen in meinem Arm an und Tränen stiegen in mir hoch.

„Da müsste Guido einwilligen. Meinen Sie, das würde er tun?" Wieder dieses bittere Lachen. „Nein. Lieber bringt er uns beide um!"

Luisa 1999

Rennende Standhaftigkeit

Das Leben ist eine unendliche Ansammlung von Spuren. Alles was wir tun, überall, wo wir waren, hinterlassen wir Spuren. Spuren im Schnee, im Sand, im Gras, oder im Staub. Manche sind scheinbar vergänglich, auslöschbar, aber trotzdem haben sie Unruhe hinterlassen – unsichtbar, ungreifbar, immer noch existent. Und wir sehen sie nur nicht, weil wir nicht wissen, wo wir überall suchen sollen.

Zum fünfundvierzigsten Geburtstag meiner Mutter kam er endlich wieder nach Hause. Ich hatte Lukas jetzt schon fast ein Jahr nicht mehr gesehen. Meine Eltern und Maria-Sofia hatten ihn in der Zeit zweimal in seiner neuen Wohnung in Berlin besucht, aber ich hatte immer eine Ausrede gefunden, nicht mitzufahren. Ich hatte gerade das Abitur mit einer passablen 1,8 hinter mich gebracht und freute mich auf mein Studium der Psychologie und Kunstgeschichte an der Uni Bonn. Mein Leben hatte sich verändert. Ich führte ein Leben, wie die meisten Teenager in diesem Alter. Ich ging aus, hatte Freunde, die eigentlich keine waren und lebte von einem Tag auf den anderen. Die vielen Partys, auf die mich Björn und seine Freundin Sabrina schleppten, ließen mich vergessen, dass ich niemals über Lukas hinweg kommen würde. Ich flirtete mit anderen Jungs und genoss die Aufmerksamkeit, obwohl ich sie immer auf mindestens einen Fingerbreit Abstand hielt. Zu viel Nähe stieß mich ab. War für mich unerträglich. Zu viele Erinnerungen klebten an meiner Haut. Gelbbraune Zähne, schmierige Hände, verrenkte Gliedmaßen in einem stinkenden Keller. Und Lukas. Lukas, den ich nicht vergessen konnte, der aber weit weg war – unerreichbar, neblig, Fata Morganisch.

Aber dann stand er plötzlich vor der Tür. Groß, breit, wunderschön und echt. Greifbar nah. Er war nicht allein, sondern ein hübsches Mädchen stand hinter ihm und hatte die Arme um ihn geschlungen.

„Hey Luisa", sagte er nur und ging an mir vorbei.

Seine Freundin blieb bei mir stehen, lächelte freundlich und streckte mir die Hand entgegen. „Hi, ich bin Isabelle. Du kannst mich gerne Isa nennen. Ich bin Lukas' Freundin. Ist ja wieder typisch, dass er mich nicht vorstellt. Aber du kennst deinen Bruder ja wohl."

Sie lachte einmal glockenhell auf, als wäre eine Triangel auf einen Steinboden gefallen, und ging an mir vorbei ins Haus. Ich blieb stehen. Immer noch die Türklinke in der Hand, mit der Hoffnung, die Fata Morgana würde sich gleich wieder in Luft auflösen. Aber ja, ich kannte meinen Bruder und ich wusste, was dieses Schauspiel zu bedeuten hatte: Er liebte mich immer noch.

Die Feier meiner Mutter fand im Garten statt. Die halbe Nachbarschaft war da und ich half die Gläser einzusammeln, kleine Snacks zu reichen und die Leute zu unterhalten. Und bei jedem Schritt spürte ich seinen Blick auf mir. Auf meinen Haaren, meinem Kleid, meinen Händen. Wenn ich zu ihm rüber sah, triangelte sich seine Freundin meist über irgendetwas kaputt. Während sie die Finger nicht von ihm lassen konnte und einen Sekt nach dem anderen hinunterkippte. Sogar wenn sie ihn küsste, sah er zu mir herüber, als hätte er Angst, ich könnte mich in Luft auflösen, sobald er die Augen schloss. Sein Verhalten widerte mich an, aber trotzdem glühte ich unter seiner Aufmerksamkeit wie eine Solarlaterne – speichernd, erinnernd, langlebig.

Irgendwann saßen die restlichen Gäste, sowie meine Eltern um ein Lagerfeuer herum und grillten Marshmallows an Stöcken. Alle waren betrunken. Isas Triangel leierte vor sich hin und sogar meine Eltern schienen, als hätten sie wirklich Spaß miteinander. Nach und nach leerte sich das Lagerfeuer, bis nur noch wir drei um die Glut herum saßen.

„Ich bin voll müde, Hasi. Lass uns pennen gehen, okay?"

Die Triangel wurde nur noch mit einer geschälten Banane

geschlagen – matschig, dumpf, uneffektiv.

„Dann geh doch."

Sein Blick brannte sich heißer in mein Gesicht, als es jede Glut vermocht hätte.

„Ach, komm schon", quengelte die bananenbematschte Triangel „Du willst mich doch etwa nicht allein in deinem Bett schlafen lassen. Ist doch alles so fremd hier für mich."

„Verpiss dich, Isa!", sagte er und ich starrte meinen Marshmallow an, als lese ich darin die Zukunft.

„Okay", triangelte Isa leichthin. Stand taumelnd auf und verschwand im Haus.

Ich sah ihr hinterher, weil ich mich nicht traute, in sein Gesicht zu schauen. Als ich es dann doch tat, ließ mich sein klarer Blick taumeln, als wäre ich gegen eine frisch geputzte Fensterscheibe gerannt.

„Hasi also." Ich bemühte mich einen gleichgültigen Tonfall anzuschlagen und zog die Augenbraue hoch.

„Ja, Hasi."

Seine Stimme wechselte von weich zu hart, als kämpften Engelchen und Teufelchen auf seinen Schultern.

„Dabei ist sie doch wohl eher das Häschen. Nicht wahr?"

Ich merkte wie die Eifersucht und Wut in mir aufstieg wie Zuckerguss –klebrig, süß und viel zu dick.

„Ja, das stimmt. Allerdings hat sie scheinbar keinen guten Fluchtinstinkt."

Sein rechter Mundwinkel schob sich einen Millimeter nach oben.

„Nein, den hat sie wirklich nicht."

Ich lächelte kurz und wendete meine Aufmerksamkeit wieder dem Marshmallow zu. Die tropfende Masse war ähnlich dem Schweigen zwischen uns – zäh, verbrannt, heiß.

„Wie geht es dir?" Die Traurigkeit dieser Worte ließ meinen Zuckerguss zusammenschmelzen.

Ich sah ihm in die Augen. Hielt ihn fest. „Mir geht es gut."

„Das ist schön."

Ich nickte. „Und dir? Wie geht es dir?"

„Beschissen."

Ich nickte wieder. Und die Stille zwischen uns war klirrend

und hart. Wie aus Glas. Und er zerschlug es mit Buchstaben für die Ewigkeit.

„Du bist so wunderschön. Irgendwie noch schöner als vor einem Jahr. Dein Haar ist länger und du bist... Ja, du bist erwachsen. Erwachsen und so schön."

Ich lächelte: „Du auch."

„Ich bin nicht schön. Ich bin ein Kerl, verdammt. Kerle sind nicht schön!", flappste er zurück und für eine Sekunde waren wir wieder die, die wir waren. Bruder und Schwester, Vertrauter und Vertraute, Geliebter und Geliebte. Bis meine Worte die Illusion verschlug.

„Doch du bist schön. Du bist das Schönste, was ich kenne, Lukas. Es gibt nichts Schöneres für mich. Wird es niemals geben."

Jetzt war er mit Nicken dran. Er sah auf den Boden und ich wusste, dass er mit den Tränen kämpfte.

„Ich vermisse dich, Luisa. Ich vermisse dich so unendlich, dass ich verrückt werde. Manchmal ist es so, als wäre alles in mir aus Stein. So schwer und hart, dass es mich schon Überwindung kostet, einen Fuß vor den anderen zu setzen. Und dieser Stein wächst von Tag zu Tag und manchmal hab ich das Gefühl, dass meine Haut einfach zerreißen wird, weil er so groß geworden ist. So fühlt es sich an."

Wieder nickte ich. „Ich weiß, was du meinst." Und der Schmerz zerriss mein Inneres in Konfetti, warf es in die Luft und ließ es langsam zu Boden rieseln. Und die Stille zwischen uns vibrierte wie ein Lautsprecher bei 1000 Hz – durchdringend, tief, bebend.

„Es tut mir leid." Er malte mit seinem Fuß Welten ins Gras. Und plötzlich stand ich neben ihm. Er sah zu mir hoch und die Spannung zwischen uns explodierte brodelnd wie ein Vulkan. Als sich unsere Lippen berührten, ergoss sich die Lava über uns und wir verschmolzen unter der Hitze ineinander – glühend, lechzend, heiß. Für einen Moment fühlte ich mich wieder ganz, einheitlich und vollständig. Ein erleichterndes Gefühl von Zuhause durchströmte mich und ich klammerte mich an ihn, wie ein Koala an seine Mutter. Er hielt mich so fest, dass es mir den Atem aus der Lunge presste, aber ich wollte unter keinen

Umständen, dass er mich wieder los ließ.

Mich wieder alleine ließ.

Mich wieder zurück ließ.

Aber er ließ mich los.

So abrupt und hart, dass ich es reißen hören konnte.

„Wir dürfen das nicht!", sagte er atemlos und stand auf. Er vergrub seine Hände in seinen Hosentaschen, als könne der Stoff verhindern, dass er mich wieder anfasste.

„Ich weiß."

Ich saß dort auf dem Boden, wo er mich hingeworfen hatte – verloren, verschmäht, zerrissen – all meine Hoffnung, Liebe und Sehnsucht floss aus diesem riesigen Loch, das er gerissen hatte und versickerten im Boden wie geronnenes Blut.

„Es tut mir leid."

Und er drehte sich um und ging ins Haus. Ich blieb zurück und sah zu wie mein Glück den Boden nährte.

Ich sah ihn danach nicht mehr. Am nächsten Morgen stellte ich mich krank, was bei dem Alkohol der geflossen war, niemanden verwunderte. Dass ich kaum etwas getrunken hatte, wusste keiner. Ich blieb einfach in meinem Bett liegen, die dicke Daunendecke auf mir liegend wie Stein. Ich stand nicht auf, um mit meiner Familie zu frühstücken, oder aufzuräumen. Und ich stand auch nicht auf, als ich hörte, wie Lukas mit seiner Freundin und meinem Vater das Haus verließ, um sich zum Bahnhof fahren zu lassen. Denn ich war wirklich krank. Mein Körper kämpfte gegen die immense Wut an, die in mir hoch schleuderte wie Erdbeerbaum Honig – zäh, klebrig, bitter. Ich wehrte mich. Wollte nicht davon kosten, weil ich Angst hatte, an dem bitteren Geschmack gefallen zu finden. Weil ich Angst hatte, mich darin zu verlieren und kleben zu bleiben. Ich wollte diese Wut nicht. Ich wollte seine Liebe. Aber er wollte sie nicht. Er hatte mich weggeworfen wie einen schlechten Jogurt – sauer, klumpig, grau. Und ich spürte wie der Honig schleuderte. Sich in meine Zellen presste und über mein Herz legte. Und als ich endlich bereit war, davon zu kosten, war die Konsistenz warm, weich und wohltuend. Und ich legte mich gierig hinein, ließ mich davon umspülen und tauchte ein in den scheinbar sicheren Hafen von

Wut und Hass.

Zwei Wochen später hatte ich meinen Abiball. Auch diesmal konnte ich nicht verhindern, dass meine Mutter mich in ein teures Geschäft schleppte und mir ein Kleid kaufte. Aber diesmal konnte ich meinen Wunsch nach schwarz durchsetzen. Es war Bodenlang, tailliert und aus Chiffon. Es hatte keine Träger und war auch sonst schlicht, aber elegant. Trotzdem freute ich mich nicht auf diesen Abend. Ich wollte es einfach nur hinter mich bringen, um einen großen goldenen Schlüssel in diesen Lebensabschnitt zu stecken, ihn mehrmals umzudrehen und nie wieder zu öffnen. Und Lukas sollte ebenfalls hinter dieser Tür verschwinden.

Also schwang ich am Morgen des Balls die Beine nur deshalb hoch motiviert aus dem Bett, weil ich wusste, dass so der Tag ein schnelleres Ende finden würde. Es war schon fast ein Uhr und meine Eltern hatten mich nach dem Abijoke am Abend zuvor schlafen lassen. Ich schlich mich also träge durch das Haus in die Küche, um irgendetwas Essbares abzugreifen, als ich ihn da auf dem Tisch liegen sah – groß, schnörkelig, eisern – Der Dachbodenschlüssel. Er lag da einfach so, als hätte er nie etwas anderes getan. Als wäre es das Natürlichste auf der Welt.

Aber ich und der Schlüssel wussten, dass es nicht so war. Wir wussten, dass wir nie miteinander Bekanntschaft gemacht hatten. Dass er ein Schatz war, den meine Mutter hütete wie ein Strauß sein Straußenei – aggressiv, wild, wissend. Lukas und ich hatten ellenlange Nachmittage damit verbracht, das geheime Versteck dieses Schlüssels zu ergründen, weil wir unbedingt wissen wollten, was sich hinter der mysteriösen Klappe in der Decke des Obergeschoßes befand. Es war uns verboten dort Einlass zu erlangen, weil es angeblich zu gefährlich war. Und weil dort auch angeblich nichts zu finden war. Was Lukas und ich natürlich bezweifelten. Tatsächlich verschwanden auf diesem Dachboden vor allem unsere alten Spielzeuge und Dinge, die meine Eltern nicht wegwerfen wollten, aber nicht mehr benötigten. Meine Mutter hatte uns immer über die Fracht, die mein Vater oder sie nach oben brachten, ausführlich informiert, damit wir nicht das Gefühl hatten, sie versteckten irgendetwas vor uns. Damit wir sicher sein konnten, dass sie uns nur von dem Dachboden fern hielten, weil sie uns schützen wollten. Aber wir glaubten ihnen nicht. Sie versteckten dort oben etwas. Da waren wir sicher.

In unserer kindlichen Fantasie hielten meine Eltern dort ein wunderliches Monsterkind. Bewacht von einem fünfköpfigen Drachen, der Feuer und Lava spie, sobald man die Luke öffnete und den Kopf hineinsteckte. Und der Schlüssel war in Wirklichkeit ein Schwert. Das einzige Schwert, das vermochte den Drachen zu bändigen und zu töten. Und manchmal ist es erschreckend, wie viel Wahrheit in den Geschichten steckt, die wir mit unserer Fantasie erfinden.

Und jetzt, nach all den Jahren, lag der Schlüssel einfach vor mir. Wie in einem schlechten Film sah ich mich um, weil ich befürchtete, jemand würde mich beobachteten und der Schlüssel wäre nur eine gemeine und hinterhältige Falle. Aber da war niemand.

Wir waren allein.

Ich und der Schlüssel!

Zögerlich griff ich danach. Er war schwerer als ich gedacht hatte und fühlte sich kühl und sicher in meiner Hand an.

Bedächtig stieg ich unsere Treppe hoch. Die mysteriöse Klappe befand sich etwa einen Meter vor meiner Zimmertür. Die Leiter, die man benötigte, um an den Griff der Klappe zu reichen, stand im Bügelzimmer meiner Mutter. Ich kämpfte mich an den Wäschebergen vorbei und platzierte die Leiter direkt unter der Klappe. Bei jeder Sprosse merkte ich, wie meine Aufregung dumpfer und andächtiger wurde. Wie als erwarte mich auf der anderen Seite der Klappe eine andere, bessere Welt.

Mit zitternder Hand schob ich den Schlüssel über meinen Kopf in die kleine Öffnung in der Decke, drehte ihn und hörte das Klacken des Schlosses in 100-facher Potenzierung in meinem Kopf widerhallen. Die Klappe fiel mir gefährlich schnell entgenen und zum Vorschein kam die herunterziehbare Leiter, die mich direkt in die neue, unbekannte, verbotene Welt geleiten würde.

Staub hüllte mich verwunschen ein wie Feenglitter. Doch ein Blick in den dunklen Schlund des Dachbodens ließ mich dennoch frösteln. Ich huschte in mein Zimmer und holte eine Dekolaterne mit einem Teelicht, die auf meinem Regal gestanden hatte, zündete sie an und wagte mit ihr in der Hand den Aufstieg.

Als ich den Kopf in die Dunkelheit schob, fauchte mich kein sechsköpfiger Dache an, sondern es empfing mich nur die träge und dumpfe Luft eines alten Raumes.

Ich kletterte hinein und versuchte mit meiner Laterne in die Ecken zu leuchten. Ich fühlte mich wie ein Dienstmädchen um 1900 herum, das hinter die Geheimnisse ihrer Herrschaften kommt.

Eine Sekunde schoss mir durch den Kopf, was passieren würde, wenn meine Eltern plötzlich wieder nach Hause kämen. Ich redete mir ein, dass es nicht von Belang war. Schließlich wollten sie ja nur aus Sicherheitsgründen, dass ich den Dachboden nicht betrat. Demnach wäre alles gut, sobald sie sähen, dass ich mich sicher und bedächtig bewegte und mich absolut nicht in Gefahr befand. Es sei denn die Gefahr ging von etwas anderem aus. Etwas, was hier wartete und nicht gefunden werden durfte.

Der Raum war bemerkenswert leer. Die Staubweben hingen von den Dachbalken und bewegten sich unheilvoll in dem unbekannten Luftzug, der aus der Luke emporstieg. An einer Seite konnte ich die Umrisse meines alten roten Schaukelpferdes ausmachen, mit dem ich mich einmal überschlagen hatte und auf das ich danach nie wieder aufgestiegen war. Dahinter standen zahlreiche Umzugskartons, die wohl die Dinge enthielten, die Lukas und mir ausgiebig gezeigt worden waren. Alte Klamotten, aus denen wir zu schnell rausgewachsen waren, verschmähte Spielzeuge, die trotzdem emotionalen Wert besaßen. Wie etwa der Holzhund, den mein Vater meinem Bruder eigenhändig geschnitzt hatte, den Lukas aber nicht einmal an seiner Kordel durch das Haus gezogen hatte, weil das eine Rad hinterherhinkte. Oder die Trommel, dessen Fell gcrissen war, als wir versucht hatten zu Weihnachten gemeinsam „Stille Nacht, Heilige Nacht" zu singen. Wir waren am Ende alle völlig durchgedreht, weil wir einfach nicht in der Lage waren, auch nur einen Ton gleichzeitig auf Flöten, Glockenspiel und Trommel zu vereinen und hatten laut lachend auf die Trommel meines Bruders eingeschlagen. Ich musste bei all diesen Erinnerungen lächeln und verstand, warum meine Eltern diese scheinbar wertlosen Dinge behalten hatten. Sie halfen zu erinnern. Waren Spuren, die man nicht verwischen lassen wollte.

Auf der anderen Seite, auf der rechten, stand nur ein einzelner Karton. Es war kein typischer Umzugskarton. Er war größer und nicht so quadratisch. Ich ging gebückt darauf zu und hinterließ meine unverwechselbaren Spuren im Staub.

Der Karton war alt und trug die dicke Staubschicht wie einen schweren Mantel – verhüllend, schützend, versteckend. Er war vor Jahren mehrmals mit Paketband zugeklebt worden, aber die Zeit hatte den Kleber und die Pappe mürbe gemacht. Ich strich ehrfürchtig den Mantel beiseite, der sich im Schein meiner Laterne in hundert tanzende Flocken verwandelte. Vorsichtig drückte ich auf das Klebeband und es gab den Karton bereitwillig frei. Der Inhalt war sorgfältig in Tüten von Aldi und Karstadt geschlungen worden, die unwirklich knisterten, als ich sie öffnete. Blind faste ich in die Tüte und holte eine kleine, weißrosa Baby-Tragetasche hervor. Sie war so winzig, dass sie für eine Puppe gereicht hätte, aber die Art wie sie verziert war – die kleinen selbstgestickten Blümchen auf der Decke, die zarten Einbuchtung auf dem Kissen – machte mich sicher, dass darin niemals eine Puppe gelegen hatte, sondern ein Kind.

Ein sehr kleines Kind.

Ein winziger, zarter, hilfloser Säugling.

Warm und liebevoll gebettet.

In der anderen Tüte befanden sich weitere kleine Hinweise darauf, dass dieser Karton einem Baby gehört hatte. Zwei selbstgehäkelte rosa Babyschühchen, dessen weiße Schnürriemen mir viel zu lang entgegen winkten; Ein winziges Lätzchen, das wohl früher mal ein Stofftaschentuch gewesen war; Eine selbstgestrickte Wolldecke und ein kleiner winziger Frosch. Nicht größer als mein Finger, aber mit so einem schiefen, charmanten Lächeln, dass es ansteckend war. Und all diese Sachen hatten fein säuberlich gestickte Initialen: I. C. Zwei Buchstaben, die auf keinen in meiner Familie passten.

Bei der Zeugnisübergabe fühlte ich mich noch immer seltsam betäubt. Als ob der Staubmantel sich nun um mich gewickelt hätte. Unwillkürlich fasste ich mir an meinen kleinen, schwarzen Beutel, den ich den ganzen Abend nicht abgelegt hatte, und konnte darin das grinsende Gesicht des winzigen Frosches fühlen, der nicht mir gehörte. Ich hatte meine Fundstücke wieder fein säuberlich in die Tüten gewickelt und wieder in den Karton gelegt, aber der kleine Frosch war neben mich gekullert und hatte sich in all dem Staub vorwitzig und bittend an mich gelehnt. Ich hatte es ihm nicht abschlagen können und befreite ihn aus dem dunklen, staubigen Gefängnis und nahm ihn mit. Ich legte den Schlüssel wieder auf den Esstisch und ging in mein Zimmer. Setzte das kleine Fröschlein auf mein Bett und starrte ihn an. Und als wir uns auf den Weg zum Abiball machten, steckte ich ihn in den kleinen Beutel, als wäre ich ihm, nach all den Jahren Einsamkeit, Gesellschaft schuldig.

Ich stand dort auf der Aulabühne, im Hintergrund eine schäbige Kopie des Apocalypse Now Film Plakats von 1979, auf dem die Hubschrauber durch die aufgehende Sonne fliegen, mit dem Titel Abicalypse Now und nahm mein Zeugnis entgegen. Dabei ließ ich meinen Blick über die zahlreichen Menschen hüpfen, die die Aula füllten und so taten, als interessierte sie das Geschehen auf der Bühne wirklich. Ich suchte etwas.

Etwas Bekanntes.

Etwas Vertrautes.

Etwas Geliebtes.

Lukas.

Ich wusste, dass es sinnlos und albern war. Dass ich mich an ein winziges Stückchen Hoffnung klammerte, das ich einfach nicht loswerden konnte. Aber trotzdem war es mir zur Gewohnheit geworden, überall nach ihm Ausschau zu halten.

Ihn zu erhoffen.

Zu erwünschen.

Und da war er.

Ganz hinten in einer Ecke. Ernst und traurig sah er mich an und nickte mir zu.

Ich raffte mein Kleid und schob mich zwischen den klatschenden Menschen hindurch, die mir freundlich auf den

Rücken klopften oder mir ärgerlich nachriefen, weil sie durch mich ihr Bier auf ihren geliehenen Anzug geschüttet hatten. Aber das war mir alles egal. All meine Sinne waren auf mein Ziel gerichtet. Auf Lukas. Auf Lukas, der gekommen war, um bei mir zu sein. Endlich.

Aber als ich in der Ecke ankam, war er nicht da. Die Enttäuschung traf mich wie ein Schlag ins Gesicht – schallend, brennend, klatschend. Ich hatte ihn mir eingebildet. Wie schon so oft. Die Vergangenheit ließ mich einfach nicht los. Zerrte an mir und verfolgte mich wie ein gefährlicher Schatten.

Niedergeschlagen kehrte ich zu meiner Familie zurück, die mich stolz und herzlich beglückwünschte und zu meiner hektischen Flucht von der Bühne befragte. Und so fügte ich dem Lügengespinst, in dem ich lebte, das von all meinen Familienmitgliedern so emsig gepflegt wurde, einen weiteren Faden hinzu und behauptete, einen alten Freund gesehen zu haben. Und dann setzte ich ein Lächeln auf, auf das der kleine Frosch in meiner Tasche stolz gewesen wäre.

Kurz darauf traf ich meine Mutter auf der Toilette wieder. Ich wusch mir gerade die Hände, als sie hereinkam.

„Ach, Luisa. Du auch hier?", sagte sie und richtete sich die Haare, die vom wilden Tanzen etwas aus der Form geraten waren. Ihre Haut glänzte und ihre Wangen waren nicht vom Rouge so gerötet. Ich sah dagegen blass und fleckig aus. Hatte ich mich doch mit Björn und einigen anderen Mitschülern in einer Ecke verkrochen und Bier getrunken.

„Tja, auf der Toilette trifft man sich als Frau eben wieder."

Das kühle Wasser spülte den Schaum von meinen bleichen Händen.

„Kann ich mir was von deinem Lipgloss leihen?" Sie griff nach meiner Tasche, die ich zum Händewaschen beiseite gelegt hatte. „Ich hab meine Tasche an unserem Tisch liegen…", sie brach ab und ich wusste, sie hatte den Frosch gesehen.

Das Wasser auf meinen Händen fühlte sich plötzlich heiß und brennend an und ich fixierte sie, wie sie geisterhaft den Frosch in der Tasche anstarrte. Der Schmerz zeichnete eine Landkarte in ihr Gesicht, die ich nicht lesen konnte. Dann schloss sie die Tasche langsam und legte sie wieder zurück neben das Waschbecken. Sie sah mich nicht an, sondern stützte sich schwer auf den Waschtisch, als hätte sie Angst, sonst vom Abfluss verschlungen zu werden.

„Er gehört dir. Aber sprich mich oder deinen Vater niemals darauf an. Und sorge dafür, dass weder dein Vater noch ich ihn jemals wieder zu Gesicht bekommen. Hast du mich verstanden?"

Sie klang atemlos, als wären ihre Worte einen so langen und steinigen Weg gegangen, dass ihre Knie bis zu den Knochen aufgeschürft waren.

Ich nickte mechanisch, obwohl sie mich immer noch nicht ansah. Dann stieß sie sich vom Waschtisch ab und katapultierte sich so schnell aus der Toilette, dass ich unsicher war, ob sie wirklich da gewesen war. Ein Irrlicht, das seinen Weg nicht finden konnte.

Ich verließ den Ball vor meinen Eltern. Ich ging einfach nach Hause. Legte mich in mein Bett und hielt den kleinen Frosch versteckt in meiner rechten Hand. Ich konnte keine Fragen stellen, keine Gedanken fassen. Ich konnte nur sein. Einsam und allein. Mein Handy piepte und kündigte mir eine SMS an. Sie war von einer mir unbekannten Nummer: Du warst heute die Schönste, Luisa. Aber du bist ja immer die Schönste. Und wirst es für mich immer bleiben. Ich liebe dich.

Rebecca 1980

Nachdem wir Cordulas Zimmer verlassen hatten und das kleine Mädchen in ein Bettchen in der Säuglingsstation gelegt hatten, zog mich Samuel sofort in den Spritzenraum. Seine Augen glühten, als er mich an den Händen nahm und mir eindringlich in die Augen sah.

„Wir müssen ihr helfen!", sagte er.

„Ich weiß! Aber was sollen wir nur machen? Sie ist wirklich in einer furchtbaren Situation. Und das arme Würmchen… Ich glaube, sie wird sie vielleicht wirklich nie lieben können."

„Und genau deshalb müssen wir ihr helfen!"

„Ja, aber wie? Willst du ihren Mann umbringen?"

Ich lachte trocken, hatte aber tatsächlich einen Moment Angst, ich hätte den Nagel auf den Kopf getroffen.

„Nein. Natürlich nicht! Außerdem wäre dem kleinen Mädchen damit ja auch nicht geholfen. Schließlich würde das Frau Gundlar auch nicht dazu bringen, sie zu lieben."

„Ja. Und was sollen wir dann machen?"

Jetzt drückte er meine Hände noch fester und lächelte mich verschwörerisch an.

„Ich weiß, was wir tun müssen!"

Luisa 1999–2000

Gelogene Wahrheiten

Zu fliehen scheint einem meist die einfachste Lösung. Man rennt weg und lässt alles hinter sich. Keine Fragen, keine Antworten. Einfach neu. Ignorieren, was man zurückgelassen hat. Die Distanz wird einen Vergessen lassen und es dauert bis einen all das eingeholt hat. Und auch dann kann man einfach noch einmal davonlaufen. Das Problem ist nur, dass man nicht vor sich selbst davonlaufen kann und immer noch derselbe ist, egal wo man angekommen ist.

Schon am nächsten Tag begann ich fieberhaft nach einer Wohnung in der Bonner Innenstadt zu suchen. In ein paar Wochen würde ich dort mein Studium beginnen und ich wollte nicht jeden Tag von Alfter in die Bonner City pendeln müssen. Meine Eltern waren bereit, mir ein kleines Apartment zu bezahlen, wenn ich im Gegenzug einen Nebenjob anfing, durch den ich etwas zurücklegen konnte.

Meine Mutter begleitete mich bei der Wohnungssuche. Aber obwohl sie seit der Begegnung auf der Toilette beim Abiball wieder wie vorher lächelte und mich herzte, spürte ich ihr Unbehagen und die Distanz zwischen uns, wie einen unangenehmen Beigeschmack, der sich erst nach dem Schlucken auf die Zunge legt – pelzig, bitter, nachhaltig.

Nach ein paar enttäuschenden Wochenende der Wohnungssuche, fand ich schlussendlich mein Juwel: Die Wohnung lag in der Argelanderstraße der Bonner Südstadt. Sie befand sich im zweiten Stock eines schönen sanierten Altbaus. Sie hatte keinen Flur, so dass man direkt nach dem Eintreten dem Kühlschrank die Hand schüttelte, der in einer ca. 14 qm² großen Küche stand. Eine große Flügeltür entließ einen in das geräumige 20 qm² Lebenszimmer, wie ich es später nannte, von dem aus ein kleines Badezimmer mit Dusche abging. Die alten Holzdielen knarrten unter meinen Füßen und flüsterten mir hundert Jahre Geschichte zu. Und als ich aus dem Fenster sah und mir eine alte Kastanie liebevoll zuwinkte, fühlte ich mich sofort zu hause.

Im Oktober 1999 zog ich ein. Ich füllte meine Wohnung mit Ikeacharme und ausrangierten Kellermöbeln und genoss die Einsamkeit. Ich erkundete die Innenstadt, die innerhalb von fünf Minuten zu erreichen war und betrat ängstlich das riesige Schloss in der Stadt, dass das Universitätsgebäude darstellte.

Ich fühlte mich wohl. Ich stand morgens auf, ging in die Uni, lernte zahlreiche, dämliche, merkwürdige und auch nette Studenten kennen, lernte, jobbte in einem Blumenladen auf dem Bonner Talweg und ging abends mit meinen neuen Freunden feiern. Es war ein wenig so, als hätte ich einen schweren Ledermantel, den ich bis dahin täglich getragen hatte, endlich in Lukas' Schrank gehängt und durch einen leichten, luftigen Mantel ersetzt, der mir bei jedem Schritt kühl um die Beine flatterte.

Nur wenn ich an den Wochenenden nach Hause fuhr, schien der Ledermantel schon an die Garderobe neben der Haustür auf mich zu warten. Und da ich ihn nicht mehr täglich trug, schien er jedes Mal, wenn ich ihn anzog, an Gewicht zugelegt zu haben und ich fühlte mich damit erdrückend klein.

Bei jedem Atemzug riss das Leder an meinen Schultern und legte sich auf mein Herz, so dass jeder Schlag die größte Anstrengung erforderte.

So fand ich mit der Zeit immer wieder Ausreden, um nicht nach Hause zu fahren, sondern die Tage in meinem luftigen Mantel in Bonn zu verbringen.

Björn studierte auch in Bonn Biologie und Germanistik auf Lehramt und brachte mich häufig nach Hause. Manchmal glaubte ich in halb betrunkenem Zustand zu spüren, dass er sich davon etwas versprach. Dass er hoffte, da bleiben zu können und unter meinen Mantel zu kriechen. Aber wenn ich ihn dann am nächsten Tag wieder bei klarem Kopf und Tageslicht traf, kam ich mir albern und eingebildet vor.

Björn hatte eine Freundin, Janina, die ich mochte. Er liebte sie. Nicht mich. Und das war auch gut so. Denn so sehr ich mich auch bemühte mit meinem Mantel durch die Lüfte zu fliegen, so konnte ich doch die schweren Stiefel an meinen Füßen nicht loswerden, die mich betonartig am Boden fest hielten und die gleiche Farbe hatten wie Lukas' Haare.

Tiefes, bodenloses schwarz.

Der Winter ließ die Kastanien vor meinem Fenster nackt und bösartig erscheinen. Als wären die Blätter des Sommers nur eine Verkleidung gewesen, die ihr wahres Wesen verborgen hielt. Sie erinnerten mich gefährlich an mein wahres Leben, dem ich im Sommer so erfolgreich den Rücken zugekehrt hatte, das mich in den kalten, leeren Tagen des Winters aber wieder eingeholt hatte.

Ich träumte viel von einem alten schmierigen Mann, der von mir Dinge verlangte, die ich nicht wollte. Von einer Liebe, die mich dazu getrieben hatte und von geheimnisvollen Schatten, die in keinem Licht Gestalt annehmen wollten. Ich erwachte dann meist mit dem Gefühl den klebrigen Geruch eines Toten auf meiner Haut zu spüren, das auch unter der Dusche nicht wegzuschrubben war. Also versteckte ich mich immer noch stinkend in meiner Wohnung, aus Angst jemand könnte die Vergangenheit an mir riechen und erkennen, was die Wahrheit war.

Es regnete viel und ich verkroch mich in meinen vier Wänden, als wäre ich ein Eichhörnchen ohne genug Nussvorrat für den Winter. Wenn ich dann doch meine überhitzte Wohnung verließ, dann lag das nur daran, dass Björn bei mir auftauchte und mir stumm und vorwurfsvoll den Mantel hinhielt und mich aus der Wohnung bugsierte. Ich fand mich dann meist irgendwo auf einer Party wieder und hielt mich an einem Bier fest, das ich nicht trinken wollte. Björn brachte mich dann wieder mit einem traurigen Blick, den ich nicht deuten wollte, nach Hause. Wir schoben ein paar unbedeutende Abschiedsfloskeln hin und her und erst wenn seine Schritte auf der Treppe nach unten hallten, öffnete ich die Tür zu meiner Wohnung und war wieder allein mit meiner Einsamkeit, die keiner zu füllen vermochte.

„Er liebt dich!"

Erschrocken ließ ich den Schlüssel zu meiner Wohnung fallen und drehte mich um. Er saß auf der Treppe zu der Etage über mir. Ich hatte kein Licht im Hausflur angemacht und seine dunkle Gestalt bei meinem Abschied von Björn nicht wahrgenommen.

Er lächelte. Aber es sah traurig und abgekämpft aus, so als müsste er sich dazu zwingen.

„Lukas!"

„Er hat dich schon immer geliebt."

Er stand auf und kam auf mich zu. Ich stand dort in der halb offenen Tür und verstand nicht, wie mein Bruder auf einmal dorthin gekommen war. „Weißt du noch damals in der Schule. Wo ich ihm gesagt hab, dass er gefälligst aufpassen soll? Da wusste ich es schon."

Er stand jetzt ganz nah vor mir und ich konnte die quälende Energie zwischen uns vibrieren spüren.

„Was machst du hier?" Ich hatte gedachte, ich hätte meine Wut fest in mir verankert, hatte ich sie doch jeden Tag gehegt und gepflegt, wie eine seltene Pflanze. Aber manchmal ist zu viel Sorgfalt überflüssig und kehrt sich am Ende ins Negative um. Denn nun musste ich feststellen, dass ich sie zu oft gegossen hatte und die Pflanze von innen faulig war und dem Leben nicht mehr standhielt.

„Ich weiß es nicht, Luisa. Aber ich musste dich einfach sehen."

Er konnte mir nicht in die Augen sehen und zählte die Staubkrümel auf meiner schwarzen Jacke.

Ohne ein weiteres Wort ging ich in meine Wohnung. Er folgte mir und blieb in der Küche stehen, um sich an meinen Kühlschrank zu schmiegen und mir dabei zuzusehen, wie ich meinen Mantel auszog, mein Haar löste und meine Schuhe abstreifte. Und er sah mich immer noch an, als ich mein Kleid zu Boden fallen ließ, meine Strumpfhose auszog und meinen BH öffnete.

So stand ich da. Die Kastanie warf ihre winterlichen, kalten Schatten auf meine nackte Haut und es kam mir so vor, als könne ich die kahlen Äste auf meiner Haut kratzen spüren.

Ich ergriff mit meinem Blick seine Augen und zog daran. Ich wollte ihn einfach nur bei mir haben. Ich wollte seine Haut riechen, seine Finger spüren, seinen Atem auf meiner Haut fühlen. Ihn ganz da haben. Bei mir. Damit ich endlich wieder atmen konnte.

Mehr wollte ich nicht.

Mehr hatte ich nie gewollt.

Tränen rannen ihm übers Gesicht und glitzerten in der Dunkelheit wie Diamanten. Dann drehte er sich um und ging.

Ich stand einfach so da. Unfähig mich zu bewegen. Er war einfach gegangen.

War weg.

Hatte mich allein gelassen.

Schon wieder.

Mein Herz begann hinter ihm her zu rufen.

Zu schreien.

Zu bluten.

Und da ging die Tür plötzlich wieder auf und er war wieder da. Stürzte sich auf mich und ich konnte seinen Körper an meinem spürte – fest, sicher, wund.

„Scheiße, Luisa! Scheiße!", murmelte er in meine Küsse und ließ endlich zu wie unsere Körper ein weiteres Mal verschmolzen.

Sein Duft bedeckte meinen Körper wie eine kuschelige Babydecke, unter der ich niemals wieder hervorschauen wollte. Aber ich wusste, dass sie mir weggerissen werden würde, sobald ich nicht mehr darunter passte.

„Es tut mir leid." Er sprach zu dem Schatten der Kastanie, der seinen unvergleichlichen Tanz an der vier Meter hohen Zimmerdecke tanzte.

„Bitte nicht!"

Meine Stimme klang rau und heiser, als wären meine Stimmbänder aus grobem Schmirgelpapier.

„Aber es ist alles meine Schuld. Ich hätte nicht hier her kommen dürfen. Ich hätte nicht…"

Ich drehte den Kopf weg und setzte mich aufrecht hin. Ich

wollte nicht darüber reden. Wollte keine Selbstvorwürfe hören, keine Lügen, die niemand von uns glaubte. Ich wollte nur noch Wahrheiten.

„Ich glaube unsere Eltern haben ein Kind verloren. Vor uns, meine ich."

Die Worte waren einfach so aus meinem Inneren geflattert, wie ein verirrter Nachtfalter, der endlich das Licht gefunden hat. Und ich merkte wie sich Lukas' Muskeln bei der Berührung seiner Flügel sofort versteiften. Zu gern hätte ich den Nachtfalter wieder zurück in die Dunkelheit gesperrt, aber er war nun schon zu weit geflogen und ließ sich nicht mehr einfangen. Also ließ ich auch den Rest durch das Zimmer flattern.

„Ich hab auf dem Dachboden Sachen mit Initialen gefunden, die auf keinen von uns passen. Aber ich glaube, sie haben einem lebendigen Kind gehört. Also ich meine, es war keine Fehlgeburt oder so. In der Baby-Tragetasche hat ein echtes Kind gelegen."

„Du warst auf dem Dachboden?"

Seine Stimme war wie ein trüber Tümpel – dunkel, undurchdringlich, regungslos.

„Hast du gehört, was ich gesagt habe?"

Plötzlich war ich wütend. Doch es war nicht die faulige, unbrauchbare Wut auf ihn. Nein, diese Wut, war stark, wurzelte tief und erblühte immer wieder in den wahnsinnigsten Farben – schillernd, beherrschend, tiefgründig.

„Ja, das habe ich", sagte er dumpf.

Er verfolgte immer noch die Inszenierung der Schatten auf der Zimmerdecke.

„Dann verstehe ich einfach nicht, wie du so desinteressiert daliegen kannst!" Ich zog mir die Decke über meinen Körper, als befürchte ich, durch meine Nacktheit würde sich meine Wut so schnell wieder verflüchtigen, wie sie gekommen war.

Endlich setzte er sich auch auf und sah mich an. Seine Augen glühten. „Und du musst endlich kapieren, dass es Sachen gibt, die dich einfach nichts angehen, verdammt!"

„Sag mal spinne ich oder was? Wenn wir eine Schwester oder einen Bruder hatten, der aus irgendwelchen Gründen gestorben ist, dann geht uns das doch sehr wohl was an!"

„Hast du vielleicht schon mal daran gedacht, dass diese verdammten Babyschuhe und der ganze Kram überhaupt nicht einem ihrer Kinder gehören? Vielleicht bewahren sie sie nur für jemanden auf, der nicht daran erinnert werden möchte, oder so was. Ist doch völlig egal! Fakt ist, dass sie nicht wollen, dass wir sie damit nerven. Also respektier das endlich!" Er ließ sich wieder zurückfallen und obwohl es dunkel war, konnte ich sehen, wie sich sein Blick nur für einen Bruchteil einer Sekunde verflüchtigte und an einen anderen Ort wanderte. Aber er holte ihn sofort zurück, so als wäre dieser Ort auch für ihn zu gefährlich geworden.

„Ich respektiere das schon mein ganzes Leben, falls du das noch nicht gemerkt hast. All diese Fragen, die ich nie gestellt hab, weil ich sie nicht stellen durfte. All diese Antworten, die einfach nur Lügen waren! Aber das hier ergibt endlich einen Sinn. Aber scheinbar willst oder kannst du das nicht verstehen!" Ich legte mich ebenfalls zurück und zog mir die Decke bis unter mein Kinn, in der Hoffnung, das brutale Stechen eines Dorns in meiner Herzkammer zu überdeckten. Er hatte die Babyschuhe erwähnt. Er wusste davon. Er war auch schon mal auf dem Dachboden gewesen. Ohne mich.

Ich erwachte von der Tür, die ins Schloss fiel. Ich zitterte unter der Bettdecke, weil er die Babydecke wieder mitgenommen hatte. Aber ich weinte nicht. Stattdessen stand ich auf und riss ein Blatt Papier von meinem Block, der bisher verschmäht an der Wand gelehnt hatte, und warf es auf den Boden. Ich riss ein weiteres ab und warf es zu dem ersten. Ich riss alle Blätter von dem Block, bis der Boden eine weiße kantige Fläche war und malte. Ich malte all diese Dinge, die ich nicht sagen konnte, all die Dinge, die ich nicht fragen konnte. All die Dinge, die ich nicht wissen konnte. Und nach all den Jahren, in denen ich keinen Stift oder Pinsel in der Hand gehalten hatte, fühlte er sich nun leicht und reinigend an. Wie eine Feder, die Bilder hervorkitzelte, von denen ich nicht wusste, dass sie existieren.

Im Frühling zogen die Kastanienbäume vor meinem Fenster

ihre zauberhaftesten Kleider an. Sie schmückten sich mit der reinsten Blütenpracht und ließen mich durch ihre Schönheit, die kalten und grausamen Wesen des Winters vergessen.

An meinem zwanzigsten Geburtstag fuhr ich zu meinen Eltern nach Hause. Meine Mutter hatte sich gewünscht, dass wir zusammen essen gehen, da sie der Meinung war, dass jeder Geburtstag eines ihrer Kinder auch irgendwie ihr Geburtstag war. Außerdem fuhr ich mittlerweile nur noch einmal im Monat nach Hause, weil ich es in dem Haus kaum aushalten konnte und der schwere Ledermantel mich mit jedem Mal mehr zu erdrücken drohte. So als nähe meine Familie bei jedem Besuch heimlich Steine in den Saum ein.

Trotzdem war ich am Tag zuvor angereist und öffnete auch die Tür als es klingelte. Vor mir stand ein großer, schlaksiger Mann mit braunem, schon leicht schütterem Haar und einem Magnum Schnurrbart, der vielleicht Tom Selleck gut gestanden hatte, aber bei jedem anderen Mann im Grunde nur albern aussah. Passend zum Schnurrbart trug der Herr ein hässliches Hawaiihemd, das ebenfalls an Magnum niemals lächerlich gewirkt hatte, was aber vielleicht an der Tatsache lag, dass Magnum auch in HAWAII lebte! Die etwas zu enge Jeans und das schicke Goldkettchen unterstrichen diesen verzweifelten Versuch jemand zu sein, der man nun wirklich nicht war. Etwas mitleidig zwang ich mich, von dem irrsinnigen Palmengewirr auf seinem Hemd weg, in seine Augen zu schauen und mich zu einem Lächeln zu zwingen.

„Hi", sagte ich.

„Hi", sagte er und in dem Lächeln schien keine Spur von Ahnung zu liegen, wie Banane er eigentlich aussah. Er starrte mich über diesem Lächeln unverfroren an, so als sei er nicht sicher, ob er ein Stück Petersilie vom Mittagsessen zwischen meinen Zähnen entdeckt hatte oder nicht. Unwillkürlich fuhr ich mir mit der Zunge über die Zähne, konnte aber keine Petersilie ausmachen.

„Kann ich Ihnen vielleicht irgendwie helfen?", fragte ich und zog kritisch die Augenbrauen hoch, so als wäre ich Magnum und er ein böser Verdächtiger.

Er erwachte aus dem Traum von Petersilienstücken und

streckte mir eine Hand mit langen Fingern entgegen, die eher zu einer Frau gepasst hätten, als zu seinem unmöglichen Schnurrbart: „Darf ich mich vorstellen? Ich bin Heiner Schwackbach und auf der Suche nach einer Isabella Corngruber. Kennen Sie diese Frau zufällig?"

„Nein, tut mir leid, ich…"

„Ich sollte wohl noch erwähnen, dass ich Privatdetektiv bin", sagte er, als würde das irgendetwas an meiner Antwort ändern. Dabei grinste er noch breiter und der Schnurrbart kroch provokant in seine Nasenlöcher.

„Ach, deshalb der Schnurrbart."

Der Gedanke war hervorgepurzelt, bevor ich überhaupt wusste, dass es Worte waren. Aber er war zu selbstverliebt, als dass er gewusst hätte, was ich meinte und fragte mich lediglich: „Was ist mit meinem Schnurrbart?"

„Ach nichts!", antwortete ich schnell. „Er ist wirklich sehr…" Ich suchte nach einem Wort, das nicht zu viel Lüge war „Er ist sehr schnurrbärtig", sagte ich dann so überzeugend wie möglich und zupfte an meinen Mundwinkeln in der Hoffnung, ihn vielleicht doch noch mit einem versteckten Petersilienfetzen ablenken zu können.

„Oh, danke!" Er war irritiert, aber es kümmerte ihn nicht. „Also ich suche wie gesagt, eine junge Frau namens Isabella Corngruber. Sie könnte mittlerweile auch einen anderen Nachnamen haben. Kennen Sie eine Isabella? Jemand aus ihrer Vergangenheit möchte sie gerne mal wieder sehen."

„Nein, leider nicht. Ich kenne eine Isabelle. Das ist die Freundin meines Bruders. Aber die wohnt nicht hier, sondern in Berlin. Aber wer weiß, ich wohne hier ja schließlich auch nicht mehr. Vielleicht könnte Ihnen meine Mutter weiterhelfen."

Ich drehte mich um und blickte Richtung Küche, wo ich gerade noch den nachschwingenden Rock meiner Mutter wieder in der Küche verschwinden sah. Knallrot mit schwarzen Punkten. Als ich mich wieder zu Heiner umdrehte, sah ich, wie er schildkrötenhaft den Hals verrenkte, um ins Innere des Hauses zu spähen. Automatisch zog ich die Tür näher an meinen Körper heran und meine Stimmung senkte sich herab wie eine mit Sandsäcken beschwerte Leiche – langsam, stetig, irgendwann wieder aufsteigend.

„Ach, verdammt! Ich hab ganz vergessen, dass meine Mutter ja schon weg ist. Tut mir leid. Sie können ja noch mal wieder kommen. Irgendwann."

„Ja, das mache ich dann wohl." Er wühlte misstrauisch in seiner Brusttasche, als wäre diese tief und unergründlich, anstatt nur flach aufgenäht, und zog eine Visitenkarte hervor. „Und bis dahin, können Sie die hier ja ihrer Mutter geben." Er zauberte einen Kuli hervor und schrieb den Namen der vermissten Frau auf die Rückseite: Isabella Corngruber. „Wenn Ihrer Mutter der Name an jemanden erinnert, würde ich mich freuen, wenn sie mich anrufen würde. Meine Klientin wünscht nur Kontakt. Sie möchte niemanden erschrecken."

Er reichte mir die Visitenkarte und ich nahm sie entgegen, als ständen darauf Hieroglyphen.

„Also dann…"

„… Gehen Sie jetzt wohl, was?", beendete ich seinen Satz feindselig und fragte mich selbst, woher dieser plötzlich Groll wohl kommen mochte?

„Ja, so sieht es wohl aus. Vielen Dank noch mal." Er drehte sich um und ging so steif wie alter Knetgummi den Weg zur Straße runter.

Während ich in die Küche ging, trug ich die Visitenkarte vor mir her, als wäre der unleserlich darauf gekritzelte Name eine Landkarte, die mir endlich den Weg weisen würde. Meine Mutter putzte derweil gespielt gelassen den Herd.

„Na, was machst du schönes, Luisa?", flötete sie. „Hast du schon gewaltigen Hunger? Das indische Restaurant ist wirklich fantastisch. Ich hoffe, es gefällt dir." Sie schrubbte kräftig einen Fleck von der vorderen rechten Herdplatte.

„Da war gerade jemand an der Tür, der was für dich abgegeben hat."

„Ach, wirklich? Ich hab die Klingel gar nicht gehört." Sie sah mich nicht mal an, während sie mich anlog. „Na ja, ist ja kein Wunder bei der Schrubberei. Meine Güte, wenn man das nicht täglich macht, ist das echt `ne Knochenarbeit. Aber ich kann deinen Vater ja nicht von einem Ceranfeld überzeugen. ‚Solange unserer Herd noch geht, weiß ich nicht, wofür wir einen neuen brauchen'", äffte sie meinen Vater nach.

„Willst du denn nicht wissen, was er mir für dich gegeben hat?"

„Doch natürlich. Leg es mir einfach auf den Küchentisch. Ich schau es mir dann sofort an, nachdem ich diesen verflixten Fleck endlich vernichtet habe!"

Ich legte die Visitenkarte in die Mitte des Küchentisches mit dem handgekritzelten Namen nach oben: Isabella Corngruber.

Ich ging aus der Küche in den Flur und postierte mich wie früher hinter den Scharnieren der Küchentür. Ich sah zu, wie meine Mutter sich aufrichtete und den angeblich so furchtbaren Fleck, Fleck bleiben ließ, sich bedächtig die Hände wusch und an einem Küchenhandtuch abtrocknete. Währenddessen beobachtete sie misstrauisch die Visitenkarte auf dem Tisch wie ein Löwe einen einfach vor seine Nase geworfenen, feinsäuberlich abgetrennten Oberschenkel eines Gnus. Als sie darauf zuging, verschränkte sie die Hände auf dem Rücken, so als ob sie Angst hätte, sie nicht unter Kontrolle zu haben und sah aus sicherer Distanz auf die Karte herunter. So verharrte sie einige Zeit, bis sie die Visitenkarte mit spitzen Fingern aufhob und sie von beiden Seiten begutachtete. Ihre mahlenden Kiefermuskeln zeichneten Schatten auf das sonst immer noch so ebenmäßige Gesicht. Dann schloss sie ihre Hand zu einer Faust und zerquetschte die Visitenkarte darin wie eine lästige Mücke, die einem schon die ganze Nacht nervend ums Ohr gesummt war– gnadenlos, entschlossen, endlich.

Das Essen beim Inder war grauselig. Auf der Speisekarte konnte man aus drei unterschiedlichen Schärfegraden auswählen und weil ich mir den Geschmack nicht versauen wollte, wählte ich die leichte Variante. Die stellte sich aber leider als tödlicher Fehler für meine Geschmacksnerven heraus, da sie nun dazu verurteilt waren, tatsächlich zu schmecken, was der Koch dort scheinbar einfach wahllos in eine Topf geworfen hatte. Die anderen hatten sich für die schärferen Ausprägungen entschieden und waren demnach durchaus glücklicher mit ihrer

Wahl. Um meine Mutter aber nicht zu enttäuschen, aß ich lächelnd die Matsche auf meinem Teller und spülte das Würgen mit einem Schluck Cola herunter.

„Und kennst du die Frau, die dieser Privatdetektiv sucht, Mama?"

Ich ließ die Worte unauffällig auf den Tisch fallen, wie ein paar Würfel bei Mensch-ärgere-dich-nicht. Und die Frage, ob ich mit meinem Wurf jemanden würde rausschmeißen können oder nicht, dampfte von der hässlichen Tischdecke empor.

„Nein, leider nicht."

Sie versteckte sich hinter einem Bissen Naan Brot.

„Privatdetektiv? Wen sucht er denn?" Mein Vater klang ganz beiläufig, während er einen Schluck Bier nahm, aber ich sah den Alarm in seinen Augen aufblitzen – grell, hektisch, warnend.

„Keine Ahnung. Ich hab den Namen schon wieder vergessen. Auf jeden Fall kennen wir sie nicht."

Sie warf mit dem Satz mein Mensch-ärgere-dich-nicht-Männchen raus, um meinen Attacken ein Ende zu machen. Aber sie hatte übersehen, dass ich noch drei weitere Männchen draußen hatte, die alle darauf lauerten, sich ihr in den Weg zu stellen.

„Ihr Name war Isabella Corngruber."

Mein Vater unterbrach sein Kauen nur für eine Sekunde, aber ich sah wie sein Kiefer kurz in der Luft hing wie eine Raupe an einem seidenen Faden – orientierungslos, ängstlich, gefährlich.

„Echt schade, dass wir sie nicht kennen. Ist doch schlimm, wenn jemand so gesucht wird und gar nichts davon weiß. Es sei denn natürlich, er will nicht gefunden werden. Das hört man ja immer wieder. Kannst du mir mal das Brot reichen, Maria-Sofia?"

Und aus unerklärlichen Gründen schmeckte mir der nächste Bissen meines Essens um Längen besser als die davor.

Wir waren erst so gegen elf zu hause. Obwohl die Stimmung nach der Erwähnung von Isabella Corngruber gefährlich zwischen uns hin und her summte, verlief der Rest des Abends aufgrund von Marie-Sofias Unvermögen irgendetwas anderes wahrzunehmen als das, was ihr zum Vorteil gereichte, noch recht amüsant. Sie unterhielt uns mit mehr oder minder lustigen Geschichten aus ihrer Schule, in denen sie natürlich immer die Pointe war.

Ich verpflichtete meine Eltern und Maria-Sofia noch dazu, den ersten Teil von „Stirb langsam" im Fernsehen zu sehen und verabschiedete mich dann zusammen mit meiner Schwester so gegen eins ins Bett. Aber anstatt die Zimmertür wie meine Schwester danach geschlossen zu halten, schob ich sie gleich wieder auf und wurde schon am Treppenabsatz von der dumpfen Stimme meines Vaters empfangen. „Wann hattest du bitte vor, mir davon zu erzählen, Vicky? Oder hattest du geplant, mir davon gar nichts zu erzählen? Wie die Sache mit Emilia?"

„Lass Emilia da raus, klar?", schoss die Stimme meine Mutter in mein Ohr, als ich mich vorsichtig an der Wohnzimmertür vorbei schlich, um in die Küche zu kriechen und mir dort das Schauspiel durch die von mir zuvor unauffällig nur angelehnte Küchentür anzuschauen. „Und brüll gefälligst nicht so! Wir sind nicht alleine und auch nicht in unserem Auto!"

„Die Mädchen sind im Bett! Und lenk ja nicht vom Thema ab! Es geht hier nicht um einen Scherz oder so. Du weißt genau, wer diesen Privatdetektiv angeheuert hat und warum! Und wenn sie uns finden kann, dann werden es auch andere können!"

Er ließ sich vor seinem Ohrensessel auf alle Viere fallen und legte sich rücklings darunter.

„Was zum Teufel machst du da, Volker?"

Anstatt zu antworten, holte mein Vater mit einem Ruck die mir schon bekannte Waffe hervor, die von mehreren Gaffatapestreifen geschmückt wurde, wie ein mit Lametta überladener Weihnachtsbaum.

Meine Mutter starrte sie fassungslos an, als könne sie Lametta aufgrund der Umweltunfreundlichkeit einfach nicht leiden. „Du hast sie behalten?"

Ihr Entsetzen ließ die Luft schwingen wie ein Spinnennetz im Wind – filigran, immer zum Zerreißen gespannt, aber trotzend.

„Natürlich habe ich das! Ich bin schließlich für die Sicherheit meiner Familie verantwortlich. Und im Gegensatz zu dir, nehme ich diese Aufgabe sehr ernst!"

Ein Sturm zerrte an den feinen Fäden des Netzes, aber es hielt stand.

„Ich lass mir das von dir nicht vorwerfen! Ich hab alles für diese Familie getan. Und das weißt du ganz genau. Und ich habe weit mehr Opfer gebracht als du! Also wage nicht, mir das vorzuwerfen!"

„Trotzdem müssen wir uns jetzt um die Konsequenzen deiner Unvorsichtigkeit kümmern!"

Er befreite die Waffe so zärtlich von dem Lametta, als ziehe er eine geliebte Frau aus und hielt die Waffe auffordernd meiner Mutter hin. Meine Mutter nahm die Waffe nicht, sondern ließ sich auf das Sofa fallen und vergrub das Gesicht in ihren Händen. Das Netz hatte der Waffe nicht standhalten können. Zerrissen und wertlos blieb es zurück.

„Warum können wir es nicht einfach dabei belassen und sehen, was passiert?"

„Weil wir immer noch unsere Kinder haben. Lukas ist zwar weg, aber Luisa ist immer noch da. Willst du ihr das wirklich antun? Wofür haben wir das denn dann alles gemacht? All die Jahre! Und was soll aus Maria-Sofia werden? Sie wird doch erst 14."

„Ich weiß, ich weiß. Es ist nur, dass ich einfach nicht mehr kann. Ich bin so erschöpft. Ich will einfach nur noch, dass es endlich aufhört." Ihre Schultern zuckten disharmonisch zu ihren Schluchzern und mein Vater setzte sich neben sie und nahm sie in den Arm, die Waffe zwischen ihnen wie einmal Maria-Sofia – vereinend, kettend, für immer verbindend.

„Wir schaffen das, Vicky. Wie wir es immer geschafft haben. Aber wir müssen weiter machen! Für unsere Kinder!"

„Ich hab mir das einfach nie so vorgestellt, Volker. Nie! Nicht so!"

Ihre Verzweiflung schoss zu mir in die Küche und grub sich in meinen Magen. Und ich wünschte, der so wohlschmeckende Bissen des indischen Essen wäre noch da, um mir im Hals stecken zu bleiben.

Rebecca 1980

Ich ging wie betäubt nach Hause. Ich musste eine Nacht darüber schlafen. Samuel hatte das fast nicht verstanden. Aber ich brauchte ein wenig Zeit. Ich musste nachdenken. Über irgendwas. Über alles. Er war so euphorisch gewesen. So sicher und ohne Frage. Aber ich hatte tausende. Warum er mich fragte? Warum ich es sein sollte, die das mit ihm durchzog. Warum wir? Die Antwort war vermutlich so simpel und klar wie ein frischer Morgenregen: Weil ich seine beste Freundin war! Nicht weil er mich liebte. Nicht weil er mit mir zusammen sein wollte. Sondern weil wir ein gutes Team waren. Einfach nur, weil ich kein Risiko war. Er war aber für mich das größte aller möglichen Risikos.

Aber anstatt ihn auszulachen und ihm den stinkenden Mittelfinger aufgrund dieser Demütigung und Ignoranz zu zeigen, dachte ich darüber nach. Ich schlief nicht darüber, sondern wachte darüber. Aber alle rationalen Gedanken, aller Logik und aller Angst zum Trotz, schrie in mir alles einfach nur: JA!

Luisa 2001-2003

Runde Geraden

Ich malte stundenlang und tauchte in die fremden Realitäten ab, die mein Pinsel zu schaffen vermochte. Mein Geburtstag und die Begegnung mit dem Magnum-Verschnitt waren jetzt fünf Wochen her und ich hatte mich seitdem jede Sekunde, die die Uni nicht von mir forderte, in diesen Realitäten verkrochen. Sie ließen mich ignorieren, über was ich nicht nachdenken wollte. Gaben mir ein Versteckt, das mir Wärme vorgaukelte, während draußen der emotionale Eissturm tobte. Ich verließ kaum die Wohnung und sogar der hartnäckige Björn hatte mittlerweile aufgegeben, mich zu fragen, ob ich abends mit ihm ausgehen wollte. Zu oft hatte ich ihn vor verschlossener Tür stehen lassen, oder das Telefon bis in die Unendlichkeit klingeln lassen. Meine Mailbox quoll über von seinen Nachrichten, aber mir fehlte der Antrieb sie mir anzuhören. Auch meine Eltern wimmelte ich ab, so gut es ging. Ich wollte nicht mit ihnen sprechen. Wollte nicht noch mehr Lügen hören. Ich isolierte mich und meinen Pinsel und genoss die Stille.

So war ich mehr als überrascht, als es eines Nachmittags plötzlich an meiner Tür klingelte und meine Schwester die Stufen der verschnörkelten Treppe zu mir empor stapfte.

„Ich brauche deine Hilfe!", sagte sie nur und schob sich an mir vorbei in meine Wohnung. Seit ich hier vor über einem halben Jahr eingezogen war, hatte sie mich nicht einmal besucht. Bei den zweimal, an denen meine Eltern hier gewesen waren, hatte sie sich erfolgreich vor dem Besuch gedrückt und einen Überraschungsüberfall wie diesen hätte ich auch nie von ihr erwartet.

„Komm doch rein, Maria-Sofia!", lud ich das Treppengeländer ein, während Maria-Sofia sich schon mal auf mein Bett fallen ließ.

„Ist nett hier. Zwar ein wenig klein für eine ganze Wohnung, aber okay." Sie schob ihre nassen Füße unter sich in den Schneidersitz.

„Danke, Maria-Sofia!", sagte ich, obwohl ich natürlich wusste, dass „nett" der kleine Bruder von „Scheiße" ist. „Wissen Mama und Papa, dass du hier bist?"

„Bist du verrückt? Das hätten die mir doch nie erlaubt. Außerdem bin ich doch wegen denen hier."

„Ach ja? Was ist denn los?"

„Was los ist? Na, was glaubst du denn?"

„Keine Ahnung. Deshalb frage ich ja."

„Sag mal, willst du mich jetzt verarschen, oder was? Ich rede natürlich von dem Umzug. Du musst ihnen das irgendwie ausreden!" Sie zupfte an einer Strähne und zwirbelte sie abwechselnd durch den Zeigefinger und den Mittelfinger.

„Was denn für einen Umzug?"

„Na, unseren! Haben sie dir denn noch nichts davon erzählt? Sie wollen wegziehen. Es haben sich sogar schon ein paar Leute unser Haus angesehen. Kapierst du?"

Plötzlich schien sich meine Wohnung in einen Tunnel zu verwandeln, an dessen Ende Maria-Sofia auf meinem Bett saß und ihre Haare zwirbelte. Rechts und links sausten an mir eine Waffe und lamettaartiges Klebeband vorbei. Wörter wie „Konsequenzen" und „weiter machen" wirbelten in dem Tunnel herum wie Bruchteile von einem Auffahrunfall.

„Aber wohin denn?" Ein Echo meiner Gedanken schoss durch den Tunnel.

„Na, keine Ahnung! Sie wollen es mir nicht sagen! Faseln die ganze Zeit was von Überraschung. Aber ich will nicht überrascht werden. Ich will hier bleiben! Ich hab doch hier meine Freunde und meine Schule. Und weißt du was? Ich glaube, sie haben selbst noch keine Ahnung! Ich glaub, die beiden sind in der Midlifecrisis oder so was. Ich sehe mich mit denen schon in irgend so einem abgeranzten Wohnwagen hausen, ohne fließend Wasser und Toilette."

„Keine Sorge, dass wird schon nicht passieren. Schließlich besteht in Deutschland ja Schulpflicht. Irgendwo müssen Sie mit dir also hin."

Um irgendwas mit meinen Händen zu machen, begann ich das Geschirr von meinem Mittagessen – ein tiefgefrorener Strudel mit ganz viel Vanillesoße - abzuspülen.

„Na, super! Sag mal hast du mir nicht zugehört? Ich will nirgendwo anders hin! Ich will hier bleiben!" Der Trotz flatterte durch meine Küche und legte sich wie ein Film auf den Teller in meiner Hand.

„Ich hab dich schon verstanden, aber ich weiß wirklich nicht, was ich da für dich tun kann", sagte ich und ließ Wasser über den Trotz auf dem Teller laufen.

„Du musst sie davon abhalten! Ihnen sagen, dass das nicht geht!" Sie stand auf und kam zu mir rüber, um sich auf meinen kleinen Esstisch zu setzen. Aus dem Augenwinkel registrierte ich die Flecken, die ihre Schuhe auf meinem zwei Tage alten Betttuch hinterlassen hatten.

„Und warum sollten sie auf mich hören? Ich wohne schließlich nicht mehr zu Hause!" Ich rubbelte mit einem Schwamm an dem Trotz, aber er wollte sich nicht lösen.

„Aber du wäscht noch deine Wäsche da und… und keine Ahnung. Sag ihnen einfach, dass du sie noch brauchst, oder so einen Schwachsinn. Ist mir egal. Hauptsache, du kriegst sie überzeugt, dass sie hier bleiben." Sie ging an meinen Kühlschrank und inspizierte den spärlichen Inhalt: „Hast du denn eigentlich gar nichts Leckeres da?"

„Nein!" Ich knallte ihr die Kühlschranktür vor der Nase zu und war plötzlich unfassbar wütend auf sie. Die Wut überraschte mich, wie eine Heuschrecke, die plötzlich aus dem Nichts auf deiner Hand landet. Aber als ich versuchte, sie zu fassen, um sie mir näher anzuschauen, war sie auch schon wieder ins Gras gesprungen. Und ich starrte auf meine leere Handfläche und fühlte gar nichts. Erschöpft ließ ich die Hände sinken. „Pass auf, Maria-Sofia. Die ganze Sache tut mir echt total leid für dich, aber ich weiß einfach nicht, was ich machen soll, um dir zu helfen. Du weißt doch, wie es ist, wenn Mama und Papa sich etwas in den Kopf gesetzt haben. Da kommt niemand gegen an."

Maria-Sofia ließ den Kopf hängen. Und plötzlich sah sie aus wie eine echte vierzehnjährige – verschüchtert, ängstlich, hilflos.

Als sie mich ansah, hatte sie Tränen in den Augen.

„Ich dachte, ich könnte vielleicht bei dir wohnen."

Ich sah ihr in die Augen, grub mich hinein, um die Wurzel des Schauspiels zu finden und auszureißen, aber so tief ich auch grub, ich konnte sie nicht greifen. Stattdessen nahm ich ihre Hände.

„Was denn hier? Wie soll das denn gehen?"

„Ich weiß nicht. Wir könnten uns doch was Größeres suchen."

Ihre Hände fühlten sich in meinen seltsam leicht an. Und ich fragte mich, wann ich die Hände meiner Schwester das letzte Mal so gehalten hatte? Nie, schoss es mir durch den Kopf. Noch nie!

„Ach, Maria-Sofia. Mama und Papa werden das doch niemals erlauben."

Sie riss ihre Hände aus meinen und ihre Augen wurden zu Schlagbohrer, die sich in meine drehten – unerbittlich, malmend, tief.

„Sag doch gleich, dass du das nicht willst. Sag doch einfach, dass du mich nicht leiden kannst. Gib zu, dass du froh bist, wenn ich endlich weg bin!" Sie drehte sich um und rannte aus meiner Wohnung. Als die Tür ins Schloss fiel, schmerzten meine Hände, als hätte ihnen jemand etwas entrissen, was sie unbedingt hätten festhalten sollen.

Und obwohl ich mehrmals darüber nachdachte, dem Wunsch meiner Schwester zu folgen und unsere Eltern auf den Umzug anzusprechen, tat ich es nicht. Ich konnte es nicht. Obwohl jede leere bedeutungslose Pause während eines Telefongesprächs mit ihnen darauf wartete, dass ich sie mit meinen Fragen füllte, blieben sie weiterhin leer. Leer, schwarz, unergründlich.

Erst bei meinem nächsten Besuch etwa drei Wochen später, eröffneten sie mir, dass das Haus bereits einen Käufer hätte und sie schon in einem Monat nach Rostock ziehen würden. Angeblich sei meinem Vater dort eine Stelle angeboten worden, die er nicht hatte ablehnen können. Schließlich hätte er schon seit geraumer Zeit geplant, in der Praxis kürzer zu treten. Daher käme ihm der Job in der Gemeinschaftspraxis in Rostock sehr entgegen. Seine Praxis habe auch schon zwei Interessenten.

Ich nickte stumm und verständnisvoll.

Maria-Sofia saß mir gegenüber und sah mich nicht an. Als sie fertig damit war, in ihrem Essen rumzustochern, stand sie auf und ging in ihr Zimmer. Ich fühlte, dass ich ihr hätte nachgehen müssen, dass ich hätte eine Schwester sein müssen, dass ich irgendetwas hätte tun müssen. Aber ich tat es wieder nicht. Ließ sie allein, weil ich selbst viel zu allein war, um noch in der Lage zu sein, mit jemandem diese Einsamkeit zu teilen.

Als ich am Abend wieder in meine Wohnung kam, holte ich meinen Zauberstab hervor, ließ ihn über das Papier gleiten und eine Realität voller Farbe und Formen entstehen, die mich schützend willkommen hieß und meinen Schmerz wie ein unbekanntes Märchen wirken ließ – fremd, traurig, tiefschwarz.

Aber jede Reise hat ein Ende und man muss doch wieder nach Hause zurück, um festzustellen, dass das Leben immer noch genauso ist, wie man es zurück gelassen hat.

Es dauerte nur zwei Monate bis meine Eltern all ihre und unsere Sachen in drei LKWs geladen hatten und in ein Haus in Rostock zogen. Ich hatte mich nicht wirklich von meinem alten Zimmer verabschiedet. Alles, was mir wirklich wichtig war, hatte ich schon zu meinem Auszug mit in meine neue Wohnung oder den dazugehörigen Keller genommen. Bei meinem letzten Besuch vor dem Umzug war ich noch einmal in Lukas' Zimmer gegangen. Überall standen Kisten und die Möbel waren in ihre Kleinteile zerlegt worden. Nur der alte Schrank stand immer noch da, als könne niemand ihn je verrücken. So schwer von Erinnerungen und Schmerz. Ich strich mit meiner Hand über das abgegriffene glatte Holz, das sich anfühlte wie meine eigene Haut – warm, nah, mitfühlend.

Ich sehnte mich danach, hineinzukriechen und mich von seiner Geborgenheit umarmen zu lassen. Mein Gesicht an seinen vertrauten Körper zu lehnen und mich an das sechsjährige Mädchen und den achtjährigen Jungen zu erinnern, die wir mal gewesen waren. Die Erinnerung zu streicheln wie eine alte Katze und mich an ihr Fell zu schmiegen – ergeben, sanft, treu.

Aber ich wagte nicht, seine alten, schweren Türen zu öffnen, aus Angst von gähnender Leere empfangen und von der nackten

Realität erschlagen zu werden. Und manchmal ist es eben besser, Dinge verschlossen zu lassen.

Meine Eltern hatten meine Hilfe abgelehnt. Sie hatten alles bis ins kleinste Detail mit einem Umzugsunternehmen geplant und sogar Maria-Sofia für diesen Tag bei einer Freundin untergebracht. Ich fragte mich, ob sie das taten, weil es noch mehr Geheimnisse in diesem Haus gab, die wir nicht entdecken durften und dachte an die kleine Babytragetasche und die kuschelige Babydecke, die zu dem kleinen Frosch gehörten, den ich seit seinem Fund als Talisman immer bei mir trug.

Am Abend vor dem Umzug lag ich in meinem Bett und überlegte mich trotzdem am nächsten Morgen auf den Weg zu meinen Eltern zu machen, um mit eigenen Augen zu sehen, dass es tatsächlich wahr war. Denn obwohl ein kleiner, trotziger Teil meiner Selbst schon mit dem Schlüssel in der Hand dastand, um endlich dieses Kapitel abzuschließen und nie wieder einen Blick hineinzuwerfen, stand ein anderer Teil immer noch mitten in der Tür und konnte sich nicht entschließen zu gehen. Das Gefühl zu wissen, dass schon am nächsten Tag das Haus, in dem ich meine Kindheit verbracht hatte, in dem so viele Dinge geschehen waren, einfach nicht mehr zugänglich sein würde, war seltsam irrational und schmerzhaft. Als hätte ich dort etwas vergessen und würde mit dem Hausverkauf etwas Wichtiges verlieren. Und als würde mir damit die Chance genommen, es wiederzubekommen.

Und das Wissen, dass ich am nächsten Morgen dennoch nicht fahren, sondern mich wieder einmal hinter meinem Pinsel verstecken würde, ließ mich nicht schlafen. Mein eigenes Unvermögen mich der Realität zu stellen, raste immer wieder auf mich zu, ließ mich hochschrecken und um mich schlagen. Bis ich niedergeschlagen an die Decke starrte. Das Siegeslachen meines Unvermögens als hämische Musik in meinen Ohren.

Als es dann um Mitternacht an der Tür klingelte, war ich immer noch wach. Starr, mit weit aufgerissenen Augen, lauschte ich in die Dunkelheit, als glaubte ich, ein Einbrecher würde sein kriminelles Vorhaben mit der Türklingel ankündigen. Aber anstatt das scharrende Geräusch meiner Haustür oder Füßen auf der Treppe im Hausflur, ertönte nur wieder die Klingel. Diesmal mehrmals hintereinander wie der Beginn einer Beethovenmelodie. Das Komische bei Angst und Neugier ist, dass sie ganz nah bei einander liegen wie zwei Schokoriegel in einer Packung. Beide sehen gleich aus und schmecken wohl auch gleich, aber trotzdem fällt die Entscheidung entweder auf den einen, oder den anderen. Vielleicht weil das Papier bei dem Einen etwas glatter ist, oder weil der Andere irgendwie ein wenig zu weit nach rechts geneigt daliegt. Irgendeine Kleinigkeit treibt die Entscheidung an. Und entscheidet damit über dein Schicksal. Und in diesem Fall wählte ich die Neugier und ich fragte mich später oft, was geschehen wäre, wenn ich mich für die Angst entschieden hätte.

Trotzdem bewaffnete ich mich mit einem Messer, als ich die Tür öffnete. Ich hielt es wie den Stock eines aufgespannten Regenschirms. Als könne es mich wirklich vor der drohenden Nässe schützen. Als ich aber meinen Vater die Treppe hochkommen sah, ließ ich es verwirrt sinken, als hätte der Regen ganz plötzlich aufgehört gegen den Stoff zu prasseln.

Er war erschöpft und übermüdet und drückte sich wortlos an mir vorbei in meine Wohnung. Entgeistert schloss ich die Tür hinter ihm und machte das grelle Licht über meinem Küchentisch an, um die hart gezeichnete Wirklichkeit in meine Wohnung zu lassen.

„Was machst du hier, Papa?" Weichzeichner in dem harten Lampenlicht.

„Tut mir Leid, dass ich dich noch so spät störe, aber morgen sind wir schon weg und... Und ich muss dir vorher noch was geben." Er ging nervös zu meinem Fenster, als warte dort unten jemand auf ihn. Seinen Mantel eng um seinen Körper geschlungen, obwohl es Mai und 28 Grad warm war. Er erinnerte mich an die Comicfigur Dick Tracy, dessen gelber Mantel an seiner Haut festgetakert gewesen war.

„Okay. Aber ich komm euch doch auch besuchen. Ich hätte es doch auch dann noch mitnehmen können."

„Nein!" Er schleuderte das Wort auf den Tisch, auf dem es zerborsten wie ein faules Ei liegen blieb. „Es tut mir leid." Ein weicher Lappen sollte das Malheur richten. „Es ist nur, dass es dann vielleicht zu spät sein könnte. Du brauchst sie. Ich meine, ich hoffe nicht, dass du sie brauchst, aber… Verdammt, ich bin nicht mehr da, um auf dich aufzupassen." Das Ei war weggewischt und zurück blieb nur noch Verzweiflung – schmierig, haftend, stinkend.

„Was meinst du denn damit? Wovon redest du bitte?"

Es war als stände dort, in diesen viel zu warmen Mantel geschlungen, meine Mutter mit ihrer ängstlichen, nervösen Art. Nicht mein Vater –gradlinig und stark. Endlich blieb er stehen und sah mich an: „Okay, pass auf. Das, was ich dir jetzt geben, ist… frag einfach nicht, woher ich es habe, oder warum. Nimm es einfach, okay?"

„Was? Ich verstehe dich nicht! Was soll das Ganze eigentlich?" Ich zitterte in meinem Pyjama. Die dicken Wände des Altbaus hatten die Wärme des beginnenden Sommers noch nicht hineingelassen und ich beneidete meinen Vater plötzlich um seinen Mantel.

„Bitte, kannst du nicht einmal aufhören zu fragen, sondern einfach etwas annehmen, Luisa? Nur dieses einzige Mal!?", fauchte er mich an und urplötzlich wurde es noch kälter in meiner kleinen Wohnung.

Und die Wut, die mich schon bei Maria-Sofias Besuch überrascht hatte, landete wieder auf meiner Hand. Aber diesmal war es keine Heuschrecke, die bei meinem Versuch sie zu fassen davon sprang, sondern eine dicke, fette Kröte, die mich selbstgefällig anquakte. Und als ich sie hochnahm und sie ansah, sah ich die zappelnden fetten Beine, fühlte den schwabbeligen schleimigen Körper und roch den abgestandenen Gestank.

„Ich frage nie etwas, Papa! NIE!", brüllte ich ihm entgegen und die Wut ließ meinen zitternden Körper brennen.

Wir starrten einander an, während ich ihm die fette Kröte unter die Nase hielt und zu gleichen Teilen hoffte und bangte, dass er sie mir abnehmen und sie freilassen würde. Aber stattdessen öffnete er seinen Mantel, griff in dessen Innentasche und legte die Waffe auf den Küchentisch. Ich hielt die Augen meines Vaters fest, wie ein Ruder auf einem verirrten Gummiboot. Auch wenn ich keine Ahnung hatte, in welche Richtung ich hätte rudern sollen, ich wusste, ohne es wäre ich verloren – einsam, verlassen, verschwunden.

„Ich will sie nicht!", sagte ich leblos wie ein Kieselstein in einer Auffahrt.

„Sie gehört dir!"

Da war meine Vater wieder – unbeugsam, gradlinig, konsequent.

„Ich will sie nicht!"

Ein Echo ohne Gehalt und Bedeutung.

„Sie bleibt hier!" Er hüllte sich wieder in den Mantel, als hätte ihn plötzlich eine eisige Windböe ergriffen und ging zur Tür. „Ich liebe dich, Luisa!", sagte er ohne mich anzusehen und zog die Tür hinter sich ins Schloss. Ließ mich allein mit der Waffe, die ich nicht wollte, während die Fragezeichen wild unter der Zimmerdecke wirbelten und sich ineinander verhakten, bis sie ein undefinierbares Kunstwerk ergaben, dessen Bedeutung niemals jemand entschlüsseln würde.

Ich schlief diese Nacht nicht. Ich saß nur da und sah sie an – glänzend, völlig von den Resten des Lamettas befreit, riesig.

Ich wollte sie nicht.

Wusste nicht, was ich damit tun sollte oder warum mein Vater sie mir gebracht hatte.

Ich wollte sie nicht.

Also saß ich nur da und sah sie an, bis der Morgen ihre Scharfen dunklen Kanten nicht glätten konnte.

Ich konnte nicht mehr malen. Die Waffe verfolgte mich bis in diese bisher so sichere Realität hinein, füllte sie aus und machte sie für mich unerträglich. Ich hatte versucht, sie zu verstecken. Sie verschwinden zu lassen. An allen erdenklichen Orten. In Badezimmerkörben, versteckt unter den bunten Badeperlen. Im Kleiderschrank, gedämpft von zahlreichen T-Shirt, wie bei Lukas im Schrank. Im Gefrierschrank, hinter den Iglo Erbsen verborgen. Aber egal, wo ich sie hintat, sie verschwand einfach nicht. Sie war immer noch da und ließ mich nicht los.

Ich ging wieder aus. An jedem Abend, wenn ich Björn dazu überreden konnte. Und ich sah, dass es ihn freute, ihn glücklich machte, ihn quälte. Hätte ich ihm von der Waffe erzählt, er hätte sie für mich an sich genommen. Das wusste ich. Aber ich konnte ihm das nicht antun. Niemandem. Also blieb sie da. Sie blieb da, wo ich sie gerade verzweifelt versteckte hatte. Dort, wo ich hoffte, sie endlich vergessen zu können.

Die Waffe veränderte mich. Ich fühlte mich verfolgt und beobachtet, obwohl da niemand war. Ich spürte, wie sich mir unbekannte Augen in mein Fleisch bohrten und es bis auf die Knochen versengen. Ich roch den verbrannten Geschmack, aber ich sah niemanden. Obwohl diese Waffe mich beschützen sollte, fühlte ich mich so schutzlos wie noch nie in meinem Leben. Als haben sie mir meine Haut gestohlen und mich stattdessen in eine Frischhaltefolie eingewickelt – transparent, klebend, leicht zerreißbar.

Also versuchte ich, so wenig Zeit wie möglich mit ihr zusammen zu verbringen. War meine Wohnung früher meine Zuflucht gewesen, ging ich nun sogar zum Lernen aus dem Haus und setzte mich bei schönem Wetter in den Hofgarten vor der Uni oder in eines der zahlreichen Cafés am Kaiserplatz. Manchmal war es dort so voll, dass ich mir einen dieser wackeligen Tische mit jemandem teilen musste. Packte ich aber meine zahlreichen Bücher und meinen Laptop aus, flüchtete die meisten nach kurzer Zeit. An einem besonders heißen Tag im August fand ich nach drei Stunden abtauchen in meine Bücher, in einem dieser Bücher einen Zettel. Darauf stand:

„Es war schön mit dir diesen Tisch zu teilen. Falls du, anstatt zu lesen, auch mal reden willst, dann ruf mich doch einfach mal an."

Darunter war in schön geschwungenen Zahlen eine Telefonnummer gemalt worden. Ich konnte mich nicht mal an den Mann erinnern, zu dem ich mich an den Tisch gesetzt hatte. Sicher war er nicht abstoßend gewesen, weil ich diese Exemplare schon aus Selbstschutz bei der Tischauswahl zu vermeiden wusste. Trotzdem hatte ich keine Ahnung, ob sein Äußeres wohl einfach nur unter erträglich oder eher unter gut fiel.

Ich rief ihn abends an. Die so sorgfältig gemalten Zahlen hatten mich den ganzen Rest des Tages nicht mehr losgelassen, bis ich sie endlich in mein Telefon eintippte. Er hieß Alex und hatte eine weiche, angenehme Stimme, die mich an einen Naturschwamm erinnerte. Er wirkte verschlafen, obwohl es gerade erst neun war: „Hi, ich bin die, die sich an deinen Tisch gesetzt hat und dich dann gekonnt ignoriert hat", flötete ich ins Telefon.

„Oh, hi! Freut mich, dass du anrufst."

Wir unterhielten uns über drei Stunden lang. Es stellte sich heraus, dass er Polizist war und schon geschlafen hatte, weil er Frühschicht geschoben hatte. Trotzdem hörte er nicht auf, mit mir zu telefonieren, bis wir beide kaum noch Worte hatten und uns für den nächsten Tag verabredeten.

Alex war ein attraktiver Mann mit kurzem braunem Haar und lachenden graugrünen Augen. Er war trainiert und fit und mehr als einen Kopf größer als ich. Dabei wirkte er aber so sanftmütig und ergeben wie ein Berner Sennenhund der dir morgens deine durchgeweichten und zerfledderten Hausschuhe aufs Kopfkissen legt. Er war älter als ich. Ganz genau 9 Jahre und zwei Monate. Schon beim ersten Treffen verspürte ich sofort das Bedürfnis, mich in seine langen Arme zu kuscheln und mich einfach nur festhalten zu lassen.

Wir redeten viel. Aber auch die Gespräche waren ruhig und sanft. Als lebe er in einer Kugel aus Watte. Wenn ich bei ihm war, nahm er mich in diese auf und mit jedem Wort schritt ich tiefer in diese Kugel, um mich irgendwann endgültig darin nieder zu lassen. Ich saß darin und sah meiner Rastlosigkeit zu, wie sie mit der Waffe in der Hand hilflos von draußen gegen die Kugel klopfte. Wie meine Vergangenheit, die kindliche Prinzessin, ein Tod und Lukas draußen blieben, und den Eingang nicht fanden. Und ich lächelte alle triumphierend an, weil ich dachte, dass ich es geschafft hatte. Weil ich dachte, dass ich sie endlich losgeworden war. Ich liebte dieses Gefühl. Mit ihm zusammen zu sein, war, als hätte ich Cannabis geraucht – leicht, entspannt, süchtig machend.

Er trug mich auf Händen und ich ließ mich tragen. Überall hin.

Er war Einzelkind und seine Eltern waren, als er 24 war, zurück nach Schweden gegangen. Er sah sie selten, hatte aber ein inniges Verhältnis zu ihnen. Ich beneidete ihn darum, denn er hatte etwas, was ich schon lange verloren hatte: Vertrauen. Vertrauen in seine Eltern, in seine Kollegen, in die ganze Welt.

In mich!

Einfach so.

Das faszinierte mich.

Weihnachten brachte ich ihn mit zu meinen Eltern. Ich war bis dahin nur ein einziges Mal in dem neuen Haus in Rostock gewesen, das meine Eltern nun mit meiner Schwester bewohnten. Es war ein schönes Gründerzeithaus mit einem kleinen schnuckeligen Garten. Maria-Sofias Unmut darüber schien mit den hohen, stuckverzierten Decken und den vielen Jungs in der Umgebung, die sie anhimmelten, verflogen zu sein. Als ich es das erste Mal in den langen verschnörkelten Hausflur getreten war, von dessen Decke ein großer, für mich völlig fremder, Kronleuchter hing, hatte ich das Gefühl ein Dienstbote zu sein, der eigentlich den Hintereingang hätte nehmen müssen. Die alte Garderobe streckte begrüßend ihre Arme nach mir aus, als wäre sie endlich zu Hause angekommen und nicht ich. Das gelbe Eckhaus hatte etwa 120 qm, und lehnte sich schmal an sein rotes Schwesterhaus, als wolle es sehen, was darin wohl vor sich ging. Die Räume waren schön, aber nicht riesig, in denen jede Verwinklung mit einem Kleinmöbel dekoriert wurde, deren Unsinnigkeit meine Mutter mit leuchteten Augen präsentierte. Es war ihr Werk und sie liebte es. Trotzdem fühlte sich der Atem des Hauses auf meiner Haut so fremd an, wie ein zu großer, kalter Regenmantel. Deshalb war ich froh, beim nächsten Mal meine Wattekugel mit dabei zu haben, die mir ein wohliges Gefühl vermittelte, egal wo ich war.

Ich führte Alex in das vom Flur rechts abgehende Wohnzimmer, in dessen Wintergarten nun ein riesiger Tannenbaum die Sicht auf den Garten versperrte. Meine Eltern und meine Schwester standen gerade davor und begutachtete ihr gemeinsames Schmückwerk, das eine Flut aus weiß und violett darstellte und mich an einen Weihnachtsbaum aus einem Dekomagazin erinnerte, das ich neulich beim Frauenarzt gelesen hatte – schön, perfekt, unpersönlich. Als sie uns bemerkten, begrüßten sie mich überschwänglich, als wären wir aus der Serie „Eine himmlische Familie" entsprungen – eine Familie mit

Pannen, aber trotzdem glücklich – und Alex der einzige Zuschauer.

Obwohl meine Eltern skeptisch gewesen waren, als ich ihnen von Alex erzählt hatte, besonders im Hinblick auf den Altersunterschied, sah ich sofort, dass sie ihn mochten. Man konnte Alex auch nicht nicht mögen. Er war ein Berner Sennenhund! Und wer einen Berner Sennenhund nicht leiden kann, ist entweder ein Killer, der kleinen Kätzchen das Fell abzieht, oder einfach nur aus Stein.

Ich saß auf dem Sofa und sah zu, wie meine Mutter um Alex herumflatterte wie eine Meise um eine Vogelfutterkugel im Winter und mein Vater in den weichen Rhythmus von Alex' Gesprächsmelodie eintauchte und lächelte. Ein tiefes Gefühl der Zufriedenheit drang in meine Wattekugel und kleidete sie mit einer süß duftenden Blumenwiese aus, die mich betört die Augen schließen ließ. So war es schön. So war es richtig. So sollte es immer bleiben.

Aber dann kam Lukas. Er war allein und er war Lukas. Ich hatte ihn über ein Jahr nicht mehr gesehen und entdeckte einige Zeichen in seinem Gesicht, die ich noch nicht kannte. Er lächelte reserviert und höflich und unterhielt sich mit Alex über Politik und Geschichte. Er war mein älterer Bruder, der sich mit meinem Freund unterhielt. Aber seine Blicke, die sich zu mir durch den Raum stahlen, waren kleine spitze Nägel, die sich in die Wand meiner Kugel bohrten und feine Risse hinterließen – knirschend, drohend, gefährlich.

Meine Eltern schenkten mir einen neuen Fernseher und einen DVD-Player. Meine Schwester und ich tauschten einen Schlafanzug gegen eine ausgefallene Haarspange, von der wir beide wussten, dass ich sie niemals tragen würde. Mein Bruder verteilte Schokolade und Alex schenkte mir eine wundervolle Kette mit einer kleinen Gemme. Wir lachten viel und in meiner Wattekugel kam es mir so vor, als hätte ich nie ein schöneres Weihnachten erlebt. Und wenn man sie schüttelte, rieselte der Kunstschnee über die plastikerstarrte, perfekte Weihnachtskulisse und bedeckte die kleinen feinen Unebenheiten, die keiner sehen wollte.

Alex und ich waren in einem kleinen Gästezimmer unterm Dach untergebracht. Es war mit einem hölzernen Doppelbett und einem dazu passenden Kleiderschrank ausgestattet. In einer Ecke stand erdrückend einer der alten Sessel aus unserem alten Wohnzimmer in Bonn. Ich beäugte ihn kritisch und fragte mich, ob es sich dabei um jenen Sessel handelte, hinter dem ich mich einmal versteckt hatte und unter dem die Waffe geklebt hatte, wie eine unersättliche Zecke. Mitleid schäumte in mir für dieses hilflose Möbelstück auf, das so missbraucht und beladen einfach in dieses kleine Zimmer abgeschoben worden war, als könne man so vergessen, dass er jahrelang ein Teil unseres Lebens gewesen war. Ich setzte mich darauf und wollte mich aus Verbundenheit kaum von ihm trennen. Aber nachdem Alex schon ins Bett geklettert war und mich lächelnd zu sich winkte, ließ ich den Sessel Sessel sein und kuschelte mich in seinen trockenen Wattekugelduft und wartete auf den Schlaf. Aber er kam nicht. Normalerweise schlief ich in meiner Wattekugel sorglos und tief wie eine Prinzessin, aber die kleinen feinen Risse, die Lukas' Blicke in der Glaskugel hinterlassen hatten, verursachten einen unangenehmen Zug, der meine Blumenwiese rauschen ließ. Also stand ich auf, schlich mich nach unten in die Küche, die im Gegensatz zu der früheren Küche erschlagend winzig erschien und ließ mich in der Hoffnung von dem Licht des Kühlschranks blenden, darin etwas Einschläferndes zu finden.

„Kannst du auch nicht schlafen?"

So wie Lukas da in Boxershorts und T-Shirt stand, wurde eine tiefe heiße Erinnerung in meinem Herzen entfacht, die mir den Atem nahm.

Ich schüttelte den Kopf und holte eine riesige Packung Vanilleeis hervor. Das kühle Eis sollte die Verbrennungen in meinem Inneren lindern. „Nein. Willst du auch was?"

„Gerne. Aber komm mir bloß nicht mit so einem kleinen Kinderlöffel. Mir ist nach Kochlöffel." Er griff in die Schublade und reichte mir einen großen hölzernen Löffel, während er sich selbst mir einer weißen Plastikvariante ausstattete. Ich grinste und wir stachen beide die Löffel in das weiche, schmelzende Eis. Während ich meinen Löffel genüsslich ableckte, schob sich

Lukas das ganze Teil in den Mund und färbte sein schwarzes T-Shirt Vanillefarben. Wir lachten ein klirrendes Kinderlachen, das nicht in dieses Haus gehörte. Seine Augen tauchten warm und weich in die meinen und das Lachen hing hilflos unter der Zimmerdecke wie ein mit Helium gefüllter Luftballon, den man von einem Jahrmarkt mitgenommen hat – vergessend, besitzlos, sterbend.

„Er ist nett", sagte er leichthin. „Dein Alex, meine ich. Ich mag ihn."

Er zog an dem Luftballon und die Luft entwich langsam und endgültig.

„Ja. Ich mag ihn auch." Es war als klebe ein dicker Eisklumpen in meinem Hals, der nicht in der Lage war zu schmelzen.

„Das ist gut. Ich meine, das freut mich wirklich für dich."

Er leckte an dem Löffel, an dem schon längst kein Eis mehr klebte.

„Danke!", sagte ich und starrte auf die Eispackung.

„Ich will, dass du glücklich bist. Das ist wirklich alles, was ich will. Verstehst du, was ich meine?"

„Ja." Das Eis war zu einem Stein geworden, dessen harte Kanten sich in meine Luftröhre ritzten.

„Gut." Er riss sich ein Küchentuch ab und wischte sich damit über sein T-Shirt. Sein Blick ließ den Stein in viele tausend Splitter zerspringen. „Er liebt dich."

Die Splitter verteilten sich in meiner Lunge. Setzten sich fest. „Ich weiß."

„Liebst du ihn auch?"

„Ja." Das Wort schmeckte schwer und rau. Ein Goldnugget. So wertvoll und weich.

„Gut." Er lehnte sich an die Anrichte und schob sich erneut einen Löffel in den Mund. Diesmal lachte niemand.

„Was ist mit dir? Hast du eine Freundin?"

Er lächelte mich unter seinem Löffel an: „Ich hab immer irgendeine Freundin."

„Ah, verstehe!" Ich nahm auch noch einen Löffel. „Gut."

„Ja, gut!"

Wir standen eine Weile da und aßen unser Eis. Dann legte ich meinen Löffel in die Spüle. „Ich geh jetzt wohl besser schlafen."

„Ja, mach das."

„Du hast da noch ein bisschen Eis, Lukas."

Bevor meine Hand seinen Mund berührte, hielt er sie fest. Und die Erinnerung an seinen Körper, seine Lust, seine Liebe schoss in meine Wattekugel und versengte jeden gepflanzten Grashalm, verbrannte jede Blume und erfüllte jede Zelle meines Körpers mit Sehnsucht. Und ich fühlte meine Wattekugel unter seinem Blick knirschen und knarren. Dann ließ er mich wieder los und wandte sich dem Eis zu. „Geh ruhig. Ich räum das hier auf."

Und ich ging. Meine Kugel von Rissen durchzogen, aber immer noch da.

Immer noch da.

Und ich pflegte sie, damit sich daran auch nichts änderte. Ich zog mich darin zurück so oft ich konnte und verbrachte Zeit mit Alex. Dabei kittete ich die feinen Risse mit seinen liebevollen Zuwendungen, stopfte sie mit seinen hingebungsvollen Blicken und klebte sie mit seinen sanften Umarmungen. Ich arbeitete solange daran, bis ich das Gefühl hatte, wieder vollständig geschützt zu sein. Wohlig, warm und sicher.

Und sie hielt dem Winter stand und trotze dem Regen des Frühlings, in dem ich wieder ein Jahr älter wurde. Obwohl Alex und Björn versucht hatten, mich zu meinem Geburtstag zu einer Party zu überreden, blieb ich standhaft. Mir war nicht nach feiern. Dafür genoss ich das kleine, feine Leben mit Alex in seiner Stille einfach zu sehr und wollte keine Sekunde davon verpassen. Daher gingen wir einfach nur in meinen Geburtstag hinein spazieren. Alex hielt meine Hand während wir die Poppelsdorfer Allee entlang schlenderten.

Die Schatten der großen Kastanienbäume, dessen weiße und rote Blüten schon zum Teil auf den Gehwegen verstreut lagen, zeichneten Melodien in die Nacht, zu der die Bäume leise im Wind sangen. Das Poppelsdorfer Schloss erzählte uns flüsternd seine Märchen, als Alex plötzlich stehen blieb, mich ansah und einfach die drei magischen Worte sagte: „Ich liebe dich!"

Die Worte fühlten sich gut in meinen Ohren an – weich,

warm, sicher – und ich erwiderte gerührt: „Ich liebe dich auch!"

Und ich erinnerte mich an den Goldnugget, den ich geschmeckt hatte, als Lukas mich nach meinen Gefühlen für Alex gefragt hatte, so wertvoll und weich. Aber plötzlich war ich nicht mehr so sicher, ob meine Zähne wirklich noch einen Abdruck auf dem Nugget hinterlassen würden, wenn ich testweise darauf beißen würde. Ich fragte mich, ob das Gold wirklich echt war und nicht einfach nur eine billige Kopie aus dem Kaugummiautomaten.

Aber ich ignorierte diesen Gedanken und ließ mich in seine Arme sinken, die immer noch groß und stark waren und mich festhielten und nie losließen.

Zufriedenheit ist wie ein Baum. Hat sich erstmal ein Samen irgendwo in die feste, lehmige Erde gegraben, verwurzelt er sich tief und stark. Er streckt seine kleinen grünen Blätter der Sonne entgegen, hält sich daran fest und zieht sich daran in die Höhe. Dann breitet er seine Äste aus, lässt seine Zweige ein Netz aus Holz und Licht bauen, um diese schließlich mit dichtem Laub zu bedecken. Er wächst sein Leben lang. Wird größer und breiter, majestätischer und schöner. Er wiegt sich sachte im Wind, saugt hungrig den Regen und erntet das Licht. Er wird zu einer Konstante, die dasteht und alles überwacht. Ein Denkmal für die Ewigkeit, auch wenn sich alles andere verändert. Er steht immer an der gleichen Stelle. Ist Herr über seinen Raum, ohne die Kontrolle über das zu haben, was außerhalb dessen geschieht und manchmal merkt er erst, dass alles anders ist, wenn die Kettensäge sich durch seine Rinde wühlt.

Das darauffolgende Jahr verbrachte ich viel in Alex' Wohnung. Obwohl es eine kleine, typische Junggesellenwohnung war, mit ihren vollen unordentlichen Schränken, klaren und schnörkelfreien Möbeln und dem etwas versifften Teppich, fühlte ich mich dort wohl. Sein Bett war wie er groß und gemütlich und es roch überall nach seinem Aftershave. Außerdem war in seiner Wohnung nicht diese Waffe, die ich zwar aus der Wattekugel aussperren konnte, aber nicht aus meiner Wohnung. Dazu kam, dass ich jedes Mal, wenn wir bei mir übernachteten, Angst hatte, dass Alex sie zufällig finden könnte. Schließlich suchte ich auch nach anderthalb Jahren zusammen leben immer noch den geeigneten Platz, um das Monstrum zu verstecken. Mindestens einmal in der Woche legte ich sie an einen anderen Ort, in der Hoffnung, endlich die passende Ruhestätte gefunden zu haben. Und obwohl nach einem halben Jahr die Orte logischer Weise begonnen hatten, sich zu wiederholen, dachte ich nicht daran aufzugeben. Irgendwann würde ich sie vergessen können. Sie vergraben unter Licht und Schatten der Zukunft. Irgendwann würde sie zu einer unförmigen Erinnerung werden, unkenntlich und verschwommen. Genau wie dieser Mann, der mir in meinen Träumen mit seinem toten, verwesendem Atem über den Körper strich. Und wie diese verbotene, gefährliche Liebe, die nicht sein durfte. Seite an Seite würden sie verblassen, bis sie irgendwann ganz verschwinden würden. Nie gesehen, nie gefühlt.

So hoffte ich zumindest.

Ich sah ihn auf einer Studentenparty 2002 wieder. Nachdem Alex und ich nach einer knappen Stunde anstehen, endlich in die geheiligten Hallen gelangt und unsere Klamotten an der Garderobe vermutlich für immer losgeworden waren, bahnte sich Alex erstmal einen Weg durch die Menge, um das erste billige Bier zu jagen. Ich dagegen stellte mich an den Rand der Tanzfläche und ließ meinen Blick über die vielen unterschiedlichen Gestalten schweifen. Blieb an den einen Haaren hängen, oder an jenem Rücken. Immer auf der Suche nach jemandem, den ich doch nie treffen würde, da er hunderte Kilometer und noch mehr Leben von mir entfernt war. Eine Routinehandlung wie das Kuppeln und Schalten im Auto – gedankenlos, aber doch für immer miteinander untrennbar verknüpft.

Und immer wieder gab es diesen kurzen, zischenden Moment, in dem ich glaubte, ihn doch zu sehen. In dem ich sicher war, sein Gesicht zu sehen, sobald er sich umdreht. Der dann aber wieder verpufft wie Wasser auf einer heißen Herdplatte.

Und auch diesmal entdeckte ich Jemanden, dessen

Bewegungen mir so vertraut vorkamen wie ein Muttermal auf meinem Unterarm. Dessen Rücken mich an einen jungen Mann in seinem Kinderzimmer erinnerte, auf dem das Mondlicht Straßen zeichnete. Dessen Hände mich daran erinnerten, wie ich mal berührt wurde – intensiv, einbrennend, gezeichnet. Und dann sah ich sein Gesicht und mein Herz öffnete sich wie eine Mohnblume, die ich schon fast vergessen hatte – zart, rot, knittrig. Als er in meine Richtung sah, schienen die zappelnden Leiber um uns herum einen Tunnel aus Schwingungen zu bilden, die nur wir verstehen konnten. Im Hintergrund lief gerade „Believe in Me" von Lenny Kravitz. So klar und deutlich, als würde der Song nur für uns gespielt.

Als er den Blick abriss und sich wieder dem Mädchen zuwandte, mit dem er zuvor geflirtet hatte, glaubte ich einen Moment, dass ich mir alles eingebildet hatte. Dass ich mich geirrt hatte, so wie es mir schon oft passiert war. Aber dann drehte er sich wieder in meine Richtung und ging auf mich zu. Und die Mohnblume stand in voller Blüte.

„Hey", er lächelte mich an. Und das Wort ging fast in dem langgezogenen „Me" des Sängers unter.

„Du bist hier?"

„Ja, ab und an komm ich zu Markus, um mit den alten Jungs abzuhängen."

„Du hast mir nie gesagt, dass du noch manchmal hier bist", sagte ich und untersuchte Lukas' Gesicht nach unbekannten Linien.

„Ich war einmal bei dir..."

Eine Nacht, eine Liebe, ein Schmerz.

Ich nickte.

„Hey, Lukas! Was machst du denn hier!" Alex kam mit unserem Bier und reichte mir eins.

„Ja, ich besuch einen alten Kumpel von mir!" Er zuckte mit seinem Kopf in Markus' Richtung, der gerade sein Glück bei dem Mädchen versuchte, das Lukas eben noch schöne Augen gemacht hatte. Ich konnte sehen, wie sie ihm den Rücken zu drehte und Ausschau nach Lukas hielt. „Ich glaube, da sucht dich jemand!" Meine Augen wanderten zu dem Mädchen.

„Ach, ja. Ich denke die kann noch warten", antwortete er mit einem Augenzwinkern.

„Ja, Mensch, dann können wir doch auch zusammen feiern, oder was meint ihr?" Alex' Augen veranstalteten ein fröhliches Tennisturnier zwischen Lukas und mir. Und blieben dann bei Lukas hängen, als warte er auf dessen Aufschlag „Oder hast du keinen Bock, den Abend mit deiner kleinen Schwester und ihrem alternden Freund zu verbringen?"

Er lachte. Und wir lachten auch, aber Lukas' Augen gruben sich tief in meine.

„Quatsch. Das wird lustig! Kommt einfach mit rüber!" Er drehte sich um und wir folgten ihm in einer Ameisenstraße zu Markus und seinen Freunden. Er machte uns miteinander bekannt, soweit wir uns noch nicht kannten und wir stießen auf einen erfolgreichen Abend an.

Wir lachten, tanzten alberne Tänzen, tranken und die Normalität nahm mich das erste Mal seit Jahren an der Hand. Wirbelte mich herum und schmiss mich ausgelassen in die Luft, wie ein unwissendes Baby, so dass ich jauchzend wieder in ihren Armen landete. Sie ließ mich glauben, dass ich und mein Bruder nichts anderes waren als Geschwister. Das wir zusammen mit meinem Freund auf einer Party waren und genauso Spaß hatten, wie all die anderen Brüder und Schwestern auf dieser Welt. Das sich die Dinge ändern konnten. Das alles anders sein konnte. Aber in dem Gedränge einer Party lässt sich eine Hand schnell wieder verlieren. Sie rutscht einfach aus deiner und ist zwischen all den Füßen einfach nicht mehr wieder zu finden.

„Wusstest du, dass dein Bruder auch hier ist?", fragte mich Alex irgendwann als wir zum gefühlt hundertsten Mal für ein Bier anstanden. Ich war zwar noch nicht wirklich betrunken, aber ich merkte, wie mir alles ein wenig leichter und weniger schlimm erschien. Als wären die Farben des Lebens ein wenig bunter geworden. Nur eine Nuance, aber intensiv genug, dass sich immer wieder ein Lächeln auf mein Gesicht stahl.

„Nein, wir haben ihn hier ganz zufällig getroffen. Warum fragst du?"

„Ich weiß nicht. Er wohnt in Berlin und ist nur super selten hier, ruft seine kleine Schwester aber nicht an, um ihr zu sagen, dass er da ist. Findest du das nicht komisch?" Er versuchte mit fuchtelnden Armen die Aufmerksamkeit der Thekenbedienung auf sich zu lenken. „Du hast zwar mal erzählt, dass euer Verhältnis mal nicht so gut war, aber an Weihnachten habt ihr euch doch gut verstanden."

Avril Lavigne sang gerade aus vollem Herzen „Complicated", so dass ich lächeln musste und sagen wollte: „Hör doch zu! Da ist die Antwort", aber ich tat es nicht, sondern nahm stattdessen mein Bier entgegen, das die genervte Studentin hinter dem Tresen mir entgegenstreckte.

„Ich hab keine Ahnung. Vielleicht hat er spontan entschieden, dass er herkommt und hätte mich Morgen gefragt, ob ich Zeit hätte, ihn zu sehen. Ist doch auch egal. Ist doch lustig oder nicht?"

„Ja, klar! Ich hab mich eben nur gewundert. Aber wenn es für dich okay ist, dann ist es das für mich auch." Er zog mich an sich ran und küsste mich stürmisch, so dass ich Bier über meine Schuhe schüttete. Ich lachte. Aber es klang schrill, hohl und falsch zwischen Avril Lavignes Komplikationsgesang.

So gegen zwei verließen wir die Party. Alex war ziemlich betrunken, obwohl er am nächsten Tag Dienst hatte. Ich hatte nach unsere Unterhaltung nur noch Cola getrunken und fühlte mich nun schon fast wieder nüchtern. Auch Lukas schien nicht im Ansatz betrunken zu sein. Er hatte zwar die ganze Zeit ein Bier in der Hand gehabt, wie viele es allerdings gewesen waren, konnte ich nicht sagen. Markus stand knutschend mit seiner Eroberung am Straßenrand. Sie hielten sich dabei schwankend aneinander fest und wirkten dabei wie eine verschlungene Eiche, die verzweifelt versucht, dem Wind zu trotzen. Seine Hartnäckigkeit hatte sich ausgezahlt. Das Mädchen, das sich zunächst für Lukas interessiert hatte, hatte nach ein paar Cocktails und diversen Schleimattacken von Markus schließlich nachgegeben, da sie wohl einsehen musste, dass Lukas dann doch kein Interesse an ihr hatte.

„Oh, Mann! Wie soll das nur werden heute Nacht?", sagte Lukas mit einem Blick auf die stürmische Eiche. „Er hat ein Einzimmer-Appartement und nur ein Bett."

„Tja, du kannst dich ja im Badezimmer einschließen bis sie fertig sind!" Ich klopfte ihm auf die Schulter, wobei ich die elektrischen Schläge, die wie ein Defibrillator meinen Herzschlag beschleunigten, versuchte geflissentlich zu ignorieren.

„Sehr schöne Idee, Luisa. Besonders da du nicht weißt, dass sein Bad ungefähr so groß ist wie eine Mikado-Packung. Nur das dort nicht ALLES mit Schokolade überzogen ist."

Alex schob sich zwischen uns und legte jedem von uns einen seiner alkoholgetränkten Arme auf die Schulter. „Du kannst doch bei Luisa übernachten. Ich bin heute leider raus, weil ich morgen noch arbeiten muss. Also ist da noch Platz im Bett. Ihr seid doch Geschwister, da ist das schon in Ordnung." Er drehte sich um und erbrach sich.

Lukas und mein Blick griffen in einander wie die Zahnräder eines Uhrwerks – stark, mahlend, präzise aufeinander abgestimmt. Ich wollte protestieren, wollte irgendetwas sagen, aber die Worte gingen nicht über meine Lippen, sondern verrauchten für immer in meinem verbrauchten Atem, als wären sie nie dagewesen.

Alex brachte uns sogar noch nach Hause, obwohl ihm immer noch Speiübel war. Er redet die ganze Zeit wie ein Wasserfall und bemerkte nicht, dass Lukas und ich kein Wort sagten, sondern die Erde im Dunkeln nach Brotkrumen absuchten, die uns vielleicht auf den richtigen Weg geleitet hätten und uns doch nur bis zu meiner Haustür führten.

„Okay, dann geh ich jetzt mal zu Markus", startete Lukas noch einen letzten Versuch.

„Jetzt sei doch nicht lächerlich", lallte ihm Alex entgegen. „Für mich ist das echt kein Problem. Wenn ich nach Hause gehe, ist das auch für Luisa besser. Ich schnarche nämlich furchtbar, wenn ich gesoffen habe. Also du versaust uns keine gemütliche Nacht, mein Guter. Alles in Butter. Außerdem werden wir davon ja noch eine Menge haben." Damit gab er mir einen übelriechenden Kuss und torkelte erst Richtung Kessenich davon, nachdem wir schon bei mir im Haus verschwunden waren.

Oben angekommen standen wir vor meiner offenen Wohnungstür wie ein Liebespaar beim ersten Date – schüchtern, unsicher, erwartungsvoll.

„Ich geh dann jetzt lieber. Ich glaub, ich penn einfach heute im Auto. Hab ich schon mal gemacht. Geht ganz gut", sagte Lukas und wandte sich zum Gehen. „Es war wirklich schön, dich zu sehen."

„Ja, das fand ich auch." Ich steckte den Schlüssel in mein Schloss, drehte mich dann aber wieder zu ihm um. „Lukas? Das ist doch lächerlich. Du kannst hier doch schlafen. Ich meine, WIR können das!"

Ich ging demonstrativ in die Wohnung und ließ die Tür offen stehen. Er kam mir hinterher, blieb aber wie schon mal neben Karlchen Kühlschrank stehen.

„Ich weiß wirklich nicht, Luisa."

Sein Blick war eine klaffende Wunde, durch die ich sein ganzes Inneres sehen konnte – Schmerz, Einsamkeit, Liebe.

„Ich glaube, ich kann das nicht!", sagte er.

Ich ging auf ihn zu und wollte seine Hand nehmen, ließ meine dann aber in der Luft hängen wie einen reifen Apfel am Baum.

„Wir können das, Lukas! Wir MÜSSEN das können!"

„Ich weiß. Aber... es ist so verdammt schwer."

Ich nickte, ging zu meinem Bett, setzte mich gemütlich darauf und klopfte auf die noch freie Seite. Mein Lächeln kämpfte gegen die Tränen, die sich in meinen Augen sammeln wollten wie eine Horde aggressiver Hooligans – drängend, beherrschend, gewaltig. Aber er kam zu mir. Und so saßen wir neben einander wie zwei Latten eines Zaunes – gerade, perfekt zugesägt, mit mindestens zehn Zentimetern Abstand von einander – und starrten an die Decke. Jedes noch so kleine Härchen meines Körpers bog sich in seine Richtung, wollte ihn umschlingen, festhalten und zu mir heranziehen. Aber ich ignorierte sie, kämpfte dagegen an und gab ihrer Sehnsucht nicht nach. Ich dachte an Alex, der jetzt langsam zu Hause angekommen sein würde und das einfach nicht verdient hatte. Aber hatte ich ihn überhaupt verdient? Ich versuchte mir meiner Wattekugel wieder bewusst zu werden, aber die Wände waren im Laufe des Abends dünn und durchscheinend geworden wie Pergamentpapier.

„Ist es nicht komisch? Ich meine, wir sehen uns so selten und trotzdem…", er sprach leise, aber seine Worte drangen mühelos durch das Pergamentpapier und hallten noch in meiner Leber wieder.

„Trotzdem ist es schlimm?", beendete ich den Satz, nachdem sich die Schwingungen in meiner Leber beruhigt hatten.

„Ja. Es ist schlimm!"

„Warum ist das so? Warum sind WIR so?"

„Ich weiß es nicht! Wenn ich es wüsste, ich würde es abstellen."

„Würdest du das?" Die Worte standen in der Luft zwischen uns wie eine Schwebfliege – summend, rotierend, still.

„Nein", sagte er und sah der Schwebfliege zu, wie sie langsam davonflog, bis seine Augen in meinen landeten und dabei das Pergament zerrissen. „Dafür ist es einfach zu schön. Zu einzigartig. Ich will es nicht missen, auch wenn es weh tut." Sein Blick wühlte in mir. Zerrte an meinen Lenden. Zerriss mir den Unterleib. Ich senkte den Blick und versuchte, wie eine Schwangere die Wehen weg zu atmen. „Erzähl mir was von dir. Wie du lebst, was du so machst. Du bist da in Berlin und ich weiß nichts mehr über dich."

Und er erzählte. Er erzählte mir von seiner WG, aus der er jetzt ausziehen musste, weil er mit den Freundinnen seiner Mitbewohner geschlafen hatte. „Ich hab es echt nicht drauf angelegt. Ich finde beide doof, aber sie haben sich mir an den Hals geworfen. Und das meine ich wörtlich! Die eine hat tatsächlich eines Abends nackt in meinem Bett auf mich gewartet." Es machte ihm nicht sonderlich viel aus. Seine drei Mitbewohner waren nicht seine besten Freunde geworden. „Es sind strebrige Schleimer. Langweilig und dröge. Im Prinzip genauso wie ihre Freundinnen." Er grinste mich an und ich grinste zurück. Wir entspannten uns langsam. Das tat gut. Er hatte schon eine Wohnung gefunden. Er wollte diesmal allein wohnen. „Das mit der WG war ja nur, weil ich es eilig hatte. Aber im Grunde weiß ich schon, dass ich eigentlich als Mitbewohner für niemanden zumutbar bin. Keiner will so eine Ordnung, wie ich sie will. Ich bin eben pedantisch!" Er erzählte auch über sein Studium. Er fühlte sich das erste Mal in seinem Leben ausgelastet und gefordert. Lernte, was Lernen bedeutet und war glücklich damit.

Auch ich erzählte einiges. Von meinem Studium, das mich zeitweise langweilte, aber trotzdem vorwärts trieb. Von irrwitzigen Situationen mit Björn, wenn wir unterwegs waren. Wie er einmal in betrunkenem Kopf versucht hatte, ein Straßenschild abzumontieren und während er wie ein Affe um das Metallrohr geschlungen versuchte das Schild herunter zu bekommen, ein Streifenwagen aufgetaucht war. Auf die Frage der Polizisten, was er da gerade mache, antwortete er, er versuche die Vogelscheiße von dem Schild abzubekommen, da man es ja sonst nicht mehr lesen könne. Das Schild war ein Stoppschild und der Vogelkot befand sich auf dem unteren Rand. Ich hatte mich vor Lachen kaum halten können, während die Polizisten ihn von dem Schild pflückten, weil er selbst nicht mehr wusste, wie er wieder runterkommen sollte. Aufgrund seines einnehmenden Wesens kam er noch mal mit einer Verwarnung davon. Aber bei jedem Stoppschild, das ich mit ihm zusammen sah, fragte ich ihn, ob er ein Tuch zum Wischen bräuchte. Lukas lachte. „Er war schon immer ein witziger Kerl. Ich mochte ihn nur nicht, weil er mit dir zusammen sein durfte, ohne Schuldgefühle zu haben." Wir hatten uns zurück fallen lassen und lagen nun mit dem Rücken auf dem Bett und beobachteten die tanzenden Schatten des Kastanienbaumes an der Zimmerdecke.

„Wir hatten aber nie was miteinander." Ich drehte mich zur Seite, stützte meinen Kopf mit meinem Arm ab und sah auf ihn hinunter.

„Nein, aber er konnte bei dir sein und dich anhimmeln, ohne dass es irgendwie komisch war. Und dass er dich liebt, hab ich dir ja schon mal gesagt. Das war schon immer so."

„Ja, keine Ahnung. Manchmal denke ich das auch, aber dann glaube ich, dass ich mir das einbilde. Er hat schließlich auch ständig Freundinnen." Ich ließ mich wieder zurück auf den Rücke fallen.

„Ich hab auch ständig irgendeine Tussi am Start, obwohl ich immer nur dich lieben werde. Wir Männer sind da eben so! So versuchen wir, zu vergessen." Wieder wühlten seine Augen in meinen Eingeweiden und wieder wich ich seinem Blick aus, während ich dabei zusah, wie ein Teil meiner pergamentenen Wattekugel zu Boden schwebte – langsam, schön, für immer.

„Na, ich weiß nicht. DU versuchst so zu vergessen! Aber Björn mag die Mädchen, mit denen er zusammen ist, wirklich. Du hingegen vögelst sie nur. Vielleicht ist das zwischen Björn und mir auch einfach nur so eine alte Vertrautheit. Sonst nichts."

„Vielleicht. Und was ist mit Alex?"

Ich hatte ihn bisher bewusst ausgeklammert. Ein verzweifelter Versuch, die Reste meiner Wattekugel zusammenzuhalten. Und jetzt wo die Worte auf dem Tisch lagen, merkte ich, dass ich gar nichts über ihn zu erzählen hatte. „Was soll mit ihm sein. Ich fühl mich wohl bei ihm. Ich bin gerne mit ihm zusammen."

Das war alles. Mehr konnte ich nicht über die Beziehung sagen, die ich jetzt schon über zwei Jahre führte. Mehr war da nicht.

Lukas sah mich an. Sein Blick streichelte mich liebevoll und die Traurigkeit umspülte mich plötzlich wie eiskaltes Wasser – schaumig, tief, wahr.

Wir sprachen noch die ganze Nacht. Holten nach, was nachzuholen war und drangen viel tiefer in einander ein, als wenn wir miteinander geschlafen hätten. Eine Intimität stieg zwischen uns auf wie eine wunderschöne Seifenblase. Ihre unendlichen Fassetten schimmerten in der Dunkelheit wie eine Sonne eines unbekannten Planeten – atemberaubend, einzigartig, vergänglich. Ich wollte sie festhalten, fixieren und an mich drücken, aber ich wusste, dass ich das nicht durfte. Dass wir es nicht konnten. Dies war ein Moment unserer Liebe. Dieser Liebe, die nicht sein durfte. Wegen der schon zu viel geschehen war. Die so zerstörerisch und gefährlich war, dass sie jemanden getötet hatte.

Zu gerne hätte ich mit ihm über den schmierigen Geist unseres Nachbarn gesprochen, der mich immer noch verfolgte. Sich in meine Gedanken und Gefühle schlich, wenn ich alleine war. Der mich manchmal zusammenzucken ließ, wenn Alex mich ohne Vorankündigung anfasste. Und von dem nur Lukas etwas wissen durfte. Ich wollte wissen, ob er ihn auch verfolgte, ihm auch im Schlaf ins Ohr flüsterte, oder ob er sich nur bei mir häuslich eingerichtet hatte und Lukas auch für ihn einfach die Tür verschlossen hielt?

Auch die Waffe lag mir schwer und glühend auf der Zunge, aber ich schluckte sie zusammen mit dem Geist hinunter, weil ich wusste, durch ihr erwähnen hätte er sich wieder vor mir zurückgezogen. Und das wollte ich nicht. Ich wollte ihn hier haben.

Hier bei mir.

Für immer.

Als die Sonne sich durch die Kastanienbäume in mein Zimmer stahl, lagen die Reste meiner Wattekugel auf meinem Bett verstreut. Kleine durchscheinende Schnipsel – leicht, unklebbar, unbedeutend. Ich versuchte sie gar nicht mehr zusammenzufegen. Ich ließ sie einfach dort liegen und starrte sie an, während Lukas und ich uns ohne uns zu berühren verabschiedeten, als läge ein ganzer Kontinent zwischen uns. Und nachdem Lukas gegangen war, waren die Schnipsel schon so verblasst, dass ich fast nicht mehr wusste, wie sie mal ausgesehen hatten.

Wenn die Wahrheit uns trifft, ist sie meist spitz und scharf und bohrt sich mitten ins Herz. Wie ein Speer saust sie auf uns zu und so sehr wir auch versuchen auszuweichen, irgendwann trifft sie uns doch. Der Speer hat Widerhaken und ist er einmal in deinem Herzen verankert, wirst du ihn nicht mehr los. Du kannst den Schaft abbrechen und die Spitze in deinem Herzen versuchen zu ignorieren, aber irgendwann geht das nicht mehr. Nämlich dann, wenn dein Herz völlig ausgeblutet ist.

Ohne meine Wattekugel kam mir meine Beziehung zu Alex seltsam klar vor. Als hätte man die ganze Zeit eine Brille gebraucht und gar nicht gewusst, wie eine richtige Kante aussieht. Wenn man dann eine passende Brille aufsetzt, schneiden dir die Kanten und Ecken schmerzhafte Furchen in die Augen und du willst die Brille am Liebsten wieder absetzen. Ich hatte das Gefühl, als hätte seine Stimme sich verändert. Als sei sie irgendwie lauter und schneidender als zuvor. Als hätte die

Watteblase tatsächlich seinen Ton gedämpft. Auch seine Ohren kamen mir irgendwie größer vor und seine Füße behaarter. Überhaupt bemerkte ich Dinge an ihm, die scheinbar vorher durch die Watteblase gefiltert worden waren. Zum Beispiel drehte er seinen Löffel beim morgendlichen Jogurt essen im Mund immer um 180 Grad um. Vielleicht um ihn besser ablecken zu können, weil er befürchtete, dass seine Oberlippe nicht ergonomisch genug geformt für einen Löffel war. Oder aber weil er dachte, dass durch die Drehung im Mund der Geschmack noch einmal vollkommen herumgewirbelt werden würde. Wie auch immer. Und es war mir auch egal. Aber er nervte mich mit jedem Jogurt mehr. Außerdem schien er ständig Knoblauch zu essen. Wenn wir uns abends trafen, erschlug mich sein Mundgeruch häufig wie ein Klavier aus dem dreizehnten Stockwerk. In Kombination mit dem leckeren Feierabendbier beim Fernsehen, war die ganze Sache kaum auszuhalten. Außerdem summte er immerzu. Ich fragte mich oft, ob er diese Dinge schon früher getan hatte und ob sie mir tatsächlich erst jetzt auffielen. Trotzdem bemühte ich mich nach Kräften, all diese nervigen Details als unbedeutend abzutun. Ich liebte Alex doch und nur das zählte. Aber ich spürte schon, als ich den Satz in meinem Kopf formulierte, dass er eine Lüge war.

Ich liebte ihn nicht.

Ich liebte Lukas.

Ich würde ihn immer lieben.

Immer nur ihn.

Die Erkenntnis traf mich wie ein Presslufthammer – laut, brutal, immer wieder. Und eine durchdringende Wut auf mich selbst machte sich in mir breit. Warum war ich nicht in der Lage, diesen wundervollen, sanftmütigen Mann zu lieben, sondern hielt mich weiterhin an einer unmöglichen, verboten Liebe fest, die sich nie erfüllen würde? Warum zog ich den Schmerz dem Glück vor? Warum konnte ich die Tür nicht einfach schließen und nie wieder öffnen? Die Antwort war so einfach wie auch niederschmetternd: Es war einfach so. Ich würde Lukas nie komplett aus meinem Leben streichen können. Er war mein Bruder. Selbst wenn wir uns mehrere Jahre nicht sehen würden, wäre er bei jedem Besuch bei meinen Eltern, bei jedem Telefonat

anwesend. Wie ein Krümel in der Suppe, den man einfach nicht zu fassen kriegt. Und selbst wenn das alles nicht so wäre. Wenn er nicht mein Bruder wäre, sondern nur Romeo Montague, so könnte ich diese Liebe dennoch nicht ablegen, wie eine schäbige Jacke. Denn sie war zu meiner Haut geworden, die ich tragen musste. Jeden Tag.
Zu jeder Stunde.
Für den Rest meines Lebens.
Ich kämpfte dagegen an. Wollte es nicht wahr haben. Versuchte mir einzureden, dass es doch anders war. Dass es anders sein musste. Aber als jede Zelle meines Körpers „nein" schrie, wenn Alex mich küsste, gab ich mich geschlagen.
Fünf Monate nach dem Auflösen meiner Wattekugel, machte ich mit Alex Schluss. Er weinte und seine Tränen waren eine Faust, die mein Herz in feines Pulver zermalmte.
Ich hatte ihn wirklich lieb und würde ihn in meinem Leben mehr als vermissen, aber es reichte eben nicht. Es war nicht genug. Ich spürte, dass er viel mehr wollte und er hatte nicht verdient, dass ich ihm etwas vormachte, was ich nicht würde erfüllen können.
Niemals.
Mit Niemandem.
Als er ging, weinte ich, wie ich nie um Lukas und mich geweint hatte. Als wäre mir jetzt erst die Tragweite meiner Beziehung zu ihm bewusst geworden. Sie bestimmte mein Leben und ich konnte mich nicht davon befreien. Und ich hasste mich dafür. Ich war schwach und dumm. Unfähig und nutzlos. Und der Hass gärte in mir über Wochen wie ein guter Wein. Wurde reif und rot und rund. Mit einem leichten Grapefruitaroma im Abgang – bitter, schwer, haftend. Ich malte mir mein Leben aus, wie es wohl von jetzt an werden würde. Wo keine Beziehung mehr sinnvoll erschien, keine an das heranreichen würde, was Lukas und ich hatten.
Hätten haben können.
In einer anderen Zeit.
In einer anderen Welt.
Aber was für eine Zukunft würde ich jetzt haben? Für immer an Lukas gebunden und niemals frei. Niemals glücklich. Das

konnte ich nicht zulassen. Das durfte ich nicht zulassen. Weil das Leben sonst keinen Sinn ergeben hätte. Nicht ohne ihn. Also ließ ich den Wein reifen, entkorkte ihn und ließ die Wut durch meine Adern fließen. Ließ mich berauschen. Bis in jeden Nerv und jede Zelle. Ich überließ dem Wein die Kontrolle. Ließ mich von ihm führen. Ertränkte meine Sentimentalität, meine Schwäche. Betäubte meine Ängste und meine Liebe. Er verlieh mir die Illusion stark zu sein und mein Leben selbst in die Hand nehmen zu können. Alles abstreifen zu können, was früher war. Alles hinter mir zu lassen, was geschehen war.

Ich glaubte, vergessen zu können.

Lukas vergessen zu können.

So wie er auch versuchte, mich zu vergessen. Das schien die einzige Lösung zu sein. Vergessen. Die Gefühle mit stärkeren Gefühlen zu übertünchen. Mit Ekstase. Mit Lust. Mit Sex. So wie Lukas es immer schon getan hatte.

„Ich kann das auch! Ich kann das genauso gut, wie du! Und es wird funktionieren!", sagte ich dem, der mich nicht hören konnte. Wenn ich schon keine Beziehung haben konnte, dann wollte ich wenigstens das, was er hatte.

Wild knutschend, suchte ich unter den sich interessiert zu mir hinunter neigenden Kastanienbäumen meine Schlüssel in meiner Handtasche. Diese absurde Wesen, das ständig an mir dranhing und scheinbar alles notwendige zu verschlingen schien: ein Tampon, wenn man es dringend braucht, eine Haarklammer, die den nervigen Pony endlich aus dem Gesicht verbannt, oder eben den Haustürschlüssel, den man dringend braucht, um mit dem Typen aus der Bar, den man einfach ohne Grund mit den Worten „Willst du Sex?" angequatscht hatte, zu Ende zu führen, was man begonnen hatte. Jetzt bekam ich natürlich alles gegriffen: Lippenstift, Fleckwegstift, Nagelfeile, Taschentücher...

Vielleicht hatte ihn mir irgendwer aus der Tasche genommen, während ich die enormen Oberarme meiner Eroberung mit den Augen abgemessen hatte. Ich wollte etwas Entschuldigendes sagen, aber plötzlich fiel mir ein, dass ich nicht mehr wusste, wie er überhaupt hieß. Ich war mir nicht mal mehr sicher, ob ich ihn überhaupt danach gefragt hatte, oder ob er mir seinen Namen genannt hatte. Ich hatte mir ordentlich Mut antrinken müssen, bevor ich ihn gefragt hatte, ob er mit mir schlafen will. Ich schaute ihm ins Gesicht als könne ich da irgendwo zwischen seinen blauen Augen und seiner irgendwie zu geraden Nase, seinen Namen finden.

„Alles klar?", fragte er schon etwas ungeduldig. „Wird das heute noch mal was?"

„Oh, ja, sicher! Tschuldigung." Ich wühlte wieder angestrengt in meiner Tasche und hielt endlich triumphierend meinen Schlüssel hoch. Der Typ, dessen Namen ich nicht kannte, zog anzüglich die Augenbraue hoch und die Lust schoss mit heiß durch die Adern. Schnell sperrte ich die Haustür auf, nahm seine Hand und zog ihn hinter mir her die Treppe zu meiner Wohnung rauf. Ich steckte den Schlüssel in das Schloss meiner Wohnungstür, schloss aber nicht sofort auf, sondern drückte ihn, einem Impuls folgend, an die Wand neben meiner Tür, schlang meine Beine um ihn und küsste ihn leidenschaftlich.

„Komm her…" Verdammt, der Name!!! „… du wilder Hengst, du!", murmelte ich stattdessen in seinen Nacken.

Er bemerkte meine Namensschwäche scheinbar nicht und packte mich mit seinen starken Armen, hob mich hoch und drückte nun mich gegen die Wand. Eine Hand unter meinem Po, eine an meinem Rücken.

Ich fühlte seine Finger an meinem BH-Verschluss arbeiten. „Vielleicht sollten wir doch lieber reingehen?!", hauchte ich in sein Ohr. Mein Kopf ganz schwammig von Alkohol und Lust.

„Wie du willst!" Er warf mich mit einer Bewegung auf seine Arme, schaffte es irgendwie auch noch meine Tür aufzuschließen und trug mich in meine Küche.

Ich begrüßte Karlchen, den Kühlschrank, mit meinem Knie, das dagegen stieß, aber ignorierte den Schmerz und tauchte in den Duft seiner Männlichkeit ein und las die Bewegungen seiner Muskeln, die mich hielten, mit der Faszination einer fremden Sprache. Nur am Rande nahm ich wahr, wie er die Tür mit seinem Fuß ins Schloss trat. Ich war erfüllt von Lust, von Gier, von Sex. Und ich hielt mich daran fest, wie ein Wanderer, an dem Seil, mit dem die Bergwacht ihn aus der Schlucht retten soll –

ängstlich, verstört, lebensrettend. Ich wollte nicht abrutschen. Ich durfte nicht abrutschen. Wenn ich abrutschen würde, wäre alles vorbei. Ich wollte diesen Typen jetzt, egal wie, egal wo.

Er packte mich, trug mich irgendwo hin, und drückte mich wieder gegen irgendeine Wand. Seine Hände schienen schon überall auf meinem Körper zu sein und mir wurde bewusst, dass er mich schon bis auf meine Unterhose ausgezogen hatte, die seinen Fingern wohl auch nicht mehr lange standhalten würde.

Ich riss ihm das Hemd vom Leib und konnte es kaum erwarten, dass er sich die Hose herunterstreifte. Die Schatten der Kastanien kitzelten seine schönen runden Muskeln und ich schüttelte mich kurz, weil das Bild anderer Muskeln in denselben Schatten vor meinen Augen erschien. Muskeln, die ich zu gut kannte. Ich konzentrierte mich auf die Boxershorts, die Mr. Namenlos an hatte. Die eng anliegend war, mit Nadelstreifen und schon deutlich zeigte, was sie noch verborgen hielt. Mein Körper fühlte sich an, als habe jemand ihn in eine offene Flamme gehalten. Ich drückte mich an seinen kühlen Körper und es fühlte sich richtig und gut an. Ich spürte seine Hände wieder in meiner Unterhose. An meinen Po-Backen. Zwischen meinen Beinen. Also konzentrierte mich darauf und versuchte die Gefühle, die daran geknüpft waren, zu genießen. Ich klammerte mich weiterhin an dem lebensrettenden Seil, aber ich merkte, dass meine Hände schwitzig wurden und ich mich nicht mehr halten konnte. Ich rutschte ab und plötzlich wollte ich seine Hände nicht mehr. Plötzlich fühlte sich das alles nicht mehr gut an. Seine Hände, seine Zunge, sein Körper. Nichts fühlte sich mehr gut an. Nein, er widerte mich an. Alles an ihm.

„Stopp!"

Es war ein lautes schrilles Wort, das sich in den Schatten der Kastanien auf seinen Brustmuskeln verfing. Ich stieß ihn mit all meiner Kraft, all meinem aufkeimenden Ekel, der vor Erinnerung triefte und den ich nur noch ausspucken wollte, von mir. „Lass das!"

„Ach, komm schon!!" Sein Grinsen, das mich noch vor einer Sekunde von innen heraus hatte schmelzen lassen, verleitet mich nun dazu, meine Fäuste zu ballen.

„Nein, ich will nicht mehr. Es war eine dumme Idee. Es tut

mir leid. Wirklich. Aber ich möchte jetzt lieber, dass du gehst!"

„Das kann doch nicht dein Ernst sein."

Er machte einen Schritt auf mich zu und streckte die Hand nach mir aus. Aber ich wich ihm aus. Ich musste von dieser Wand weg. Er erdrückte mich. Er war mir zu nah! Ich konnte nicht atmen.

„Ich hab gesagt, du sollst das lassen!" Ich glitt an ihm vorbei und brachte den Küchentisch zwischen uns. „Bitte, es geht einfach nicht, okay? Also geh!"

„Du willst wohl ein bisschen spielen, was? Das kannst du haben." Er lächelte ein Lächeln, das ich vermutlich noch vor einer Minute als schelmisch beschrieben hätte, das jetzt auf mich aber nur noch wie eine beängstigende Fratze wirkte.

Er positionierte sich am anderen Ende des Tisches und fing an mal nach links und mal nach rechts vorzutäuschen, als wollte er mit einem kleinen Kind Fangen spielen. Ich blieb, wo ich war und starrte ihn an, fixierte ihn so durchdringend wie mit einer Nagelpistole. „Nein, ich will nicht spielen. Ich will einfach nur, dass du verschwindest!", sagte ich so bestimmt ich nur konnte.

„Ich mag Frauen, wie dich! Immer für eine Überraschung gut!" Und plötzlich setzte er zu einem Sprung an. Entsetzt machte ich einen Satz zu der Seite des Tisches, an der er noch vor einer Sekunde gestanden hatte. Das Mondlicht ließ seine Muskeln jetzt nur noch kantig und scharf wirken – gefährlich und unbesiegbar. Ich dachte daran, wie leicht er mich hatte hochheben können. Und fragte mich, wie um alles in der Welt ich mit diesem Typen fertig werden sollte, wenn er nicht kapierte, dass ich alles andere als noch ‚spielen' wollte? Und plötzlich zerrten Bilder von einem anderen Mann an meiner Seele, dessen Arme alt und schwach ausgesehen hatten, gegen die ich mich aber dennoch kaum hatte wehren können.

Weil ich zu schwach gewesen war.

Zu ängstlich.

„Na komm schon, Kätzchen", gurrte er. „Zier dich nicht so. Du willst es doch auch! Ich kann deine Feuchtigkeit noch an meinen Fingern riechen!" Er steckte sich genüsslich einen Finger in den Mund und die Fratze wurde immer breiter. „Das schmeckt nach mehr!"

Mir wurde schlecht, während seine Augen denen eines lauernden, Ass fressenden Kojoten ähnelten.

„Du wirst aber nicht noch mehr bekommen! Also verschwinde! Ich meine es ernst!" Ich versuchte die bekannten, aufsteigenden Insekten und Tauben, die so lange tief in meinem Inneren geschlummert hatten, aus meiner Stimme fernzuhalten. Ihr Summen und Brummen, ihr Krabbeln und Zappeln. Denn ich wusste, dass ich nur eine Chance hätte, wenn er nicht merkte, wie schwach ich eigentlich war. Wie leicht ich zu beherrschen war – beherrscht wurde - von ein paar kleinen Insekten und schmutzigen Tauben in meinem Inneren.

Aber es brachte nichts.

„Und ich meine es auch ernst", sagte er und schon war er bei mir und hielt meine Handgelenke fest. Seine Berührung ließ einen Blitz durch meinen Körper fahren, der innerhalb einer Sekunde meine Knochen verflüssigte, so dass ich mich kaum noch auf den Beinen halten konnte und in mich zusammenfiel. Aber das kümmerte ihn überhaupt nicht, sondern er zog mich einfach an den Armen wieder hoch und vergrub sein Gesicht in meinen immer noch nackten Brüsten. Ich wollte schreien, aber die Insekten hatten ein Netz in meinem Mund gesponnen und ihn für immer verklebt – stumm, still, sterbend. Ich versucht mich zu konzentrieren, mich zu beherrschen. Mich an mir festzuhalten. Ich musste wieder die Kontrolle über meinen Körper erlangen, über meinen Willen. Ich atmete tief ein und zog an meinen Mundwinkeln, bis es wie ein Lächeln aussehen musste und sah ihm in die Augen.

„Ja, so mag ich es!", hauchte ich in sein Ohr und zerriss die Netze in meinem Mund. „Nimm mich ganz hart ran!"

„Na, wusste ich es doch! Du bist genau so eine, die mir gefällt!". Er ließ mich wieder los und packte meine beiden Pobacken so fest, dass ich vor Schmerz ein Keuchen unterdrücken musste. Aber ich durfte die Kontrolle nicht wieder verlieren. Diesmal nicht. Ich durfte mich nicht noch einmal ergeben. Ich musste kämpfen. Also spielte ich weiter mit und streichelte seine Brust. Ich lächelte ihm zuckersüß in sein Gesicht, um ihm dann mit einem Mal meine Fingernägel ins Fleisch zu rammen. Er jaulte genüsslich auf. Also machte ich weiter und arbeitet mich vor. Ich biss ihm leicht in den Arm und ließ meine Hände langsam und geschickt immer weiter nach unten wandern. Als ich mein Ziel in den Händen hielt, sah ich ihn kurz an, während ich es streichelte. Dann legte ich meine beiden Hände darum und drückte so fest zu, wie ich konnte. Dabei drehte ich meine Hände mit aller Kraft in entgegen gesetzte Richtungen. Sofort schrie der Mann ohne Namen laut auf und krümmte sich unter dem Schmerz zusammen.

„Du verdammte Schlampe!", brüllte er mich mit seinen Genitalien in den Händen und schmerzverzerrtem Gesicht an.

„Ich hatte ‚Nein' gesagt", erklärte ich ihm ganz ruhig. „Und entgegen der landläufigen Meinung. Bedeutet ‚Nein' auch wirklich nein!

„Ach ja, meinst du das?" Sein Blick brannte sich in meine Augen. Und mit einem Ruck richtete er sich wieder auf. So als sei der Schmerz etwas, dass er einfach zulassen und abstellen konnte wie einen Rasenmäher. Er machte einen Schritt auf mich zu. „Du meinst also, dass du mich den ganzen Abend heiß machen kannst. Mit deinen kleinen, geilen Körper vor mir rumtänzeln kannst, um mich dann nicht abspritzen zu lassen?"

Noch ein Schritt.

Ich wich zurück und das Getier in meinem Mund begann wieder so laut zu summen und mit dem Flügeln zu schlagen, dass ich ihn kaum verstehen konnte. Für einen kurzen Moment, als ich seine Eier in der Hand gehabt hatte und ich mir beim Zudrücken vorgestellt hatte, dass sie genauso leicht zerplatzen würden wie die Eier, die ich zum Omelette verarbeitete, für diesen kurzen Moment hatte ich das Gefühl gehabt, stark zu sein. So als hätte ich die Kontrolle zurück gehabt. Das Getier war verstummt und ich hatte gefühlt, wie das Oberwasser mir um die Füße spülte, mich hatte mitreißen wollen. Aber jetzt wurde mir mit einem Schlag bewusst, dass das eine Illusion gewesen war. Eine irre Wahnvorstellung. Dieser namenlose Kerl würde MICH zerquetschen wie meine Omelette Eier und sie ungekocht herunter schlingen. Wie hatte ich mir nur einbilden können, in irgendeiner Form die Kontrolle behalten zu können?

„So läuft das nicht, Baby! Ich bin mit dir nach Hause gekommen, um einen Nummer zu schieben und die werde ich auch bekommen, ob du nun willst oder nicht."

Ich stand nun mit dem Rücken zum Fenster und spürte, wie die Kastanien ihre Äste nach mir ausstrecken, aber sie reichten nicht an mich heran. Ich wusste nicht, wo ich hin sollte. Jeder Schritt wäre einer auf ihn zu gewesen, dabei wollte ich doch einfach nur weg. Die Insekten waren unter meine Haut gekrochen, Ameisen in den Armen, Spinnen im Gesicht, Kakerlaken unter meinen nackten Brustwarzen. Die Tauben in meinem Herzen. Ich stand einfach nur da und wartete auf seinen Sprung, den er ohne Zweifel auf mich zu machen würde. Genau da hatte er mich haben wollen. Ich konnte nur noch abwarten. Ich schloss die Augen und atmete tief durch. Ich musste mich auf das vorbereiten, was nun unwillkürlich kommen würde. Vor meinem inneren Auge schossen Bilder vorbei. Ich auf dem Boden. Er auf mir. Ich mit der Brust auf den Schreibtisch neben mir gedrückt, er hinter mir. Ein Anderer auf mir. An einem anderen Ort. Zu einer anderen Zeit. Ich schüttelte mich, als könnte das irgendetwas ändern. Als könnte ich die Bilder abschütteln. Aber diese Bilder hatten Widerhaken, die sich tief in meine Haut geschlagen hatten, unentfernbar. Dann kämen eben noch mehr Bilder dazu. Was sollte das schon machen? Ich war doch selbst Schuld. War es damals schon gewesen. Also schluckte ich hart an den riesigen Kellerasseln in meinem Mund, die mit ihren Beinen in meinem Schlund zappelten. Ich würde das irgendwie überstehen. Ich drückte meinen Rücken gegen das Fensterbrett, so als könne der Schmerz mich auf das vorbereiten, was ich zu erwarten hatte und hörte es knistern, als ich den Zwiebelkorb mit meinem Rücken zusammendrückte. Ich hatte ihn dorthin gestellt, weil ich seinen Anblick an diesem Mittag in der Küche nicht hatte ertragen können. Weil er mich angestarrt und mich verfolgt hatte. Weil er etwas verbarg, was ich nicht haben wollte. Was ich nicht kennen wollte. Aber jetzt hatte ich schon meine Hand darauf, als könne ich mich daran festhalten.

Ich wusste nicht, wann ich meinen Arm hinter meinen Rücken geschoben und die Hand danach ausgestreckt hatte. Es war einfach geschehen. Vorsichtig, mit immer noch geschlossenen Augen, schob ich meine Hand langsam zwischen die Zwiebeln. Und da fühlte ich sie. Hart und kalt lag sie in ihrem

Körbchen. Sie war da! Und sie würde mir jetzt helfen. Ich musste sie nur richtig zu fassen bekommen. Wenn sie mir hinfiel, wäre alles vorbei. Ich hielt die Augen geschlossen und versuchte sie mit meiner Hand zu sehen und eine Vorstellung von dem Teil unter den Zwiebeln zu bekommen. „Na, träumst du schon von meinem dicken Schwanz in dir?" Hörte ich ihn sagen und öffnete die Augen. Trotzdem hörte ich mehr, als dass ich es sah, wie er einen Satz auf mich zumachte und zog sie heraus.

„Wenn du dich nur einen Zentimeter bewegst, blase ich dir die Birne weg!"

Meine Stimme hinterließ Eisblumen in seinen Augen und ließ ihn erstarren.

Er schielte entsetzt auf die Knarre an seiner linken Schläfe. „Was zum Teufel...", setzte er an.

Ich betrachtete die Waffe in meiner Hand, als sehe ich sie zum ersten Mal. Als sei sie ein Gemälde, an dem man schon tausendmal vorbei gegangen ist, ohne richtig hinzusehen. Aber dann scheint eines Tages die Sonne darauf, als wolle sie sagen: Schau doch mal hin!

Sie passte perfekt in meine Hand. So wie sie wohl auch in die Hand meiner Mutter gepasst hatte und ein seltsam wohliges Gefühl ließ die Insekten kurz verstummen. Die Waffe fühlte sich tatsächlich gut an. Sicher. Als hätte sie nie wo anders hingehört. Etwas anderes mischte sich unter die Insekten. Ließ sie rhythmischer Summen – bedrohlicher, intensiver, fast melodisch. Es war die Angst, die den Takt schlug. Aber nicht die Angst vor dem namenlosen Kerl, den ich mit der Waffe in Schacht hielt, sondern die Angst vor mir selbst. Vor dem, was ich mit dieser Waffe tun könnte.

Der namenlose Typ, der bisher inmitten seiner Bewegung, wie ein mittelguter Pantomime verharrt hatte, bemerkte meine Unsicherheit und begann sich wieder zu bewegen.

Ich drückte die Waffe fester an seine Schläfe. „Was hatte ich dir gesagt? Du sollst verdammt noch mal die Füße still halten!"

Aber scheinbar hatte der namenlose Typ seinen ersten Schock überwunden.

„Du hast sie wohl nicht mehr alle! Weißt du überhaupt, wie man mit diesem großen Ding umgeht? Bei mir hast du zumindest versagt." Er lächelte tatsächlich ein schiefes verliebtes Lächeln, während er an seinen Schwanz dachte.

Und scheinbar wurde sein Selbstbewusstsein durch diesen Gedanken an sein kleines, baumelndes Anhängsel tatsächlich gestärkt. Ich konnte deutlich erkennen, wie er seine Schultern straffte und plötzlich drei Meter größer wurde. Als hätte er mit diesem Gedanken eine Luftpumpe in Bewegung gesetzt. Und er machte wieder einen Schritt auf mich zu. Und sein Gestank griff nach mir und stachelte die Schmeißfliegen in meiner Luftröhre an. „Du glaubst doch nicht wirklich, dass du mich damit aufhalten kannst, indem du mir mit so einer kleinen Spielzeugwaffe vor meinem Gesicht herumfuchtelst."

„Das ist keine Spielzeugwaffe, mein Guter." Die Unsicherheit in meiner Stimme kreischte schrill in meinen Ohren wie eine Kreissäge mit dem falschen Sägeblatt. Denn diese Waffe, war wirklich keine Spielzeugwaffe. Ich spürte ihr Gewicht mit jeder Faser meiner Muskeln. Diese Waffe war nicht aus billigem Plastik. Da war keine Plastiknarbe vorhanden, wo die beiden Teile zusammengepresst worden waren. Niemand hatte sie vorher mit Wasser gefüllt. Und wenn ich den Abzug drücken würde, würde kein feiner nasser Strahl herauskommen. Und niemand würde lachen.

Da gab es nichts zu lachen.

Und plötzlich wollte ich sie einfach nur noch wegwerfen. Endlich weg. Endlich befreit. Ich bereute, sie aus dem Körbchen genommen zu haben. Und ich bereute, sie meinem Vater nicht einfach wieder mitgegeben zu haben. Aber es war zu spät. Ich konnte die Zeit nicht zurückdrehen. Hatte es nie gekonnt.

„Verpiss dich doch endlich einfach! Ja?", presste ich aus mir heraus, als wäre noch ein Tropfen Saft in mir.

„Und warum? Weil du mir sonst das Hirn wegbläst? Das glaubst du doch selbst nicht, Süße! Du nimmst das Teil jetzt einfach runter, und lässt dich schön brav von mir vögeln. Die ganze Sache hat mich nur noch geiler gemacht!"

Und weil er wusste, dass er recht hatte. Weil er wusste, dass ich das alles nicht wollte, warf der namenlose Typ sich auf mich. Ich hätte abdrücken können, aber ich tat es nicht.

Als ich mit meinem und seinem Gewicht auf meine linke

Hüfte bretterte, breitet sich der Schmerz als schwarzer Nebel mit blinkenden Lichtern hinter meinen Augen aus, als male er ein impressionistisches Bild. Ich konzentrierte mich auf das Metall in meiner Hand, als wäre es ein Zauberstab, der mich einfach wegzaubern könnte – schnell, unwirklich, glitzernd – und wehrte mich. Aber er war zu schwer.

Zu stark.

Seine Arme und Beine schienen überall zu sein und versuchten mir die Waffe aus der Hand zu nehmen. Er riss an meinen Fingern, dass der Schmerz kaum auszuhalten war und ich gab mich geschlagen. Ich hörte auf zu zappeln, zu schreien, mich zu winden, wie ich es schon mal getan hatte, und eine Ruhe breitet sich in mir aus wie ein Ölteppich – verheerend, dunkel, klebrig. Ich öffnete die Augen und sah ihm an.

„Na, also", gurrt er siegessicher. „Endlich kapierst du, wer hier die Hosen anhat, Baby!"

Ich sah ihn an und warte bis der Ölteppich, alles bedeckt hatte, was Leben bedeutete. Alles zerstört hatte, was real war.

Ich blinzelte nicht mehr. Und das Öl brannte in meinen Augen. Und plötzlich war ich nicht mehr schwach, nicht mehr ängstlich. Ich war nur noch ein Finger. Ein Finger mit so viel Kraft, dass er einen Himmelskörper hätte verschieben können. Ein Finger, der den Abzug drückte.

Der Knall dröhnte durch meine kleine Wohnung. Verwandelte die Stille in ein Stück Papier, das zerrissen wird. Und die Augen des namenlosen Typs erstarrten eine Sekunde und seiner Kehle entwich ein Laut, wie von einem alten bettelnden Hund, der kaum noch nach draußen kann. Er rollte von mir runter und hielt sich die rechte Seite. Da war Blut. Nicht viel, aber es war da. Rot und glänzend. Irgendwie entsetzlich schön. Mr. Namenlos sah zwischen mir und dem Blut hin und her, als könnte er den Zusammenhang zwischen beidem einfach nicht begreifen

„Du verdammte Schlampe! Bist du total irre geworden?"

„Ich habe dich nur gestreift. Die Kugel. Sie ist nicht in dir drin!" Meine Stimme hörte sich an wie durch einen alten Telefonhörer – schwach, knisternd, unwirklich.

„Bist du bescheuert? Du hast auf mich geschossen, verdammt!"

Langsam, als hätte der Knall mir eine Spritze mit einem Betäubungsmittel in die Vene gejagt, sah ich auf meine Hand, die immer noch die Waffe umklammert hielt. Und plötzlich kam mir die Waffe ganz leicht vor, als wären Hand und Waffe miteinander verschmolzen - hart und tödlich. Als wäre sie eine Verlängerung meines Armes.

„Ich gehe zur Polizei!", sagte er mit merkwürdig hoher Stimme. „Du bist total krank! Total krank! Hast du überhaupt einen Waffenschein?"

Das Betäubungsmittel machte mich betrunken. „Mach doch! Dann erzähle ich ihnen, dass du mich vergewaltigen wolltest. Na, los! Geh schon!"

Er bewegte sich nicht. Sah mich weiter an und plötzlich riss ich die Waffe wieder hoch! Hielt sie ihm mitten ins Gesicht und schrie. Ich schrie, wie ich noch nie geschrien hatte. Wie ich es schon so oft hätte tun sollen: „Hau ab! Verdammt noch mal, hau endlich ab! Oder ich metzle dich tatsächlich nieder! Ich durchsiebe dich mit allen Kugeln, die in dieser Waffe sind, bis du endgültig tot bist! So tot, wie man nur tot sein kann! Hast du kapiert? Tot! Ich bring dich um!"

Ich konnte sehen, wie das Entsetzen nach ihm griff und ihm sein Gesicht zerknautschte, als sei es einer dieser Trainingsbälle für die Hände.

„Raus!", brüllte ich noch mal und endlich stand er auf. Er stand auf und war weg.

Und ich weinte.

Ich warf die Waffe von mir und weinte, bis ich alle Gefühle herausgespült hatte. Bis sie fort waren und nur noch dumpfen Schmerz hinterließen.

Aber sie kamen wieder. Sie kommen immer wieder. Lasse dich nie allein.

Beherrschen dich.

Zerstören dich.

Egal wie viel Wein und Wut du in dir hast.

Egal wie sehr du sie zu unterdrücken versuchst.

Sie sind da.

Sie sind da und gehen nicht weg.

Sie sind wie laute Geräusche. Sie dringen in dich ein, erfüllen dich bis in jedes Härchen. Sie lassen dein Blut vibrieren und kochen, bis du es einfach nur noch aus dir herausreißen willst – jede Vene, jede Ader.

Dein Herz.

Sie bringen dich zum Schreien, obwohl niemand dich hören kann. Sie machen dich rasend, bis du nicht mehr weißt, wer du eigentlich bist. Bis du nicht mehr klar denken kannst. Bis du einfach nur noch willst, dass sie endlich aufhören.

Und ich wollte diese Last nicht mehr tragen.

Wollte nichts mehr spüren.

Wollte nichts mehr fühlen.

Wollte nicht mehr sein.

Ich sehnte mich nach Stille.

Nach tiefer, schwarzer, undurchdringlicher Ruhe.

Ich sehnte mich nach dem Tod.

Ich nahm alle Tabletten, die ich in meiner kleinen Wohnung finden konnte. Alles, was ich je verschrieben bekommen hatte. Alles was da war. Ich nahm es alles. Auch die Waffe lachte mich lockend an, aber dafür hatte ich zu viel Angst.

Angst.

Noch ein Gefühl, das mich beherrschte und das ich nicht mehr spüren wollte.

Tod.

Der Tod bringt Erlösung.

Der Tod IST die Lösung.

Björn rief an, aber ich wollte ihn nicht sehen und legte einfach wieder auf. Ich wollte nur, dass es endlich aufhört.

Erlösung.

Das Wasser holte mich zurück. Die Kälte. Björn hielt mich in den Armen. Mein Erbrochenes auf seiner Brust.

„Es macht mir nichts aus! Alles ist in Ordnung! Alles wird wieder gut!" Seine Arme waren ein Netz, das mich aufgefangen hatte. Das mich vor der Tiefe gerettet hatte. Und ich fühlte mich darin sicher. Mein Ersatzschlüssel, den ich Björn vor Jahren gegeben hatte thronte als Kostbarkeit des Lebens auf meiner Badezimmerfußmatte.

Er hatte mich in meine Decke gewickelt wie eine Mumie. Mein Kopf lag auf seinem Schoß. Er selbst trug meinen Bademantel. Ich roch ihn mehr, als dass ich ihn sehen konnte.
„Warum tust du das für mich? Warum bist du gekommen?"
„Weißt du das denn nicht?"
Ich wusste es.

Er blieb zwei Tage und pflegte mich, während ich ihn stumm von meinem Bett aus beobachtete, wie er an meinem Laptop saß. Wie er etwas zu essen für uns machte. Wie er sich leise zum Einkaufen davonschlich und ebenso leise wiederkam. Wie er sich die Milch aus dem Kühlschrank nahm und einen Kaffee machte. Ich beobachtete ihn, wie er das Geschirr spülte und ein Buch las. Wie er im Badezimmer verschwand und frisch geduscht wiederkam.
Und als es mir dann besser ging und er gehen wollte, wollte ich, dass er bleibt.

Seine Küsse waren echt und wahr und real. Alles an ihm war das. Er war neben Lukas der Einzige, der alles über mich wusste. Und das, was er nicht wusste, erzählte ich ihm. Es fühlte sich so richtig an, ihn anzufassen, zu küssen und bei ihm zu sein. So richtig und so sicher. Wir ließen uns mit allem Zeit und seine Geduld spannte ein Netz um meine Selbstzweifel und ich ließ mich darin fallen, wann immer es nötig war. Und er enttäuschte mich nie. Als wir vier Monate später das erste Mal miteinander schliefen, war es wie als würde ich einen wunderbaren Traum in meinem weichen, warmen Bett träumen – endlos, intensiv, voller Farbe, vollkommen und ungefährlich.

Ich liebte ihn.
Ich wusste es nicht, aber ich tat es. Hatte es schon lange getan, aber es nicht wahr haben wollen. Aus Angst, aus Liebe, aus Angst. Er war, nachdem ich Lukas als Bruder verloren hatte,

an dessen Stelle getreten. Und ich hatte denselben Fehler nicht zweimal machen wollen.

Aber ich liebte ihn.

Und alles fühlte sich so an, als wäre es immer schon so gewesen. Als hätten endlich die Zahnräder ineinander gegriffen, die zum Ticken der Uhr nötig waren. Als hätte die Welt nur darauf gewartet, dass wir endlich ‚Ja' zu einander sagen würden.

Meine Mutter und sogar mein Vater sprangen vor Freude im Dreieck und planten schon die Hochzeit. Lukas ging ich aus dem Weg. Wegen mir, wegen Björn, wegen der Sicherheit, die ich nicht verlieren wollte. Denn Lukas war genau das Gegenteil von Sicherheit. Er war Chaos, Sturm, Wahnsinn und trotzdem Liebe. Lukas war gefährlich, aber ich wollte Sicherheit. Und Björn brauchte nur seine netzartigen Arme ausbreiten und ich ließ mich dort hineinfallen, wie früher in die Hängematte in unserem ehemaligen Garten – übermütig, träumend, erleichtert – ich ließ mich darin schaukeln und schwingen, bis wieder alles im Lot war.

Was ich jedoch vergessen hatte, war, dass jedes Netz Löcher hat und auch in der Hängematte im Garten sind mir immer die Blaubeeren durch die Löcher hindurch auf den Boden gefallen.

Rebecca 1980

Ich überließ ihm das Reden. Wir standen bei Cordula im Zimmer. Unsere Schicht hatte gerade angefangen und wir hatten sie geweckt. Samuel setzte sich wieder auf den Stuhl neben ihr Bett und ich nahm wieder den Platz auf der anderen Seite ein. Diesmal ohne den kleinen, perfekten Körper auf meinem Arm.

„Wir möchten Ihnen ein Angebot machen, Frau Gundlar."
Seine Stimme erinnerte mich an die eines Serienarztes.
Sie richtete sich skeptisch in ihrem Bett auf. „Ach, und was für eins?"
„Ich und meine Kollegin dort sind ein Paar. Wir wollen auch bald heiraten und nun ja…" Mein Herz hüpfte bei diesen Worten vor Freude und gleichzeitig war mir kotzübel. „Also, wir wünschen uns ein Kind. Allerdings bin ich nicht in der Lage, eins zu machen. Verstehen Sie?"
Sie nickte.
„Und da Sie ein Kind haben, das Sie nicht wollen, dachten wir, wir könnten Ihnen das geben, was Sie am meisten brauchen und wir kriegen das, was wir uns am meisten wünschen." Er legte den Kopf schief und sah sie mit seinen Wunderaugen an.
Meine Hände zitterten und ich ließ sie in meinen Kitteltaschen verschwinden.
Cordula sah mich an und ich lächelte schüchtern und unsicher, was in keiner Weise gespielt war.
Dann sah sie wieder Samuel an. „Sie wollen mir mein Kind abkaufen?" Ihre Stimme überschlug sich förmlich vor Ungläubigkeit.
Trotzdem nickte Samuel mit einem Lächeln. „Wenn Sie es so ausdrücken wollen, dann ja."
„Aber das ist doch illegal, oder nicht?"
„Ja, das ist es. Ohne Frage es ist kriminell. Und wir müssten

einige Dinge tun, die ebenfalls kriminell sind. Wir müssten so tun, als würde ihr Kind hier am plötzlichen Kindstod sterben. Ich müsste einige Urkunden fälschen und noch andere Dinge tun. Aber danach hätten wir alle, was wir brauchen."

Noch einmal wanderte ihr Blick zwischen Samuel und mir hin und her. „Wie viel?", fragte sie nur. Samuel warf mir einen triumphierenden Blick zu und ich musste lächeln.

Luisa 2004

Wahrheit

Niemand kann erkennen, was die Wahrheit ist:

Ist sie grün wie ein Blatt, das zu früh durch eine aufsteigende Böe von Baum gepflückt wird?

Ist sie Blau wie das Meer – tief, dunkel, schluckend, obwohl sich nur der Himmel spiegelt?

Ist sie rot wie eine ungeöffnete Mohnblume, so knittrig, verborgen, schön?

Ist sie gelb, wie die Sonne, die eigentlich ein Stern ist, der brennt, verglüht und niemals ankommt?

Ist sie violett wie ein frischer Bluterguss, von dem man morgen nicht mehr weiß, woher er kam?

Ist sie braun wie ein Haufen frischer Scheiße – stinkend, schaumig, für immer unter deinem Schuh?

Ist sie weiß wie eine Tischdecke, die im Wind an der Leine weht, von Flecken befreit, die das Leben bedeuten könnten?

Oder ist sie schwarz wie das Nichts, das einen verschluckt und wieder ausspuckt, so dass du sie, geblendet vom Licht, nicht sehen kannst.

Wenn das alles und noch viel mehr die Wahrheit ist, was ist dann die Liebe?

Irgendwie war ich wirklich glücklich. Björn und ich waren nun über ein Jahr ein Paar. Und ich war glücklich. Björns Liebe machte mich glücklich. Sie war so leicht und unbeschwert wie eine Feder, die lustig durch die Luft tanzt. Und sie war sicher. Und manchmal wunderte ich mich darüber, dass plötzlich alles so einfach war. Es schien, als hätte ich mich nur dazu entscheiden müssen, endlich glücklich zu sein. All diese Gefühle abzuschütteln, fest zu einem Paket zu verschnüren und in die Altkleidersammlung zu werfen, um stattdessen Björn in mein Herz zu lassen.

Ich hielt meine Familie weitgehend auf Abstand, um nicht an das Paket in der Altkleidersammlung erinnert zu werden und mein Glücklichsein nicht in Frage stellen zu müssen. Ich fuhr fast nie zu ihnen nach Rostock, wobei mir die große Entfernung natürlich als Argument entgegen kam. Von Lukas hörte ich nichts. Und auch mit Maria-Sofia hatte ich so viel Kontakt wie zu einer entfernten Kusine. Daher war ich auch äußerst überrascht, als ich Anfang 2004 von ihr einen Anruf bekam.

Ich war gerade dabei Karlchen Kühlschrank von einer dicken Eisschicht zu befreien, die am Morgen verhindert hatte, dass wenigstens eine Pizza darin Platz gefunden hatte.

„Wie kannst du das nur tun? Wie kannst du dich nur weigern, mir zu helfen?", lautete ihre Begrüßung. Und ihre Stimme war dabei disharmonisch durchsetzt von Wut und Tränen und Angst.

Es war nicht oft, dass ich mit Maria-Sofia sprach. Wir hatten uns wenig zu sagen und wenn, dann endete es meist im Streit. Aber dass ein Telefonat schon mit dieser Stimmung und mit Vorwürfen begann, versetzte mich in Alarmbereitschaft.

„Ich weiß überhaupt nicht, wovon du eigentlich sprichst, Maria-Sofia."

„Was? Jetzt tust du auch noch so, als wüsstest du nicht, worum es geht?" Jetzt schwappte ihre Stimme über wie gekochte Milch. „Wie kannst du nur?"

„Jetzt beruhige dich doch erstmal! Ich…", ich trocknete mir meine eiskalten Hände an einem gelb-rot karierten Küchenhandtuch ab.

„Ich kann mich nicht beruhigen, verdammt! Ich sterbe!", sie schrie es so aus sich heraus, als könne sie es selbst überhaupt nicht glauben.

„Was? Wovon sprichst du, bitte?" Auch bei mir fing die Milch an zu sieden.

„Willst du damit sagen, du weißt es wirklich nicht?" Der Topf war kurz vom Feuer genommen worden.

„Ganz genau!"

Ihr Schweigen war ein Grand Canyon – tief, zerklüftet, steinig.

„Bitte, Maria–Sofia, sag mir endlich, was hier eigentlich los ist!" Das nackte Gerippe von Karlchen Kühlschrank erschreckte mich.

„Ich habe Leukämie" Ein Flüstern wie vom Wind, der mich in den Grand Canyon hinunter stieß – gnadenlos, furchteinflößend, plötzlich. „Ich brauche eine Knochenmarkspende. Mama hat gesagt, sie hat dich gefragt, ob du dich testen lassen willst und du hättest dich geweigert."

„Wann war das? Seit wann weißt du das alles?"

„Seit einer Woche."

„Ich komme!" Und ich legte auf, nahm meine Schlüssel und mein Handy, setzte mich in meinen kleinen klapprigen lila Twingo und fuhr 623 Kilometer nach Rostock.

Ich fuhr.

Ich raste.

Und die Schuld hatte es sich neben mir auf dem Beifahrersitz gemütlich gemacht und lächelte mich triumphierend an. Sie hatte ein gut verschnürtes Paket aus der Altkleidersammlung auf dem Schoß liegen.

Ich hatte meine Schwester im Stich gelassen. War nicht für sie da gewesen. Kannte sie eigentlich kaum. Und warum? Weil ich Angst gehabt hatte. Weil ich egoistisch gewesen war. Weil ich hatte glücklich sein wollen.

Und die Schuld öffnete das Paket und all die Gefühle stiegen daraus hervor wie ein Schwarm Wespen – laut, irritierend, tödlich. Sie stachen mich, bissen mich und nahmen mir die Sicht bis ich mich kaum noch daran erinnern konnte, wie es sich anfühlt, wenn man glücklich ist.

Ich fand meine Mutter in der Küche. Sie saß zusammengesunken über einem Glas Rotwein. Die Haut aschfahl, das Haar wirr, die Augen verquollen. Als sie aufsah, sah es aus, als sehe sie durch mich hindurch – gläsern, schimmernd, zart: „Was machst du hier?"

„Wie konntest du mir verheimlichen, dass Maria-Sofia

Leukämie hat? Wie konntest du ihr sagen, dass ich ihr nicht helfen will? Wie konntest du nur?"

Ihr Blick schien etwas Anderes zu sehen. Etwas, das weit weg war. Unerreichbar für mich und unverständlich: „Was blieb mir denn für eine andere Wahl?"

Die Wut brodelte in mir, durchzog meinen Willen und mein Herz, wie eine Silberader das Gestein – unendlich, kalt, kostbar.

„Was für eine Wahl du hattest?", brüllte ich sie an. „Von was für einer Wahl sprichst du? Es geht hier schließlich um das Leben meiner Schwester. Da gibt es keine Wahl mehr. Da gibt es nur die Wahrheit!"

Und da lachte sie – grausam, bitter, unwirklich: „Die Wahrheit?! Nach so vielen Lügen, ist die Wahrheit keine Option."

Ich starrte sie an, während mein Herz davonrennen wollte.

„In welchem Krankenhaus ist sie? Ich weiß nicht, was mit dir los ist, oder was dieses ganze Spiel soll, aber Fakt ist, dass ich meine kleine Schwester nicht im Stich lassen werde. Dass ich ihr helfen werde!"

Da sah sie mich plötzlich an – tief, entsetzlich, erkennend. Und ihre Worte gruben sich bis zum tiefsten Ende meiner Seele: „Du kannst ihr nicht helfen, Luisa!"

Rebecca 1980

Das Baby von Cordula Gundlar starb noch in dieser Nacht am plötzlichen Kindstod und Cordula verließ das Krankenhaus. Dass es keinen Leichnam gab, fiel erst später auf. Es wurde die Polizei eingeschaltet, weil man davon ausging, dass Cordula Gundlar, völlig durch den Wind, das tote Kind mitgenommen hatte und aus der Klinik geflüchtet war. Zu diesem Zeitpunkt war Cordula aber schon auf halbem Weg nach Bulgarien.

Ich nahm das kleine Mädchen mit nach Hause und wiegte es die ganze Nacht in meinen Armen. Ich liebte sie. Und ich fühlte mich das erste Mal in meinem Leben glücklich. Ich sah sie lächeln und wechselte ihre Windeln und fühlte mich wie im siebten Himmel. Am nächsten Tag meldete ich mich krank, ging den einzigen Kindersitz kaufen, den es damals gab und fuhr ebenfalls Richtung Bulgarien.

Kurz hinter der Grenze traf ich Cordula wieder, die ab jetzt nicht mehr so genannt wurde. Es war eine schäbige Raststätte an der Autobahn. Wir unterhielten uns kurz und sie reichte mir eine kleine, selbstgemachte Babytragetasche, in der eine gestrickte Babydecke und ein winziger kleiner Frosch mit einem schiefen Lächeln lag. Entsetzt sah ich sie an, summten diese Dinge doch von so viel Liebe.

„Ja, es gab einen kurzen Moment, in dem ich dachte, dass alles gut werden würde. Dass ich dieses Kind würde lieben können, wenn ich weglaufen würde. Da habe ich diese Dinge für sie gemacht. In diesem Traum wollte ich sie Isabella nennen. Isabella Corngruber. Corngruber ist mein Mädchenname. Ich wollte ihn wieder annehmen. Daher die Initialen I.C.. Aber jetzt werde ich für immer einen neuen Namen annehmen. Einen den niemand kennt." Sie lächelte so schmerzhaft, dass ich zu meinem Auto rüber sah, in dem Isabella saß und auf ein Leben mit mir wartete.

„Sind Sie wirklich sicher", fragte ich sie.

Sie antwortete nicht, sondern nickte nur.

Also ging ich auf die Toilette und vergaß meine Tasche in der Kabine. Gefühlt mit 150.000 DM in Bar. Ich überließ Cordula die Toilettenkabine und nickte ihr ein letztes Mal zu. Danach fuhr ich mit meiner Tochter Luisa wieder nach Hause.

Luisa 2004

Endliche Endlosigkeit

„Ich und dein Vater gingen ein gutes halbes Jahr weiter arbeiten, damit niemand Verdacht schöpfte. Du bliebst die ganze Zeit in meiner Wohnung. Und es zerriss mir jedes Mal das Herz, dich allein lassen zu müssen. Ich stellte ein Kindermädchen ein, das kaum Deutsch konnte und keine Fragen stellte. Nach sechs Monaten kündigte ich. Samuel tat es einen Monat später und wir zogen gemeinsam weg. Wir legten uns gefälschte Ausweise zu, die dein Vater irgendwoher besorgte und wurden eine Familie."

„Ich bin also nicht eure Tochter?" Die Ungläubigkeit in meiner Stimme tanzte mit einem anderen Gefühl, mit einem Wissen, das schon immer tief in mir geschlummert hatte.

„Doch das bist du. In meinem Herzen warst du nie etwas anderes." Ihre Stimme war so schwer, als zögen LKWs an jedem Buchstaben ihrer Worte.

„Aber trotzdem sind wir nicht verwandt?"

„Nein! Nicht so." Tränen glitzerten in ihren Augenwinkeln wie Diamanten – fein, einmalig, unzerbrechlich. Und Ihre Worte drangen spitz und unnachgiebig in mein Herz ein wie eine Pinzette und zogen an einem kleinen Fremdkörper darin. Meine Seele hatte ihn mit der Zeit so dick verkapselt und mit mehreren Schichten ummantelt, um endlich dieses ständige Pieksen abzustellen, dass er kaum noch zu erkennen war. Erst als er jetzt so vor mir lag, hatte der kleine Dorn eine neue Bedeutung. Endlich ergab er Sinn. Er war keine Einbildung gewesen. Kein Hirngespinst. Er war echt und er war endlich sichtbar.

„Was ist mit Lukas?"

Sie sah auf die Tischdecke, die ich noch nie in meinem Leben gesehen hatte, als hätte meine Mutter sie aus ihrer Erinnerung gewebt. „Das war nach dir. Er war schon älter. Vier. Du warst schon fast zwei Jahre. Da haben wir ihn zu uns genommen."

„Ihr hab ihn also auch irgendjemandem abgekauft?"

Ihre Augen hüpften kurz von der Tischdecke zu mir, prallten an meiner Nasenspitze ab und landeten wieder in den Weben der Vergangenheit. „Ja." Meine Mutter schloss die Augen. „Dadurch, dass er schon so alt war, war es weitaus schwieriger. Wir mussten erneut alles abbrechen und wieder wo anders neu anfangen. Wir entschieden uns für Bonn. Aber diesmal wollten wir alles richtig machen. Dich gab es im Grunde ja zu dem Zeitpunkt noch gar nicht. Du hattest keine Geburtsurkunde und nichts. Natürlich dachten alle, du wärst unser Kind, aber es war noch nirgendwo festgehalten. Und als wir dann auch noch Lukas hatten, der schon in den Kindergarten gehen musste, mussten wir das irgendwie regeln. Wir brauchten Geburtsurkunden und ein Stammbuch. Also sind wir zusammen zum Bürgeramt in Bonn und haben behauptet, in Afrika gewesen zu sein und euch dort zur Welt gebracht zu haben. Angeblich lebten wir dort als Aussteiger. Wir haben euch da also auch nie angemeldet oder so was. Wir erzählten, dass wir dann wieder nach Deutschland wollten, aber kein Geld hatten und deshalb mit unterschiedlichen Schiffen gefahren sind. Die ganze Geschichte war also mehr als abstrus und natürlich völlig unglaubwürdig. Aber mit 20.000 DM in der Tasche hat uns der Sachbearbeiter die Geschichte abgenommen und für euch beide nachträgliche Geburtsurkunden ausgestellt. Und für uns gültige Pässe. Und wir wurden zu Familie Köhler."

„Dann ist Lukas also auch nicht mein Bruder?"

„Nein, das ist er nicht. Lukas ist nicht dein leiblicher Bruder." Ihre Worte fielen auf den Tisch wie die Würfel in einem Glücksspiel.

Und obwohl diese ganze Geschichte mehr als verrückt und seltsam und grauenhaft war, konnte ich doch nur diesen einen Satz hören. „Lukas ist nicht dein leiblicher Bruder." Jedes einzelne Wort hallte in jeder Vene meines Körpers wider und entwickelte sich zu einer wundervollen Melodie, die mein ganzes Inneres erfüllte und meinen Körper singen ließ – reinigend, klar, wunderschön. Ich stand so hektisch auf, dass meine Füße übereinander stolperten, weil sie noch nicht verstanden hatten, was gerade passierte und rannte aus dem Haus. Meine Mutter rief mir entsetzt hinterher. Sie flehte mich an, ihr zu zuhören. Aber sie konnte nicht wissen, dass ich nicht traurig, entrüstet und entsetzt war, sondern unfassbar erleichtert. Denn alles was Lukas und ich getan hatten, alles wovor wir Angst gehabt hatten, existierte nicht! Wir waren keine Geschwister! Unsere Liebe war nicht schlecht! Unsere Liebe war richtige, echt und endlich greifbar nah.

Kurz darauf saß ich in meinem Auto und fuhr 230 Kilometer nach Berlin. Ich war noch nie bei Lukas zu Hause gewesen. Und ich hatte auch nie nach seiner Adresse gefragt, aber meine Mutter hatte mal eine Rundmail für uns geschickt, in der alle unsere neuen Adressen standen und dieser eine Blick hatte sich wie ein Stempel in mein inneres Auge gebrannt.

Während ich über die Autobahn raste, waberte das Gespräch mit meiner Mutter in meinem Herzen auf und ab. Plötzlich tauchten Fragen auf, die ich in dem Moment nicht in der Lage gewesen war, zu stellen. Kleine Ungereimtheiten oder einfach Dinge, die sie ausgelassen hatte. So wie die Waffe, die immer noch bei mir zu Hause zwischen den Zwiebeln lagerte. Aber ich würde sie noch fragen können. Die Straße raste unter mir her, wand sich verschlungen durch meine Kindheit. Sie führte über einen Hügel, auf dem Lukas und ich als unzertrennliches Geschwisterpaar standen und mir zuwinkten. Dann fiel die Straße ab in ein tiefes Tal der Wut, Verzweiflung und Unverständnis, weil ich ihn als Bruder verloren hatte. Dann stieg sie in der Liebe, die wir füreinander empfanden, in schwindelerregende Höhen an und gipfelte in einem tiefen Absturz. Von dort war meine Straße in einem komplizierten Tunnelsystem gefangen, aus dem ich nicht mehr rauszukommen vermochte. Aber jetzt, jetzt sah ich das berühmte Licht am Ende des Tunnels leuchten und ich würde es mir holen und zu einem übermächtigen Inferno entfachen, das alles andere auslöschen würde – hell, gleißend, real.

Ich hatte kein Navigationssysteme im Auto und war mit dem Verkehr in Berlin völlig überfordert. Ich war nie zuvor dort gewesen und hatte nicht den geringsten Schimmer, wo Lukas hier wohnen könnte. Also hielt ich bei dem nächsten Taxistand an und ließ mir den Weg so gut es ging erklären. Nach einer weiteren geschlagenen Stunde, zwei zusätzlichen Taxifahrern und drei hysterisch verzweifelten Heulkrämpfen, stand ich endlich vor Lukas' Haustür. Diese war von altem Backsteingemäuer umrahmt und schien früher mal eine kleine Fabrik gewesen zu sein. Ich fand seine Klingel und drückte so lange darauf, dass ich mir einbildete den Ton schon im meinem Kopf zu hören. Aber die Tür blieb verschlossen. Ich wiederholte die Prozedur noch dreimal und siehe da, plötzlich wurde doch noch der Summer bedient. Ich hörte seine Stimme von oben zu mir herunter donnern: „Was gibt es denn so Dringendes?"

Ich antwortete nicht, sondern nahm drei Stufen auf einmal. Lukas wohnte ganz oben unter dem Dach der alten Fabrik, aber trotzdem schaffte ich die vier Stockwerke ohne Aufzug in Rekordzeit. Lukas stand in Boxershorts in der Tür und sein Anblick ließ mein Herz Konfettifontänen ausspucken, bis sich die kleinen bunten Papierschnipsel in jeden Winkel meines Körpers festgesetzt hatten und ich in den schönsten Farben schillerte. Als er mich allerdings sah, breitete sich lediglich Entsetzen auf seinem Gesicht aus, wie ein unangenehmer Hautausschlag: „Luisa!"

„Ja, ich bin's", spukte ich ihm ein paar aufgeregte rote und gelbe Papierschnipsel vor die Füße.

„Aber was machst du denn hier?" Starr blieb er in der Tür stehen. Keine Umarmung. Kein Lächeln.

„Ich muss mit dir reden! Es ist wichtig!" Ich schob mich an ihm vorbei in sein Appartement. Es hatte Loftcharakter und war mindestens dreimal so groß wie meine kleine Wohnung in Bonn. Die alten Dachbalken trennten Küche, Wohn- und Schlafbereich ab und der alte Holzdielenboden knarrte unter meinen Füßen. Mein Blick blieb an einem Schrank hängen, der an einer Wand stand und mir vertraute Geschichten zuflüsterte. „Du hast ihn!" Mein Blick griff nach seinen Augen und hielt sie fest.

„Natürlich hab ich ihn. Es ist mein Schrank!" Seine Stimme war plötzlich nicht mehr schroff, sondern streichelte mir sanft übers Haar. Ich nickte verträumt und nahm eine Bewegung in seinem Bett war. Als ich genauer hinsah, glaubte ich unter der

Bettdecke zwei Leiber auszumachen und ein Regenschauer erstickte die Konfettifontänen. „Du hast Besuch?!"

„Du hast dich nicht angemeldet, Luisa." Das nasse Konfetti gefror zu Eis.

Ich nickte und schüttelte mich, als könnte ich damit das Konfetti von dem Eis befreien.

„Ist ja auch egal", begann ich aufgebracht. „Ich musste einfach kommen. Das, was ich vor ein paar Stunden erfahren habe, ist einfach zu wunderbar. Ich meine, eigentlich ist es schrecklich, aber es ist auch so wunderbar. So wunderbar für dich und mich!"

„Wovon redest du bitte?" Er warf einen dezenten Blick auf die Leiber unter der Bettdecke.

„Ich rede davon, dass Maria-Sofia mich gestern angerufen hat, weil sie Leukämie hat. Ist das nicht furchtbar? Und wir wussten nichts davon! Also bin ich sofort zu Mama gefahren, um sie zur Rede zu stellen und da hat sie mir tatsächlich erzählt, dass wir gar keine Geschwister sind, Lukas! Nicht nur Maria-Sofia und ich nicht, nein wir beide auch nicht! Verstehst du? Sie haben uns tatsächlich unseren leiblichen Eltern abgekauft! Ist das zu fassen? Wie zwei Milchtüten. Einfach gekauft."

Wieder warf er einen Blick auf die Leiber im Bett.

„Das ist alles so unvorstellbar! Aber trotzdem ändert das doch alles, oder nicht? Wir beide, wir können jetzt zusammen sein! Es ist nichts Schlimmes daran! Wir sind keine Geschwister. Wir sind…"

Er packte mich am Arm und zog mich aus dem Appartement in den Hausflur. Aber ich merkte es kaum, so sehr war ich in meiner Euphorie und meinem Glück gefangen: „All die Jahre… All unsere Schmerzen… Das war alles unnötig…"

„Ich weiß das alles, Luisa!", zischte er. Seine Worte blieben einen Moment in der Luft hängen, bevor sie sich in viele tausend Äxte verwandelten und jedes einzelne Konfetti in meinem Körper in mehrere Teile spaltete.

Ich sah ihn an und aus meinem offen stehenden Mund rieselten die zuckenden Konfettischnipsel: „Was soll das heißen, Lukas?"

„Das ich vier Jahre alt war, als sie mich zu sich nahmen und mich daran erinnern kann." Jetzt trafen mich die Äxte mitten ins Herz. Aber ich konnte seine Worte nicht greifen. Sie waren zu barbarisch, um sie wirklich ansehen zu können.

„Das heißt, du wusstest die ganze Zeit, dass wir keine Geschwister sind? Dass wir nicht das gleiche Blut haben?"

Er nickte langsam und mit jeder seiner Kopfbewegungen schwang er die Axt erneut in meinen Körper. Und ich wisch vor ihm zurück. Entsetzen, Gewissheit, Wut und Trauer befielen mich wie aggressive Pilzflechten – schwarz, ineinander verwoben, erdrückend.

„Aber wie ist das möglich? All die Jahre… Du hast mich angelogen! Du hast mich benutzt!" Ich konnte die Worte nur mit Mühe ausspucken, wie einen ekligen Geschmack, den man einfach nicht loswerden kann – haftend, pelzig, würgend.

„Luisa…" Er streckte eine Hand nach mir aus, aber sie kam mir vor wie die Klaue des Teufels und ich machte einen weiteren Schritt zurück und presste die letzten Worte aus mir heraus, wie das letzte bisschen Tomatenmarkt aus einer Tube – spritzend, heftig, endgültig: „Wie konnte ich nur so dumm sein?! Mein Güte, ich hab gedacht, unsere Liebe wäre das einzig Echte, das es in meinem Leben gibt. Dabei war es die ganze Zeit nichts anderes als eine Lüge. Du hast mich nie geliebt, oder? Nein. Du hast mir nur die ganze Zeit was vorgemacht! Wie konntest du nur? Wie konntest du mich nur so hassen?!"

Ich drehte ich mich um und stolperte betrunken vor Enttäuschung die Treppe herunter. Er rief nicht mal nach mir. Er ließ mich einfach gehen.

Zum dritten Mal an diesem Tag saß ich im Auto und weinte. Und ich fuhr blind. Der Schmerz hatte sich über jeden meiner Sinne gelegt und hielt sie schreiend in einem undurchdringlichen Dunst gefangen. Er fraß sich in alles, was ich glaubte zu sein. Alles, was meine Existenz ausmachte und hinterließ nur noch ein löchriges Netz meiner Selbst. Aber das Einzige, was noch stärker war, als dieser Schmerz, war der Wunsch nach Hause zu kommen. Weg von all dem, was ich nicht mehr war. Und dieser Wunsch fuhr mich nach Bonn. Fuhr mich zurück zu dem Leben, das ich mir aufgebaut hatte. Er fuhr mich zu Björn.

Als ich in der Argelanderstrasse parkte, war mir als erwache ich aus einem bitterbösen Traum. Als finge hier erst wieder die Realität an.

Ich schloss meine Wohnung auf und da war Björn. Es sah mich an und schloss mich in seine ruhigen, echten, wunderbaren Arme und hielt mich fest. Und wieder einmal ließ ich mich in sein sicheres Netz fallen und krallte mich darin fest. Ich hatte keine Tränen mehr, auch sie hatte der Schmerz zerfressen. Als er mich fragte, was passiert war, erzählte ich es ihm. Ich wusste, ich hatte ihn betrogen, indem ich zu Lukas gefahren war, aber ich konnte ihn nicht anlügen. Er hatte die Wahrheit verdient. So wie ich sie auch verdient gehabt hätte. Ich konnte ihm nicht das Gleiche antun, was sie mir angetan hatten. Er war der einzige Mensch, der alles über mich wusste, was ich auch wusste und das sollte auch für immer so bleiben. Seine blauen Augen ruhten die ganze Zeit auf mir, wie ein Schutzschild – sicher, stark, unzerbrechlich. Wenn mein Körper in schluchzenden, trockenen Krämpfen zuckte, nahm er mich wieder in seine Arme. Und als ich geendet hatte, nahm er meine Hand und lächelte so ehrlich und süß wie ein Karamellbonbon – schmelzend, zart, golden.

„Es tut mir so leid, Björn. Ich hätte nicht zu ihm fahren dürfen. Das weiß ich. Aber ich konnte einfach nicht anders. Bitte, ich liebe dich! Aber das mit Lukas ist einfach, was anderes. So dachte ich zumindest."

„Ich weiß. Und es ist okay. Ich verstehe das."

„Aber du musst mir glauben, dass ich dich liebe. Wenn du mir das nicht mehr glaubst, dann sterbe ich! Denn es ist wahr. Es ist doch scheinbar das einzig Echte, was ich besitze!"

„Ich glaube dir. Und ich liebe dich auch!" Salbe auf den zerfressenen Löchern – dünn, sanft, hilflos.

Ich versuchte zu lächeln: „Du bist so gut zu mir! Wie kannst du nach all dem so gut zu mir sein? Das habe ich gar nicht verdient."

„Du hast alles verdient, was gut ist, Luisa. Und alles, was wunderschön und voller Liebe ist. Denn das bist du alles auch." Damit küsste er mein von geweinten und ungeweinten Tränen verquollenes Gesicht. Ich ließ es geschehen und schloss die Augen, in der Hoffnung ein Gefühl zu finden unter all diesem

Schmerz. Und umso mehr er mich küsste, je mehr seine Finger meinen Körper nachzeichneten, desto klarer fand ich sie. Die echten Gefühle. Meine Wahrheit.

Er liebte mich in der Nacht so vorsichtig und sanft, wie ein Archäologe eine seltene, einzigartige Scherbe eines alten Kruges reinigt – vorsichtig, ausgiebig, Pinselstrich für Pinselstrich. Er reinigte mich von dem Schmerz und half mir, ihn zusammenzukehren wie lästigen Dreck. Gemeinsam schoben wir ihn in eine Schublade und verschlossen sie, in der Hoffnung, dass niemand sie mehr öffnen würde.

Luisa 2004

Wenn der Himmel in Splittern auf uns niederregnet

Die meisten Menschen glauben an die Wahrheit. Wie sie jedoch wirklich aussieht wissen wir nicht. Sie steht im Raum wie eine unverrückbare Statue und jeder ist von ihrer Existenz überzeugt. Wir versammeln uns um sie, um ihr zu huldigen und nach ihr zu streben. Aber jeder sieht etwas anderes von der Statue. Die einen das Gesäß, den Rücken und den in vielen Falten fallenden Rock, die anderen das Gesicht, die Hände und feinen Zehen, die unter dem Rock hervorlugen. Verändern wir jedoch unsere Position, so sieht die Statue plötzlich wieder anders aus. Hocken wir uns davor, erscheinen die Zehen größer als der Kopf, stellen wir uns auf die Leiter und schauen von oben herab, sehen wir nur ihre Haare und die Nasenspitze. Trotzdem bleibt die Statue immer die Statue, egal wie oft wir unsere Position verändern. Sie aber im Ganzen, mit all ihren möglichen Seiten zu erfassen, bleibt uns für immer unmöglich.

Ich habe das Gefühl etwas verloren zu haben. Doch weiß ich nicht, was es ist. Aber das Gefühl macht mich wahnsinnig, so intensiv ist es. Panisch renne ich durch meine Wohnung und durchsuche jeden Winkel, entleere jede Schublade und räume alle Schränke aus. Aber ich finde es nicht. Wie soll ich es auch finden können, wenn ich nicht weiß, wonach ich suchen muss? Ich verlasse hektisch meine Wohnung und suche die Straße ab, aber ich finde es nicht. Trotzdem kann ich das Gefühl etwas Wichtiges und Bedeutendes verloren zu haben, nicht abschütteln. Dabei wusste ich gar nicht, dass ich etwas besessen hatte, dem man so eine Bedeutung hätte zuschreiben können. Verzweifelt gehe ich nach Hause und stehe in dem Chaos, was ich durch meine Suche verursacht habe.

Aber als ich mich zu meinem Spiegel umdrehe, fällt mir endlich auf, was ich so Bedeutendes verloren habe. Denn der Spiegel ist leer. Ich habe mich verloren.

Ich wachte schweißnass auf. Es war immer der gleiche Traum, den ich nun schon seit mehr als fünf Wochen träumte. Ich kannte den Traum bis in jede Einzelheit, war aber nicht in der Lage, seinen Verlauf zu kontrollieren. Zu ändern. Ich konnte mich nicht ein einziges Mal wiederfinden.

Björn lag neben mir. Sein Atem ging leise und gleichmäßig. Ich robbte zu ihm rüber und kuschelte mich an ihn. Sofort spannte er sein sicheres Netz über mich und die Entspannung ließ mich die Augen wieder schließen.

Seit mehr als sechs Wochen hatte ich nicht mehr mit meinen Eltern oder gar mit Lukas gesprochen. Sowohl mein Vater, als auch meine Mutter hatten mir jeden Tag öfter als zwei Mal auf den Anrufbeantworter gesprochen, aber ich fühlte mich nicht in der Lage, die Nachrichten auch nur anzuhören. Zweimal klingelten sie sogar an meiner Wohnungstür. Ich konnte vom Fenster aus beobachten, wie sie versuchen auszumachen, ob ich zu Hause war oder nicht. Aber ich öffnete nicht. Ich wollte alle Türen zu meinen Eltern und Lukas geschlossen halten.

Für immer.

Die Einzige, mit der ich Kontakt hatte, war Maria-Sofia. Ich wollte auf keinen Fall, dass sie dachte, ich würde ihr nicht helfen wollen. Ich wollte, dass sie wusste, was los war. Sie war trotz ihrer Krankheit geschockt und konnte mehr als gut verstehen, dass ich mit unseren Eltern erstmal nichts zu tun haben wollte. Von Lukas erzählte ich ihr nichts. Ich fuhr kurz darauf zu ihr ins Krankenhaus und ließ mein Knochenmark für sie testen, aber unsere HLA-Merkmale stimmten nicht überein. Trotzdem ging sie mit der Situation überraschend gut um. Die Chemo schlug bei ihr offenbar recht gut an und die Chancen standen gut, dass sie auch ohne eine Knochenmarkspende die Krankheit zunächst überwinden würde. Ich hätte nie gedacht, dass sie am Ende die Einzige von meiner Familie sein würde, mit der ich noch Kontakt hatte.

Als ich wieder wach wurde, war der Platz neben mir im Bett leer. Stattdessen hörte ich im Badezimmer das Wasser auf die Wände der Duschkabine prasseln. Ich schwang die Beine aus dem Bett und öffnete leise die Badezimmertür: Ich sah Björns Rücken durch das milchige Glas der Duschkabine und musste grinsen. Ich schlich mich über den Quadratmeter dunkelgrüner Fliesen, die den Badezimmerboden ausmachten und öffnete ruckartig die Tür der Duschkabine.

„Du gehst einfach so ohne mich duschen?", fragte ich in das prasselnde Wasser hinein.

Björn zuckte zusammen und drehte sich zu mir um. Er hatte sich gerade die Haare gewaschen und der Schaum lief ihm jetzt in die Augen.

„Meine Güte, erschreck mich doch nicht so!! Jetzt hab ich den ganzen Schaum im Gesicht." Er rieb sich die Augen.

Ich hatte mein Nachthemd schon ausgezogen und kletterte zu ihm in die Dusche, strich ihm liebevoll den Schaum aus dem Gesicht und küsste ihn.

„Mein armer Schatz. Du hast es wirklich sehr schwer mit mir!", grinste ich in sein Ohr und knabberte an seinem Ohrläppchen.

„Ja, hab ich auch!", sagte er und zog eine Flappe.

Ich küsste die zu lang gezogene Unterlippe und genoss das heiße Wasser auf meinem Körper, und hoffte wie jeden Morgen, dass es den Traum mit all meinen Selbstzweifeln, Verunsicherungen und Fragen in den Abfluss spülen würde. Ich war doch da. Hier und jetzt. Ich spürte die Wassertropfen auf meiner Haut, atmete den Wasserdampf ein und liebte diesen Mann neben mir.

Ich war jemand.

Egal, wer mich gezeugt, geboren, aufgezogen oder geliebt hatte.

Ich war jetzt da.

Das war die Wirklichkeit.

Björn schäumte mir sanft meine Haare ein und küsste meinen Hals. Ich sah ihn an und ließ mich wieder von ihm auffangen.

Nach der Dusche frühstückten wir ausgiebig. Es war Samstag und da ließen wir uns richtig Zeit mit unseren beiden

Müslischalen und planten unser Wochenende, während die Normalität zwischen uns summte wie eine Stubenfliege – unruhig, ängstlich, nicht sicher, ob sie sich niederlassen durfte. Björn war dieses Wochenende mit Kochen dran und offenbarte mir gerade seine exquisite Kochidee– Tiefkühlpizza mit abgepacktem Fertigsalat. Ich rundete die Sache mit einem Fruchtzwerg als Nachtisch ab und der Einkaufszettel für den Rewe um die Ecke war fertig.

„Ach, warte, wir brauchen auf jeden Fall auch noch neues Klopapier", rief ich Björn zu, als ich gerade die Tür öffnete. „Kannst du das noch…" Der Rest der Worte fiel ungesagt auf die Fußmatte vor meiner Wohnungstür. Denn auf der Treppe saß Lukas. Er lächelte traurig und stand auf: „Hallo, Luisa."

Seine Worte ruckelten unsanft an der sorgfältig verschlossenen Schublade und Wut und Schmerz zuckten hervor wie eine Python und hackte ihre Giftzähne in mein Herz - unerbittlich, lähmend, brutal. Aber ich riss sie aus meinem Herzen und fegte mit ihr meine verlorenen Worte von meiner Fußmatte. „Was willst du hier?", zischte ihn die Schlange an.

„Ich will mit dir reden." Seine Stimme gehörte einem kleinen Jungen, den ich in meiner Kindheit mal meinen Bruder genannt hatte.

„Ich aber nicht mit dir!"

„Was ist denn los?" Und ich spürte wie Björn neben mich trat: „Lukas", sagte er trocken.

„Björn", antwortete Lukas ebenso trocken und nickte ihm zu.

„Darf ich rein kommen?" Lukas Augen drangen tief in meine. Zerrten an mir.

Gruben zu tief.

Ich sah weg.

„Nein!"

„Ja, klar." Björn Stimme war so ruhig wie ein See – glatt, still, ohne Untiefen.

Ich sah ihn entsetzt an: „Was? Nein! Wir wollten einkaufen gehen!"

„Das können wir auch noch später machen, Luisa." Er ging zur Seite, um Lukas in die Wohnung zu lassen.

„Aber ich will das nicht später machen! Ich will jetzt einkaufen!" Tränen kletterten mir die Kehle hoch, wie Efeu – zäh, unverwüstlich, mit Saugnäpfen - aber Björn legte mir die Hand auf die Schulter: „Ist schon gut, Luisa. Ich denke, es ist gut, dass er hier ist. Ihr solltet wirklich reden!"

„Aber ich will nicht reden!"

„Doch, das willst du!" Er bedeutete Lukas mit einem Kopfnicken in die Wohnung zu kommen. Lukas warf mir einen Seitenblick zu und folgte der Einladung. Verständnislos sah ich zu wie Björn Lukas einen Platz auf meinem kleinen Sofa anbot.

„Ich lass euch dann jetzt besser alleine."

„Was? Auf keinen Fall! Du kannst alles hören, was er mir zu sagen hat! Ich habe keine Geheimnisse vor dir! Wenn du gehst, gehe ich auch!"

Björn sah zu Lukas und etwas Unsichtbares ging zwischen den beiden jungen Männern hin und her, bis Lukas nickte. Ich setzte mich mit Björn auf mein Bett und versuchte an Lukas vorbei zusehen, während ich spürte, wie das Gift der Python sich immer mehr in meinem Blutkreislauf ausbreitete: „Also, was willst du mir sagen?"

„Ich will dir erklären, warum...." Sein Blick pullte den Dreck unter seinen Fingernägeln hervor.

„Warum was?", warf ich ihm vor die Füße.

Er hob den Kopf und seine Augen griffen nach mir, so wie sie es immer getan hatten – tief, einnehmend, brennend: „Warum ich dich angelogen habe."

„Na, dann bin ich aber mal gespannt!"

„Luisa, bitte!" Sein Schmerz explodierte vor mir wie eine Splittergranate und ihre Splitter bohrten sich tief in meine Seele.

Als er weiter sprach, stand er auf und ging die fünf Meter zwischen Küchendurchgang und Sofa auf und ab.

„Ich weiß, dass du wütend bist. Und verletzt. Und traurig. Und enttäuscht... Aber ich habe das alles aus einem guten Grund getan, Luisa." Er blieb stehen und sein Blick wanderte kurz hilflos in der Luft herum, wie die Angelschnur eines Fliegenfischers, streifte Björn, um dann seinen Haken in meine Augen zu heften. „Ich hab das alles nur gemacht, um dich zu beschützen. Weil, weil ich dich liebe!"

„Lukas."

„Nein. Es ist wichtig, dass du das weißt. Ich meine, dass du das wirklich weißt! Alles, was ich dir je über uns gesagt habe. Über mich und meine Gefühle. Das war die Wahrheit. Die absolute Wahrheit!" Seine Stimme wurde ein Flüstern. „Ist immer noch wahr. Egal, was jetzt ist, oder irgendwann sein wird."

Ich spürte wie Björn neben mir aufstand und im Badezimmer verschwand. Ich wollte ihn aufhalten. Aber ich konnte nicht. Ich konnte ihm nicht einmal nachsehen, denn mein ganzes Sein hing an Lukas' Wörtern. Ketteten sich daran und konnten nicht mehr loslassen.

„Und damit du verstehst, warum ich dich trotzdem angelogen habe. Muss ich dir jetzt die ganze Wahrheit erzählen." Und sein Blick wanderte in diese geheimnisvolle Welt, von der ich vor langer Zeit mal gedacht hatte, dass sie eine wunderschöne Blumenwiese wäre. Von der ich aber jetzt erfuhr, dass sie nichts Schönes hatte.

Jannik 1983

Mit vier Jahren ist für jedes Kind die Mutter das Größte. Sie ist der Halt, die Liebe, deine ganze Welt. Meine Mutter war das auch für mich.

Ich hatte noch zwei Schwestern, die beide schon in die Schule gingen. Sie hatten einen anderen Vater als ich. Aber sie kannten ihn so wenig, wie ich meinen. Und ich wollte mich auch nicht an ihn erinnern, weil meine Mutter ihn abgrundtief hasste. Kurz nachdem ich geboren worden war, verschwand er mit der Schwester meiner Mutter auf Nimmerwiedersehen. Aber sie konnte ihn nicht vergessen, weil mein Vater ihr ein Andenken dagelassen hatte – mich. Und mich konnte sie nicht einfach so loswerden. Obwohl ich weiß, dass sie es unbedingt wollte. Sie konnte es nicht. Also blieb ich da. Und weil mein Vater nicht da war, um ihren Hass und ihre Verletzungen zu empfangen, bekam ich sie geschenkt. Jeden einzelnen Tag. Sie schlug mich, wenn sie kein Geld mehr für den Rest des Monats hatte und sie schrie mich an, wenn ihre Wäsche auf dem kleinen schäbigen Balkon nicht getrocknet war. Und den Rest der Zeit ignorierte sie mich. Nie nahm sie mich in den Arm und sagte mir, dass sie mich lieb hatte. Nie gab sie mir einen Kuss und streichelte mich. Und sie tröstete mich nicht, wenn ich mir wehgetan hatte. Sie nannte mich Nichtsnutz und Ekel und sagte, dass ich genauso wie mein Vater sei. Ich wusste nicht, was das bedeutete, aber ich wusste, es musste etwas sehr Schreckliches sein.

Ich durfte nicht mit ihr und meinen Schwestern an einem Tisch essen, sondern musste mir meinen Teller selber holen und ihn auf meinem Schoß auf dem Flur essen. Ich schlief auf dem Sofa im Wohnzimmer, weil in dem Zimmer meiner Schwestern kein Platz für mich war. Meine Schwestern lachten über mich. Sie genossen es, mich zu quälen und mir zu zeigen, wie viel Liebe unsere Mutter für sie übrig hatte. Kuscheln mit ihr und schmusten, während ich vom Flur aus dabei zusehen musste. Ich hasste sie. Und ich hasste auch meine Mutter. Aber ich wollte ihre Liebe. Um nichts mehr auf der Welt.

Meine Mutter hatte Geburtstag. Ich hatte ihr eine schöne Karte gebastelt mit Glitzer und Herzen darauf und in Rot – ihrer Lieblingsfarbe. Aber ich traute mich den ganzen Tag nicht, sie ihr zu geben. Gegen Abend ging sie aus. Sie war bei unseren Nachbarn eingeladen. Ein freundliches Paar. Wie immer, wenn sie ausging, wartete ich auf sie. In dieser Nacht kam sie erst spät zurück. Herr Klein, unsere Nachbar brachte sie nach Hause. Sie war so betrunken, dass er sie tragen musste. Ich versteckte mich hinter der Couch, als er meine murmelnde Mutter ins Schlafzimmer trug und auf ihr Bett fallen ließ. „Geh nicht, Jan! Bitte!", hörte ich sie lallen.

„Ich muss aber. Marion wartet!", antwortet Herr Klein.

„Aber ich will jetzt nicht alleine sein! Immerhin ist es mein Geburtstag!"

„Dein Geburtstag ist schon seit drei Stunden vorbei. Und ich denke, du hast genug gefeiert. Du solltest dich jetzt einfach ein wenig ausruhen, okay?"

Er wandte sich zum Gehen, aber sie hielt ihn am Hemd zurück und zog ihn zu sich herunter, um ihm einen Kuss aufzudrücken. Aber er schüttelte sie mutwillig ab.

„Jetzt hör schon auf, Karin! Du bist betrunken!"

„Na, und? Ist doch egal! Trotzdem bin ich immer noch tausendmal geiler als deine kleine, fette Ehefrau!" Sie riss sich ihr T-Shirt hoch und entblößte ihre Brüste. „Hier, schau dir meine Titten an! Trotz drei Kindern immer noch knackig und fest!"

Herr Klein drehte sich angeekelt weg und riss sich los.

„Dann verpiss dich doch, du Arschloch! Geh' doch zu deiner frigiden, fetten Frau zurück, du Armleuchter!" Sie warf ihm ein Kissen hinter her. „Ja, lasst mich doch alle allein!" Ihre Stimme brach. „Ich brauche keine Liebe…" Dann brach sie weinend zusammen.

Ich sah, wie ihr Körper unter den Schluchzern zuckte. Ich holte meine rote Geburtstagskarte und ging zu ihr. Ich hockte mich neben ihr Bett und strich ihr das Haar aus dem Gesicht.

„Aber ich hab dich doch lieb, Mama", sagte ich und hielt ihr die Karte hin. Sie sah mich an, wie einen Geist. Als hätte sie mich noch nie zuvor gesehen. Sie sah mich an und küsste mich. Es war der erste Kuss, den ich je von meiner Mutter bekommen hatte und ich bekam ihn mitten auf den Mund. Ein Glücksgefühl erfüllte mich, wie ich es noch nie erlebt hatte. Sie rutschte auf Seite und klopfte auf das Bett. Sofort kletterte ich hinauf und kuschelte mich an meine Mutter. Ich fühlte mich wie auf Wolken. Das war es, wonach ich mich immer gesehnt hatte. So war es also eine Mutter zu haben. Und dann küsste sie mich wieder. Sie schob ihre große Zunge in meinen kleinen Mund und spielte mit ihr. Ich wusste nicht, warum sie es tat und ich wusste nicht, wie ich es finden sollte. Aber ich wollte auf keinen Fall etwas tun, das sie wieder gegen mich aufbringen würde. Ich wollte doch geliebt werden. Meine Mutter küsste mich, also musste das bedeuten, dass sie mich liebte. Dann nahm sie meine Hand und drückte sie auf ihre Brust. Von da führte sie meine Hand in ihre Hose und zwischen ihre Beine. Und ich konnte die ganze Zeit nur daran denken, dass sie mich endlich liebte. Dass sie endlich meine Mutter war.

Als sie laut aufstöhnte hatte ich Angst, ihr weh zu tun und zog erschrocken die Hand weg. Ich wollte sie doch nicht verletzen! Sie war doch meine Mutter! „Hab ich dir weh getan, Mama?", fragte ich entsetzt.

„Nein, verdammt", ranzte sie mich an. „Und wenn du willst, dass ich dich lieb hab, dann tu gefälligst deine Hand wieder zurück."

Ich sah die Wut in ihren Augen und tat schnell wie mir geheißen. Wieder küsste sie mich. Ich schielte dabei auf die Wimpern ihrer geschlossenen Augen und wünschte mir, dass das nie enden würde und gleichzeitig, dass es bald vorbei war.

Als sie fertig war, stieß sie mich vom Bett und sagte, ich solle ins Bett gehen. Ich rappelte mich hoch und ging ins Wohnzimmer. Ihre Geburtstagskarte hatte ich immer noch in der Hand.

Am nächsten Tag war alles so wie immer. Sie verabscheute mich und schlug mich. Aber in der Nacht holte sie mich wieder zu sich.

„Willst du, dass Mami dich lieb hat?", flüsterte sie mir ins Ohr und ich sprang vom Sofa in ihre Arme. Denn natürlich wollte ich, dass Mami mich lieb hat.

Dann fiel ich von einem Baum und mein rechter Arm tat mir höllisch weh und ließ sich nicht mehr bewegen. Er stippte irgendwie unnatürlich von meinem Körper ab, so als gehöre er nicht mehr so richtig zu mir. Meine Mutter war wütend auf mich und sagte, ich solle mich nicht so anstellen. Also riss ich mich zusammen. Aber es hörte einfach nicht auf, so schrecklich weh zu tun. Also schlich ich mich während des Abendessens nach draußen und ging ins Krankenhaus. Es war nur ein paar Straßen weiter und ich war schon mal ein paar Wochen zuvor dagewesen als sich meine Schwester Sara den Kopf an einem offenen Fenster gestoßen hatte. Es hatte nicht mal wirklich geblutet, aber meine Mutter hatte so einen Aufstand gemacht, dass wir in die Notaufnahme gegangen waren. Als ich jetzt aber vor der großen Eingangstür stand, hatte ich plötzlich Angst. Ich wusste nicht, wo ich hin sollte und wen ich fragen sollte. Also setzte ich mich auf die Eingangsstufe und saß einfach so da und weinte.

„Hey, wer bist du denn?", fragte mich da plötzlich ein Mann. Er hatte schwarzes Haar und grüne Augen, die mich anlächelten. Ich versuchte auch zu lächeln, aber ich konnte es nicht. Da sah er meinen Arm.

„Oh, das sieht aber gar nicht gut aus! Wo ist denn deine Mama?", fragte er.

„Zu Hause", schluchzte ich. Ich wusste nicht, warum ich was anderes hätte sagen sollen.

Der Mann nickte. „Du bist also ganz alleine hier her gekommen?"

„Ja, der Arm tut mir so weh!" Er tat wirklich unfassbar weh.

„Dann lass uns zusammen rein gehen, okay? Ich bin Dr. Wolkert. Ich bin zwar kein Knochenarzt, sondern ein Frauenarzt, aber trotzdem kenne ich mich hier im Krankenhaus gut aus und kann dich zu den Leuten bringen, die dir helfen können. Ist das in Ordnung? Und dann rufen wir deine Mama an."

Ich schüttelte den Kopf: „Können wir sie nicht anrufen? Sie wird ganz furchtbar sauer sein, wenn sie weiß, dass hier bin." Sie nicht dabei zu haben, sondern hier bei diesem ruhigen, freundlichen Mann zu sein, machte mich glücklich.

Dr. Wolkert nickte wieder und wir gingen gemeinsam in das Krankenhaus. Die ganze Sache dauerte Stunden, aber Dr. Wolkert ließ mich nicht allein. Er wiegte mich, als mir der Arm gerichtet wurde und er hielt meine Hand, als der Gips angelegt wurde. Ich fühlte mich das erste Mal wirklich sicher und gesehen. Dieser Mann hatte mir in einer Nacht mehr Aufmerksamkeit entgegengebracht als meine Mutter in fast vier Jahren meines Lebens. Als er mich nach Hause brachte, weinte ich wieder. „Ich will nicht nach Hause", sagte ich.

„Aber deiner Mutter vermisst dich doch bestimmt schon sehr."

„Nein, das tut sie bestimmt nicht." Aber ich wusste, sie würde es vielleicht doch getan haben. Denn unser neues Abendritual gefiel ihr gut und nahm immer neue Gestalten an. Aber ich hatte es nicht vermisst.

Wir mussten lange klingeln, bis meine Mutter die Tür öffnete. Sie hatte schon geschlafen. „Na, da bist du ja endlich", sagte sie nur.

„Es tut mir leid", entschuldigte sich Dr. Wolkert. „Aber Ihr Sohn war bei uns im Krankenhaus. Wir haben uns um seinen gebrochenen Arm gekümmert."

„Ach, wenn Sie meinen, dass das wirklich nötig war." Sie zündete sich gelassen eine Zigarette an. „Sonst noch was?"

„Nein. Wohl erstmal nicht. Der Gips muss in sechs Wochen ab und der Bruch kontrolliert werden."

„Aha", sagte sie nur.

Ich versteckte mich hinter dem Bein von Dr. Wolkert und wollte nicht hinein, aber er hockte sich zu mir, nahm meine Hand - die ohne den Gips und drückte mich an sich.

„Na, geh schon. Du weißt ja, wo du mich findest. Wenn du etwas brauchst, egal was, dann komm einfach im Krankenhaus vorbei", flüsterte er mir ins Ohr.

Ich lächelte ihn schüchtern an, huschte an meiner Mutter vorbei in die Wohnung und versteckte mich hinter der Couch.

Ich hatte Angst, was sie mir antun würde. Aber sie kam nur und zerrte mich aus meinem Versteck hervor, um meine Hände zu begutachten: „Nun, die eine ist ja noch zu gebrauchen. Das sollte eben reichen." Dann zerrte sie mich zu sich ins Schlafzimmer.

„Du hast heute versäumt, Mami lieb zu haben", sagte sie grinsend.

Am nächsten Tag ging ich wieder ins Krankenhaus und wartete vor der Eingangstür. Als er raus kam, lächelte er mich an. Wir gingen zusammen ein Eis essen und ich erfuhr, dass er eine Tochter hatte, die zwei war und wurde schrecklich eifersüchtig auf sie. Er sagte, dass er Karl hieß und wir jetzt Freunde wären.

Ab da ging ich fast jeden Tag ins Krankenhaus und er verbrachte mit mir seine Pausen. Er ging mit mir spazieren und zeigte mir, wo er wohnte. Er lud mich zu einem Burger oder einem Lutscher ein und hörte sich meine banalen Geschichten an, als wäre es das Spannendste auf der ganzen Welt, das ich auf einen Baum klettern konnte und aus Stöcken ein Haus gebaut hatte. Er schenkte mir einen Baukasten für ein Holzflugzeug. Mein erstes eigenes Spielzeug, das ich im Garten hinter unserem Wohnhaus versteckte, weil ich Angst hatte, meine Mutter würde es mir wegnehmen. Weil ich es nicht verdient hatte.

Ich liebte ihn.

Er sagte mir, dass ich alles erreichen könnte, was ich wollte.

Und dann sagte ich eines Tages ‚Nein'. Als meine Mutter mich abends zu sich ins Bett holte, sagte ich ‚nein'. Ich wollte nicht auf diese Art lieb gehalten werden. Ich wollte es anders. So wie auch meine Schwester ihre Liebe bekamen. Aber sie akzeptierte es nicht. Sie schleifte mich zu sich ins Zimmer und als ich mich wehrte und schrie, schlug sie mir ins Gesicht. Sie sagte, ich sei undankbar und unnütz und küsste mich wieder. Aber ich wehrte mich und strampelte so wild um mich, wie ich konnte und sie schaffte es nicht meine Hand zwischen ihre Beine zu schieben. Da schlug sie mich wieder und wieder, bis ich nicht mehr konnte und aufhörte mich zu wehren. Da setzte sie sich auf mein Gesicht und rieb sich daran. Ich weinte und versuchte die Luft anzuhalten. Nicht da zu sein. Aber es funktionierte nicht. Als sie fertig war und von mir runter stieg, sprang ich auf und rannte davon.

Meine Mutter lachte nur: „Na, das hat dir wohl gefallen, was? Mir auch, mein Süßer. Mir auch!"

Ich rannte zu ihm. Wo hätte ich sonst hin gesollt? Als er mich sah, brachte er mich zu sich nach Hause. Zu dem glücklichen, kleinen Mädchen und einer freundlichen, jungen Frau mit blonden langen Haaren, die sich um meine blauen Flecken und Wunden kümmerte und mit mir ein Lied von einem Männchen in einem Walde sang. Sie hieß Gaby. Ich erzählte Karl alles und er nahm mich in den Arm und weinte. Er legte mich in ihr großes Ehebett und deckte mich mit dieser weichen Decke zu, die so anders roch als die alte stinkende Wolldecke auf der Couch meiner Mutter und gab mir einen Kuss auf die Stirn. Ich schlief sofort ein.

Als ich erwachte, hörte ich leise die blonde Gaby mit Karl reden. Ich stand auf und belauschte sie.

„Was ist mit dem Jugendamt?", fragte sie besorgt.

„Was meinst du, was die machen, Rebecca? Sie werden ihn, wenn sie ihm überhaupt glauben, in ein Heim stecken oder in irgendeine Pflegefamilie, wo er es eventuell noch schlimmer erwischt." Karl ging aufgebracht hin und her.

„Ich kann mir kaum vorstellen, dass es ihn noch schlimmer erwischen kann", sagte Gaby, die Karl Rebecca nannte und nahm einen Schluck von dem Wein, der vor ihr auf dem Couchtisch stand.

„Ich mir auch nicht. Und genau deshalb müssen wir etwas tun!"

„Und was? Mein Gott, es kommt mir vor, als hätten wir diese Unterhaltung schon einmal gehabt."

„Ja, aber diesmal können wir das Problem nicht mit Geld lösen."

„Das heißt, du willst ihn entführen?"

„Ja."

Gaby schüttelte den Kopf und vergrub das Gesicht in den Händen: „Das können wir nicht machen. Wie sollen wir das überstehen? Und was ist, wenn sie uns finden? Dann müssen wir in den Knast und nicht nur Jannik muss zu seinen Eltern zurück, sondern wir verlieren auch Luisa! Das kannst du doch nicht wollen!"

„Nein, natürlich nicht! Deshalb müssen wir besonders vorsichtig sein." Er kniete sich vor sie und nahm ihre Hand. „Aber wir können das schaffen, Rebecca. Wir haben es schon mal gemacht. Dieser Junge braucht uns. Es ist das einzig Richtige, was wir tun können. Das weißt du doch, oder?"

Sie nickte und sah ihm in die Augen. Er küsste sie vorsichtig auf den Mund und sagte einfach nur „Danke!"

Ich blieb also da. Karl fragte mich, ob ich zurück nach Hause oder bei ihnen bleiben wollte. Er erklärte mir, dass es nicht Rechtens wäre, wenn ich bleiben würde, aber sie sich entschieden hätten, mit mir wegzugehen, wenn ich es denn wollte. Und natürlich wollte ich. Also brachte er am nächsten Tag eine Waffe mit nach Hause.

„Bist du des Wahnsinns, Samuel!", sagte Gaby. „Was soll ich denn bitte mit einer Waffe?"

„Dich und unsere Kinder beschützen. Es ist doch nur für den Notfall. Janniks Mutter kennt meinen Namen und ich weiß nicht, ob sie herausfinden kann, wo wir wohnen."

Bei seinen Worten, nahm ich die kleine Luisa aus ihrem Bett und drückte sie an mich. Ich wollte nicht, dass meine Mutter hier her kam und alles verseuchte.

„Aber bevor wir abhauen, muss ich noch etwas regeln. Wir sollten schließlich so wenig Verdacht schöpfen wie möglich. Ich werde kündigen und meinen Resturlaub nehmen. In zwei Wochen können wir hier weg sein."

Wir mussten schon früher weg, da meine Mutter schon nach einer Woche auftauchte. Sie fiel in die Wohnung ein wie eine Furie und zerrte an mir, während ich mich voller Panik an das Sofa klammerte. Gaby hatte gerade die kleine Luisa auf dem Arm, die vor Angst losbrüllte.

„Verschwinden Sie aus meiner Wohnung!", brüllte Gaby panisch.

„Nicht ohne meinen Sohn, Sie Diebin!", kreischte meine Mutter zurück und schlug mit der Faust auf meine Finger, die sich immer noch an das Sofa klammerten. Gaby versuchte meine Mutter wegzuziehen, aber da schnellte plötzlich eine Hand meiner Mutter hervor und hielt Gaby ein Küchenmesser entgegen. Die kleine Luisa kreischte und Gaby erstarrte.

„Nehmen Sie sofort das Messer weg!", sagte Gaby betont langsam.

Da ging plötzlich ein Ruck durch den Körper meiner Mutter und das Messer steckte in Gabys Bauch.

„Nein!", schrie ich, obwohl Gaby keinen Ton hervorbrachte, sondern einfach nur auf das Messer in ihrem Bauch starrte. Meine Mutter begann wieder mit der Faust auf meine Finger zu schlagen. Ich wehrte mich und schrie, aber meine Finger taten so höllisch weh, dass ich loslassen wollte.

„Hören Sie sofort auf!", sagte Gaby plötzlich ganz ruhig und die Faust meiner Mutter blieb in der Luft hängen. Als ich mich zu ihr umdrehte, sah ich, dass sie meiner Mutter die Waffe an die Stirn hielt. „Ich habe gesagt, dass Sie meine Wohnung verlassen sollen!", zischte sie, in einem Ton, den ich bei dieser sanften Frau nie für möglich gehalten hätte.

„Sie sind doch verrückt!" Meine Mutter bewegte sich kein Stück.

„Ach ja, ist das so? Ich habe wenigstens nicht meinen eigenen Sohn sexuell missbraucht, sondern halte nur dem Abschaum der Gesellschaft eine Waffe an den Kopf! Und ich schwöre, wenn Sie ihn noch einmal anfassen, dann drücke ich so oft ab, dass sie ihm nie wieder wehtun können!"

Meine Mutter sah Gaby verbissen an und hob die Hände.

„Wie Sie meinen! Aber so einfach werden Sie mich nicht los! Ich gehe zur Polizei und dann landen Sie im Knast wegen Kindesentführung!"

„Wie Sie wollen. Dann erzählen wir eben, was Sie Ihrem Sohn angetan haben. Und wie sie mir das Messer in den Bauch gerammt haben. Und dann werden wir vielleicht sogar Zellenkolleginnen. Das wird bestimmt nett." Gaby verzog das Gesicht zu einem irren Grinsen.

„Nein, so läuft das nicht! Ich las ihn mir nicht einfach wegnehmen!" Meine Mutter ging mit immer noch erhobenen Händen zur Tür.

„Das werden wir ja sehen! Und jetzt verschwinden Sie!" Gaby trat mit dem Fuß die Tür hinter meiner Mutter zu und drehte sich zu mir um. Wir sahen uns einen Moment an und dann rannte ich zu ihr. Sie ließ die Waffe fallen und nahm mich in den Arm. Das Messer steckte immer noch in ihrem Bauch.

Luisa 2004

„Wir packten noch am selben Abend unsere Koffer und zogen nach Bonn. Karl wurde zu Volker. Gaby zu der dunkelhaarigen und lockigen Victoria. Und ich wurde zu Lukas und zu deinem Bruder. Aber unsere Eltern hatten immer Angst, dass sie uns finden würde. Oder dass dein leiblicher Vater uns finden würde. Uns ihnen wieder wegnehmen würde. Deshalb hat Papa auch die Waffe behalten."

Ich saß nur da und sah ihn an. Er hatte sich während des Erzählens zum Fenster gedreht und den Kastanien seine Geschichte zugeflüstert. Die Dunkelheit hatte sich angeschlichen wie ein Schneeleopard auf dem Himalaya – getarnt, wunderschön, kalt – und seine Silhouette hob sich von dem noch leicht grauen Himmel ab. Ich sah auf meine Hände, die nass waren von Tränen, die ich unbemerkt geweint hatte und stand langsam auf und ging auf ihn zu. Ich sah wie er sich übers Gesicht wischte und die Tränen wegwischte, die ich nicht sehen sollte. Als er sich zu mir umdrehte, war seine Seele so offen und tief, wie ich sie nie zuvor gesehen hatte. – tief, schwarz, blutig. Der Nebel war fort.

Ich nahm seine Hand und er sah darauf, als sähe er sie zum ersten Mal.

„Ich bin nicht normal, Luisa. Das, was meine Mutter mit mir gemacht hat, war krank. Und ich dachte, dass sie sich mich mit dieser Krankheit angesteckt hätte. Denn du warst doch meine Schwester! Auch wenn wir nicht das gleiche Blut haben, sind wir doch Geschwister. Und trotzdem liebe ich dich so sehr. So anders. Aber ich bin nicht gut für dich. Das alles hat Spuren in mir hinterlassen, die ich nicht wegwischen kann. Ich kenne sie. Und ich weiß nicht, was sie in Zukunft noch alles anrichten können. Ich habe Angst davor, verstehst du? Angst davor, was ich dir damit antun kann. Und ich konnte dir nichts von all dem sagen, weil ich es unseren Eltern versprochen habe und ich ihnen alles zu verdanken habe. Verstehst du? Alles. Und ich wollte es dir nicht sagen, weil ich Angst hatte, was du dann von mir denken würdest. Weil ich Angst vor deinem Blick hatte. Aber als du gegangen bist... Mit diesem Hass in deinen Augen... Da ist mir klar geworden, dass ich ohne dich nicht sein kann. Nicht will. Dass nichts schlimmer sein kann, als dieser Hass in deinen Augen. Deshalb bin ich gekommen. Und ich bin bereit, mich meiner Vergangenheit zu stellen und unsere Liebe zuzulassen. Weil ich eingesehen habe, dass ich sonst nur verlieren kann. Wenn du es noch willst."

Sein Körper spielte meinen wie eine Klarinette und brachte meine Haut wie die Membran darin zum Vibrieren – sanft, gekonnt, wohlklingend. Ich wollte ihn in den Arm nehmen und ihn küssen. Bei ihm sein. Ganz nah, um ihm die Last zu nehmen. Ich hob meine Hand und hörte die Wohnungstür aufgehen. Als ich mich umdrehte, stand da Björn mit einem Rucksack in der Hand.

„Wo willst du hin?", fragte ich. Obwohl die Antwort schon wie Schmetterlinge in der Luft flatterte.

„Ich gehe, Luisa." Seine Stimme war fest.

Ich ließ Lukas' Hand fallen und ging auf ihn zu: „Nein! Das musst du nicht! Bitte, bleib!"

Er nahm meine Hand, die eben noch die von Lukas gehalten hatte und legte die andere Hand an meine Wange. „Ich liebe dich, Luisa. Das weißt du."

Ich nickte und Tränen stiegen mir in die Augen. „Ich liebe dich auch."

„Ich weiß. Aber was hast du mir nicht selbst gesagt? Das mit ihm ist was anderes." Er lächelte und die Traurigkeit darin legte mir ein Tau um die Kehle – fest, erdrückend, eng. „Und du brauchst ihn. Du wirst immer ihm gehören. Ich wusste das. Ich wusste, dass du nie wirklich zu mir gehören würdest. Deshalb ist es okay."

Ich schüttelte den Kopf: „Ich will dich nicht verlieren! Ich brauche dich!"

„Vielleicht ist das so. Aber du wirst auch ohne mich klar kommen. Mit ihm!" Ich sah ihn an und die Liebe zu ihm lief mir in Fluten übers Gesicht. Er küsste mich. Sanft und lange.

Ein Abschiedskuss.

„Bis bald, meine Liebe."

„Es tut mir leid", schluchzte ich.

„Mir nicht." Und wieder lächelte er dieses traurige Lächeln. Er sah zu Lukas und die beiden wechselten ein stummes Wort des Abschieds. Dann ließ er meine Hand los und war verschwunden.

Ich drehte mich zu Lukas um, der immer noch am Fenster stand.

„Ich liebe dich. Und ich werde dich nie wieder gehen lassen!", sagte er und streckte die Hand nach mir aus.

Die Tränen einer verlorenen Liebe versiegten in den Dielen meiner Wohnung und ich lächelte ein tiefes und echtes Lächeln. „Ich liebe dich auch!"

Und unsere Körper und Seelen versanken ineinander wie zwei Verdurstende in dem See einer Oase – ertrinkend, tauchend, rettend. Und während wir uns liebten, breitete sich ein Gefühl in mir aus wie eine Wiese aus reinem Gras. Und eine Blume erblühte darauf so schön und einzigartig, bizarr und bezaubernd. Sie hatte mich schon einmal mit ihrer Schönheit gefesselt, um dann wieder zu verwelken und zu verschwinden. Aber jetzt wusste ich, dass sie nur Kraft gesammelt hatte, um der Ewigkeit zu trotzen. Und ich wusste, ich war endlich zu Hause angekommen.

Und nun ist die Nacht vorbei und der Mond hat meine Vergangenheit mitgenommen. Die Sonne scheint glitzernd durch die Kastanienbäume und zeichnet die Zukunft auf unsere erschöpften Körper. Ich schwinge die Beine aus dem Bett und nehme die Waffe vom Tisch, öffne eine Schublade und werfe sie einfach dort hinein. Ich weiß nicht, was ich damit tun werde, aber egal was es ist, es macht mir keine Angst mehr. Denn die Wahrheit ist wie tausend Luftballons, die das Gewicht des Stahls der Waffe kaum noch spüren lässt. Mit einem Lächeln gehe ich zurück zum Bett und ziehe mich an.

„Wo willst du hin?", fragt mich Lukas verschlafen.

„Komm, zieh dich an", antworte ich und ziehe ihn aus dem

Bett. „Ich will dir was zeigen!"

„Was denn?"

„Mein Leben."

Er lächelt.

Und als ich unten die Haustür öffne, sehe ich dass er einen Regenschirm dabei hat: „Was willst du denn damit? Es scheint doch die Sonne!", sage ich verwirrt.

„Ja, das stimmt." Er zieht mich ganz fest an sich. „Aber heute ist der Tag, an dem der Himmel in Splittern auf uns niederregnet!"

Ich lache. Und er spannt den Regenschirm über uns auf wie ein zweites Himmelszelt und wir gehen hinaus in das gleißende Sonnenlicht.

Danksagung

Zuallererst möchte ich meinem Mann danken, ohne den „Wenn der Himmel in Splittern auf uns niederregnet" niemals möglich gewesen wäre. Er ist es, der mich immer unterstützt und mir den Rücken frei hält, wenn ich eine meiner verrückten Ideen verwirklichen will. Der unermüdlich an mich glaubt und nie an meinem Erfolg zweifelt, auch wenn ich es ständig tue. Der mit mir die Ideen für dieses Buch besprochen und mich inspiriert hat.
Ich danke auch meiner Mutter, Brigitte Sacher, Katrin Klingmann und Birgitta Gastreich, die meine erste Version gelesen und deren Kritiken sehr hilfreich waren. Ebenso Halina Koglin, die die letzte Version gelesen und mich darin bekräftigt hat, das Buch endlich zu veröffentlichen.

Außerdem danke ich meinen Freundinnen Ulrike Reimann (jetzt Seifert, in meinem Herzen aber immer Reimann) und Pia Bacciocco, die sich meine ewigen Probleme, Ausreden und was auch immer rund um das Buch angehört haben und dennoch immer an mich geglaubt haben.

Danke! Ich hab euch lieb!

Printed in Poland
by Amazon Fulfillment
Poland Sp. z o.o., Wrocław